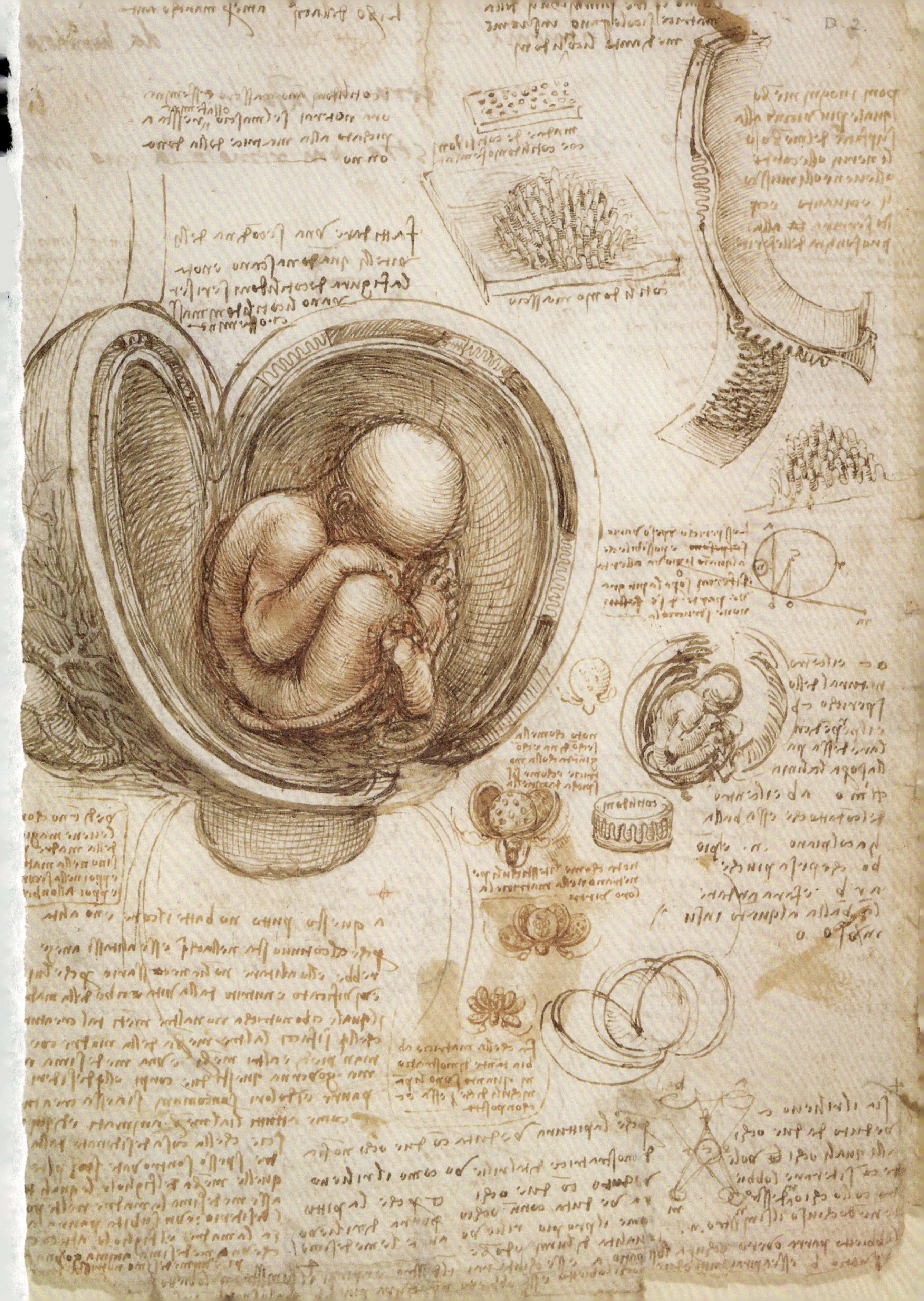
D. 2

Codex Hammer

Leonardo Da Vinci 〔意〕列奥纳多 · 达 · 芬奇／著　李秦川／译

哈默手稿

Leonardo da Vinci

北京理工大学出版社
BEIJING INSTITUTE OF TECHNOLOGY PRESS

图书在版编目（CIP）数据

哈默手稿 /（意）达 · 芬奇著；李秦川译．—北京：北京理工大学出版社，2013.5（2021.9重印）

ISBN 978-7-5640-7072-4

Ⅰ．①哈… Ⅱ．①达… ②李… Ⅲ．①散文集－意大利－中世纪 Ⅳ．①I546.63

中国版本图书馆CIP数据核字（2012）第286810号

出版发行 / 北京理工大学出版社有限责任公司
社　　址 / 北京市海淀区中关村南大街5号
邮　　编 / 100081
电　　话 /（010）68914775（总编室）
　　　　　82562903（教材售后服务热线）
　　　　　68948351（其他图书服务热线）
网　　址 / http://www.bitpress.com.cn
经　　销 / 全国各地新华书店
印　　刷 / 武汉美升印务有限公司
开　　本 / 787毫米×1092毫米　1/16
印　　张 / 19
版　　次 / 2013年5月第1版　2021年9月第24次印刷
字　　数 / 456千字
定　　价 / 88.00元

责任编辑 / 刘　娟
责任校对 / 杨　露
责任印制 / 边心超

前　言

在人类的历史上，总有一些天才让后人为之仰望。但达·芬奇不是，达·芬奇只是让人为之绝望。

你永远不能够想到用更全面、更准确的词汇来形容达·芬奇的成就。用“百科全书式的天才”吗？这是用来形容亚里士多德的。但是他和亚里士多德的区别是，亚里士多德是千古一帝亚历山大的老师，身边永远不乏一支为数几百人的团队为其服务，收集材料，而达·芬奇凭借的几乎完全是一人之力。

文艺复兴时期的著名传记作家瓦萨里这样形容达·芬奇：“上天有时将美丽、优雅、才能赋予一人之身，令他的所作所为无不超群绝伦，显出他的天才来自于上苍而非人间之力。列奥纳多正是如此。他的优雅与优美无与伦比，他的才智之高可使一切难题迎刃而解。”

对于没有经历过文艺复兴的人来说，要理解文艺复兴和达·芬奇是困难的。仅仅从历史教科书上片面地接触到“文艺复兴就是冲破中世纪的禁锢，重新唤醒人性的光辉”，这肯定是不够的。事实上，文艺复兴远远要比这些伟大，它不但试图唤醒“人性的光辉”，而且要试图唤醒“神性的光辉”。这一点我们甚至在达·芬奇的额头上就能看到。文艺复兴时期的众杰就是复活了的奥林匹斯山上的众神，达·芬奇则是文艺复兴“三杰”之首。

毫无疑问，达·芬奇首先是一位画家，是所有的画家当中最杰出的那一位。他的杰作《蒙娜丽莎》《抱银鼠的女子》《美丽的费隆妮叶夫人》和《最后的晚餐》，体现了精湛的艺术造诣，他被誉为人类历史上唯一一位人物肖像画作能跟照相机拍的照片匹敌的画家。

但是我们却不能照此理解。绘画并非达·芬奇的终极艺术，而只是达·芬奇的最基本的工具，他无比娴熟地运用着这个工具描摹天地，洞察万物之理。

他的个人研究在覆盖面上是如此之广博，在穷究方面上是如此之细微，我们甚至没有办法一一列举：他是伟大的雕刻家，这一点只有米开朗琪罗能够和他相媲美，而米兰人当时宁可将他们的雕塑交给达·芬奇，也没有交给米开朗琪罗；他是伟大的数学家，他的手稿上甚至声明“非数学家莫进”；他是伟大的生理学家，解剖学第一人；他是伟大的天文学家，提出“太阳不动”和“月球的反射光线更多地来自于地球的海洋”；他是伟大的物理学家，有迹可查最早确立“惯性原理”和“连通器原理”；他是伟大的地理学家，遗迹学的创始人；他是伟大的水利学家，设计了佛罗伦萨运河水系并奠定了现代城市雏形；他是伟大的发明家，被明确追认为第一发明人的就有飞行器、坦克车、潜艇、动力纺织机、起重器、计程器、打桩机……

还有密码筒。几百年后，美国作家丹·布朗从达·芬奇的密码筒和镜像文字当中获取了灵感，写了一部《达·芬奇密码》，就使全世界的人为之疯狂。但是那本书太卑微了，仅仅是一本畅销的悬疑小说，于达·芬奇的天才有何加哉？而事实上，达·芬奇没有密码，他不过是在观察一切、怀疑一切、推理一切、判断一切、定义一切，并且试着创造一切。

除了上帝，创造最多的，并非莎士比亚，而是达·芬奇。

从世间万物当中可以领略造化的鬼斧神工，从达·芬奇的手稿当中也能一窥他的天才创造。达·芬奇一生勤于记录，写下了数以万计页的手稿，而现存的手稿仅有 5 000 多页。

在他那卷帙浩繁但疏于整理的手稿里，达·芬奇就像一个为神秘的欲望激动得左冲右突而最终无所斩获的孩子。这些经过诸多波折分散于世界各地的手稿很少注明日期，事实上人们已经习惯于将达·芬奇手稿称作“含义模糊的纸片”。它不仅包括未寄出的信件、各式表格、不同语言的读书笔记、机械和工程草图等，而且即使同一张纸上也往往会有不同研究领域的痕迹。一篇关于光学的文章旁边可能是一幅人脸素描、一种关于特别颜料的配制方法或者是关于某篇医药配方的论文。

鉴于此，他在米兰时期书写的连续 72 页的《哈默手稿》则更显得弥足珍贵。

手稿当中包含大量对水力学、天文学、建筑学、岩石和化石的阐述文字和手稿草图。当 1994 年微软总裁比尔·盖茨以 3 080 万美元的价格购买《哈默手稿》时，传记作家麦克尔 · 怀特问他为什么要这样做，盖茨苦笑道："因为我需要它。"并说："《哈默手稿》属于全世界。"盖茨的这个举动，被认为是这个患有轻度自闭症的科学狂人通过购买行为来向那位生于 500 年前的第一个真正思考者和研究世界运转机理的科学巨匠致敬。

盖茨在购买了《哈默手稿》之后，委托大英图书馆的专家进行破解，并每年将原稿在世界各著名博物馆进行展览。但是尽管如此，能够得见《哈默手稿》原貌的世人还是少之又少。

现在这本《哈默手稿》，不仅是中文的，也是世界上该文稿的第一个图书版本。

"当周围一片黑暗、人人沉睡之时，他却过早地醒来。"达 · 芬奇死后，他最钟爱的学生弗朗西斯科 · 梅尔兹（达 · 芬奇临终前将所有绘画作品和大量手稿都托付给了他）说："达 · 芬奇的死，对每一个人都是损失，造物主无力再造出一个像他这样的天才了。"

尽管如此，尽管连造物主的创造在达 · 芬奇的面前都显得苍白无力，但是如果后人能够吸收达 · 芬奇的智慧启迪，并自我砥砺，是否会再度出现一个达 · 芬奇式的人物，也未可知。

《哈默手稿》导读

达·芬奇原手稿

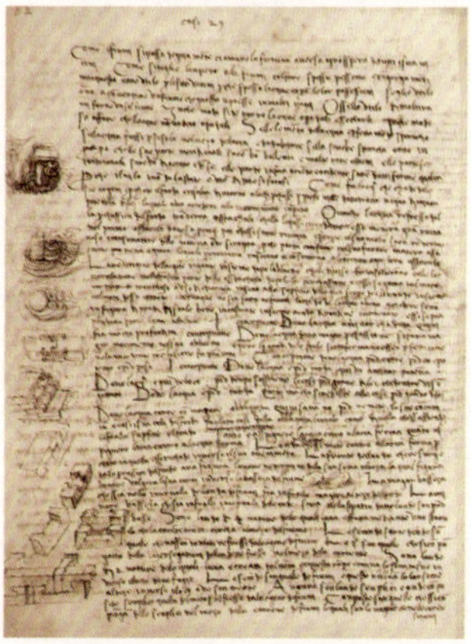

达·芬奇左右手都能写字作画，他的笔记有大部分都是用左手写成的反书——后人需拿镜子才能破解。

镜像后的中文版本

将达·芬奇意大利文手稿镜像化之后，转译成中文。其中的图片和版式与原手稿页完全对称且吻合。

第四十三章　二十九项案例

达·芬奇手稿原标题

大英图书馆馆标

大英图书馆说明

大英图书馆解读文字

这一页描写水的二十九项案例，展示出列奥纳多·达·芬奇在水科学研究上所追求的基本原则。他提醒水坝可能产生的问题："怎样通过频繁地维护堤坝来控制河流的冲击？但是维护堤坝对旁边的近邻地并没有什么好处，因为水流会经常漫过堤坝，淹没田地。"

他同时也说明如何缓解不利的结果："障碍物将涡流一刀劈开，涡流在障碍物后方重新团聚，然后朝着受到冲击的障碍物回旋。而这一迂回运动继续前进，像旋转的陀螺直达水面，总是顺着水流缓缓而下。这样，在流水落下的地方，河水不再盘踞不前，除非这些地方呈台阶形状，一排排有序地排列在一起，一个台阶紧挨着另一个台阶。"

他以科学研究为目的来观察漩涡，并结合在水研究方面多年积累的经验，用随时随地精心制作的美丽而错综复杂的图形，来说明水中的对称性。

阶梯水坝

中文辅助阅读文字

在这篇手稿当中，达·芬奇提出"水流冲击力越大，对物体造成的损坏程度越大，而阶梯状的台阶则是解决这一问题的最好办法"。这是从水动力学的角度上论述的。水动力学研究液体运动状态下的力学规律及其应用，主要探讨管流、明渠流、堰流、孔口流、射流多孔介质渗流的流动规律，以及流速、流量、水深、压力、水工建筑物结构的计算，以解决给水排水、道路桥涵、农田排灌、水力发电、防洪除涝、河道整治及港口工程中的水力学问题。

但是阶梯水坝的设计不仅仅符合水动力学，而且也符合水静力学的原理。水静力学研究液体静止或相对静止状态下的力学规律及其应用，探讨液体内部压强分布、液体对固体接触面的压力、液体对浮体和潜体的浮力及浮体的稳定性，以解决蓄水容器、输水管渠、挡水构筑物、沉浮于水中的构筑物（如水池、水箱、水管、闸门）等。堤坝、船舶等的静力荷载计算问题。从水深和静力压强上来说，阶梯水坝的横断面呈现阶梯式的下宽上窄，既能够抵抗深水水压，又能够节省建筑材料。

达·芬奇的阶梯水坝给予后世的水力学家以无限的启迪，现代的梯形水坝就带有阶梯水坝很大的印痕。达·芬奇在不经意之间，就触及了水利学的静水力学和动水利学的两个精髓。这也可以作为达·芬奇的天才的证明之一——天才和大师总是在不经意间于任意领域达到别人无法企及的高度。

达·芬奇手绘设计图纸

172 · —— —— · 173

Contents 目录

手　稿　一　月球自身并不能发光　4
手　稿　二　欧洲的地理和地质　8
手　稿　三　纪念拉蒙缇娜，关于月球　12
手　稿　四　关于沼泽排水　16
手　稿　五　关于溶洞中的水　20
手　稿　六　水是如何升上山顶的　24
手　稿　七　大气层的颜色　28
手　稿　八　波浪的形状　32
手　稿　九　河流交汇形成的情况　36
手　稿　十　河水对河岸的冲刷　40
手稿十一　关于水流波浪的多样性　44
手稿十二　潮汐的形成　48
手稿十三　关于月球上的水　52
手稿十四　水流的连通器原理　56
手稿十五　冲击力的传递　60
手稿十六　关于大洪水及海生贝类化石　64
手稿十七　大洪水的搬迁力量　68
手稿十八　贝类的迁移真相　72
手稿十九　对于反面观点的驳斥　76
手稿二十　如何在河中安置基桩　80
手稿二十一　水的压缩与喷发　84

手稿二十二　地下的暗流　88
手稿二十三　关于水及水底的 657 项观察　92
手稿二十四　波纹的形状　96
手稿二十五　测量水速和风速的方法　100
手稿二十六　更为精确的水速测量方法以及对河流的控制　104
手稿二十七　流体力学的真命题　108
手稿二十八　令人着迷的水波环形反射　112
手稿二十九　水流之间的相互作用　116
手 稿 三 十　关于水的 15 种研究　120
手稿三十一　水流的交汇点　124
手稿三十二　关于潮汐、涡流及水　128
手稿三十三　河水的沉淀物　132
手稿三十四　关于水的内容整理　136
手稿三十五　水流的降落和反弹运动　140
手稿三十六　小河和大河交汇的结果　144
手稿三十七　空气对水的作用　148
手稿三十八　雨水最轻　152
手稿三十九　对于水的无穷疑问　156
手 稿 四 十　如何测量水的深度　160
手稿四十一　水流的水平运动　164
手稿四十二　水流是地球的血脉　168
手稿四十三　最完美的水坝形状　172
手稿四十四　在水下停留更长时间的大胆设想　176
手稿四十五　波浪不会相互穿透　180
手稿四十六　降雨的形成　184
手稿四十七　在水流当中设置障碍物　188
手稿四十八　河流对河岸的破坏　192
手稿四十九　气泡的完美球形　196

手 稿 五 十　水的运动比风的运动慢得多　200
手稿五十一　水压理论的实际应用　204
手稿五十二　同热那亚人谈大海　208
手稿五十三　水的黏结性决定了水滴的形状　212
手稿五十四　用少许石头便可使河流改道　216
手稿五十五　水蒸气、风的运动以及电火的形成　220
手稿五十六　进行打桩的最好办法　224
手稿五十七　物体的冲击运动　228
手稿五十八　空气不能推动物体的运动　232
手稿五十九　关于月球　236
手 稿 六 十　牵扯到风的盘旋和水的漩涡　240
手稿六十一　地球表面呈弧形，海水不可能比高山更高　244
手稿六十二　地下河流的来源　248
手稿六十三　在河岸上修建房子　252
手稿六十四　热能将水蒸发到山上　256
手稿六十五　水在落点四周散开　260
手稿六十六　关于河流的源头　264
手稿六十七　没有合理的生活，任何东西都无法生存　268
手稿六十八　水的球形中心　272
手稿六十九　潮汐及相互对冲的水流影响　276
手 稿 七 十　在地球上是陆地占的面积大还是水所占的面积大　280
手稿七十一　关于地球本身的特征　284
手稿七十二　关于月球：反方认为“月球上没有水”的所有矛盾点　288

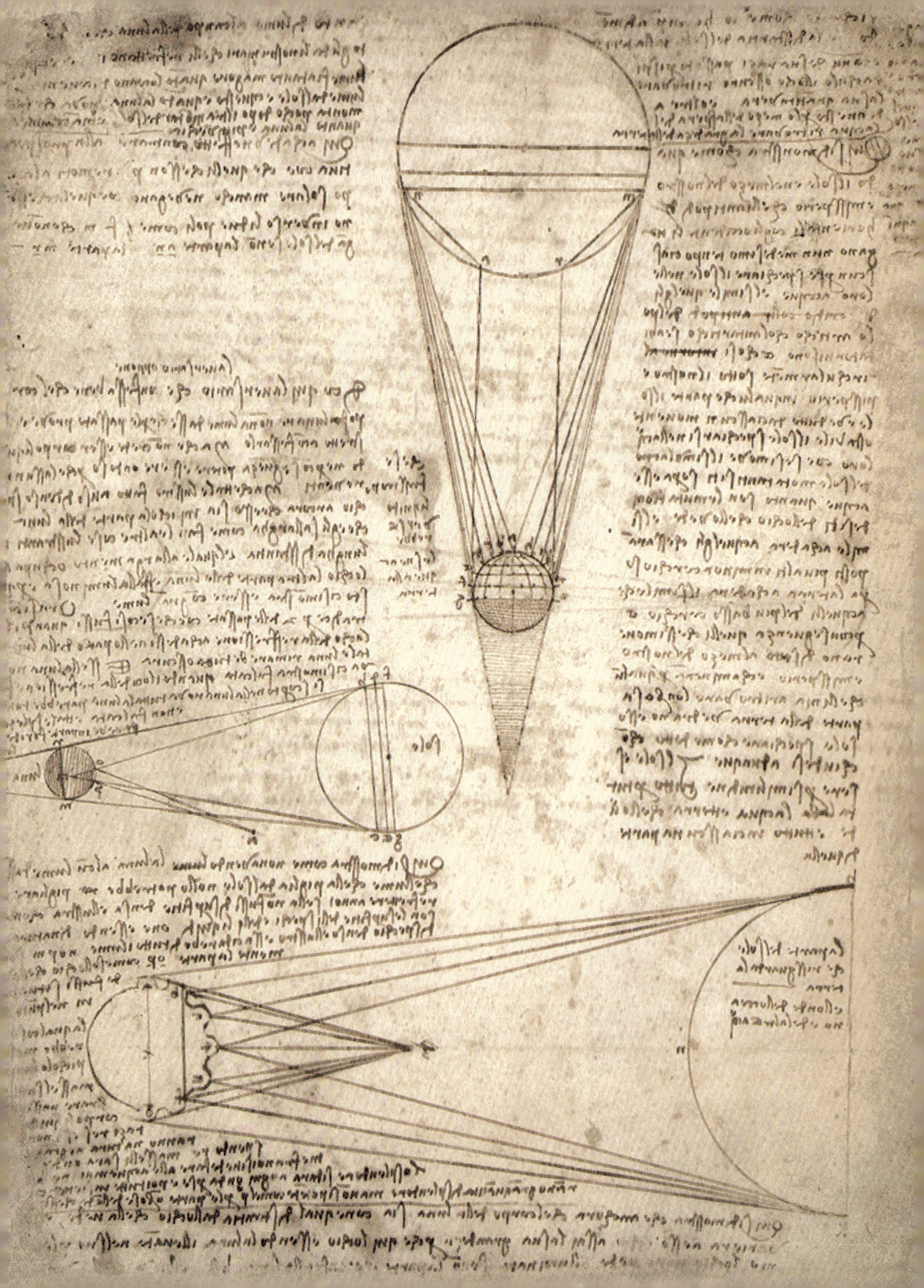

我用来计算月亮大小的方法和用来计算太阳大小的方法一样，在月圆的午夜，通过月光光线来进行计算。

首先记住我是如何模拟太阳到地球的距离的。阳光穿过小孔，射入暗室，通过光线来推算出太阳的大小；除此之外，通过计算水域大小的方式，推算出地球的大小。

这里做个演示，当太阳在我们半球的正中，东西两极的水中都反射出阳光，同时，南北两极也一样。如果四极有人居住，我们居住的大地下方环形的任何地方也都有人居住，那儿或站立或走动的人也可能看到太阳，也可能观察到太阳在水中的影子——也就是说，当在不同的地点观察水中的太阳，太阳在水中的影像也随着地点的变换而变换。就像站在地球上空的小小圆环上的人观察下方圆环中的人一样。因此，如果有人移动到我们半球的下方，朝向地球黑暗的任何方向走动，如上所述，均可以观察到太阳（在水中）的倒影。因此，可以得出结论，太阳普照在所能见到阳光的水和土地上，跟水和大地的那些角角落落融合在一起。

朝向我们一面的月亮发出的光芒，和太阳从地球海面反射到月球上的光芒一样多姿多彩。大海从太阳那里吸收了多少光芒，月亮就放出多少光芒——也就是说，月亮是新月的时候，随着太阳下山而慢慢落下；而且当月亮慢慢变老，月光也随之黯然失色。

这里发生的效果同透镜原理截然相反，距离太阳体越远的人观察到的阳光越微弱。也就是说，走向两极的人，即 fm，他们所观察到的太阳不会比站在 an 或 mr 上的人多。

反方观点

反方这里完全准备接受“月球本身不会发光”的说法，而且这也是经过一步一步的论证后，他们不得不接受的。然而，他们却不认可“月球上有液体”的说法，因为假如月球上有液态水，月球上的水也会倾泻到地球上。因此，月球上也没有波浪，因为那儿没有风。

但是他们坚持认为，这些像从厚厚的镜子反射出来的光芒，尽管仅局限于月球上很小的一部分，但如果从远方看，光线扩散开来，似乎整个月球都是由明亮的物体构成的。这种扩散影响到月球的其他部分，用肉眼观察起来，月球像是一个发光的整体。因此月球看起来似乎具有很强的光亮。然而这一点却和流行的两种说法不同——也就是说，假如月球真能发光，当月球阴暗的一面做出光线反射的时候，整个月球可能呈现出黑色。而且当我们观察到的新月呈月牙状，如果反射的地方在月球上，那么整个月亮会呈现出圆形而不是镰钩形，而且这些光亮会在月亮周围的某些地方呈现出来。

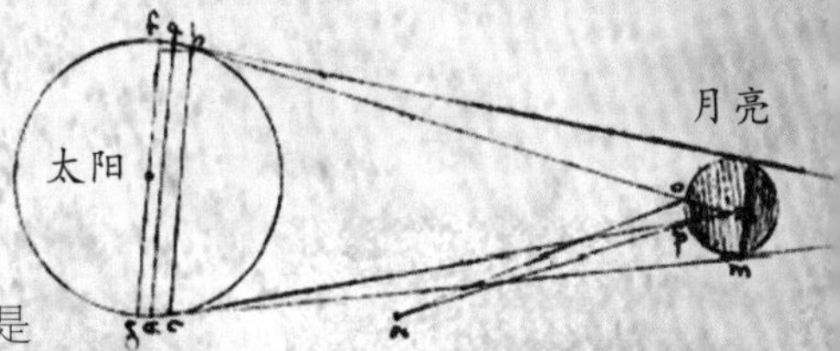
太阳
月亮

这里显示出本身没有任何光亮的月球为什么不能将接收到的阳光光线吸收的原因。如果月球的表面没有像镜子或液体那样的密度和光洁程度，就不会将光线反射到地球。因此，假如月球拥有像镜子一样的密度和光洁程度，月球会从 nopm 四点之间发出光线，而不仅仅从 op 部分，就如同视觉在 a 点所观察到的那样。这种现象可能发生，但是光线很微弱。从另一方面来说，假如月球的光芒来自液体物质，其反射出的光芒不会那么自然，也不会那么强烈。但是从波涛汹涌的大海海面上观察到的情况除外。这种情况下，光线照射到每一个独立的波浪，而对于整个水体来说，就像是一个整体反射出大量的光芒，但是不如第一点上发射出的光线强烈，因为距离波浪越近，越能观察到水浪阴暗的一面。

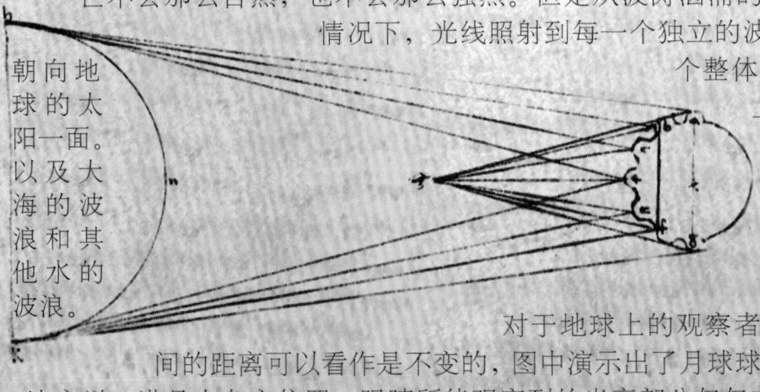
朝向地球的太阳一面。以及大海的波浪和其他水的波浪。

对于地球上的观察者而言，无论身处哪里，眼睛和月球之间的距离可以看作是不变的，图中演示出了月球球体在观察者眼睛中发生的大幅度变化。比方说，满月在东方位置，眼睛所能观察到的光亮部分仅仅在直线 bf 之间，而这一部分被水覆盖。

手稿一　月球自身并不能发光

BRITISH LIBRARY

大英图书馆说明

图示使这一页在《哈默手稿》中脱颖而出，成为手稿中非常著名的一页。这些图例揭示了太阳、地球和月球之间的几何和天文关系，是中世纪宇宙科学的一个中心论题。考虑到太阳照在地球的大量垂直图形，列奥纳多·达·芬奇力所能及地描绘出，从一个观察者的位置，在地面或地面之上可以观察到的太阳："这里发生的效果同透镜原理截然相反，距离太阳体越远的人观察到的阳光越微弱。也就是说，走向两极的人，即fm，他们所观察到的太阳不会比站在 an 或 mr 上的人多。"

列奥纳多·达·芬奇在这里致力于解释，为什么月光比太阳光亮度低，以及为什么月球会反射出不均衡的亮度——这是一个从远古时代延续下来的问题。

直到 15 世纪，"月球主要靠反射太阳的光线才能发光"这一观点才得到人们的普遍认同。列奥纳多·达·芬奇从地面观察，推测出月球发光及反射的原因。但月球是由什么东西构成的？这个问题是研究"光洁而完美的球面是否是月亮呈现出特定光线的原因"这一问题的关键。

列奥纳多·达·芬奇找出传统解释的两处矛盾。月亮像其他星球一样晶莹剔透，但因为距离地球近，光线微弱苍白。既然阳光没有完全穿透月球，有些阳光会反射到地球。或者，他问道：是否月球也如我们相信的地球一样，是由不同密度的物质构成的？

在这一页和手稿的其他六页中，列奥纳多·达·芬奇对"月球的表面有液体，液体的波浪能反射出部分太阳光线而不是全部太阳光线"的说法进行辩论。光泽本身不能充分诠释月球发光的原因。假如可以的话，"光线照射到每一个独立的波浪，而对于整个水体来说，就像是一个整体反射出大量的光芒"。因为水面荡漾，波光粼粼，光线被分割到许许多多的投影中。

列奥纳多·达·芬奇继续以学术辩论的形式展开其科学探秘。他提出几个备选议题，然后以其虚拟的“反方”进行猛烈反驳。在这种情况下，他用可以证明其假设的光的直线运动的几何模型来作出结论。

在这一页的底部，扇形区域表示月球表面的波浪。列奥纳多·达·芬奇展示出“反方”所宣称的：光线照射这一表面并被反射，然而没有交错混乱、杂乱无章。

同样，这种光线运动点对点的分析，也是列奥纳多·达·芬奇将光学所涉及的平面现象的图示法用于绘画辩论中的基础。

构制一架放大镜观察月亮

列奥纳多·达·芬奇

找到一种方法，可以经更远的距离看清原本在视野当中模糊不清的物体，这是可能的。所有的物体都会以锥形光线传播到眼睛当中，并于眼球的凸面形成一个直角。然而，我在这里展示的办法是让物体的光线先平行传播，然后在靠近瞳孔的地方再转变成锥形，并与瞳孔表面直角相交。这样做，就可以将比较小的星点变成比较大的星点。同样，采用这种办法也可以观察到更大、更突出的月亮。你可以将一只盛水的玻璃杯放在眼前，水和玻璃都是透明的，这不会影响你的视线，但是却能够将透过玻璃杯看到的物体变大。

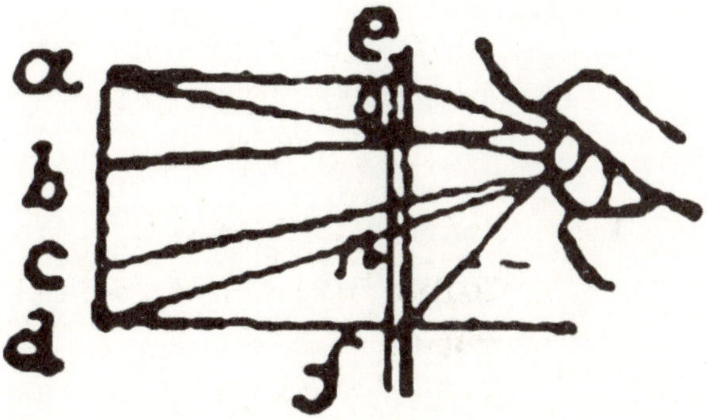

关于眼睛。事实上，比瞳孔还要小的物体即使近在眉睫也是很难看清的。这个经验告诉我们，肉眼的视力不能小到点……物像传递到我们的眼睛当中和在眼睛当中的分布，与物体本身在空间当中的分布完全相同。由此可知，当我们遥望星空的时候，映入眼帘的绝不是单颗的星星，而是整个灿烂的星河。我们的眼睛如实地按比例显示了整个天空的实际情况和星际之间的实际距离。

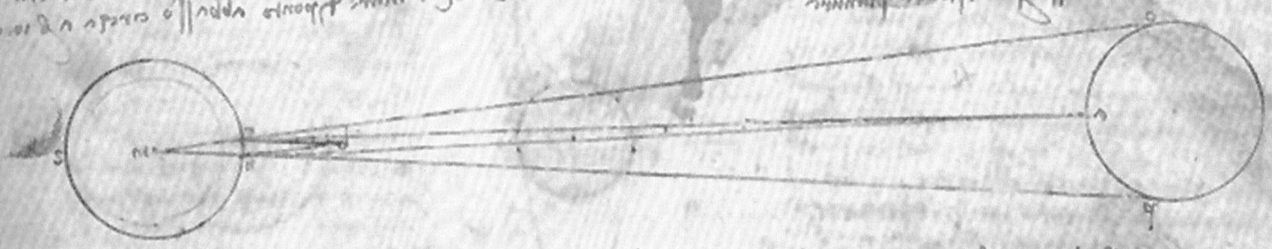

波光粼粼的湖泊覆盖了大部分沟壑林立的峡谷。这是因为峡谷中的泥土形成河流的堤坝，大海中的泥沙也被冲上海岸，峡谷中的土壤随着河流运动不断被冲刷沉淀，在山中形成湖泊，将大山拦腰砍断。河流在蜿蜒的河道中奔流，冲垮了群山环绕的台地。山中的岩层证明了河水对山体的侵蚀，河水滔滔，刨开大山、台地，岩层因河水不断冲刷而暴露出来，山水在运动中相互呼应。

在色雷斯和达尔达尼亚的哈伊莫司山脉，西接撒多尼斯山脉，随着山脉向西绵延，名字改为撒多斯山、瑞比山及阿尔巴奴斯山。山脉继续向西穿过伊利里亚，即现在称为斯洛文尼亚的地方，名字从瑞比山变为阿尔巴奴斯山；再继续向西，更名为奥克拉山脉。在伊斯特利亚北部的南北两侧，称为卡鲁娜卡斯山；向西在意大利北侧同阿杜拉山脉连接。这里是多瑙河的源头，多瑙河缓缓东流 1 500 英里[①]，然后几乎像一条直线，绵延 1 000 英里。而且在这里，或者大约在其附近，阿杜拉山的斜坡名字变成上文已经提到的山脉名字（卡鲁娜卡斯山）。喀尔巴阡山脉屹立在北部，锁住了多瑙河峡谷的咽喉，如上所述，这条山脉向东绵延约 1 000 英里，山脉宽度有的地方 200 英里，有的地方 300 英里。多瑙河从喀尔巴阡山脉的中部穿过，它是欧洲流量第一的大河，多瑙河横穿奥地利和阿尔巴尼亚南部，并经过巴伐利亚北部、波兰、匈牙利、瓦拉几亚以及波斯尼亚。

多瑙河（Danube，或称 Donau），一路奔腾，流入黑海。黑海曾经几乎延展到奥地利境内，并覆盖了现在多瑙河流域所有的平原。上述所有山脉高坡上的很多地方，仍然可以依稀看到各种海螺、海贝、牡蛎残壳和大鱼的骨头。阿杜拉山脉的山麓一路绵延，伸入黑海，并且一直向东延伸，和托罗斯山脉向西蔓延的山坡连接在一起，雄伟壮观。

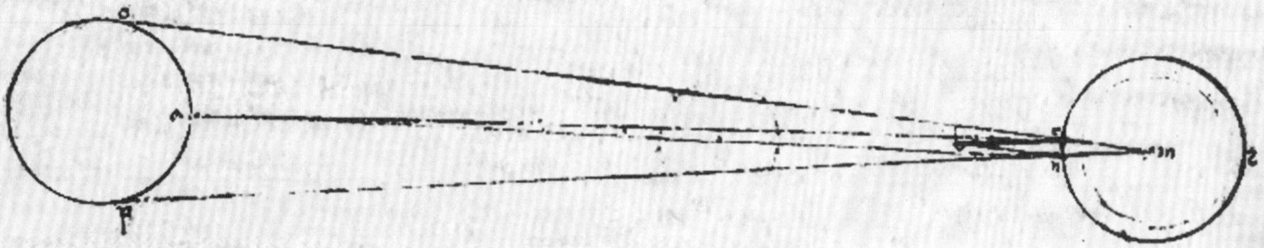

而且在比提尼亚附近，黑海的水泄入普罗庞提斯[②]，然后倾入爱琴海，即地中海。在这里，阿杜拉山脉的支脉经过长途跋涉后，从托鲁斯山脉断裂开来，黑海向下沉陷，将多瑙河峡谷光秃秃地显露出来，这里的省份用上述名字命名，越过托鲁斯山向北，进入小亚细亚，从高加索伸展到黑海的平原一直向西延伸，到达乌拉尔山脉的这一侧大山脚下，称为唐平原。因此，黑海肯定下沉了大约 1 000 布拉乔奥[③]才能露出这么辽阔的平原。

迈斯特鲁 · 安德里 · 达伊莫拉认为，凸透镜表面反射出的阳光相互交织，并在短距离内消失。从这个方面看，基本可以推翻“月球发光的表面具有类似镜子的特性”。因此，这些光不是从月球上的大海无穷无尽、千姿百态的波浪反射出来的，我个人认为，太阳光线照亮了月球某些部分而使其发光。假定 op 两点之间是太阳，cns 之间是月亮，b 点在 cnm 的中直线基准线 cn 的上部，b 是观察点，从 b 点观察发射的阳光光线在 cn 呈现出相等的角度；如果将观察点从 b 点转移到 a 点，对应在 cn 上呈现的角度相同。

---

① 1英里=1.609 344千米。
② 土耳其马尔马拉海的旧称。——译者注
③ 古意大利的长度单位。1布拉乔奥相当于66厘米或68厘米。

手稿二　欧洲的地理和地质

BRITISH LIBRARY

大英图书馆说明

这一页将地球作为一个有生命的物体进行讨论，隐含了列奥纳多・达・芬奇关于月球上水的议题。他提出了两个主要题目：地球上的水运动及月球上可能有水的假设。本页上半部根据河流形态及千百年来河流流动造成的影响，详细阐述了欧洲和中东地区的地理和地质方面的历史。列奥纳多・达・芬奇思考河流的冲蚀运动如何在峡谷中形成湖泊，并将贝类曝露在大山之中。

通过整个手稿，列奥纳多・达・芬奇需要说明的主要问题，是关于地球中水循环的问题。这里他提出了两个疑问：假如水只在向下流动的时候可以自行流动，那么河流如何到达高高的山顶？“大洪水”是否可以充分解释高山顶上海贝和水生生物化石的存在?

列奥纳多・达・芬奇使用亚里士多德的运动理论说明第一个问题，而第二个问题则对传统《圣经》中的观点提出了质疑。

这一页下半部分讨论了月球光线扑朔迷离的原因。列奥纳多・达・芬奇坚持认为，月球的表面不像镜子的表面那样平整光洁，月球上被水覆盖的表面应是崎岖不平、沟壑万千的。因此，从太阳反射出的光线消失在（月球表面上那些沟壑的）阴影中，这就解释了月球的光泽为什么显得苍白无力。这一页中部的绘图，描绘出阳光照射到月球并反射到观察者眼中的情况。

《圣经》记载的大洪水

《圣经·创世纪》第 6 ~ 8 章记载，由于有些天使贪恋地上女人的美丽，擅离职守，离开天堂来和地上的这些女人结合，致使他们的后代十分强壮巨大，人间暴力横行。其他人类也效法这些人作恶，所以使上帝决心要毁灭地上的人类。

上帝只选择留下“与他同行”的义人诺亚，命令诺亚建造一个巨型的方舟（133.5 米 ×22.3 米 ×13.4 米，容积约 4 万立方米），把陆地上每一类动物都至少留下雌雄一对（洁净的动物要保留 7 对），放入方舟里。

40 年后，诺亚建造方舟和收集动物的工作完成，然后上帝在诺亚 600 岁的那一天，从天上降下特大暴雨 40 昼夜，又使地下水不断涌出，大水漫过地上所有的陆地，这样的时间长达一年，上帝毁灭了人类。洪水退去，诺亚一家重新回到陆地，这是人类的一个新的纪元。

当时的人们笃信《圣经》，以至于当在高山发现海贝化石后，神学家将其拿来证明大洪水的存在，认为这些海贝就是被大洪水携带到那么高的地方的。但是达·芬奇却不认同这种说法。接下来，他要一步一步论证是海水的消退造成了高山的突起，海贝证明大海曾经覆盖了整个地球表面。在这一点上，达·芬奇的观点和后来的大陆漂移学说以及造山运动理论如出一辙。

大洪水　米开朗琪罗

della ramo luna

della luna

(nessun denso è più lieve che l'aria

Avendo noi provato come la parte della luna che risplende è acqua che specchia il corpo del sole la quale ci refrette lo splendore da lei ricevuto e come se tale acqua fussi sanza onde essa piccola si dimostrerebbe ma di splendore quasi simile al sole. Al presente bisogna provare se essa luna è corpo grave o lieve, imperò che se fussi grave confessando che da essa terra in su in ogni grado d'altezza s'acquista gradi di levità cosi in che l'acqua è più lieve che la terra e l'aria che l'acqua e 'l foco che l'aria e così seguitando successivamente e parrebbe che se essa luna avessi densità com'ella ha, ella avessi gravità e che tale gravità e detto spazio ove essa si trova nolla potessi sostenere e per conseguenza avessi a discendere inverso il centro dell'universo e congiugnersi colla terra, essendo lei almanco le sue acque avessi fino a cadere e spogliarla di sé e cadere inverso il centro e lassare di sé la luna spogliata e sanza lustro, onde non seguitando quel che di lei la ragione ci promette egli è manifesto che essa luna è vestita de sua elementi cioè acqua aria e foco e così in sé per sé si sostiene in quello spazio come fa la nostra terra co' sua elementi in quest'altro spazio e che tale ofitio faccino le cose grave ne sua elementi quel fanno l'altre cose gravi nelli elementi nostri

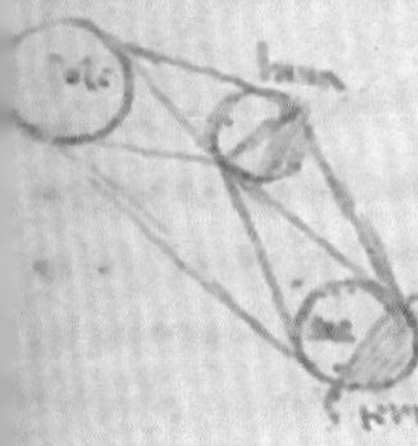

Quando l'occhio orientale vede la luna nuova vicina al mamorato dal sole, sole e ssola vede la luna colla sua parte ombrosa circundata da parte luminosa, della quale lume la parte laterale e superiore deriva dal sole e la parte inferiore deriva dallo oceano occidentale il quale ancora lui riceve li razzi solari e li refrette nelli inferiori mari della luna e ancora per tutta la parte ombrosa della luna dà tanto di splendore quale quel che dà la luna alla terra nella mezza notte e però non resta integralmente oscura e di qui è alcuna creduto che la luna abbia in parte di lume da sé oltre a quel che lli dato dal sole il quale lume deriva dalla antidetta cagione de nostri mari alluminati dal sole

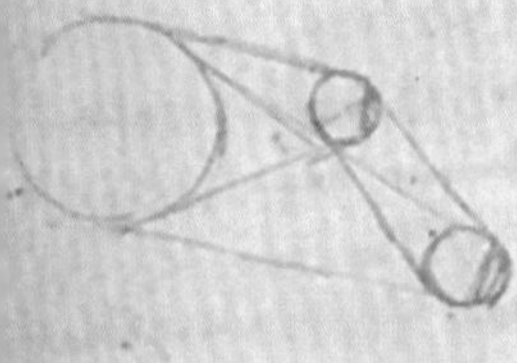

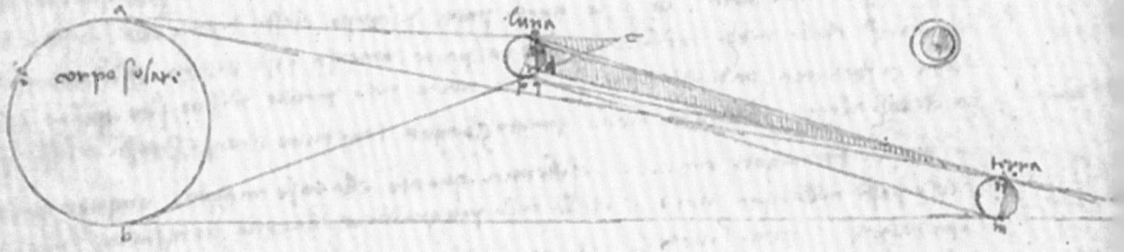

Ancora si potrebbe dire che il cerchio dello splendore che fa la luna quand'ella è col sole in ne ocidente diminuissi dal sole integralmente quando essa col sole e coll'occhio è situata nel modo che qui di sopra si dimostra

Alcuni potrebbono dire che l'aria che è elemento della luna pigliando il lume del sole come fa la nostra spera dell'aria fussi quella che finissi il cerchio luminoso al corpo della luna

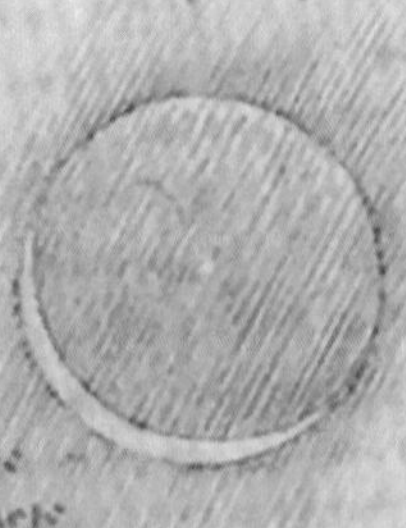

Alcuni àn creduto che la luna abbia alquanto di lume da sé, la quale opinione è falsa, perché l'hanno fondato sopra quel chiarore che si vede in mezzo alli corni del quarto della luna nuova, il quale alli confini dello splendore pare oscuro e alconfine della oscurità del campo pare sì chiara che molti credano essere un cerchio di nuovo splendore che finissa di circundare dove le punte de corni alluminati dal sole terminano il loro splendore e questa varietà di campo nasce perché quella parte d'esso campo che termina colla parte luminosa della luna per tal paragone si dimostra più oscura che non è e quella parte di sopra dove pare un pezzo di cerchio luminoso d'uniforme larghezza nasse che quivi la luna essendo più chiara che mezzo del campo ove essa si trova per paragone di tale oscurità si dimostra in tal confine più luminosa che non è la qual luminosità in tal tempo nasce dal nostro oceano e altri mediterranei che in quel tempo è alluminato dal sole che già è in amontato in modo che il mare allora fa tale ofitio alla parte oscura della luna qual fa la luna in quintadecima a noi quand'è il sole tramontato e tal propor

Se noi vedere quanto la parte ombrosa della luna sia più chiara che 'l campo dove la luna si truova, occhupi coi l'una mano o colla altra ... di che ... la parte ...

关于月亮

没有任何固体比空气轻

因为我们曾经证明过，月亮上闪闪发光的部分是水，对于太阳来说，这部分像镜子一样将所接收到的太阳光线反射回来。而假如这部分水没有波浪，那么它就显得很小，只是反射出等量的太阳照射到水面的光芒，因此，必须证明月球是质量很重的物体，还是很轻的物体。

这样，假如月球为质量很重的物体，考虑到从地球向上的过程中，每升高一个高度，光线的亮度也会越来越强烈，因为水比土地轻，空气比水轻，火比空气轻，以此类推。这么看来，假如月球有密度——确实有！——月球则可能有重量，而月球一旦有了重量，月球所在的空间可能支撑不住月球，结果，月亮可能会滑向宇宙中心，自己掉在地球上；或者假如月球掉不下来，不管怎样月球上的水也可能掉下来，月球则失去了水，水朝向宇宙中心降落，使得月球上的水被剥夺掉，从而月球失去了光泽。然而，事实上这些事情都没有发生，因为很有可能和大家以前预想的一样，很明显，月球被包裹在自己的元素之中。也就是说，月球上可能有水、空气和火的存在。这样，月球才可以像地球一样，悬浮在自己的空间；而且月球上的重物，在其本身的元素中起到相同的作用，像地球上的重物作用一样。

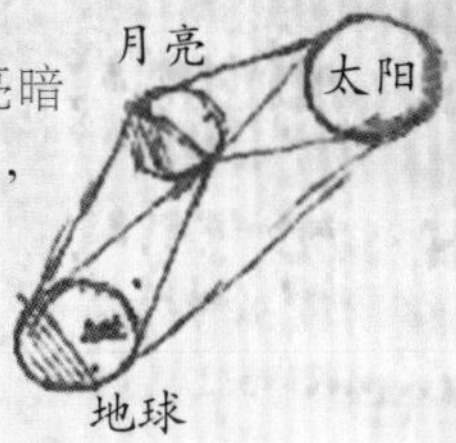

当太阳快要落山的时候，站在东边，仰头看西边的月亮，眼睛可以观察到月亮暗淡的部分被包裹在闪亮的部分之中。发光的部分，侧面及上方是源于太阳的光芒，而底部的光则是源于西边海洋的反射——西边的海洋仍然能接收到太阳光线，并将阳光反射到月球底部的海洋；而且，反射的光线照射到月球整个阴暗的部分，正如月亮在午夜的时候照射到地球的状况一样，因此，月球没有变成漆黑一团。从这一点来说，有人相信月球除了接收到太阳的光线外，自身在某些地方也会发光，而这些光亮是由上面已经提到的原因造成的，即地球上的大海反射出的太阳光线。

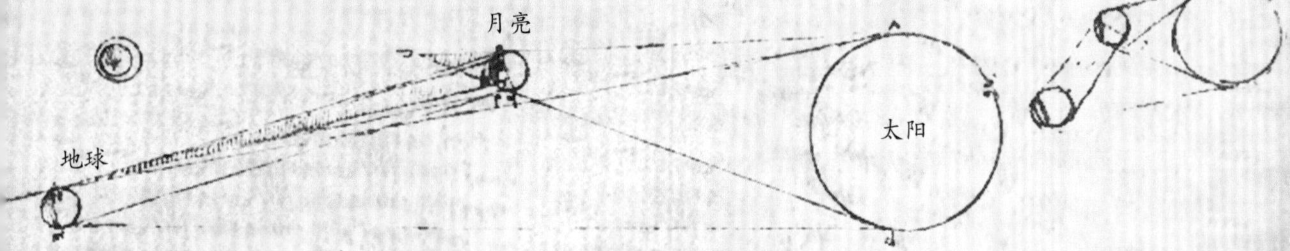

另外，或许可以认为，当月亮和太阳一起出现在西方的时候，月亮的位置相对于太阳和眼睛的位置来说，因为月亮在上空，月亮呈现出的光圈完全是来自太阳的作用。

有人可能认为，空气是月球的元素之一，像在地球一样，空气吸收了太阳光线，是不是因为这个原因，月球上才有完整的光圈？

有人观察到，新月两个尖尖角之间的部位有微弱的光线，看上去似有似无，跟亮的部分比起来黑乎乎，可是跟黑的部分比起来又似乎有点儿光亮。于是他们便相信月球自身能发出环形的微弱光芒。他们甚至认为，来自太阳的光芒在新月两端的尖角处走到了尽头，而月亮发出的环形光却能自成圆满。我认为这些观点都是错误的。

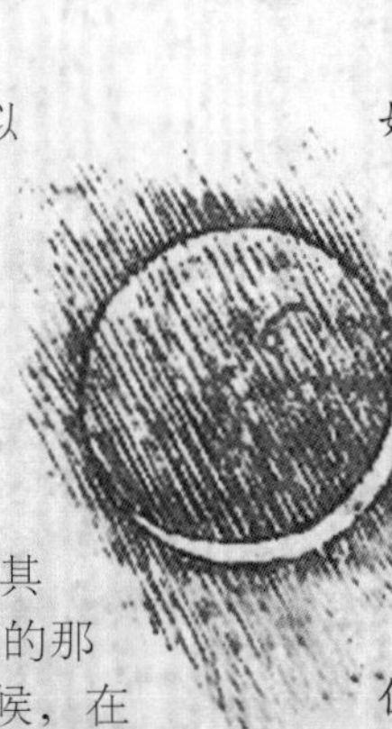

如果想观察到月球阴暗部分和其背景对比的程度如何，用手或者其他物体远远地遮挡住视线，可以观察到月球发光的部分……

背景的差别源于月亮周围明亮的部分，相比明亮的部分，月球显得比本身更加黑暗。在这部分的上部，呈现出宽度均匀的光圈，和周围的黑暗相比，光圈显得比其本身更加明亮。在这种情况下的月光，是来自地球的海洋或者其他的内陆海的反射作用，因为这些海洋在这个时候仍然反射阳光。太阳落山的那一刻，以同样的方式，大海随后变成月球黑暗面的温床，就像在满月的时候，在太阳落山后，我们看到的月亮一样。月球黑暗的一面微弱的光亮，和明亮部分的亮度，呈现出相同的比例，因为……

手稿三　纪念拉蒙缇娜，关于月球

BRITISH LIBRARY

大英图书馆说明

这一页的标题是“关于月亮，没有任何固体比空气轻”。解说清晰有序，图示精确，这一页下方绘制的新月尤为引人入胜。

到 15 世纪，托勒密的“偏心圆轨道”学说已被广泛接受，即：月球和其他星体围绕着地球运转。列奥纳多·达·芬奇对月球及其元素的讨论，隐含着托勒密对亚里士多德观点的修正，即：所有的星体围绕着不动的地球旋转，各个星体处在不同的高度，每个星体都在自己的空间，围绕处在宇宙中心的地球做同心运动。

列奥纳多·达·芬奇相信，月球具有和地球一样的大气和性质，因此遵循相同的物理规则。这一页横贯中部的图示有助于说明月球表面具有物质及重量。

列奥纳多·达·芬奇所关心的问题是，月球是否有足够的重量，以保证月球表面的水层不会掉落到地球上；而不是：“很明显，月球被包裹在自己的元素之中。也就是说，月球上可能有水、空气和火的存在。这样，月球才可以像地球一样，悬浮在自己的空间里；而且月球上的重物，在其本身的元素中起到相同的作用，像地球上的重物作用一样。”

列奥纳多·达·芬奇很明确地重申了在手稿一及手稿二中的论点：假如月球上没有波浪，月球发出的光线范围可能几乎等于其所收到的阳光范围。“有人相信月球除了接收到太阳的光线外，自身在某些地方也会发光，而这些光亮是由上面已经提到的原因造成的，即地球上的大海反射出的太阳光线。”

列奥纳多·达·芬奇这里的意思是说，在新月的时候，月球其他部分微弱的光亮，是因为从地球海洋反射到月球阴暗部分的亮光而发亮。他补充说，这些光很难被观察到，因为光亮和黑暗同时存在，对比就显得特别突出。光亮度对比的概念源于他对光学的研究。在新月的时候，为了更好地观察这种淡淡的亮光，列奥纳多·达·芬奇建议用一只手遮住发亮的部分去观察。

列奥纳多建立了一个观测台，在屋顶的天窗下安置了光学仪器，用来观测月亮。事实上，列奥纳多已经对托勒密体系产生了疑问，他甚至曾经写下“太阳不动”，大胆地预言地球围绕太阳旋转。

托勒密地心宇宙体系

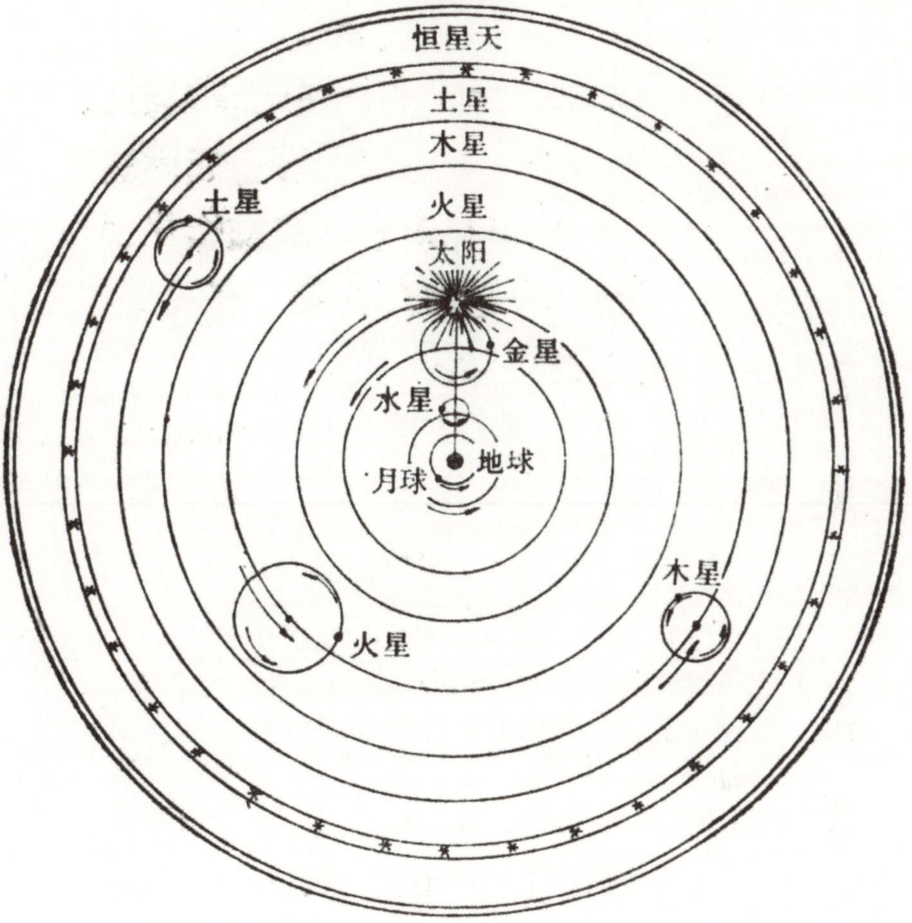

托勒密宇宙模型

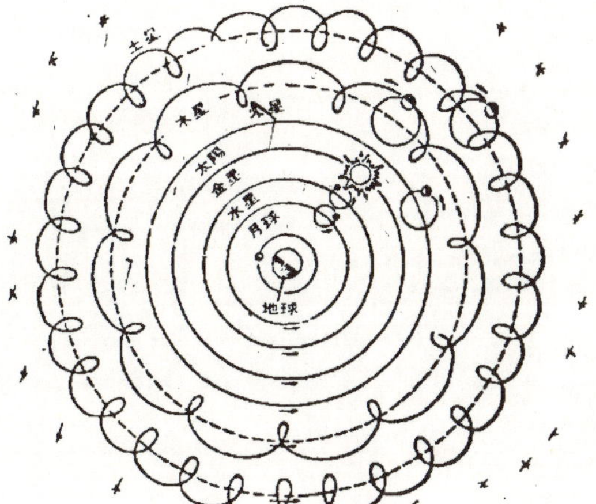

come si debbe votare uno stagno che sbocchi nel mare

Nel volere votare uno stagno che versi nel mare, sanza dubbio esso è più alto che esso mare, perché l'acqua
non verserebbe s'ella non avessi moto, e per consequenza non arebbe moto s'ella non discendessi, e non discenderebbe
se non si movessi di loco più alto che quel dove ella si move. Adunque sia serrato la bocca allo stagno che versa
in mare, e 'l fiume che torbido entra in tale stagno, ~~tr~~ restando esso stagno con poco moto, scaricherà la sua
turbulenzia al fondo di tale stagno, e così in breve tempo arà rienpiuto in gran parte della sua profondità,
in modo che, poi aperte le chiuse ~~sopra~~ già fatte alli confini del mare, l'acqua si partirà e lascierà il suo fondo
scoperto all'aria, nel quale poi che s'arà alquanto assettato noi potremo fare il canale al fiume che prima facia
tale stagno, e usare li terreni alle utili colture. E nel fiume fussi vicino allo stagno ringorghe-
reno il fiume con sofficiente argine, e farenli una caduta in sul mare o vicino a esso mare, e perché il fine del mo-
to montante è più basso essendo in sul mare che nessuna parte del fiume o del mare, in tale loco sia essa bocca
della stagno con picciolo e stretto canale l'acqua, e così si serra lo stagno a equalarsi colla sua superfitie
insino alla bassezza di tal moto montante che del fiume dormo. E il moto del mare non ucha nel suo acresci-
mento, hè tale ingegno o d'ocatinatta che s'esserri lo stagno in tali refrussi di mare, e con questo non si farebbe to-
de il mare fa gran varietà nel suo crescere e discrescere

Quivi si disputa se 'l mare che abbian provato stare nella luna se esso attende al centro della luna come fa il nostro
al centro della terra, o no. E pare che ssì, e che essa luna abbia li sua elementi intorno come la nostra terra,
il che se così non fussi l'acqua spoglierebbe di sé la luna e discenderebbe a questa nostra terra insieme col no-
stro mare, e non che l'acqua della luna, ma tutta la luna insieme coll'acqua discenderebbe come cosa grave al
centro del mondo, il che non facendo, per necessità bisogna che abbia un sito stabilito co' sua elementi intorno come te[rra]

Nessuna cosa di gravezza equale o maggiore che l'acqua si sostiene per sé sopra dell'acqua, e s'ella sarà di gravezza equa-
le all'acqua essa potrà per sé stare in ogni grado della profondità dell'acqua, e s'ella sarà più lieve che l'acqua
essa starà per sé tanto di sopra a essa acqua che caccerà tanto d'acqua del suo sito quanto è il peso di quella parte del
corpo che sta infra l'aria. ~~[illegible]~~ Pesa quella parte del corpo che sta dentro alla superfitie dell'acqua non a quel peso
infra l'acqua ch'ella arebbe infra l'aria, onde tal parte somersa si fa barca e sostenta quello del suo rimanente che
resta infra l'aria; onde così somersa caccia tanto peso d'acque del suo sito quanto è il peso di quella parte del cor-
po che è infra l'aria, e tanto ~~[illegible]~~ meno quanto l'acqua tocca tutto il corpo, si pose resiste più che l'aria.
L'acqua fa maggiore o minore resistenza quanto ella in sé è maggiore o minore gravità. Ma per tornare a
le cose poste nell'acqua noi diren che la cosa più grave che l'acqua non starà sanza moto di sé o dell'acqua
sopra dell'acqua, come si vede le cose gravi gittate sopra li gran ~~[illegible]~~ e veloci corsi delle acque, che ancora che
si sieno di maggiore peso dell'acqua, essi stanno ~~tanto so~~ alquanto sopra la sua corrente, e ma' si ritira al fondo se l'acqua non à
gittato con veloce moto sopra dell'acqua, sanza moto esso sasso va balzando sopra tale acqua e paluato si pa-
stato
ra nel fin sopra di quella e mai non si dirizza perpendicularmente al fondo se l'impeto non è inanzi spento. Così di converso il
~~sasso~~ mobile ~~[illegible]~~ Avendo concluso molte cose con senplici esenpli noi verreno alle pr[ove]
ne e dire così: se dell'acqua corrente si move ~~[illegible]~~ con potenzia di 4 gradi, il sasso in quella gitta-
to dal discendere con potenzia di 4 gradi ancora lui questo ~~farà moto~~ moto che farà il sasso i[n]
se acqua corrente acompagnatone del moto che esso arebbe fatto nell'acqua sanza moto, fia qual sarà
lo bilancia del diametro del quadrato alla rettitudine della sua caduta

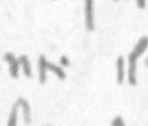

pesce nel primo grado che el
so entra nell'acqua l'acqua lo senaccia un grado di moto, onde un grado è entrato e un grado se discosta
dal suo perpendiculare, e così segue successive. Ma il sasso gittato per obbliquo dalla superfitie al fondo de
quanmorta fa // il lascieno qui stare le prove le quali si farà poi nell'opera ordinata. Attenderò solamen-
te a trovare casi e invenzioni e le metterò successivamente secondo che le vengano, e poi darò ordine
to insieme quelle di medesimo genere. Sicché per ora non ti maraviglierai né riderai di me, lettore, se qui si
fa gran salti da materia a materia. Ora per tornare: Dico che le cose gravi più dell'acqua non son mo-
dall'acqua ~~[illegible]~~ se essa non à avuto mediante impeto più grave della cosa da lei somersa. Nessun fiume
porta cose più di segno di sé che non si fanno minori, come le minutissime insensibile della lita e sfangho
il qual si sostiene infra l'acqua quasi sanza moto, e la rena con più moto e la ghiara e li sassi in tanto più di
con moto quanto essi sono più gravi. Dove l'acqua de' fiumi à magiore corrente quivi fa gran borri e
grossi sassi sopra del fondo.
Dove l'acqua à magiore corrente [illegible]

如何将流入海洋的沼泽中的水排放干净

如果想将流入海洋的沼泽中的水排放干净，沼泽的海拔自然要比大海高，因为如果水没有运动，就不可能流入海洋。因此，如果水不是在向下流动，水是不会运动的，除非水是从高处向低处流动，否则水是不会降落的。那么，假设封闭了沼泽流向大海的出口，湍急的河流流入沼泽，在到达沼泽以后却发现几乎没有什么运动，水流携带的物质便慢慢沉淀在沼泽底部。那么不久以后，河流以这种方式将沼泽里的大部分地区填满。当大海附近的泄洪口打开，沼泽里的水便流出，将沼泽底部暴露出来。一旦沼泽的底部在某种程度上变得干燥，我们就可以看到原来流入沼泽的河流，已经流入河道之中，这就使得沼泽地里原本的淤泥变成了有用的良田。假如河流靠近沼泽，就应当筑起长长的河堤，并修建斜坡深入大海或到达大海附近。因为洪水停留的地方比河流的任何部分都低，在海平面上，假设这个地方为小溪流，水流从沼泽地缓缓流动，来到上述洪水停留的地方，不断将水面抬升，达到暴发洪水的水平。而预防水面升高对河堤造成的破坏，应通过一定的设施，即泄洪口。在海潮来临之际，泄洪口封闭了沼泽里的水使其无法流出。潮起潮落，海面不断变化，而当大潮来临之时，泄洪口则难以抵挡。

我们证明过月球上有大海，但有人会争辩：因为地球上的大海重力是朝向地球中心的，是否月球上大海的重力也是朝向月球中心？看来事实可能如此，和地球一样，月球被自己的元素所围绕。因为，假如不是这样的情况，水会脱离月球而掉落到地球上，同地球上的大海连接在一起。而且不仅是月球上的水，还包括月球本身，像一个巨大的物体，也会直接砸向宇宙中心来。但这种现象没有发生。因此可以肯定，正如我们前面讨论的一样，月球有自己的固定空间，被包围在自己的元素中。

重量等于水或者大于水的物质，不可能自身漂浮在水面。如果物体的重量和水相等，物体会悬浮在水的任意深度；如果物体的重量小于水，则会自动漂浮于水面，并从所在的地方，排出跟物体在水面上部分相同重量的水，因为水面下的部分，在水中和水的重量相互抵消，不会体现出其在水外的重量。这样，这些在水下的部分，成为载体，支撑水面以上悬浮的部分。结果，在其所在的位置，物体水面上部的重量，等于所排出水的重量。因此，假如将整个物体放置在水中，物体受到的水的浮力比在空气中大，因此也变得比在空气中轻。

水产生的浮力大小取决于物体重量的大小。然而，再回头看水中放置的物体，可以说，如果没有物体的自身运动或者水的运动，比水重的物体不会保持浮在水面之上。可以将重物扔进湍急的洪水中进行观察，即使物体重量比水大，物体仍然可以在水面悬浮一段时间。物体不会直接沉入水底，除非水流减速。

这样，相反，如果将石子抛向平静的水面，石子会向前跳跃，做出某种伸展，最终跃过落水点，而绝不会呈直线状落入水底，除非向前的冲击力完全消失。通过一些基本例子，可以总结出许多结论，我们现在来找证据。那么我们可以这么认为：如果水流以4级的冲击力向前运动，扔入水流的石子也想按照4级的冲击力向前运动，石子在水流中的运动，相比其在静止水面的运动，可以分解为平面坐标上倾斜的斜线运动及水平上的直线运动。这样一来，在石子进入水面的第一阶段，水面冲击石子为1级的运动，那么石子就有1级的穿透力，且以1级的力度偏离垂直线，这样石子继续前进。但如果将石子从水面倾斜丢入平静的水底，那么……

这里我不考虑图示说明，因为我需要按照确定的顺序展开。我现在关心的是如何发现更多的案例，在看到的时候就收集起来。然后按照顺序整理，将案例按照类别分类。因此，朋友们，如果这里我从一个话题大幅度地跳到另外一个话题，请不要感到惊讶或者嘲笑我。

现在我们转回话题，我认为即便水通过其冲击方式，也未必变得比沉没在水中的物体重，而水是无法推动比自己重的物体的。没有任何河水可以携带超过其重量的物体——如果这些物体不是颗粒极其微小的沙子和泥土。在水中漂浮的泥土几乎没有任何运动，而沙子运动却比较剧烈。河水越是湍急，在河水流过的地方发现的石块就越大。如果水流比正常水流慢，那么留下的石块就变得越小。

手稿四　关于沼泽排水

BRITISH LIBRARY

大英图书馆说明

“如何将流入海洋的沼泽中的水排放干净？”表现出列奥纳多·达·芬奇清除沼泽的计划，这是他经常呐喊、寻求解决的一个问题。

在第二段，列奥纳多·达·芬奇辩论，如果月球没有自己的引力中心，那么其含水层将降落到地面。这一论据，来源于阿基米德对悬浮物体的论证。这一论述的片段保存在达·芬奇名为《大西洋手稿》的笔记中。

接下来列奥纳多·达·芬奇思考，地球上的大海反射到月球表面的光线，从白天到黑夜在不同位置观察，会担当什么样的角色。他最初的想法，是回忆大约在 1505 年所做的太阳位置变换的研究。

这一研究有很有趣的一面，可以从中瞥见列奥纳多·达·芬奇所提出的方法。他以某种很老套的可以简单验证的假设开始，然后按部就班，循序渐进，永不停息：“这里我不考虑图示说明，因为我需要按照确定的顺序展开。我现在关心的是如何找到更多的案例和发现，在看到的时候就收集起来。然后按照顺序整理，将案例按照类别分类。因此，朋友们，如果这里我从一个话题大幅度地跳到另外一个话题，请不要感到惊讶或者嘲笑我。”列奥纳多·达·芬奇似乎允许他的思维不断前进而且漫无边际，不断从特定的范围延展到普遍范围，然后再转移回来。

最早的沼泽利用

沃尔西人首先尝试开挖里约·马蒂诺运河，将庞缇平缓的区域改造成适合人居住的地方。在人类沼泽利用历史上最辉煌的篇章之一是：列奥纳多·达·芬奇在南拉齐奥，沼泽覆盖的大片区域，通过特拉西纳出口，将沼泽的水直接向南疏导出赛斯特尔纳。在沃尔西晚期，沃尔西人试图根治沼泽，但却总是顾东顾不了西，所解决的问题也仅限于有限的范围之内。

这样，沼泽总是淹没刚刚被清除过的地方。死水一潭，不断变质，为携带疟疾病菌易置人于死地的蚊虫——疟蚊提供了理想的生存场所。几百年，疟蚊有效地统治着庞缇的平缓区域。人类有记载的最早的沼泽利用便是开挖里约·马蒂诺运河，运河的开挖将沼泽的水汇集在一起，即便是今天，我们也无法确定到底是罗马人还是沃尔西人完成了这段巨作。事实是，这段工程只可能由当地巨富来组织。

各种疑问依然存在，但是很难还原沃尔西人（毕竟可以证明他们挖掘了漏斗形的表面并治理地下水）和罗马人是如何开始这项工程并不断坚持的。无论如何，可以确定，即使里约·马蒂诺运河确实是一项伟大的工程，运河也无法保证将那么大一个沼泽中的死水导出，因为缺少运河支流。而且，普利尼奥·伊尔·维奇奥还原了这件事情，现在记录在拉蒂纳政府官邸的外墙上："庞缇沼泽区必须疏导回意大利可耕种的田地。"在公元前 312 年，其他部分的沼泽利用工程已经展开，罗马执政官阿庇斯·克劳狄·希爱克修筑了一条通道，并用自己的名字将其命名为阿皮亚。

工程设计中，让主水道通过田地中央。大约 150 年后，可能是公元前 160 年，罗马执政官科尼利厄斯·西第古斯开拓了一条长运河，或许是那条纵贯维亚·阿皮亚的运河，而当皮奥六世再次开挖的时候，后一段称为利尼亚·皮奥。这一段的部分工程取得重大成果，可以保证在一定的时间内、根据一定的特征进行周期性泄洪。随着时间的流逝，开挖工作失去了价值，而且效率越来越低，沼泽毫不留情地继续延伸着。

迪奥多里克也曾经尝试再次收复沼泽，这被记载在距离阿皮亚 85 千米的梅萨邮局墙壁的饰板上。但是随着后罗马帝国的衰落，沼泽历史中也记载了几次特别严重的时期，维亚·阿皮亚慢慢沉入地下，泥煤层再次大片浸于大水中，在公元 8 世纪，年迈的罗马执政官对沼泽治理毫无建树。原来能够保证整个庞缇地区生活用品稳定供应的、车水马龙的交通道路，也逐渐荒芜废弃。

天才列奥纳多·达·芬奇在罗马教皇里奥十世（公元 1513—1521 年在位）的命令下，对沼泽利用工程进行尝试。列奥纳多·达·芬奇的任务是绘制出沼泽利用工程介入区域的地图。在那种情况下，教皇将工程指导工作委派给其孙子朱利亚诺·德·梅蒂奇。介入工程的结果是开挖了运河底槽，后来也称为朱利亚诺运河。

fatta dovrai dire che lacqua che ssi versi delle vene sia lacque ragunate per le caverne de monti e che questo
risposto sarà che lacqua che ssi genera per esse caverne o elle più lentrata che luscita o elle più lu
scita che la entrata o vero luscita sarà equale alla entrata. Selle più lentrata dellacqua nella caver
na che la sua uscita la caverna sempiera integralmente e ne caccierà tutta laria e ssella così occupa
tutta la bocca dell uscita e no potrà discendere più acqua per le larme no potrà restaurare il vacuo che ave
rebbe lacqua nel lasciare la caverna in parte vota onde per necessità essa caverna starà sempre piena
dacqua tanto ne rienpierebbe la vena che porgie lacqua alla caverna quanto verebbe la bocca che
versa lacqua fori della caverna onde tal moto sempre sarebbe continuo e equale la qual cosa
massime per le attive lenene che versono lacque fori de monti in grandissime e mancha lacqua assai lustrate
e invernose fanno abbondanti E ssella più luscita che la entrata allora lacqua mancherà nella uscita
in tanto che ssi farà equale alla entrata E ffacendosi lentrata equale alla uscita allora il moto
sia dogni tempo equale Dicano alcuni che lacque piovane son chausa dellacrescimento delle
vene che versan lacque ne fiumi si pò negare colle senplo de fossi delle città che spesso essendo pieni dacqua e poi tirare
ne vene tutto asciutto essendo sotto il terreno Ma pò vedersi venire che in tali fossi la densità della
creta o diviare e proibire la penetratione dellacqua sotto di sé come si vede nelle cisterne fatte nellacque
salse le quali sono attorniate fori della lor muraglia di creta di questa terra che essi lavora in così finissima
e mai la potentia dellacqua salsa nolla può penetrare e così lacqua sempre si chonserva dolce nelle
caverne de monti sono le falde delle pietre soposte obbliquamente e ssendo vestite esse falde di
pocha terra lacque piovane subito penetrano essa terra e discorano infralle fissure delle pietre e in
corporasi con pietre le quali caverne si ... come lenevi che ssi risolvano delle alpe con tarda resolutione
... della interpositioni delle radici e foglie delle minute erbe di prati penetra con più facilità infralle
fessure de sassi che la no chome per le dette radice erbe onde oltre acquella neve resoluta che lla stare in
gressa li fiumi gran parte di quella che penetra per le dette fissure de sassi che conpongano li monti Qui si segn
re e ffaro un pocho di discorso delle piovane le acque benché para alquanto fori del nostro ordine e poi le metterò a
tutte alli lor lochi nel distendere della opera Dico che quella acqua più penetra diversissime terreno di ressi
e più piano E ma penetra dove esso e mancho obbliquo Anco impari planitia quel terreno
sarà più penetrato dove esso e mancho denso e mancho grasso e cosi di converso Ho veduto le pietre
si mostrano pieghe operte obbliquamente inverso il cielo qui si fa gran penetrazione dacqua e massime quanto tal pie
tre son tramezate dalastre e così operte fia penetrate quelle falde che ssarà tramezate da grassa creta
e ssella pietre che ssi mostrano al cielo che colle lor fronti sarà lastre di minuta grossezza questi fie bene
più grosse ancor che ssieno pietre qui si penetra meno lacque e tanto più sottile più come vi si fie pe
tante dallacque dove li terreni sarà sabbionosi qui si fia abondanza dacqua dove fia ghiara grossa
lacqua presto fia benta e ssi sugie con prestezza nel suo fondo Son le acque della terra di sottoste
la fiera la cavate a ppresso de li fiumi vi vene e ghiare

In questa tua opera tu ai in prima a provare come li monti in molte parti di qua e di là no si furo
sporti dal fiume per lo fuettimo un mettersimo livello e nede si tanagane assai mo si sopra
ni messi stare che no ci piogga che ngrossi i fiumi ne per prigionamento dello mare li meri che me casi
condo acq.
grande non son fosse più talmanete al monte nel mar a sse dalli fiumi contro al chorso delli

如果你想说，因为看到水从罅隙中倾泻而出，便认为它是来源于山脉的溶洞所收集的水——对此,我的问题是:这些洞穴所收集的水,是流入的水多于流出的水?还是流出的水多于流入的水?或者流入和流出洞穴的水一样多?如果流入的水比流出的多，溶洞会被完全注满，从而将里面的空气完全排出，如果空气占据了整个出口，里面的水就不能继续流出，因为从溶洞排出空气的过程中，空气无法再次进入溶洞以恢复洞里产生的真空，那么溶洞里的水必然不断增加。当通过溶洞罅隙进入溶洞的水，和溶洞出口流出的水一样多的时候，水流持续不断，而且很均匀。但是事实上从来没这样过，因为通过罅隙从溶洞渗出的水，在夏天特别地少，在冬天又出奇地充沛。

假如流出的水，大大超过流入的水，水流在出口处慢慢减少，然后在入口也慢慢减少。假如流出和流入的水一样多,那么水流运动总是很平稳。经过一段时间,雨水会使通向河流的罅隙扩大。这一点，我们可以以护城河为例进行反驳。在清除掉护城河的水和堆积的杂物后，一般会看到淤泥下干燥坚硬的地面。

然而有的人可能认为，护城河下黏土的密度，阻碍了水向下渗透，就像在盐水区中修建的淡水库那样，在水库的外墙和沙子上，覆盖着制陶用的极为细腻的黏土，而盐水的力量绝对不会渗透过黏土，去污染水库内的淡水。但是在群山中，一层层岩石东倒西歪，或倾斜或垂直，而岩层中间几乎没有泥土，雨水能立即渗入这种土壤，穿过岩石中的缝隙向下流动，凝聚在一起去灌满那些罅隙和空洞。

另外，阿尔卑斯山上的积雪，慢慢消融化成水，有多少水被岩层和草地上的小草叶子吸收，便有多少水通过岩层的裂缝渗透出来，而且通过岩层裂缝比通过草地渗透要容易很多。那么，除了夏天融雪使得河流暴涨外，大部分雪水穿透上述岩石间的缝隙，流入地下。这里，我们继续研讨一小段：如何找到水？尽管这可能跟我们目前讨论的问题毫无关联。随后我再进行汇总，将每个独立事件做出合理的安排。

我认为，地面越是平坦，渗透下的水就越多；地面倾斜度越大，渗透下的水就越少。而且，在平面状况相同的条件下，土地越是松软、越是不肥沃，渗透的水就越多，反之亦然。如果石头是一层一层排放，东倒西歪朝向天空的不是很多，石头之间又是石灰石，那么水的渗透就会相当活跃；但如果石头之间是厚厚的泥土，水的渗透就会相当缓慢。

而如果石头层层错乱、相互交织，岩层就会吸取更多的雨水。在岩层形成的第一个弯道处雨水便被吸收殆尽。如果岩层较厚,则只有少量雨水可以渗透过去,即使这些岩层可能是竖立排放的;而如果岩层较薄，如上所述，雨水便很容易渗透过去。如果砂层比较厚，雨水会被完全吸收，并很快从沙床消失。像阿迪杰河的河床，河床构成千变万化，有田地、沙子、沙砾等各种状态。

在这项研究中，必须首先证明：大洪水为什么没有将扇贝冲到1 000布拉乔奥的高处？因为这些扇贝出现在同一海拔及类似的海拔高度，而且大山明显地超过了那个高度。还须证明：大洪水是因大雨形成还是因大海泛滥而形成？然后你会发现，既不是大雨造成河流泛滥，也不是大海形成水灾。扇贝作为比水重的物质，如果被大海抛到山上，或被河水冲到山上，这和它们的水流方向均截然相反。

手稿五　关于溶洞中的水

BRITISH LIBRARY 大英图书馆说明

这里，列奥纳多·达·芬奇对水如何来自溶洞的传统理论提出质疑，强调了传统理论所依据的假设条件的相反情况，即溶洞一直保持水满状态。这导致他不得不思考水侵蚀这一特定原因。

列奥纳多·达·芬奇挑战了里斯托罗·阿雷佐在《论地球的构成》中的观点，特别是其“地球内部水不断循环”的理论。主要问题是，如何解释山顶上出现的水？古代学者如普林尼这位长者和塞内加认为，最高的海洋比最高的山顶还要高。这一假设是在错误的地球几何模型基础上形成的，但是里斯托罗并没有提出质疑。然而里斯托罗相信：上升到山顶的水主要是经多孔的土地通过虹吸原理形成的。而列奥纳多·达·芬奇思考的却是土壤的密度及水渗透土壤的能力问题：夏天冰雪消融后，为什么水流没有冬天的水流大？除此之外，还有地球上岩层和土层的实际构成问题。

纵观这篇手稿，列奥纳多·达·芬奇对注满水的溶洞进行了探讨，这体现出他通过写作、阅读及直接观察，在地球地理方面的理解能力不断提高。随着他理解能力的提高，他的艺术观和科学世界观亦显得高深莫测。

列奥纳多的水研究

水对列奥纳多·达·芬奇有着强烈的吸引力。事实上，列奥纳多把水看作是宇宙万物的第一推动力，而研究水元素、土元素和气元素之中的运动规律，就能够了解和解开宇宙万物形成的奥秘。

他对于水的研究，更多是通过观察和思索完成的。从他各个时期的手稿草图和备忘录当中我们可以看到：有的时候列奥纳多手持笔记本在海边漫步，眼睛注视着海潮的时涨时落、海风激起的汹涌波涛以及在波涛当中流走的沙石；有的时候他耐心地俯察河流的波纹和漩涡，检查水流在河岸上的沉淀物；有的时候则是河流的闪光和倒影吸引了他，让他着迷。偶尔，他也会将一块石子投入水中，但是这也不是没有意义的举动，而是在将水波的扩展路线和空气中的声音传播路线进行对比。他甚至不畏艰险，从瀑布的一边攀爬到山谷之上、悬崖峭壁之上，追溯河流的源头。也就是在那里，他看到了无数岩层当中的海贝化石，这就将他的研究方向引到了另外一个层面，他的思路现在已经进入到地质领域了。

作为一个工程师，列奥纳多设计了城市的排水系统、喷泉和运河网；作为艺术家，他更愿意将这些山间蜿蜒的河流、一望无际的茫茫沼泽作为他绘画的背景。在他的艺术理论里，他认为画家既要绘出人的形象，又要绘制大自然生机旺盛的景色，而把人当作是宇宙万物的一个构成部分。作为一个未必虔诚的宗教人士，他对《圣经》当中记载的大洪水充满了崇敬，但更多的是怀疑。

他的关于水的论述，主要包含在两本书当中：一本是《论水的性质》，1517年，阿拉贡大主教前去安布伊斯拜访他的时候，在他的房间曾经看到过这部著作；另一本就是《哈默手稿》。

Sette dirai che l'acque monta alla magiore altezza de' monti come be' tra entrata nuso della spugna de' lochi bassi alli alti. Qui si risponde colla quinta del 6° la qual prova che l'acque che per sé monta nella spugna o feltro o altro corpo poroso non si spicherà ne discenderà mai della porosità se non più bassa che la sua entrata in esso corpo. E se tu dicessi che 'l caldo del sole la tirassi in alto delle caverne de' monti insino alla sommità de' monti sì come si la tira de' laghi e mari scoperti in forma di vapora alla composizione de' nuvoli, qui si risponde che se il caldo fussi cagione di tirare li principi de' fiumi alle cime de' monti, che dove magiore è 'l caldo quivi sarebbe più grosse e più abondanti vene d'acque, il che si vede il contrario, con ciò sia che le parti settantrionali essendo freddissime sono abbondanti d'acque e di fiumi ~~[illegible]~~ che le altre regioni di meriggio; ancora si vederebbe che li nostri fiumi verserebbono più acqua la state che 'l verno, e anchora si vede più scaldare li monti che non fa il verno. E ancora li monti sono più vicini alla fredda regione dell'aria che non sono le valli, e nelle parti settantrionali sono più vicini alla [illegible] quasi al contrario de' [illegible] e chiaro, e pure ànno grandi origini di fiumi, che si fa paragone della ~~[illegible]~~ esalazione del caldo della natura, la quale vapora l'umido della basse acque coperte dalle caverne de' monti. E se tu dicessi che l'umido chiuso nella caverna come fa le distillazioni vaporate nel cielo dell'limbicco e tal vaporazione fa nella volta del cielo sempre tali volte sono ~~[illegible]~~ come si vede nelle cave sotterrane delle miniere. Qui si risponderemo che se tu dicessi che delle caverne che ànno sotto li laghi fussino d'una medesima natura ~~[illegible]~~ di quelle delle miniere, allora si dirà che tale acqua bisogna ch'abbia quella condizione che à il detto limbicco cor con quello canale nel quale scolano tutte le gocciole composte nel cielo dello limbicco ~~caucena~~ dalla vaporazione dell'acqua che in quella per [illegible]

ancora

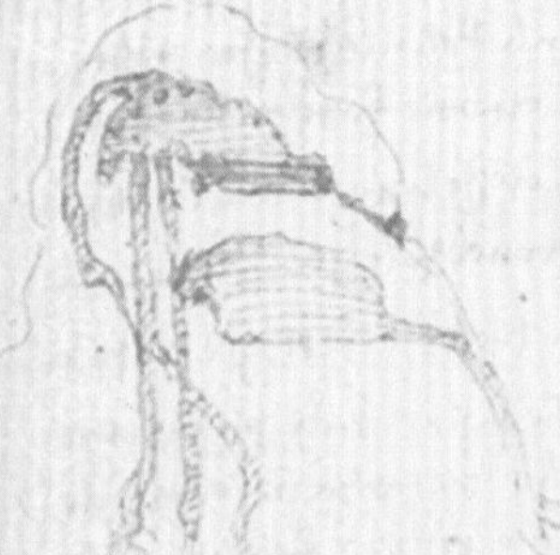

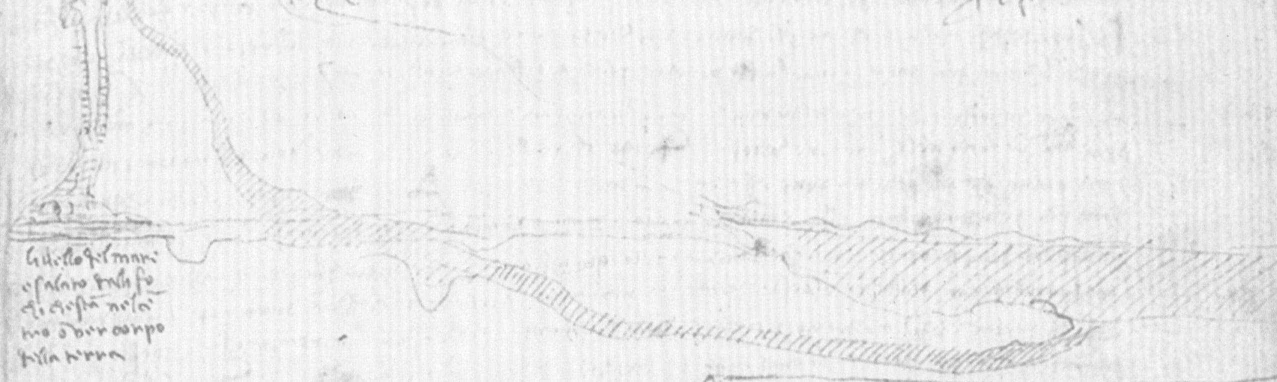

il livello del mare è salato della so[...] che si posa nel cavo over corpo della terra

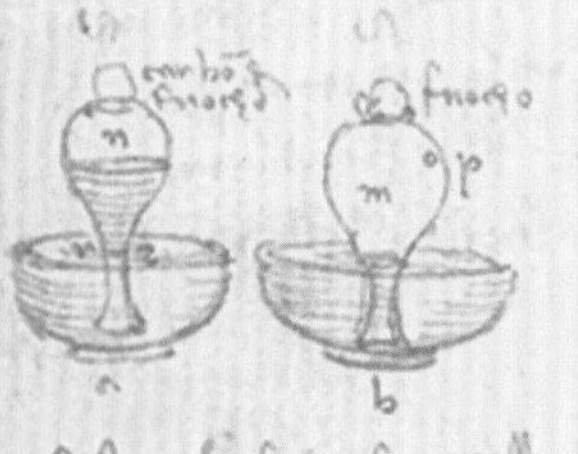

Se sopra il vaso n sarà posto il carbone del fuoco l'acqua che era alla bassezza rz monterà all'altezza n e questo non accade perché il caldo tiri sù l'acqua ma perché si consuma l'aria per lo nutrimento del fuoco il quale non essendo pieno e l'acqua per sé si leva alla restaurazione del vacuo ... vo' che sia chiaro che l'acqua non entra in del fuoco fa un buco al vaso m nel punto p e vedrai l'acqua non [illegible]

Perché sempre la esalazione delli vapori corre diretto alla sua uscita egli è necessario che s'è l'uscita del le distillazioni e di sotto che tal distillazione sia discensoria, con ciò sia che quelli che vogliano che le acque s'elevano alli monti sia perché il caldo tira in alto humori nel cielo delle caverne qui si dimostra ...

A dunque abiano detto che chiuso non l'aria che esce di fori ne lochi che sopra scalda i monti per lo coperto del buco fatto nel vaso m ... perché l'aria per esso buso potrebbe bene che l'acqua della vena più grieve. ~~[illegible]~~ ... che bisogna confessare che lla non sia tirata dal caldo ... ...

sa si moverà più tosto l'aria che sa l'aria ... caverne di sopra riscaldate che esso caldo ~~[illegible]~~ tiri l'acqua della sua bassezza ~~[illegible]~~ alli alti surgimenti ch'è principio de' fiumi. E volendo [illegible] rispondere che la gran copia dell'aria che corre per gli spiracoli nella rarefacta aria della caverna e quella [illegible] ... qui si risponderà che le condotti che versan le acque per una sola channa, che essa canna non potrebbe versare ... le sue acque con ciò sia che ... più la canna ... a colla quale si compone l'acqua che essa ... versamento della channa la qual cosa non si vede ... [illegible]

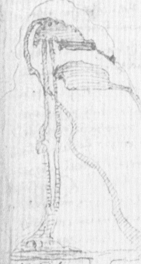

如果有人认为，水上升到山顶的过程，就像海绵一样将水从低处吸到高处，那么可以参照本书手稿六第五个案例。这个案例证明了水可以进入海绵、毛毡或其他蓬松多孔的物体，但是无法自己脱离开这些物体，也不会从这些蓬松的物体中落下——除非上述物体的出口比入口低。而且假如有人认为，太阳的热量能将山洞中的水，像从开阔的湖泊和大海中一样，变成水蒸气，生成云，将水提升到山顶，那么则会有人回答：假如热量是将河水从其源头提升到山顶的原因，那么气候比较热的国家的河流，应该比气候较冷的国家的河流更宽广、河水更为充沛。

但事实却并非如此。北部地区天寒地冻，相比温暖的南方地区，水量反而更为充沛，河流也更加密集。紧接着有人会说，夏天的时候太阳使山脉变得更温暖，水流理应比冬天的水流更大；此外，山脉比峡谷海拔高，更接近冷空气区。然而事实上，在北方地区，山脉几乎常年封冻在冰雪之下，却依然养育着无数的大江大河。

有人可能认为，这是通过自然热量蒸发产生的，热量将溶洞底部水中封闭的湿气蒸发，在溶洞的顶部冷却凝结形成水，就像凝结在蒸馏瓶顶部的水一样。但是溶洞的顶部一直处于干燥状态，就如我们在金属矿山的地下通道看到的那样。假如有人说湖泊上的山洞性质和矿山中的山洞性质不同，那么，首先必须承认，山洞中的水和蒸馏瓶中的水处在相同的环境。换句话说，都有将水通过蒸馏水形态凝结在蒸馏瓶顶部的通道。而且……

因此，这里我们可以得出结论如下：既不是由于从外部带入空气的原因，也不是热量从山顶加热的原因形成了水；通过同与有孔的容器m对比，说明热量可能通过孔将空气吸入，而不会通过裂缝提高比空气重的水的水位。这样必须承认：不是太阳的热量使水面升高，因为夏天热量比冬天更为充足；而且也不是空气凝结成了水，因为空气无法进入，同时空气凝结为水的过程也被阻断。假如承认在此中断后空气也被截断，水流便不可能再持续。

海平面的变化是由于受到地球中心或地球本身热量的影响。

因为水蒸气的散发一般都经过出口，假如在蒸馏过程中出口朝下，那么蒸馏过程必须倒过来。这就和那些认为“因为热量的缘故，将水蒸气蒸发到溶洞顶部，可以解释水为什么会到达山顶”的说法相反。这便证明了：水只会被引导到出口，也就是河流支脉的源头。事实上，在这种情况下，是空气从山洞的裂缝进入山洞，从上部对山洞加热，而不是因为底部的热量加热而使水面升高，从而形成河流源头的高山喷泉。

如果有人说：大量空气从溶洞裂缝进入到溶洞中空气稀薄的地方，自行变成水。那么回答是，空气如果通过单一导管而流出水，是无法持续地流出很多水来的，因为在此导管中，形成水的空气必须一次性通过导管进来，然后再一次性地将水通过导管导出。但是，经验对此却无法提供证据，故可以认定是不会发生的。

如果将热炭放在容器的顶部n点，位于rs水面的水，会向n点上升。这一现象的发生不是因为热量提升了水位，而是因为进入容器的热量消耗了空气，使得空气变得不足，而且既然产生了真空，水面就会上升来填补。而且假如有人想说服自己说“水不是因为加热而上升”，那么可以在容器m上的p点钻个洞，你会发现无论上部热量如何，水面仍然保持原地不动。

手稿六　水是如何升上山顶的

BRITISH LIBRARY

大英图书馆说明

这一页，可能是列奥纳多·达·芬奇最后写地球中水循环的问题。他分析了水上升到山顶的两种解释。水像进入多孔的海绵体那样被吸上去。在地球的溶洞中，水可能吸收太阳热量而蒸发形成水蒸气，和因为太阳热量形成地球上的白云极为相似。利用主流气候条件及温度差别，推导第二个论点，他最终否定了这一点。论证过程引导他做了蒸馏实验作为类比，这同里斯托罗·阿雷佐做的实验有一定的联系。同时，列奥纳多·达·芬奇建立了“地球中心产生的热量可以影响海平面变化”的理论。他想象出地球形状的玻璃蒸馏器，用来解释为何水的凝结是一个颠倒的过程。

接着列奥纳多·达·芬奇在蒸馏描述中设了一个谜。颠倒的长颈瓶图以及随后的试验，描述了在颠倒状容器内部的水面上放置烧炭所产生的结果。这一试验古老的版本，原本为亚历山大里亚的希罗[①]所描绘：燃烧消耗掉容器中的空气，水面升高。然而，列奥纳多·达·芬奇把烧炭放在容器的顶部，而不是内部，并绘制出相关的试验图。尽管有所不同，但他精确叙述了“是真空的作用使得水面升高，而不是热量”的原因。

他将特定的实验结果应用到实际生活中，并辩称在开阔的情况下，山体一侧必然有孔作为水的出口，使用热量从上部加热不能使水面上升，而只能将空气吸入：“而且假如有人想说服自己说‘水不是因为加热而上升’，那么可以在容器 m 上的 p 点钻个洞，你会发现无论上部热量如何，水面仍然保持原地不动。”

---

① 希罗（公元10—70年），古希腊数学家，居住于埃及托勒密王朝时期的亚历山大里亚，被认为是古代最伟大的实验家，曾发明了一种叫“汽转球”的蒸汽机。——编者注

达·芬奇蒸馏器

蒸馏器通过木炭进行加热，使得炉底的水被蒸发，水蒸气进入到左右两个玻璃器皿当中之后，遇冷凝结，成为水滴，然后水滴随着倒置的导管流出。达·芬奇的设计已经具备了完善的设计原理，事实上，在达·芬奇的设计之后，欧洲在19世纪才出现了真正的蒸馏器。

Del colore dell'aria

Dicho l'azzurro in che si mostra l'aria non essere suo propio cholore ma è chausato da umidità chalda evaporata in minutissimi e insensibili attimi, la quale pigla dopo sé la perchussione de' razi solari e fassi luminosa sotto la oscurità delle inmense tenebre della regione del fuocho che di sopra le fa coperchio, e questo vedrà, come vid'io, chi andrà sopra Monboso, giogo dell'Alpi che dividano la Francia dalla Italia, la qual montagnia alla sua basa à parturire li 4 fiumi che rigan per 4 aspetti contrari tutta l'Europa, e nessuna montagnia alle sue base si trova in simile altezza. Questa s'inalza in tanta altura che quasi passa tutti i nuvoli, e rare volte vi cade neve, ma sol grandine di state quando li nuvoli sono nella magiore altezza, e questa grandine vi si conserva in modo che, se non fussi la rarità del cadervi e del montarvi nuvoli, che non acchade 2 volte in una età, e' v'arebbe altissima quantità di diaccio inalzato dai gradi della grandine, il quale di mezzo luglio vi trovai grossissimo; e vidi l'aria sopra di me tenebrosa, e 'l sole che percotea la montagnia essere più luminoso quivi assai che nelle basse pianure, perché minor grossezza d'aria s'interponea infra la cima d'esso monte e 'l sole. Ancora per esemplo del colore dell'aria allegheremo il fumo nato di legne secche vecchie, le quali, uscendo de' cammini, pare forte azzurreggiare quando si trova infra l'occhio e lo oscuro, ma quando monta in alto e s'interpone infra l'occhio e l'aria alluminata, immediate si dimostra di colore cenerognolo, e questo achade perché non à più oscurità dopo sé, ma in locho di quella è l'aria luminosa. E se tal fumo sarà di legne verde giovane, allora non penderà in azzurro, perché, non essendo trasparente e pieno di superchia umidità, esso fa ofitio di condensata nuvola, la quale piglia in sé lumi e ombre come se solido chorpo fussi. El simile fa l'aria, che la troppa umidità la rende biancha, e la pocha, infusa dal chaldo, la fa essere oscura di color d'oscuro azzurro; e questo per insino a qui basti del colore dell'aria. Benché si potrebbe ancora dire che, se essa aria avessi per suo naturale colore esso azurro trasparente, seguirebbe che, dove maggior quantità d'aria s'interponessi infra l'occhio e l'elemento del fuocho, che quivi si comporrebbe il suo azzurro con magiore oscurità, come si vede nelli vetri azzurri e ne' zaffiri, li quali si mostran tanto più oscuri quanto essi son più grossi. E l'aria in questo caso adopera il retto contrario, con ciò sia che dove più quantità s'interpone infra l'occhio e la spera del fuocho, quivi si dimostra più bianchegiante, e questo accade inverso l'orizzonte; e quanto minor somma d'aria s'interpone infra l'occhio e la spera del fuocho, tanto più oscuro azzurro si dimostra, ancora che noi stiano nelle basse pianure. Adunque segue per quel ch'io dicho che l'aria piglia l'azzurro mediante li corpuscoli dell'umidità che pigliano i razzi luminosi del sole.

Vedesi ancora la diferenzia che fa nelli attimi di polvere o nelli attimi del fumo ne' razzi solari che passan per li spiracoli delle pariete nelli lochi oscuri, che l'uno pare di cenere e l'altro, il fumo sottile, pare essere di bellissimo azzurro. Vedesi ancora nelle ombre oscure delle montagne remote dall'occhio l'aria che si trova infra l'occhio e tale ombra parere molto azzurra, e nella parte luminosa d'esse montagne non variarsi troppo dal primo colore. Ma chi vol vedere le ultime prove, tinga una asse di diversi colori, fra li quali sia messo bellissimo nero, e sopra tutti sia data sottile e trasparente biacca; allora si vedrà la chiarezza di tal biacca non si mostrare sopra nessun colore di più bello azzurro che sopra il nero, ma vol essere sottile e ben macinata.

大气层的颜色

我认为，我们看到的大气层的蓝色不是大气本身的颜色，而是由水蒸气蒸发成极其细小、几乎感觉不到的微粒，然后它们吸收太阳光线，对比笼罩在其上的幽深黑暗的云层背景，产生的光芒。这种现象是可以观察到的，因为我自己见到过。任何从横亘在法国和意大利边境的阿尔卑斯山脉的顶峰蒙博索下来的人，都会有幸欣赏到这一景象。山下潺潺流淌着四条河流，各自流向不同的方向，几乎灌溉了整个欧洲，而且几乎没有任何山脉的底部能处在如此高的海拔上。

这座山的山顶如此雄伟高大，以至于几乎穿透所有的云层。那儿几乎不下雪，唯有冰雹降落。夏天的时候，云层在最高处徜徉，冰雹兀自堆积。如果没有云层在那儿云展云舒，那里可能早已成为层层冰雹累积起来的巨大冰山了。不过这种概率也是几百年难得一见。在七月的中旬,我看到过这厚厚的冰层。头顶的天空一片漆黑，照射在山上的阳光要比在山下平原上看到的阳光强烈得多。因为在山顶和太阳之间，仅有相对稀薄的大气。

对于大气的颜色，再举个例子。燃烧枯木，从烟窗冒出的烟，在黑暗的天空，用肉眼观察，显得特别蓝；但是随着烟雾缓缓升高，在隐隐发光的大气中，烟雾立即呈现出灰白色；这些烟雾很快消散，因为遥远的地方不再有黑色的背景。但是在隐隐发光的大气中却有。然而，如果燃烧绿色的新木，则不会呈现出蓝色。因为，当烟雾不再透明，烟雾中含有很多水分，于是便形成厚厚的云层，像固体一样，接纳一定的光线，出现明显的倒影。

大气层也是如此，过多的水分呈现出白色，气温升高产生的少许水分，使大气层呈现出黑色或者黑蓝色，这足以确定大气层的颜色。也可能有人会说，假如大气层本来的颜色为透明的蓝色，那么在肉眼和燃烧体之间，大气层越厚，就可能显示出越深的蓝色阴影。因为，通过蓝色或者天蓝色玻璃观察，玻璃厚度越大，观察到的颜色越深。

在这种条件下，大气层表现正好相反。当存在于眼睛和燃烧体之间的空气密度越大，则观察到的大气越白，这一现象在地平线处尤为明显。同样，存在于眼睛和燃烧体之间的空气密度越小，大气层反倒显得越蓝；即使我们站在低凹的平原上，根据我上面的叙述，大气因为颗粒吸收到太阳发光的光线，会呈现出蓝色。

我们还可以观察到，在黑暗的房间，灰尘颗粒和烟雾颗粒在通过墙缝射进暗室的阳光下的区别。一种看起来发灰，而另一种极其细小的颗粒烟雾，则呈现出一种特别漂亮别致的蓝色。观察远处绵延不断的大山阴暗的山阴，眼睛和山阴之间的大气显得特别蓝。群山受光部分，颜色和本身的颜色出入不大。但为了观察到这一现象最后的证据，应在观察板上涂上各种各样的颜色，包括一种非常漂亮的黑色，和一层薄薄透明的白色,透明的白色应该涂在所有颜色之上。然后不会看到白色的光泽，而是在黑色上呈现出一种非常漂亮的蓝色，然而白色应当涂抹得特别薄，而且必须研磨得特别细。

手稿七　大气层的颜色

BRITISH LIBRARY

大英图书馆说明

这篇对大气颜色的讨论，在列奥纳多·达·芬奇科学实验和艺术活动中同样重要。“我认为，我们看到的大气层的蓝色不是大气本身的颜色，而是由水蒸气蒸发成极其细小、几乎感觉不到的微粒，然后它们吸收太阳光线，对比笼罩在其上的幽深黑暗的云层背景，产生的光芒。这种现象是可以观察到的，因为我自己见到过。任何从横亘在法国和意大利边境的阿尔卑斯山脉的顶峰蒙博索下来的人，都会有幸欣赏到这一景象。山下潺潺流淌着四条河流，各自流向不同的方向，几乎灌溉了整个欧洲，而且几乎没有任何山脉的底部能处在如此高的海拔上。”

在这一观点上，列奥纳多·达·芬奇接受了里斯托罗·阿雷佐在《论地球的构成》中的论述。在列奥纳多·达·芬奇的亚里士多德式宇宙观中，空气这个第三元素，包裹着地球的水层，距离太阳和月亮的气层下部都不远。

列奥纳多·达·芬奇关于大气的文章，事实上是他按照元素递减的顺序，对各个元素空间进行的探讨。在另一篇手稿当中，列奥纳多还对火元素作了描述。

火焰的形状

列奥纳多·达·芬奇

没有火焰的地方，动物不能够呼吸和生存。

火焰的底部是火焰刚开始的地方，火焰燃烧所需要的油脂就是从这里提取和通过的。但是事实上火焰底部的温度和其他地方的温度相比较是最低的，而且这里不够明亮，呈蓝色。它最主要的作用就是将油脂转化成可供燃烧的成分。

从底部往上，火焰开始明亮起来，中部饱满呈球状，焰尖越发灿烂，形状就像一颗小小的心脏，向着天空蓬勃跳动。火焰的形状随着油脂的充足而不断增大。

蓝色的火焰呈球形……但是当周围的空气温度足够高，火焰就会变成锥形。蓝色火焰的热量沿着焰尖上升，这就是火元素最短的行经路程。

（火焰的跳动。）蓝色火焰本身应该是不会跳动的，这种跳动也和油脂养分没有关系。火焰的运动方式是由别的原因引起的。运动的是空气，火焰燃烧消耗空气之后形成了真空，旁边的空气就会填补过来，这种空气的流动制造了火焰的跳动。

火焰的光能产生真空，空气则会填补真空。

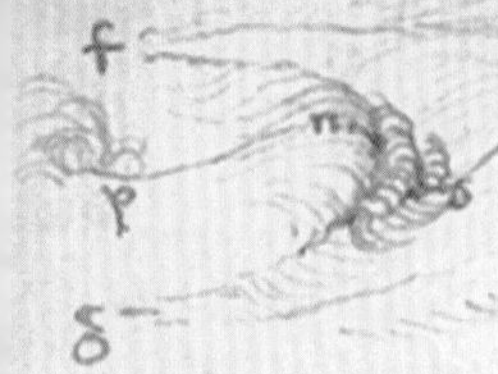

Sempre la rotta magore dellonda fia chausata al rischontro della piu alta parte dellonda antecedente che sopra [illegible] dello intervallo dellonde si scarica e nel moto refresso fatto inverso il loco ritarda la lunghezza de l moto del fiume onde lacqua laterale per la basa della onda e la vanza col fiume e londa che quella presse il suo moto richiede sola sopra vegnente acqua

La figura lunare dellonde e del suo intervallo e chausata per le acque che discende della magore alteza dell onda antecedente prima per la piu bassa parte del loro intervallo e prima risalta e passa sotto londa che succede e passandovi di magore alteza il suo discenso sara di magor bassezza el moto refreso sara la piu alta parte dellonda che succede ~~e piu remoto~~

p° Le magori alteze dellonde saran piu remote luna dallaltra che le lor magori bassezze in moto che nel fine la piu [illegible] dello lor distantie qual fu quella delle lore alteze

2° Quellacqua fia ne fiumi di piu tardo corso che forma onde di magore altitudine e cosi per converso cioe che quella la che compone onde di minore alteza mancho sitarda e per conseguenza e piu veloce

adunque per le dette cose si produce la figura lunare dello intervallo delle 2 onde essere creato per essi pero come detto nella p° di questo che londe n m parendosi innalzare consumano il tempo del lor moto inverso il loco e per tanto lacquisto del moto inverso il fine del fiume & piu fontano [illegible] seguita che il tempo del lor moto e [illegible] verso il fine del fiume E londe f g che mancho salgano ma [illegible] onde si congiungono nelle 2 corni di lunari f g

E per le tutte le lune de moti che sono le acque che discende della magore alteza dellonde concorrano inverso il centro della curvita dellonda lunare partendosi in fra quali angoli dal colmo dellonda

Londa non si piegha e rompe nel lato del suo ordinario discenso per che non trova risscontro e manda sua mossa donde cade e si contina nella londa antecedente che diviene grossa e grossa con essa e sopra di quella si rompe sanza detrimento della alma ove si sparge

rompesi londa che cade e non londa che la riceve per le magore e piu veloce moto dellonda percossa che di quella che la percote e esse bene la p[illegible] percussione sfondassi alquanto la su prefice dellacqua che la riceve e sfrega la basa per esser di minor potentia non sono offesi ove percotono le acque che cade

La cqua che cade dellonda per la basa dellonda anti posta la qual si ritarda nel consumare il suo impeto inverso il loco e porta via la sua basa onde essa trovandosi sanza sostegno ruina per perpendiculare sopra lacqua che col suo corso riempie il loco donde si spinse la basa di detta onda

si produce londa piu nelata si sle ga la da [illegible] di gusti [illegible] della sotto il suo monte p col potuna similitudine

La corrente di quel fiume sara piu diritta del quale il corso del fiume e piu potente

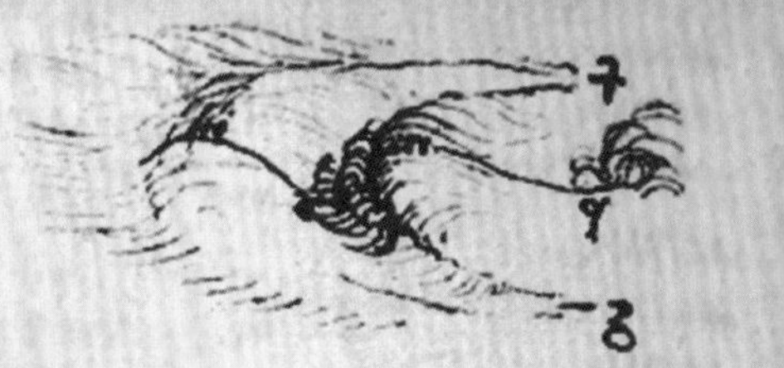

水浪汹涌澎湃，勇往直前，后面的浪碰到前面的浪，然后被迎头打回，降落到两潮之间，形成断裂。在受到水反弹力冲击的作用下，浪头冲向天空，冲击减少了河水运动的长度，这样，后面的浪碰到前面的浪的底部，并将前浪剩余的部分推向前方。而受到推动的浪，在扬起的时候降落到后续流来的水中。

水浪时高时低，跌宕起伏，两水浪之间呈月牙形状，这是因为水从前面水浪的高点降落，首先摔到两浪之间的低点，被反弹回来得越早，便越早卷入后浪的下部。水起降的高度越高，落回后的位置就越低，而水的反弹力运动会从后浪的最高点开始。

1. 两浪高点之间的距离，比从两浪最低点测量的浪的高度要大很多。这样，两浪之间的距离一般和浪的深度成正比。

2. 河流中的水运动得越慢，产生的浪越高。相反地，河流中的水运动得越快，产生的浪越低，这是因为水获得了前进的速度。

因此，依据上述内容，可以解释两浪之间的月牙形状为什么必然会形成。如本章第一个议题所述，在水浪升起的过程中，nm 两点之间的浪消耗了水浪向上运动的时间，并减小了朝河流下游运动的冲击力；fg 两点之间的波浪，上升幅度小，深度较浅，结果是这段水浪运动的时间被消耗在了接近河水下游的过程中，因此这样的浪一起形成两个锥形 fg。

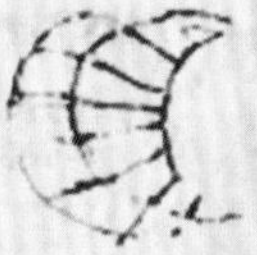

以相同的角度来自浪尖的水，在水从浪的高点降落的时候，为什么运动的所有直线均朝浪的月牙形中心聚拢呢?

水浪不能在其正常降落的一边弯曲或断开，因为水持续不断地脱离了水浪，无法找到任何障碍物。但在上升过程中，从上升到的高点降落，水掉过头来冲击前面的浪，前面的浪和掉头的浪展开竞争，在前面的浪上，掉头的浪在没有伤害到其冲击部分的情况下被打散。

降落的浪会被打散，而后面赶来的浪则不会。因为受到冲击的浪比砸下的浪的数量更大，运动速度更快——尽管第一次冲击可能会导致后面赶来的浪的表面在某种程度上受到损坏，但第二次冲击力度较小，不会对下面的水造成损坏，也不会穿透下面的水。

这一失去支撑的水浪的原理，可以用赌场的筹码堆起来演示：从底部用力撞掉一个筹码，上面的筹码就会直线落下。

从水浪上落下的水，砸在后面赶来的水浪的底部，赶来的水浪在消耗其朝向天空的冲击力的过程中速度已经降低，并将底部抽空。这样，因为水浪失去了支撑，便直线降落到后续的水浪上，从而填补了上述水浪失去的基础位置。

河流的冲击力度越大，水流越直。

手稿八　波浪的形状

BRITISH LIBRARY

大英图书馆说明

在这一页上，列奥纳多·达·芬奇通过在定量条件下测量水速来说明水的流体力学。他描述水浪破碎、返回的情况，从视觉及几何学的角度，思考了水浪所受合成力的复杂性。他将返回的水浪，用三维立体卷曲运动，作出了运动几何分析图形：当水浪从高点降落，力的方向朝向月牙形弧线的中心点。

“水浪不能在其正常降落的一边弯曲或断开，因为水持续不断地脱离了水浪，无法找到任何障碍物。但在上升过程中，从上升到的高点降落，水掉过头来冲击前面的浪，前面的浪和掉头的浪展开竞争，在前面的浪上，掉头的浪在没有伤害到其冲击部分的情况下被打散。”

“降落的浪会被打散，而后面赶来的浪则不会。因为受到冲击的浪比砸下的浪的数量更大，运动速度更快——尽管第一次冲击可能会导致后面赶来的浪的表面在某种程度上受到损坏，但第二次冲击力度较小，不会对下面的水造成损坏，也不会穿透下面的水。”

根据卡罗·赞马缇欧工程师（《科学家列奥纳多》的作者）所言，列奥纳多·达·芬奇正确地推测出了水浪运动的规律，即浪的每一个冲击点，均会形成新的干扰源，所有的点方向一致，决定了前行浪峰的形状——这是克里斯蒂安·惠更斯在 1673 年用公式证明的科学研究结果。

洪水的描述（一）

列奥纳多·达·芬奇

首先画一座被河谷所环绕的巍峨山峰，山坡上的土壤和灌木丛的根系已经滑落，露出一大片光秃秃的山岩。土壤和灌木丛的根系几乎是从悬崖峭壁上坍落下来的，那些大的树根已经全部折断。需要让濯濯的秃山露出古代地震遗留下来的残沟断壑。要画出山谷当中堆积的灌木断枝和土石碎片，这些东西混合在一起显得凌乱不堪。要画出由于碎石的坍落在山谷当中形成的一道堤坝，堰塞了河水形成湖泊，而滔滔的河水则决堤而出，水流湍急，以不可阻挡的力量冲毁了城市的城墙和村庄的田野。要画出城市的高大建筑物倒塌时形成的尘土弥漫，就像是暴雨骤至的那种效果。要画出建筑物倒塌向洪水时溅起的大量水花，注意它们的反射角和入射角是相等的。在河流当中飘荡的物体，是那样硕大而沉重。洪水因为河堤的约束而暴怒回旋，冲击着各处障碍形成涡流，并激起巨大的浪花。当浪花落回到水面之后，又是一片激溅。被河堤阻挡回来的波浪和迎面而来的巨浪迎头相撞，形成的波峰直上云天。

人们可以看到衰减了势头的波浪涌向湖水的出口，在从出口飞落的过程当中重新获得了重量和能量。它降落之后，重开原先的水面，直达湖底，很快又和它所携带的空气一起浮升上来，形成了泡沫，而另外的木头或其他携带物则在泡沫当中载沉载浮。这股新上升起来的波浪形成了一个源头，开始向四周剧烈地震动，随着推进的距离逐渐减弱下来，最终扩散到不再为肉眼所见。但是如果在推进的过程当中与障碍物或者另外一道波浪相遇，则还会构成新的激荡。从天而降的雨水，颜色像云层一样阴郁，只有在阳光投射的时候，雨水的颜色才会变淡。雨水受到气流的吹送，根据风速的快慢显示出不同的疏密。在透明的云层下面，每一条雨丝都清清楚楚。

come le mac... che della luna ... sondavia ... questa ...

Questi libri contengano inne prima della natura dell'acqua in sé, ne sua mari, li altri contengano delle cose fatte da esso corso e come di tante ... e monti ... e figure

libro 9 delli scontri de fiumi e lor frusso e refrusso e lla medesima causa corre nel mare

E 2 fiumi insieme si scontrano per una medesima linia la qual sia retta e poi infra 2 angoli retti pigliano insieme lor corso e seguira il frusso e refrusso, ora al uno fiume ora all'altro avanti che sieno uniti e massime se li scontri non saran dell loro unitione no sara piu veloce che qual de 2 fiumi

Qui accade 4 casi cioe o li 2 fiumi sono equali in quantita d'acqua e non di corso, ho e sono equali di corso e no di quantita d'acqua o e no sono equali ne di corso ne d'acqua o e sono equali di corso e d'acqua. Queste 4 diferentie si variano per effetti nella 4a per che l'acqua equale in quantita d'acqua e non in corso questo nasce per la varie obbliquita de lor fondi e quello che piu veloce e meno obbliquo e tiene in se piu bassa l'acqua e l'altro ... e piu obbliquo e tiene l'acqua piu profonda. Quelli che sono equali di corso e no d'acqua di ruina pla varieta de le larghezze de fiumi e non dell'obbliquita di fondi.

Quelli che sono equali ne di corso ne d'acqua po nascere per 2 cause o l'uno a manco acqua e piu veloce che l'altro ... a fare equalita di ringorgamento refrassino, ma piu lungo fia quello ... rigorgamento dell'acqua piu piana e maggiore acquisto di profondita l'altro oposito ringorgamento sara piu corto e piu profondo. Il 4 modo e quello che dice li 2 fiumi sono equali in quantita d'acqua e di corso questo necessita e causato da equal quantita d'acqua e equal profondita latitudine e obbliquita di fiumi.

Di fiumi sopra detti che si scontrano insieme con corso di comune rettitudine e poi si piegano secondo qual angoli e fiumi stanno alla creatione d'un fiume e ancora che essi sieno equali in quantita d'acqua ... e latitudine e obbliquita e tempo accadera che no saranno equali di profondita e lla causa nasscerebbe da avere piu lungha osservatione d'obbliquita l'uno che l'altro la quale lungezza essendo retta farebbe il corso della sua acqua piu veloce che lla sua oposita onde ne seguirebbe magiore profondita per la 7a del 5o che dice che infra li fiumi di qual latitudine e obbliquita di fondo quel sara di minor profondita il quale fia piu veloce ancora che in pari tempo versi tanta quantita d'acqua l'un come l'altro e questa tal velocita e causata da piu lungha rettitudine d'obbliquita l'un che l'altro

E due fiumi d'equal lungitudine sara l'un retto e l'altro tortuoso ancora che sieno equali in quantita d'acqua ... equale acqua a ciasscuno e che sieno d'equal latitudine e obbliquita e quel sara di magior velocita che fia piu diritto e l'altro fia tanto piu profondo quanto esso e piu tardo, proponendo a ciascuno uniforme obbliquita in ogni parte di suo corso e cosi latitudine. E questo che si propone accade per causa delle ripercussione che ll'acqua fa nell'argine del fiume tortuoso la qual risalta alla oposita concavita e versa il fiume onde tanto piu cresse il corso del fiume quanto sono piu le in ... e sfregamenti dell'acqua nel fiume dall'una argine all'altra

E qual farebbe se lla sua acqua fussi sanza onde in pochessi cosi fusse una parte della luna sarebbe di si grande splendore quanto si fussi il sole e farebbe come far si vede nelle nostre acque sanza onde nelle quali si vede il simulacro del sole ch'a talmodo specchiato che pare che non altro men impedita luci umani che essi faccia il vero sole il che il simile accaderebbe dell'acqua della luna non avessi onde. Noi vediamo in una acqua sanza onde un solo simulacro del sole specchiato non altrimenti lumino so che si sia il vero sole. E vediamo in una innumerabil quantita d'onde d'acqua innumerabili simulacri del sole specchiarsi e per innumerabili intervalli d'onde che non vi ricevano tale simulacro e rimangano oscuri quella moltitudine di tali oscurita si mistrano infra li detti simulacri del sole e si confondano insieme per lontana unitione fatta per lunga distantia dallo ochio nostro ... forma dell'onda ombrosa e luminosa onde ne resta diminuito le splendore ... per meglio sostenere. E per le onde del mare in verso l'orizonte ... e suoi di molto magiore ... e piu di minor splendore che in verso il mezzo e medesimo si vede nella luna il che sarebbe pel contrario se nella luna no fussi acqua ma corpo chiaro ... piu a ricevere il lume del sole che 'l suo propio simulacro. E se ti paressi che la luna avessi lume da se alquanto ... e ... la nostra terra che riceve il lume dal sole ... luna in questa ... e cosi ... de stelle

手稿九，关于河水汇集及河流中水浪的起落。大海中浪潮的成因和河流的波浪成因相同，在大海中直布罗陀海峡是造成潮汐的原因之一，而且漩涡也是造成潮汐的原因之一。

这些章节的开始包括：水自身在其运动中的性质；对水流影响的其他探讨，包括水流通过其中心及外形的变化、水流如何影响周围环境。

如果两条河水呈直线状迎头相撞，然后一起和水流所在直线呈两个直角汇合在一起，水流起落时而出现在这条河流的交汇点上部，时而出现在那条河流的交汇点上部，而大抵上两股水流的合成量在出口不会比两股水流分离的时候快。

这里，两条河在流量和流速上存在四种情况：第一，水量相同，但流速不同；第二，流速相同，水量不同；第三，水量和流速均不同；第四，水量和流速均相同。出现四种情况的原因如下：第一种，在相同水量不同流速的情况下，因倾斜度不同，在两河底部产生变化。水流较快的，坡度相对比较大，流下的水着落点就较低；另外一条坡度较小，流下的水被较快的流水砸在下方。第二种，流速相同但水量不同的情况，是因为河水宽度不同，而不是因为河床坡度不同。第三种，流速和水量均不同，可能由以下原因造成：一条河流水量小，但流速较快，河床会形成像退潮那样的比较连贯的退潮状凸起；但在很不规则的河床上凸起的水长度较长，不过较浅；对面形成的凸起正好相反，又短又深。第四种，水量和流速相等，是由两条河流在水量、深度和宽度及河床倾斜度上基本相同的必要条件造成的。

上述河流呈直线汇合，然后呈直角汇入单一一条河流。即使两条河流在流量、宽度和河床倾斜度上相同，也会发生两条河流深度不同的情况。这是因为，两条河河床的坡度延伸会一条比另一条长。那么，如果河床坡度延伸呈直线，河流的流速可能比对面的河流流速高，这样造成的河床较浅，见手稿五第七个议题的描述：如果两者的河流宽度和河床坡度相同，流速较快的河床较浅——尽管在一定的时间内，两条河流流出的水量相同。而且这一速度是因为一条河流斜坡的直线距离比另外一条长，直线距离越长，速度相比就越快。

假如两条河流的长度相同，一条河流呈直线状流淌，另一条则呈绕来绕去的曲线状流淌，但这两条河流的流量可能相同——换句话说，假设两条河流在开始的时候水量相同，宽度、坡度均相同，那么呈直线的河流流速较快，呈曲线的河流则因为流速较慢，河床会变得相对较高——流经每个部分坡度相同，宽度也相同。这种情况是必然发生的，这是因为弯曲的河流中，水中存在冲向河岸的冲击力，那么，因为水流从一边河岸到另一边河岸会受到很多弯曲和反弹力作用的影响，所以水流流速也被相应地提高。

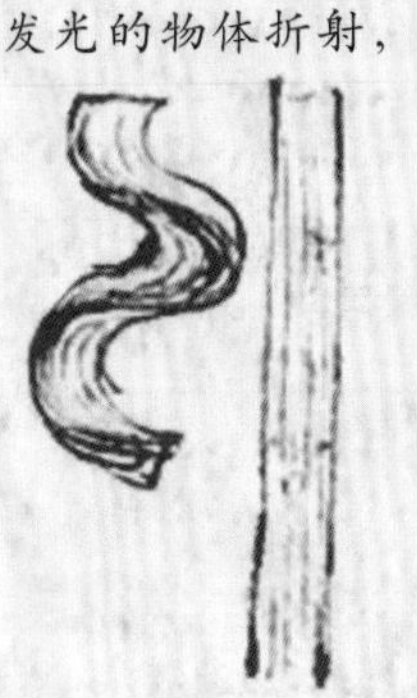

以上图中两河，流入两条河流的水量相同，两河的长度、宽度和坡度均相同，但流速不同，深度也不同。这种情况的发生是因为一条河呈绕来绕去的曲线，而另一条河流呈直线。结果，弯曲河流水流的长度比河流本身长度要长，也比两边的河岸长，因为河水必须从一边河岸绕到另一边河岸，然后再返回来。这样反反复复，绕来绕去，增加了水流的长度。而直线流动的河水，水流长度和河岸的长度距离相等。

因为月球之上水的水流原因，月球上的斑点位置总是变来变去。

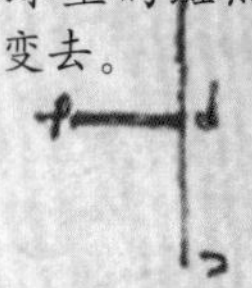

关于月球

任何不透明、不反光的物体，反射出的阳光亮度不同。阳光越强，上述物体接收到的阳光角度越接近，反射出来的光线差别就越大。

这里月球作为一个不透明的球形物体，在月球各部分呈现出相同的亮度，各部分接收到的光线也一致。因为上述原因，假如月球上没有水，这种情况也不会发生。月球上的水呈球形，如果不通过入射光线，水不可能在接收到阳光后，按照同一个方向反射到我们眼中，而入射光线相对于月球的体积来说，显得微不足道。那么，这必然要承认：海浪独立存在，并接收到阳光，而且浪峰之间的阴暗区域将发光的物体折射，而且不会产生像月球没有波浪的情况下的亮度。在此过程中，假如是这样，月球上可能有的部分会发出太阳本身一样的光芒，也可能形成像地球的水面没有波浪的情况下所发生的效果。这样折射出的太阳光影比起太阳本身的射线来说，会对人眼产生相同的刺痛感。“在没有浪的水中，我们观察到从水中折射出太阳的单一图像，比起真正的太阳来说，光线同样强烈。”

水波的数量越多，我们观察到的太阳在水中的图像越是难以计算。水浪之间有无数的波痕，这些波痕由于无法接收到太阳影像而保持在黑暗中，为数众多的暗影波痕和太阳的影像交相混杂。如果从很远的地方观察，这些投影变得很小，相互交错混合在一起。那么当波浪的黑白边界在形式上无法区分时，眼睛只能观察到白茫茫的一片光亮。而因为海浪朝向地平线的波浪不允许我们观察到波浪中阴暗的沟槽，这些沟槽被波峰的边缘遮拦，我们只能观察到一种更亮更为持续的闪闪光亮，而不是下方的一半——月球也是同样的情况。而如果月球没有水，情况可能相反，月球会呈现为一个容易接收到阳光的明亮光洁的物体，而不仅仅是投影而已。

如果有人认为月球在某种程度上自身发光，那自然是错误的。在新月光圈的中部之所以会看到光线，是因为月球面朝我们地球的一面，地球接收到太阳光线，反射到月球上，这样对于月球来说，地球就像一轮圆月。那么在白天的时候，太阳挂在天上，我们却观察不到，这是因为大气的亮度——这跟月圆当空的时候我们观察不到星星是一个道理。

手稿九　河流交汇形成的情况

BRITISH LIBRARY

大英图书馆说明

这一页的顶部，列奥纳多·达·芬奇列举了他计划论述的有关水科学的内容。这些议题丰富了《哈默手稿》讨论的主体内容：水在运动中的自然特征、水流的影响、河流交汇及河流中的浪花起落。列奥纳多·达·芬奇叙述了河流交汇形成的各种情况，并就此按部就班地绘制出这些过程。他观察到河流交汇的效果，是为了研究自然界中这种合成力产生的原因，他对这一现象的各种各样的表现均收集了资料。

这一页第六段是关于月亮的。这里，列奥纳多·达·芬奇对上一页提出的论点做出了详细论述——月亮光线柔和，是因为月球水层表面的水波运动："这里月球作为一个不透明的球形物体，在月球各部分呈现出相同的亮度，各部分接收到的光线也一致。因为上述原因，假如月球上没有水，这种情况也不会发生。月球上的水呈球形，如果不通过入射光线，水不可能在接收到阳光后，按照同一个方向反射到我们眼中，而入射光线相对于月球的体积来说，显得微不足道。那么，这必然要承认：海浪独立存在，并接收到阳光，而且浪峰之间的阴暗区域将发光的物体折射，而且不会产生像月球没有波浪的情况下的亮度。"

这一页因为记载了有关列奥纳多·达·芬奇科学实验方法的信息，而成为很重要的一页。

洪水的描述（二）

列奥纳多·达·芬奇

要让人看到狂风在猛烈袭击着阴暗沉闷的空气。雷、冰雹和闪电充斥着整个空间，地面上则是残枝败叶相夹杂。千年古树被狂风连根拔起，在它的旁边则是泥石的洪流泛滥，淹没了一切的平原、民舍和居民。你还可以看到，男人和女人拖家带口地逃到周围的山头上，旁边则是因为过度惊吓而委靡的各种动物。洪水已经淹没了他们的田园，水面上漂满了桌子、床架和船只，还有各种临时制作的用来逃命的漂浮工具。这些漂浮工具上面挤满了惊慌失措的号啕的男女老幼。狂风激荡着洪水，洪水显示着狂风的力量，狂风演化成狂飙，连同溺死者的尸体一并吹起。几乎没有一个漂浮的物体上不拥挤着逃生的动物，其中有狼、狐狸、蛇和其他种种。波浪裹卷着溺死者的尸体从侧面来拍击它们，让这些本来就奄奄一息的动物们陷入死亡境地。

你能看到那些存活下来的人们手持武器保卫着他们的领地，以避免遭受狮子、狼以及其他寻找避难所的动物的攻击。听啊，那些在轰轰雷鸣当中依旧清晰入耳的令人恐怖的呼叫声！刺破天空的闪电似乎要摧毁一切，你能看见人们在风雨当中由于惊悸而掩住自己的双耳，或是因不敢目睹上帝的震怒和冷酷而紧闭双眼，并用手紧紧捂住……可怜的人类啊，有那么多的人甚至在惊恐当中跳下悬崖。就连巨大的橡树也被狂风吹起，一闪而过，上面还有逃生者在紧紧抱住自己最后的逃生希望。很多船只都倾覆了，有的则残破，人们在船上挣扎着，但是从他们的姿态和动作上能够看出——注定在劫难逃。你能看到人们的绝望，有的跳入悬崖，有的扼住自己的喉咙，有的突然拖过来自己的亲生子女，将他们一拳打死，有的则在用武器自戕，有的虔诚地拜伏在上帝脚下寻求护佑！看啊，母亲们为了自己溺死的孩子痛哭呼叫，双膝跪地，朝天举起双臂，在抗议上天的暴行。你还会看到另外一些人紧握双拳、咬紧牙关，他们默默吞下被自己咬伤而流出的鲜血，由于极端的疼痛难忍而蜷曲身体，将胸膛置于膝盖之上。

largine percossa davarie obbliquita dechorsi dacq rendi dangi assi vari figure dacque le quali anno lelor lungeze pla linia della risaltatione della acqua

lacqua che chade appiedi della sua opposita argine ~~chagion~~ rendi tante varieta di chonchavita quanto sono levarieta delle obbliquita di chorsi chonche essa acqua percuote essa argine

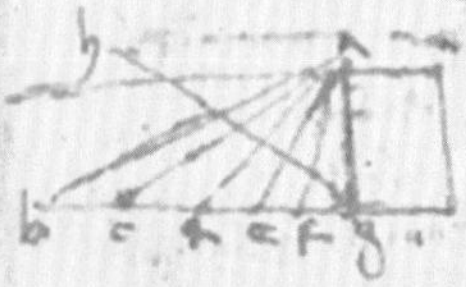

largine ricieve duna medesima hobbliquita dacqua tante varie offensioni quanto levarieta delle obbliquita della pariete dessa argine la qual pariete sara percossa della acq af ae ad ac ab sonte al presenti le proposte pariete dellargine davarie obbliquita della linia hg fiala obbliquita della acqua

lacq chadente dellargine varia leco chavita fatta alla sua percussione pla varieta della obbliquita fatta dalla differenzia dessa acq

lobbietto interposto infralargine elchorso della acq fara varij effetti quanto son le varieta delle obbliquita del predetto chorso delle acque

duna medesima obbliquita dacqua che percuote lobbietto anteposto allargine fara varij effetti [illegible] infrallo obbietto ellargine quanto sono le varieta delle distantie che dal tale obbietto allargine essendo tale obbietto duna medesima figura e chonequale petto situato

Lacq che percuote prima lobbietto anteposto allargine fara varij effetti quanto fieno varie le profondita delle acque che suprano il predetto obbietto

le varieta de termini delle intervallo che sinterpone infra lobbietto ellargine sono 4 delle quali la prima porremo che sia parallello pre plongitudine e profondita il 2° fia parallello plongitudine ne profondita il 3° fia parallello profondita e no plongitudine il 4° non fia parallello nello longitudine ne profondita

Lobbietto anteposto allargine anchora lui che ne sopra [illegible] o eglie par la ~~[illegible]~~ platitudine e profondita o eglie pprofondita e no platitudine o si de no platitudine e no profondita o egli none parallello ne platitudine ne cholla profondita

gran diferentia deffetti achadera nelle argine che son supate della [illegible] de fiumi a quelle che non sara supate

lacqua nel cresscere fa de nessito sopra del fondo un nalmo nel suo diminuire

le conservationi delle argini sono lobbietti interposti infralargini elcurso del fiume

senpre le ruine delle argini sichausano dalle profondita acresscute alli loro fondamenti

laruina dellargine spichate nella sua fronte sara inverso la [illegible] della acq che la percuote

不同倾斜度的水流冲击着河岸，在河岸的前方造成的冲刷形状也千奇百怪，这些冲刷沿着水流反弹的方向展开。

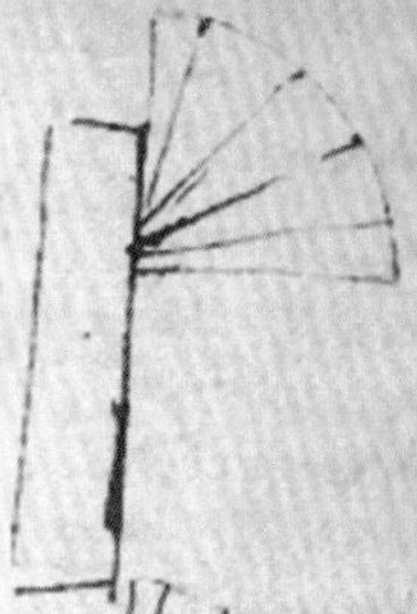

从对岸的脚下冲击而降落的水，造就各种形状的水洼，冲刷的形状和水流冲击河岸水流弯曲的程度一样，错综复杂。

那么同一倾斜度的河流对河岸造成的毁坏弧度和河岸的弧度一样错综复杂，河岸的弧度像水流冲击后的一堵墙。直线 ag，af，ad，ac，ab 假设为在不同弧度上建设的河岸岸壁，而直线 hg 代表水流弧度。

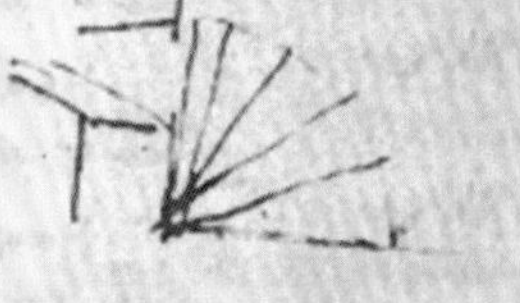

冲向河岸的水，改变了水流冲击造成的河岸弧度，这跟流向下游的过程中水流的方向改变相同。

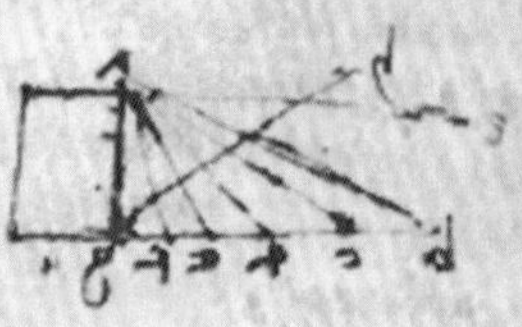

在河岸和水流之间放置的物体，会使水流产生出各种各样的流动曲线，这和水流曲线变化造成的影响一样。

同一水流曲线冲击放置在河岸前的物体，在物体和河岸之间形成多种多样的弧形水纹，和物体距离河岸的距离一样，千差万别；而物体是同样的形状，放置方法也相同。

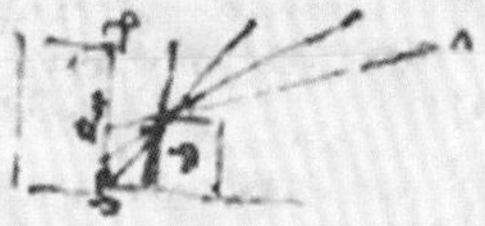

放置在河岸前的物体，首先受到水流的冲击。水流冲击所产生的效果和被冲击物体后方发生的水深变化都是多种多样的。

在物体和河岸之间存在的间隔水纹有四种：第一，我们假设在长度和深度上平行并列；第二，在长度上平行，但深度不同；第三，在深度上并列，但长度上不平行；第四，在长度和深度上均不平行并列。

在河岸前放置的物品，也产生规则相同的四种情况，即：在宽度和深度上平行并列；或在深度上平行，但宽度不同；或宽度上相同但深度不同；或深度和宽度均不平行。

受到河水冲击的河岸和未受到冲击的河岸，所受到的影响差别很大。

河床会受到水涨水落的影响。当涨水的时候，是一种影响方式；当水落的时候，则是另外一种影响方式。

在河岸和水流之间放置的物体，是河岸的保护者。

河岸的损坏，一般是由河床底部高度的增加造成的。

河岸从前方坍塌，并朝着向河岸冲击过来的水流方向倒塌。

手稿十　河水对河岸的冲刷

BRITISH LIBRARY

大英图书馆说明

这一页和上一页，描述了在各种情况下河岸受到流水冲蚀的情况。页面边上的图例，描绘出列奥纳多·达·芬奇对流水运动影响的几何分析，呈现出不同方向的水流对河岸的作用以及对任何“放置在河岸前的物体”的作用。他叙述简洁，中心放在科技工程问题上。

“受到河水冲击的河岸和未受到冲击的河岸，所受到的影响差别很大。”

“河底要受到水涨水落的影响。当涨水的时候，是一种影响方式；当水落的时候，则是另外一种影响方式。”

“在河岸和水流之间放置的物体，是河岸的保护者。”

“河岸的损坏，一般是由河床底部高度的增加造成的。”

“河岸从前方坍塌，并朝着向河岸冲击过来的水流方向倒塌。”

洪水的描述（三）

列奥纳多·达·芬奇

马、牛、绵羊和山羊等动物被洪水围困在山头。它们决定拥挤在一起，攀爬在同伴的身上，互相践踏，殊死搏斗……其中很多已经因为食物的匮乏而死亡。飞鸟也找不得栖息的地方，只好落在人和动物的身上。饥饿已经夺走了太多动物的生命，这些动物的尸体膨胀起来，漂浮在水面上，就像是充气气球一样互相碰撞，叠加在一起。

在上面描绘的这个世界末日的情景当中，天空乌云密布，霹雳划过夜空，突然撕开这茫茫的暗夜。

在旋风当中隐约可以看见飞来的鸟群。它们随风回旋，有时呈现为狭窄的侧面，有时则呈现为最宽阔的正面。它们刚刚出现的时候就像是边缘模糊不清的云朵，而当它们的第二群、第三群陆续飞过，渐渐飞近，观察者就能够看得清晰了。

最近的鸟群斜向下飞，栖落在洪水漂荡的尸体上面，争着啄食，直到那些鼓胀的尸体渐渐失去浮力、沉入水底为止。

黑暗、狂风、海上的风暴、洪水泛滥、森林大火、骤雨、雷电、山崩、地震，城市被夷为平地。

风暴把大量的水、树枝以及人统统都卷到空中，压迫在漩涡的中心。

载着逃生者的断树。

触岩破碎的船只。

羊群。

冰雹、闪电、龙卷风。

在树头上摇摇欲坠的逃生者，树木和山岩，山丘上挤满了逃生者，船，桌子，木盆以及其他被当作漂浮物的器具，山丘上的男人、女人和动物——闪电从云端直贯而下，照亮了这一切。

in un medesimo tempo l'onda pò caminare in contrario moto al moto del fiume [illegible] per simo[illegible] [illegible] del [illegible]

Libro 2° delle diversità delle onde dell'acqua

Sono l'onde dell'acqua di 2 nature [illegible] derivate da 3 diverse chause delle quali la prima è dal suo propio moto naturale, la 2ª è mediante il moto dell'aria che con quella si congiugne, terza è causata dalla percussione di qualunche cosa che sia [illegible]. L'onda causata dal suo moto naturale si divide in 2 nature, delle quali la prima si allunga secondo il corso lungo dell'acqua, la 2ª fia traversale per la causa di ringorgatione del fiume o qualche altro obietto opposto al suo corso.

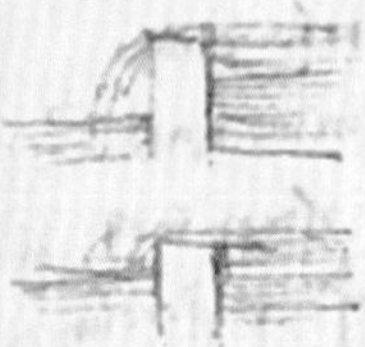

L'acqua non ispigne con equal moto nella lunghezza della sua argine, anzi tanto con magiore o minore potentia quanto essa argine è più propinqua o remota alla magior corrente dell'acqua, e quella parte dell'argine fia più molestata che dalla opposita parte sarà più [illegible], e così di converso quella argine più resiste che dalla opposita parte fia meno [illegible].

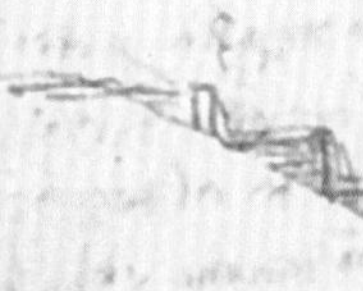

Dove l'acqua per suo retto corso ruina le argine [illegible] si debbe fare spessi ringorgamenti d'argine traversali a torrenti acciò che tal corso sia ritardato e fannosi esse argine spesse acciò che l'acqua abbia magior caduta e che magior caduta [illegible] sopra del fondo dove cade.

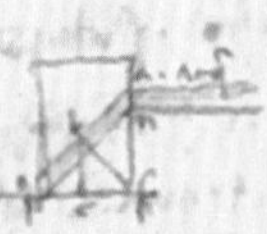

~~Se una argine di qual grossezza esser [illegible]~~ (che potentia fia quella che fa l'acqua contro all'argine che la sostiene). In questo caso s'à a considerare [illegible] li due lati della grossezza d'essa argine per ciascuna parte essa argine e in contatto [illegible] e l'altro è in contatto coll'aria. Ora tutti andare all'obietto dell'acqua.

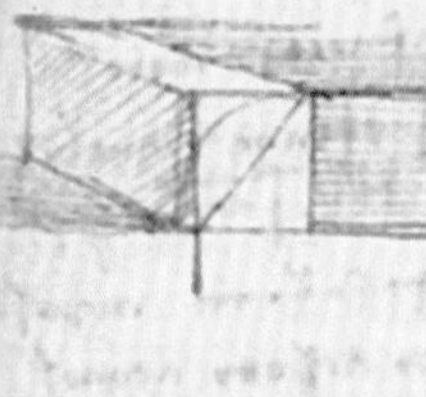

L'acqua sostenuta dall'argine sospinge essa argine dalla superfitie al fondo con varia potentia, e questa tal varietà è causata dalla differentia over dalla inequalità della altezza dell'acqua, con ciò sia che quanto più s'appressa al fondo con magior forza spinge in essa argine, come mostra le cannelle che versano in vario altezze del bottino, le quali quanto più s'avicinano al fondo d'esso bottino con magiore velocità versano le loro acque, e possi misurare tale inequalità delle potentie colle distantie [illegible] acque percotono il pavimento [illegible] del bottino [illegible] sua lati sia una carta pecora [illegible] come mostra il disegno a equali righe [illegible] tanto peso opposito che [illegible] sostenghino esse righe al contatto della fronte del detto bottino.

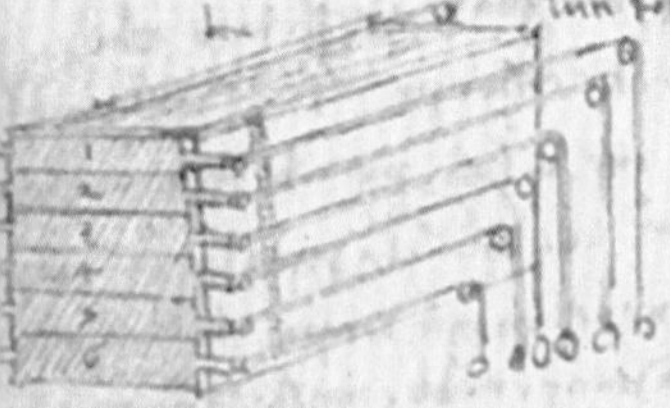

E pare in questo caso che l'argine sia combattuta con potentia equale dall'acqua che [illegible] perché l'acqua in ogni grado della sua profondità acquista gradi di [illegible] come mostra di sopra. E così [illegible] argine che in ogni grado della sua bassezza acquista gradi di resistenza [illegible] questo non possiamo dire che essendo cresciuta la resistentia d'esse argine insieme colla potentia dell'acqua che la sospigne e così [illegible] a equalare le 2 antidette potentie.

L'acqua non pesa sopra il suo fondo, come si [illegible] per le sottilissime erbe sopra esso fondo [illegible] infra l'acqua ondeggiano e nel [illegible] lentissimo fangho nel fondo de paduli [illegible] sarebbe [illegible] petrificare [illegible] la sentenzia che l'acqua sopra il suo fondo non pesi [illegible] essa sperientia e paragone [illegible] conclude che quella parte della terra che intorbida l'acqua la qual sarà di magior lievità sarà l'ultima che s'asseterà sopra il suo fondo e [illegible] di più tardo discenso [illegible] nel primo contatto si fermerà sopra l'altra terra del fondo sanza [illegible] gravezza alcuna. Pesa l'acqua [illegible] sopra [illegible] che quella che [illegible] consuma il suo fondo e esso sarà chiara [illegible] materia [illegible] sopra esso fondo.

questa medesima regola s'à a usare nel fondo [illegible] fondo [illegible] l'acqua [illegible]

当水流向一个方向流动，水浪可能向相反方向前进。水浪一浪赶着一浪向前运动，绵延不断。

关于水流波浪的多样性

水浪的产生有三个原因：第一，水的自然运动；第二，风力的推波助澜；第三，任何掉入河面的物体所产生的冲击。自然运动的水产生的水浪有两种：第一是根据水流自然流动产生直线的水浪；第二是因为堤坝的阻拦或者阻挡水流的其他物体形成的横向水浪。

在河岸的一边，位置不同，水流所产生的冲击力度也不同；河岸距离中心水流有远近，受到的冲击力度也或大或小。相对水流来说，河岸暴露的长度越长，所受到的冲击威胁就越大；河岸所暴露的长度越短，对水的阻力就越大。

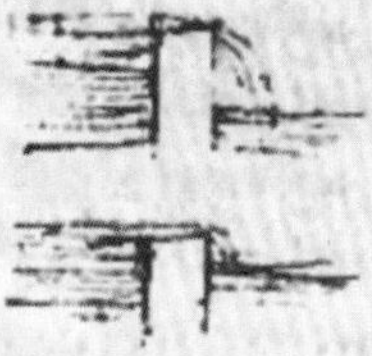

在河岸受到水流冲击力过大的地方，水流会毁坏河岸或海岸。因此，为减慢冲击速度，需要横向建筑堤坝，以阻断激流；而且应当加厚堤坝，以减少和避免降落的流水将堤坝底部掏空。

水对支撑着水的河岸形成什么样的压力？这里必须考虑河岸厚度的两个对立作用。因为一方面，河岸直接接触到河岸所支撑的水，另一方面，河岸直接同空气接触。那么必须把水当成是河岸的保护层。河岸支撑的水在河岸的垂直面产生压力，而且从水面到水底根据深度的不同，压力也不同。这种不同随着水深浅的不等而按照一定比例变化，越是接近水底，对河岸造成的压力越大。这可以从水箱不同高度喷出的水流观察到，出水口越是接近水箱底部，水流越快。当水从不同高度的出口流出，喷射到地面，可以通过丈量落水点到水箱的距离，来计算水压的差别大小；也可以通过容器进行测量，水箱的一边用羊皮囊做成，然后用一排木条加以固定，如图所示。这样，固定的每根木条都能精确显示出水箱前部支撑水所必需的压力。

在这种情况下，显然河岸会产生出与内部水压相等的对抗力。假如不同水深的水，得到以上试验中显示的对应压力，我们可以观察到，河岸水深的每一个刻度上，都会形成相应的抵抗力。因此，可以认为，随着水压的增强，河岸形成的阻力也随之增大，唯有两力势均力敌，河岸才不会被冲裂。

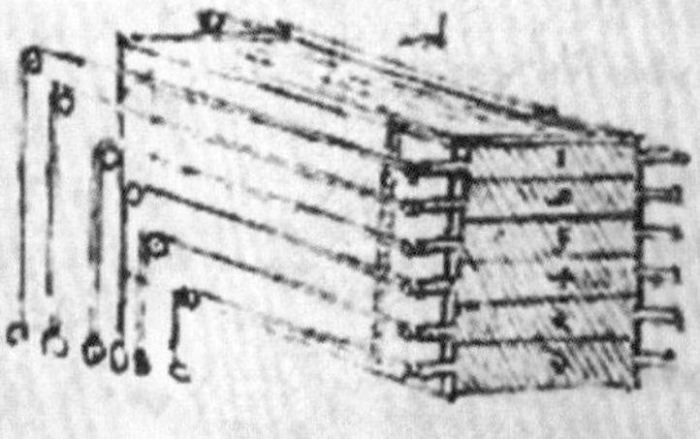

静止不动的水对水底没有产生压力，这一点可以通过细草在水底晃动及沼泽底部非常轻的浮泥观察到，这些浮泥几乎和水一样轻。另外，如果浮泥上部承受水的重力，河底的浮泥可能被夯实，进而变得坚固无比。这里从反面证明了已有经验所证明的“水对其底部没有产生压力”的原理。通过推理，可以得出结论：当水比较轻的时候，使水变得湍急的部分泥土，最后沉淀到水底。事实上，浮泥沉淀速度越来越慢，当浮泥沉淀到河床底部，不会对下面的浮泥产生任何压力。河水对其所流经的两岸产生压力，而不对其所穿过的河底产生压力。确实，携带泥沙的水流会损坏河底，但如果河水清澈，河底会到处滋生绿色水藻。

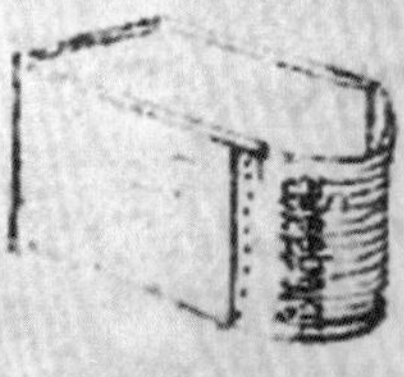

对于河床来说，适用于同样的原理。可以观察水箱的底部和侧面——水箱的底部出现绿色滋生物，但侧壁却产生更大的压力。

手稿十一　关于水流波浪的多样性

BRITISH LIBRARY

大英图书馆说明

这篇文章和《大西洋手稿》中的一些段落有关，列奥纳多·达·芬奇研究了水速和水压之间的关系。他记录了在河流中不同深度的流水流动的测试实验；然后着手证明水的压力；接着是流速，当水越深，水流流速越大。在手稿二十一中描述的另一个室内实验中，他对这个假设进行了实验。

他用科学而有趣的方式，思考各种复杂的力对水流的影响。为测量水压，他分析了不同水深的水流速度。

然后他对比了运动的水和静止的水在性质上的差别，得出结论：静止的水对于底部来说没有产生压力。这个结论的证据是生长在河底的草的摆动方式，以及“这些浮泥几乎和水一样轻。另外，如果浮泥上部承受水的重力，河底的浮泥可能被夯实，进而变得坚固无比。这里从反面证明了已有经验所证明的‘水对其底部没有产生压力’的原理”。

因此，列奥纳多·达·芬奇总结出，水压是因为他所谓的冲力作用即运动水的冲击力而产生的。

他是第一个用数学公式计算体积流量的科学家，也可能是采用闭环控制的第一人。

洪水在城市上空　列奥纳多·达·芬奇

Del flusso e reflusso

Tutti li mari anno il lor flusso e refusso ~~in medesimo~~ tempo · ma pare variarsi per le ligori in nocio mancano in un medesimo tempo in tutto lo universo con ciò sia che quando nel nostro emisperio è mez giorno nello oposito emisperio è meza notte · e nelle congiuntioni orientali dell'uno e dell'altro emisperio comincia la notte che accorre dirieto al giorno e nelle congiuntioni occidentali d'essi emisperi comincia il giorno che seguita la notte della sua oposita parte · adunque è conchiuso che ~~non mette~~ ancora che il ditto ~~flusso e refusso~~ acrescimento e diminuitioni delle altezze de' mari ancora che elle sien fatte in un medesimo tempo essi mostra variarsi per le gia ditte cagioni · sono adunque somerse le acque nelle intime parti de' fondi de' mari le quali ramificano dentro al corpo della terra e rispondono al nascimento de' fiumi i quali al continuo tolgano ~~e rendano~~ del fondo al mare al mare ~~andato~~ tolto, in mo rabil volte, nella superfitie al mare al mare.

Essendo le volte della luna aparendo all'orientale parte del mare mediterraneo cominciassi a gonfiare esse le acque del mare e ne seguirebbe che 'n me dette tirano circa alla [illegible] parte ~~della~~ [illegible] la circonferenza della spera dell'acqua per se ~~ponendo~~ ~~...~~ Ancora essendo il mar medi lungho 3000 miglia il flusso e refusso non fa se non 4 volte in 24 ore e se per la ... effetto col tempo d'esse 24 ore · se esso mare mediterraneo non fussi lungho 3000 miglia per ... della luna e sarebbe signore il discorso delle acque per tale stretto di gibiltar nel correr diri che ? po ~~esso~~ stretto farebbe tal corso che molte migla infra l'oceano farebbe ... mento grandissimi per la qual cosa sarebbe impossibile passarvi e dopo questo subito torna passerebbe ~~per tale~~ stretto · ella speriença mostra ~~che~~ che d'ogni ora vi si passa salvo che quando il vento stretto che anno d'essa ... ma ben si ringorgha ritardato dal mare acqueste · onde poi con furioso moto ristorna il tempo che ... del suo ritardamento insino al fin del suo moto reflesso che varieta di largheça e profondita ... precisa che in ogni grado della sua lungheça

Ne' fiumi de quali grado done passassi meno acqua che nell'altri ... con ciò sia che ... e non potrebbe dare piu acqua al altro grado che 'l suo antecessore grado ... e così gradi done passassi piu acqua non avendo ... poniamo che ... li 3 gradi abc passino in 3 tempi armonici ...

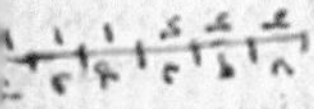

e che in ... 3 altri gradi def ... ne passi in 3 altri tempi ... seguirebbe grande errore nel moto per ... che in ... e che ... gradi ... tempo ... con ciò sia che ... ogni tempo ... e rimarebbe ... che ... ik ne passassi 2 ... e si dorebbe ... ne' fiumi ... gh ...

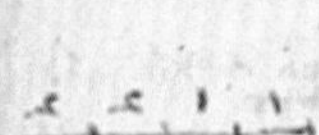

e profondita

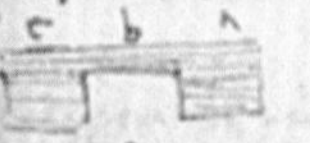

e profondita

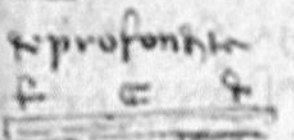

e larghezza

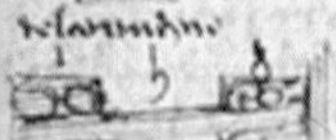

e larghezza

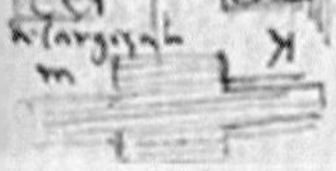

Il fiume ~~che~~ che esser debbe ... gran quantita di sassi grossi ... ghiareto i quali sassi sono di ... con parte della angoli e lati e nel processo del corso conduce pietre minori con angoli piu consumati e ... pietre ... e piu oltre poi ghiara grossa e poi minuta e poi seguita rena grossa e poi minuta e poi ... liti grossa e poi piu sottile e così seguendo giugne al mare l'acqua turba di rena e ... la rena si scarica sopra li liti marini per ... ...

水流与潮汐

大海潮汐出现的时段基本一致，但因为全球各地白天开始的时间不同，潮汐的时间似乎也不同。这么说来，当我们这边的半球正值正午，另外一半半球则是午夜。在两个半球东方交接的地方，白天结束后，夜晚开始；而在两个半球西部交接的地方，一个半球承接了对面那个半球的夜晚，白天开始。这些均反映在大海浪潮高度的涨落上，潮起潮落，汹涌澎湃。尽管潮起潮落发生在完全相同的时间间隔内，但是和上述原因对比起来，还是各不相同。潮水会退缩到岸边的罅隙，这些罅隙从大海深处开始，一直向高处延伸，向下则交错分叉，努力延伸到地球内部，试图去索源寻根。

河水不断地注入大海，又从大海的底部源源不断地抽出，同时大量的水持续不断地从海面蒸发（变成雨，降落到地面，汇聚到河流）。

在地中海的东端，月亮缓缓升起，便立刻诱惑了那儿的海水。随后马上可以观察到，大海东端月球所产生的效应（水面缓缓升高，逐渐汹涌澎湃，使劲儿地拍打着海岸）。

而且，地中海的长度为 3 000 英里，大约是地球上水域周长的 1/8，而 24 小时内仅出现 4 次潮汐。这些结果可能不符合 24 小时内应该出现的次数，除非地中海长度为 6 000 英里。因为，假如过量的水随着月球移动通过直布罗陀海峡——海水前呼后拥，涌向海峡，水量巨大无比，浪潮奇高，跃过海峡，一下子冲进大海，沸沸扬扬达好几英里，引起大风大浪及可怕的洪水——则不可能顺利通过。而这汹涌的浪潮在事实上的确通过了直布罗陀海峡大大小小的峡口，在每个小时，这些海潮都安全通过，但是当风向和水流方向相同时，会出现巨大的落潮。

大海并没有抬高从海峡出来的水位，但抑制了水位下降，延迟了退潮，随后迅速加速，好像要弥补失去的时间，直到落潮结束。

尽管河流在宽度和深度上不同，相同数量的水必然在同一时间通过河流的任何部分。

这是必然的，如果某一处通过的水比其他地方少，只可能是水被蒸发掉了。因为下游的水不可能比上游流入的水多；这样，如果下游没有接收到等量的水，则上游的水位在短时间内必定升高。假设在 abc 三个地方，让 6 磅①水分三次顺利通过，这样，每次每个地方通过的水是 2 磅；假设在后面的 dcf 三个地方，3 磅的水分三次通过——换句话说，每次在每个地方通过的水是 1 磅，这样就出现很大的问题：在第一组的最后 c 点，每次会多出 1 磅水，这就意味着，在一个小时之内，有 1 080 次这样的情况，也就是要多出 1 080 磅水，这就因 d 处而形成滞胀，水位提高。而且，当通过 gh 两处的水每次是 1 磅，而 ik 两处同时通过的水为 2 磅，这样 ik 两处需要的水可能是 gh 两处所能同时提供的两倍。

河流从崇山峻岭中流出，碎石遍布的河床上留下大量的巨大石块，有一些棱角依然分明。在石块顺水而下的时候，河水携带的小块石头边角多数磨损；同样，大块的石头也变得越来越小，进而失去粗糙的棱角，成为漂亮的鹅卵石。然后是由大而小的砾石，接着又变成沙子——开始的时候棱角分明，粗粗糙糙，最后越来越细，不断缩小，河水浑浑噩噩，携带着碎石泥沙冲向大海。

砾石被海水冲回海岸，不断堆积，直到最后砂子越来越细，成为泥沙，几乎和水一样轻盈细腻。这样的泥沙不会停留在海岸，因为自身很轻，它会随着海浪返回，像腐烂的水草和其他特别轻的物质一样，随水漂流，然后变成具有和水一样性质的物质，在风平浪静的时候，慢慢下沉，在海底安家。因为特别细腻，不断沉淀，逐渐变得坚实；因为表面光滑，不断对通过其上的风浪形成阻力。泥沙中，扇贝随处可见，这样的泥沙就是用作制陶的白泥。

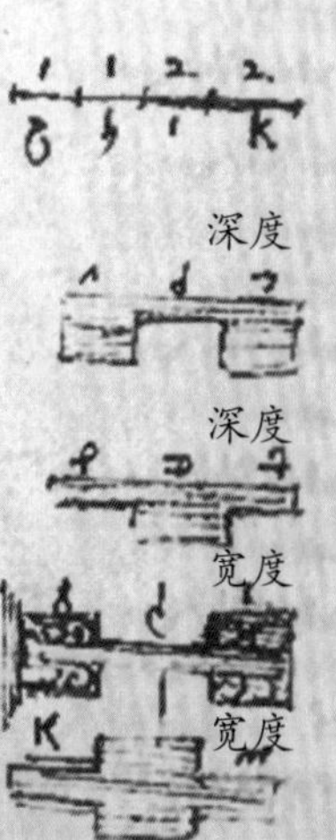

① 1磅≈0.4536千克。

手稿十二　潮汐的形成

BRITISH LIBRARY

大英图书馆说明

大海和河流中的潮起潮落是列奥纳多·达·芬奇在《哈默手稿》中具有引导性的题目。探讨整个地球在不同的时间段潮汐的变化:“大海潮汐出现的时段基本一致，但因为全球各地白天开始的时间不同，潮汐的时间似乎也不同……当我们这边的半球正值正午，另外一半半球则是午夜。”

同时他也考虑到对水有影响的大量物理变量，包括风的作用。这里列奥纳多·达·芬奇兴致勃勃地提出了持续测量水流的方法，他尽可能地描述水浪冲击的距离、水浪的高度以及涨潮落潮的情况。

在这一页的结尾，他揭示了这个讨论的真正意图，即海贝及化石这类沉淀物如何在地球上循环。他对于各种各样水载沉淀物的运动直觉，表现在他对流体力学最为先行的研究之中。这篇论文，从可以观察到的结果开始分析，总结出一般性理论，体现出列奥纳多·达·芬奇将其哲学爱好结合到专业的水利工程思考中，然后再上升到哲学高度——他完美地画了一个圈。

列奥纳多·达·芬奇用一种艺术的风格，以近似诗人的观察方式，讨论陶泥的来源，结束了这篇论文:“这样的泥沙不会停留在海岸，因为自身很轻，它会随着海浪返回……在风平浪静的时候，慢慢下沉，在海底安家。因为……逐渐变得坚实……在泥沙中，扇贝随处可见，这样的泥沙就是用作制陶的白泥。”

潮汐产生的原因

潮汐示意图

列奥纳多可能是用现代物理学的方法探索潮汐产生原因的第一人。

事实上，潮汐产生的原因主要受到两个方面的影响，分别是地球的自转和天体的吸引力。随着地球的自转，海水也相应进行旋转，而旋转的物体则会产生离心力，使它们具有离开旋转中心的倾向。这一点正如旋转张开的雨伞，雨伞上的水珠会纷纷逃逸。至于天体的吸引力，海水受到太阳、月亮以及其他天体的吸引，正像地球用自身的吸引力俘获了月球一样，因为月球距离地球最近，它对于地球上海水的吸引也最为强烈。海水就在这两个力的共同作用下形成了推动潮水涨落的引潮力，进而形成了潮汐。

由于地球、月球和太阳的相对位置总是在发生周期性变化，所以海水的潮汐也在发生着周期性变化。一般而言，除了地球上的两极因为圆周距离太短，地球自转的离心力非常小之外，其他地方的海水潮汐每天有两次周期性涨落，间隔时间为 12 小时 25 分钟，两次涨落共计时长 24 小时 50 分钟。因此，潮汐的涨落时间每天都要推迟 50 分钟。

列奥纳多认为，地中海的潮汐每天涨落四次的原因不得而知。不过他用地中海长度跟地球水域周长的比例关系来推算潮汐涨落次数的方法，却是非常别出心裁的，也能体现出他的宏观地理知识的丰富程度。

Dellacqua della luna

Qui si prova che in alchuno aspetto del cielo la sua parte onbrosa della luna à parte di luminosità e in alchuna parte del cielo è privata del sol lume

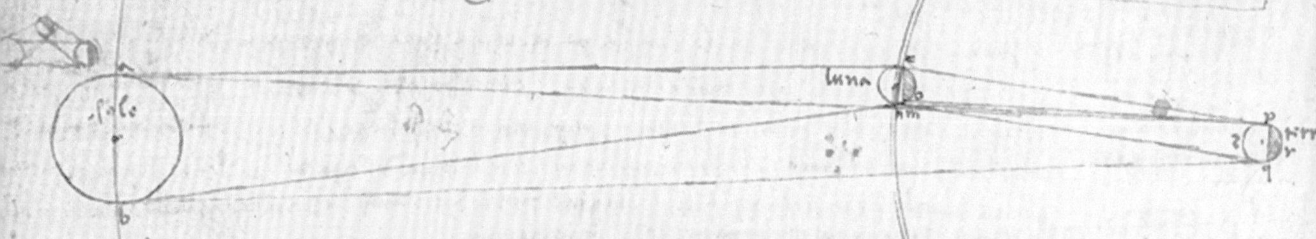

Sia il sito del sole ab e cn sia il sito della luna pq e quel della terra dico che la parte oscura della luna co è veduta alluminata dalla parte de nostri mari che son veduti dal sole in pzq. li quali mari fanno alli mari che vedeno essa luna qual fanno li mari della luna alli mari della terra quando quella parte di li mari ci si mostra nella luna posta in oriente stante il sole in occidente a dunque la luna nova posta insieme col sole al occidente ci si mostra cornuta per lume de quali l'uno vien dal sole e l'altro vien reflesso dalli nostri mari alluminati dal sole e se non fussi il paragone del razo solare ch'è tanto più potente vede per la luna che non è quel del razo solare reflesso nella luna dalli nostri mari vederesti la parte della luna circundata dal cerchio alluminata dal sole parere ritenere in se alquanto di splendore il quale cense di tanta minor potenza che la parte alluminata dal sole quanto li nostri mari alluminati dal sole son di minore risplendore che 'l lume del sole e se voi vedere il vero paragone pon mente quanto il giorno si trova il sole e la luna nel nostro emisperio

Ma quando la luna passa li aspetti meridionali insino allo oriente allora per quella parte notturna della luna riede il razo solare refresso dalli nostri mari occidentali e volta a detti mari e l'altra parte resta sola alluminata dalli razi refressi dalle stelle che li stanno per obbietto.

Ma quando la luna passa sopra di noi stando il sole a mezzo di essa luna riede nelli sua mari no di meno gran lume refresso dalli nostri mari refressi dal sole che li mostra dalla luna come fa a noi la luna in quinta decima nel mezzo della nostra notte e il magiore lume ci mostra quando la s'interpone infra noi e il sole perchè allora è raggi refressi dalli nostri mari che specchiano il sole più e con più potenti che in alcun altro aspetto della luna nel cielo e quella parte di splendore in tal tempo essa luna ci ne mostra nasce dalli mari che vegano quella parte del sole che non è occupato dalla luna e quelli refrettano alli mari della luna e di tu cupirrai la parte delle che avanza fori della luna tu vederai la notte della luna fare qualche chiarore più che non fa esso sole fori di lei

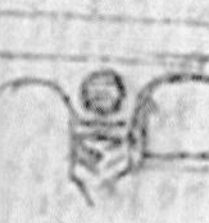

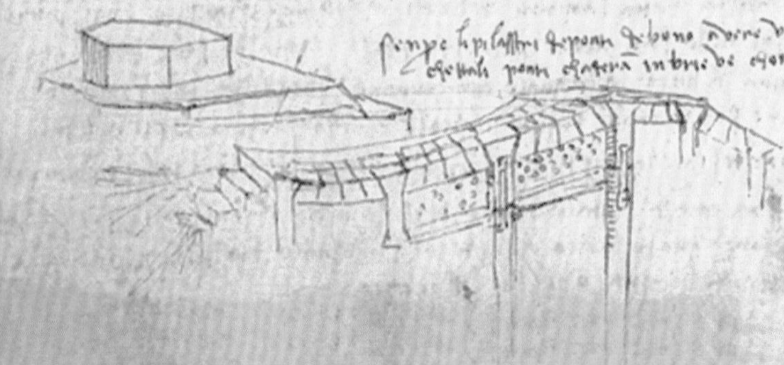

Sempre li pilastri de ponti debono avere uno sperone molto distante che manca alo avenimento de fiumi se che tali ponti chadera in breve chontro al corso del fiume

Le pietre delle pescaie debbono avere ogni 4 o 8 ancorate di pietra più lungha che l'altre la qual sia più largha di sopra che di sotto e sia ferma nelle somma delle maestre di pali ferro impiobato nella pietra e chonfitto nel palo con maestra

关于月球上的水

有人证明了，在某种天气条件下，月球阴暗的一面有一些亮光，但是另外一种天气条件下却看不到这些亮光。

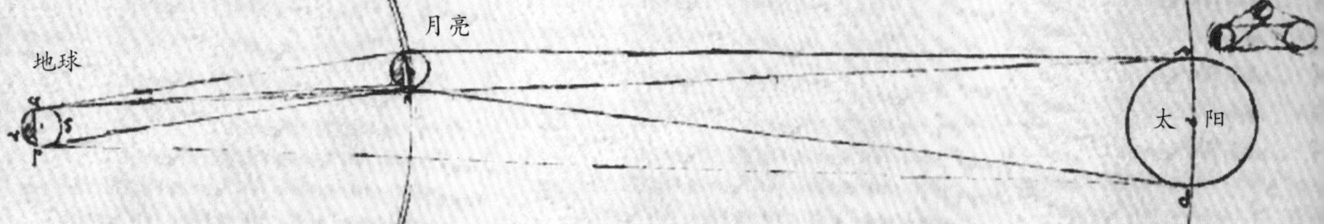

假设太阳在 ab 两点之间，月球在 en 两点之间，地球在 pq 两点之间，我认为地球的海洋上可以见到太阳的 pSq 部分，可以观察到月球阴暗的一面 eo，并被太阳照亮。当月球上的海洋朝向地球的时候，月球在东边，太阳在西边，地球上的大海将光线反射到月球上的大海，月球上的大海也将光线反射到地球上的大海。

这样，和太阳一起出现在天空西边的新月，会呈现给我们两种不同的光线：一种光线来自太阳，而另一种是地球上大海反射出的光线。因为阳光照射到海面，大海被点亮，大海又会将光线投射向月球。太阳照射到月球上的光线比从地球的大海上反射到月球的光线要强烈很多，如果没有太阳入射光线的衬托，看起来像被太阳光圈环绕的月球似乎有一部分自身的光亮，这部分亮光比起被太阳照亮的部分显得不是很强烈——就像地球上的大海一样，反射出来的阳光比太阳本身发出的光线要稍稍微弱一些。在白天的时候，当太阳和月亮都悬挂在天空，可以做一个实际的对比。

但是当月亮越过南方天际的边界，一路向东，只有月亮上处在黑夜的那一面接收到从地球上的大海反射过去的太阳光线——那一面面向着大海，而另一面面朝着一望无际的星空，和星星并列着，因星星的眷顾而熠熠发光。

但当月亮从我们头顶穿过，太阳在南方时，月亮上黑暗的那一面大量接收到从地球上的大海反射过去的太阳光线（大海面对着月球黑暗的那一面）——如同在地球上的午夜，满月照亮地球一样。而当月亮盘踞在地球和太阳之间时，月球发出更强的光线，因为大海随后反射出的阳光比天空中月亮其他部分的光线更短、更为强烈。那一刻，月亮呈现出的部分亮光，是缘于没有被月亮遮拦的太阳光线照射到地面的大海、然后地面的大海将光线反射回去并传递到月亮之海。而如果挡住没有被月球遮拦的那部分太阳光线，则会看到处于夜晚时分的月亮，要比观察到的月亮之外的太阳部分，显得更加明亮。

桥墩一般有长且陡的坡面延伸出来，以抵御迎面而来的水流的冲击。否则，大桥会很快朝着河水过来的方向倒塌。

堤坝的石头每 4 布拉乔奥便应该有一条石链比其他部分长，而且石头链上宽下窄，用一条铁链固定在每个主木墩的顶部，把铅灌进石头，插入桥墩，此即主桥墩。

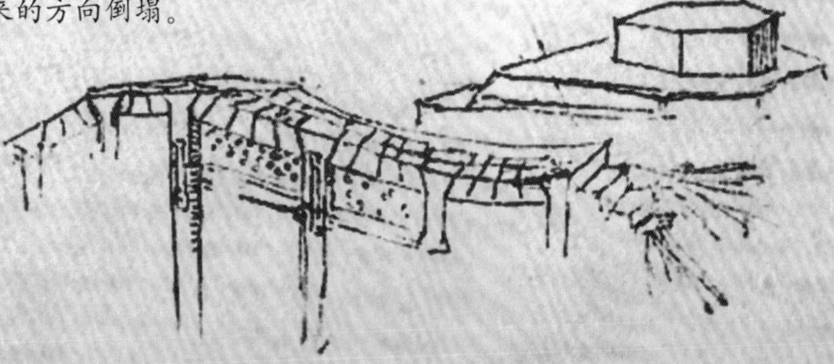

手稿十三　关于月球上的水

BRITISH LIBRARY

大英图书馆说明

这一页的标题为“关于月球上的水”，列奥纳多·达·芬奇开始证明，“在某种天气条件下，月球阴暗的一面有一些亮光，但是另外一种天气条件下却看不到这些亮光”。

他强调，必须考虑到地球水面反射出的光线，从这一因素来解释月球的光源。后来，熟读达·芬奇手稿的伽利略，在16世纪提出，附近星球的光线影响了月球上的光线。这里，达·芬奇宣称，月亮在最亮的时候，接收到地球海洋反射出的强烈的太阳光线。这一论点是达·芬奇在推理的基础上，使用其潜在的宇宙几何结构概念建立理论实验的很好的例子。

他的设想无法证实，但是却激发了人们进一步的思索，去推翻当时流行的说法——月球具有像镜子一样发光的表面。这里，列奥纳多·达·芬奇的目的是推算整个月亮运行周期中月亮亮度的变化情况。

美国阿波罗 11 号从月球上拍摄的地球图片

达·芬奇的一个错误

达·芬奇关于“新月的发光区是反射太阳的光线，而阴影区的影影绰绰则是被地球上的海洋所反射的太阳光所照亮”的观点，是当时最先进的智慧和最高端的猜想——尽管在这里达·芬奇犯了一个错误。

事实上，地球反照的主要来源并非地球表面的海洋，而是云层。阿波罗 11 号宇航员拍摄回来的照片表明，从月球上看地球，地球比太阳大 4 倍，亮度是满月的 50 倍。正是这 50 个“月亮”一齐照亮月球上没有被太阳照射的那部分，构成了“新月抱旧月”的奇观。

Lacqua sinalza quanto essa discede essendo essa mantenuta circhundata dacqua

Largine alzata dinanzi alla bocha della acqua che esce della radice del monte alzera lacqua di fori come essa all origine dentro al monte

Sempre non e simile lacqua che versa sopra la ringorgatione della sua vena ma spesse volte molto minore e questo acade per la origine della ramificatione delle vene sue le quali sono in diverse altezze situate ~~e ma~~ ~~nessuna~~ e se la ringorgatione dellacqua disscierta della sua vena sinalza di cien alla altezza della piu alta di origine de tutti di sua rami e lla ringorgatione non versera se non tanto quanto mette tale rammorum

~~ma~~ lacqua versata dellargine della vena ringorgata fia della abondanza della vena anchor che fussi ringorghata e questo acade perche in tal surgimento da qua elevata alle some altezze dellargine che lla ringorgha non si eleva nessuna parte di quelle vene che anno le loro origini piu basse che li lati dellargine ditta

La vena dellacqua che esce delle radice de monti quasi piu sopra allo ingrato spesse volte si rende piu abbondante e questo acade per cause delle vene che va colle loro origini piu basse che lluogo donde versava la vena non potra versare per la vena massi dacqua sanza corso alcuno la quale poi che sara abbassata luscita della vena quella che prima era immobile piglierà subito moto e ingrossera luscita e sara la piu abondante

Sia fatti e fussi per quel verso dove li posi d'ogni reta con piu pesso lacqua alla prima altezza e ti separi e mai si fara esse fussi per lo fonnamento che non si facci piu posi per piu lume in verso

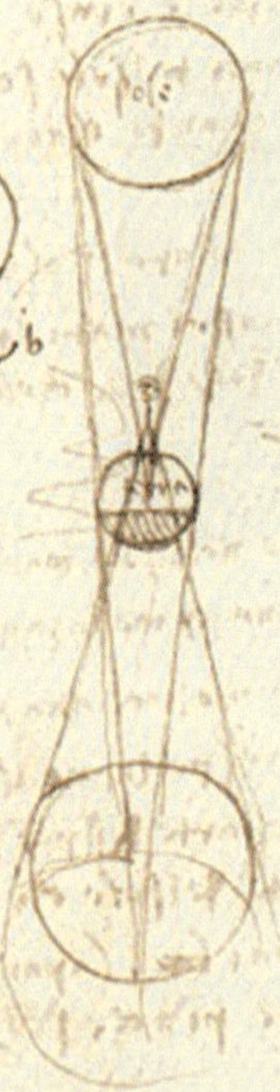

Il sole si specchia tutto per tutto in ogni parte dellacqua alli contra posta ma locchio che vede il suo simulacro e di minima grandezza e po esso simulacro per li pire piccholo sotto lacqua come quello di cielo e se locchio fussi grande quanto la spera dellacqua esso vedrebbe tutta lacqua risplendere del simulacro del sole e cosi lo prova. Tu vedi il sole specchiarsi ne nostri mari quanto tramonta e simile fa a tutti li antipodi che sono nel orizonte che sun posti sopra il cerchio che termina sopra la terra il giorno dalla notte ori magina una virtu visiva umana laquale termini col suo cerchio col cerchio delli ochi de li antipodi allora sara in tale virtu visiva umana tutta la terra che ci che prima il nostro emisspero vedano specchiare il sol nelle sue acque per diversi paesi ma un solo ochio chi natura di punto allo quale concorrano li razi ~~pi~~ terminanti del solare simulacro ~~tra~~ il quale concorso di razi piramidali tagliandosi nella superfitie dellacqua mostrano quanto tal simulacro apparisca grande in tale taglio di piramide il qual taglio sara tanto minore quanto locchio che vede tal simulacro fia piu vicino alla superfitie dellacqua dove il sol si specchia

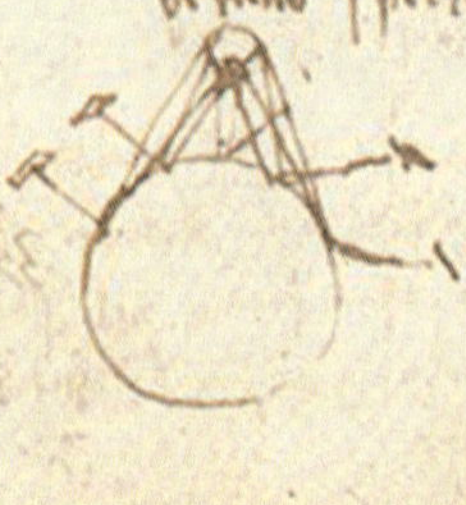

如果将水放入连通器中，观察其流动，一侧液面的上升程度相当于另一侧液面的下降程度。

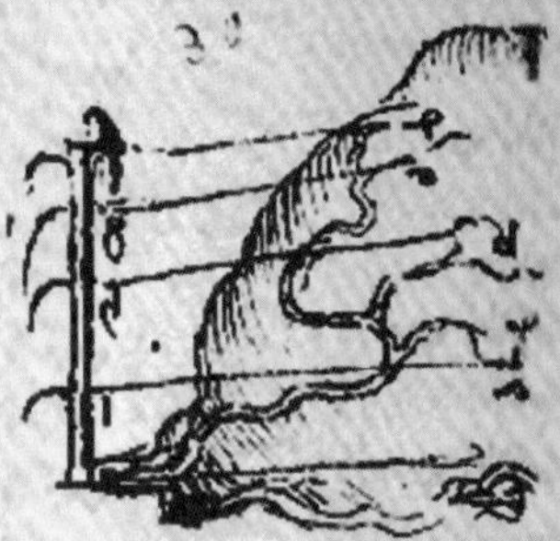

不流动的河流，会变成一潭死水。

如果建起水坝修成水库，将大山下面流出的水储存起来，可以使水面上升到与山中水源相同的水位。

在泉水前面修建水坝，水越过水坝流出，流速一般不均匀。但当泉水流出的数量大幅减少，偶尔会比较均匀，这是由不同的水面落差造成的。如果水库中的水位上升到水源主脉分支的最高源头附近，那么从堤坝流过的水，不会比这些源头的支脉供应的水多。

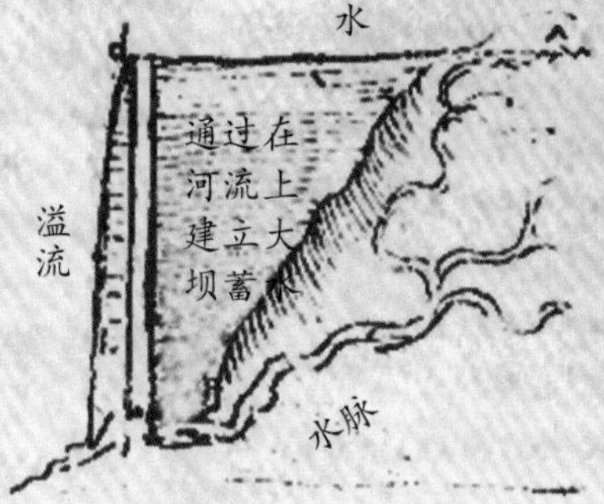

堤坝拦截住河流，漫过堤坝而流出的水，永远不会像大坝拦截之前那样滔滔不绝。这是因为，没有河流可以从比堤坝低的地方向堤坝内蓄水，使水面升高进而达到堤坝的高度。

从山脚流出的小溪流速会经常变大，下游水道口越大，水流越湍急。这是因为，小溪的源头低于水主流的源头，因此，溪水很平静，无法流入主流水道。但当主流的水道开口降低，本来平静的河流好像立即获得了动力，开始冲击河口，形成滔滔不绝的流水。

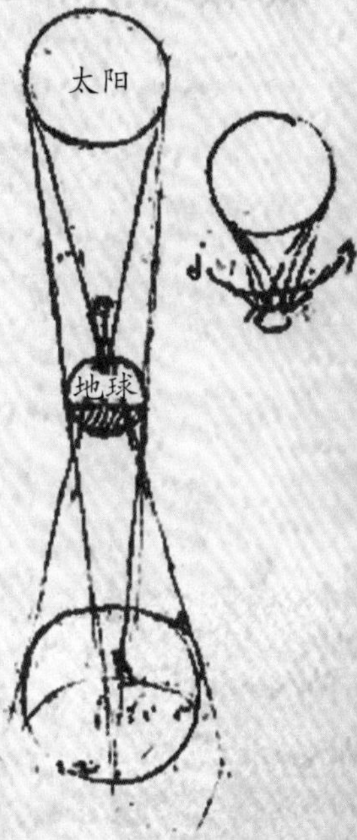

假设水沟和干涸的水井在同一边，水从水沟流出，枯井很快被灌满，从而达到和水沟相同的水位。绝不能以找水源为由而开发类似的水沟——除非在不同高度、不同地点已经打过了几个水眼。

阳光照射到水面，水面整体反射出阳光。在水面的每一个角落都可以观察到很小的太阳图像，这样，水下太阳的影子比起天空中的太阳，显得特别小。如果眼睛可以观察到整个水层，可能看到整个水面太阳的图像层层叠叠，斑斓辉煌。证明如下：

当太阳落山的时候，太阳的影像投射在海中，可以在地平线上四极的每一个点上看到。换句话说，就是在区分白天和黑夜的那个圆环上的每一个点上。想象一下，一种视觉的力量，用连续的曲线，将地球上两极相反的地方原样串起。以这种视觉力量，将整个半球上眼睛所看到的东西聚合在一起，在不同的国度，观察太阳在水里的投影。而总有一双眼睛，将从太阳影像的边界观察到阳光聚合在一点。当这些金字塔一样聚合的光线被水面分割，在交相辉映的水面会出现多么大的一个太阳图像！越是将眼睛靠近反射太阳光线的水面，就会发现分割界面的差别越小，如同在水面看到一个太阳的影子。

手稿十四　水流的连通器原理

BRITISH LIBRARY

大英图书馆说明

列奥纳多·达·芬奇用水面涨落来解决实际问题——人们如何修建桥墩前的迎水面，以防止水流毁坏桥墩？这个问题表现出他对河流水流研究的极大兴趣及理解，上下文中包括了物体周围形成的漩涡和涡流的复杂性、河岸的配置构成及分叉的河水汇流影响。

这一页最后的一段是关于月球的——关于光线的运动及静态观察的效果。列奥纳多·达·芬奇强调，光线全方位移动，但是观察者静止在一个位置，只能看到整个宇宙很小的一部分，而不是全部。

他的逻辑，直接指向传统的理论——月球表面像镜子一样光洁明亮。在这种情况下，观察者可能看到一个巨大的投射影像。然而，如果月球的表面布满海水表面波浪产生的细碎的波纹，观察者可能看到稍微柔和的光辉，而不是单一的像一面大镜子反射出的阳光。

他使用素描的手法，在太阳和地球之间放置了一只人类的眼睛来描述光线如何运动及如何被反射："而总有一双眼睛，将从太阳影像的边界观察到阳光聚合在一点。当这些金字塔一样聚合的光线被水面分割，在交相辉映的水面会出现多么大的一个太阳的图像！越是将眼睛靠近反射太阳光线的水面，就会发现分割界面的差别越小，如同在水面看到一个太阳的影子。"

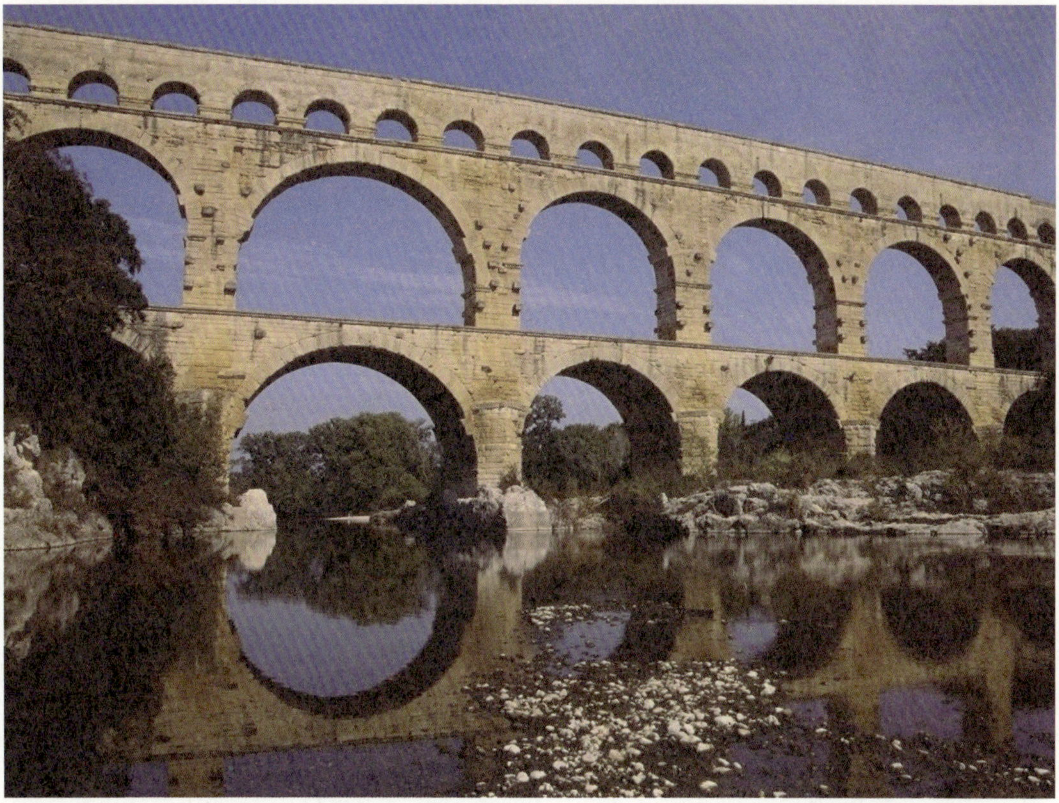

古罗马水道

达·芬奇的连通器原理

达·芬奇重新发现了液体压力的概念，提出了连通器原理。他指出，在连通器内，同一液体的液面高度是相同的，不同液体的液面高度不同，液体的高度与密度成反比。

在达·芬奇之前，罗马人就修建了出色的水道，这些水道甚至现在的罗马还在使用。但是毫无疑问，罗马工程师的物理学知识并不够，他们将水道修建在地上，架设在高高的石柱上面。这是因为，他们认为如果把水道修建在地下，水道中的水就不会向上流动。基于这个原因，古罗马的一条叫作阿克瓦·马尔齐亚的水道，全长有100千米，但是实际上水道的两端直线距离只有50千米——由于不懂液体压力和连通器原理，罗马人竟然多进行了1倍的工程。

达·芬奇提出的连通器原理，可以说是一劳永逸地解决了水流的直线传送问题。

lacqua pche no si move sella no termine

Adunque lacqua che non si move non termina con cose più basse —

Adunque lacqua che non si move non à loco onde discendere

Lacqua che torna turbita dalla percussion dellonda nel suo lito ritorna per lo fondo e si scontra nella succedente onda laquale percote colle sue minime particule li granelli della rena che in corpo le deve mano e in mediate li ritorna in drieto al loro lito dalla parte superiore dellonda. Quando due omini sono in ciascuno stremo oposito d'un pancone posto in bilancia insieme coll'equal peso delli omini e l'un di loro vogli spiccare un salto in alto allora esso salto sarà fatto in giù dal suo stremo di pancone e l'omo non si leverà mai in alto ma resterà nel suo sito insino che l'oposito omo li ribatte il pancone in [illegible].

La differentia che è dal peso di ri allo spignere è dallo urto. E se della contina cadutta dellacqua si potrà percussione equale a un peso d'acqua che della altezza della perfetta caduta dellacqua percotessi. Dico così che s'e della altezza donde l'acqua cade essa tutta andasse tutta la soma dellacqua che infra loco potessi percosso el loco donde ella nasce che el colpo sarebbe grande ma questo non accade perchè si vede l'acqua nel principio della sua caduta essere picola materia e così ancora alterata e molto assottigliata quel peso che si interpone in fra el principio e 'l fine della sua caduta per la qual cosa la prima fronte dellacqua che dalla sua altezza discese in ogni grado di discenso acquistò dirieto a sè gradi di peso d'acqua che dirieto le discese onde tal caduta diveno di rapido corso di natura di peso e di colpo perchè la prima linea che della sua altezza discese onde ve la locita qual s'apartiene al peso d'una linea della 2ª linea che drieto le discende non è di magior velocità che la prima e così la 3ª dalla 2ª in modo che essendo tutta composta di linee nelle sua parte essa è tutta d'una medesima velocità. Adunque si conclude che tutte le parte della caduta in ogni grado di lor discenso acquistan gradi di gravità e di velocità onde si fa più sottile da piè che da capo. E non si sostiene tutta la soma della acqua sopra el loco dove percuote.

Del percussore sarà equale e simile al percosso esso percussore lascierà la potentia integralmente nel percosso el qual fuge con furia dal sito della percussione e lascierà il suo percussore. Ma se il percussore sarà simile e non equale al percosso ma sarà magiore esso non priverà del suo impeto integralmente dopo la percussione ma li rimarrà tanta soma per quanto esso eccede la quantità del corpo percosso. E s'el percussore sarà minore del percosso esso risalterà indrieto per tanta distantia più che 'l corpo percosso per quanto esso percosso supera il percussore. E nelle parte percosse de corpi equali e simili si causa equale offensione, li quali acagiano così come nel mobile contra al immobile come ne lor moti equali o disequali. Questo si vede in due equali pallotte fresche insieme percosse che sempre si ristringano nelle lor percussione fra se equalmente.

Adunque se nelle percussioni delli equali corpi si offendano equalmente l'uno l'altro per moti equali e come disequali qui si dimostra la potentia dell'impeto nulla valere più al un corpo che al altro per la qual cosa li animi delli investiganti restano confusi concosiachè l'impeto partorisce la percussione la quale è una delle magiori potentie che in natura apparisca. E corpi disequali in peso li quali con percussione insieme si congiungano sempre il minore penetra il magiore essendo di materia equale e del corpo magiore essendo immobile ricieverà la percussione del minore esso corpo minore si ficherà nel magiore. E s'el corpo minore sarà immobile e riceverà la percussione del magiore el magiore fia penetrato dal minore. E vedesi che sempre la penetratione che fa per posta del minore nel magiore sempre allargo così stabile come in moto. Quel che detto si vede in una pallotta fatta di terra fresca laquale essendo tratta nella medesima massa di terra donde fu spiccata ella vi si ficca dentro e ancora se essa pallotta sia ferma a contatto d'un muro e li sia tratto contro una massa di terra di simile durezza che essa massa s'incorporerà la predetta palla e rimarrà nella figura che essa terra nel [illegible]. E s'el mobile perpendicularmente percote lo stabile a lui equale e simile allora lo stabile sarà offeso da due oposite parti el mobile sol fia offeso dalla parte della percussione. Resta in fusa nel mobile la potentia del suo motore poi che da esso motore fia separato dalla qual potentia il motore integralmente rima privato laqual potentia resta impresa nel mobile non con equal virtù perchè sarebbe sanza moto ma con virtù applicata da quella parte donde si dimise dal suo motore e non è in nessuna parte dellaria che circunda il mobile ma dentro alla sua superfitie. Imperò che se essa tale aria fussi quella che spingessi il mobile tu vederesti la palla dello scopietto poi che ella penetrata nel altro più [illegible] e se a in meno perderebbe la potentia del moto perchè in tal penetratione subito si dispicca e [illegible] dallaria perchè subito che tal palota è dentro all'acqua essa non si ricieverà drieto alla palotta ella dinanzi sarà laquale in aversario de chi fugava tal palotta.

Quella cosa è più da laquale per qual mezzo le sfere più propinqua al centro del mondo

Quella cosa è più sinalza che al centro del mondo più si move e quella più bassa che a esso centro più propinqua

quelli strementi che per l'acqua no si movono no [illegible] [illegible] in giù della sua altezza

Adunque nessuna parte della superfitie del mare per sè non à moto

Cerbottana forata nel mezzo della sua lungezza colla quale si trae due pallotte fresche e si vede che le più s'offendono loro nella lor percussione

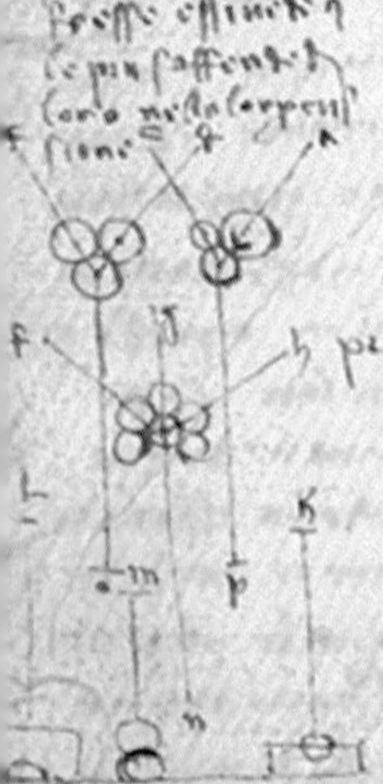

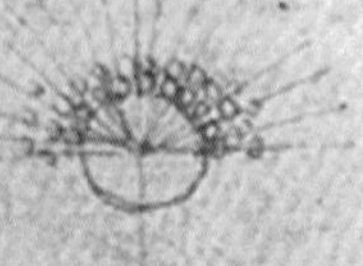

也就是说，没有遇到更低处时，水只能是死水，不会自行流动。

十四

也就是说，水遇到低处时不可能止步不行。

水如果不是在下降的过程中就不能自行运动，

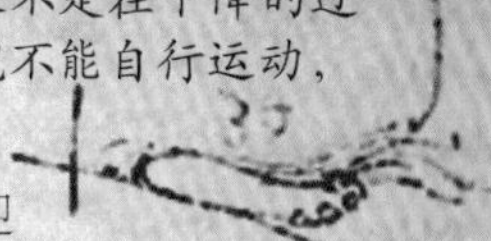

不管从哪个视角看，物体越低，离宇宙中心最近。

物体升得越高，距离宇宙中心越远；下沉得越低，距离宇宙中心越近。

水浪拍打到海岸，接着沿海底返回并撞击到后面的浪，扬起水中的微小颗粒及迎头而来的细沙，水变得混浊起来，然后浪头把这些细沙及颗粒拍回岸上。两个体重相当的人，站在跷跷板的两端，其中一个人若想跳起来，他需要在跷跷板的一端蹲下，然后跳跃。但他永远无法完成跳跃，只能待在原地，等待着对面的人把翘板推高到他的脚下。差别在于主动（即冲击）还是被动。

假如持续的水流形成的冲击力，等于水从瀑布高处冲下时水的重量，那么可以认为，如果瀑布的起点和落点之间的水同时一次性落下，冲击力可能会极大。但是这不可能，因为大家可以注意到，在瀑布起点的水量很小，而到达底部时，冲击力为起点到落点整个瀑布水的重量的叠加。因此，当第一波水从其所处的高度降落，其降落的每一高度，都会获得紧随其后降落的水的重量。

因此，我们可以认为，这样一个瀑布是因重力而生，而非因冲击力而形成。当第一波水从其高度降落的时候，在降落的每一高度，第一波水因紧随其后的水而获得这些水的重量，即：从瀑布高点落下的第一磅水，具有这一磅水的重力速度；然后是第二磅水紧随着第一磅水降落，落体的速度不会比第一磅水的速度快；同样，第三磅水紧跟着第二磅水……以这样的方式，全部的瀑布可以分割成一磅一磅的水，而且整个瀑布以同一速度降落。因此可以得出结论：瀑布的所有部分，在不同的降落高度，将获得不同的重力和速度，因此，瀑布的下部比上部窄，而且瀑布全部的水不会滞留在其冲击的位置。

那些地处高处的水，是不会自己运动的。因此，海面的任何部分，是不会自行流动的。

玩具枪的中间有枪膛，可以同时射出两颗软泥做的子弹。可以观察到，在射击过程中，两个子弹相互碰撞，相互干扰。

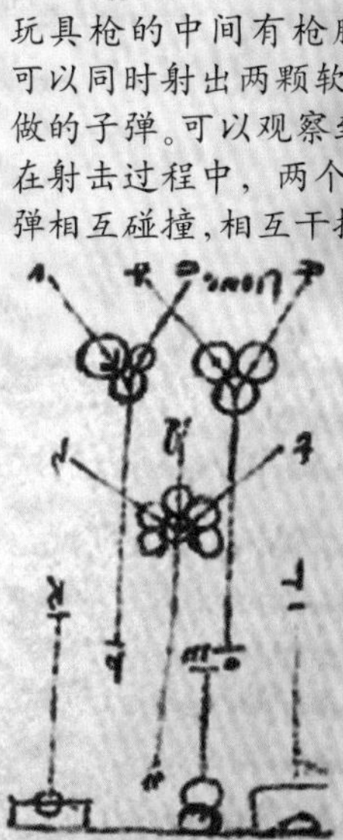

假如冲击物和被冲击物相等或相似，冲击物将其全部的冲击力传递到被冲击物上，从冲击点把被冲击物一下子推走，而冲击物却停留在冲击点。但是，假如冲击物和被冲击物类似，但不等于被冲击物，换句话说，如果冲击物比较大，在冲击后不可能将冲击力完全传递出去，那么就会将超过被冲击物可以接受的冲击力保留在自身。而如果冲击物比被冲击物小，冲击物弹回的距离，要比被冲击物向前挪动的距离大很多，因为被冲击物比冲击物大。性质相同而重量相等的物体在冲击中，不管是移动的物体撞击静止的物体，抑或是两个物体的运动速度相等或不等，均会产生相同的效果。这可以通过两个由柔软材料做成、大小相同的球所做的实验看到：当两球相互碰撞的时候，撞击效果在两球上表现均相同。

这样，假设两个一模一样的物体相互碰撞（两者的运动速度可能相等，也可能不相等），它们冲击运动所产生的效果显示出，物体A所受到的冲击力并未大于物体B所受到的冲击力，这便使观察者犯了迷糊。能够产生冲击的冲击力，是自然界中最伟大的力量之一。假如有两个重量不同但材料相同的物体碰撞到一起，那么通常重量轻的物体会插入重量重的物体。而假如重量重的物体起先处于静止状态，之后受到重量轻的物体的撞击，那么重量轻的物体也会插入重量重的物体。假如换过来，处于静止状态的是重量轻的物体，之后受到重量重的物体的撞击，那么重量重的物体会被重量轻的物体击穿。请注意：不管是否处于运动状态，通常出现的都是“重量轻的物体击穿重量重的物体”的现象。

上述说明可以用刚做成的泥球来验证。将泥球用力扔入做球的泥堆中，泥球会窜入泥堆；而且，如果让泥球粘在墙上，用相同黏度的一把泥砸向泥球，这把泥会贴进墙里，并呈现出和本手稿的图例一样的形状。如果运动的物体垂直冲击静止的物体，两者重量相同、密度相当，那么静止的物体将在两个相反的位置受力，而运动的物体仅是冲击部分受力。

在运动物体中，当原动力脱离开现在仍运动的物体，现在运动的物体便具有了原动力的力，而原动力则完全被剥夺了这种力。这种力传递到运动物体但是在运动物体上分布不均衡，因为力本身是没有运动的，当力脱离开原动力时，力仅仅传递到受力的一面。它不是传递到运动物体周围的空气中，而是在运动物体的表面内部。事实上，假如是空气在推进运动物体——可以通过出膛的子弹观察——当子弹射入水袋的那一刻，子弹立即失去了其原本具有的冲击力。因为，在进入水的过程中，子弹立即脱离了空气，与空气完全隔绝；当子弹一进入水中，水立即填满了子弹后面的真空，这样就将子弹与空气隔离。反方曾经认为，这些空气是推进子弹前进的原因。

手稿十五　冲击力的传递

BRITISH LIBRARY

大英图书馆说明

列奥纳多·达·芬奇在这里总结了冲击力及冲击过程的运动规则。这一页以水流下山的各种原理开始，其中有一段上附有图示来讨论在跷跷板上平衡的两个人的相互牵制。当其中一个人试图跳起，两人均发现需要相互配合。一个人要蹲下跳起，必须由另外一个人配合推进。

这就为平衡力的改变和平衡研究引入了一个难度更大的问题：(如瀑布中一样) 水在下落的过程中是如何运动的？向山下流动的水的逻辑终点在哪里？列奥纳多·达·芬奇饶有兴致地解释了速度变化的成因。通过对复杂运动的研究，他确定了亚里士多德理论存在的问题。下落的水速度改变，是由两个简单运动的合成造成的：下降的水流和重力的牵引。他解释了这一复杂运动的几个方面，包括水在流下的过程中水重力增加，以及因水流速度增加而产生的水流宽度改变。要理解这一相互作用，首先他要观察相互间的影响，然后总结出所涉及的理论。

他解释说，水重力加速度的增加是因重力累加的结果。但是他理解的重力和我们现在的理解不同。列奥纳多·达·芬奇继承了“重力是将密度大的物体吸引到宇宙中心”的概念。这个概念同“四大元素各自具有自己的高度或者空间范围”密不可分。土地，作为最重的物质，在地球的中心。这个核心周围围绕着水层，然后是空气，再接着是火——这些元素构成了地上的世界。

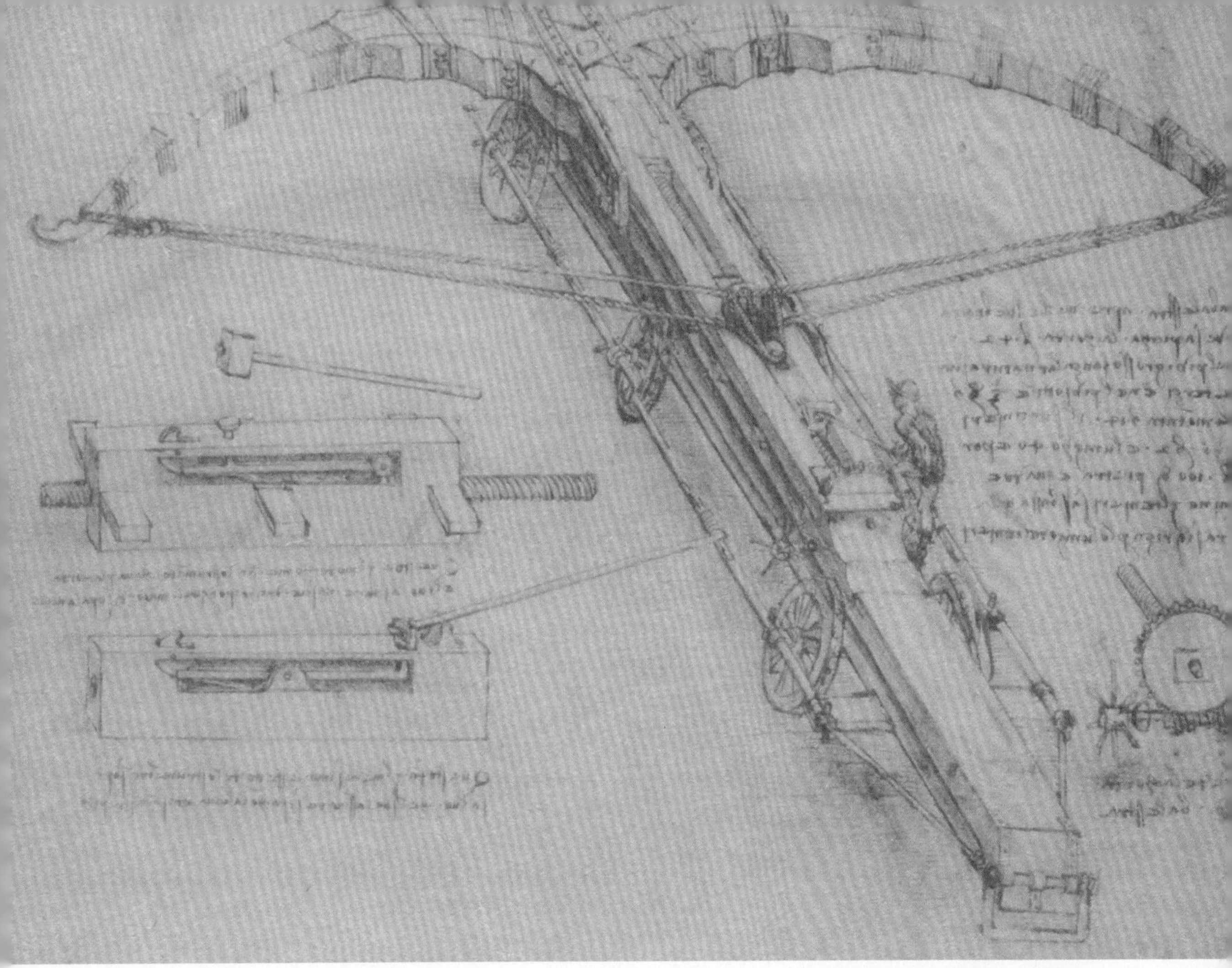

达·芬奇设计的巨型弓弩

惯性原理

达·芬奇发现了惯性原理，后来为伽利略的实验所证明。达·芬奇认为一个抛射体最初是沿倾斜的直线上升，在引力和冲力的混合作用下作曲线位移，最后冲力耗尽，在引力的作用下作垂直下落运动。他的这一发现使亚里士多德的落体学说产生了动摇。

在这一篇手稿当中，达·芬奇试图推翻“空气推进子弹向前运行”，提出“在运动物体中，当原动力脱离开现在仍运动的物体，现在运动的物体便具有了原动力的力，而原动力则完全被剥夺了这种力”，触及惯性原理的本质。

Se tu dirai che li nichi che per li confini d'Italia lontano dali mari in tanta altezza si vegghano
alli nostri tempi sia stato per causa del diluvio che lì li lasciò, io ti rispondo che credendo tu che
tal diluvio superasse il più alto monte 7 cubiti come scrisse chi l'misurò, tali nichi che sempre
stanno vicini alli liti del mare dovevano restare sopra tali montagne e non sì poco sopra le radici
de monti per tutto d'una medesima altezza a suoli a suoli. E se tu dirai che essendo tali
nichi vaghi di stare vicini alli liti marini e che crescendo la acqua in tanta altezza che li nichi si
partirono da esso ~~lor~~ lor primo sito e seguitorono ~~il~~ lo crescimento delle acque insino alla lor
soma altezza. Qui si risponde che ~~tu dè~~ ~~non può~~ non ~~camminare~~ che
le non più veloce moto che si sia la lumaca fori dell'acqua e qualche cosa più tardi per che non nota,
si si fa un solco ~~nella rena~~ per la rena mediante i lati d'esso solco dove s'apoggia, camminerà il dì dalle 3 alle 4 b-
raccia. Adunque questo cotale moto non sarà caminato dal mare Adriano insino in Monferato di Lom-
bardia che v'è 250 miglia di distanzia in 40 giorni come disse chi tenne conto d'esso tempo. E se tu di
rai che l'onde portorono essi ~~nichi~~ per la lor gravezza non si levano se non sopra il suo fondo. E se questo non
cedi, confessami almeno ch'elli avevano a rimanere nelle cime de più alti monti e ne laghi che fra
li monti si serrano come lago di Lario e Magiore e Chomo e di Fiesole e di Perugia e simi.

L'acqua de mari contingenti ~~alla superfi~~ compone la spera dell'acqua la quale à per centro della su-
perfitie il centro del mondo ma non per centro della sua gravità, per che in molti lochi è di gran pro-
fondità e in molti di pochha profondità, per la qual cosa non essendo d'uniforme grossezza non è d'uni-
forme peso. Ma solo per che quella cosa è più alta che più remota dal centro del moto; adunque
tal superfitie non essendo in moto non può restare in nessuna parte più alta l'una parte che l'al-
tra, per che sempre la più alta parte dell'acqua sempre cercha riempiere di sé la sua parte più bassa.

Sel diluvio passò come si dice sopra li monti del nostro emisperio sanza dubio esso fece più gr-
ave questa nostra parte abitabile che a quella delli antipodi e per conseguenza la fece più vicina
al centro del mondo che prima non era e la opposita parte d'esso centro più rimosse per la qual
cosa il predetto diluvio somerse più che sommerso non arebbe se non avessi acquistato dal
to questo lato tal gravezza.

E se tu dirai che li nichi son portati dall'onde esse-
ndo voti e morti ~~voti~~, io dico che dove andavan li morti poco si rimovevano da vivi, e in que-
ste montagne sono trovati tutti i vivi che si ricognoscano che sono coll' gusci appaiati e sono
in un filo dove non è nessun de morti, e poco più alto è trovato dove eran gittati dall'
mare ~~di~~ ~~contra fa~~ tutti li morti colle loro scorze separate.

A presso a dove li fiumi cascavano in-
mari in gran profondità come Arno che cadeva dalla Golfolina appresso a
Monte Lupo e qui vi lasciava la giara la quale ancor si vede che s'è insieme ricongelata e di pie-
tre di varii paesi nature e colori e durezze s'è fatto una sola congelazione, e poco più oltre la congelazione della re-
na s'è fatto tufo dove la s'agirava in verso Castel Fiorentino. Più oltre si posava da il fangho
nel quale abitavan i nichi, il quale s'inalzava a gradi secondo che le piene d'Arno torbido
in quell mare versava, e di tempo in tempo s'inalzava il fondo al mare, il quale a gradi
produceva essi nichi, come si mostra nel taglio di Colle Gonzoli dirupato dal fiume d'Arno
che il suo piede consuma, nel qual taglio si vede manifestamente li predetti gradi de nichi in
fangho azzurrigno e vi si trova [illegible] varie cose marine.

E s'è alzato la terra del nostro
emisperio più tanto che non solea, per quanto ella s'è fatta più lieve delle acque che li mancaro-
no per lo stretto di Calpe e dallo stretto, e altrettanto più s'è alzata per che 'l peso dell'acque che quivi man-
corono s'agiunsono all'altra volta all'altro emisperio.

E se li nichi fussin stati
portati dal torbito diluvio essi sarien misti separatamente l'un dall'altro infra 'l fangho e non i
[…]

八　关于大洪水及海生贝类化石

如果有人认为，我们现在在意大利边境远离大海的高山上所看到的贝壳，是大洪水泛滥时沉淀而来的，那么我的答案是，假如真像《圣经》中所写的那样——曾经有人测量出大洪水比最高的山还要高出七层楼高——而海贝一般生长在海边，海边巨石嶙峋，层层堆积，海贝就静静地躺在石缝之间，它们相互之间距离并不远。最远的海贝离整个贝群也近在咫尺，所有的海贝待在同一高度，一层压着一层。

也许还有人认为，这些海贝生长在海边是它们的天性使然，而随着大海海面的升高，海贝离开原来的位置，随着海水的升高而迁徙到最高的地方。对于这一点，我的答案是，当离开海水，海贝是一种移动速度不会超过蜗牛的生物，甚至在某种程度上更慢。虽然海贝不会游泳，但却可以在沙子里开出一条沟，借助这条沟的两边来支撑着身体移动，一天中移动的距离在 3 ～ 4 布拉乔奥；然而以这样的速度，在40天内不可能从亚得里亚海到达远在250英里之外伦巴第的孟菲拉多——这么说来，那个年代的海贝保持了搬迁的历史记录。有人或许认为是海浪将那些贝类冲到了那里，但是海贝不可能只因为重量小这么个缘故便被冲走，毕竟它们是紧紧贴在石头上的。所以即便不认同我的看法，无论如何也得承认：这些海贝一直生长在最高的山顶之上，在群山封闭的湖泊之中，比如拉里奥湖、科莫湖及马焦雷湖，还有费埃索湖、佩鲁贾湖，等等。

相互贯通的大海海水形成了水圈，形成了宇宙中心的表面。这个中心为宇宙中心，而不是其重力中心，因为很多地方有的特别深，有的特别浅。因此，水层的厚度不一，重量也不统一。但是仅就“物体位置越高，距离宇宙的中心距离越远”而言，那么未处于运动中的水层表面，不可能在某一地点一边比另一边高，因为“地处高处的水一般会自行流向较低的地方，并将其灌满”。

假如如《圣经》所记载，大洪水越过了我们所在半球的高山，那么毫无疑问，洪水使我们所居住地方的重力超过了四极的重力。结果，使得我们居住的半球比起原来，越来越靠近宇宙的中心，而对面的半球却更加远离了这一中心。从这一点出发，假如这边半球没有获得这样的重力，上述被大洪水淹没的地方应该比《圣经》上所记载的还要大很多。

如果有人认为海浪携带的贝类都是死掉的空壳，我的答案是，发现死海贝的地方距离活海贝生存的地方并不远。而且在这些大山中，可以看到曾经活着的海贝。正如所看到的贝壳成双成对、并行排列，从目前看，它们没有任何提前死亡的迹象。在稍高的地方，所有死去的海贝都与曾经被海浪冲刷磨损的壳分离，并将这些壳丢弃在那里。在接近河流入海口的地方，河道较深。像阿诺河，从冈佛历纳下落到鲁波山附近，那里有砾石堆积，依然可以看到这些海贝黏结在一起。它们来自不同的地方，跟有着不同颜色、不同硬度的各种各样的石头凝固在一起，形成巨石。

再向稍微远处，那儿河流转向佛罗伦萨城堡，凝固的沙子变成了石灰石。在石灰石的下方，曾经是贝类生活过的沉淀下来的淤泥。当湍急的阿诺河水匆匆忙忙地流入大海，这一地带被层层抬升，久而久之，海床也被抬升了起来。这就使得这些海贝形成了一层一层的姿态——这些可以从阿诺河冲开的位于克莱 · 岗佐理的断层中看到。河水冲掉了这一断层的底部，在这一断层中可以清楚地观察到淡蓝色淤泥沉淀中的一层层的贝壳，还可以看到来自大海的各种生物。

因为水通过直布罗陀海峡不断流出，我们所在的半球因为水流流出而变得越来越轻，地面比起以前也越来越高；因为越来越多的水从这边的半球流出，转移到对面的半球，增加了对面半球的重量，使这边的半球变得越来越高。假如大洪水那湍急的水流携带着贝类，这些贝类应该在泥土中相互混杂，一个一个独立存在，而不应该是像我们现在所看到的那样，在一层层泥土中按照固定的顺序排列。

手稿十六　关于大洪水及海生贝类化石

BRITISH LIBRARY

大英图书馆说明

这是整个手稿中对于化石最大规模的讨论。鉴于群山中发现的贝类化石，文中多处针对宗教宣扬的大洪水理论提出了挑战："有人认为，现在在意大利边境远离大海的高山上，我们所看到的贝壳是大洪水泛滥时沉淀而来的。我的答案是，假如真像《圣经》中所写的那样——曾经有人测量出大洪水比最高的山还要高出七层楼高——而海贝一般生长在海边，海边巨石嶙峋，层层堆积，海贝就静静地躺在石缝之间，它们相互之间距离并不远。最远的海贝离整个贝群也近在咫尺，所有的海贝待在同一高度，一层压着一层。"

列奥纳多·达·芬奇仔细描述了快速运动的水流使泥沙及其他物质沉淀的原因和所产生的影响。沙子变成石灰石，就在海洋生物自身生长的地方，将它们凝结在了石头中。在同一地点持续不断地堆积——而不是大洪水——可以解释这些贝类为什么会呈现出一层一层的形态："假如大洪水那湍急的水流携带着贝类，这些贝类应该在泥土中相互混杂，一个一个独立存在，而不应该是像我们现在所看到的那样，在一层层泥土中按照固定的顺序排列。"

列奥纳多·达·芬奇这篇讨论中，唯一使我们现在困惑的，是其"海水通过直布罗陀海峡流出地中海使地面升高"的观点。根据列奥纳多·达·芬奇时代的宇宙观，各个元素均自己找到自己的位置。相对于质量较轻、密度较小的物质，质量较重、密度较大的物质位置会高一些。这一原理也适用于水，按照列奥纳多·达·芬奇的理解，水深度不同，测量出的水的重量也不同，即水对底部会形成一定的水压。①

① 注意，这篇分析有问题，某种程度上颠倒了达·芬奇在手稿十一中的记述。达·芬奇在手稿十一中明确说明水对底部没有压力，并用水草和浮泥做了证明。但这个说明却颠覆了他的说法。——译者注

高山上的海贝化石

在古希腊的时候，学者们就已经在高山上发现了海贝化石，古希腊哲学家色诺芬尼解释说，这是因为以前的高山势必曾经位于大海当中，而世界上也曾经出现过全球性大洪水和干涸，因此将高山呈现了出来。其他的哲学家大部分也都秉承这个观点。

等到基督教在欧洲占据统治地位之后，基督教认为，世界是由上帝在六天之内创造的，这样一来，之前的海贝化石的成因就无法解释了。新的解释方法有两个：第一，海贝是在诺亚洪水的时候被海浪携带到了高山之上；另外一种解释则更加有趣——海贝是自发生长在岩石当中的。

达·芬奇所集成的正是古希腊哲学家的观点。他怀疑基督教观点的论据也有两个：第一，发现于意大利北部的海贝化石距离大海非常遥远，海贝不可能在短时间之内迁徙到此；第二，如果确实是大洪水的作用，那么大洪水会将高山上的物体冲刷到大海当中，而不是使得大海当中的生物被携带到高山之上。

这样，达·芬奇的观点就越发明确了：河流汇入大海之后，所携带的泥沙沉淀下来，掩埋了生活在大海底部的海贝；后来大海消退的时候，将原先的海底呈现出来，泥沙经过挤压成为岩石，泥沙当中的海贝也就变成了化石。达·芬奇第一次对化石的成因和地质变化做了系统的论述。

他的这部分手稿得益于没有公开发表，所以未曾冒天下之大不韪，受到基督教的迫害。而后来的地质学家则在前人论述的基础上，继续探研，得出了“板块挤压、高山抬起”的结论。

Se quelli che dicano che e' nichi sono per molto spazio e nati remoti da tali mari per la natura del sito e del cielo che dispone e influisce in tal loco a simile creazione d'animali, a costoro si risponde: ancora che tale influenza d'animali non potessi accadere in una sola linea se non d'animali d'una medesima sorte e età, e none il vecchio col giovane, e no alcun col coperchio e l'altro essere colla sua copritura, e no l'uno ripieno di rena marina e di frammenti minuti d'altri nichi dentro, e non l'altri che ne son rimasti aperti, e non le bocche de' granchi sanza il rimanente del suo tutto, e non li nichi d'altre spezie appiccati colloro in forma d'animali che sopra di quelli si movessi, perché ancora si trova il vestigio del suo andamento sopra la scorza che già quella consumò a modo di tarlo sopra il legname, e non si troverebbe infra loro ossa e denti di pesce, li quali alcuni chiamano saette e altri lingue di serpenti, e non si troverebbe tanti membri di diversi animali insieme uniti, se da liti marini gittati non fussino. E 'l diluvio non le arebbe portati, perché le cose più grieve che l'acqua non stanno a galla sopra l'acqua, e le cose sopra dette non sarebbeno infra tanta altezza, se già notando sopra dell'acque portate non furono, la qual cosa è impossibile per la loro gravezza. Dove le valle non ricevevano le acque salse e marine, quivi i nichi mai non si vedono, come manifesto si vede nella gran valle d'Arno di sopra alla Golfolina, sasso per antico unito con Monte Albano in forma d'altissimo argine, il quale tenea ringorgato tal fiume in modo che prima che versassi nel mare, il quale era a' piedi di tal sasso, componea 2 grandi laghi, de' quali el primo è dove oggi si vede fiorire la città di Firenze insieme con Prato e Pistoia, e Monte Albano seguiva il resto dell'argine insin dove oggi è posto Serravalle. Del Valdarno di sopra insino a Arezzo si creava un secondo lago, il quale nell'altro lago versava le sue acque, chiuso circa dove oggi si vede Girone, e occupava tutta essa valle di sopra per 40 miglia di lunghezza. Questa valle riceve sopra il suo fondo tutta la terra portata dall'acqua da quella intorbidata, la quale ancora si vede a' piè di Prato Magno restare altissima, dove li fiumi non l'han consumata; e infra essa terra si vede le profonde segature de' fiumi che quivi son passati, li quali discendano dal gran monte di Prato Magno, nelle quali segature non si vede vestigio alcuno di nichi o di terra marina. Questo lago si congiugnea col lago di Perugia. Gran somma di nichi si vede dove li fiumi versano in mare, perché in tali siti le acque non sono tanto salse per la mistion delle acque dolci che con quelle s'uniscano; e 'l segno di ciò si vede dove già li Monti Appennini versavano li lor fiumi nel mare Adriano, li quali in gran parte mostrano infra li monti gran somma di nichi insieme coll'azzurigno terren di mare, e tutti li sassi che da tal loco si cavano son pieni di nichi. Il simile si conosce avere fatto Arno quando cadea dal sasso della Golfolina nel mare, che di sopra quello non tanto in basso si trovava, perché a quelli tempi superava l'altezza di San Miniato al Tedesco, perché nella somma altezza di quello si vede le ripe piene di nichi e ostriche dentro alle sue mura. Non si distesono li nichi inverso Val di Nievole, perché l'acque dolci d'Arno in là non si distendeano.

Farai per valle che mai e' laghi occupan dell'acque dolci, e per la 2a dell'acque salse, e 3a come per la pianura di quelle queste nostre parti son fatte più deleme per conseguenza più remosse dal monte loro.

Come li nichi non si partirono dal mare per diluvio, perché le acque che di verso terra venivano al mare, ancora che esse tirassino il mare inverso terra, esse eran quelle che percotevano il suo fondo, perché l'acqua che di verso terra viene ha più corso che quella del mare, e per conseguenza è più potente, e entra sotto l'altra acqua del mare, e rimove il fondo e accompagna con seco tutte le cose mobile che in quella trova, come son e predetti nichi e altre simili cose; e quanto l'acqua che di verso terra viene è più torbida che quella del mare, tanto più si fa potente e grave che quella. Adunque non ci vedo modo di tirare e predetti nichi tanto infra terra, se quivi nati non fussino. Se tu mi dicessi: il fiume Era, che passa per la Francia, nel crescimento del mare si rigonfia più d'ottanta miglia di paese, perché elli è d'un gran piano e 'l mare s'alza circa 20 braccia, e nichi si vengano a trovare in tal pianura distanti dal mare esse 80 miglia, qui si risponde che 'l flusso e reflusso ne' nostri mediterrani mari non fanno tanta varietà, perché in Genova e' non varia niente, a Vinegia poco, e in Africa poco, e dove poco varia poco occupa di paese. Sempre la corrente dell'acqua de' fiumi si fa sopra dello obbietto dove le impedito il corso, e ancora dove essa si ristrigne per passare sotto li archi de' ponti. Li ponti di legnami fatti sopra de' mediocri torrenti debbono avere le lor traverse lunghe molto e ferme con pali di verso la corrente dell'acqua, e esserne, quando il fiume mena legname, e quella obbliquità sua non piglia colpo da quello, anzi fugge sopra il suo dosso; e se il fiume supera i ponti, l'acqua nollo mena via, e se l'acqua bassa mena legname, ella è dissipe per una che ella noglie può nocere. Sempre l'acqua che passa per lochi stretti rompe l'argine del fiume dove essa s'allarga, e questo nasce perché passando per lochi stretti essa è spinta in mezzo dalli lati, e nel muovere il loco largo essa discende della sua somma altezza per ciascuna linea, come in raggi della stella che tutti partano dal suo centro, e si fa larga colle sue linee per ciascun verso.

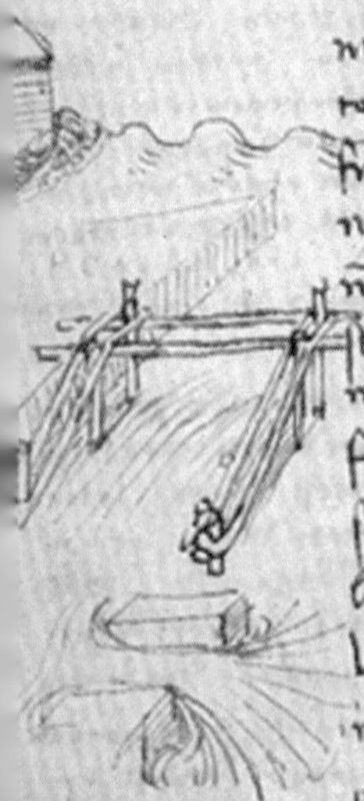

有人认为这些海贝分散在很辽阔的地方，这是上天自然搬迁重置的力量——从遥远的大海把有生命的物体从一个地方创造性地搬迁到另一地，并对当地产生巨大影响。对于这些看法，我承认搬移在这些动物身上的确产生了一定的影响，但是不可能适用于所有的情况，至多是对某一种类或者某一年代的动物产生过作用——不管是大还是小，不管有没有外壳，不管外壳破碎还是完整。有些贝壳里面充斥着海沙，在一只贝壳内部，甚至保留着另外一只贝壳完整或部分的残骸，这些海贝张着口，像是在呆呆发愣；有些仅存蟹爪而没有其他躯体；有的身上粘贴着其他动物的残骸，像活生生的动物那样，一个紧紧地盘踞在另一个之上；有的像是在外出觅食途中留下的踪迹，像蛀虫在木头中蚕食前进；有的体内，可以发现其他动物的骨头或别的鱼齿，这些骨头有的像利箭，有的像巨蟒伸出的舌头；有的像不同动物的躯体纠结盘绕在一起。假如不是大海的力量将这些东西扔上海岸，堆积在那里，那么又是如何产生的呢？

大洪水不可能将它们一次性搬迁到那里，因为比水重的物体不能漂浮在水面，这些东西都比海水重，不可能通过漂浮的方式完整地完成搬迁。在被海水淹没过的峡谷，根本就不可能看到海贝。但这在冈佛历纳的阿诺河却并不奇怪，古老的岩层同阿尔巴诺山紧密连接，形成海边的悬崖峭壁。这些悬崖峭壁以其特有的方式拦截着河水，使河水不能倾泻入海。这些河水最后到达岩石脚下，然后形成两个大湖，一个湖泊在我们现在可以看到的佛罗伦萨，佛罗伦萨和皮斯托亚一样富庶美丽；另一部分悬崖紧紧抓住阿尔巴诺山的手，蜿蜒到达现在一个叫塞拉瓦莱的地方。在阿诺河峡谷的上游，在遥远的阿雷佐，形成了第二个湖泊，这个湖泊的水全部泄入上一个湖泊。这个湖泊大概在现在的吉伦特被封闭住，整个湖泊掩映在阿诺河峡谷中，长度达 40 英里。阿诺河峡谷的底部容纳了急流携带来的全部泥沙，仍然可以在普拉多 · 马尼奥山脚看到峡谷敞开胸怀，以极其高昂的热情，接纳着这些“外来户”，对任何流入的河水都不会弃之不顾。从这里的土层中可以看到河流纵深的横断面，这些河流从耸入云霄的普拉多 · 马尼奥山湍急而下，横穿这些河流；在这些横断面中，看不到任何贝壳的踪迹，也没有任何海泥留下。这个湖泊与佩鲁贾湖相会。在佩鲁贾湖，可以看到无数的海贝。在这里，河流里的水全部注入大海，因为大量的淡水在这里汇合，所以这儿的水并不是很咸。这个现象也可以在亚平宁山脉看到，河水滔滔，你争我抢地流入亚得里亚海，那儿的山中，大多数地方可以看到大量的海贝和淡蓝色的海泥。石头裂缝的罅隙中，到处都是海贝。我们知道，当阿诺河水从冈佛历纳的峭壁中流过进入大海，在下游不远的地方也留下同样的踪迹，因为那个年代，冈佛历纳山肯定比圣 · 米妮亚托 · 奥尔特德索山要高，因为在这高山的最顶端，可以看到河岸壁上布满了各种各样海贝和牡蛎的残骸。这些海贝没有向瓦尔迪尼沃方向延伸，因为阿诺河里的淡水没有伸展到那么远的地方。大洪水为什么没有将海贝从大海中带走？这是因为河水是从大地流向大海，尽管河水将大海同大地连接起来，但这些河水搅乱了海底，因为从陆地流出的水，其水流比大海的水流更强大。结果是强大的力量使河水潜入海水的下方，将海底搅得天翻地覆，并将河水中所有可以移动的物体倾倒进大海，比如上面提到的贝类及其他类似的物质。此外，还因为从陆地流入的河水比海水更混浊，比海水冲击力更大、重量更重。因此，无法想象这些海贝以哪种方式到达那么远的内陆——除非他们本来就生长在那里。或许你会告诉我说这是由于卢瓦尔河的缘故，卢瓦尔河穿过法国，在法国境内绵延 80 多英里，直通大海，大海海面也因此升高。河流在法国境内形成了幅员辽阔的平原，海面也因其而升高了大约 20 布拉乔奥。在距离大海 80 英里的平原，偶尔可以看到海贝的踪迹。问题是，地中海的浪潮并没有引起这么大的变迁，因为在热那亚海湾，海水很安静，根本就没有大风大浪来打搅；在威尼斯和非洲，只有很小的风浪，在那儿，海水只对其征服过的土地产生微弱的影响，但这只是那个地方很小很小的一部分而已。当河流中的流水遇到障碍的时候，河流的水面一般会升高。当河水穿过桥洞，水面变窄，水位同样升高。在河水较急的中型河流中架设木桥，应当在面向水流的方向用一排排伸出的桥墩尖头来固定桥墩横梁。当河水中有浮木冲过来，桥梁发生结构性的倾斜，可以避免浮木对桥梁造成正面冲击。事实上，这些尖头部位将导引河中的浮木离开桥墩。而且，如果急流冲击木桥，河水会将冲击力转移离开桥墩；如果低位河水携带有浮木，冲击力量很小，不会对木桥本身造成损坏。河水穿过狭窄的地方，一般会在水流变大的地方，对河岸造成毁坏。这是因为，当河水穿过狭窄的地方，中部水位比两边的水位要高；而当河水流向较宽的地方，力量会从高处向各个方向散开，就像星星的光芒一样，从中心洒向各处，水也一样，向各个方向奔逃。

首先可以写一本书，论述淡水盘踞的地盘；然后第二本书写海水；第三本写由于淡水和海水的消失，我们的宇宙部分将变得很轻很轻，结果，我们距离宇宙的中心会越来越遥远。

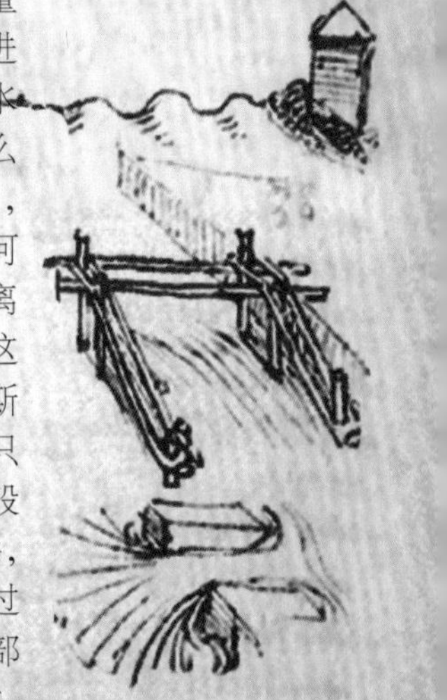

手稿十七　大洪水的搬迁力量

BRITISH LIBRARY

大英图书馆说明

因为这一页的顶部注明“十页 / 八百五十三项结论”，这一页可以认为是列奥纳多·达·芬奇关于水的研究的开始。

尽管列奥纳多·达·芬奇关于物体位移的描述，看起来是在实地考察的基础上写就的，而其实在很多地方也得益于他人的论著。眼前这一页就是一个很好的例子：乔万尼·维拉尼 1348 年写的历史，是列奥纳多·达·芬奇对冈佛历纳岩层裂痕形成观点的来源。维拉尼辩论说裂痕是人工造成的，列奥纳多·达·芬奇不同意这个观点。他具体研究了潮水般翻滚着的大洪水如何影响贝类的沉积，并考虑到各种使水变得湍急的条件。他决定书写一本以“淡水占据的地方”为题的书（或我们今日所能得见的这一章）。

这一讨论关注的问题，经常在手稿中可以看到，是关于山顶海贝的存在问题。列奥纳多·达·芬奇这个水利工程专家，从他自身的经验开始描写：“大量的海贝可以在河水倾泻入海的地方看到。”他强调举出了两个例子，流向亚得里亚海的亚平宁山脉的河流，以及一路上从冈佛历纳的岩石中跌跌绊绊流出的阿诺河。他得出结论，在淡水和咸水混合的地带生长的海贝从山里随着河流向下游走：“这是因为河水是从大地流向大海的，尽管河水将大海同大地连接起来，但这些河水搅乱了海底，因为从陆地流出的水，其水流比大海的水流更强大。结果是强大的力量使河水潜入海水的下方，将海底搅得天翻地覆，并将河水中所有可以移动的物体倾倒进大海，比如上面提到的贝类及其他类似的物质。此外，还因为从陆地流入的河水比海水更混浊，比海水冲击力更大、重量更重。因此，无法想象这些海贝以哪种方式到达那么远的内陆——除非他们本来就生长在那里。”

这一页的最后部分，列奥纳多·达·芬奇建议怎样安装木桥桥梁可以避免随流水而下的浮木对桥梁产生直接正面的冲击。

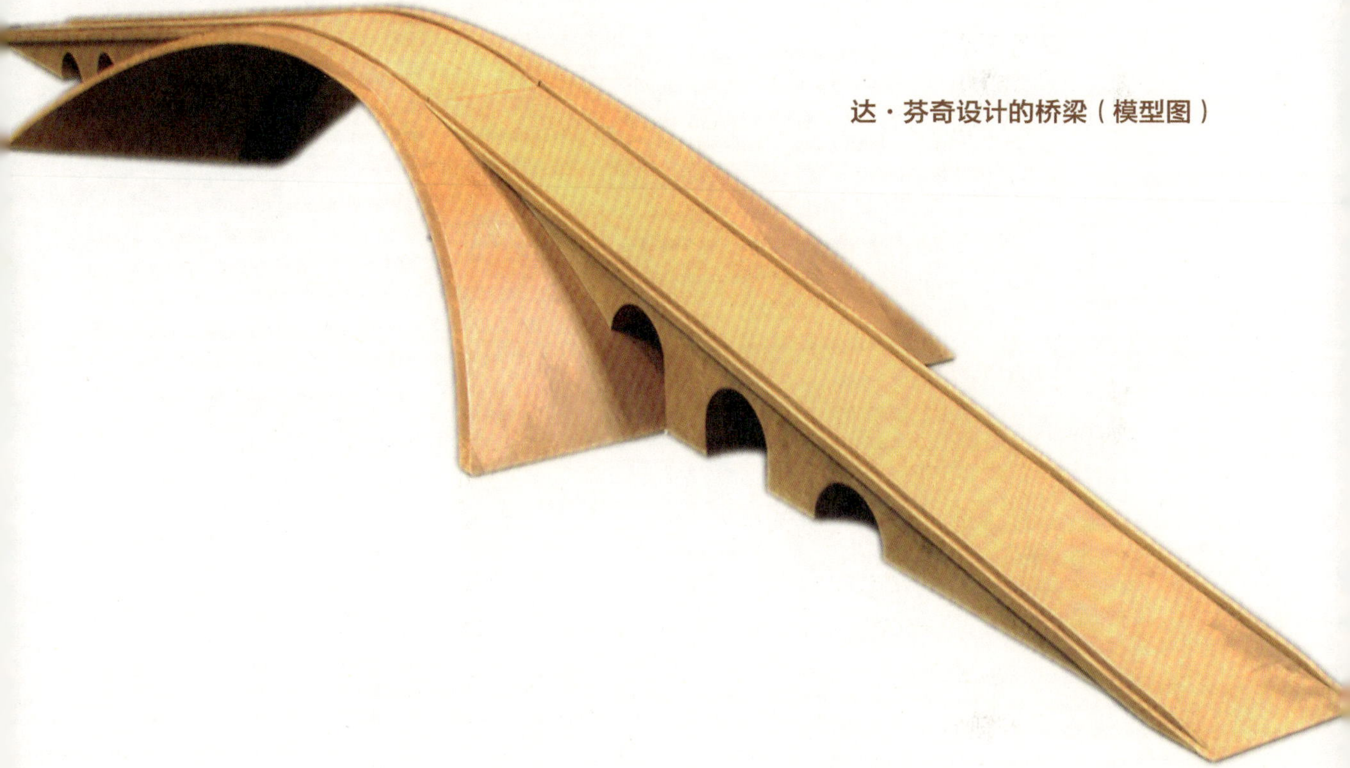

达·芬奇设计的桥梁（模型图）

Confutatione che contra a color che dicano i nichi esser portati per molti giornate distanti dalli mari per causa del diluvio

Dico che il diluvio non po portare le cose nate del mare alli monti se gia il mare gonfiando non creassi inondatione
insino alli lochi sopra tutti la qual gonfiatione accader non po perche si farebbe vacuo e se tu dicessi l'aria vi
riempierebbe · noi abian concluso il greve non si sostenere sopra il lieve · onde per necessita si
conclude esso diluvio essere causato dall'acque piovane · e se cosi e tutte esse acque corrano al mare
e no corre il mare alle montagne e s'elle corrano al mare esse spingano le nichi delli liti nel mare e no le
tirano a sse · e se tu dicessi che poi che 'l mare alzo per l'acque piovane porto essi nichi a tali altezza
gia abian detto che le cose piu grave dell'acque no notano sopra di lei ma stanno in fondo delle quali no si
rimovano se no per causa di percussione d'onde · e se tu dirai che l'onde li portassino in tali lochi alti noi abian
provato che l'onde nelle gran profondita tornano in contrario nel fondo al moto di sopra la qual cosa
si manifesta per lo intorbidare del mare dal terreno tolto vicino alli liti · Movesi la cosa piu lieve che l'acqua
insieme colla sua onda e e lassata nel piu alto sito della riva dalla piu alta onda · Movesi la cosa
piu greve che l'acqua sospinta dalla sua onda nella superfitie del fondo suo · e per queste due conclusioni che a lochi
sua sara provate a pieno noi concludiamo che l'onda superfitiale non po portare nichi per esser piu grevi che
l'acqua adunque fien sospinti dall'onda inferiore quando il vento viene da terra perche l'onda [illegible]
l'onda nel fondo del mare si move contraria al corso del vento [illegible] e quando il vento [illegible]
tira le onde alli monti · perche l'acqua del fondo e essi [illegible] contraria al corso del vento [illegible] questo no sara per
l'onda superfitiale quanto essa fia piu profonda che non e l'altezza dell'onda · questo si manifesta perche se l'onda
tale [illegible] questa onda [illegible] fia cento [illegible] sanza dubbio cento volte spinta l'onda inferiore che
la superiore [illegible] onda superiore non tornera mai indirieto per lo suo fondo [illegible]
della altezza dell'acqua [illegible] sotto l'onda non e d'altezza simile alla detta onda · onda picola che ne gran
pelaghi camina contro al corso del vento · no passera sopra il suo fondo [illegible] anzi sara al contatto
dell'onda superfitiale · Dico che tu fia il moto dell'acqua variabile dalla superfitie al fondo quale quella che fa
to fu nella superfitie [illegible] in po che essi se ne move $\frac{1}{3}$ del fiume [illegible] l'altro $\frac{2}{3}$
si movera [illegible] e rimanenti a ponente esse [illegible] simile parte [illegible] ritornerebbe al levan
te · Tanto fieno piu tardi i moti laterali del fiume quanto essi sara piu remoti dalla prima corrente · Di
[illegible] dalla confregatione che fa l'acqua in quanto si move piu veloce che l'altra acqua infra l'una e l'altra in mezzo
[illegible] tale acque si consumano [illegible] il piu veloce porti con sego la
men veloce [illegible] perche s'ella portassi con seco piu acqua che se stessa [illegible] quantita alungho
andare che porterebbe con seco tutta l'acqua del fiume con se [illegible] · Come le ostriche rarissime volte si movano
no alli liti marini morte · perche il piu delle volte esse stanno appiccate alli sassi nelli fondi de mari e non ano mo
to se no nella sua morte la quale [illegible] la terra afferma al sasso e s'ella none ferma la natura la mol
[illegible] fattasi nelli fondi grandi de mari [illegible] rimovere [illegible]
[illegible] sua parte mobile [illegible] il coperchio alla cassa [illegible] mangia il cibo
[illegible] animaluzzi che che intorno [illegible] si movevano · e cosi [illegible]
[illegible] morte · Quando il diluvio avessi avuto a portare i nichi trecento e quattro cento mi
glia distanti dalli mari ella li arebbe portati misti con diverse nature insieme [illegible] e noi vediamo in
tal distantie l'ostriche tutte insieme e li conchili e le [illegible] e tutti li altri nichi che stanno insieme a congre
gatione essere trovati tutti insieme morti e li nichi solitari trovarsi distanti l'uno dall'altro come nelli liti marittimi
tutto il giorno vediamo · E se noi troviamo l'ostriche insieme apparentate grandissime infralle quali assai se ne vede
che hanno ancora il coperchio congiunto a significare che qui furono lassati dal mare che ancora vivevano quando fu
tagliato lo stretto di Gibiltar · Vedesi nelle montagne di Parma e Piacenza le moltitudini de nichi e coralli intar
lati ancora appiccati alli sassi de quali quando io facevo il gran cavallo di Milano me ne fu portato un gran sacco ne
la mia fabbrica da certi villani che in tal loco furo trovati fralli quali ve n'era assai delli conservati nella prima bonta
Truovasi sotto terra e sotto le profonde cavamenti de lastroni legnami delle travi lavorati fatti già neri li quali
li furo trovati a mio tempo in quel di Castel Fiorentino · e questi in tal loco profondo furono prima che la rena gittata
dall'Arno nel mare che quivi copria fussi abondata in tanta altezza e che le pianure del Casentino fussi tanto abbassate
della terra che l'Arno al continuo di la sgombra · In Candia di Lombardia presso Alessandria della Paglia facendosi per
messer Gualtieri di Candia un pozzo fu trovato uno principio di navilio grandissimo sotto terra circa a 10 braccia
e [illegible] legname era nero e bello parve a esso messer Gualtieri di fare allungare tal bocca di pozzo in forma che i termini
del navilio si scoprissi · Truovasi nelle montagne di Verona la sua pietra rossa mista tutta di nichi convertiti
in essa pietra delli quali per la loro [illegible] bocca era gommata la materia di essa pietra e era in alcuna parte
restati separati dall'altra massa del sasso che li circundava perche la scorza del nichio s'era interposta e no li avea
lassati congiugnere · E in alcun'altra parte tal gomma avea petrificata le invecchiate e guaste scorze

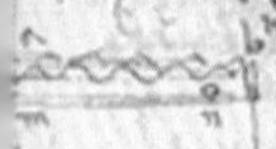

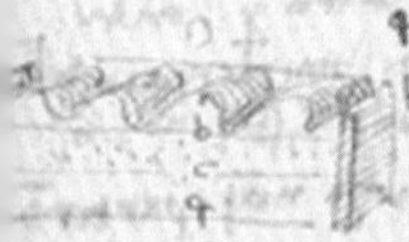

十六

有些人认为是大洪水从大海里将扇贝通过很多天的长途旅行搬移过来的。这种说法是有问题的。

我认为，大洪水不可能将山上土生土长的物质搬移到大海，除非大海形成浪涛冲天的水灾，甚至远远超过这些生物现有的高度，但这个过程是不可能发生的，因为这么大的水灾会形成大气真空。也许有人认为空气会冲到那里，可我们已经总结过，较轻的物体支撑不住较重的物体。因此，我们必然断定，大洪水是因大雨造成的。假如是这样，所有的雨水汇入大海，而大海是无法冲到山上去的；如果雨水流入大海，水流则将岸边的海贝冲进大海，而不是将这些海贝冲到山上。可能会有人认为，海面因雨水而抬升，从而将海贝冲到那样的高度，但我们已经证明过，比水重的物质不可能在水面漂浮，而只能停留在水底。如果没有水流的冲击力，这些物质是不会从原来的地方迁移的。也许有人要说，是水流将这些物体送到高处的，但我们已经证明过，深度大的水浪，其底部水流运动的方向和其表面水浪的运动方向相反，这一点可以通过大海的湍流来证明。比水轻的物质随波逐流、进行迁徙，且会被最大的海浪冲上海岸的最高点；而比水重的物质，则仅仅在海浪沿着海床的表面移动时才会被移动。由此可以得出两个结论（这两个结论在物质沉淀下去的地点可以得到充分验证）：海面的海浪无法移动海贝，因为海贝比海水重；因此，海贝的移动是因为陆地吹向大海的风搅动了下方的水流，故而随之移动——当大风从陆地吹向大海，海底的水流和当时正在狂躁劲吹的大风呈相反方向移动。不过，这并不能将海贝带入崇山峻岭之中，因为底部水流运动的方向和风的运动方向相反，底部水流速度远远低于海水表面的风速，水深超过水浪的高度。这是显而易见的，因为假如海面的浪高是 1 布拉乔奥，而浪下的水有 100 布拉乔奥深，那么毫无疑问，底部的水流要比上面水流的速度慢百倍以上，如第七个议题所示。除非浪下水的深度等于浪的高度，上部水浪的冲力再大也绝不会向回运动。 在深海中，逆风运动的小浪不会将动力传递到海底——换句话说，这样的风浪根本到不了海底，但是会影响到所有跟它接触过的海面水浪。我坚持认为，水这种“从海面传递到海底”的运动，跟河流两岸之间水体表面的水运动比较类似。可以观察到，1/3 河宽处的水向西移动，另外 1/3 的水向东移动，且其余的向西运动；假如那儿还有另外类似的地方，则水花可能再次向西移动。因为远远偏离了主水流的运动，河水的横向运动会按照比例变得越来越慢。水流与水流之间所形成的摩擦会使水流运动速度加快，不管彼此是否立即分离开——换句话说，不管这股水流的边缘是否被损耗，又或者有人觉得也可能是一股水流被另一股水流带着跑，即，流速快的部分挟着流速慢的部分随自己运动。但我坚信不会发生这样的情况，因为假如流速快的水将更多的水带走，那么在长途跋涉中，水流会不断增大，难道最后将整条河流的水都带走不成？为什么在海滩很少发现死牡蛎？这是因为牡蛎生长在海底，一半瓣膜紧紧吸附在石头上，根本不能移动，除非是较轻的那一半瓣膜受到了什么伤害。具有吸附力的这一半瓣膜固定在石头上，或者，即便一开始没有固定牢，也会自然而然地日生夜长，以至于变得很重，浩瀚深海中发生的微弱波动根本无法轻易挪动这些牡蛎。事实上，具有运动力的那一半瓣膜特别轻，而同时，另一半则像紧紧扣在茶壶上的盖子一样，紧紧吸附在石头上。当牡蛎进食的时候，食物随其所愿，摇摇摆摆地步入牡蛎的“房间”，因为牡蛎有自己固定的食物链，活着的吃掉周围死掉的，结果，在牡蛎生长的地方就会有大批死去的牡蛎贝壳被发现。 假如大洪水将这些贝类从大海长途迁徙到三四百英里以外的地方，那么这些贝类应该是多种多样、相互混杂着整体堆积在一起；但即使是在距离大海非常遥远的地方，我们所看到的情况也依然是：牡蛎一堆，甲鱼一堆，墨鱼一堆，所有的生物都是各自成群、一起死亡，零散的贝类相互之间的距离，就跟我们每天在海边看到的一样。而我们观察到的牡蛎的群居生活，像是一个超级大家庭，可能还会看到这些牡蛎中有的壳依然粘在一起，这足以证明是大海抛弃了它们——在直布罗陀海峡被切开之时，这些牡蛎原本活生生地生存在那里。在帕尔马和皮亚琴察的群山中，可以看到布满虫洞的大量海贝和珊瑚，它们依然紧紧贴在石头之上。当我在米兰盖大房子的时候，一些农民给我工作室送来一大袋这样的贝壳，在这些贝壳中，很多依然保持着其原生状态。

在采石场的地下很深的地方进行挖掘，发现有使用过的木料，已经变得很黑。我在佛罗伦萨城堡开挖的时候发现，这些木料在阿诺河流入大海之前，因为泥沙沉积，便被埋藏在那里，然后河水流过那里，使地面升高到现在的海拔高度。阿诺河水不断地冲刷着卡森提诺平原，将泥土搬移，这里的平原不断降低。在平原降低之前，在地下 10 布拉乔奥的地方，我们发现一条大船的船头，木料呈黑色，状态保持得很好。梅塞尔·古奥尔提利认为，应该将挖掘口扩大，这样，船舶的四周便可以显露出来。维罗纳山中红色的石头里，我发现有各种贝类混杂在一起，这些贝类已经变成了石头的一部分，贝类的开口也已经像被水泥密封过一样，变成了石头。部分贝类零散地散落在周围的石堆中，因为贝壳外部的原因而没有结合在一起。而在有的情况下，这种水泥使那些年代已久的破碎外壳凝固在了一起。

假如你认为，在这些地方，这些海贝因自然的重置和上天的力量，自然地在这些地方生长并仍然持续不断地创造出这些贝类的话，那么我要说，但凡是以深邃思维来推理的人，头脑里都不会有这样的观点。因为海贝生长的年轮体现在他们的外壳上，而且不论大小，均可以观察到。而这些海贝不用喂养，也不需要运动来获取食物，其实它们可能根本就无法运动。

实验

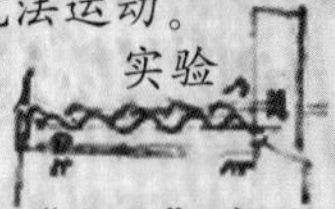

在“水坑”中进行测试，当风从 a 点吹向 b 点，在底部放置的物体 n 会承受什么样的水流？我判断它会返回到 m 点，换句话说，物体 n 会逆风移动。

为判断表层的小水流是否可以导致底部的水向高处运动，将小米放在水中混合，可以通过玻璃方格观察到到底发生了什么情况。但是，为了进行试验，可以让陶工制造一个陶瓷瓦罐，下部宽而平，有 2 布拉乔奥长，宽度为 0.5 布拉乔奥。

手稿十八　贝类的迁移真相

BRITISH LIBRARY 大英图书馆说明

这一页列奥纳多·达·芬奇通篇使用逻辑推理、观察试验，将化石作为自然现象而不是宗教事件的产物来进行分析："而我们观察到的牡蛎的群居生活，像是一个超级大家庭，可能还会看到这些牡蛎中有的壳依然粘在一起，这足以证明是大海抛弃了它们——在直布罗陀海峡被切开之前，这些牡蛎仍然活生生地生存在那里。"这一段很重要，暗示出从山顶上存在的贝类可以观察到地球自身物质构成的自然选择和循环理论。列奥纳多·达·芬奇反驳了"这些海贝化石是地中海从原来的水位高度撤退而将其弃置所形成的"这一说法。

为进一步探索深山贝类的起源，他描述并图解了两个实验。他把用玻璃做成的容器称为"水坑"，通过玻璃方格，观察水的运动，这让列奥纳多·达·芬奇在中世纪通过实验确切理解了水的运动，而不是仅仅通过观察自然界的随机现象。一个实验显示了水底物体受到风的影响所产生的运动；另一个实验则显示"表层的小水流是否可以导致底部的水向高处运动"。这两个实验的目的都是为了证明他的观点：在大洪水时期，不管是大风还是大浪，都无法将贝类冲到大山的斜坡上。这个问题是达·芬奇地球物质构成的中心理论。

结合这些室内实验，1508 年，法国国王让列奥纳多·达·芬奇在米兰大运河进行了水利实验。

海贝化石考察笔记

在研究加纳流域及阿诺河上游时，列奥纳多·达·芬奇寻找贝壳，为了能够证明在以前的时候这个地区曾被淹没在海底，他写下了这样的笔记：

在未曾被咸涩的海水淹没过的山谷，永远也不可能发现海贝化石——我在冈弗利纳看到的就是这样。这里巨大的岩石连接着阿尔巴诺山，构成了极高的河堤，使得河水在入海

之前被阻拦住，形成了两个很大的湖泊。第一个湖泊正如我们现在所看到的，和普拉托城、皮斯托亚城连在一起构成了佛罗伦萨区……在阿诺河河谷上游到阿雷佐城之间，就是第二个湖泊，这个湖泊的水流会流入第一个湖泊当中。这个湖泊围绕着吉罗尼城镇，在方圆 40 英里的所有山谷之中蓄积。混浊的河流所携带的泥沙淤积在谷底。普罗托山已然高高耸立，河水并未将它磨损冲蚀。

置身此地可以看到对面普罗托山上的飞瀑正在冲刷着山崖，并留下深深的痕迹。但是在这些痕迹当中看不到任何海贝化石，也没有海底土壤的影子。这个湖泊和皮斯托亚湖相连。

达·芬奇的化石草图（A）和真实化石照片（B）对比

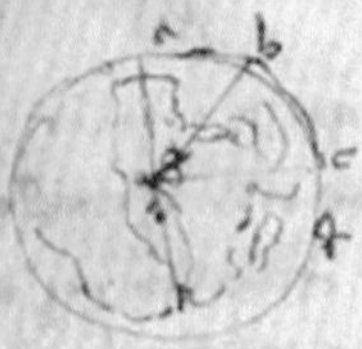

Il moto del ... mo dela grandezza della terra ... el moto della terra portato dalle acque
... venuta a ... colla ... Questo si vede ma-
nifesto che sempre i fiumi portano consecho la terra che li intorbida insino al mare ... la po-
sando ... per lo qual ... e passato ... tutta la terra che manca
alle valli ... monti e chorsi de fiumi. Quella parte della terra si e piu alienata dal centro
del mondo la quale s'e fatta piu lieve. E quella parte della terra s'e fatta piu lieve per la quale
e passato magior concorso d'acque. E s'e adunque fatta piu lieve quella parte donde sco-
lan piu numero di fiumi, chome l'alpi che ... la magna ... la francia della italia della qua
... la rena ... Danubio ...
... innumerabili fiumi che ... sempre ... torbidi della terra dal-
le portate al mare. Mostrasi ... marittimi ... mezzo del mare ...
... suo primo sito. Ritrovarassi ... bassa parte ... per lo ...
... fiume ... mezzo mare ... tutti li fiumi ...
... prima ... mare ... sono ... dell'alpi ...
... al mare Adriatico. Come l'alpe ... piu alta parte ...
... settentrionali ... alpe non sono ancora petrificate ... si vede ma-
nifestamente ... i fiumi che ... settentrione ...
... de monti ... delle pietre vive ... pianure ...
... terra ... come si mostra in val di Lamona ... al fiume Lamona ...
lassare del monte appennino ... coste ...
... Come li fiumi ...
... monti delle grandi alpe ... e questo si manifesta per lo ordine delle
pietre faldate ... insino al fiume ...
... Come le pietre faldate de monti son tutti e gradi
di fanghi posati l'un sopra l'altro per le inondationi de fiumi. Come le diverse grossezze delle falde del-
le pietre son create da diverse inondationi de fiumi cioe magiore ...
nelle falde infra l'una e l'altra si truova ancora ... Come le
... ancora ... Come tutti li fanghi marini ritengano ancora nicchi
... petrificato ... insieme col fango. Della stoltitia ... quelli che vogliano che tali
animali fussi ... lochi ... portati dal diluvio. Come altra setta d'ignoranti
affermano la natura ... in tali lochi ... creati per influssi celesti. Come in quelli no-
si truovassi l'ossa ... crescenti co la lunghezza del tempo ... come nelle scorze de nicchi e lumache ...
... annoverare ... come nelle corna de buoi ...
... piante ... Come ... la lunghezza della
... essere manifesto ... bisogna confessare che tali animali non ... sanza moto ...
... moto ... truovare ... la terra ... dove si truovano ... Ma ...
... cose sopra ... marini ... monti ... fussino stati gittati ... del mare ...
... Perche si truova tanto rottame ... infra falda e falda ...
... quelli ... terra ... dal mare la qual poi ...
... E se ... diluvio ... tal mare portato ... tu ... sassi ...
... falde ... altramente ... annoverare ...
... moltiplicare ... falde ... portatoli da fiumi ... dove ...
... in fralloro ... bisognerebbe
... ancora ... A ncora infra li
... tal ... si presume ... essere spiaggia di mare ... rotti e ...
... come infra 'l mare ... E infra li
... falde ... e ... rottami ... pietre ... truovan
... come quelli ... dal mare ... al fango ...
... poi ... petrifiche

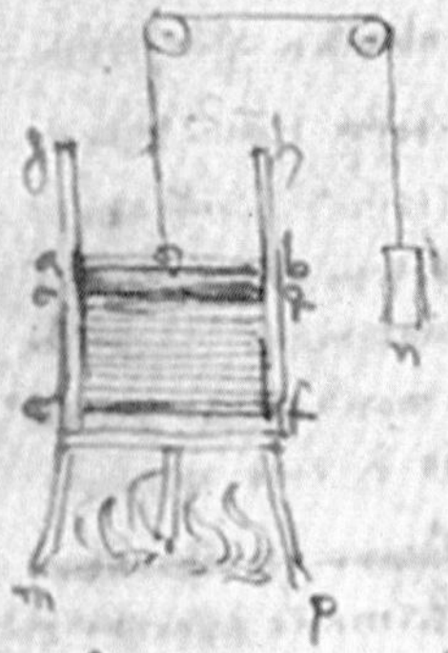

pessi per mentione ... fare regola quanto cresse la ... concentrandosi ...

noi pigliereno il vaso quatro ... sopra ... e metterenvi dentro ... fatto della ... il quale ... il vaso ... ab ... sia tal ... metterai ... nel vaso ... acqua ... il vaso ... e mezzo ... tu ... al fondo ...

十五

流水不断冲刷侵蚀，搬动泥土，促使地貌发生变化，而地球的重力中心也随着地表变化而改变。一个地方的重量会越增越大，同时另一个地方会变得越来越轻。很简单的道理，比如河水总是携带着泥土，急匆匆地一路冲到大海，这些泥土让河水变得浑浊，然后，当泥土慢慢沉淀下来，河水将变得清澈明亮。泥土顺流而下，山谷中的泥土将逐渐被挖空，河水匆匆流过，只剩下孤寂的群山。泥土越是流失，这部分陆地便越轻，离宇宙中心也就越远。

在水土流失的地方，大量的河水流过，土地变得越来越轻。因此，河水流出越多，土地就会变得越轻。像阿尔卑斯山将德国和法国从意大利拉开，罗纳河从这里匆忙南流，莱茵河向北奔流。多瑙河朝东南方向绵延，波河向东方挺进。数不清的河流在这里聚合，匆匆忙忙，携带着泥沙，直冲到大海。

海滩持续不断地向大海中部迁徙，将泥沙从原来的地方搬离。地中海低凹的地方天生就是它们的温床，尼罗河（流入地中海的最大河流）湍急的河水匆匆忙忙地流入地中海。可以在波河和波河支流看到，它们是第一个冲进地中海的。在亚平宁山和德国境内的阿尔卑斯山之间，这些河流汇聚到亚得里亚海，从而使得高卢境内的阿尔卑斯山在欧洲昂然挺立。

而阿尔卑斯山北部的某些山脚却并没有被石化。很明显，河流将山脉切断，流向北方。在群山高处，河流穿过岩石中的土层，和平原在那儿私会，而这些土层日夜备战，准备变成陶器。可以在拉莫纳河的拉莫纳峡谷看到，拉莫纳河从亚平宁山脉缓缓流出，对河岸造成的影响如出一辙。这些河流通过刀砍锯伐的方式，将巨大的阿尔卑斯山脉分割得支离破碎。由于一层层的岩石，这些山脉被分割开来。从山顶直到山下的河流，可以看到岩层一半在河岸这边，一半在河岸那边，相互呼应。群山中一层层的岩石显示出河流是如何将泥巴一层层堆砌起来的，千百条不同河流的流水是如何创造出厚度不同的岩层的——也就是说，水流或大或小，或急或慢，将山上携带的泥沙逐渐堆积起来。

在不同的石层之间，仍然可以发现虫子的踪迹，泥土未干的时候这些虫子还在到处爬行。海泥中到处都有海贝，这些海贝和海泥一起变得僵硬。愚昧无知的人们曾经认为这些生物是被大洪水冲离了大海，被送到这么遥远的高山上；而另一部分无知的人们却坚持认为，是自然或天神的力量通过神力在这些地方创造出这些生物的。

在这些地方，没有生长时间特别长的残骸——尽管可以通过查看贝壳的纹理及蜗牛贝壳上的年轮来计算它们生长的年月，就像查看公牛和山羊角上的纹路或查看植物在砍伐前枝节上的年轮一样。这些纹路明显展示出它们生长的时间长短。必须承认，为了觅食，动物不得不具备运动能力才能得以生存，但在这些生物被封存的地方，我们没有看到这些动物具备可以挖掘泥土或石头的武器。

但是，假如这些贝类不是被海浪冲进去的，而是像其他轻的物体一样，尸体被大海扔回到海岸，为什么有人在大片海螺碎片及其他许许多多贝类的碎片中发现了不同种类的海贝？如果海贝不是已经躺在海岸上，被泥土覆盖，然后大海再覆上一层，最后凝固，为什么我们在不同的石层之间，都可以找到很多海贝残片甚至整个海贝？如果上述的大洪水将它们从大海冲到这里的高山，那就只能在石头某一层的四周看到这些海贝，而不是在很多层都可以看到。也许是因为历经多年，大海将附近河流冲下的沙子和泥土层搅乱，从而将它们晾晒在沙滩上。

也许有人想说，肯定是因为有很多次的大洪水，才生成那么多层，将海贝不断堆积。那么就有必要证明每年都发生了那样的大洪水。对于这些海贝碎片，有必要假设这些地方本来就是海滩。但是在海滩，这些海贝被冲得支离破碎、分崩离析，从来没有成双成对的——因为只有当它们活着的时候，在海中它们的两个瓣膜才紧密相连，成双成对——而在河岸或海岸的沉积层中，这些海贝却是破碎的。在岩石的四周，很少看到有两个瓣膜并拢在一起的海贝，就像是被大海冲上海滩、活埋在泥沙中那样，然后它们被晒干，随着时间推移，最后变成石头。

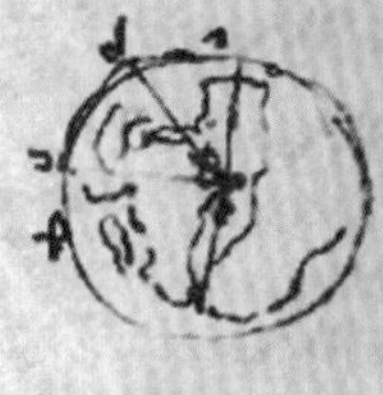

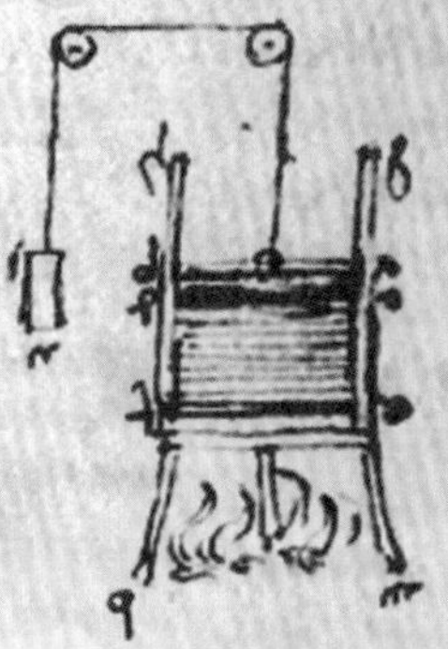

实验证明：当水蒸发到空气中，水的体积会膨胀，这是一个规律。

ghef表示一个开口的正方容器，在容器中，放置一个小牛胎囊，囊壁很薄，就像膀胱一样，四周密封，只留顶部开口。在容器顶部ab，放置和容器一样大小的直板，袋子中装半袋水，会占据半个容器的容量，剩下的一半没有水和空气。当水蒸发时，另一半袋子中会充满水蒸气，袋子上的盖子会支撑起上面的重物，即平衡物n，这样蒸汽才不会将上面的重物推起。

手稿十九　对于反面观点的驳斥

BRITISH LIBRARY

大英图书馆说明

手稿十九里通篇只有两个图例，仔细观察这篇手稿墨水的颜色及列奥纳多·达·芬奇用笔的范围，我们可以窥探出他记录这些想法时的顺序。这些行文证据也显示出各个标题之间的关系，以及现在已经被接受的列奥纳多·达·芬奇观点的历史贡献。这里的笔记和观点相互印证，相互支持。

这篇手稿的主体是探讨山脉的形成，列奥纳多·达·芬奇思考了泥土搬移的多种方式，但重点在岩层上。他特别关注海拔高处岩层中的海贝和其他海洋生物存在的原因，并且好像是情感爆发似的同那些反对他科学理论的人进行争论。

“实验证明：当水蒸发到空气中，水的体积膨胀，这是一个规律。”右边描述的实验，同手稿五十二顶部说明的水蒸气蒸发讨论有关。列奥纳多·达·芬奇给出建议，并绘出图示，用胎囊装半袋水，放在顶部开口的容器架子上，测试水蒸发成水蒸气时所产生的膨胀变化率，下面c是烧火的地方。在袋子上压上木板。当袋子里的水被加热，蒸汽充满了另一半空袋子，上面的木板便被顶到容器顶部。列奥纳多·达·芬奇建议在蒸汽充满袋子后，测量容器中水位的变化。

尽管这看起来似乎是一个很直接的实验，但人们怀疑列奥纳多·达·芬奇是否曾经做过这样的实验，因为蒸汽和水的膨胀比例是1 600∶1，但是没有数学计算。在手稿二十七中出现的另外一系列的图示显然和这个实验不同。水的容积和蒸汽容积的巨大差异，表现为列奥纳多·达·芬奇想象的实验中接连不断地出现了瑕疵。一种原因可能是他继承了前辈的实验结论。在这一页，我们可以看到，列奥纳多·达·芬奇调整了实验设计，以达到自己的需要。

Essetu dicessi che e quale il lume fu quello che porto tali nichi fur del mari centinaia di miglia questo non po acca dere essendo stato esso diluvio per cause di piogie perche naturalmente le piogie spingano i fiumi insieme colle cose da lor portate inverso il mare e non tirano inverso de monti le cose morte de liti marittimi esse tu dicessi che il diluvio poi go colle sue acque sopra de monti il mare del mare fussi tardo col cammino suo contro al corso de fiumi e non arebbe sopra se tenuto ancora le cosi piu gravi di lui esse pur la nessi sostenute esso nel calare l'arebbe lasciate in diversi lochi seminate Ma come acomo pere noi li coralli liquali inverso monferrato di lonbardia esser si trovo insino li moderni appiccati ali sassi scoperti dalle correnti de fiumi e li detti sassi sono tutti coperti dotte di pure dali e no perdarsi son ma langi e non umbilichi liquali ere detto lodar bona pastura quente il cabo del predetto nicchio non si le sopie tutto il giorno il po nelle ruine delle sue ripe Alessandria della paglia il lun dar da nona altre pietre da farcalcina se non in sta commiste cose nate in mare il quale oggi e remoto dal mare piu di 200 miglia

Nello ottanta 9 fu uno teremoto nel mar di satalia presso a rodi il quale apri el fonte il mare e co nella qual apritura si somerse tanto il lume d'acque che per piu di 3 ore si scoperse il fondo del mare dalle acque e di quelli si spogliorono e poi si richiuse al primo grado

Facia mutatio la terra colla sua gravezza quanto farsi voglia che mai la superfitie della spera della acqua non si partira della sua equal distantia colcentro del mondo se non mettrano mettrano il quale come pelaghe ricidea l'acque de l'africa asia et europa che ancor usavano li rittegole sue acque ver mano ale piagge de monti e quello circundavano e lli facevano argine e lle cime dello apennino informa d'isole stimano in esso mare informa d'isole circundate dal mare le acque salse e ancora la fructe de tanno il suo moto attalante no mostrava alcolo le sue gro pianure co circa a 3000 miglia di lungezza e messi di serva insulito dal mare sopra delle pianure della italia ha in tono oggi ..... da la licioli atarme solea discorrere i pesci agra di sanapre

Come li fonti dariti fiumi son cadsa di piegare li corsi de fiumi in diversi lochi e questo accade per quanto tali profi li pali accastello nelle argine ori [illegible] delle acque fiumi Come si debbono mettere essi pali essia il peso che porta sono di acqua che essi posa crescere sopra di quello dove no peso bisognando perdasa de sassi che di sotto impedisse lo penetrar del palo Come li pali che anno qualche tortura non ricevano il colpo con tera da uniche ne perche si consuma nel mezo della sua incurvatura co me si provato nella quarta del 2° e co che si consuma del colpo in tale incurvatura ma cha nella pu ta del palo De lli lati del palo come che essi en di li merotte oppure macrotte e per le li merotte fanno il palo informa di piramide e la piramide che penetra la terra in ogni grado di penetratione apre tutta la co nte e che lla riceve per la qual cosa e gran quantita di terreno quello che da ... luocho alla penetratio del palo essi li lati del predetto palo saranno globulenti poca passione rimara nelli lati del palo perche tutto el te reno si condensa sotto dal gobbi Delli e piu utile a mettere il grosso del palo di sotto che di sopra Del modo a cacciare e pali messi acastello de fonti de fiumi fassi come sta la figura Come e gli e utile che sopra del palo che essi ficha sia gran peso con quello appicato mano posato perche nel tempo del colpo la penetratio del palo per e tanto veloce che el peso che no fussi ben fermo contal palo nolo acompagnerebbe al suo bisogno e per conseguenza no sarebbe utile come fu provato nel 7° di percussione de densi corpi Come e son di gra ualitudine li colpi calati sopra de pali che essi ficano quanto sono e percussori tira ti dalle forza delli omini perche il moto del tal percussore aconsento nel primo moto tutta la forza delli omini che lo movano e potente potentia de sante per quanto forza e llo effetto de ssi pere e contanta fatica fitio della sua percussione Ma sse il percussore a per il suo moto naturale ala piu veloce che el moto delle delli omini nessuna parte del peso delli omini mai fa se congiugnera alla potentia del detto percussore per la qual cosa ... la piaga desso e l'aversario effalla Come sessi fa contra peso al percussore che congiunta alo lem inalto per l'aversario e si poma poi a pichare la forza di molti omini al basso se effara si a esso di sceso forza di qualita che ssia equale a tutte le forze delli omini che llo moviano e ffia di magior potentia che se ne di sceso discendessi questo si megha per la co di questo de me e provato che el mobile ca do colmotore suo massia piu di uiveloce e el pesa tal per quanto che si fa e fitto di pesi legieri e poco vale

十五

有人认为，是大洪水不远千里从大海中将这些贝壳携带到高山之上的。但这是不可能发生的。因为据我们所知，大洪水的形成是因为降雨，雨水自然汇成河，并最终会和河中携带的东西一起汇入大海，而不可能将海滩上这些贝类的尸体冲上高山。也许有人会说，大洪水的水位当时可能会超过这些崇山峻岭。但是与河流流水方向相反的海水，其流动速度会很慢，不可能使比海水重的物体随着自己漂流；或者说，即便这海水能带着漂浮物流动，那么随着海水慢慢平息，这些漂浮物也会零零散散地落在不同的地方。

但是在伦巴第靠近孟菲拉多的地方，总是可以发现有珊瑚的存在，对此我们又如何解释呢？珊瑚中布满了虫洞，湍急的流水匆匆而过，将这些石头孤零零地散落在各处，每块石头都被一堆一堆的牡蛎家族盘踞着。我们知道，牡蛎是不能移动的，一般是两个瓣膜中的一个紧贴在石头上，另外一半张开，准备随时吞噬水中浮游过的微生物。这些微生物企图寻找食物充足的地盘，结果自己反倒成了贝类的食物。随着沙子一点点地石化，零零散散、支离破碎的海藻在石化的沙子中流下点点印迹，这些难倒就没有人发现吗？关于这一点，波河河岸上日复一日散落的杂质完全可以作为力证。在伦巴第的亚历山大·德拉帕格里亚，除了无穷无尽的海洋原生物质所形成的石头，没有其他任何可以用来做石灰的石头。即便如此，这些石头现在距离大海也有 200 多英里之遥。

1489 年，在罗德斯岛附近的萨塔利亚海发生过地震，地震撕裂开海底，激流涌出超过 3 个小时。因为那里没有了水，光秃秃的海底也露了出来。后来，海水水位又恢复到了从前的水平。不论发生了什么情况，一切变化都可能改变土地的重量，但是水层的表面各处到宇宙中心的距离却始终是保持不变的。

地中海的胸怀像大洋一般，接纳了来自非洲、亚洲和欧洲的主要河流。这些河流掉头朝向地中海，从围绕地中海的群山中携带着全部的水，流到大山脚下，投入到地中海的怀抱——这些大山形成地中海的围堰。亚平宁山脉的群峰屹立在海中，四周海水环绕，形成一群零零散散的小岛。阿特拉斯山背后的非洲大陆，舍不得将大约 3 000 英里的大平原显露出来，这些大平原光秃秃地向着天空。在地中海的海边屹立着孟菲斯城堡。在意大利广袤的平原上，如今鸟儿成群结队地飞来飞去，而过去在这儿的浅滩中，鱼儿曾徜徉游弋。

在不同的地方，千姿百态的河床使河流弯弯曲曲，绕来绕去。越是这样，接近河岸或挨着河岸处的深度越比河中的深度深。

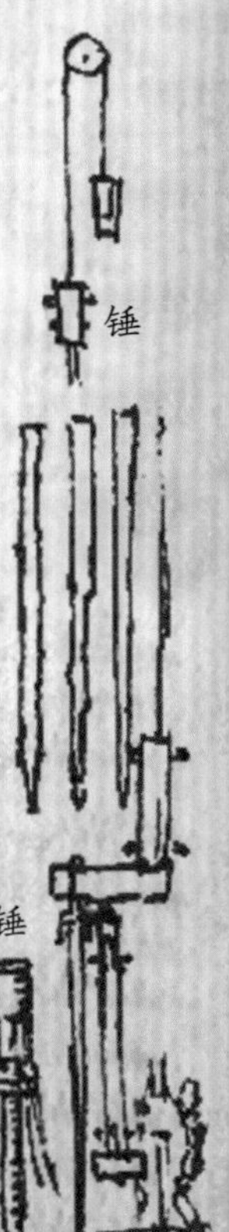

如何运用起重设备，将基桩打入河岸或在河流中筑建防水墙？以这种方式，当对大桥墩产生的冲击力和对基桩的冲击力协调一致的时候，作为冲击物的重力，可能随着桥墩受到下方石头阻力的增加而适当地增加。偶然弯曲的基桩不能有效地接收到冲击力度，因为冲击力在弯曲的中部被消耗，这一点在手稿二第四个议题中已经得到了证明；弯曲的地方消耗掉的冲击力，没有传递到基桩的受力点。

不论基桩的四面是垂直的还是弯弯曲曲、相互交错的，这一点都很适用。为什么有垂直线测量还让基桩呈楔型？因为楔型容易穿透地面，在下行的每个级度将承接面豁开，所以，当基桩下行时，下方会大面积地给基桩下冲让开道路。而如果基桩的四面有小突起，就会在基桩周围产生小小的压迫感，因为地面基础的阻力会集中在这些小突起的下方。那么，如果基桩的下部比上部粗是否会更有利呢？在使用起重设备将打入河床的基桩挖出的过程中，可以使用图例的形式。为什么在要打入地下的基桩顶部用力捶打，总比在基桩顶部直接用力按有效得多？因为捶打基桩，基桩自行穿入得很快，重力不是直接接触基桩对基桩使力。如果所使用的力没有在基桩下行过程中产生一定的作用，就不会成为有用力。这在本手稿第七个议题对高密度物质的冲力的讨论中可以看到。

从顶部捶打基桩，冲击力从工人手臂直接释放到冲击物上，基桩受力便更为有效。因为这样会形成一个冲击的合力，作为主要力源，工人全身的力量集中在冲击物上，从而形成冲击力。冲击力随着力量的下行而向下。这样，冲击物也具有了冲击功能。但是如果冲击物本身自然运动的速度超过工人手臂所产生的速度，工人的力量是不会补充到冲击物的力量上的，这样，反方依据第五个议题做出的以上所述内容就是错误的。

然而，如果反向力快速升高并传递到冲击物上，那么反方可能认为，冲击物在下行的时候是因为人工的力量。在下行的过程中，所有操作的工人力量的总和等于下行的冲力，而且冲击物的力度远远大于其独立下行时所产生的力度。本手稿第六个议题对此做出过否定，证明了自行运动的物体如何同其动力结合。但是运动物体永远不会比其动力快，质量重且速度比较慢的物体所产生的力，和很轻的物体产生的力一样，很难被有效利用。

手稿二十　如何在河中安置基桩

BRITISH LIBRARY

大英图书馆说明

这一页的第一段承接了在手稿五十二中描述的对不同深度水流的观察。这一页和手稿十九中类似的段落有联系，都是关于岩层的构成。列奥纳多·达·芬奇特别热衷的一件事情是：

"有人认为，是大洪水不远千里从大海中将这些贝壳携带到高山之上的。但这是不可能发生的。因为据我们所知，大洪水的形成原因是因为降雨，雨水自然汇成河，并最终会和河中携带的东西一起汇入大海，而不可能将海滩上这些贝类的尸体冲上高山。"

在对大洪水浮想联翩的反思中，列奥纳多·达·芬奇强调通过他的考察经历举出一系列具体证据，驳斥了宗教学说中关于山顶上海贝和海洋生物化石成因的解释。他所列举的当时的证据，包括 1489 年的地震——"在罗德斯岛附近的萨塔利亚海……地震撕开了海底……在意大利广袤的平原上，如今鸟类成群结队地飞来飞去，而过去在这儿的浅滩中，鱼儿曾徜徉游弋。"

此页的下半部分，继续沿着手稿五十一开始讨论不同条件下水滴的凝结问题。在手稿二十中，列奥纳多·达·芬奇从自然因素开始，形成其地形学观点，最后以实际工程使用作为结尾：怎样在河中安置基桩，使侵蚀的水流无法破坏防水墙。他通过水运动的力学分析，来探索这个水利问题。

另外，需要说明的是，最早的打桩机的原理就是达·芬奇提出来的，现在意大利的达·芬奇博物馆陈列着一架根据达·芬奇的打桩机原理制作的打桩机模型，跟现在的打桩机几乎一模一样。

遗迹学之父

研究贝壳化石是达·芬奇最令人印象深刻的工作。他的灵感来自于米兰和佛罗伦萨之间的亚平宁盆地。“在帕尔马和皮亚琴察周围的山上蕴藏着丰富的软体动物和珊瑚附着的岩石，”达·芬奇写道，“当时我在米兰工作，当地农民给我带来了一个巨大的发现。”

他的研究结果已经被证明是超前的。达·芬奇的意见驳斥了大洪水的理论，通过观察往往发现于几个叠加层的化石，他推断，它们必然已经在几个不同的时间段被沉积，而不是在同一个灾难性事件中。但是无论是对化石的研究，还是其他方面的一些成果，达·芬奇都很少发表，这些内容隐藏在他的手稿当中。

事实上，直到18世纪后期，学者们才逐渐开始类似的遗迹学研究。查尔斯·达尔文在1845年写的一封信中，将这种遗迹学描述为“本世纪最令人好奇的发现之一，有着非常重要的继承关系”。正如葡萄牙教科文组织的定义，几百年之后，才出现了想法能够与达·芬奇相匹配的现代博物学家。

达·芬奇的手稿被比尔·盖茨和大英图书馆公开之后，美国斯坦福大学历史学家阿德里安娜大为惊讶。“棒极了，”她描述达·芬奇手稿，“我不知道列奥纳多能够站在这么高的荣誉上。”她指出，虽然古希腊人已经正确地解释化石，但是达·芬奇却可能是有史以来第一个绘制遗迹化石的科学家，譬如蠕虫轨道和生物的石化过程。

“这是革命性的、非常有说服力的，”她说，“我们可以说，列奥纳多是遗迹学之父。”

casi 13

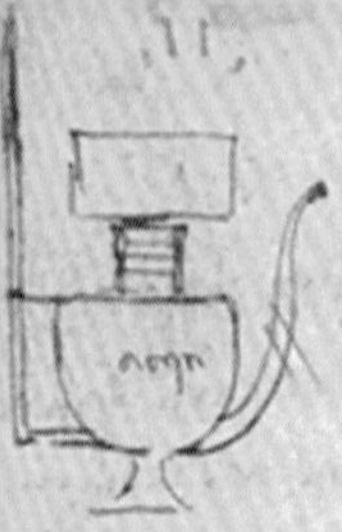

Se uoli sapere che parte sia la boccha della channa che versa la acqua del naso premuta arà del pre contatto il termine del uacuo del suo vaso quale al peso della acqua che ssi troua in nella channa più che ss'è apartata la acqua che resta nel vaso co 'l peso che prieme esso vaso. Tanto si porterà alla sua [illegible] trauersalmente del uaso premuta al piano della sua superfitie quale [illegible] ha quella parte del peso che prieme essa [illegible] nel premere essa quantità d'acqua. L'acqua premuta nel uacuo del suo vaso acquista nel contatto che essa à col [illegible] vaso uniforme potentia [illegible] che ssi acquista dalla acqua d'essere premuta sopra la [illegible]

potentia inequale che prima [illegible] abitava con essa [illegible] acqua [illegible] manifesto [illegible] in superfitie e [illegible] grado di bassezza acquista grado di peso e la pruova si [illegible] [illegible] [illegible] [illegible] [illegible] [illegible] [illegible] [illegible] [illegible] [illegible] [illegible] [illegible] [illegible] La palla piena d'aria fa uniforme potentia dentro al la sua palla benchè parlando [illegible] essa arebbe a pesare più al fondo che alla sua superfitie perchè l'aria premuta acquista peso infra l'aria che non è premuta e più allo in feriore che al superiore [illegible]. Pruovasi chome l'acqua e l'aria premuta acquista sopra la sua natural dispositione uniforme potentia perchè essendo loro corpi flessibili non possono insieme [illegible] acquistare più [illegible] [illegible] [illegible] [illegible] [illegible]

[illegible] [illegible] [illegible] [illegible] [illegible] L'acqua infra l'acqua acquista potentia [illegible] secondo l'acquisto della sua velocità. Tanto sarà più veloce il moto dell'acqua infra l'acqua quanto la [illegible] prima più remota [illegible] [illegible] L'aria infra l'aria acquista moto e potentia mediante l'aria [illegible] dell'elemento del focho [illegible] [illegible] l'acqua infra l'aria e la terra infra l'acqua e per consequenza [illegible] l'aria infra 'l focho [illegible] [illegible] Come il uento nasce in [illegible] del mare [illegible] Chome [illegible] [illegible] L'acqua [illegible] [illegible] [illegible] [illegible] [illegible] Come il focho [illegible] [illegible] Come le uene [illegible] [illegible] Come molti [illegible] [illegible]

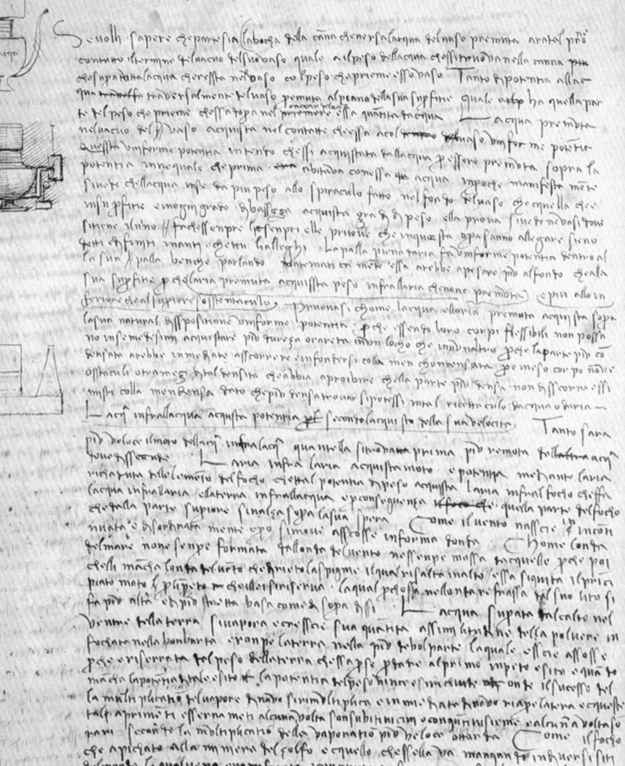

十三项案例

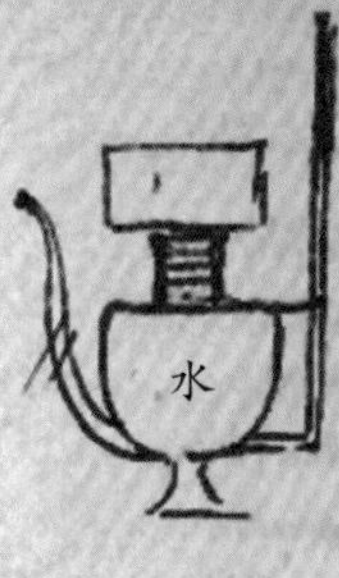

人们总想知道，满足于“把水从容器中导出的管子口，与容器中真空的那部分存在着某种比例关系，也就是说，管子里的水的重量即从容器中导出的水的重量,与施压于容器的那股重力存在着某种比例关系”这一情况的,究竟是哪一部分。当水的表面受到施压，水在横向上会产生不小的力量，而且水的重量也会产生压力，而正是这部分压力将一定数量的水从容器里逼了出来。

容器中的水处于真空环境下，因为它与容器相接触，所以当我们按压容器时，有一部分水便获得均匀的力量，于是它离开了起初跟自己待在一起的其他水。就我所理解，这一“均匀的力量”之所以生成，是因为这部分水受到了不均衡的力的施压而要离开容器，在这种情况下，很明显可以发现，这部分水对容器底部管口所形成的压力就不仅仅是重力了，它要大于此时水面之水的重力之力。而且存在于不同深度的水，获得的力也各不相同，这一点，可以通过酒桶实验观察到。

在你打算动手做试验论证这一观点之前，请确保你能把相关的示例和证据搞清楚、说明白。如果空气被填充进球里，从数学理论上说，球应该是底下受力比上面受力大，因为“在没有被压缩的空气中，压缩过的空气相对具有重力，而且底部支撑点比上部支撑点所受的压力大”，但其实呢，被填充在球内的空气对球面各部分发出的力是均匀的。

这一点可以通过水和压缩的空气来证明。水和压缩的空气比起自然状态下的它们，会受到均衡的力，因为它们天生柔韧灵动，靠自己是不可能实现此硬彼软、此薄彼厚的，因为密度比较大的部分总会立马过来补充密度比较小的部分，并与之结合。事实上，这样的物质（或物质的一部分），内部不存在障碍或区划，即无法阻止密度较大的部分流入或混合到密度较小的部分，这样一来，要获得密度大的此类物质，就只能考虑密封容器之类的环境了。“在水中的水流按照其运动速度，会获得相应比例的冲击力。”

如果水流起先是从远处奔流而来，然后降落到别的水体中，那么这段距离越远,它奔流得越快。由火而出的气,从火中获得重力之力,故而变得能移动、有力量。同理，水从气中获得动力，土则从水中获得动力。那么最终，处于火中上部的水飞升至其圈层之上。

风说不定什么时候开始,其运动也是杂乱无章的,这样一来,水随着风波荡漾,也是时起时落，毫无章法。然而海浪也不总是因为风而形成，也不全靠风来推动。因为一旦风在浪后推动，其自身便顺着海浪爬升并消失得无影无踪；海浪依靠剩余的动力按照开始时的动力方向呈惯性运动，并不断冲击从海岸反弹回来的海浪，如我前面提到的一样，海浪会变得越来越高，底部会变得越来越窄。

地球内部的水因热量增加而不断蒸发，体积也不断增大，水最终会从地球内部被逼出来。这和火枪中引燃的炸药类似，在地球稍微脆弱的地方将地球撕裂开来。因为受到地球重力的限制，第一次冲击力的影响会突然喷发，然后喘喘停停、断断续续。当一个出口的冲击力减弱,引力作用占据优势后,便将出口关闭。因此，蒸汽压力又不断积蓄，最终会再一次导致地球突然爆裂。

偶尔这类井喷及闭合会迅速地从一个传向另一个，然后都连接起来。根据蒸汽压力蓄积的快慢，有时候间歇时间比较长。硫矿的燃烧侵蚀了世界各地很多地方，这种矿的矿脉和水流的水脉以及金属矿脉联合在一起，而且出现在地球和海底的不同角落。水流流过这些矿脉会有淡淡的硫黄味道，或者水流靠近这些矿脉后被加热，而因此蒸发扩散。

地球中的矿脉经常弯弯曲曲，并且会改变位置。这是因为，水流携带的泥沙慢慢沉淀在底部较低的地方，而且一旦填满那些地方，当再次到达的时候会对这个地方造成冲蚀。很多条水脉受到堵塞，是因为流水携带的物质慢慢将水流通过的地方填满，这样流水便慢慢地减少。

手稿二十一　水的压缩与喷发

BRITISH LIBRARY

大英图书馆说明

列奥纳多·达·芬奇在水利研究中的一个重要课题是，水流如何获得与其流速相匹配的力。这里讨论的包括一个水压试验。在本页的边上图例中，他所画的一个容器和现在使用的咖啡机比较相似，基本上是咖啡机的雏形。尽管他没有提到加热或火，但他对这个容器的描述听起来出奇地像现代的浓缩咖啡机。

“把水从容器中导出的管子口，与容器中真空的那部分存在着某种比例关系，也就是说，管子里的水的重量即从容器中导出的水的重量，与施压于容器的那股重力存在着某种比例关系……当水的表面受到施压，水在横向上会产生不小的力量，而且水的重量也会产生压力，而正是这部分压力将一定数量的水从容器里逼了出来。”

他继续讨论如何测量水压，谈到酒桶中酒的储存，理论上推测出桶底部周围的水压比桶顶部周围的水压要大很多：“这部分水对容器底部管口所形成的压力就不仅仅是重力了，它要大于此时水面之水的重力之力。而且存在于不同深度的水，获得的力也各不相同，这一点，可以通过酒桶实验观察到。”

在最后定稿的时候，他向读者直接提出警告：“在你打算动手做试验论证这一观点之前，请确保你能把相关的示例和证据搞清楚、说明白。”

列奥纳多·达·芬奇举了个压力测试的例子：“球内充满空气，空气对球面各部分发出均匀的力，尽管从数学上说，应该是底部比表面重，因为‘在没有被压缩的空气中，压缩过的空气相对具有重力，而且底部支撑点比上部支撑点所受的压力大’。”

然后，他揭示了一个生动的对比，用自然界的喷水孔或喷泉同人造的火枪或迫击炮对比：“地球内部的水因热量增加而不断蒸发，体积也不断增大，水最终会从地球内部被逼出来。这和火枪中引燃的炸药类似，在地球稍微脆弱的地方将地球撕裂开来。因为受到地球重力的限制，第一次冲击力的影响会突然喷发，然后喘喘停停、断断续续。当一个出口的冲击力减弱，引力作用占据优势后，便将出口关闭。因此，蒸汽压力又不断积蓄，最终会再一次导致地球突然爆裂。”

解释火山爆发

在没有任何现代工具的帮助下，仅仅凭借着对于这种自然现象的观察，以及缜密的推理，达·芬奇几乎完全打开了厚厚的地壳的遮掩，解释了火山爆发的原理。

“地球内部的水因热量增加而不断蒸发，体积也不断增大，水最终会从地球内部被逼出来。这和火枪中引燃的炸药类似，在地球稍微脆弱的地方将地球撕裂开来。因为受到地球重力的限制，第一次冲击力的影响会突然喷发，然后喘喘停停、断断续续。当一个出口的冲击力减弱，引力作用占据优势后，便将出口关闭。因此，蒸汽压力又不断积蓄，最终会再一次导致地球突然爆裂。”

这是达·芬奇的手稿记载，而现代地质学对于火山喷发的定义则是：

“火山喷发是一种奇特的地质现象，是地壳运动的一种表现形式，也是地球内部热能在地表的一种最强烈的显示，是岩浆等喷出物在短时间内从火山口向地表的释放。由于岩浆中含大量挥发分，加之上覆岩层的围压，使这些挥发分溶解在岩浆中无法溢出。当岩浆上升靠近地表时，压力减小，挥发分被急剧释放出来，于是形成火山喷发。”

如果把达·芬奇手稿当中“被加热的水”换成“岩浆”，则两者之间的叙述毫无二致。达·芬奇还明确地界定，当第一次出口的冲击力减弱，则出口自动关闭，重新积蓄力量，等待着再次爆发。这个界定实际上就是对“突发式火山”和“休眠火山（间歇性火山）”的定义。

达·芬奇一直关心着地球的命运，对于地球上的洪水、地震、火山以及瘟疫等灾难进行研究，为这些巨大的力量耗费心血。这也或许就是为什么后世人认为达·芬奇预言了世界末日的缘起，就是后世人一直希望揭开的“达·芬奇密码”。

Come la terra a nelle superfitiali tralle 2 terre le quali in molti lochi ancor che elli sieno vissi e gholi o isole o ll[...]
mari in vengano al manco calmente lassitu. Come in molti lochi si son vene d'acque remotissime dalli m[...]
in cresscano la state ~~[illegible]~~ e diminuiscano il verno e questo accade perchè son vicine alle neve che
state si dissolvano in acqua. Come sono vene che mai cresscano e diminuiscano di nessun tempo e questo
le sono vene come nel omo le vene della terra. Come son vene che per terremoti o altri accidenti subito na
no e subito mancano e questo accade d'una montagna in Savoia dove certi boschi profondorono e lasciorono un
balatro profondissimo e lontano circa 4 miglia di lì sassi si aperse il terreno in una spiaggia di monte e gittò d[...]
subita inondatione grossissima d'acqua la quale netto tutta una vallata di terre lavorative vigne e case e fe[...]
grandissimo danno dovunque discorse. Come molte vene sono in me[...] al manco e questo [...]
de qualche ruina di spelonca inclusa nel corpo della terra la quale chiude e impedisse il transito alle predett[...]
ne. Come molte vene son quelle che in me[...] son nate esson permanenti e questo è accaduto [...]
to alcuno fiume avanti per suo lungho corso consumato del monte che gli a rotte alcune vene d'acqua che
passavano e ancora po accadere come disopra dissi della spelonca ruinata che chiuse una vena la quale acq[...]
po tanto essere alzata in detta spelonca che le perviene alla altezza di qualche fessura di sasso onde poi apre
la sua esalatione e fassi ancora uno fiume. Come molte vene d'acqua salata si trova fortemente distant[...]
mare e questo potrebbe accadere per che tal vena passassi per qualche miniera di sale come quelle d'ungheria che si vend[...]
il sale per grandissime cave come qua si fa d'alle pietre. Come in molti lochi circundati dalle acque salse e
fanno acque salse medesimamente surgano in molti lochi l'acque dolci. Come in molti lochi si trova d[...]
ne d'acqua che sei ore cresscano e sei ore calano e io per me n'ho veduta una in su lago di Como detta fonte [...]
mana la qual fa il predetto crescere e diminuire in modo che quando versa macina piombina e quando mac[...]
che la si seccha e come guardare l'acqua d'un profondo pozzo. Come in molti lochi del mare l'acqua non cresse
ne cala al flusso e reflusso. Come in molti lochi l'acqua del mare cala di sotto e 20 [...] ogni sei ore C[...]
me in molti lochi del mare si trova voragine e derivazioni e voragine [...] d'acque che spesso s'urbano
navili che di sopra vi passano e questo fanno sei ore si e sei ore ne buttano fori l'acque ingrate alla[...]
Come l'acque marine pigliano la salsedine dalle miniere del sale che sotto il mare si stenderanno esser[...]
resolute in acqua. Come nelle profondità del mare tutte l'acque son dolci e di questo effetto pro[...]
Come tutte le vene d'acque [...] ramificate e unite col corpo della terra sono congiunte col fondo
mare. Come per le rotture delle vene ne la [...] i fiumi si ric[...] l'acqua al mare. Perchè
l'onde del mare e de' fiumi ~~son~~ si multiplicano e come nassano e mancano. Delle linie e mot[...]
delle onde e come nassano e per che verso s'innodino. Perchè li balzi e cressimenti delle onde e lor c[...]
nascono son 3. Perchè l'onde del mare e de' fiumi son molte maggiori l'una volta che l'altra
in sotto una medesima potenzia di vento. Perchè l'acqua chomincia a chadere da
la somma dell'onda più in un locho che in un altro. Perchè in un medesimo pelagh[...]
di mare l'onde e la fortuna è grandissima e in un altro e il mar pacifico e tranquillo. P[...]
de e medesima. Perchè il tomolo informa d'argine del mare e composto dell'onde ma[...]
Perchè il tomolo del mare non à la grossezza che si convenirebbe attanto tirare che à cacciato il m[...]
del suo sito. Perchè tanto li ritornerà scopto dopo il predetto tomolo inverso il m[...]
Come le fortune si son da me in un medesimo mare e con un medesimo vento queste nassano dalle [...]
che i monti danno talvolta passo alla percussione del mare. Come dove sono montagn[...]
alli liti del mare le fortune non son sì subite nè di tanta potenzia. Perchè una medesim[...]
potenzia e grandezza d'onde a percotere più in un locho che in un altro fa picholo [...]

二十七项案例

如果不考虑在大海、群岛或海滩的岩石中出现的涓涓细流，在夏季，许多地方位于两层土壤之间的地表暗流流水会减少或消失。很多地方的暗流距离大海很远，夏天的时候水流流量增大，冬天的时候水流流量减少。这是因为，这些暗流接近雪山，夏季冰雪消融，水流流量增大；而有些暗流从来不会增大或减少，和人体动脉一样平稳；有些暗流会因为地震或其他不可预见的原因导致水流量突然激增或骤然减少。

这种情况在萨瓦的一座山中出现过，树木突然下沉，留下很深的裂纹。距离那儿约 4 英里之外的山坡处表面崩裂，突然冒出滔滔洪水，横扫整个峡谷，淹没峡谷中所有的田园房屋，洪水所到之处，一片狼藉。很多暗流突然消失，这一现象的发生是因为暗流的水道被截断或者阻塞，从而会在地球内部形成一个下陷的大穴洞。

有些暗流会突然涌现，然后不再消失。这种情况的发生是因为河流在山中经过长途跋涉，逐渐将山土冲蚀，在经过的地方，突然破开，这才重见天日。前面提过，也可能是溶洞突然塌陷，堵塞河道，河水在洞中被迫上涨，达到岩石缝隙的水位高度，然后另辟蹊径，形成新的河流。

很多咸水暗流在距离大海特别远的地方出现，这可能是因为暗流穿过某些盐矿，例如匈牙利境内的盐矿，像一个巨大的采石场，大块大块的盐被开采出来。在很多被盐水围绕的石头中或盐块中发现有充满淡水的暗流。有些地方的暗流会出现 6 个小时，然后再消失 6 个小时。我在科莫湖亲眼看到过一条名为普林尼泉的暗流，泉水时隐时现，以至于流过的地方，供养着好几个磨坊。暗流流下的时候，落差特别大，流水好像掉入深井中一般。

大海中有很多地方，海水不会随着潮起潮落而有所升降。也有很多地方，每 6 个小时海水就会降低 18 ～ 20 布拉乔奥。很多地方有漩涡或涡流，或者快速旋转的水流，经常会突然将上面通过的船只吞噬。在每 6 个小时水位降低的地方，随后的 6 个小时内又会突然出现喷涌。

海水从散乱分布在海底的盐矿中提取淡水，淡水必然会融入海水内。在大海的底部确实有淡水存在。对这一点我个人比较确定。地球内部散散乱乱、相互交织的暗流均在大海底部交汇。

从暗流中流出的水最终会回归到大海。为什么大海和河流中的水流会层层叠叠？这些水流如何生成，如何消失？水流的方向和动力从哪里来？到哪里去？为什么水浪会持续不断，跳来跳去，并衍生出更多的水浪？

即使在相同的风力吹动下，海浪和河水的水浪也是时大时小。浪头上落下的水浪也是一个地方比另一个地方大。在一片海域海浪和暴风很强烈，而另一片海域却显得平静安宁。从海岸拍回深海海水的反射运动速度虽然很慢，但是却很湍急。海浪以自身的力量堆砌出岸边的沙堆。

为什么海浪形成的沙堆无法拥有像大海搬迁的土堆那样的厚度？为什么沙堆后的海岸光秃秃一片，面朝着大海？

在同一片海域，在同样的风力下，暴风雨为什么会千差万别？这是因为大山中有峡谷的缘故。风穿过峡谷，冲向大海，风力增大。附近没有高山的海滨，暴风雨就不会那么猛烈，风力也不会那么大。为什么同样的风力，同样大小的海浪，在拍打的过程中，形成大小不同的浪花，掀起高度不同的浪潮，这些浪潮在一个地方比另一个地方更强烈、更迅猛？

手稿二十二　地下的暗流

BRITISH LIBRARY

大英图书馆说明

这一页没有插图，列奥纳多·达·芬奇在这一页描述了在淡水和咸水同时出现的地方的地球暗流，并推测这些水如何在大海底部交汇。

“很多咸水暗流在距离大海特别远的地方出现，这可能是因为暗流穿过某些盐矿……像一个巨大的采石场，大块大块的盐被开采出来。在很多被盐水围绕的石头中或盐块中发现有充满淡水的暗流。……海水从散乱分布在海底的盐矿中提取淡水，淡水必然会融入海水内。在大海的底部确实有淡水存在。对这一点我个人比较确定。地球内部散散乱乱、相互交织的暗流均在大海底部交汇。”

他联想到观察地下泉水的现象，强调曾经参观过的一个地方。“有些地方的暗流会出现 6 个小时，然后再消失 6 个小时。我在科莫湖亲眼看到过一条名为普林尼泉的暗流，泉水时隐时现，以至于流过的地方，养育着好几个磨坊。潜流流下的时候，落差特别大，流水好像掉入深井中一般。”

列奥纳多·达·芬奇同时讨论了表面水流对海底和海岸的影响之间的关系。这个讨论点似乎要描述水体的联结方式影响水流运动。

cascina

c[illegible] 21

(in questo 2 carte e cosi [illegible])

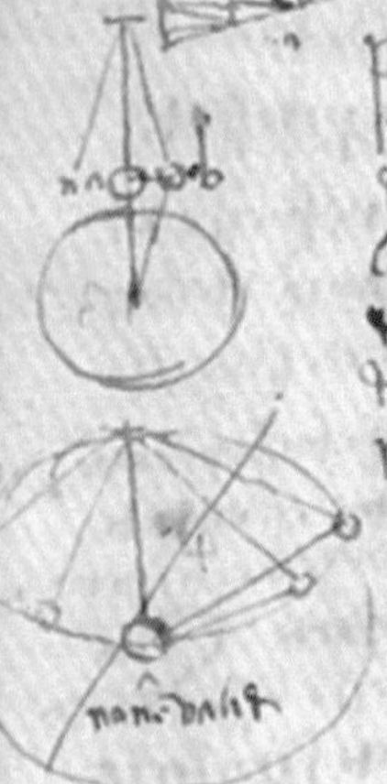

Puossi fare sperientia di quelli franni i ngran parte della natura del grave posto nel centro del moto, in quanto alle cose che naturalmente a quella fussi congiunta mano di sopra e di sotto per che il nostro sperimentatore no [illegible] tanto [illegible] ma bessi farebbe nel [illegible] [illegible] del monte, con cosa che essi tengha [illegible] il grave dalli sospeso più dicono al centro [illegible] come [illegible] nelle piramide sospese per l'universo di [illegible] e contro a [illegible] [illegible]

[illegible] acqua che [illegible] pelagho corre con magior velocità [illegible] canale [illegible] della medesima velocità [illegible] della acqua [illegible] alla bocha del canale [illegible] [illegible] del canale [illegible] più stretto [illegible] più veloce che quella del canal [illegible] proportione [illegible] la acqua [illegible] nel medesimo tempo quanto essa fia più lungha [illegible] acqua [illegible] pelago [illegible] più acqua [illegible] [illegible]

Quanto la caduta della acqua fia di minor [illegible] in quanto più [illegible] medesima quantità d'acqua [illegible] nel medesimo tempo [illegible] mille volte più veloce che quel [illegible] mare [illegible]

[illegible] Come più [illegible] acque [illegible] quella canna [illegible] più acqua nel medesimo tempo [illegible] e tanto [illegible] della acqua fia molto più [illegible] [illegible] nella acqua [illegible] nel pelago [illegible] [illegible] refressione contra al primo moto [illegible] [illegible] el moto [illegible] nel suo principio [illegible] grandissime [illegible] nel suo principio [illegible]

Come si debbe far [illegible] al fiume nella sua [illegible] in questo caso si serrate la bocha della valle [illegible] il fiume [illegible] della acqua [illegible] del fiume [illegible] della acqua [illegible]

Della acqua che discende nel pelagho di gran profondità [illegible] il fondo [illegible] acqua [illegible] Quanti sono e chasi [illegible] della acqua [illegible] nel fondo [illegible] Quante [illegible] sono le chause della acque [illegible] fondo [illegible] Quali sono le cause della acqua [illegible] mezo [illegible] alla sua profondità [illegible] alla sua superfitie [illegible] superfitie [illegible] acqua [illegible] mezo alla sua profondità [illegible] E [illegible] acqua di fondo al mezo della sua al[illegible] [illegible] acqua [illegible] al mezo della sua profondità

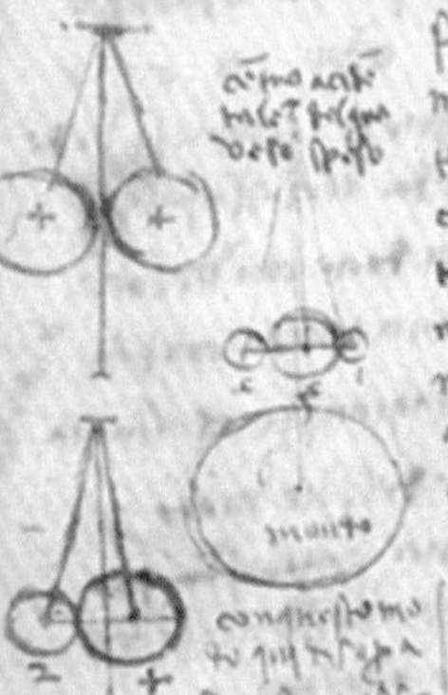

[illegible]

在这七页中，有关于水及水底的657项观察

二十一项案例

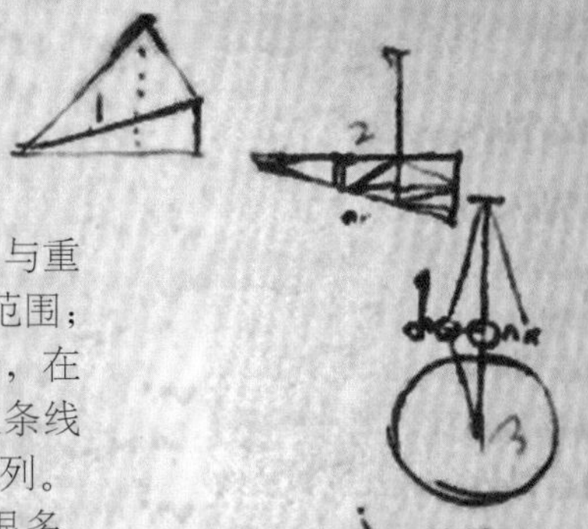

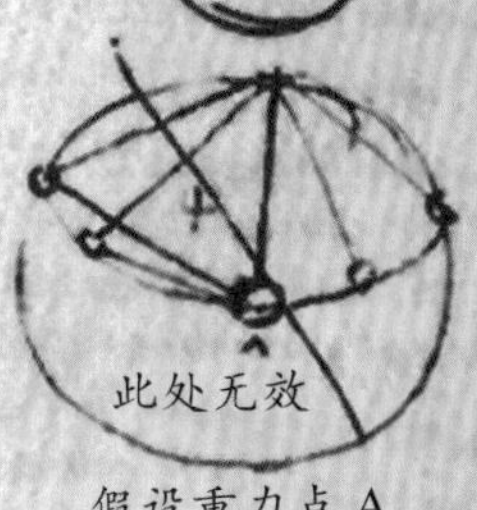

假设重力点A为宇宙中心

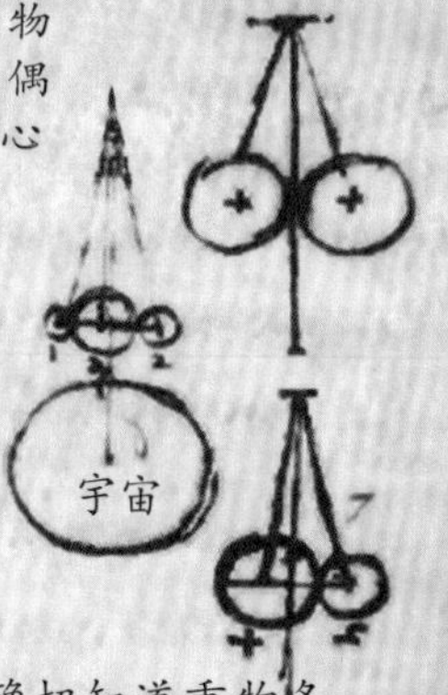

处在宇宙中心的重力特征，可以通过地面实验在一定程度上得以证实。与重力实验有关的物体要水平放置，不能高也不能低，因为实验面无法涵盖太大范围；不过在水平半球上操作，效果会更佳。宇宙中心大部分自然物被中心线均分，在中心线上，悬挂的重物重量会尽可能地靠向宇宙中心。而且，不但如此，这条线会穿过悬挂物的临时中心，这可以通过横向悬挂的锥体看到，图4和图5并列。

从泄洪闸流入大海的水流，沿着笔直的水道，流速要比源头的水流快很多。泄洪闸打开后，从泄洪闸水道口流出的水流，和冲向泄洪闸口的水流速度相同。流出水的水道和接受水流的水道，材质相同且尺寸相等。而假如流入的水道比流出的水道窄，根据两个水道的宽度比例，稍窄的水道比较宽的水道流速要快很多。

而假如流水进入的水道，比流水流出的水道截面较大，那么前后水流的流速同两条水道之间的部分尺寸比例相同，但流速正好相反。从湖泊流下来的瀑布，穿过空气，如果瀑布比较长，则水会在固定的时间内下降到底，因为一部分水重量增加，吸引了其他部分的水。就如大家所认为的，水的表面有自身存在的韧性，这可以通过观察气泡看到。那么，你肯定会赞同，水的数量越大，这种韧性就越强。

水流在下降的过程中越慢，在规定的时间内下降的水的数量就越小。一定数量的水，在穿过空气降落的过程中所使用的时间越长，在一定的时间内水流的速度越慢——这是在与同样重量的水在同样条件下一次性穿越空气、倾盆而下进行对比。这种现象的发生是因为，在整体流水中，假如水流的一股像一条线，为一个米粒的重量，那么1 000条线就有1 000个米粒的重量，这些水流如果单独称重，在空气中的重量几乎微乎其微，其运动因此也极慢；但如果将1 000个米粒合成一个重量，让其穿过空气降落，这些重力运动会比单一米粒运动的速度快1 000倍。

海上的风暴在海边比大海上要凶猛很多。这是因为海浪的回弹力从一个方向冲击大海，而风在相反的方向冲击，从而使浪变得更高、更薄。当风从西方吹来，水从河口流出后朝南流动；当风从西南方向吹来，水流朝南流动；或者是，风从东南方向吹来，水流朝东流动。

然后，用几个容器和水管连接在一起来做实验，将一个容器的水通过同样厚度的水管抽到另一个容器内。在一定时间内，水管放进水中的深度越深，水管抽取的水越多，即使是水管的管径相同，水的降落高度也相同。

水的反射运动比入射运动要慢很多，因为水中的反射冲击力在海水中几乎没有运动，反射速度到达海水后，无法将海水推走，因此只是对第一次的反射形成新的反射阻碍。入射运动在出发点或半路一般没有形成浪；而反射运动则在出发点或半路掀起很高的浪。

在不太宽阔的峡谷中，河流的流速总是会变来变去。假如我们将峡谷的出口堵截，让河流蓄水一两个冬季，峡谷中的泥沙会慢慢沉积。然后在需要导出河流的地方开挖出口，那么河水会从所挖的出口方向流出。

将一定数量的水从一个量杯倒入同样型号的另一个量杯，第二个量杯水量和水位同第一量杯相同，或者水位高低稍微有所出入。落入深水池塘的水，水流总是会冲击池塘的底部，或者受到池塘底部的冲击。表面的水落入底部会出现很多情况，对底部冲击力的大小也有所不同。在较深的池塘中，水层中部的水如何到达水面？水层中部的水又如何到达池塘的底部？底部的水如何到达中部？水面的水如何降低到水层中部？

如果想确切知道重物各部分圆周直径上的重力，通过上述这种方式，可以科学分割，而不用将物体切开；可以按照下列图示操作，通过这个方法，可以获得想要知道的任何不规则物体任何部分的重量，而且屡试不爽。

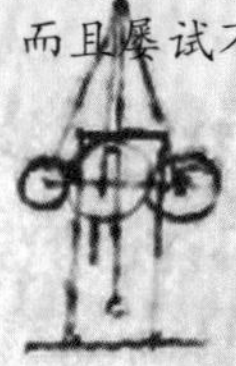

ro之间为任何一个物体的直径，或者是你所想知道的第二、第三、第四个物体重量的直径。当然，首先要知道物体的重量。假设这个圆环为3磅，而我想从里面减去1磅。将这个重物悬挂在垂直线nm的旁边，这样大家知道重物的中心在上述的垂直线上，然后在旁边放一个1磅的物体，这个物体将3磅的物体推离垂直线，而将2磅保留在垂直线的左边，2磅在垂直线的右边。现在切去3磅物体超过垂直线的部分，那么就剩下1磅，记住：垂直线nm的两侧均为2磅。

垂直线两侧均为2磅。

手稿二十三　关于水及水底的 657 项观察

BRITISH LIBRARY

大英图书馆说明

这一页的抬头为“在这七页中，有关于水和水底的 657 项观察”，这是这部分论述的学术推测主题。

这里，列奥纳多·达·芬奇讨论了水流通过水闸的各种可能情况：瀑布下落、冲击海岸以及从河面到河水的不同深度。他对水流冲击后的反射运动情有独钟。

“水的反射运动比入射运动要慢很多，因为水中的反射冲击力在海水中几乎没有运动，反射速度到达海水后，无法将海水推走，因此只是对第一次的反射形成新的反射阻碍。”

很有意思的是，这里列奥纳多·达·芬奇从水和光的动力学角度作了对比讨论。他用模型科学分析直线上运动的过程。如果是光，没有必要考虑冲击后力度的削弱，然而，如果是水或一堆液体，便涉及物理现象，而且反射角度一般会减小。

尽管这一页几乎大部分在讨论水的运动，但第一段及页边漂亮的图示是在说明重力问题，并直接涉及地球本身的问题。

列奥纳多·达·芬奇图解说明不规则物体的分割方法。他建议将两个物体悬挂在同一点，这样两个物体的中心距离悬挂点的距离相等。如果两个物体重量相等，物体的接触点应该在悬挂点向下的理论垂直线上。如果重量不等，重的物体会令根据两个物体总重量确定的直线偏离理论垂直线一定角度。

在图例中，重的物体是 3 磅，轻的物体是 1 磅，总重量为 4 磅。相对于垂直线，2 磅在左边，2 磅在右边，把整体重量分为两等份，但 3 磅的物体就会被不均衡分割。列奥纳多·达·芬奇宣称，这种用来分割不规则物体的方法“屡试不爽”。

这个思维实验，是将次重力的概念应用在如何确定两个悬挂球平衡点的问题上。

Come l'onda del uaso percosso scorre più volte dalla circunferentia al mezzo del uaso
e spesso mezzo ritorna alla sua circunferentia. Come il uaso dell'acqua percosso di
sotto fa saltare l'acqua fori del uaso. Come l'acqua percossa seguita il moto refresso del
suo percussore. Come de condotti d'acqua non si può tirare su l'aria dell'ar
cquano ne uenga apichata e congiunta moti dell'aria. Come percossa il so
pese se fussi più essare bbe minor la sua basa ch'el suo ha ammo onde nel hammo essendo di
bole si piegerebbe essiro perebbe per forte il suo perpendiculare esse fussi m[illegible] che mezza spera
e bisognerebbe che li fussi posto in opposito un cerchio di minor sonagli per conforto. Qua
to debbe penetrare l'acqua che percuote l'acqua avanti che pigli il moto refresso. Qua
tanta in l'acqua di gran profondità. Quanto debbe risaltare in alto chadendo sopra
denso. Quanto debbe surgiere alto in fra l'aria l'acqua ch'è nel condotto alto dissotto
Qual sia la forza che l'acqua fa nel lato del condotto che l'acqua v'è e dove fa più forza o da basso
o da mezzo. E dove più preme il lato del condotto h a r n. a h a r n b. l a t t [illegible] in c r
Come l'acqua non si può condensare o rarefare sanza caldo o freddo. Come si vede
fare all'aria nella palla piena d'acqua che messo nel forte dentro alla bonbarda che s'ella fussi
potessi sarebbe gran durezza d'acqua alle sommità delli scogli superati dalle onde con veloc
sata ch'ella spesse volte bagna le cose e mezze si sicon tra Della ragion sì che l'aria
che in forme peto le sommità de' monti in quella ron pelare titude del suo moto
che parte sene driza in verso la basa de' monti e parte in verso la cima sua per
quella che si driza in verso la basa fa ritroso tra si egua la qual prova si dimostra nella
figurata margine si dimosterra al loco dove si fa compagno dell'uno elemento all'altro

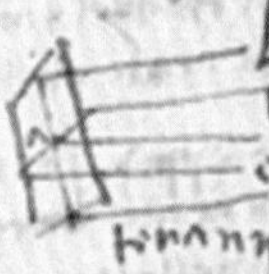

L'acqua percossa colla lima acintrale della sua quantità
fa sì vi ritto colla fronte della lima centrale nel centro dello stimulo risal
e quasi e tutte l'altre parti dell'acqua circunstanti della parte infrangono
tranno per universalmente sempre fugenti dal centro del predetto obbietto
Perché l'acq. delle grand onde non compone la figura della onda

al uiso dello
l'acqua delle picchole onde. Perché l'acqua che è forte discende fa piccolo moto
refresso calle onde che profondi intervalli come fa
corso fanno lessie onde di gran basa e di picchola altezza e men profondità
Perché l'acque di grande obbliquità
L'onde de' fiumi sono curve così planatione come per lo lor altezza adosso di scorgan di pina
Perché l'onda de' fiumi al suo intervallo più concavata nel mezzo che nel
li sua stremi. Perché l'onda fatta dal vento al suo culmine quasi retilinio
Perché l'onda dell'acqua mossa dal vento alli sua intervalli di curvità insensibile
Delle cose portate dall'acque obbediranno alcuna volta più al corso del vento che a quel
dell'acq.a ancora ch'essa corre in contrario moto al moto che fatto dal predetto vento
Come l'acqua ringorgata dal vento in alcuno seno o golfo si fa di tanto peso ch'ella
acquista per tal impeto il qual supera quel del vento. Come nelle ondatione de' fiu
mi si vede al contrario le acque ringorgate in alcuno suo golfo ringorgarsi in tan
ta altezza ch'essa acquista peso e per conseguenza impeto tale che ringorga il fiume dove essa
driza il suo corso. El qual fiume ringorgato spesso rende la seconda rigorgatione al
predetto golfo. Difinitione qual sia golfo o parte o molo o seno o pilagho o ringorga
mento o simili vocaboli d'acque. Come non sono sempre le sechè delle fiumi dove si vede minu
are l'acque ansi sono percussioni d'onde che da basso no in alsato. Come il stritamento dalle acque
acresce la longezza delle sue onde per traverso do ve l'acque dà de' scorsi dalla ditta secca insie
me s'agiungano con della lungezza delli onde strata per lo uerso della largezza della stretta

il fiume di veloce
nel suo nascimen
to e impigrisse
in ogni grado di le
vatione percossi
refrenata essa
grava percossa
in sé dalle parti
di sé grossa e cal
ata e apichata
un[illegible]
così fa l'acqua
di veloce nel suo
principio del suo moto

容器中的水波反复不断地从容器周边运动到容器中心，然后再从容器的中心返回到容器的周边。从容器底部拍打，容器中的水可以跳出容器。受到冲击的水和冲击的反弹力方向一致。在管道或者管子中，如果没有水融合在一起，空气是无法抽出水的，空气可以随着水在管子中一起上升。

水泡必然呈半球形状，否则，水泡如果过大或过小，那么水泡持续不了很长时间便会破裂。因为如果水泡过大，水泡的底部会比直径小，那么水泡会在直径上弯曲变薄，进而会在垂直线的外部破裂。如果水泡小于半球，那么较小的气泡必须在下方像底座一样形成支撑点。在转入反弹运动前，水流受到多大的冲击，就会插入水中多深。受到冲击的水一般深度很大。砸向密度越高的地方，水流也会溅起得越高。从高处的管道落下的水，高度越高，水在空气中反弹回来的高度也越高。

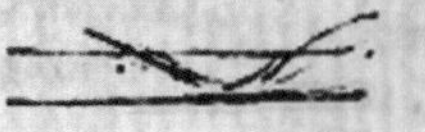

入水管的管子四壁，水对管壁造成的压力有多大？哪个位置的压力更大？是底部还是中部？水对管壁的哪部分形成的压力大，是a面、b面，还是c面？

水管及从水管中反弹到空气中的水

水如果没有受到冷热变化，是不会凝聚或膨胀的。这可以通过观察酒精灯上的蒸汽看到，或是通过火枪中的火药燃烧看到。那么由此可以推出，在高山之巅的水，寒风呼啸而过，水的密度会增大。而那里的空气密度也会变大，于是空气无论遇到什么物体，都会使物体变湿润。产生这种情况的原因是，均匀冲击到大山一面的空气，在直线运动上受到影响，一部分向山脚偏离，一部分向山顶转移；下降的部分像从山顶滚到山下。证明如下，但是，最好在两个元素对比明显的地方进行实验比较好。

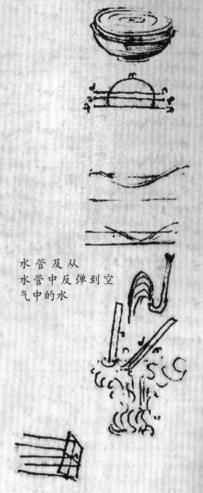

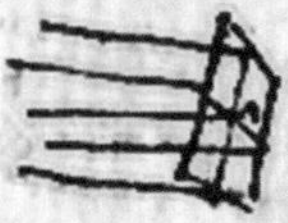

流水在整个水流中心线上冲击障碍物的中点，如果冲击的角度呈两个等角，水流则从中心线前弹回。其他部分的水流围绕中心线，呈不同角度的弹回，一般以物体为中心，像星星一样，呈放射状。

大浪里的水纹和小浪里的水纹所形成的图形完全不同。向下冲刷的水流形成的反弹运动很小，而大浪却有很深的波浪间隔。水在流淌过程中，河流的坡度越小，在宽阔的河流底部形成的水浪高度越低，深度越小。河流中形成的水浪在宽度和高度上是一圈一圈的，像松球的鳞片一样。

河流中的水浪，中间的间隔部分比两端的间隔部分要长。风形成浪的浪顶几乎呈直线。

风吹动水中的浪，总是在水浪之间显出凌乱不堪的曲线。

水中漂浮的物体多数情况下按照风的方向移动，而不是按照水流的方向移动——即使水流的方向和风的方向相反，也是这样。

在某些海湾，风的推波助澜作用会卷起波浪，水浪如此巨大（重量如此大），以至于获得比风更大的冲击力。当河流泛滥的时候，水流一般会涌向其中一个河湾，从而使河湾的水面不断升高，以不断获得重力，因此，这样的冲击使河流阻滞，然后沿着流水方向伸展，而受到阻滞的水流一般在第二次受阻后泄入上述海湾。像海湾、海港、码头、河湾、远海、水坝等词汇，都是从水的角度来定义的。不全是因为河流的浅滩，水面才显得波纹荡漾，更是因为微风习习，吹动了水面、冲击了浅滩。水流的波纹朝向水流汇聚的方向，水流从浅滩分离开，波纹同水浪的宽度一致——换句话说，此类波浪的长度同水浪所覆盖的浅滩长度几乎一样。

烟在开始的时候运动速度很快，随着烟雾上升，其上升速度逐渐变得越来越慢，因为烟雾的温度变得越来越低，烟雾变得越来越沉，之所以出现这种情况，是因为烟雾各部分相互碰撞、挤压，渐渐凝聚，彼此黏结在一起。水也一样，因为水流在其运动刚开始的时候速度也很快。

风

手稿二十四　波纹的形状

BRITISH LIBRARY

大英图书馆说明

这里看似没有直接牵扯到地球本身的议题，但如果我们谨记四大元素对宏观理论的重要性，那么列奥纳多·达·芬奇在这里的思考就会越发显得清晰可见。

列奥纳多·达·芬奇通过视觉观察及实验后的思考，揭示了四大元素中空气、水和火三大元素之间的关系。他从对一碗水的水面波纹进行的简单观察开始讨论。这一页最后一个例子，关注的不是水而是空气。

列奥纳多·达·芬奇描述，烟像水一样，开始的时候运动速度快，然后逐渐变得很慢，因为“烟雾的温度变得越来越低，烟雾变得越来越沉。出现这种现象的原因是，大部分的烟雾通过部分烟雾之间的相互碰撞，有的部分凝结在一起，烟雾之间相互粘连，从而密度增大”。

在行文中，列奥纳多·达·芬奇明确地作了元素之间的对比，并在这里提到亚历山大里亚的希罗的蒸汽驱动旋转球实验——通过酒精灯散发的热量所产生的压力驱动模型来展示。他将这个实验和风力拍打山头作了对比，并在本页的底部画出图示。

这一讨论可能由三点形成一个整体：第一，列奥纳多·达·芬奇寻找不同的方法，描述两个变量之间的变化速度。他的量化方法是基于几何比率的变化，而不是绝对的测量单位。第二，空气和水的结构类比，隐藏的题目其实是四大元素。第三，他对悬浮在介质中的微粒运动的叙述是前所未有的，这个题目在现代流体力学上仍然是一个挑战。

元素的形状

列奥纳多·达·芬奇

关于元素的形状问题，我首先要反对那些轻易否定柏拉图观点的人们。他们认为，元素如果按照柏拉图所构想的形式互相包围着，那么就会在各元素的控件之间产生真空。我认为这是不正确的。我要证明这一点，必须先提出一些结论。元素尽管互相包围，但是各元素构成的空间并不相等，或者说大小并不相同。我们知道，水元素的空间从底部到顶端的变化非常明显，这是由于水元素所包围的土地（土元素）不仅仅具备柏拉图式的八角六面立方体的形状，而且是千变万化、千岩万壑的。这样水元素和土元素之间并没有产生真空，因为空气和水面、水面和高山峡谷之间都没有产生真空。如果谁还这样认为，认为元素之间存在真空，那真是愚蠢万分。

我还想谈一下柏拉图对于元素形状的构想的看法。他所构想的元素形状是不现实的。以水元素为例，水元素的形状必然呈球形，这已经为水滴的实际情况所证实。现在我们开始陈述一些概念和结论：越高的物体距离宇宙中心越远，越低的物体距离宇宙中心越近。如果没有一定的落差和倾斜的坡度，水不会自行流动。根据以上四个概念，我们互相结合起来，就能够证明水平面应该与宇宙中心是等距离的。当然我们在这里指的是大量的水，而不是小水滴，因为小水滴能够被吸引，就像能够被磁石吸引的铁屑一样。

各元素是统一的，没有轻重之别，真正的轻重只可能产生在元素的混合和比较当中。

为什么沉重的物体能够停留在一个地方？

这是因为有一定的支撑物，如果没有支撑物，沉重的物体就不能够停留在这个地方。

那么它会向什么地方移动？它会向地球重心跌落。为什么它不会选择另外一条路线？很简单，因为物体向地球重心移动只会选择最短的路线。那么物体怎么知道按照这条路线找到地球重心？这是因为它不会像其他物体一样自由行动，从来不会乱窜。

水元素被高高隆起的河岸和海岸阻挡住。因此，周围的空气直接包围住那片土地。如果水元素和土元素之间存在真空，那么，如果土地得不到必需的水分供应，就会荒芜，使得田野当中没有丰收的稻穗在摆动，牲口们也会因找不到新鲜的草场而濒临死亡，凶猛的狮子和豺狼等肉食动物也就没有了猎物，人们则挣扎在死亡线上，濒临灭绝。直到稀薄的空气也消失之后，火元素会迫近土元素，将土元素的表面烧成灰烬……那时，大地上的一切必将全部毁灭。

Ve[illegible] di navi [illegible] batista [illegible]

Dove mancho il fiume simone per le mutationi sue quivi più materia s'è scaricha e questo acca[illegible] [illegible] le cause più lenti che portano l'acque [illegible] senpre si fermano [illegible] manche molesti [illegible] e cosi [illegible] Dove gli magori correnti quivi manche materia per si ferma. Di [illegible] li fatti sotto li [illegible] delle acque alcuno [illegible] nel calar delle acque alcuni [illegible] fermi e alcuni [illegible] genera [illegible] Come il flusso e reflusso non è generale [illegible] [illegible] Come [illegible] [illegible] ogni [illegible] per [illegible] passa tutte l'acque [illegible] nel mare adriatico. Come si fa la [illegible] miglia [illegible] Del misurare [illegible] maggio [illegible] fatto [illegible] misura [illegible] base [illegible] triangoli [illegible] base sarà [illegible] mediante [illegible] opposito [illegible] lati il quale si [illegible] mediante [illegible] Come sarà [illegible] calculare [illegible] vento più tanto [illegible] [illegible] [illegible] [illegible] [illegible] [illegible] [illegible] in 10 [illegible] miglia [illegible] [illegible] miglia [illegible] così [illegible] [illegible] moto [illegible] [illegible] circumvolubile [illegible] refressa [illegible] obbietto [illegible] inverso il fondo del fiume [illegible] Quando la sua revolutione si scontra nell'onda [illegible] [illegible] revolutione [illegible] [illegible] revolutione [illegible] spiaggia [illegible] nello obbietto a [illegible] subito si rigirerà inverso il fondo [illegible] moto circulare [illegible] nello obbietto a [illegible] moto [illegible] 96 in A. Sempre [illegible] il moto refresso [illegible] [illegible] si rivolta [illegible] [illegible] suo culmine il quale [illegible] dell'acqua [illegible] 85 in A. La superfi[illegible] [illegible] il fondo del fiume [illegible] arena [illegible] l'acqua passata [illegible] [illegible] La superfitie [illegible] figura curva [illegible] [illegible] la quale è causa d'arena portata dalla magor corrente [illegible] [illegible] Quando nella superfitie [illegible] [illegible] profondità [illegible] corrente [illegible] [illegible] [illegible] [illegible] arena [illegible] [illegible] [illegible] acqua [illegible] [illegible] corrente [illegible] Delle diverse figure [illegible] [illegible] Come il fiume [illegible] [illegible] [illegible] [illegible] [illegible] fiume [illegible] [illegible] Come si [illegible] [illegible] l'acqua come sotto l'isola di [illegible]

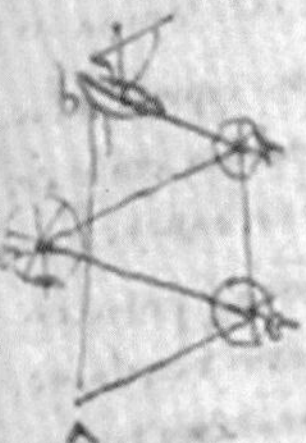

per rabacanti

sotto il bestio[illegible]

sopra la pessima [illegible]

[illegible] ab [illegible] [illegible] l'isola [illegible] in mezzo [illegible]

参考利昂·巴蒂斯塔·阿尔伯蒂的《在轮船上》，及佛朗帝奴斯所著的《水道疏通》。

十六项案例

在洪水发生期间，如果那段河流流速较慢，堆积的东西就会较多。这是因为，水流所携带的最轻的物体，一旦受到极其微小的阻挠或干扰，便会停下来。相反，在主水流经过的地方，很少有杂质停留下来。在洪水泛滥的过程中，有的河床因为水流缓慢而被填满沉淀物，有的地方却不变，而有的地方则形成新的河床。潮水的起落也不总是很一致：热那亚的海滨就没有潮汐；威尼斯的潮水变化在 2 布拉乔奥的高度范围之内；英格兰和佛兰德斯之间的海域，潮水变化却超过 18 布拉乔奥。

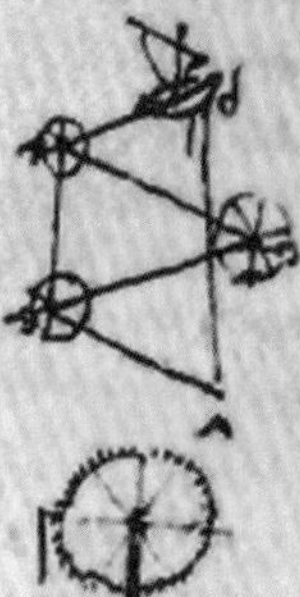

穿过西西里海峡的水流特别强大。因为有很多河流通过这个海峡，将水倾泻进亚得里亚海。如何制定一个规则来计算出一条船每小时行驶多少英里？通过测量定位船弯来绕去的航行路线，便可以测量出船行驶的速度。船舶航行时在底部会形成一定角度，通过测量角度可以确定船行驶的速度。船舶航行时在底部形成的角度，可以用罗盘测量出底部对角的大小及两边，然后计算出来。

通过测量一股风的运动速度，不管风速是快还是慢，均可以计算出任何风速的变化。可以通过轮盘刻槽的方法来测量一股风的运动速度，也就是过轮——由一个人主管，这个人只管操作轮盘，按照点到点之间的变化，通过罗盘来记录速度。假如说：轮盘有 100 个齿，1 圈旋转 1 个小时，可以观察到风在每小时 9 英里的速度下，过轮走了 10 个齿；在每小时 4 英里的情况下，到达第 7 个齿。那么，当旋转 1 圈 100 个齿，可以通过计算 1 小时内齿数的间隔时间，来计算船舶的时速变化。

当水下涡流冲击物体，涡流的方向会冲向河床。在涡流旋转的过程中，遇到上面掠过的阵流时，部分阵流开始按照涡流方向继续旋转，另一部分则会被涡流甩向相反的方向，撞击到水底。涡流前部的沙子顺着涡流斜坡降落到水底。像拍打物体的水一样，顶着物体 a，顺着模型线 ba 降落，我认为物体立即旋转朝向底部 d 点降落，并撞击到 d 点。然后旋转向上运动，碰到上部在 c 点穿过的阵流。那么，碰撞后物体离开，像前面一样冲击向物体 a，部分涡流沿着水流 fe 旋转，这样运动持续不断。

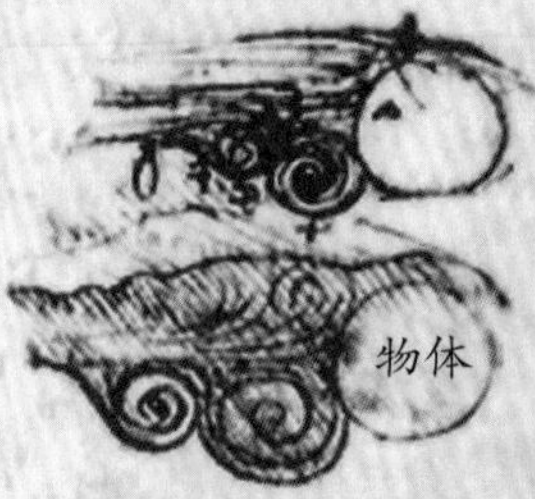

在水流中反弹出来的水流遇到原来的水流，水一般会变浅，因为在这一交汇点，会形成顶部尖尖的沙堆，沙堆两侧受到两个相反的运动力摩擦。当水流表面形成相同角度发出的众多直线小暗流，则说明河床并不是很深，这样的河床是因水流丢弃的泥沙在通过桥洞或类似的狭窄地段形成的。

鲁巴康特桥

当水流表面的流水线呈弯曲状或月牙形状时，这是浅水的标志。这是由大水流携带的泥沙汇入小水流后造成的，也就是说，流水越来越缓慢。这两股水流交汇后要么水流速度越来越慢，要么河道里的水越来越浅。当水流表面出现直线或某种微波曲线，但是几乎没有光泽或亮度，则说明那儿的水比较浅。这是由两股水流造成的，一股比另外一股速度慢，两股水流在沙洲上方分离，而在下方再次交汇。这样水流所携带的泥沙就会沉淀下来，因为在这两股水流的交汇地点，水流各自的单独运动会停止，泥沙会在这两股水流交汇的地方沉淀。

在比斯提奇和卡内基安尼家族房产的下游

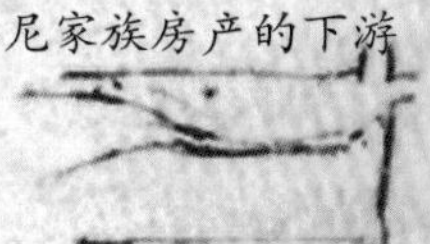

在朱斯蒂奇亚水坝上方

因为主流洪峰所带来的泥沙也可能导致在这一点出现水流迟缓的现象，洪峰过后，水流独自一点一点地从靠近自身的一侧将泥沙搬迁，而洪峰中部的残留物可能还保持在原地不动。河流中形成的水下沙丘形状各有千秋，大海中形成的暗礁也是千姿百态，如何才能从远方来判断这些暗礁和沙丘呢？

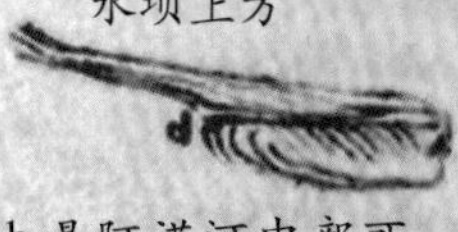

Ab 是阿诺河中部可可梅里岛末端对面的沙岸

把河流从一个地方疏导到另外一个地方，应当一点一点地疏通，而不能使用蛮力强制改变水道。为达到这一目的，必须有序地在河中建筑一些伸入河流的水坝，然后再朝前方在下游建设另外一个水坝，以这种方式承建第三个、第四个、第五个等诸多水坝。水流会按照我们事先给流水分配好的方式流入疏导通道；或者通过这种方式，可以将水流从受到毁坏的地方疏导开，如在佛兰德斯那样，根据尼克洛蒂·佛佐理给我的指导所实施的那样。使用拦洪网应当可以修补水流冲击过的水坝。如下方图示中在可可梅里的岛屿那样。

手稿二十五　测量水速和风速的方法

BRITISH LIBRARY

大英图书馆说明

在这页的左上部，列奥纳多·达·芬奇强调利昂·巴蒂斯塔·阿尔伯蒂《在轮船上》失败的实验，及罗马作家佛朗帝奴斯所著的《水道疏通》。他继续按照当时可以被接受的观点及写作方式进行论述，但是用他自己的方式揭示当时的结论。

在这一页上，列奥纳多·达·芬奇对航海轮盘进行了描述，并说明测量水速和船舶行驶速度的方法。乍一看，这些概念和手稿的内容相去很远，但实际上，这些内容对于理解旨在为海员做出的使用手册尤为关键。他关于水面图纹和河床关系的描述，比年轻的塞穆·克列门斯（马克·吐温）的著作《密西西比河上的生活》早了500年，特别是这本书手稿九开始的部分。

在研究河流的时候，克列门斯说道："现在你正好站在障碍物上，下面每一个点都有一个障碍物，因为水流过来绕过障碍物，形成漩涡，使沉淀物下沉。你是否看到水面上像扇子的龙骨一样散开的那些细细的水纹线？这就说明下方有小暗礁。"

列奥纳多·达·芬奇写道："在水流中反弹出来的水流遇到原来的水流，水一般会变浅，因为在这一交汇点，会形成顶部尖尖的沙堆，沙堆两侧受到两个相反的运动力摩擦，……当水流表面形成相同角度发出的众多直线小暗流，则说明河床并不是很深，这样的河床是因水流丢弃的泥沙在通过桥洞或类似的狭窄地段形成的。"

不管河流情况如何，船上领航员的操作都牵涉到他对水下物体的辨别能力这一问题。

上面的图示显示，用几何方法来测定船行驶的速度。中部的图示显示，有障碍物阻拦的情况下产生的深水涡流。下面的图示显示，阿诺河水在流向佛罗伦萨的途中，四个不同位置的水流情况。

密西西比河上的生活（节选一）

〔美〕马克·吐温

密西西比河太值得一读了！它不是一条普通的河，正相反，它是一条在各个方面都令人赞叹的河。如果算上密苏里州它的主要支流，它的总长度约4 300英里，是世界上最长的河！说它是世界上最曲折的河似乎也不为过，因为在一个乌鸦飞670英里就可以横跨的地方，它却用了1 300英里长的河流来通过。它的河水吞吐量是圣劳伦斯河的3倍，是莱茵河的25倍，是泰晤士河的387倍。没有哪条河能够拥有如此宽广的流域：它汇集了28个州与地区的河水。这些河水来自大西洋边上的特拉华州，来自它与爱达荷州之间太平洋斜坡上的整个地区，这个地区是一块儿从北纬45度线向南伸展的大斜坡。密西西比河有54条适合蒸汽轮船航行的支流及好几百条适合舢板和小木舟航行的细小河汊。它把它们的河水汇集起来，并输送到墨西哥湾里。它的流域面积相当于英格兰、威尔士、苏格兰、爱尔兰、法国、西班牙、葡萄牙、德国、奥地利、意大利以及土耳其加起来的总面积。而且这块宽广的区域几乎都是肥沃的土地，真实的密西西比河谷就是这样独特。

从下面这一点来看，这条大河的特点也是很特别的：它的河口流域不是越来越宽，而是越来越窄；不但越来越窄，而且越来越深。从俄亥俄州的河流汇合点到入海口之前的任何一点，河面的平均宽度由上游的1英里逐渐地在流向大海的途中变细，直至快到河口的“咽喉”地带时，河面的宽度只有半英里多一点点。在俄亥俄州的河流汇合处，密西西比河的深度只有87英尺[①]深，然后在奔向大海的途中逐渐加深；到出海口地带时，它的深度竟然达到了129英尺！

这条河的潮汐落差也很特别——它的特别之处不在上游，而在下游。沿河而下，到离河口360英里的纳奇兹市，这一路的潮差差不多是一样的——约为50英尺。但是，在拉－富尔什河口的分岔处，河水的潮差只有24英尺；到了新奥尔良，潮差只有15英尺；到了河口当地，潮差只有2.5英尺。

在新奥尔良《泰晤士民主报》上有一篇文章说，“据有才干的工程师的报告称：这条河每年要将四亿零六百万吨的淤泥排放到墨西哥湾里”，这使我想起马里亚特船长为密西西比河起的绰号——“庞大的下水道”。这些淤泥凝结后，足以堆成一块高达241英尺、面积为1平方英里的大土块儿。

淤泥的沉积逐渐延伸了土地，但仅仅是逐渐。自从这条大河有历史记载以来，在过去的200年里，淤泥使土地延伸了不到1/3英里。人们认为河口过去的位置应该在巴吞鲁日市，从那里再往前就看不到群山了，而是一块由大河冲积而成的、直驱200英里的土地平铺在山区与墨西哥湾之间。这种情况道出了这片国土的年龄，毫不夸张地讲，那是1 200万年。然而那不过是一块四处延伸的最活跃的土地而已。

---

① 1英尺=0.304 8米。

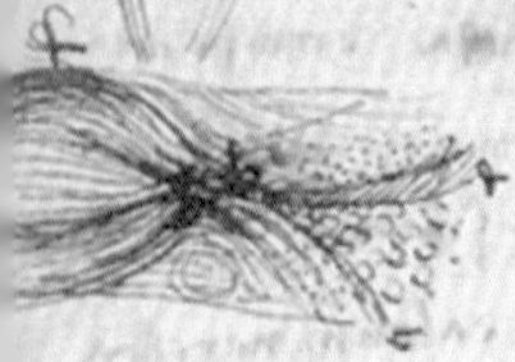

Quando il fiume s'ingrossa e che rimove l'arena dal suo moto incidente esso fa in lonta massima valluna per il suo fondo di grande altezza e la sfiora subito profonda in angulare dove l'acque refresse si congiungano [illegible] l'arena portata dal corso del fiume [illegible] massime fra bc ... bd la quale [illegible] moto [illegible] [illegible] colla sua basa la qual basa [illegible] della rena [illegible] sua somma [illegible] nessun [illegible] corso. Questo si fa col tempo armonico e potrebbesi fare col polso [illegible] col tempo del suo battere. Fu mina una cosa portata dall'acqua [illegible] tempo musicale col quale si mostra quanto spatio [illegible] manifesto [illegible]

Delle figure delle cose portate dalle acque [illegible] più veloce [illegible] della superficie del fiume. Come un picciol peso presso al fondo dell'acque trasparenti [illegible] alla superficie dell'acqua. [illegible] Del moto [illegible] una profondità [illegible] Dove due correnti si scontrano [illegible]

Quando due acque insieme si scontrano [illegible] e ciascuna s'ingrossa [illegible] più veloce [illegible] dell'acqua più grossa [illegible] il suo fondo [illegible] [illegible] E se più acque di varie potenzie concorreranno [illegible] [illegible] E s'elle più veloce [illegible] Della figura delli ostaculi [illegible] [illegible] E se [illegible] concorreranno alla percussione d'una corrente [illegible]

Questo si mostra infra 2 piastre di vetro piane fra le quali passino le acque

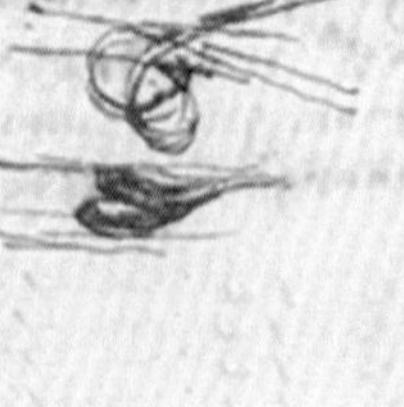

Quando si volesse [illegible] del fondo [illegible] una corrente traversa contro [illegible] la quale [illegible] in ogni parte [illegible]

十六项案例

河水翻腾，通过水流的入射运动将泥沙挖出，使最大浪从慢速行进的浪中突显出来，在发射水流的交汇点，出现不规则水纹，使河床变深。假设河流携带的泥沙为 abc 和 fbd，我认为最大浪边为 bc 和 bd。水流缓慢是因为流水无法给自己施加作用力，除非最初的水流前部冲到河床，这样的河床由水流冲过来的泥沙形成。水流从河床斜坡流下，因为水流底部不断升高到其顶部，水流在斜坡上等待后续的水浪越过，这种现象出现在水流比较缓慢的河流中。

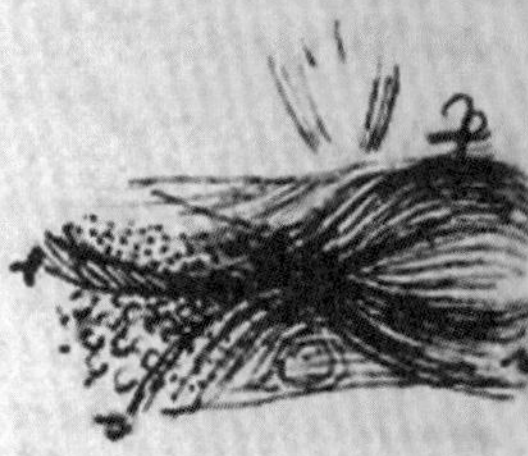

有一种方法可以确认水流每小时流淌多远。通过谐振时间的方法，在水流脉冲均匀的时候可以通过脉冲幅度来进行。而在此情况下，水流像音乐一样起伏有序的时候，通过水流脉冲来测量，可以准确地计算出在这样的律动时间内，脉冲 10 次或 12 次的水流携带的物体能运行多远的距离。使用这种方法，对于每条水平水道来说，这些规则可能是通用的。但是也存在一些河流不适用这种方法，因为有些河流中的脉冲朝向水面下方，从水面上是看不到脉冲运动的。

水流所携带的物体形状各异，在水流运动的时候，哪种形状的物体运动比较快，哪种比较慢？在河流表面，水的流动也是千姿百态。可以在船上用一个绳子悬挂重量小的物体接近清澈的水底，这或许可以解释水面下方水流运动的变化。当两股水流直线相遇，如果两股水流势均力敌，在相遇的地方水深会突然增加。如果两股直线相遇的水量不等，底部出现的冲击坑会不在冲击的垂直线下，而是朝向水流弯曲的方向，顺着水流在一个位置或者两个对立的位置出现。

两股水流呈直线交汇，在交汇点对水流底部造成的影响如 a 点所示。

如果两股水流直线相遇，水量相等，但河流坡度不同，坡度大的水流比较强，底部出现的冲击坑会朝向较弱水流的一边，两股水流冲击后弯曲点如图所示，ab 为较弱的水流，顶着 bc 较强的水流。

在什么地方、以什么方式可以将用来航运的运河中的水抽出？最好管头放进水底，因为这样在一定的时间内可以抽取更多的水。当两股水流直线相遇，一股水流大而慢，另一股水流小而快，我认为流速快的水流根据其前部宽度的大小，尽量冲击流速慢的水流，而通过将流速慢的水流有序推回并穿透到其底部来完成冲击，呈现出弯曲运动。因为较强的水流从每个运动角度上穿透较慢的水流，弯弯曲曲朝向其垂直线扭动，在冲击点及冲击弧线顶部的下方对底部形成冲蚀，使得这个地方变得最深。也就是说，在整个河道最深的地方，较强的水流弧线变得越来越弯曲，扩散会越来越大，这样使得水流自身的反弹运动朝向其本身，而很少会朝向流过来的较大水流方向运动。

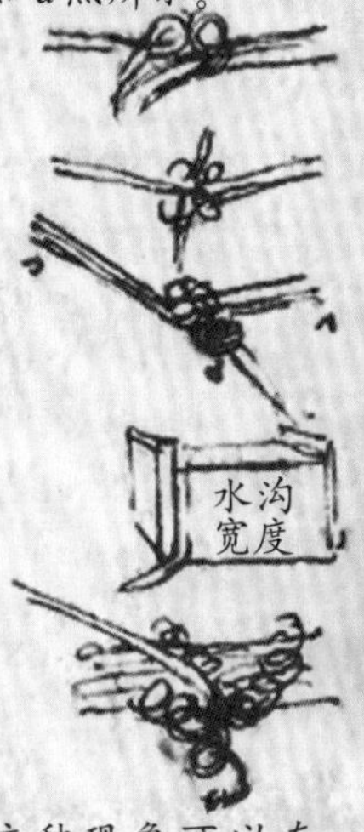

这种现象可以在水流穿过两个直玻璃板之间的时候观察到。

如果多股不同流速的水汇聚在一点，冲击力最大的水流与其他水流相比，会更多地将自身水流压向对面的水流。这里很难看出哪一股水流比另外一股水流大多少或是小多少，因为，尽管流速快的水流可能比对面的水流窄，但是无法直接相遇，也不可能直接冲击到对方，除非两股水流在总体水量上相同——既没有发现较大的水流战胜较小的水流，也未发现其受到较小水流的冲击。

如果速度较快的水流比其他水流深，而所有水流慢慢汇聚在同一地点，则流速快的水流比其他汇集来的水流冲击力大，那么和速度快的水流基本呈一条直线的水流对流速快的水流冲击力最大。这样，在冲击过程中，流速快的水流因为冲击其他汇聚的水流，呈现出的将是一条不很直的直线，相比其他水流更弯曲且会朝向其垂直线。因为受到多股强弱不均的水流影响而形成的河床，其底部会形成各种形状的冲击坑，很多障碍物形状是有利于修正这些冲击坑的。

假设两股细而有力的水流汇聚到一股慢而大的水流后形成冲击，如果在第一冲击时将底部冲出，那么会出现两个冲击坑。这两个冲击坑随着冲击力大的水流冲击形成的反射运动而分裂，并会逐渐靠拢而形成一个窄窄的独立冲击坑。较大的水流会敞开怀抱给流速快的水流让路。在冲击结束后，流速快的水流伴随着大水流，在运动中同流速快的水流势均力敌。

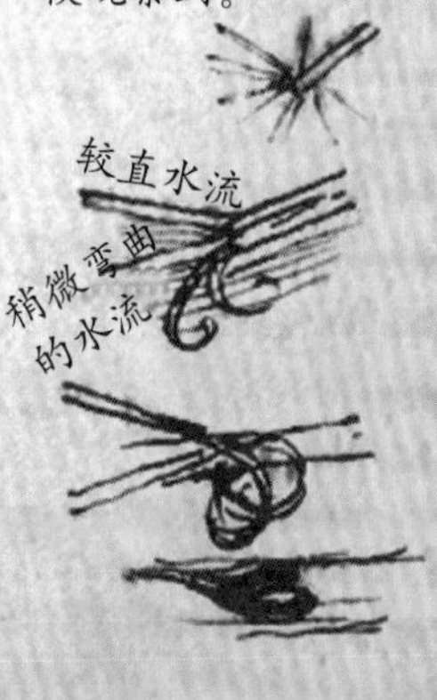

如果两股细而有力的水流汇聚到一股慢而大的水流中，形成冲击，并且在第一次冲击的时候将底部冲出，那么两股水流将在两个地方形成冲击坑。随着这两股冲击力大的水流冲击形成的反射运动，这两个冲击坑会逐渐靠拢，形成一个单一而狭长的冲击坑，且水量较大的水流会让位给流速较快的水流，后者随后在冲击结束时成为大水流的伴随水流，运动速度也变得同大水流相同。

如果有人想减弱这些水流对河床底部的冲击力，应该人为制造一股横向水流，导向这些水流交汇的地点，从而达到冲击这些水流并将这些水流分开、分散、削弱的目的。

手稿二十六　更为精确的水速测量方法以及对河流的控制

BRITISH LIBRARY

大英图书馆说明

列奥纳多·达·芬奇继续兴致勃勃地探讨河水水流控制的问题，这里要说明的是，他的观察不仅限于从船上观察河流。在其中的一段，他提出一种比较精准地测量水流速度的办法。在他那个年代，还没有秒表或跑表的概念。为测量瞬间时间，如快速流动的水流上漂浮的物体速度，一般使用数自己脉搏跳动次数的方法。列奥纳多·达·芬奇，这个多才多艺的音乐家，觉得乐符跳动比较规律，在手稿十二中将其定义为每小时 1 080 次跳动。凭借他惯有的智慧，列奥纳多·达·芬奇发明了其对自然研究进行量化的标准方法。

在对照试验中，他补充了在水研究方面另外一种更为科学准确的测试方法，比如："可以在船上用一个绳子悬挂重量小的物体接近清澈的水底，这或许可以解释水面下方水流运动的变化。"

列奥纳多·达·芬奇不只是辨别水面和水流底部之间的关系，同时也需要准确无误地理解相互影响的水流之间的作用。这一系列的研究是任何现代水利工程师都能够认可的，因为实验创新地使用了单面玻璃容器，这能够让他尽可能多地观察到所有可能情况下发生的任何现象，并想到应对方法。

在这一页，他最后的想法是想说明如何避免或减少侵蚀的影响："如果有人想减弱这些水流对河床底部的冲击力，应该人为制造一股横向水流，导向这些水流交汇的地点，从而达到冲击这些水流并将这些水流分开、分散、削弱的目的。"

密西西比河上的生活（节选二）

〔美〕马克·吐温

密西西比河还有一个特点——河水的流向有时会以在地上切割狭窄瓶颈的方式造成河水惊人的暴涨，这样可使河道取直并缩短流距。一次暴涨就可缩短30英里流距，这种情况已经发生过不止一次了！这些取直的河道已经造成了许多奇怪现象：它们把几个河边的城镇赶到荒野里去了，并在城镇前面筑起了沙坝，还搬来了森林。德尔塔镇本来在维克斯堡镇南面3英里的地方，但最近的一次河水暴涨完全改变了它的位置，现在德尔塔镇跑到维克斯堡镇北面2英里的地方去了。

这两个河边城镇已经被那场暴涨的河水推到荒野中去了。河水的这种改道能冲乱行政区划的分界线。例如，一个人今天住在密西西比州，今天夜里发生了河水暴涨，明天这个人发现自己身处的地方跑到河对岸去了，而这个新地方在路易斯安那州境内！这种事以前在河的上游发生过。如果能这样把密苏里州的奴隶转移到伊利诺斯州并让他自由就好了。

密西西比河是不会仅仅因为河流改道便改变自身位置的，但是这条河的的确确经常变换自己卧居的地方——也就是说，它总在整体地向某一边挪动自己的身体。路易斯安那州的《艰难时报》曾说：这条河从原来的位置向西挪动了2英里。结果是，这条河原来的位置现在已经完全不在路易斯安那州的地盘里了，而是跑到密西西比州那边去了。200年前，拉萨尔乘独木舟顺水漂流了几乎全部老密西西比河的1 300英里的航程。那条老河现在已经变成非常结实干爽的地面了。当新河处于老河的右边时，属于一个州；处于老河的左边时，就成了另一个州的了。

尽管密西西比河的淤泥在河口处填海造田，但速度很慢，墨西哥湾里汹涌的波涛不会让它唾手可得的。在地势较高、保护较好的地带，它的造田速度会快一点，例如30年前预言家岛（或称“普罗菲特岛”）上有1 500英亩①土地，自打那儿以后，密西西比河又给它增加了700英亩。

眼下这些事例并不足以说明这条大溪水为什么这么古怪——在本书中我将再举几个例子来进一步探讨之。

咱们把密西西比河的自然历史搁下来，先来谈谈它的人文历史——那就开始说吧。咱们先通过一两章短文简略地看一下它沉睡的第一时代，再通过两三章看一下它第二个、较广阔的苏醒时代；再通过更多成功的篇章看一下它最泛滥、最广阔的清醒时代；然后在本书的结尾处谈一谈它现在比较平静的时代。

---

① 1英亩=4 046.8平方米。

carta 26

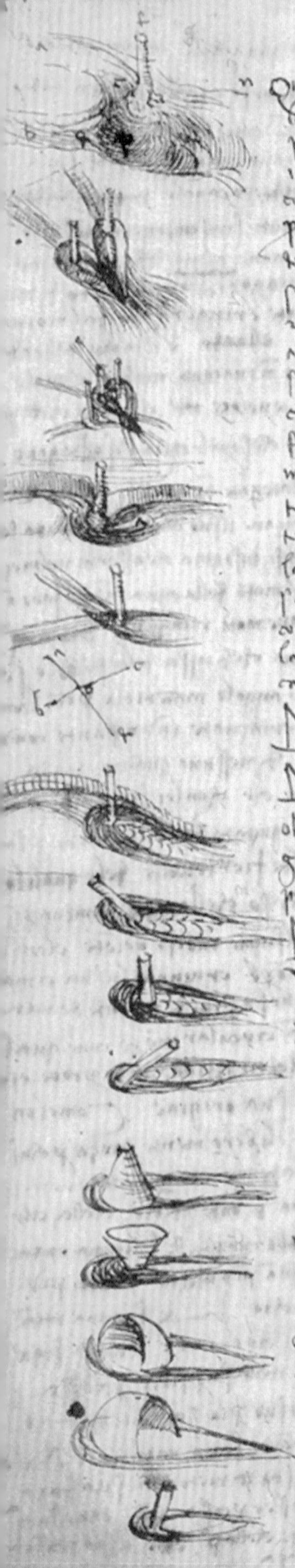

Quando le due corrēti si scontrerano insieme ~~per~~ [immediate] chella una diloro ara percosso lobbietto che sopra lacqua allora acquisterà subito e gran profondità come acade nella corrēte n c che percholla percosso ni f. obbietto che sopra lacqua esse cava m p nel qual sito lacqua b d imchatenate di poi e ronata forte concavato il fondo del pelagho. ancora aumēto la predetta concavità. Ma sse le due corrēti insieme si scontrano ~~per~~ immediate che ano percosso li ostaculi che sopra lacqua allor nasscierà gran profondità la quale ara tanto più lunghe quanto la congiuntione delle corrēti fu più acuta. E sse ~~le corrēte~~ tre corrēte o 2 dette corrēti più ~~fur~~ profonde. E sse lo obbietto che sopra lacqua le concavità sara più che delle alla argine del fiume. Lacqua che dentro in pratti cavera grandemente dinanti e di fatto ne chella corrēte come c o e m. A. E questa concavità sara secha dove el retroso si scontra fra il fiume perchè universalmēte dove lacqua pigliano il moto refresso infra lla argine ne si fa cavare me e questo secondo accidente predetto la profondità più. Quando le due corrēti si scontrano insieme inanti al propinquo ostaculo che sopra lacque ritornati allobbietto e dopo lasscierà tanto più lungha e llargha secha quanto langolo della congiuntione delle due corrēti sara più grosso. E questo accade perchè dopo la lor congiuntione seguitano una gol simile allangolo della materia come mostra a c b angolo inchontro contra o c t angolo refresso. E sse lo stacolo sara alquanto remoto dallargine e che lacqua che percote in elo stacolo entri infra esso ostaculo e llargine allora sara gran cavamento fatto da esso ostaculo perchè aiutata essa cavamento dal moto refresso di essa lacqua nelargine.

Delli obbietti semplici con figure retonde. E delli obbietti composti con figure laterali. Delli obbietti che sopra lacqua. Delli obbietti sopra dallacqua. Delli obbietti diritti. Delli obbietti obliqui inverso lo avenimento delle acque. Delli obbietti obliqui inverso la fuga delle acque. Delli obbietti piramidali colla basa posata in terra. Delli obbietti piramidali colla basa volta al cielo. Di tutti e predetti obbietti superati dalle acque. Delli obbietti concavi inverso lavenimento dellacque. Delli obbietti convessi per la venuta dellacque. Delli obbietti obliqui inverso largine de fiumi. Se lacqua entra nel golfo nel mezzo della sua largheza lacqua laterali [sottilissima e sottilissima] tornerà tutta in drieto in sino al termine del moto incidente di essa acqua. E sse lacqua entrerà nel pellago dallo stremo d'un de sua lati tutta lacqua tornerà in drieto con retroso e ssi sommergerà sotto il fine del moto incidente e llasscierà il fondo di me profondità in fra la ~~confine~~ ~~de~~ congiuntione della corsa e del retroso // 27 in A. Quando la corrente che porta materia giugne nel pelago mentre essa manca il suo corso onde scaricha la materia portata da lontano allentrata dello pelagho // 27 in A.

La pioggia che discende dal nuvolo non discende integralmente intera ma vapora in gran parte ~~con~~ essi in fondo che lla aria per la confregatione che essa a cho lei // 86 in A. Quando lacqua refressa si scontra nel fondo del fiume colla contra incidente con ssenna e lor torna in drieto lassciando una rilevata cresta nel sito della lor percussione 86 in A. La pelle vagrinata e rugosa dellacqua dimostra essere lo impedito il transito dalla parte onde si move. La pelle tirata dellacqua dimostra essere disvelta e tirata dallacqua che colle e seguita che dinanzi discende.

二十六项案例

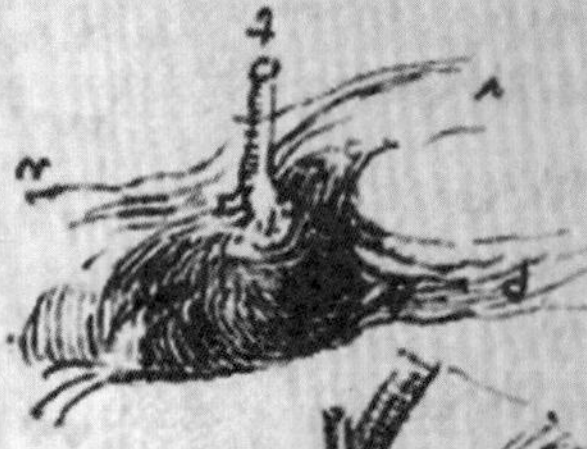

当两股水流交汇在一起，一旦其中一股水流冲击突出水面的物体，就会突然形成冲击坑。如水流 ac 冲击突出的物体 f，则会在 p 点形成冲击坑，水流 bd 立即流入这个冲击坑，流入的水流发现底部已经被掏空后，水流弧度便随之增大。

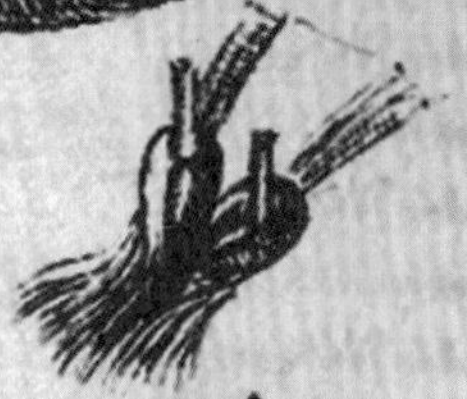

但是当两股水流交汇在一起，如果两股水流同时冲击突出的障碍物，则在障碍物后方会形成一个很深的冲击坑，而且随着水流交汇的角度越来越小，冲击坑也变得越来越细长。如果三股水流同时交汇，从三个方向冲击上述物体，则形成的冲击坑比两股水流所形成的冲击坑深。

如果突出水面的障碍物紧靠着河岸，冲击在障碍物上的水流在障碍物前部和下方奋力挖掘，并从下方弹回，在弹回的地方碰到水流，从而形成泥沙堆积。即在 a 点，沿着河岸形成的沉淀比在河流当中大。因为这有一条规律，当水流的反射运动在河岸上形成冲击坑，所形成的第二个冲击坑会更深一些。

两股水流在突出水面的障碍物正前方交汇，流水会在障碍物体的前部挖掘得很深，两股水流交汇形成的角度越大，在水流交汇后形成的沙洲就会越长和越宽。发生这种现象是因为，在两股水流交汇以后，两股水流呈现出的入射角度如 aob 所示，为入射角，并和反射角 ocd 呈对角。如果物体距离河岸在某种程度较远，冲击物体的水流窜入物体和河岸之间，那么在物体的下方则会形成很大的冲击坑，因为这一冲击坑是在从河岸反弹过来的水流冲击力的协助作用下形成的。

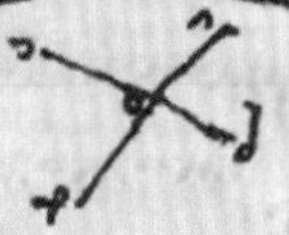

简单物体呈现出圆形，合成物体则呈现出多边形。

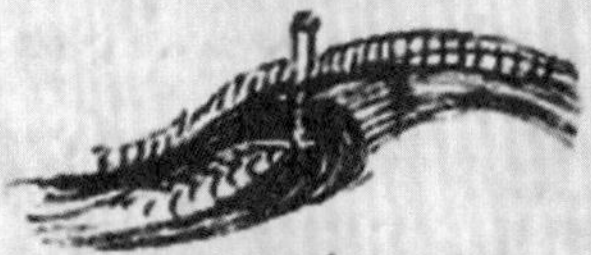

水流表面的物体、水流下方的物体、水流中垂直放置的物体、面向水流方向斜放的物体、顺着水流方向斜放的物体、在河床底部停放的金字塔形物体、倒金字塔形物体等，水流从上述物体上冲过。

凹面迎向水流的物体，凸面迎向水流的物体，斜面朝向河岸的物体等，如果水流中部流入弯道，全部水流从弯道的左右两侧返回，直到水流的入射运动停止。

如果水流从池子的一边沿边沿落入水池，所有的水像撤退一样返回，并逐渐潜入迎来水流末端的底部。在水流退缩的地方，使得河床变得较深。如果携带异物的水流到达平静的水池，水流由于失去冲击力，就会把其所携带的物质卸在水池的入口处。

从云端降落的雨水，由于受到空气的摩擦力作用，并不是整体一泻而下，而是大量蒸发，并且自身消散在空气中。当入射水流和反射水流在河底相遇，然后各自掉头，会在交战的地方形成突起的波峰。

水流表面起伏跌宕、皱皱巴巴，这表明水流在朝向其流动的方向受到了阻碍；水流表面平滑如皮肤，则说明水流受到前方流下水流的分散和牵制作用。

手稿二十七　流体力学的真命题

BRITISH LIBRARY

大英图书馆说明

二十六项案例中所涉及的一系列议题，处理的是流体力学和两三股水流交汇的情况。作为最有趣的几页中的一页，本页体现出列奥纳多·达·芬奇将美学和科学上的兴趣有机地结合了起来。不在水流中的物体只是简单地呈现出静态美。通过对河流冲击河岸所产生的效果的观察，列奥纳多·达·芬奇想到用不同的方法来避免河流冲蚀河岸。

这一页也包含了通过比较来讨论水蒸气是如何形成云的内容。列奥纳多·达·芬奇出人意料地像现代人一样，关注摩擦力所形成的效果，这表明他对物理学和流动的水中蕴藏的几何学知识同样敏感。

降雨的形成

列奥纳多·达·芬奇

凡是有生命的地方就会充满具备火力的热量，哪里有具备火力的热量，哪里就会有蒸汽运动。这是可以被证明的。只要火元素散发的热量接近海洋、湖泊或者是潮湿的河谷，就会产生蒸汽和浓雾。这些蒸汽和浓雾会向干冷的地区渐渐移动。因为冷和热、干和湿不能并存。所以当蒸汽和浓雾移动到干冷地区停止之后，累加得越来越多，越来越沉重，这样就会形成乌黑的云团。

云团常常会乘风飘荡，从一个地区移动到另外一个地区。当云团越来越沉重，就会形成大雨。如果太阳的热量使得火元素鼓荡，将云团抬升到更高的地方，那里也更寒冷，就会使云团凝结成为冰雹降落下来。但是如果这些热量没有施加作用于云团，而是施加作用于地下的水脉，那么就会迫使这些地下水脉从山顶的裂口冒出，成为河流。

正像被挤压的海绵或者是封箱中被压迫的空气一样，被热量抬升起来的薄薄云团也是向四周喷射的。云团的顶部首先到达寒冷区从而停止下来，云团的底部则会挤压上来，将云团中间的空气挤压出去，向下或者是向旁边逸出。这些空气不能抬升，因为上面有不能穿透的云层。

根据这个原理，从上面产生的风就会冲击地面，由于受到地面的阻挡而发生反射运动。反射的风又会和下降的风迎面相遇，两股风相冲撞，则会向侧面迸发，形成猛烈的气流，掠过地面。

当这股强烈气流形成的风掠过海平面的时候，它的方向被显著地反映出来，它的入射线和反射线构成一定的角度，使得海面上涌起汹涌波浪，后浪推打着前浪。就像温暖的人体一样，一旦受到寒冷的侵袭，人体内也会以肝脏和心脏为中心进行防御；而蕴涵着丰富水分和热量的云团，在干燥的夏天，一旦飘荡进入寒冷区，就会如同受到严霜伤害的花朵和叶子一样，紧紧地缩在一起，以此来提高自身的抵抗能力。

温湿的云团受到冷空气的阻碍而停止下来，下面的其他云团就会将它抬升，整个云团变得越来越浓厚，热量也会退缩到云团的中央。而当云团的上部开始凝结或者消失，云团中心的热量会越来越逼近寒冷区。到达一定程度之后，受到了抑制的热量就会恢复成火元素的本原形状而突然迸发出来，以火元素的形体在云团中间穿梭，使云团的内部燃烧发亮，并产生巨大的响声，就像是将水倒入沸腾的沥青和油当中一样，就像是将铜的溶液倒入冷水当中一样。即使受到了一些反向力的阻碍，火元素的这种力量仍然能够粉碎云团，划破长空，摧毁一切障碍——这就是雷电。

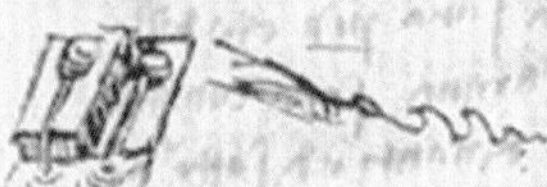

Se sarà 2 fiumi d'equale profondità e obliquità e larghezza quello ne verserà più acqua che sarà più c[illegible]
duta nel suo fine. Quel fiume che sarà dritto e fia per tutto traverso equale che arà cont
ta nel fin del suo corso essendo d'equal obliquità e larghezza. E quel fiume sarà diss
qual corrente ancora che lli abbia rettitudine per latitudine e obliquità equale il qual sarà
ringorgato nel suo fine. L'acqua che cade nel pelago per stretto canale ~~[illegible]~~
poi ch'arà fatto il suo moto refresso essa ritornerà indirieto e tutti si rinsommergerà nello sco
~~[illegible]~~ dove termina il moto incidente e nasce il refresso. Onda non è altro che impeto di mo
to di moto incidente. Dove l'onda è maggiore quivi è ~~[illegible]~~ maggiore impeto di moto di mo
to ~~refresso~~ incidente col refresso. E questo è del moto incidente e ringorgato dal moto re
fresso che l'ultima onda che ritorna indirieto. Più veloce ~~[illegible]~~ è il moto dell'an
[illegible] che 'l moto dell'acqua che lla genera questo si vede nel gittare un sasso in un'acqua morta il quale
genera intorno al loco della percussione moto circulare il quale è veloce ~~[illegible]~~ e l'acqua che
fa tale moto fa circulare non si move di suo sito né 'n le cose che sopra l'acqua si posse gan
Perché è la causa l'onde de' retrosi dell'acque son più circulari che lla natura co' diversi fa ... Q
nasce per l'acqua che ssi move nel principio curvamente non po' dirizzare il suo corso in ultimare che
essa no' trova acqua di minor resistenza che lla prima e no' trova ... bisogna che ssi fermi nel mo
d'ultimo del moto quello che da principio li fu dato. Perché il moto della acqua no' po' fare
go da nessuna sorte salvo nelle sue separato di moti intersegati o nè moti ricongiunti. L'ac
incidente colla refressa no' fa mai angolo. Né angolo dell'acqua che si ... dalle sticulo
qua esso ... no' fussi angulare il quale è impossibile a fare angolo materiale per la
golsi intendere matematico il quale fa la congiunzione di 2 linee terminate in un punto con
ne alcuna calla lora. L'acqua è di tanta agilità che 'l moto di nessuna qualità senza
infusione ... mai fara impedito dal moto della lima che ... si ...
Camina con velocità la ragione dell'onda ~~fanga~~ e ispesso e seguitato dal tanto moto del
acqua che ... ~~[illegible]~~ Molti fier ... de' quali
da della percussion fatta dall'acqua nello obbietto camina per verso che ll'acqua camina p
del fiume esser fatto percotente ... mantare l'onda superficiale del fiume in verso ... e la
nella più alta parte e poi segue in ruina ... rimanente e queste ... del mar
Come ne' pelagi sanza moto l'onde dell'oro percusso camina circularmente e come qua
distanna dallo loro percosso. Come nel primo obietto che lla circulare onda percote e
causa ... di simil curvità la qual camina contro alla sua origine. Come l'on
da circular refressa si fa maggiore ... l'una dopo l'altra come si ... liberamente sanza percu
sione nel pelago fussi discorsa ... tm n m onde incidente e a m n onde refres
sano e onde e f n f semplice moto incidente sono ancora e onde ... che lla cur
vità della ultima onda refressa a n b sarà equale e simile alla curvità dell'ultima onda
incidente e f r. Quanto le cause de' 2 moti circulari sarà più vicine tanto più
perso l'ultimi maggior circuli intersegati paranno ... L'a figura ma
gulare ... per piano sopra dell'acque farà moto quasi circulare lunga figu
ra ... sopra della acqua ... circulare ... nella superfitie percossa
L'acqua che ssi move per l'acqua ara poco impedimento al corso suo per la ... dall'ac
de che in quella ... La cosa gittata nell'acqua corrente farà ... al
~~[illegible]~~ e poco s'allentirà contro al corso dell'acque e assai dirieto alla sua fuga
Quell'acqua più risalterà in alto dal sito percosso che ffu la prima a esser percossa. E ...
ma ... risalta dal loco percosso che ffu l'ultima a esser percossa e questo accade che lla p
... e nell'ultima esso ... inferior ...

二十四项案例

如果两条河流的深度和坡度相同，则末端落差较大的河流流出的水较多。呈直线状的河流如果下游末端有瀑布，则整个水流会呈现出很均匀的状态。而如果河流下游末端被拦截住，尽管河流的长度、宽度和坡度相同，河水的水流也并不均匀。

通过狭窄水道落入池塘的水，在做出反射运动后，会掉头回来完全淹没在停止入射运动的地方，并会重新开始反射运动。水波除了阻碍入射运动外并没有起到其他作用。在水浪越大的地方，入射运动转换为反射运动的过程中起到的阻碍作用就越大。也就是说，入射运动受到反射运动的拦截，反射运动产生的波浪最终会返回。

水波的运动比产生水波的水的运动速度快。将石子扔入平静的水中，可以观察到这一现象。因为石子在撞击点产生出快速移动的环形水波运动，而产生环形水波的水却没有从原来的位置移动，在水面漂浮的物体也不会自己移动。

是什么原因使水波呈圆形逐步散开而不是呈多边形呢？这是因为，以环形运动开始的水波如果没有遇到比第一波水波阻力小的水波，那么这条环形波纹不会自动变成直线运动。刚开始的水波在没有遇到阻力小的水波的情况下，所有的波纹脉冲必然按照刚开始时所确定的脉冲运动，这种运动会从开始一直持续到结束。

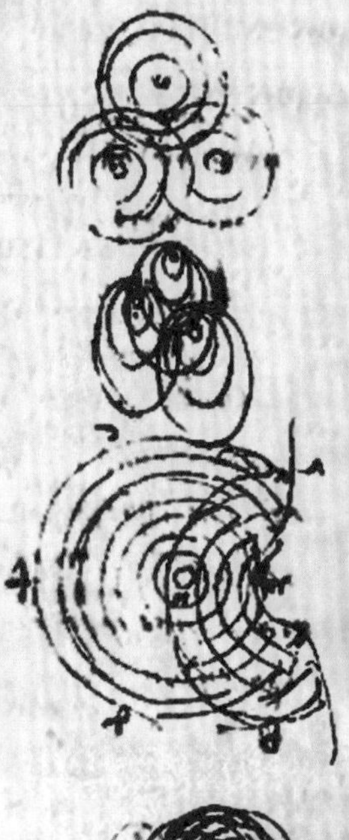

除了一些水波聚散的交汇运动外，为什么水运动不会呈现出其他任何角度？在入射和反射的水之间永远不会出现一定的角度。即使用物体分开水面，水也不会呈现出有角度的波纹，除非物体本身是多角物体。事实上，这种情况也不可能，因为角指的是数学上的角，即两条直线在同一点相交终止而形成。然而水本身很灵敏，水浪脉冲的运动，不管是在水底、水中还是水面，永远不会受到另外一股挡道的脉冲的阻碍。

波浪的运动产生得很迅速，一旦形成之后，一般会有一系列的水波松松散散地跟随着。多数情况下，水面受到冲击后产生水浪，冲击物体的运动朝向一个方向运动，而水则朝向另外一个方向运动。起风的时候，也可以观察到，风吹动河水表面的波浪，波浪向东运动，而水流是向西运动。波浪一般在波峰的上部开始分崩离析，然后是随波逐流，这些现象可以通过观察海浪看到。

在平静的水面，从冲击点产生的波浪，会以冲击点为中心形成环形波纹，冲击点到各条波纹之间的距离相等。当环形波碰到第一个物体，会形成类似的波纹曲线，这条波纹然后返回到原点。

环形反射波一个连着一个不断地产生，这类似大海的波浪一样，像是自主形成的，而不必受到冲击那样。这样，假设 n 到 m 为入射波浪运动方向，m 到 n 为反射波浪运动方向，一共有 8 条波纹。从 n 到 f 点为单纯的入射运动方向，也有 8 条波纹。我认为，最后一次反射波曲线 anb 同最后一次入射波曲线 cfd 相等并十分相似。3 条环形运动相对所形成的源头越接近，那么相互影响之后，最后形成的大环会越接近一个单一源头形成的大环。三角形的物体平直地掉入水中，产生类似环形的运动波；椭圆的物体接触水面，在冲击表面也形成环形波。

水面上运动的水波，在其运动过程中受到另一条水波冲击，在交汇点几乎没有受到影响。扔入流动水中的物体，会形成椭圆形的波纹，波纹迎向水流方向的伸展很小，而朝向水流方向扩展的则比较大。

从冲击点跃起高度较高的水，是首先受到冲击的；跃起高度较低的水，是最后受到冲击的。这是因为首先跃起的水，接收到冲击物的全部速度和冲击力；而最后跃起的水只接收到冲击力分散后的速度和冲击力。

手稿二十八　令人着迷的水波环形反射

BRITISH LIBRARY

大英图书馆说明

水浪表面的三个特征在这里引起了列奥纳多·达·芬奇的兴趣：第一，展示圆形的容器中如何产生圆形的水纹，产生的水纹由中心向四周扩散，然后再返回中心；第二，观察两路水纹如何相互穿过而互不影响；第三，描述水波在碰到岸边后，如何原路返回。他不但在自然界，也在一定实验条件下才探索出这些模式。

列奥纳多·达·芬奇同时也记录了对河道水流和瀑布的一系列观察，并对形成漩涡的反射运动模式作出了详细描述。后来，讨论又转移到水波的运动及海浪是如何对海岸造成破坏的。然后通过图文的形式，列奥纳多·达·芬奇发现，从障碍物反射回来的表面波纹，可以穿过入射波纹而且互不影响。

他的观察包括，掉入池塘的三角形物体是如何迅速变化为环形的波浪，圆形波浪在流水中又如何变为椭圆形。这是因为水流向前流动，而且水波是从冲击点开始向四周扩散。

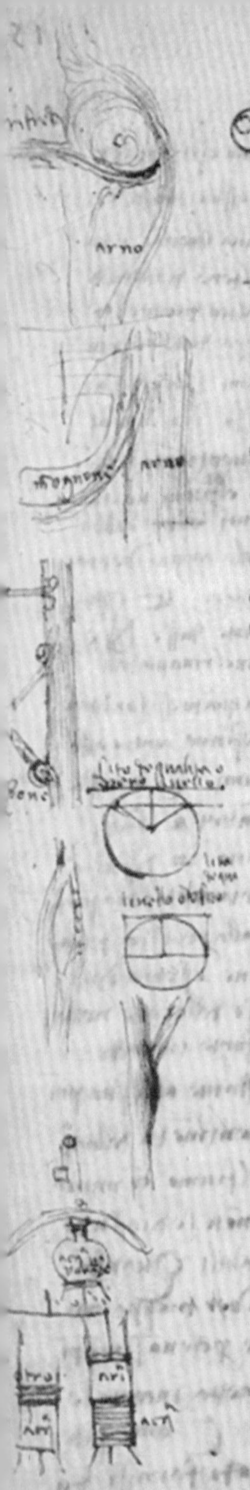

proposition 26

Quando il fiume minore versa le sue acque nel magiore il quale corra con la sua rina allora il corso del fiume minore piegera il suo corso inverso lavuenimento del fiume magiore e questo achade perche quando esso magior fiume enpie tutto il suo letto e gli viene affare retroso sotto la bocha di tal fiume e così spingne chosse lacqua versata dal fiume minore. Quando il fiume minore versa le sue acque nel fiume magiore il quale abbia la corrente alla foce del minor fiume allora le sue acque si piegeranno inverso la fuga del fiume magiore. Ma sse el fiume minore versa nelle acque ringorgate del magiore allora il fiume minore mandera le sue acque a dritta linia inverso il mezo del fiume magiore. E sse la corrente del fiume minore si congiugne contro alla corrente del magiore con angolo acuto esso magiore terra senpre ringorgate lacque del fiume minore e ffara retroso massime nella sua foce il qual girera inver lavuenimento del fiume magiore. E fonte di ciascuna foce perrenno poi cessare fatto lasperità picola colla rena. Quando una acqua si ramifichi in due rami fonti iequali celerino e sie di molto veloce corso alor nella lor riunione il magior ramo ringorgera le sue acque nel ramo minore e il fonte del magiore sara di giara e quel del minore fia fango e rena rugata alla lunga isola ara giara nella divisione de rami e nella congiunzione sara fango e rena. L'acqua non si leverà mai al livello della alteza de fonti essa dissende. E quanto il moto refresso suo fia più dissimile al sito donde essa dissende tanto sinalzera più bassa che in nello onde essa dissesse. L'acqua non si moverebbe per linia retta e mila 400 se ella non passasse il dissenso di 2 mila e cento miglia più bassa che el sito delle quali ella donde essa si parte. L'acqua per se monta allo in su ... Quella argine sara forte consumata dal corso dellacque le quali ... il colpo del fiume magiore sotto alla foce del minor fiume. Le chiuse fatte per sostegnio dellacque de fiumi non aranno permanenza le quali saranno con argini di giara e di terra. Il fiume ... maestro e la più bassa parte della sua valle e la foce del fiume e la più bassa parte del paese donde passa. La superfitie di tutti i mari li quali son infra loro congiunti son tutte magior parte equalmente distanti al centro delli elementi.

L'acqua e generatrice del vento cioè quando essa si risolve in aria della qual ... foci prova ... ne pie ... e prima si ... le ... della pelle ... Il moto della acqua torbida e renosa consuma le pietre dove essa corre di sopra. Ne flussi ... lacqua delli stretti e causa di farla più alta nel mezo che in parte. Una picola quantità di acqua ... stremata o agunta al mare fa mutatione a tutta la sua superfitie parlando matematicamente. Sollevato del pelago giunto alla sua rina fa il tomo e ritorna in contrario moto sopra il fonte ... dellacqua presa sopra il suo fondo. Come le revertigini delle acque cavano il fonte ove si movano. Delle revertigini larghe di sopra e strette di sotto. Delle revertigini larghe di sotto e strette di sopra. Delle revertigini colunnali. Delle revertigini che ssi movan col fiume poi che esson create e ssi vanno movendo per quanto spatio nelle loro circulatione. Perche l'onda del fiume creata sopra uno sasso coperto da essa onda non senpre tiene medesima figura ... che senpre di nuovo si fa continuatione dellacqua che la genera. Come i pellaghi fanno il flusso e riflusso a ssimilitudine del mare mancho de ssi lunghi tempi e questo achade quando lo inpeto del fiume magiore ... la foce del minore nel quale lacque ringorgate sinalzeranno che acquisti peso tale che lacqua del magior fiume nolla puo sostenere onde si mette in fuga e quella che era ringorgata nella foce lasegue con inpeto e ffa una altra ringorgatione nel fiume simile a quella della foce e così or luna e ora laltra cor laltra linia van seguitando con continua mutatione

pruova di lacqua evaporata ... che essa ... che abbi il suo quatro ... di sotto il ... punto ... di lacqua ... il naso ... lacqua evaporata ...

二十六项议题

当小河流水流入大河，大河的河水沿着小河对面的河岸冲过来，小河的水流在大河冲击前便改变方向。发生这种现象是因为，当大河的水已经填满了河床，在小河的河口下方形成漩涡，驱动小河河水顺着大河水流方向流动。当大河水流经过小河河口时，小河的流水会汇入大河，汇入大河中的小河流水方向也会改变，和大河流水的方向一致。但是如果小河流入大河大坝拦截的蓄水部分，小河流水会呈直线状冲向大河中心。

如果小河流水与大河流水交汇时的角度呈锐角，那么大河水流一般会将小河水流拦截，在小河河口出现极大反冲，漩涡朝向后续的大河河水移动。在两条河口处的河床会出现小规模的泥沙翻涌。当一股水流被分割成两股大小不同的水流时，水流速度会减慢，然后当它们再次汇聚的时候，大水流会冲起小水流，大水流下方会沉淀很多石块，而小水流下方则会沉淀很多泥巴和呈现为波浪形状的泥沙。水流中间形成的沙洲，在两股水分离的地方是砾石，在交汇的地方则为泥沙。

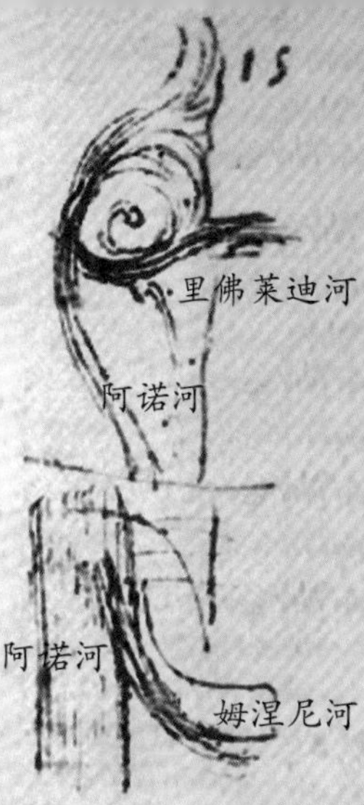

水永远不能靠自身的力量回到原来开始降落的地方。在降落的时候，从降落点反射的运动越快，朝上弹起的相对幅度就越低。如果水从降落的海拔开始，没有通过 3 500 英里的斜坡，则无法直线运动 5 500 英里。水可以通过泥沙、湿布或海绵自动上升。泥沙、砾石形成的河岸，受到比较大的冲击后，在河岸上会出现比较大的冲击坑。

主河流所通过的地方是山谷中最低的地方。河口是河流经过的地方中地面最低的。海平面各处相互连接，任何一处距离地球中心的距离均相等。

水能产生风，也就是说，当水变成空气的时候会产生风。这一点我已经证明过，用 1 盎司[①]的水蒸气灌满一个水袋，水会首先布满容器的内壁。

湍急而混浊的河水，流动迅速，冲击力很大，会冲蚀所流过的石头。在狭窄河段的出口，河水变得中间比两边高。从大海流出或流入大海的小股水流，如果从数学的角度来说，也会影响到海面的变化。湖泊的波浪，在达到湖岸的时候，是否也翻滚后再返回，并朝向湖底运动？水是否对水底产生一定的压力？涡流通过河底的时候是如何对水底进行冲蚀的？

有些涡流上面大，下面小；有些涡流上面小，下面大；涡流一旦形成，则会顺着河流流动的方向流动，并会在某个地方旋转停留一会儿。在石头上形成的水浪，尽管形成水浪的水是持续不断地冲击，随着水流冲过，但形成的水浪形状也不完全一样。大湖泊即使能形成大海中那样的浪潮幅度，但是间隔的距离却没有那么长。发生这种现象是因为，当大河河水冲入小河河口，在河口使水面升高、重力加大。这种情况一直持续到超出大河水所能承受的限度，最终大河的水只好溜走，大河水流会在河口形成阻滞，而后续的水却持续不断、继续向前，在河中形成像河口一样的情况，水面又一次升高。这样一波水推着另一波水不断向前前进，它们之间相互作用，而且形状不断变化。

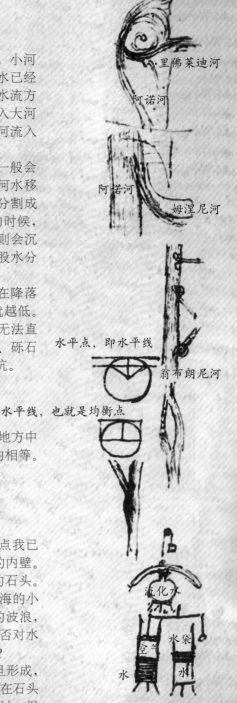

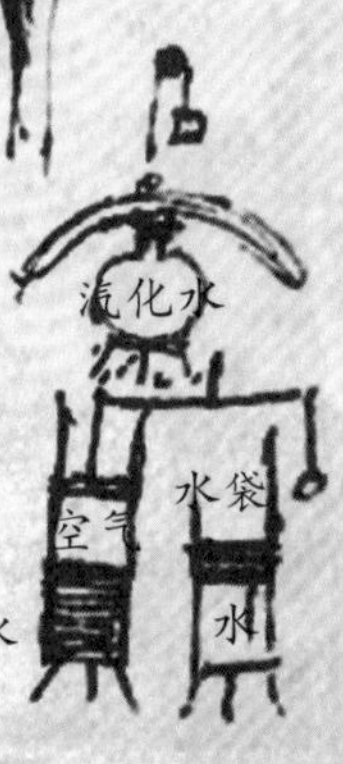

为了测试水蒸发的时候在容积上增大了多少，可以在方形的容器中放入一些水，下部用火加热。容器的顶部用方盒盖住，这样蒸发的水可以进入上面的方盒。然后测量水损失了多少，这样就可以计算出到底蒸发了多少水。

---

① 1盎司=28.3495克。

手稿二十九　水流之间的相互作用

BRITISH LIBRARY

大英图书馆说明

列奥纳多·达·芬奇推荐用沙子做一个小实验，研究两条水流大小不同的河流交汇时发生的情况。在水流交汇的地方，大的水流一般阻碍小的水流，于是小水流水面涨起。同时，他也关注到风冲击水流所产生的涡流。

在这页的上部右侧，列奥纳多·达·芬奇绘出了流入阿诺河的里佛莱迪河、姆涅尼河及翁布朗尼河的情况，这是他对阿诺河分流的初步规划。这个项目可以将阿诺河水重新导入普拉托河及皮斯托亚河。

他计划从塞拉瓦莱大山下面开辟出新的路线，这是水利史上史无前例的较大规模的工程。他也想将齐阿娜峡谷的大片沼泽变成人工湖，在姆古娜娜和圣萨威诺之间的山下开辟通道，将人工湖连接到特拉兹菲诺湖。列奥纳多·达·芬奇对这个项目的计划至今仍保存完好，包括具体的图纸、相应的说明以及建设通道所需的挖掘设备的草图。

阿诺河谷

达·芬奇曾与马基雅维利有一个一样的梦想，就是建立一个系统的运河，从佛罗伦萨的阿诺河直通大海。马基雅维利作为一位著名的文艺复兴时期的思想家和作家，他专注于这项工程所能够带来的政治权利和军事意义，而达·芬奇除此之外更追求经济目的。达·芬奇设想这条运河能够灌溉阿诺河谷，卖水给农民，为政府赚钱。如果他们成功了，达·芬奇和马基雅维利也许会改变历史，使佛罗伦萨成为一个实力强大的邦国。

但在 1504 年，他们的计划失败了，洪水冲毁了他们的工作。有人说，达·芬奇对于这项工程是这样的痴迷，以至于这个山谷成为了《蒙娜丽莎》的背景。

阿诺河谷　达·芬奇

proposizioni 38

diviso libro 80
1° dellacque in se
2° del mare
3° delle vene
4° de fiumi
5° delle nature de fondi
6 delli obbietti
7 delle ghiare
8 delle superfitie dellacqua
9 delle cose che in quella si movano
10 de ripari de fiumi
11 delli condotti
12 de canali

13 strumenti da volgere
14 del far montare lacque
15 delle cose consumate dallacque

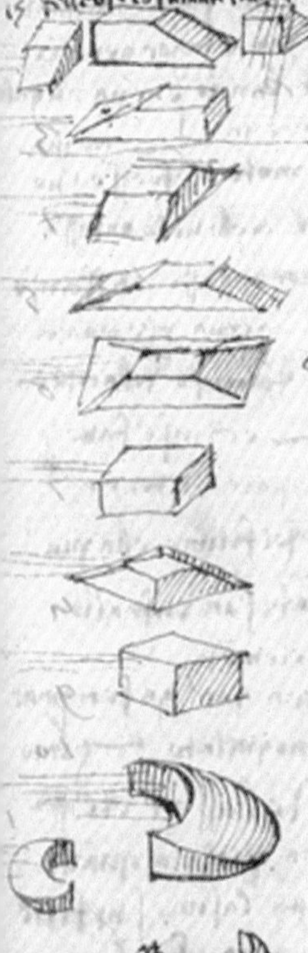

Variansi effetti de fiumi in qual dopo le loro innondationi in varij lochi qua sono esiti donde si variano e sua ostaculi. Quelli detti arge perche li ostaculi delle acque son quelli che son causa di riempiere o votare i fondi de fiumi perche Se la acqua si percote in uno argine o nelli supra essa caua il terreno dinanzi a quelli e riempie di drieto. E se lacqua percote lostaculo e lo supra essa caua il terreno dinanzi. E se la la supra e circunda essa li caua il terreno da ogni parte salvo da quella do done effetto obblico perche in tal loco nona caduta e ancora piu profonda dove fia piu potente la percussione dellacqua alla sua caduta. Li ostaculi inmobili de fiumi son causa di mantener le isole le secche e le la profondita perche sempre fanno fermo sito alle acque. Se lo ostaculo ara grande obbliquita contro al lauenimento delle acque e il lato e dopo sia dritto allora essendo superato dallonde esso il fiume no li le cavera dirieto lacqua e elle supra li fara gra concavita dinanzi e non dirieto. Quello argine verra pio presto alla sua ruina laquale alle cadute alle correnti dellacque piu propinque. E come fiumi che si giuntano e spla lor turbulenze a nesi uetessi il fondo passerai sempre nel principio della lor lungezza. Delli obietti che integralmente atraversano li fiumi tanto son piu forti quanto essi son di piu inondatione delle sue acque. Come si debbe mantenere le correnti nel mezzo de fiumi. Come si amantenere la minor bassezza dellacque inverso largine de fiumi. Come si fa largine caderanno inverso il fiume. Dove imbuti fatti dal fiume. Dove largini de fiumi no cadra ne inverso il fiume ne in contraria parte. Dove imbuti fatti per argini caderanno. Come masse ruinano o in mezzo alle lor lungezze. Dove la corrente si dirizza alla percussion dellargine quivi e destinata futura ruina. Quando il fiume cava la argine e segno di sua gran profundita perche dove profondita quivi si dimostra lacqua corer forte in fondo. Opa dana e affrontare ostaculi al corso dellacque nelle acqua corrente. Quella parte del fiume sara piu ripiena di materia laquale e piu distante alla sua principal corrente. Nessuno ostaculo si debbe porre in faccia alla venimento dellacqua. Quellargine del fiume piu si mantengano lequali piegano il corso del fiume e minor curvita. Come si po fare montare le barche contro alle somma de monti se di la essi serra alcuna parte dacqua. Come si de fare alli canali navicabili. Quando alcun fiume lo traversa. Come li canali navicabili no debbono aver troppa corrente. Come li canali navicabili no debbo ricevere acque torbide perche no si riempi e con prestezza di rena o fango. Z nel modo si de fare che un fiume che metta in canale o che lo traversi il quale sia della medesima altezza del detto fiume. Come si debbe fare di fiume che attraversi et di sopra il canale. Z nel modo farassi di fiume che attraversi il canale piu basso di lui. Come si debbe fare lisgorgamenti delle inondationi de canali. Come si ripararare quando per ghiara grossa il il fondo del canale si bassi le sue acque. Come si fara permanenti i fondi delle conche de canali. Come si faranno i sostegni navicabili che rincorga lacque de essi canali. Come si a attorno lacque di gran fiumi per condurre la in canali navicabili. Come si de fare li ponti sopra li fiumi. Come si de torre di fiumi lacqua per arare alli prati. Come per ogni maggior si de fare i 8 dentrata qui si fa per de salinello

La sete ttra di questo obbietti che apare nella pecie essa insegna piegar li fiumi e i sassi fare le termine de loro da loro percossi —

章节安排

手稿一：关于水中的水
手稿二：关于大海
手稿三：关于岩脉
手稿四：关于河流
手稿五：关于河床的性质
手稿六：关于障碍物体
手稿七：关于砾石的类型
手稿八：关于水面情况
手稿九：关于水流中运动的物体
手稿十：关于河流维护
手稿十一：关于沟渠
手稿十二：关于人工水道
手稿十三：关于使用设备
手稿十四：关于漂流水
手稿十五：关于被水流冲蚀的物体

三十八项议题

洪水过后，在障碍物比较多的地方，河床变得坑坑洼洼。发生上述现象是因为，河水中的障碍物会造成河底要么被泥沙填平，要么被掏空。因为如果是河水冲击障碍物，而不是简单地从障碍物上流过，水流会在障碍物前方将泥土掘起，在障碍物后面堆积起来。

而且如果水冲击障碍物，且越过障碍流过，障碍物前后的泥沙都会被移动。如果水流冲过或者包围着障碍物，水流会把障碍物周围的泥土掘起。但坡度很小的一侧例外，因为在那一侧没有向下的水流冲击。挖掘最深的地方会出现在水流冲击较强的地方或者水流较强的地方。

河流中静止的障碍物是原有的小岛、浅滩及深坑，因为这些障碍物会为后续的河水形成坚强的后盾。如果障碍物朝向水流方向的倾斜面比较宽敞，而两边及背后垂直，那么当水流从上面冲过，水流不会把障碍物前面的泥土冲掉，但是会把其两边及背后的泥土冲掉。如果障碍物前方垂直，背后为斜面，水流从障碍物上冲过后，会在前方形成大坑，但是后方却没有被冲蚀。

堤坝越是靠近瀑布或水流的地方，就越容易遭到破坏，反之，距离河水水流或瀑布越远，堤坝保存的时间就越久远。激流通过的河底，因为激流湍急而无法被看到，在水流的源头，河流中一般会出现逆流现象。完全同河面水流垂直放置的物体，越短越结实。保护堤坝物体的形状越短，越能抵挡洪流。

如何使河流中间的水流平稳？如何使水流保持在一个较低的水位来达到保护河堤的目的？作为河岸的堤坝，哪个地方会朝向河内塌方？作为河岸的堤坝，哪个地方会朝向河外塌方？哪里的河岸既不向河内塌方，也不向河外塌方，但是会在河流中部塌陷？当水流扭头冲击河岸，不久的将来河岸肯定会遭到破坏。如果水流越过堤坝，堤坝终究会遭到破坏。在水流较深的地方安置障碍物是没有任何作用的，因为那里水很深，水流对底部冲击很大。

距离主水流越远的河段，越会沉淀更多的异物。在水流迎面过来的前方不应当放置障碍物。

在那些河岸延续越长的河段，河岸对水流造成的弯曲越少。如果有部分流水是从山顶上下来，怎么能将船舶逆流送到山顶？在有些河流横穿的地方，如何建设航运水道？怎样使航运水道的水流平稳？怎样让航运水道不受到湍流的影响和避免被泥沙淤塞？

当河流流入或穿过航运水道时，如果水道的水位和河水水位相同，应当如何处理？如果河水越过航运水道，应当如何处理？当河流穿过水道或穿过较低水位的地方时，应当如何处理？在水道中如何建设排洪口？因为泥沙较厚，水会通过水道底部下渗，应当对水道如何处理？如何使水道底部更加坚固？在航运水道如何建设可以令水面升高的水闸？如何在多条河流上架桥？如何从河流引水灌溉？如何让河水水位每 1 英里递减 1 布拉乔奥？

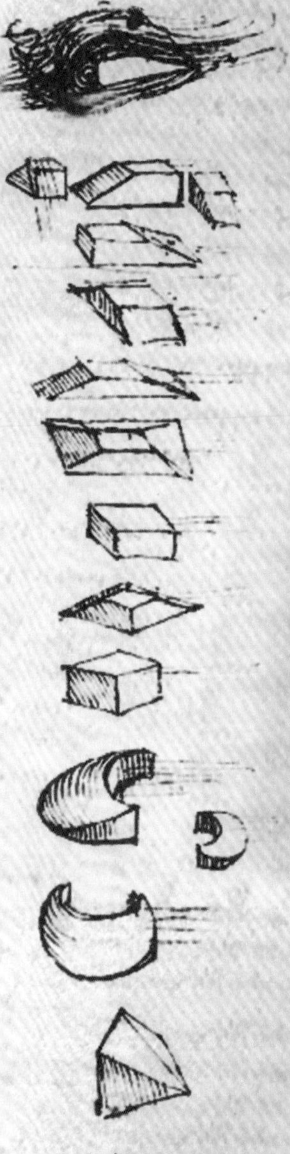

这类障碍物的科学放置特别有用，因为科学放置可以教会我们如何疏导河道，并避免水流冲击的地方遭到毁坏。

手稿三十　关于水的 15 种研究

BRITISH LIBRARY

大英图书馆说明

列奥纳多・达・芬奇在这一页研究的是如何控制水流的问题。他试图通过设置各种各样的工程化障碍物来疏通河流，以解决水患问题。在 1508 年左右，法国国王路易十二允许列奥纳多・达・芬奇在米兰大运河河段进行水利实验。

在这页边上，列奥纳多・达・芬奇绘出了一套综合的障碍物体形状。这一系列的几何形状也包括一条备注，表达出他希望通过各种结构体的研究来避免水患的美好愿望："这类障碍物的科学放置特别有用，因为科学放置可以教会我们如何疏导河道，并避免水流冲击的地方遭到毁坏。"

但是，这些障碍物体仅仅是列奥纳多・达・芬奇关注的一部分，是他对控制水流这一广泛的探讨的一部分而已。这里他给出了关于水研究的大概的章节，这和手稿的其他部分比较类似。这说明列奥纳多・达・芬奇试图在一些基本原则的基础上演绎水科学的定义，然后从概况的描述慢慢演绎到具体地解决问题。

河底重物为何逆流而上

列奥纳多·达·芬奇关于水利学的研究，更多的是从实用主义出发，用于堤坝的修建和河道的维护。在这篇手稿当中，他提出了这样的一个观点：“因为如果是河水冲击障碍物，而不是简单地从障碍物上流过，水流会在障碍物前方将泥土掘起，在障碍物后面堆积起来。”

事实上，河水冲击比较沉重的障碍物，不但不会将障碍物冲走，反而会在障碍物上反射，将障碍物前方的泥土掏空，使得障碍物逆流而上——其中最经典的案例就发生在中国。

清代纪晓岚的《阅微草堂笔记》中记载了这样一个故事：某个寺庙当中的庙门石兽被洪水冲到了河道当中，过了很长时间之后，人们前去打捞，顺流而下十余里都没有找到。一位博学多识的人认为，石兽可能是深陷于泥沙当中。就在众人准备下河挖泥的时候，一位经验丰富的老河工却建议众人不妨到河流的上游去找一下。众人都大惑不解，认为老河工异想天开。老河工就解释说：河水冲击石兽，由于冲不走石兽，反射的水流反而会将石兽前的泥沙掏空，成为沙坑，石兽就“倒掷其中”，反复如此，石兽就“逆流而上”了。众人遵从老河工的建议，果然在河流的上游找到了石兽。

Quando i romori delle acque son fatti nelle ripe de fiumi con equal potentia e sara segnio
che in tal parte il fiume e diritto e lla sua massima profondita fia nel mezzo della large
zza sua e che sotto la principal corrente delle sue acque in A 89 La principal corre
nti de fiumi fia dove i moti dellacque refressi insieme si scontrano La massima
profondita de fiumi fia sotto la corrente fatta dalli moti refressi in A 89. La
ritta corrente de fiumi sara piegata dalli altri fiumi che traversalmente la
mente percuotono · Le correnti de fiumi minori che entrano ne maggiori messa cor
rendo pe largezza apposite delli maggior fiumi in A 89 son causa
della lor piu grave consequenza lavenimento dellacque che nel contrario sito Le isole de fiumi ara sopra
Dove le 2 correnti insieme si scontrano e sse quietano in A 88
fondo sotto la lor congiuntione e sse quietano per insieme dalla corrente esse cavano il
mare sotto il lacho della lor congiuntione ara sotto di se gran cavadura Ma acque fiumi che dopo il loro scontro risaltano in co
profondita de fondi de fiumi che sotto li scontri delle correnti si genera in forma di nave La
lingo quieto langolo che ssi trova dentro alla congiunzione di tal correnti si genera tanto piu del
secondo verso La profondita fatta sotto li scontri delle correnti sara piu acuto e cosi
piu corta e profonda quanto langolo delle 2 correnti fia piu grosso Ma sse le due cor
renti metteran lacque in pelago morto nella lor percussione e non si genera
alcuna profondita sotto tal congiuntione perche non vi fia percussione Le
sole che prima si scoprano nel calar delle montano de fiumi scolan con
infralle acque laterali delle isole e quindi lavan logiare elle denudano e scalza delle loro rene
le quali son successivamente portate via dalle correnti del fiume Ma sse lisola che ssi scopre
infral fiume scolera le sue acque in pelaghi morti allora la rena e terra dalle acque
portate si fermeranno in pe detti pelaghi e riempieranno le lor profondita in A 88
Quando due correnti insieme si scontrano e che luna avanti esso scontro abbia percosso
nellargine del fiume la profondita fatta nel detto scontro sara sotto il lato il lato che no percos
se la rina in A 87 // concetione La acqua che piu corre e piu potente e piu consuma
il suo fondo /// concetione La acqua che ssara piu tarda piu scaricha le cose che co seco
portava inanti che essi si ritardassi Quando due correnti insieme si riunis
sono il piu tardo si fa ancora piu arritardare onde piu scaricha la materia che l
lo intorbidava la qual materia il ramo piu potente subito porta con se le cose che col suo
corso confinano e cosi si fa subita profondita da fondo del fiume tardo al fondo del veloce
concetione Lacqua corrente cava il suo fondo e lla pigna loro e piu Sempre dinanti allo sta
culo lacqua si carcha e lla rena del fondo si innonta in 74 in A Quando londe refressi dalle
rive si scontra nel mezzo della corrente esse partoriranno un terzo moto refresso il quale risal
ta in alto e nel ricadere cade in moto participante della lungezza della tuttione del fiume / in A 75
Ma quando i moti refressi che risaltano dalle rive si variano come nel continuare accade con la magiore o
minore potentia allora il terzo suo moto refresso che ssi fa nel mezzo del fiume che ara ora
a destra ora a sinistra con sempre inverso la procedente refressione piu debole in A 75 Quan
do lacqua della corrente percuote il fondo e risalta in alto sopra il comun corso del fiume essa no
n e piu sospinta o portata dallavenimento del fiume per essi menna infralla aria onde essendo la sua
basa portata via per essere unita collacqua che corre e per questo leva essa infra laria niuno acha
dere in dirieto Un picchol palo fitto nel fondo delle correnti fara contrario il fiume per
lungha spatio dalla detta corrente in A 74

二十三项议题

如果水以相同的力度从两岸同时撤退，显而易见河道是直的，河流最深的地方出现在河道中间。也就是说，在河水主水流的下方。河流的主水流在河水反射运动相互碰撞的地方。河流最深的地方在反射运动产生的水流下方。河流的直线水流会受到其他水流的横向冲击而弯曲变形。小河流入大河，小河水流是造成大河对面河岸毁坏的主要原因。河流中形成的沙洲，迎击水流的一端沉淀下来的沉积物最重，而另一端则相反。

两股水流相遇，然后合二为一，水流会掏空交汇点的底部。但是对于那些交汇后便掉头向相反方向流动的水流，交汇处的下方则形成船形的大坑。水流交汇形成的交汇点下方是河床最深的地方，交汇水流之间的角度越小，下面的坑在纵向上越长。相反，如果两条交汇的水流之间的角度越大，交汇点水流下方形成的水坑就越短、越深。如果两条河流汇入平静的湖泊，就不会在交汇的地方形成冲击坑，因为没有形成冲击。洪水撤退后首先出现的沙洲，会迅速将沙洲上的水排入旁边的水流。沙洲上的鹅卵石被不断冲刷，将上面的沙子冲洗干净，而结果沙子顺着水流被冲走。如果沙洲出现在河流注入后所形成的平静湖面上，水流携带着泥沙会沉淀于湖泊，将湖底慢慢填充。

如果两股水流交汇，在交汇前，一股水流先冲击河岸，交汇在底部形成的冲击坑，会出现在河岸被冲击的那一侧的下方。概念：流速越快的水流，冲击力越大，对河流底部造成的冲击也越大。概念：水流越是缓慢，在水流减慢之前，将其携带的物体沉淀的比例越多。当两股水流交汇，流速慢的水流减速比较快，这样使水流变得湍急的漂浮物体沉积越多，附近比较急而有力的水流，会立即使沉积物漂起被冲走；这样在流速慢的水流和流速快的水流之间就会突然形成冲击坑。

概念：流速快的水流对其底部进行冲击，而流速慢的水流则在底部填补冲击坑。水流一般在遇到障碍物前会减速，而水流底部的沙子开始翻腾。当从河岸反射回来的水流在河流的中部相遇，会形成第三次反射运动，水面升起更高，而在回落的过程中，水在河中的长度和宽度上覆盖面均比较大。

但是因为这种情况持续不断地发生，当从两岸发出的反射运动开始变化，也就是说，如果反射运动中有一次力度过大或过小，那么在河流中部发生的第三次反射运动，会时而落到右边，时而落到左边，即总是偏向上次反射力度相对小的一边。当水流的水冲击河底，弹回后跃出河流的正常水流便不再受到河水水流的冲击并随其运动，因为自身已经离开水面处在空气中，那么贴近水流底部的已经被冲走，跃出水面的会向下降落。在水流底部固定小基桩，会导致水流在一定距离上对河床形成冲蚀。

手稿三十一　水流的交汇点

BRITISH LIBRARY

大英图书馆说明

这一页中只有文字，很明显不是第一手稿，关于河水水流，列奥纳多·达·芬奇列出的“二十三项议题”基本上是按照他初稿的思路顺序（这个稿子已不复存在）。这些议题涉及河中的沙洲、水流、水浪及侵蚀作用和淤泥沉淀：“河流中形成的沙洲，迎击水流的一端沉淀下来的沉积物最重，而另一端则相反。”他讨论了流速快的流水如何对河床形成冲击，而流速慢的水流如何用微粒物质填补冲击后形成的坑，而且“在水流底部固定小基桩，会导致水流在一定距离上对河床形成冲蚀”。

鸟瞰海岸　达·芬奇

de rifrasso de flusso e reflusso
e delle vertigine e ...

Tutti i ponti rompano e caggiano in dessi lianenmeti dell'acq̃ che si sopra li ssi alzano [genesano] Tutte l'argine poste al traverso de fiumi rompano e caggiano [diritto alla fuga] incontra lo avenimento delle acque e questo è della q̃ che sopra a quelle dissolvono scalzano sapidi esse possente centro della sue spiagge nenne [illegible] centro delle C olore ncentro della grandezza della quantita [illegible] dello speriamsi Quanto i fiumi sono pieni delle loro diluvi acque allora è posto molto rena ss nelle lor fondi L a rena che ne fondi si ferma nelle grande inondationi de fiumi si scarica dentro alli angoli della congiuntione de rami d'esso fiume Quanto le piene de fiumi son di magiore potentia tanto li angoli creati dalla congiuntione de rami de fiumi sara piu acuti Quanto le piene de fiumi so diminuite allor li angoli acuti che si genera nelle congiuntione de sua rami si fanno piu corti n e [illegible] nelle lor lati e piu grossi nelle lor punte come sin la corrente a n e la corrente d n la quali si congiunghino insieme in n quanto il fiume è nelle sue gran piene dico che quando si vede nella predetta disposizione ... d n davanti la piena era piu basso che a n che nel tempo della piena d n sara piu di rena e fango il quale nel calare delle acque d n porranna il fango ... raccolto fonte basso e canale a n [illegible] lo alto scolera le sue acque nel basso d n e consumera la punta del renaio b c n ... prima dissi Quella parte laterale di piu bassa de fiume fia piena di leve materia per sua di inondatione ... e caccera le correnti inverso il mezzo del fiume le quali al fine ritorneranno a la prima sua partitione e caccera la gia portata materia leve L a magior profundita de fiumi flessuosi fia sempre nelle laterali confini delle argine ... come son sempre le grotte sotto le rive de fiumi Ma se il fiume fia diritto la magiore profondita fia trovata nel mezzo della sua latitudine Quella corrente ara sotto di se magiore profundita la quale è creata dal concorso di magiore numero di rami d'acque correnti L onde fatte nel serpegiare de fiumi collemento sua variando camina per inverso il discenso del fiume come la acqua che vie ... m ab riva e colle pola consuma e ssimile fa n m onde quanto s'illeva di ab tanto si ... ne nel suo opposito lato d n onde col tempo la lama ab si truova in ... d n e così segue il lo... D ove la acqua ... trova obstacolo di magiore obbliquita ... con ... e con magior profundita come s'è la acqua dimessi d b ... che percotessi nello stacolo a ... moto refrescia risaltera ... a mezzo m b ... fonte rasci ... m a S e la correnti ... l'obstacolo in mezzo alla quantita di se medesima esso ... in ... parte equali ... M a se la corrente truova l'obstacolo con ... parte di se ... qual di se ... allora ... fia dallo stacolo ... esso correnti ... l'obstacolo ... de sua lati allor essa corrente cavera il terreno ... E sse la corrente truova ... lato dello obbietto E sse lo obbietto percosso dalla corrente sara cosa piegabile e flessibile ... che resiste ... onde si pone molte terren ... al suo corso ... obbietto sanza cavamento de sua lati E sse lo ostacolo sara d'ogni argine del fiume ... il quale sia latitato con tre retti lati ... calare inverso il fonte allora la acqua percotera quella lato ... ostaculo ... avenimento e salterassi alto ... sopra il suo fondamento ... percossa sopra del fondo risalta ... moti ... per inverse linee ma piu inverso il fondamento ... ostaculo per la acq̃ che cade sopra il suo fondo e risalta per inverse linee delle quali ... acque ... che sono aumentate dallo avenimento del fiume che in tale ostaculo percosso ... triangulare nascera colla sua obbliquita sotto il fondo delle acque M a sse lo ostaculo sara ... allora la acque non potra mai per suo lato pigliare ... alcuna potentia e conseguenza ... ne moto refresso ... onde il fondo fia cavato forte ... dalli fondi moti di tale ostaculo.

sopra il ponte ... alla ...

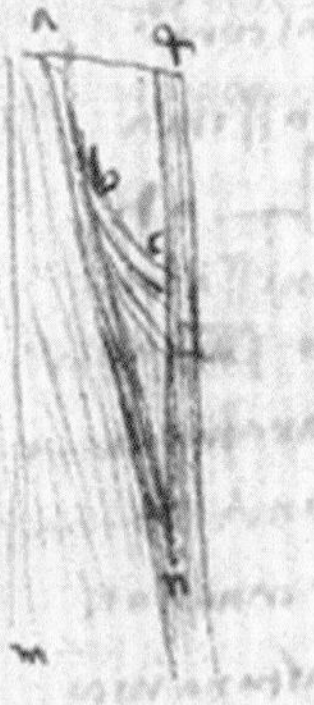

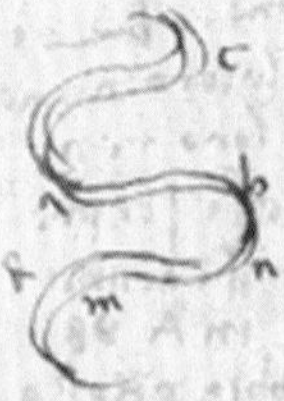

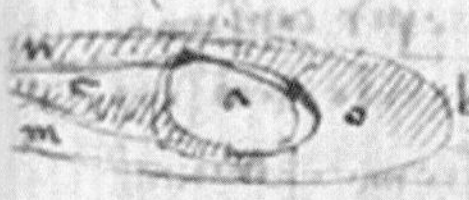

sotto lo specchio ...

terra
rena

十八项案例

在有托塞拉河流过的鲁巴康特桥上

水流从上部冲击并从下部啃噬，桥梁坍塌破碎时一般会倒向迎击水流的一面。和河流呈对角线安置的围堰，顺着水流冲刷的方向坍塌而远离冲过来的水流，这是因为水流淹过围堰，破坏了围堰的基础。水的重力中心是否是地球的重力中心？我认为，水的重力中心不是地球的重力中心。

在河水泛滥的时候，更多的泥沙会在河床沉积。在洪水泛滥的时候，沉淀在河床上的泥沙一般出现在河流同其支流交汇的地方。河流相交形成的角度越小，河水泛滥时水流强度越大。当河水逐渐消退，水流交汇处形成的锐角两边会变得比较短，而顶部变得比较宽。如水流 an 及水流 dn，在河水最大的时候，两条水流在 n 点相交。

我认为，在此情况下，在河水变得最大前，水流 dn 比水流 an 流速慢，在水量最大时 dn 就会充满泥沙。当水流 dn 消退，水流携带着泥沙并在较低的河床沉淀，水道 an 的河床较高，会将水泄入较低的河床 dn 处，并将处在 bnc 三点的沙堆冲走，这样角 acd 变得比角 and 大，其两边如上所述会变得越来越短。

河流较低的一侧，在发大水的时候会被较轻的漂浮物充满，并将水流推向河流中部，这些水流终究要回到原处，将上次沉淀在那里的漂浮物冲走。蜿蜒的河流较深的地方一般同河岸横向的一侧保持一致，在河床下部，会发现有许许多多坑坑洼洼的冲击坑。如果河流比较直，则较深的地方会出现在整个河宽的中间位置。

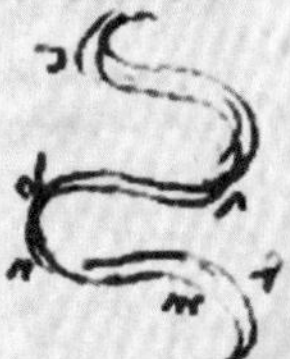

水流冲击比较深的地方出现在多股水流交汇的下方，由这些水流交汇形成。蜿蜒曲折的河流流速较慢，在水流奔涌而下的时候，形成的波浪不断变化。如水从 c 点在河岸 ab 上形成冲击，随着时间推移，河床受到破坏，而在河岸上 nm 也类似。事实上，从 ab 有多少泥沙剥离，便有多少泥沙转移到对岸的 dm，那么随着时间推移，ab 会移动到 dn。这样就会形成河岸的移动。

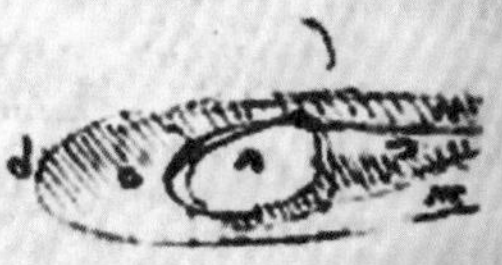

如果水流冲击的是斜度比较大的物体，水流从冲击点弹回的距离较远，但是冲击深度较浅，如水流从 b 点出发，准备冲击物体 a。我认为从 a 点发出的反射运动会按照同一路线返回到 b 点，仅在 o 点形成很小的冲击。如果水流在其总量中间遇到障碍物，水流在冲击障碍物后，会分成相等的两股水流。

但是如果水流发现障碍物偏离水流的中心位置，那么在障碍物后水流则被分成不相等的两份。而如果水流发现障碍物在其一侧，那么水流仅将障碍物一边的泥土冲刷掉。如果水流冲击的物体柔韧性比较大或者滚来滚去，那么反射冲击不可能将物体前面的泥土冲刷掉，因为没有物体提供阻力或产生冲击，也不会反射回来。因此，更多的泥沙沉淀在障碍物的前面，而在障碍物的两边不会发生冲击侵蚀现象。

如果障碍物贴近河岸，为多边形并有两条直边形成锐角，两边垂直于河底，那么水流只冲击它迎击水流的一面，然后跳起回落到物体底部。冲击底部的水流，沿着不同的线路反弹，而多半会冲向障碍物的底部。因为，“降落到底部的水流，从不同的线路反弹，水力最强的部分为冲击障碍物的迎面水流增强的部分”。但是假如是三角形的障碍物，其弧线从水流的底部开始围绕着障碍物，那么水流绝不会在物体的任何一面形成冲击，也不会以任何方式跳跃或形成任何一种反射运动，结果是在距离这种障碍物的基础相当远的地方才会出现冲击坑。

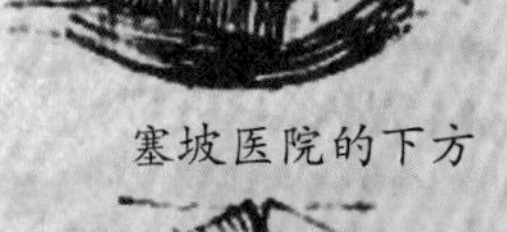

塞坡医院的下方

① 泰奥弗拉斯托斯（约公元前371—约公元前287），古希腊哲学家、科学家，先后受教于柏拉图和亚里士多德。——编者注

手稿三十二　关于潮汐、涡流及水

BRITISH LIBRARY

大英图书馆说明

这一页顶部的备注是亚里士多德的学生泰奥弗拉斯托斯的《关于潮汐、涡流及水流》。列奥纳多・达・芬奇研习过泰奥弗拉斯托斯有关植物历史和植物特性的著作，这本书第一次出版于 1483 年，在 1485 年和 1498 年再版过。

这部分手稿的一个中心问题便是：通过河流自然运动以及水流变化、障碍物的放置，随着时间推移来修正水道系统的发展。在这个课题上，这一页列举了一些最实际的讨论和观察，开篇有两句话："水流从上部冲击并从下部啃噬，桥梁坍塌破碎时一般会倒向迎击水流的一面。和河流呈对角线安置的围堰，顺着水流冲刷的方向坍塌而远离冲过来的水流，这是因为水流淹过围堰，破坏了围堰的基础。"

列奥纳多・达・芬奇在这里反复调查研究水流的交汇情况，在交汇点，洪水及水流之间的相互作用可能会改变河流水深。他研究了洪水及低处水流对河床上的泥沙、砾石沉积的影响。

这页边上的图例显示了在水流中放置障碍物将如何对河床及河岸外形产生巨大的影响。列奥纳多・达・芬奇强调了水流如何对安放在很多基础点的障碍物作出回应，以及在障碍物结构发生变化的情况下水流会如何相应改变。鉴于这些影响的变化，列奥纳多・达・芬奇希望可以利用这些影响来控制像阿诺河这样反复无常的水流，减少河流的毁坏作用。

泰奥弗拉斯托斯

感觉论

〔古希腊〕泰奥弗拉斯托斯

（德谟克利特）把感觉、快感和思想归结为呼吸和空气与血液的混合。可是，有许多动物要么就是没有血液，要么完全不呼吸。如果呼吸必须穿透身体的各个部分而不是一些特殊的部分——（这个概念）……他是为了其理论的一部分的需要而介绍的——那么，就没有任何东西能够阻止身体的所有部分都来进行回忆和思想活动。可是，理智并非在我们所有的器官中都有一席之地的——比如我们的双腿和双脚——而只是在一些特殊的部位，通过这些特殊的部位，我们可以在合适的年龄锻炼自己的记忆和思想。

Dove il fiume nel suo corso lasscia le diverse materie dallui portate Dove e in che par
ti le cose legeri vanno nella largheza del fiume e dove le cose piu gravi e che moto ano D e
moto a dirizare i fiumi In che modo si facci piegare un fiume In che modo si fa
ci portare via il tereno al fiume Qual causa fa scaricare i terreni portati dalle acq
piu in un loco che nellaltro Dove si ritrucano li minuti legnami portati dalla acque e dove igra
si Dove si ferma le pietre di diverse grandeze e dove larena e dove il fangho
sciara prima lacque turbe e dove fia lultime a rissciarare Dove si ri
gorgha il fiume con qual tempo passa e qual quantita dacqua Come in ogni grado della la
largheza del fiume e piu corrente di sopra essa e piu tarda di sotto Come dove lacqua e piu tarda
lacqua e piu corrente in una parte essa e piu tarda in proportionevol moto dallaltra Come nella largheza del fiume
da si seccano i pantani delli quali la superfitie delle loro acque sono allivello chelle acque delli marini In che m
pianano e in questi bisognia chel fiume o fiumi che vi versano siano quelli che mediante lacque torbide vi scarichino il terre
no Come si po chanare le acque delli stagni mediante il fiume che vi mette a come mosstra la figura
Come la percussione dellacqua sopra lacqua abbassa la superfitie della acqua percossa intorno al sito della percussione
Lacqua cadente pel canale concavo in diverso il lato ella ffiata chadere in qua
lunche parte del moto refrisso essa chadera del sito con la propia veloccita chome fosse
se dal sito fussi venuta per linia retta dal suo principio Come si fa il principio detto
a ella concavita donde corre si in la curva abcd hora diciamo che io la facci versare per la bocha d
fassi per la retta linia ad e nel medesimo verserebbe per e della acqua che corressi per la curva abcd quanto essa verserebbe
chella verserebbe della acqua che corressi per la retta ad Come lacque torbide che versano
ne paduli alzano il fondo e chiarano lacque di tali paduli
ne paduli profondano le loro acque che portano via il tereno del suo fondo Come lacque chiare che entran
cana delli stagni per scharli si verono terre ne tempi chel mare abassa le sue acque Come lacque che
Come le onnde elluss scare strette de gran pelaghi fanno scaricare le onde a dosso il tereno uller co per
re dalle acque torbide Come le onde elluss scare longe de pelaghi fanno portare via il te
reno e profondare essi pelaghi Come un fiume torbido che versa nel padule a ndem
ssa e secha dal padule Come si ritorna lacqua a da padule
il canale del fiume intorno al padule o ve lui e lalme acque piovane mettano si fa fatto
tale allusscata perche abbassa lacqua di sia lasciato chadere il fiume o nel concavo poi dove lacqua tutta del pa
lassciato versare il padule cum meno acqua che quella che versa esso fiume della sua entrata
de mota dellacque posto sopra larena dove esse acque corrono ho veduto genere alzare larena di sopra Come lo impe
Quanto lacqua supera il suo obstaculo essa chava il fondo innanzi e dopo esso obsta
culo Quando lo obstaculo non e superato dalle acque imodo che sopra di lui salgino
e piegagino sopra di lui allora il fondo sabassa innanzi allo obstaculo Lacqua che percote ne
lo obstaculo che no lo supera essa chava il fondo dalli lati di tale obstaculo Tanto si chava
il fondo laterale delli obstaculi dellacque piu dall lato che dallaltro quanto lacqua alla sua
corrente piu da lato che dellaltro vicina Quando lobstaculo dellacque sara e
basa e piegabile allora lacqua che dentro vi percotano pareza sbalzano indirieto e per conseguenza
poche o niente chavano il tereno innanzi a esso e assai materia faricano dopo tale obstaculo
Quando lacqua passa infra 2 obstaculi essa cava il fondo innanzi e dallato a essi obstaculi e po
ne materia assai dopo loro e questi sono achiamare obstaculi composti e gli altri detti simplici e sopra

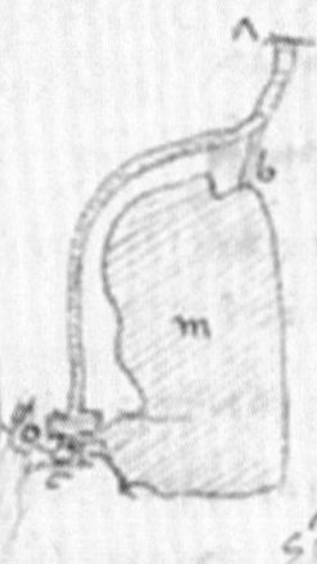

il fiume che mette in nello stagno m per la bocha b lo lo ringo gho in a e ma lo a livello insino a a dove lo lo lasscia chadere quantita per sua possa per il canale ondela tutta della acqua ab essa lacqua del ma dove pare e in sino lasscio cadere e acqua la mette piu bassa dello stagnio e tutto lo stagnio in basseza si versa la quale sarebbe fra una fossa e per sua sua ram come sciolti tutte le ne dello stagno e la mettono al ma e quelle che sopra a le che essi sito esso per essa paese

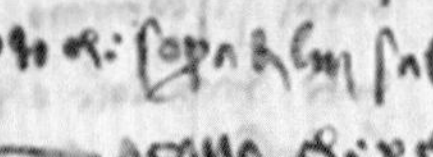

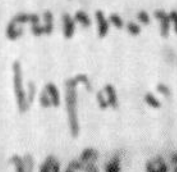

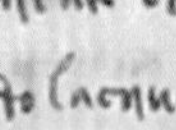

二十九项案例

在水流中河水会让携带的各种物体沉淀下来。在河流什么地方、什么宽度条件下，质量轻的物体会漂浮？而较重的物体会在哪里漂浮？在直行的河流会以什么方式？以什么方式可以导致河道弯曲？用什么方式可以让河流冲走泥沙？是什么原因导致水流将泥沙沉淀在一处而不在另一处？水流中漂浮的木头残片在哪儿停息？小碎屑和巨大的木料，各自停留的地方有什么不同？

大小不同的石头各自在什么地方停滞？沙子在哪里沉积，泥土在什么地方沉淀？湍急的流水首先在哪儿开始变得清澈？哪儿最后变得清澈？同样数量的水，在同一时间，如何通过河流每一段形态不同的地方？在整个河道宽度相同的情况下，为什么上游水流急，而下游缓慢？在什么地方湍急，又会在什么地方缓慢？在河道中，水流为什么一边比较急，而对应的另一边相对却比较慢？当沼泽的水面和附近海洋的水平面持平的时候，沼泽的水以什么方式排出？而流进沼泽的河流或水流通过其湍急的水流将泥沙沉淀到沼泽中。

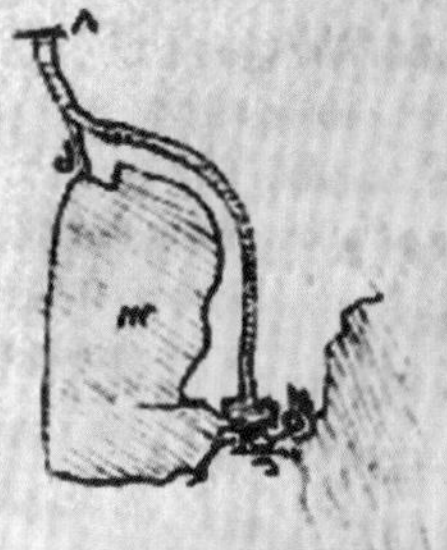

通常通过沼泽口 bl 流入沼泽 m 的水流，会在 a 点堵塞，要使 a 点和 o 点的水位持平，就需要通过狭窄水道从堤坝的 o 点将水放出。这样，水流落下会在水流冲击的海水中形成很深的落差。从这个地方，淡水流入大海，即将沼泽的水流出一半。这样整个沼泽通过这一低点将水排出。为此，应该从沼泽中部开挖星罗棋布且相互连接的沟渠，通过这些沟渠将水从沼泽中排出，即使不是排出沼泽里全部的水，至少也有比上述冲击地点的水位高的水可以被排出。

如图所示，通过疏导到沼泽的河流，如何将沼泽的水排出？水面上的水的冲击，如何在冲击点周围使受到冲击的水面降低？

水向下流入涵洞，涵洞的一面开口向上，水流按照自己的流速流入涵洞入口，然后通过反射运动，从涵洞的各个角度出来，流速和状态如同水流通过直线从起点到终点一样。换句话说，假如 a 点为起点，水流沿着曲线 abcd 流下，现在假设我们让水从出口 d 流出，我认为，在同样的时间，d 出口流出的水和通过曲线 abcd 各点过来的水量相同，就好像水流通过直线 ad 流过来一样。假如水从 c 点流出，则通过 abc 三点，和水流通过直线 ad 的情况相同。

湍急的水流流入沼泽，如何使沼泽底部涌起，并将水送出沼泽？如何清除流入沼泽的水，来降低沼泽水面？换句话说，就是通过水流清除沼泽底部的泥沙，来降低沼泽中的水位。当退潮导致海面降低，便应开始从沼泽引水，以达到让沼泽干涸的目的。大湖狭窄的入口及出口，是如何使湍急的水流所携带的泥沙在湖泊中沉淀的？而湖泊宽阔的入口和出口又如何导致泥土流失，使湖泊变得更深？泄入沼泽的湍急的河水如何将沼泽充满，又有何办法可以使沼泽干涸？应当如何从沼泽将水导出？

在沼泽的周围修建水道，将水引入河流，这样可以聚集沼泽的水和雨水。随后，由于沼泽出口的水流形成冲击的作用会降低水位，使得河水流下，流入到那儿形成的冲击坑，使得沼泽的水流占据了河流流下水量的一半。

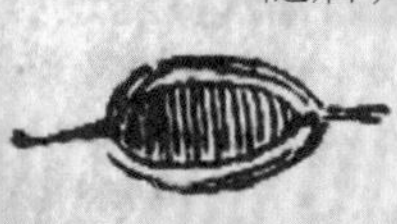

在水流通过的沙子上如何安放障碍物，才能使低处的泥沙慢慢升高？

当水流冲过水中的障碍物，水流会分别将障碍物前方和后方的底部泥沙掘起。

如果水流不是冲过障碍物，而是从障碍物上越过，然后从障碍物上落下，则在障碍物的前方，河床的底部会下降。对障碍物产生一定冲击作用但是没有从其上部越过的水流，则将障碍物的两侧冲蚀。水流中障碍物的两侧底部所形成的冲击坑一边比另一边深，因为水流的一边比另一边更接近主水流。

对于水流来说，障碍物上如果布满小草或是弹性大的东西，那么冲击到障碍物的水流几乎不会形成什么反弹力。结果，在障碍物前面就会很少或者不会有泥沙流失，但是在这类障碍物后部则会沉淀很多杂质。

当水流穿过两个障碍物之间的空隙，水流在障碍物的前部和两侧对障碍物的底部形成冲击侵蚀，而在障碍物的后方则将更多的杂质堆积。这类障碍物称作复合障碍物，上面提到的一些其他的障碍物则称作独立障碍物。

手稿三十三　河水的沉淀物

BRITISH LIBRARY

大英图书馆说明

列奥纳多·达·芬奇在这里讨论河水携带的沉淀物，以及此类沉淀物不同的沉积状态；同时也记录了他一直探索的专业知识上的议题——沼泽地的排水问题。这篇手稿充满水利工程技术规范的风格，而跟手稿中其他有关地球内部的哲学冥思或引人深思的诗歌式描述大相径庭。

列奥纳多·达·芬奇极少在正文中绘图，他比较喜好在页边绘图来说明要点，并进一步做出具体解释。

这一页是特例，用点缀其中的图示来直接说明具体内容。页边只有一个图示及一条说明，是用来说明沼泽排水方法的。

泥沙和其他碎石的出现，从根本上影响了水流。列奥纳多·达·芬奇通过一个个例子推断："如何清除流入沼泽的水，来降低沼泽水面？换句话说，就是通过水流清除沼泽底部的泥沙，来降低沼泽中的水位。当退潮导致海面降低，便应开始从沼泽引水，以达到让沼泽干涸的目的。大湖狭窄的入口及出口，是如何使湍急的水流所携带的泥沙在湖泊中沉淀的？而湖泊宽阔的入口和出口又如何导致泥土流失，使湖泊变得更深？泄入沼泽的湍急的河水如何将沼泽充满，又有何办法可以使沼泽干涸？"

Dell'elemento dell'acqua. Della spera dell'acqua concentrica col centro dell'aria e del foco o no. Del centro della gravità dell'acqua concentrico o no col centro della gravità della terra. Come nel centro della gravità dell'acqua nel centro della gravità della terra non son concentrici infra loro nè concentrici col centro dell'aria e del foco. Come essendo l'acqua per sè sola sanza terra, essa arebbe il centro della sua gravità concentrica col centro dell'aria e del fuoco. E il simile farebbe per sè la terra quando al mondo non fussi lo elemento dell'acqua. Come la spera dell'acqua s'intende essere nell'oceano e non participa de' mari mediterrani [illegible] per lo gran dimoro di fiumi [illegible] che vi [illegible] la sua superfizie più remota dal centro del mondo [illegible] e non è fatta nella dell'oceano [illegible] e di diversa [illegible] dimensione della sua magnitudine. Del flusso e reflusso [illegible] della luna [illegible] della [illegible] di questa terrestre macchina. Come il flusso e reflusso è vario in diversi paesi e mari. Come le bocche de' mediterrani versan più acqua nell'oceano ne' loro flussi e reflussi che non fa l'oceano in essi mediterrani. Come la superfizie dell'oceano remota dal centro [illegible] la più bassa parte che abbia la terra e l'acqua insieme giunte. Come la terra portata a' mediterrani da' sua fiumi [illegible] diversi [illegible] esso mediterraneo del sito suo. Come il moto delle acque [illegible] il centro della terra e dell'acque del suo sito. Come i moti delle acque fiene al fine spianati e [illegible] la terra [illegible] e scoprano [illegible] i lor sassi i quali si marcisciano e si convertano [illegible] in terra [illegible] [illegible] consumazione delle lor base e l'acque [illegible] ruine ringorgate fanno gran pelaghi [illegible] centro dell'acqua e della terra insieme giunta e concentrico col centro degli elementi [illegible] la sua medesima materia. Come l'onde del mare non alzano nelle loro [illegible] le acque salate [illegible] [illegible] nelle gran fortune l'onde [illegible] a terra [illegible] [illegible] infra mare molto terreno il quale [illegible] come le pietre più mobili [illegible] percosse dalle onde si fanno [illegible] corpi [illegible] [illegible] sospinte e tirate in mare. Come l'onde del mar [illegible] natura [illegible] acque e del moto che essa acqua fa [illegible] [illegible] alle altissime [illegible] de' monti. Che causa spigne l'acque dalle basse [illegible] infra l'aria [illegible] evapor [illegible] più [illegible] moto. E chi à più potenza o l'aria sotto l'acqua o l'acqua [illegible] mare [illegible] proporzione [illegible] nel [illegible] Come le percussioni delle gran [illegible] del [illegible] effetto colle percussioni delle onde picciole. Come l'onde marine [illegible] in contrario aspetto a quelle dell'onde de' fiumi [illegible] e fanno lunghe [illegible] in fra 'l mare [illegible] sanza moto [illegible]. Come l'onde de' mari [illegible] e che [illegible] si dimostra [illegible] figure [illegible] mar [illegible] de' piccioli o de' [illegible] Come la fortuna del mare è contraria al moto della superfizie [illegible] la [illegible] Come le percussioni delle onde infra loro fanno vaporare l'acqua [illegible] aria a [illegible] sottile nebbia [illegible] elemento. Come nelle gran profondità del mare [illegible] Come l'acque [illegible] salate nelle gran profondità de' mari [illegible] infra 'l profondo mare [illegible] moti [illegible] loro acque [illegible] alle [illegible] moti. Perchè la superfizie del mare [illegible] [illegible] difforme [illegible] [illegible] gobbi [illegible] Perchè l'onde del mare [illegible] Perchè l'onde son più alte dove l'acqua è più bassa [illegible] Dell'onda cumulata da una banda del mare procede insino alla [illegible] Dello [illegible]

二十八项案例

关于水的内容整理

这里讨论水这个元素。水层是否和空气与火一样，在同心圆上？是否水的重力中心和大地的重力中心一致？水的重力中心和大地的重力中心为什么不是同一个，为什么不相同？水的重力中心和空气及火的重力中心为什么也不是同一个，为什么也不相同？

假如没有大地支持，水如何和空气及火那样和它们的重力中心相互呼应[①]？大地的中心也一样，如果宇宙没有了水元素，大地的重力中心将如何存在？水的范围为什么用大海来定义，而不是用地中海来定义？因为大量的河水流入地中海，使地中海海面升高，相对海洋水面，地中海海面距离宇宙中心的距离比较远，而且海洋极为辽阔，流入海洋的河水与之相比较起来则显得微不足道。

潮汐的形成到底是由于月亮的作用还是太阳的作用？也许潮汐本身就是地球这台机器的呼吸模式。在不同的国家和海洋，潮汐时间不同。地中海各海区的海口，在潮起潮落的时候将大量的水泄入海洋，这比大洋潜入地中海各海区的多很多。距离海岸遥远的大洋表面可能是地球和水加在一起最低的地方。河流携带的泥沙随着河水冲入地中海，迫使地中海各海区慢慢向外部消退。

水的运动如何迫使大地中心和水中心从原来的地方偏离？到最后，大山如何被流水荡平？看流水一泻千里，冲走了拦截水流的泥土，掀开巨石，使大山崩裂，大山被流水冲击得支离破碎，石块经过风吹日晒、风霜雪雨，不断演化为泥沙。而流水则从大山根部盘剥侵蚀，大山一点一点地不断向下滑坡，渐渐浸入河流，河流中的流水则将山下的泥沙毫不留情地冲走，因为大山的不断滑坡，河流被逐渐地堵截住了，进而渐渐地形成大湖。

水的重力中心和土地的重力中心，紧密相连，同其他元素的重力中心相比，是同一个还是同其他元素相同？一种物质上升，连带着属于这种物质的类似物质也随着上升。在大海风平浪静的时候，大海的波浪为什么没有盐湖水的波浪高？盐湖水断断续续，超过了大海的海平面。为什么在大风暴中，浪涛将轻的物体卷上沙滩，而将更多的泥土吞入海底，使得海水显得汹涌澎湃、浪涛冲天？

在宽阔而陡峭的峡谷中，散落下来的石块被水流经年累月地反复冲击，变成圆圆的鹅卵石；世间物体无不如此，久经岁月打磨之后，棱角消损殆尽，或随波逐流，或被不断冲击后葬身大海。大海的浪涛，不断地拍打着海岸，然后昂然扬起，向后翻腾，画出漂亮的圆弧，却不用增加新的帮手。

水流底部的水和运动中的流水在性质上有什么不同？是什么原因把海水从幽深黑暗的大海底部，推到耸入云霄的高山之巅？到底哪个能量更大？是水中的空气还是空气中的水？如果数量相同，哪个运动得更快？大海中巨浪的冲击力和小浪的冲击力不同，冲击效果也不同。

海浪冲击的方向为什么和河流冲击的方向相反？当两股相反方向的风在海上相遇，大海上的风浪为什么会平息，从而在海上形成一条长长的风平浪静的水带？波浪交汇处风平浪静，周围细浪涟涟，千姿百态，这些细浪可以在中深海处看到。大海海面波浪的剧烈运动，为什么和海底的水流运动方向相反？

水浪前呼后拥，相互冲击，如何使水蒸发到浓密的空气中，和薄薄的雾一样？地球上的地下暗流，怎样从大海深处喷发？为什么大海深处的水不咸？这是因为暗流在大海深处和高山之巅的水脉连成一气，可以将山上的水通过暗流更为轻松地输送到大海，比从山脚流入大海更为方便。为什么大海的表面呈现出深浅不同的亮度和暗影，视野也时明时暗，各不相同？为什么大海波浪呈现出间断（或不间断）的浪峰及浪谷？为什么拍向海岸的波浪要高于水面？

是否此岸岸边形成的海浪可以一路传递到对面的海岸？是否风与浪同行，到达大洋的彼岸？

---

① 在四大元素当中，空气和火不像水元素那样需要陆地作为载体。——译者注

手稿三十四　关于水的内容整理

BRITISH LIBRARY

大英图书馆说明

这一页是了解列奥纳多·达·芬奇致力于研究水这一课题方面的重要文件。他从一般关注点出发，慢慢讨论到具体问题，这表明他旨在根据基本原则，寻找一种通过推论而演绎出的新学科。这一页，列奥纳多·达·芬奇思考“潮汐的形成到底是由于月亮的作用还是太阳的作用？也许潮汐本身就是地球这台机器的呼吸模式”。

与这一题目相关的后续想法，记录在达·芬奇 1513—1514 年的其他手稿当中。很有趣的是，这一论题的框架只有很少一部分是关于海浪的，更没有讨论河流的，但这两个论题恰恰是《哈默手稿》中最受关注的部分。

这一页没有配图，是对水的特性的进一步观察描写。列奥纳多·达·芬奇似乎受到欲望的驱使，不只有观察和资料记录，还进一步了解了水的活动方式。他这种纯科学的研究精神并未因外界的怀疑和告诫而受到影响。

Doue lacqua allussata alta essa lasscia il fangho nel pelagho doue entra Nel pelagho
doue lacqua cade da alto mai irrimane cose minute essenpre si profonda Doue lacque per
pano din forme mote [illegible] lasua percossa in il fondo din forme mote si rienpie di materia
Doue la percossa si ronpe quiui si dirizza lacqua e caua il fo tanto piu quanto piu s'immuove Qua
lo obietto dellacqua e denso lacque che te modi percotono il fondo balzano indirieto e cauano il fondo dina
n a esso obietto e riempiano dirieto acquello Doue lobbietto e piegabile e traforato lacque no
ne isbalzano indirieto della percussio de quelle angi pongano materia dinanzi e dirieto Quanto
lacque che ssi diuidano mettendo in mezzo lobbietto dellor percosso quella fa magior concauita dal suo
lato che piu percuote E sse lacqua da sol da uno lato essa caua dallato e dinazi allobietto e ri
enpie dirieto E sse lo obietto effetto superato e coperto dellacque fa macchaua mota dinanzi a
canto a esso obbietto Quanto i fiumi son grossi per lor diluui tutti i lochi bassi son rienpiu
ti di materia E quanto i fiumi s'abassano portandia le rene e materie dellor lassciate
dinanzi de fiumi dopo i diluui in gran parte si mutano pla rena che dalli soli che parta dalnanzi lu
dallaltro ui rimane laqualre na i fiumi ssi grottano e ruinano e ritorna nel p° sito o presso
Lacq refressa dal fondo e ffatta dal suo moto piu che nellalta onde inmezar menom
superfitie e quella passa e colla sua parte piu veloce lacquale ripiglia grande apiena quanta ne pas
sa infralla ria lacquale poscia e questa ingiu richade e per sentimento non ritorna piu in falaria
onde si consuma appocho apocho tale mouimento La parte dellacqua refressa piu si fa
da dalfondo o de pesto laquale ddi se pin dalto o che percosse nella piu densa parte del
fondo Quella parte dellacqua che si trouerra piu alta nel principio delle sue chadu
te laquale sara piu vicina al mezo del locho doue chade e ce piu vicina al mezo superfitiale d
la soma dellacqua che chade Quella parte dellacqua sara piu tardi discorre alla bocha della
dellargine onde chade laquale fia piu remota alla retta linia del moto dellacqua che alla bocha
cascorre e piu tarda e lacqua ē chellacq. an Dellacqua che chade fori della boc
cha dellargine che la ringorga quella sara piu veloce che sara alla sua chadura
ma ghe dretta Quella quantita dellacqua chaua piu il fondo o de percuote laquale e p
u diritta anco chella fia ma ghe dretta Lacq chadente sopra il fondo del fiume chaua piu do
inuerso il corso del fiume che inuerso largine onde discende Sono igrandissimi
sassi porta votolati dalle corrente picholi fiumi e questo acchade placque che li superano e che nel cadere
cosi chalda da piu dissimilissimo che sitruova che lo corrente della sua grandezza fori dello stremo della sua
bassa dinanzi Nessuno chanale che essa fori de fiumi sara durabile sellacqua del fiume donde
nasse none integralmente rinchiusa come il canal di martigana e quel chessce dal tesino Senpre icanali
debbono auere iloro esalatori acco chelle superchie piene non abbino a impedire e ruinare largine e che
lacqua senpre si mantenghi duna medesima grossezza Della fonte primaria dellacque dolci che surg
no infra lacque salse Come tutte le uene de fiumi del mezo sono cogiunti insieme Delle acque
salse che surgon ne paduli e nelli monti Delle acque fredde che ssurgono
infralle chalde Dellacque di lagon di tebo chessi [illegible] insieme Delle concauita
della terra Delle miniere che sono congiunti insieme e concatenata ramificatione Co
me il focho di mogibello e nutrito in gran [illegible]

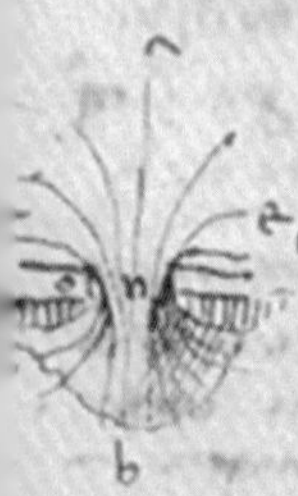

三十二项案例

水从高处流下，在流入湖泊的时候，将所携带的泥沙沉淀。在水流从高处落入湖泊的地方，微小的物质永远不会被剩下，而湖泊却变得越来越深。在水流均匀沿着整个堤坝流入的地方，堤坝的底部会被均匀地填满泥沙和杂质。在堤坝决口的地方，水流速度越快，水浪翻腾的冲击力将堤坝底部挖掘得就越深。

当水流流过堤坝，水流在堤坝的背面将底部掘起，偶尔也会在堤坝的前方将坑洼填平。当水中的物体密度较大，冲击到物体上的水流弹回的冲击力便很大，并在物体的前方将底部的泥沙挖起，而在物体后方沉淀。如果物体比较柔韧或孔洞比较多，水流冲击物体后便不会被反弹回来。不仅如此，水流会在物体前和物体后方将携带的杂质沉淀。

当从所冲击的物体任何一边流过时，水流会变得支离破碎，在物体硬度相对较大的一侧，冲击出比较大的水坑。如果水流只从物体的一边流过，水流只会对流过的一边和其前部冲蚀，而在后部堆积。如果高处的水流强劲地冲过物体，物体的两侧和前部形成的冲击坑就会比较小。洪水暴发，河流暴溢，所有低洼的地方都会被泥沙填满。而当河水消退的时候，水流便会带走当初带来的泥沙和漂浮物。

洪水过后，河流支流位置经常变动，因为泥沙在支流之间形成沙洲。河流交织，河床不断调整位置，以回到自己原来的位置或附近。

从河床反弹出来的水，比运动着的水流中其他部分的水轻盈，结果这些水立即跳跃到水面，随着速度较快的部分穿过水面，立即恢复其自然重量，和在空气中称重的重量相当。但只那么短暂的一刻，便重新降落，消散在水中，而不再跳起，这样一点一点的运动踪迹便逐步消失。

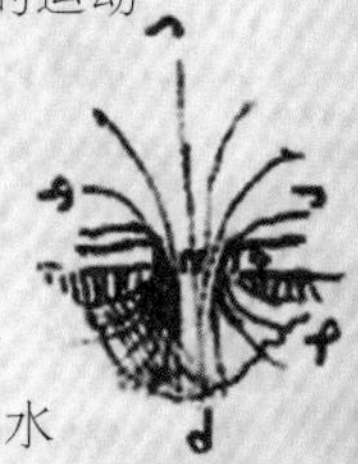

反弹出去的水，部分从受到冲击的河床跃起，越升越高，从高点降落，抑或再次撞击到河床底部硬度比较大的部分。降落的水，起降前高度越高，在降落的时候越是靠近降落的中间位置，也就是说，降落在总水量的表面中心位置。

如果水流直线距离同其流向的出口相对越远，再次降落的水朝河岸出口的方向流动，相对速度就会越慢，即水流 co 比水流 an 慢。从拦截的水坝出口降落的水流，在降落前速度较慢，而降落后速度加快。也就是说，水流 od 比较快，基本上呈直线，水流 nb 则较慢，稍微弯曲。

在水流交汇的时候，水流会冲击河床，将河床掏空，尽管水流可能不是直流。降落到河床的水流，会在朝向河流中心的位置形成比较大的冲击坑，而不是朝向其降落的河岸。小河水的水流可以将巨石撼动，这是因为水流冲过巨石，从巨石上面冲到底部，将底部的支撑物冲走。这样，石头前部缺少了支撑，自身重力中心点慢慢向其底部的外沿移动，在没有任何外力作用的情况下，依靠其自身的重量，巨石便被轻松地扳倒了。

运河的水源来自河流，如果不将作为运河水源的河流彻底切断，运河便会一直存在，如马特萨娜运河，从提契诺河流出。运河一般应当用水闸截流，这样洪水过大的时候就不会损坏或摧毁堤坝，运河中的水量也会一直保持固定不变，像普林尼泉那样。

海水中确有淡水喷出。所有的地下暗流和地球上所有的河流都是连接在一起的。咸水也从沼泽、峡谷及山脉中冒出。冷水会从热水中突然喷出。威泰伯附近的拉高尼，水变成了蒸汽。地球内部弯弯曲曲，淡咸水脉交织往复，各种矿山绵延不断，矿层交错辉映。蒙吉贝罗火山会因距离火山口几千英里之外的能量而喷发。

手稿三十五　水流的降落和反弹运动

BRITISH LIBRARY

大英图书馆说明

这一页标题为“三十二项案例”，主要讲述流动的水流，大部分讨论水流的降落和反弹运动。

这一页也包括列奥纳多·达·芬奇基于经验而信心十足地做出的一些现实观察。最后一句，“蒙吉贝罗火山会因距离火山口几千英里之外的能量而喷发！”显示出，列奥纳多·达·芬奇刚开始记录这些想法的时候，就在冥思苦想地球本身的问题。

达·芬奇设计的运河水闸

达·芬奇所设计的运河水闸是他杰出的成就之一。尽管这个水闸的设计图看上去非常简单，但是每一个细节都非常具体。设计图当中包括纵向、横向以及对角线方向加固的木板、铁关节护套、水闸下的放射式地砖，以及水闸的斜切方向，所以达·芬奇设计的水闸又被称作斜切式水闸。

斜切式水闸取代了以前的人字形水闸，可以通过两个或者四个工人的力量转动水闸，结束了以前古老水闸的辛苦劳动。水闸的开放程度控制着水流的流量，更重要的是斜切式水闸的斜切方向是迎着水流的方向，因此在关闭水闸的时候，完全不需要人力，只需要放开牵系水闸的铁索，水流就会把水闸的两道闸门冲击关闭，并且形成密封。

达·芬奇的斜切式水闸被认为是水闸的最佳形式，很快这种水闸就被整个欧洲乃至世界所广泛采用。即使是今天，在巴拿马运河还能够看到这种斜切式水闸。当然，巴拿马运河的水闸看上去更加巨大。

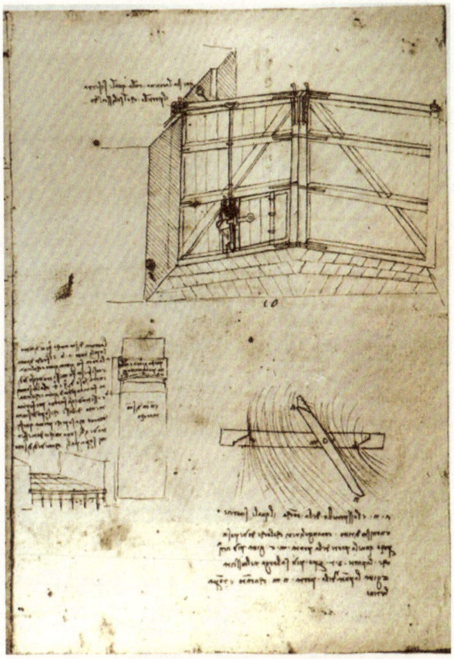

列奥纳多·达·芬奇的运河水闸设计图

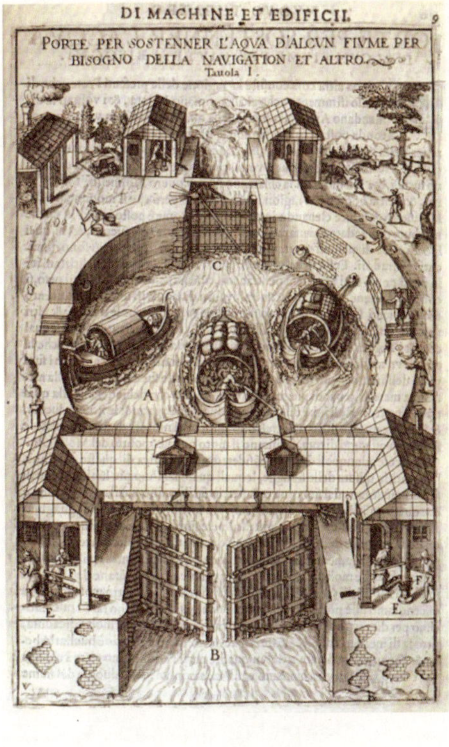

根据列奥纳多·达·芬奇的设计图纸修改的运河水闸图

Quando il minor fiume · mette nel magiore esso ringorga le sue acque nelle quali pel ringor-
gano contrario moto ricievano in se gran quantità di fango e rena portata dalla velocità
del magior fiume e quivi le scarica; per lo ritardarsi in le prosostenere. Quello ancora mo-
verà e porterà con se quelle cose più remote la quale sia più veloce
na cose magiori che sia più tarda. E quella fia posti il fiume minore che mette nel magiore se sarà
men veloce dello magiore esso correrà lungo l'argine di quello senza confondersi il suo
corso e muta nome insino a tanto che il fiume magior si piega della sua rettitudine
Ma se il fiume che versa l'acque nel suo magiore fia più veloce che esso magiore allo-
ra esso minore percoterà la opposita riva del fiume magiore ella caderà e piegherà il fiume magiore. Se
li fiumi che versa ne fiumi magiori ingressassino tutti in un medesimo tempo insieme col
magiore non accaderebbe mai piegarsi l'argine apposito ~~altrimenti~~ alentare tutti minor fiumi
nel magiore. I piegamenti de fiumi a risscontro ~~dove~~ i minor fiumi li perga le sue
acque nasscie ~~per~~ per causa che il minor fiume li versa l'argine opposita. Quando esso ve-
ne col suo diluvio in tempo che il magior fiume à vea le sue acque basse e tardo corso
Quando il fiume magiore è in possessione della sua grande inondatione e che il fiume mino-
re non abbia rinfrescamento di pioggie allora il magiore riempie la foce del minore con gra-
quantità di materia. Quando ~~il fiume~~ la foce del fiume minore è trovata dal-
le inondationi del fiume ripiena di sassi e altra materia allora l'acqua discesa di
cava ~~sopra~~ il fondo sopra tale ostaculo ella materia che la cava la lascia sotto il p° 2°
e 3 balzo e non sendo il magior fiume in potenzia di fare tali balzi per esser lui in tal
di poleso acque basse necessità co stringnie che l'acqua che poi ~~dal~~ esce del mi-
nor fiume · per tal negati ostaculi e risalti indirietto alla sua medesima angine
e con quella ro per e porisalta dallo passita parte e così va cavando il fondo sotto il suo
cor so onde poi ~~la~~ la inondatione del magior fiume si ... l'acqua di ...
ricerca i lochi bassi e questa ella causa del torcere i fiumi. Quando ne di
luvii de fiumi che mette l'un nell'altro regnano a un medesimo tempo l'acqua del minor fiu-
me ~~che~~ non po penetrare la velocità del fiume magiore onde si volta indirieto e co
moto circulare si va magiando l'argine del fiume magiore nella bocca della sua foce onde
si scarica terreno nella congiuntione dell'acque del minor fiume con quella del magiore —
Quanto più acuto è l'angolo che s'interpone nella congiuntion del fiume minore col fiume ma-
giore tanto si manterrà più dritto esso fiume magiore. Ogni moto d'acqua mate-
ne la sua dirittura pel quanto spatio. L'impeto di qualunche moto d'acqua tra-
passa infra li impeti delli altri moti d'acqua con poca impedizione dell'uno e l'altro
impeto. L'entrata dell'un fiume nell'altro ringorga l'acque all'uno e all'altro fiume
dopo il quale ringorgamento ne segue quanto mutamento d'acque e ruina del fondo del fiume
e acquisto fiume principale si debbe fare nella congiuntione delli fiumi allargare il letto del magior
per tanto spatio quanti anni del minor fiume sono l'acque ~~in~~ salgano alle possessioni ~
Quando un fiume minore passa attraverso del magiore esso non magna le sue pro-
prie acque fuori dello magiore ma bene ne spignerà alquanto dello magiore pel suo posto
canale. Ma se due fiumi minori metteranno nel fiume magiore in fra angoli acuti ess-
endo ... de 3 fiumi nelle sue ~~magiore~~ e magiori acque sanza dubio tali 2 minor fiumi ri-
gorgeranno ~~la~~ alquanto l'acqua del fiume magiore sopra la lor percussione e poi dopo la la
percussione si volteranno indrieto in moto ~~circ~~ circulare ella scieranno isola in fra la lor separa-
la quale sarà coperta dall'acqua del magior fiume con gran profondità nello suo mezzo e la
della profondità sarà lassciato circa al mezzo della predetta isola

十六项案例

当小河流入大河，小河流水遇到阻拦，自行升高，水流减速，接纳大河较快的水流所携带的泥沙；而大河在流速减慢的情况下，无法冲走的这些泥沙会在小河中沉淀下来。流速快的河流，流水会撼动并裹挟比较重的物体流动。而流速慢的河流上，则漂浮着比较轻的物体。

流入大河的小河，如果水流流速比大河慢，水流将沿着小河结束的一边河岸流动，并成为大河的一部分，直到大河从其流动直线绕开前，依然能看到小河河水汇入的情况。但如果汇入大河的小河流速比大河快，那么小河的水流会冲击大河的对面河岸，将对岸掘开，使得大河河道弯曲变形。

流入大河的几条河流，随着大河水量的升高而同时升高，那么小河流入大河后，大河对面的河岸极少发生变形。小河流入大河的流水，在流入的大河对面发生弯曲，因为当大河的水流较浅且水流流速较慢的时候，小河洪水爆发后会导致大河对面河岸发生弯曲。

大河洪水暴发，水位达到最高点，但小河水位却没有因雨水的增多而升高，那么大河将用大量的物体填满小河河口。当小河河口因为大河洪水而出现大量的石块和其他物质，水流就会从这些障碍物越过，并在障碍物后方的底部开挖出水坑，挖出来的泥土会越过第一个、第二个、第三个障碍物。

既然大河没有能力阻止这些泥沙越过一个个障碍物，水流便变得缓慢，从小河冲出的水流必然冲击这些已经存在的障碍，冲击的水流会被重新弹回到自己的河岸，将河岸冲垮，并影响到对面的河岸。这样随着时间的推移，河床底部的水流会对河床造成冲击，并形成冲击坑。随后大河流水变得笔直，因为水流总是朝低处流动，这是造成水流弯曲的原因。

当两条交汇的河流同时发水，水流各自流动，小河的流水无法战胜大河流水的流速，那么小河流水在大河交汇的河口，水流回流，并形成漩涡运动，持续冲击着大河的河岸，就这样在两河交汇的地方，泥沙沉淀下来。

小河与大河交汇的地方角度越小，大河水流在直线上的距离越长。各自的水流呈现出一段直线流动的状态。任何水流运动的冲击穿过另外一股水流运动的冲击，几乎没有对各自形成影响。一股水流流入另一股水流，在入口的地方两股水流都会升高，而在这样的退缩之后，紧跟着是一股比较强的水流，会对河床造成破坏。大河的河床应该在两河交汇的地方被拓宽，拓宽的幅度和小河的宽度应基本相同，否则两条河水同时泛滥，将淹没交汇处的田园。

当小河横穿流动的大河，小河的水不会被冲到大河之外，但肯定会导致大河的水流弯曲地进入对面的河道。但是如果两条水量相当的河流呈锐角流入大河，三条河流中每一条的水位都会有或高或低的变化。无疑，两条小河在交汇点后的某个地方，会将大河流水在一定程度上抬升，然后在冲击后掉头并形成漩涡。在分开的地方，两股水流之间会形成沙洲，而大河的水流越过沙洲，在流入的地方会形成比较大的冲击坑，将挖掘出的泥沙堆放在沙洲中央。

当阿诺河水水位降低，蒙索拉河暴涨

蒙索拉河形成的弯道

手稿三十六　小河和大河交汇的结果

BRITISH LIBRARY

大英图书馆说明

这一页的主题是两条河流交汇——一条大河和一条小河。列奥纳多·达·芬奇做出一些错综复杂的沉淀情况分析和水流交汇模型效果。他提及蒙索拉河及阿诺河，从这些情况看，我们可以推断出，这是他在实际实施大运河工程时记录的一些想法。

他的第一个结论是关于泥沙的："当小河流入大河，小河流水遇到阻拦，自行升高，水流减速，接纳大河较快的水流所携带的泥沙；而大河在流速减慢的情况下，无法冲走的这些泥沙会在小河中沉淀下来。"

列奥纳多·达·芬奇对水流交汇的不断研究，对现实应用产生了极大的影响。

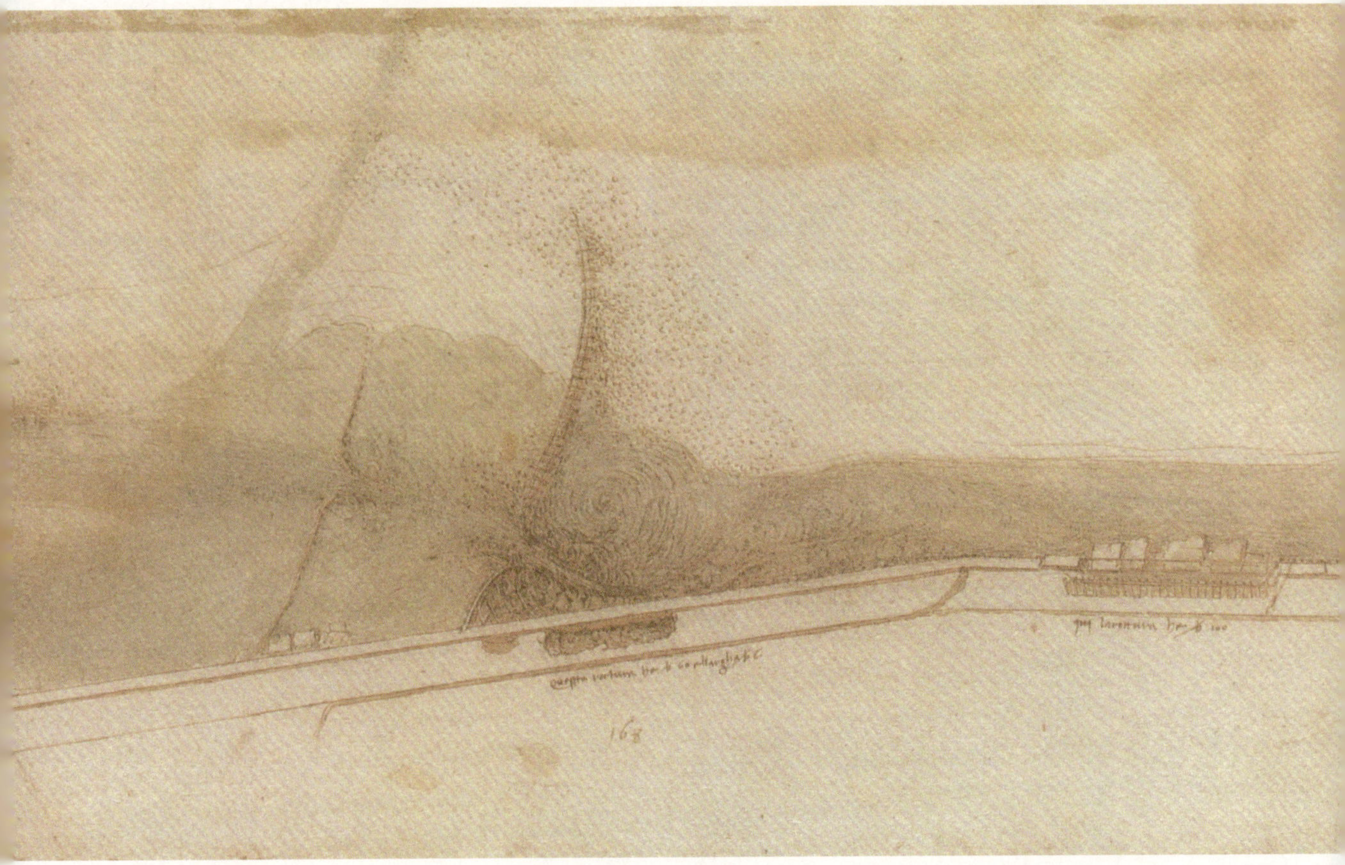

Il fiume dritto d'equale latitudine profondità obbliquità e pari resistentia d'argini e di fondo in breve tempo si incurverà e farassi di varie profondità ancora che altre acque di suo non mettino. Questo accaderà per la esperientia che prova che lli canali delle acque sempre anno più profondità nel mezzo che dalli lati onde tal profondità più cava in mezzo e per alcuna volta il vento per la lunghezza di tal canale ringorga indrieto le sue acque le quali ringorgano tanto quanto il vento le supera colla sua potentia e perchè il vento non è uniforme subito che manca di potentia l'onda la supera e corre con impeto insino a che il vento dove la superficie della forma onde dove l'acqua più si mosse più consuma il suo fondo per si fa più grande e così al fondo non più uniforme obbliquità la qual disuniformità s'ingenera crescendo e come ella con tanta aspre pegatura. Come le pescaie posan torcere i fiumi dritti e fiumi torti dirizzare. Come le pescaie fanno uscire i fiumi de lor letti per ogni piccola piena dicesi eguallassino.

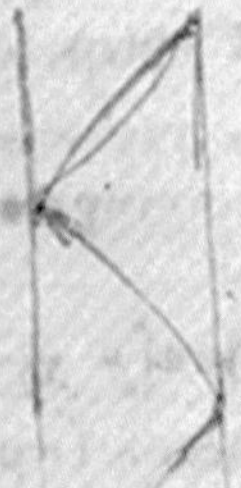

Dato un principio al moto delle acque necessita ... dal principio. Dato uno impedimento per tal principio e fine del moto dell'acqua necessita ... fine che ssia partecipante del principio e dello impedimento ... tra qua l'un sarà più potente che l'altro. I moti incidenti e refressi ... delle acque non son mai equali ... refressi ... più grosso ... refresso ... impedimento del fiume ... del fiume onde si traversano ... e questo accade ... over la cosa contra l'acqua ferma. Tanto è a muovere l'acqua contro alla cosa ferma quanto muovere ... con la sua velocità confregatione ... percussione dell'acqua ... e consumare gran parte dell'acqua ... l'aria ... E questo si pruova ... contra all'aria ferma quanto l'aria ... contro all'acqua ferma ... dell'acqua ... lenzuolo ... Quando due acque d'equal potentia insieme s'intersegano ... intersegatione si farà gran profondità. E questo accade ... sotto ... della ... acqua ... infra l'aria acquista peso ... e questo accade quando ... Ma quando le intersegationi ... de' rami de' fiumi ... l'acque ... E delle intersegationi dell'acque ... obbliqua ... E se le predette acque son ... Ancora se 2 acque insieme ... il fondo d'esso canale debbe esser più basso ... del fiume ... Come ... uno ... ogni miglio ... sotto ... de' fiumi non debbono essere superate dalle acque e massime ... Come l'argine ... li sproni fatti ... attraverso alli fiumi non debbono essere fatti ... Como ... fondo ... alla ... fatto

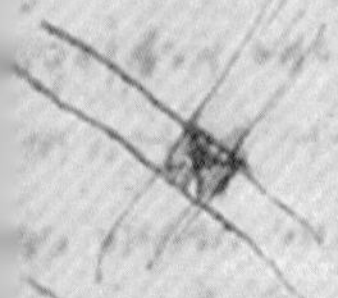

十七项案例

一条河宽、岸深和坡度都差不多的笔直的河流，在受到两岸和河底的阻力都相同的情况下，即使没有其他水流流入，不久以后，这条河流也很快会变得弯弯曲曲，深度也会出现深浅不一的变化。

手稿一第五段证明过，水道中间一般比两边深，那么在水道深处中间位置所形成的冲击坑就会比较深；且既然有风顺着水道吹过，那么这风有时也会将水吹起形成波浪，只要水流受到风的推力作用，那些波浪就会涌起。但是因为风不是持续地吹拂，所以当波浪克服了风的作用，快速地向前流的时候，风就失去了推力作用——除非风速再次加大，使水浪停止。这样水流越大，对河流底部的摩擦就越大，在摩擦的过程中，水流因运动而受力，结果河流底部因受力不均匀而变得坑洼不平，河流的坡度也受到一定影响，变得很不均匀。而且这种现象会不断加强，当水流开始偏向堤岸流动时，会形成漩涡来破坏堤岸，结果漩涡也不断加强。堤坝使直流的河水弯曲，直流的河水同时也使堤坝变形毁坏。而堤坝的毁坏导致水流从河床下部一小股一小股地冲出，给农田带来损害。

水一旦受到力的推动作用，必然会一直向前冲过中部并达到末端，然后从末端反弹回到起点。如果在起点和末端之间设立一个障碍物，必然导致返回到起点的力突然消失，然后冲击到障碍物。但是障碍物这一面受到的冲击力会比另一面受到的冲击力大，因为这一面的冲击力比对面的冲击力度大。

水的入射力线和反射力线永远不会呈直线，也不会出现等角现象。反射角度比入射角度大，这是因为反射线受到河流阻碍而弯曲，在水面上，入射线和反射线交错而过，相互冲击并弯曲，朝河流的一端延伸。水冲击静止的物体与物体冲击静止的水效果相同。

下雨的时候，雨水由于受到空气快速摩擦或阻力的作用，所以很大一部分就因摩擦而蒸发并被消耗掉了。这可以通过观察来证实：吹过潮湿物体的风，会迅速将物体吹干，消耗掉物体表面的水分；且水对静止的空气所造成的运动，与空气或风对静止的水所造成的运动作用相同。假如你紧闭双唇，将一定量的水喷洒到已知重量的布料上，水穿过空气，落到布料上。然后你称出布的重量，会发现只有一小部分水落到了布料上，而大部分水都消散到空气中去了。

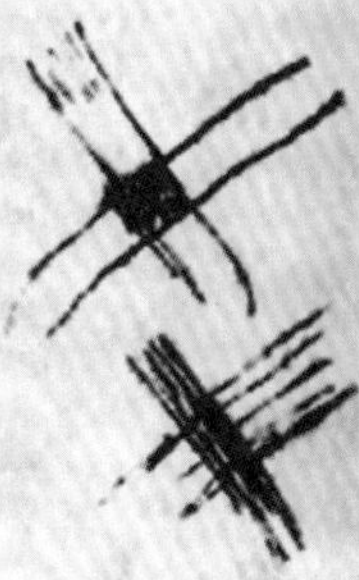

当两股冲击力度相等的水在同一点交汇，在交汇的地点下方会形成一个比较大的凹痕，这是因为在交汇点，水流冲击力成倍地增加，翻腾出水面的水获得了重力，冲击其他的水，然后两者结合在一起旋转。下面的水在升起的过程中，两部分水交汇，并在交汇点相互作用。然而，在水面下方，水相互包容，彼此之间并没有形成力的作用——除非突然出现快速的运动。

但是如果两条河的支流在河底交汇，对河床并不会造成破坏。因为即使一股水流战胜另外一股水流，上面的水流没有形成重力，也就不会产生冲击力，对下方的河床不会造成冲击性破坏。而如果两股交汇的水流坡度不同、冲击力相同，那么坡度大的水流会在坡度小的水流上方流动。

如果两股水流几乎没有坡度，则不会相交，但是一股水流会冲击另外一股，并在表面向上冲起，冲击后因为反弹力的作用而退后。而且如果冲击力不同的两股水流交汇在一起，冲击力大的水流会将沉淀在冲击力小的水流前方的沉淀物冲走。如果水流一直向前直流，并流入新的河道，新河道的河床应当低于先前河流的河床。

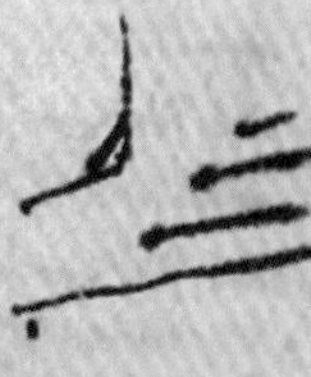

水面水平差是如何形成的？第一水位和第二水位的坡度应该不是每英里 1 布拉乔奥，因为如果水平差过大，水流交汇后会翻腾。如果在水流交汇的地方建筑水坝，无论如何不应被水流漫过，特别是为导流目的而建设的水坝。如果在水流交汇的地方打桩，无论如何不应单排打桩，而是应该一个接着一个紧密排放，这样相互支撑，形成一个整体。

手稿三十七　空气对水的作用

BRITISH LIBRARY

大英图书馆说明

这是涉及列奥纳多·达·芬奇作为水利工程师的专业研究活动的另一页。最有趣的一面或许是他对“水在运动中受到物理材料摩擦力影响”的关注。他从光的入射和反射研究中受到启发，进行比对。而光不牵扯到重量问题，因此摩擦力也无关紧要。

列奥纳多·达·芬奇在这里明确说明，流水反弹力的角度一般小于入射力的角度，因为流水在受到其他物体表面的作用后，力度会迅速减小：“水的入射力线和反射力线永远不会呈直线，也不会出现等角现象。反射角度比入射角度大，这是因为反射线受到河流阻碍而弯曲，在水面上，入射线和反射线交错而过，相互冲击并弯曲，朝河流的一端延伸。”

Lacqua piovana e più legieri che laltre e più dinverno che dista perche no si misto co polvere p laria come la state

Lacqua chiara di mare e più grave che la dolce e torbida perche più pesa il sale che la terra Il fiu

me che sara magior obbliquo caccera le sua acq sotto quello del fiume più obbliquo Lacq che surg

e più alta nel mezo che dai lati e questo achade perche quella parte dellacqua che più lontana dalla terra

non si confrega quella e più libera onde più si fa veloce Quellacq che per alcuna bucha disfar di fia

bassa nel mezo che per alcunaltra parte e questo achade p la medesima ragio sopradetta cioe che quella

parte dellacqua che più remota dalla densità sopra laqual si move e manco dalla densità impedita e per

guenza più veloce moto si move Quella pietra più facilmente si move dellsuo fondo che per

correte sara co battuta cioe corenti venti p diverse linie e questa e la causa della gra cavamen de fo

subito cosi diventa come la giara Il fondo dellacqua fiumi mai sara dellalfiume fatto eguale E questo n

se per la inequal pesi dacqua che sopra essi fondi alcontinuo passano Le inequali pesi dacque in parte

nei fiumi nascono dalle onde che alcontinuo si levano in aria e in esse acquista peso e comporta

cagan fralle acque le penetrano insino al fondo e quella cavano e cosi si fa disequale

Quella parte dellacqua si fa più veloce laquale e più remota alla confregatione del corpo più di lui denso E

e quella parte dellacqua ancor sara più tarda che più mena acorpo più denso di lui

te dellacqua sara più veloce che sara più propinquo a corpo più raro di lui Ancora la p

ne canali diritti de fiumi dove si vede più essere correnti le acque disopra che disotto questo si dimostra

be de de fiumi correnti e più potente e meno veloce disotto che disopra E questo nasce che le

grani menate dal corso dellacque stanno più in mezo al fondo de fiumi che le liei perche no

posso troppo levare annoto Sanbiansi le velocita de corsi dal disotto al disopra dellacque e

dalluna allaltra riva Alcuna volta lacqua de fiumi corre disotto e no disopra anzi torna in

eto Alcuna volta corre disopra e disotto no Alcuna volta va mezo e no disotto ne diso

Alcuna volta disotto e disopra e none in mezo Altre volte corre in gu dal lato del fiu

e dallo posita riva torna indirieto Alcuna volta luna e laltra riva caccia ingu le sue acque e

mezo tornano indirieto Altre volte nel mezo de fiumi lacque tornano ingu e dalle riu

tornano inverso il nascimento del fiume In alcuna parte del fiume si lascia sassi e re

in alcuna parte sassi e no rena In alcunaltra rena e no sassi In altre fango e no

In altro fango solo In altro fangho e sassi In alcuna non lascia altro che l

levato e netto In altri lascia legnami e lasser charichi di legname In alcuna

co lena ro verde consumato In altri lochi di se alza e ruina In altri lochi f

subito profondita In altri lochi fa subito secche In alcun locho si diride in r

In alcun lochi si riunisse Ne principi de fiumi sono legni pietre . . .

mo sanlegiato Nel mezo del corso del fiume sor lenone Nellultimo del

si trovera il fangho Il fiume muta più spesso il letto ne lochi piani che tar

corso che ne monti e ne veloce corso e questo achade perche la materia che lasciata dal

me nel piano per intallo co lima a la tempo . . . e si scarica il terreno e fatto sono . . .

e necessaria che lui mutasi sito il che no achade ne lochi mo no usitato spesso

三十七项案例

雨水比其他种类的水要轻，而且冬天的雨水比夏天轻，因为冬天雨水中没有夏天雨水中那么多的尘土。

清澈的海水比湍急的淡水重，因为盐比泥土重。坡度大的河流流水会迅速插入坡度小的流水下方。喷射出来的水，中间比四周高，这是因为“中部的水没有受到摩擦力影响，密度无法增大，而变得比较快”。

从洞孔里流下的水，中部的水比其他部分降落得更低。原因同上，即“水流经洞孔时，中部的水因为离洞壁物质较远，受到的阻力比较小，所以流动较快”。

如果不止一股水流冲击石头底部，石头会很容易改变位置——因为水流从不同的角度拱起石头，使得石头底部受到来自泥土与砾石的双重夹击。河床永远不会被水流修理得平平整整，因为水持续不断地流经河床，而在同一点上河床所承受的水的重量总在变化。水浪使水的重量变化，而水流需要保持同样的流速，水浪不断产生，跃出水面的水立即获得重力，降落中便具有了冲击力，落入水面，冲击力直达河床，对河床造成冲击，这样使得河床变得不均匀。

距离密度大的物体所形成的摩擦点越远，那部分液体的流速会越快；距离越近，则液体的流速越慢。而且距离厚度越小的物体越近，那部分液体的流速越快。这可以在直流的河道中看到：河流表面的水流要比底部的水流流速快。

湍急的水流下方比上方的冲击力度大，但是流速低于水流的上方。这是因为流水中携带的较重的物体要比较轻的物体更靠近河床，这样在漂浮的过程中，大部分较重的物体无法到达水面。水流从底部到水面，流速方向不断调整，同样，在河流两岸之间也不断从一边调整到另一边。有时候，河水下方流动而上部不动；实际上，在水面可能会出现倒流。有时候表面流动而下方不流动；有时候中间流动，上下均不流动；有时候上下流动，而中间不流动；有时候水流沿着一边河岸顺流，而沿着对岸则是逆流。有时候水从两边堤岸朝河流中间运动，并在到达河流中间后返回。有时候水在河中部顺流而下，但在两岸却逆流而上，直达源头。

在有些河段，石沙沉积；有些河段只有石头而没有沙子；有些河段却只有沙子没有石头。有的河段有泥沙，有的河段只有泥，有的河段则出现泥和石头。有的河段河床被冲得干干净净；有的河段仅留下树木、枝条和树根。有些地方，河水拱起河床，河床被流水侵蚀，消磨殆尽；有的地方河水刨根究底，使河床变得支离破碎。有的地方突然形成深坑，而有的地方却突然出现沙洲。水流在有的地方横眉冷对、分道扬镳，而在另外一处却欢聚一堂、其乐融融。

河流的源头巨石嶙峋，破碎的石头落进河流，流经不到全程 1/4 的路程时，便变成了砾石；砾石顺流而下，到达一半的路程时，又变成了砂子；到达河流结束的时候，就已粉身碎骨，化为泥土。在平缓地带，河流经常见异思迁，改变河道，此时的水流显得比在山中平稳，但是流速更快。这是因为河水携带的物质在平原沉积，水流失去了冲击力，泥沙沉淀，便给水流设置了障碍，因此河流需要改道。而这种现象在山区却不常发生。

手稿三十八　雨水最轻

BRITISH LIBRARY

大英图书馆说明

列奥纳多·达·芬奇三十七项案例是关于水黏度同流速和水流携带的各种物体沉淀之间的关系问题。这些研究科目包括雨水、喷出水及河水。

“雨水比其他种类的水要轻，而且冬天的雨水比夏天轻，因为冬天雨水中没有夏天雨水中那么多的尘土。清澈的海水比湍急的淡水重，因为盐比泥土重。坡度大的河流流水会迅速插入坡度小的流水下方。喷射出来的水，中间比四周高。”

这一页所记录的这些内容，以及其他层层相连、循序渐进的技术讨论，展现出列奥纳多·达·芬奇作为水利工程师的多年的户外经验。关于河床、砾石、大石和沙子的观察，跟内容保持了类似的风格。

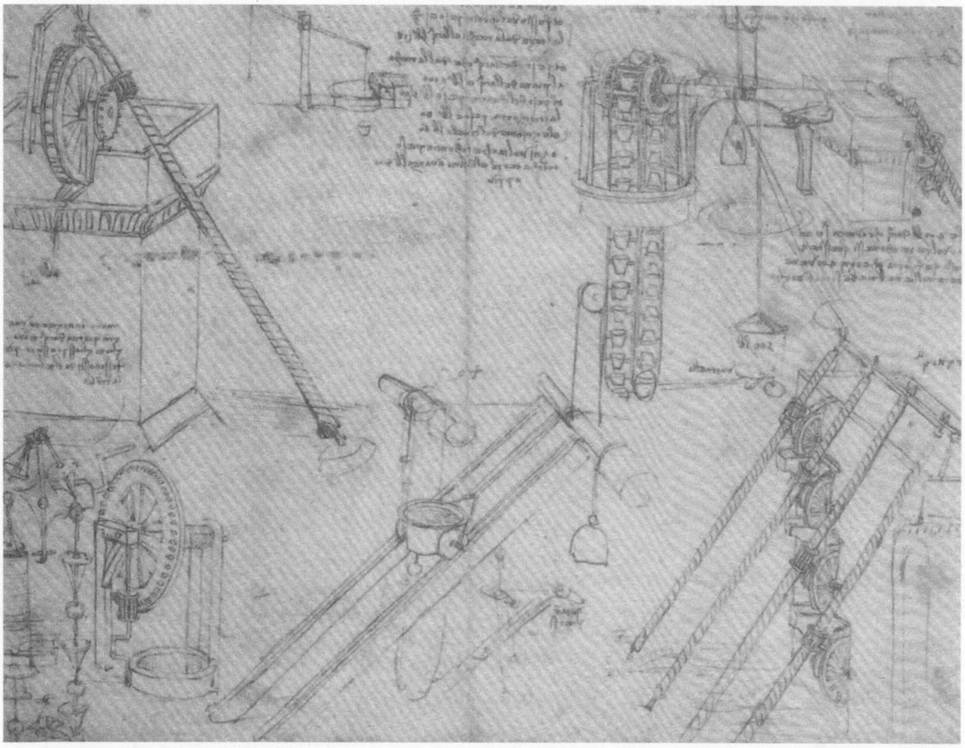

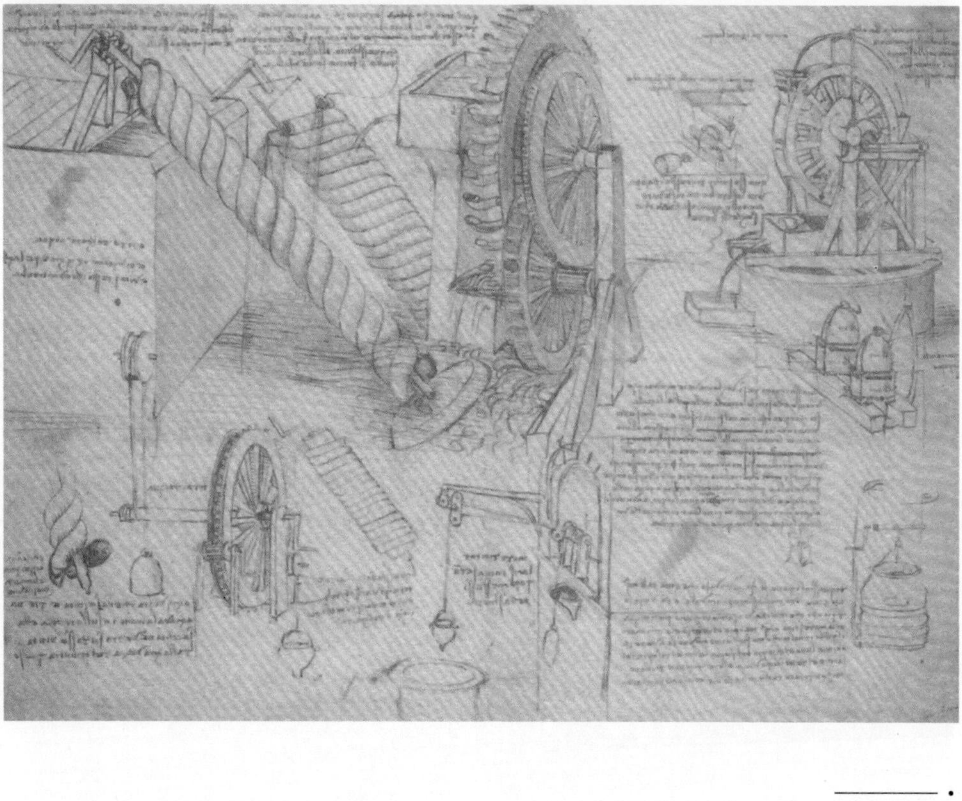

Del moto del vento e come secondo la curvità della spera dell'acq̄ essa si fa retto. Dell'onda
creata dal vento e da ... com'esso vento. Dell'onda procede il moto d'essa dopo
la percussione del vento che la creò. Del contatto dell'acque che di sopra danno alla rena e di
sotto si fugge da quella ~~fiume~~ e cagione di fare mistione delle acque nella loro fregazione
ove che essa l'acqua piena e quella che viene sotto di quella si mista nelle lor parti che ne con fini
si confregano. Se tutto il mare si posa sopra tutto il suo fondo la parte del mare si de'
posare sopra la parte del fondo. Perché e fiumi sempre entran torbidi di sottile lita infra
le acque salse e sempre il mare a i suoi liti arida e minuta rena. Perché sono trovati l'ossa
degli pesci e lle ostriche e coralli e altri diversi nichi e chiocciole sopra l'alte cime de' monti ma
rittimi nel medesimo modo che si trova ne' bassi mari. Come tutta la superficie dell'acqua percossa
dal moto dell'aria fa come la superficie di rena percossa dal moto dell'acq̄. Come la superficie dell'acqua
riserba la forma di qualunque onda per alquanto spazio di moto dopo la creazione d'essa onda. Come
l'onda non per l'impeto nella forma per causa d'altra che con quella s'intersechi. Come l'on
da non risalta infra angoli equali fatti dalla sua percussione, come fanno i corpi inflessibili che
si. Chome la rena s'insaccia nelle foce de' fiumi. Come per li vari venti le globosità de' mo
ti della rena coperta dalle acque salse muta sito e figura e numero e grandezza. Come le rive del ma
ri al contino acquistano terreno inverso il mezzo del mare. Come le rive del ma
al continuo ruinano e si consumano. Come li scogli e promontori de' mari
serberanno il canale al maggior fiume che dentro vi metta. Come i mediterrani scopriranno i lor fondi all'aria e sol ri
valse acque insieme con quelle de' fiumi e fiumi che con seco s'accompagnano, il quale correrà all'oceano ... e cum uno versi
sse dell'acqua che in quella s'è risoluta e fattasi invisibili granicoli li quali per li lumi del sole dalla op
posita parte vedan la chiarezza che in essa aria si dimostra. Come la chiarezza dell'aria na
dalle tenebre che dopo essa aria si nascondano. Dell'azzurro che in quella apparisce. Nasce
viene il vento anzi in tal sito si dimostra tranquillo essere. Come li mari non fanno l'onde da quello lato donde
fanno scudo contro allo avvenimento del vento e questo nasce dalla altezza delle rive che lli
quasi modano essendo portati dalle sue onde. Ancora d'rieno de' corpi che dentro a essa ar
pa dell'acque. De' corpi che son mossi dal vento che son posati so
De' corpi mobili che son percossi dall'acque. Della cosa mossa dall'acq̄ e della me
sima velocità dell'acqua che al moto ... Come il moto refresso dell'acqua si leverà alla altezza
dove principia il suo moto incidente. Della superficie dell'acqua può essere piana ovvero possibile
e in natura di rimovarsi l'acqua molto più sopra le labbri del vaso che dentro a essi labbri e questo sarà
bo vicino al centro del moto. Che cose son quelle che generan della lunghezza de' fiumi sono portati dal
le sue acque come sono i sassi grossi dove e mezzamente ... rena ... e simile cose. Perché ogni 7 anni la terra si
nalza e si abbassa e è causa di carestia e dovizia. Perché dopo le gran morie pestilenze e fiumi
si profondano e tra essi ora chiari e magi eran larghi e di poca profondità essendo torbidi. Per
che l'acq̄ è più potente nelle sua percussioni il verno che la state.
la magior percussione che la chiara. Come l'acqua che corre diritta. Chome l'acqua torbida
riga nel mezzo della larghezza sua sotto la quale altezza sarà la sua principale profondità. Mantiene la magiore sua al
ne' fiumi serpeganti la profondità si varia dall'una riva all'altra e nel sito dove essa percote l'argine. Come
dove esso moto incidente si converte in refresso. Come la minor profondità che abbia la lunghezza del fiume serpegante è in fra lo spazio dove il moto refresso si converte in moto incidente. Come
me ne' fiumi serpeganti si troverà rarissime volte la lima della magior profondità esser paralella colla
lima della sua argine

三十二项案例

风的运动是否也和水一样，能被弯曲变形或呈直线？由风形成的波浪是否和风本身一样行动迅速？由风的吹拂而形成的波浪，是否在形成波浪后受到自身运动的裹挟？

冲到海岸上面的水和从海岸下面偷偷溜走的水，是否会通过两股水的摩擦相互混合？——换句话说，上方过去的水和下方过来的水能否在彼此相互摩擦的部位混合于一起？如果所有的海水均在海底之上，那么部分的海水也必然在海底的部分之上。

流入咸水的河流，为什么总是因为细沙而使水流变得湍急？而在大海的海滩上，沙子却总显得干燥而粗糙？为什么在大海附近的高山之巅看到的大型鱼骨、牡蛎、珊瑚和其他各种各样的海贝及海螺，跟深海中的一样？为什么风影响整个水面的作用，和水力冲击沙滩表面的作用相同？

在水浪形成以后，水浪冲击只存在于运动所涉及的水面。如果两条形态相当的水浪交叉穿过，水浪绝不会失去冲击力。从冲击点开始，水浪不会以相等的角度反射出来，因为水浪本不是刚性密度的物体。

泥沙沉淀在河口，一堆堆圆圆的砾石被盐水覆盖，由于八方来风，砾石不断调整位置，新的成员不断加入，由大而小，奇形怪状。海滩面朝着深海，不断从深海中捞取泥沙。海石海岬不断遭到破坏，慢慢地被消磨碾碎，变成细沙，后又投入海滩的怀抱。

地中海光秃秃地将底部暴露无遗，只剩下一条巨大的河道有水流流动。水流流向大洋，将所有支流注入的水一起倾注到大洋。水分布于大气之中，并且自身变成看不见、摸不着的细微颗粒，从太阳那里接收光芒，并反射出可见光，因此我们才能看到大气的光亮。大气中显现出蓝色，是因为在大气层背后隐隐潜藏着黑色的缘故。

为什么当海风吹起的时候，海浪不会迎向风吹的一面，相反却跑到恬静安然的一面去捣乱？这是因为海岸的高度，海岸像一堵铜墙铁壁，断然拒绝来风的通过。这里不得不提到水中浮动的物体，海浪裹挟着这些物体，到处流浪。物体在水面漂浮，海风不断吹拂，海水持续不断地击打着无法转移的物体。

被水推动的物体，是否和推动其运动的水具有相同的速度？水的反射运动力，是否曾经到达入射运动开始时的水平？水平面是否真的能水平如镜？对于水来说，更自然的现象，是投射到容器内水的边缘的上方，而不是沉降到容器内水的边缘的下方，这个边缘可能类似宇宙中心的角色。什么样的物体可以被河流从源头一直送到河尾？换句话说，大的石块出现在什么地方？中小石块出现在什么地方？沙子泥土等又出现在什么地方？

为什么阿迪杰河每七年涨一次，每七年落一次？是因为干旱的缘故还是因为雨量过大？大水灾过后，为什么河流变得既深又清澈？而洪水前却是河道较宽，河水浅而湍急？为什么湍急的流水比清澈的流水能形成更大的冲击力？为什么直流的河中部水面较高，而且在中部的水较深？

为什么蜿蜒的河水一边比另一边高，而且不断变化？这是因为，在水冲击堤岸的冲击点处，入射运动变化为反射运动。为什么在整个绕来绕去的河流中，水浅的地点出现在反射运动转化为入射运动的地方？在七绕八弯的河流中，河流较深处的水流直线，为什么很难跟河岸线平行？

手稿三十九　对于水的无穷疑问

BRITISH LIBRARY

大英图书馆说明

这一页充满了列奥纳多·达·芬奇的思想、随笔、思考，以及诗人般的沉思默想。从他对地球本身的沉思到他对水的实际研究，涉及的主题很宽泛。他问道："是否风的运动也和水一样，能被弯曲变形或呈直线？"

列奥纳多·达·芬奇对地中海盆地提出了一个特别遥远的未来展望，那时地中海将变成一条孤单的河流："地中海光秃秃地将底部暴露无遗，只剩下一条巨大的河道有水流流动。水流流向大洋，将所有支流注入的水一起倾注到大洋。"

列奥纳多·达·芬奇继续描述他对自然现象所假设出的困惑，比如阿迪杰河的洪水及大水灾："为什么阿迪杰河每七年涨一次，每七年落一次？是因为干旱的缘故还是因为雨量过大？大水灾过后，为什么河流变得既深又清澈？而洪水前却是河道较宽，河水浅而湍急？"

几乎同时，列奥纳多·达·芬奇开始从他原来关注的问题上，转移到他所坚持不断观察的、同他绘画直接有关的空气的颜色上："水分布于大气之中，并且自身变成看不见、摸不着的细微颗粒，从太阳那里接收光芒，并反射出可见光，因此我们才能看到大气的光亮。大气中显现出蓝色，是因为在大气层背后隐隐潜藏着黑色的缘故。"

列奥纳多·达·芬奇以散文般的方式讲述他的计划。他的计划听起来像是包罗万象的故事一样，而不像是他在做研究计划。

河流弯曲的原因

在这篇手稿当中，列奥纳多·达·芬奇提到："为什么蜿蜒的河水一边比另一边高，而且不断变化？这是因为，在水冲击堤岸的冲击点处，入射运动变化为反射运动。为什么在整个绕来绕去的河流中，水浅的地点出现在反射运动转化为入射运动的地方？在七绕八弯的河流中，河流较深处的水流直线，为什么很难跟河岸线平行？"他用水流的入射运动和反射运动来解释河流弯曲的原因，这是很有道理的。

事实上，复杂的地形是河流发生弯曲的主要原因之一，这是不可抗拒的。尽管河流在亘古的流淌之中甚至能劈开山脉，但是即使在宽阔的平原地带，河流往往也会发生弯曲而蜿蜒流淌。

列奥纳多所揭示的入射运动和反射运动，其驱动力实际上都是地转偏向力。因为地球本身自西往东自转，这就会产生一个地转偏向力，使得北半球的河流冲洗右岸比左岸更厉害，而南半球则恰恰相反。

因为这样，北半球的河流右岸就会被河流冲刷进去，而凹进去的右岸不断承受河流变本加厉的冲击，越来越退缩；相对于右岸，左岸的水流越发缓慢，河流当中携带的泥沙就会沉淀下来，使左岸"发展壮大"。这样日复一日，河流的曲线率就会越来越大，呈现弯弯曲曲的流向。

Come si misura le profondità de pelaghi nel sito dove lacqua che dimenticha lo predetto
Della acqua fa angoli ~~[illegible]~~ sopra il suo fondo nelle sue rivolture anno. Comi
ciano li delicti de fiumi son creati dalla congiuntione di due acque che insieme si scon
trano. Quella acqua che più corre più cava il suo fondo. Quando una corrente
dritta e più stretta che la corrente che di contro universa ella è tanto più profonda ~~qua~~
che quella che è minore quanto ella è più stretta. Quando ~~la corrente~~ la corrente che ~~[illegible]~~ lateralmente
si ricieve corrente più stretta di sè medesima allora la più larga è tanto manco profonda
quanto ella fia più larga. Quivi sarà lacqua più profonda dove più correnti insieme si
congiungano. Dove una corrente più si dilata quivi è minor profondità. Quando
nel pelago si scontra due o più correnti allora il lor moto refresso fia circunvolubile el
suo magor fondo sarà poco dopo la lor congiuntione el fondo minore fia inverso il cen
tro del predetto moto circulare ma sia fangho e vicino a quello sarà rena e nel più pro
fondo fia cosa più grande e meno atta a moversi colla acqua. Ma quanto il moto circunvo
lubile è più fori del pelago separato dalla corrente allora la sua minor profondità fia ne
la congiuntione che fa il ritreggio della acqua colla sua corrente e sarà tagliente nella sua sommi
tà e profondo a piè del colle che divide la corrente dal retroso. Quando lacque anno rotto
in nna lunga parte di qualunche pescaia e i rimanenti essi curati ~~[illegible]~~ altre rotture. Del
transito che fa lacqua per le rotture delle pescaie truova gran lungheza di rottura con che la
argine della pescaia sia grossa allora si farà gran profondità circa al mezo del corso della acqua
che per tal rottura passa con ciò sia che la fimbria il suo arco sopra del fondo. Ma sse l'argine sarà stre
tta ~~[illegible]~~ di poca grosseza allora lacqua che passa per la sua rottura fimbra il suo arco dopo tal rottura dar
gine e sotto tale arco fia poca profondità e grande fia nel fondo percosso dalla caduta dellor
di qua ~~[illegible]~~ nella percussione. Sempre per la poca profondità de fiumi fia sotto li archi de
le sue onde e grande fia nelle vallate overo spati di tale onde. La acqua corrente che co
seco porta materia spesso si fa con quella argine costaculo al suo medesimo corso dritto onde si nolgie
e rompe dalli lati nella parte più debole e per tal modo rivoltà suo corso insino attanto che la materia dalle
sospinta li rifa nuovo ostaculo onde di nuovo piega il suo corso rompendo esso similmente nella par
te più debole e così successivamente seguita. Li ostaculi creati dal moto delle acque sopra il
fondo dove si muove caminano contrari al moto diritto al veloce corso delle acque ~~sempre~~ per ciò
lacqua ~~che di contro di per se muove~~ move la rena insino alla ~~sua~~ sommità di tale ostaculo e in mediata
~~[illegible]~~ la parte più bene seguita il corso della acqua con pari velocità e le parti
di più grande ruinano rotolando per la opposita spiagia del predetto colle la quale è molto più dritta che la
sua salita ~~[illegible]~~ e giunta ala basa del predetto colle quivi si ferma e faccie dosso di tale ostaculo dove ri
mettati e ricoperto dalla rena e così sopra ciascuna particula la basa dello ostaculo interamente
insino atanto che si riscopre dinanti ~~allo ostaculo~~ e di nuovo è percoso dalla acqua e di nuovo risaglie
il colle e così ritorna ala sua ruina e di nuovo il colle gli ripassa di sopra e così segue successivamente in
na attanto ~~[illegible]~~ che si scontra in magior corrente dove tali ostaculi fie ri
e infusi nella velocità della acqua la quale immediate di quegli s'intorbida e così tal rena fia
fatta con pari corso della corrente insino attanto che tale acqua si stanchi e ritardi il suo corso
ne più potrà di sostenere la rena onde di nuovo ritorna a rifarsi li anti detti ostaculi in quali
pesano imbitazione delle lor figure. Quella acqua sarà più torbida che fia più veloce
e quella acqua sarà più chiara non mettendo in fiume la quale sarà più tarda. Li ostacu
della acqua anno nel loro intervalli la massima lungheza per quella via dove il corso della acqua è più ~~[illegible]~~
e el minore intervalo fia dove il corso fia più tardo. Quella parte del fondo del fiume sia
più profonda ~~[illegible]~~ dove lacque del fiume corrà più strette e quella fia di magior profondità
lacque de fiumi più si sspandono. Quando il minor fiume mette le sue acque nel fiume magiore
esso ritarda il suo corso e le sue acque passa di sotto al fiume magiore e questo si vede per la cagione
torbide del fiume magiore che son cavate sotto a uso di grotta sotto alle quale si vede lacqua chiara del fiume
minore

二十四项案例

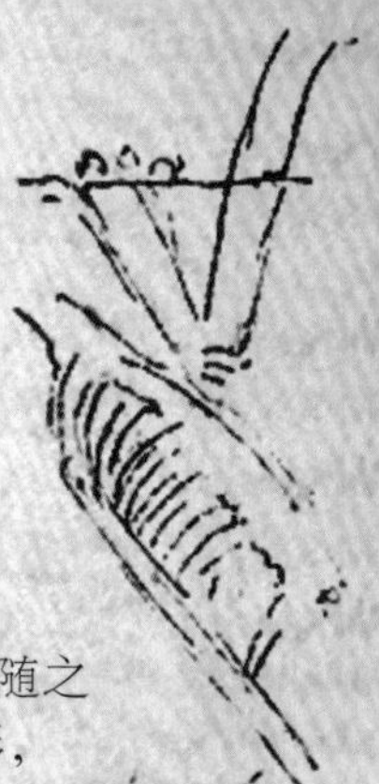

当落水撞击到海底的撞击点，如何测量水的深度？

水流是否在冲击到底部反弹的过程中也形成一定的角度？两股相互碰撞、相互冲击的水流如何在河床上形成角度？流速较快的水流对河床造成的冲蚀较大。如果水流流入较窄的直流水道，因为水道较窄，按照比例，这条水道比流过来的水道要深很多。如果水流所接纳的另一股横向水流较窄，因为其本身比较宽，则所形成的水道相对比较浅。

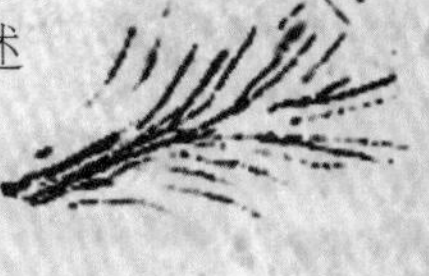

水流最深处出现在几条水流交汇的地方。如果将一条河道拓宽，则水深随之变浅。在大海中，两三条以上的水流相互冲击的时候，反射运动会呈现出圆形，变成漩涡，并在交汇点很快形成较深的冲击坑。较浅处则会出现在靠近上述圆周运动中心的地方，但是那儿会出现泥沙沉淀，紧靠着的地方出现砾石，最深的地方则是比较重的物体——这些东西不会轻易随波逐流。

但在外海，如果圆周运动是靠自己的作用脱离开了水流直行的方向，那么在水流圆周运动交汇处，那里的水较浅。就水流从漩涡分开而形成的圆锥体而言，交汇点在其顶部且最湍急，而在其脚下水则开始变深。当水从堤坝的任何地方喷涌而出，其余的堤坝就会变得相对安全，不会再遭到破坏。假如从堤坝的裂口涌出的水射程较远（换句话说，堤坝壁很厚），那么在通过裂口流出的水流中部会形成深坑——也就是说，水流在这个地方完成了地面以上的射水弧度。

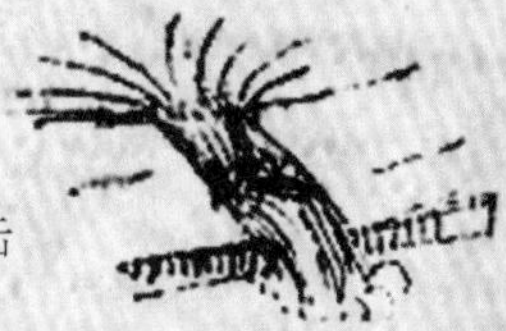

但是如果堤坝壁比较薄，那么水流经由裂口流出，根本来不及形成什么有弧度的射水。而弧度下方所形成的水洼很浅，在水流冲击的底部，冲击点周围则最深。

河水深度一般在水波形成的弧度下方较浅，而在波峰之间较深，也就是在波浪之间的地方。携带着物体的水流，经常连带物体一起，在笔直的河流中直接冲入河岸或冲到障碍物上。这样水流在河岸比较薄弱的地方弯曲并向两边分开，只要漂浮的物体形成新的障碍，水流就会另辟蹊径，流入新的水道。一旦障碍物从最脆弱的地方破裂，水流会形成新的方向，这样持续不断，一波连着一波。

因水流动在河床底部产生的障碍物，紧跟着快速流动的水慢慢前进。因为冲击障碍物的水从沙洲的底部慢慢将泥沙搬移到顶部，随后较轻的部分立即随着水流以同样的速度前行，比较重的部分则变得松散，并下滑到沙洲对面，下滑的斜坡比起沙洲上升的部分，显得更加陡峭。到达沙洲脚下后，这些泥沙停息下来，一层掩着一层，因为同样的原因，新的泥沙又会形成新的障碍，这样每个障碍物的底部，一层一层逐步彻底搬迁，直到沙洲后方彻底被前方转移来的泥沙掩盖。然后水继续冲击，沙洲继续升高，障碍物的底部又重新开始遭到破坏，然后沙洲再次越过坑洼，持续不断地向前推进，直到水流受到更为强大的水流的冲击，使这些障碍物粉身碎骨，被激流带走，水流也就突然变得异常湍急。这时候，泥沙和水流以同样的速度匆匆忙忙地前进，直到水流到达平缓宽敞的地带，水流的冲击力会慢慢减速，也不再有力量承载这些泥沙。这样会再一次形成上面提到的沙洲障碍，也重新开始持续不断地改头换面。流速越快，水流越是湍急。

而且在同一条河流中，水流越慢，越显得清澈。障碍物之间的间距在顺水方向长度越长，则流经的水流越有力；间距越短，则水流越慢。水流集中穿过比较狭窄的水道，这部分水道变得较深。如果河水四散，则那部分变得较浅。如果小河水流汇入大河水流，则小河水流会减速，小河水流会窜入大河水流的底部。这一现象可以在大河湍急的水流中观察到——当大河底部被掀起，会如洞穴一般，露出小河清澈的水流。

手稿四十　如何测量水的深度

BRITISH LIBRARY

大英图书馆说明

这一页继续讨论水流在障碍物周围交汇、形成圆形水纹图形，重点讲述了在河床及河岸附近发生的现象。

上半页研究与堤坝有关的水流的自然特征，并且指出这些可能存在的薄弱环节和易于受到破坏的地方。这些情况列奥纳多·达·芬奇用具体的图例显示：

“携带着物体的水流，经常连带物体一起，在笔直的河流中直接冲入河岸或冲到障碍物上。这样水流在河岸比较薄弱的地方弯曲并向两边分开，……水流就会另辟蹊径，流入新的水道。一旦障碍物从最脆弱的地方破裂，水流会形成新的方向，这样持续不断，一波连着一波。”

接下来，列奥纳多·达·芬奇测试在流动水流的河床上出现的障碍物，以及水流对河底的泥沙和深水水流的影响：

“因水流动在河床底部产生的障碍物，紧跟着快速流动的水慢慢前进。因为冲击障碍物的水从沙洲的底部慢慢将泥沙搬移到顶部，……比较重的部分则……下滑到沙洲对面，……到达沙洲脚下后，停息下来。”

沙洲的移动

沙洲指河流的中心滩、江心洲以及湖滨、海滨附近形成的沙滩的总称。是水流和波浪搬运、堆积作用形成的堆积地貌。

沙洲的形成往往是因为在河道中出现对应的两个横向环流，而且底流都指向河床中间，这样河床中间的砂质浅滩就会有河流当中的携带物沉淀，慢慢增高，在枯水期露出水面，形成沙洲。沙洲露出水面之后，对于河流的两个横向环流的阻碍增大，河流的携带物更多地堆积在沙洲两边，使得沙洲不断变大，但是因为河流的冲刷原因，一般会呈现狭长的形状。

列奥纳多对于沙洲形成原因的解释非常清楚，但是更加让人惊讶的是他对沙洲移动的阐述。他认为，如果洪水期的河流漫过了沙洲，会对沙洲的前部进行冲击，冲走前部的泥沙或其他物质，但是等到河流携带着这些泥沙或其他物质越过沙洲，由于流速变慢，所携带的泥沙和其他物质便再度沉淀下来，沉淀到沙洲的后方。这样就会导致沙洲前方减少、后方增加，使得沙洲不断向下游移动。

凭借着这样独特的观察力、丰富的水利理论和缜密的推断能力，列奥纳多比今天借助于现代器材的学科专家显得更有远见卓识，更有清楚的表述能力。

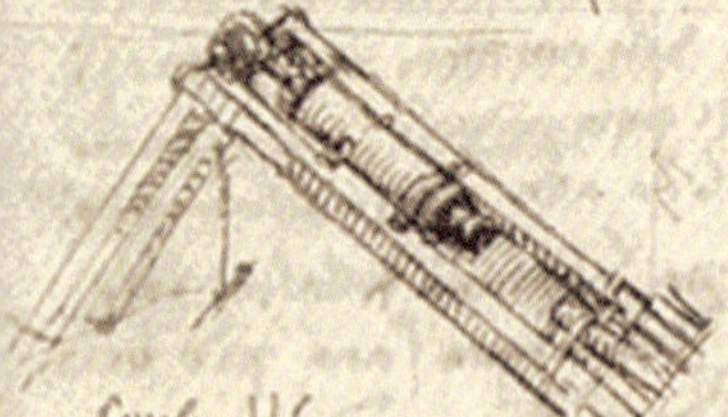

se già obbligasti il peso del
monacho di 1 migla libre non
fa di fino più che di mille
e non da ancora al moto di
faticha senò per mille . esso
il mannaco ~~che~~ a questo caso
mancha 3 migla libre . alla po
tentia di ficcare tal palo che
non valea mancho di 1000 libre
allora tu debbi fare esso mo
nacho di 12 migla libre essa
ra pancholo? detto di sopra ttra
to . multo di potentia di 184000
e nol di ssoso fare colpo di 1000

pescaia colle casse alcun canaui
inuerso il corso dellacque elle
gate a lunghi e grossi pali e sta
— e fatte la ppiramide simil
sodi di sotto co pe sali e di sopa
co rami  e quella ra
mi sistema e rena coltone che d
sopra viene per la pesscaia allo
ra tale pescaia sara di lungha
perseveranza

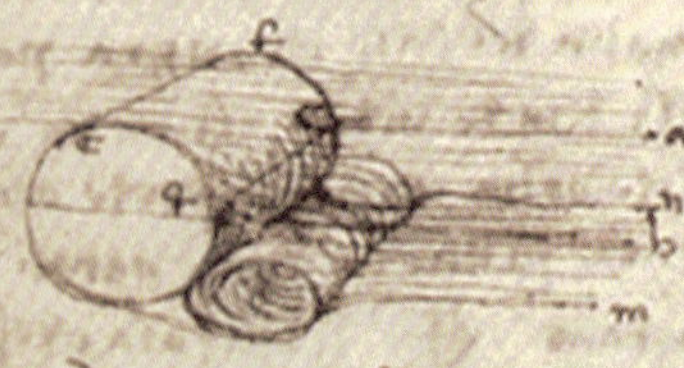

vento · in A 92

Quando la distensione delle pesscaie sara concauato e chel fine del suo declinare sia sotto el fondo delle ~~acque~~ fiume allora lacque che da quelle discedono non caueranno mai a piè dellargine e non pora dire sopa sicuro bal

[?] onde non si uerrà a fare nuouo ostaculo e pigliare il corso trauer sale ~~lungo~~ per la lungheza del fondamento della pesscaia dallato di sotto.

Ancora ~~[?]~~ se alla infima parte dellargine trauersalmente oposto al corso delle acque saran fatti in pariti e larghi gradi a uso di scala lacqua ~~che[?]~~ che nella bassamente de lor corsi sogliano particular mente cadere da alto mme da tale infima sua basseza . e di salzare i fondamenti delle argine non potranno piu dissolvendo conculpati dopa valitudine ello e senpre de so ame colla lacqua cadente in so di alteza che la parte della sforzesa di giugnere la qual scala da ssi

Quando lacqua sara principio al discenso suo per la sua cammino e questo interuiene per lacqua che prima simosse fu quella che riempie le parte basse per la qual cosa lacqua succedente trabocca lateral mente sopa lantecedente e va ricercando i siti della seconda minor basseza e lalltra succedente acquista naturale ricerca do i lochi della 3a minor basseza e cosi successiuamente va seguitando onde ne nasce la corrente altra terza assimistra cora in mezo cora in aspetti principa li di quelli —

Il corso dellacque non sara mai veloce se prima non riempie lacqua la valla del fiume onde passa e questo accade perche pol tutte lacque che metta nel fiume bisogna che in altrettanto tempo si sgonfi esso fiume per la forza sua il che prima fare non potea per le lacqua che entro nel riempiere le sue concavita.

Lacqua che nel fiume si distribui tanta piu tarda quanto essa sia piu distante alla rettitudine del suo moto cosi inferiore ~~come~~ laterale.

Lacqua posta nel mezo del sito della qualità il quale abbia di diametro sette migla migla non si ~~[?]~~ moverà forte tal sito che sella nol sinalza nel mezo della sua larghezza piu di 3 migla per mille e 500 miglia.

La acqua che percuote nel suo ostaculo . dal mezo della percussione in giu si rivolta inverso il fondo con moto incurvato e retroso e percuote il fondo ello caua a piè della base del predetto ostaculo e dal mezo della percussione in su si rivolta ancora in moto retroso il quale per la predetta retrosione risalta sopa laltra acqua a modo di bollore ove acquista peso e ricade infra lalltra acqua e quella penetra per esser cosa più densa e graue e giunto al fondo si congiugne colla altro retroso e così aumentato il predetto cauamento del fondo e cosi ragirandosi insieme si mouano da a piè dello obieto facendo concavità a uso di profonda buca ello co tondo lacqua consuma inuerso laumento dellacque in moto e della ditta alteza che resta a lo sfacellone se sara di rena o terra o randa iagiara sensibilmente caminerà incontro al fiume.

Londa del fondo del fiume o sia di rena o sia di giaia o terra sempre camina ~~[?]~~ contrario al moto sotto il veloce corso delle acque.

Tanto per qua di potentia nel suo corso quanto essa acquista di largezza

Li stretti e veloci acque voganti tutta la materia che delle large e pigne acque alla loro giunture congregarono 89 . in libro A

Dove lostaculo si interpone al corso lacque infra la superficie el fondo il quale non sia di molta lantitudine sopa tale obbietto il fiume fara la sua corrente sopa la maggiore sua profondità e questo accade perche lacqua che cade di tale ostaculo caua il fondo ove percuote e lacqua la quale che ciascuno di tale obbietto viene a correre in tal basseza essa accompagnano insieme e caua il fondo nella lungheza del lor decorso insignua natale

in A · 89

十二项议题

当河水从坝上落下，在河床的下方、水流降落的最低点，会形成比较深的冲击坑。那么从堤坝上冲下的水流，绝不会在堤坝脚下形成冲击坑，而且也不会在反弹过程中冲刷掉泥沙，因此更不会逐渐形成另一个障碍，但是会沿着对面堤坝底部的横向水流而流动。

然而，如果堤坝最低的部分，呈对角线穿过河流，在阶梯状台阶之后，建设为深入地下的宽阔的横面，水流从横面流下，并从最低一级台阶开始垂直落下，在河床底部造成冲击坑，水流在降落过程中不可能再具有很大的冲击力度。这里有个实例，在维杰瓦诺的斯福赛斯卡草原，水从这样的阶梯式堤坝落下，流水降落幅度为 50 布拉乔奥。

当水流穿过一大片田地流下，只有很小一部分水流穿过田地的某些地方。这是因为，首先流下的水流将低洼的地方灌满，这样后面的水流才可以漫过前面的水，向四周展开，寻找第二个低位。然后，一个接着一个，寻找第三个、第四个低洼的地方，持续不断，有时向右，有时向左，有时中间，而有时几个方向都有。但是能漫过整个田地、穿过整个田地的水流却寥寥无几。

流淌的河水如果没有首先滋润它所穿过的峡谷，那么它的流速绝不会太快。这是因为流入河流的水统统要穿过河口，在相等的时间内需要流出等量的水。但在开始的时候却无法如此，因为进入河流的水首先要荡平所有的坑坑洼洼。汇入河流的水会变得较慢，远远达不到水流运动的直线要求，其中包括垂直运动及水平运动。处于 7 000 布拉乔奥水平高度中部的水，不会从原来的地方自动向下流动——除非水所在的地方比周围高出 3 500 布拉乔奥。

水流冲击着障碍物体，从冲击面的中间朝下方做出弧形运动并被反弹回来，水流不断冲击障碍物的底部，并在障碍物的底部奋力开掘。在冲击面上方，也因为反射作用掉头反弹，跃出其他水面，好像沸腾的水一样，这样的水流获得了重力，向下落入下面的水中，并穿透水面。因为比下面的水重，水流在达到底部的时候，同另一次反射水流结合，这样增大了对底部的冲击作用；因而这些水流会一起旋转，一起在河床底部形成船底一样的冲击坑。

水流所降落的地方因为总是迎着水流，受到流水的侵蚀，变得像山峰一样突兀，而如果是泥沙或碎石，则明显可以看到这些东西逆流而上。不管是含有泥沙还是碎石，河流底部的水流一般在较快的水流下方慢慢移动。在流动的过程中，水道一旦变宽，水流的冲击力会立即减少很多。

河道狭窄而流速快的水流，会将宽而慢的水流裹挟到交汇点的物体全部冲走。如果不是在特别宽的水流表面和底部之间放置物体，水流经过这样的障碍物，会在底部最深处形成新的水流。发生这种情况是因为，从障碍物上流下的水流，将受到冲击的底部掏空，而横向水流绕过物体，迅速到达冲击坑。水流交汇的作用会在河道底部的交汇线上形成长长的船形水坑。

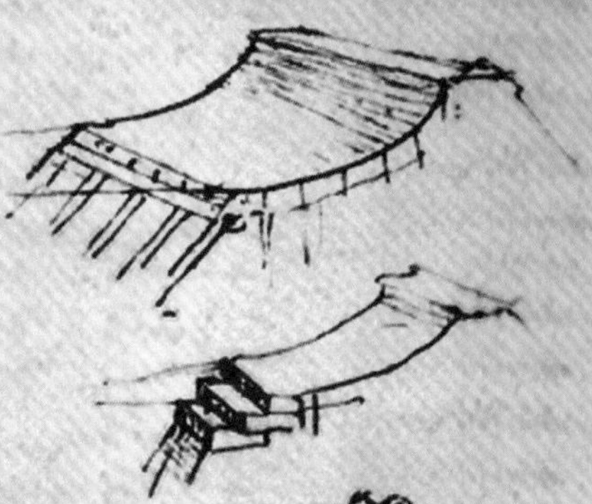

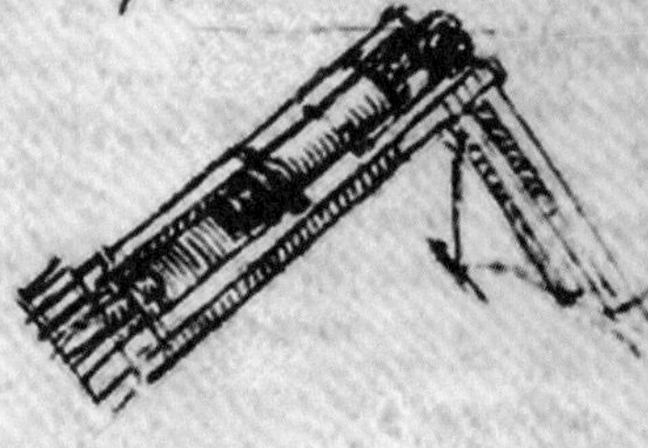

因为滑道为斜坡，4 000 磅的撞锤无法产生 4 000 磅的力度，1 000 磅的拉力也不会形成超过 1 000 磅的冲击力度。在这种情况下，撞锤缺少 3 000 磅来驱动桩柱，因为桩柱驱动需要至少 4 000 磅的力度，那么必须安装 12 000 磅级别的撞锤，通过 4 000 磅的拉力来提升，在下降的过程中形成 4 000 磅的冲击力度。

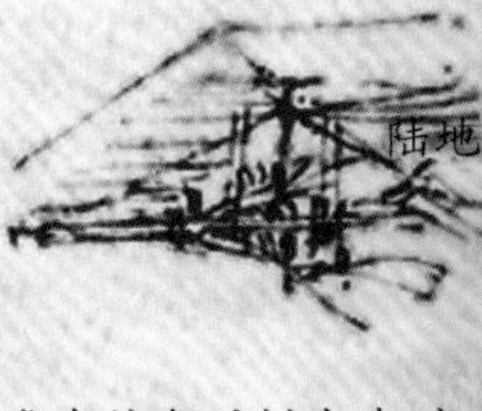

如果用带有枝条的树木来对抗水流，将树木厚厚地一层层捆在一起，树干朝向下游，树枝朝向上游，形成短粗的锥形，树枝用上游流入堤坝沉淀的泥沙一层层掩盖起来，这样做成的水坝很持久耐用。

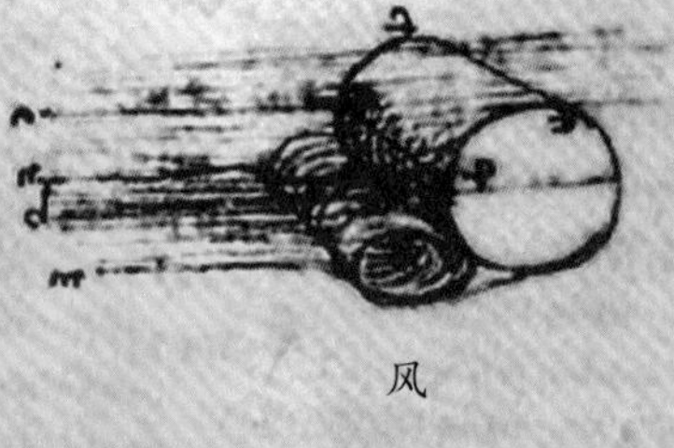

手稿四十一　水流的水平运动

LIBRARY BRITISH

大英图书馆说明

列奥纳多·达·芬奇精心制作的图纸，显示出如何建设永久性堤坝，使人联想到《马德里手稿》第一部分中漂亮的机械图纸。他在水研究实际应用上的拓展能力，使我们想到很多河道——一整套内陆运河系统，都是在达·芬奇时代建设的。他通过观察12世纪在伦巴第建设的运河网络，得到启发。虽然如此，列奥纳多·达·芬奇是第一个将所观察的水流变化理论化的人。在《马德里手稿》第一部中，根据以希罗的设计为基础而形成的机械图纸，我们脑中可以浮现出他的兴趣所在。列奥纳多·达·芬奇有可能了解康曼丁那从拉丁语文翻译的希罗工作手稿，也可能他是通过弗朗西斯科·迪·乔治·马丁尼①——他的朋友和工程伙伴的翻译了解到了这些内容。

达·芬奇手稿

丹·布朗的一本《达·芬奇密码》，让达·芬奇这位文艺复兴时期最伟大的画家于21世纪再度受到瞩目。这一次，达·芬奇走出佛罗伦萨、米兰，魅力席卷全球。这股狂潮除了归功于传媒无远弗届的力量——这个对科学、宗教更有包容力的世界——也让他的科学发明、不朽画作得以自由拓展。

世人皆熟悉达·芬奇的画家面貌，提到《蒙娜丽莎》《抱银鼠的女子》与《最后的晚餐》，可以说是无人不知。但达·芬奇的另一面你可能还很陌生，从他留下的大量手稿中可以发现，他同时是博学家、科学家、数学家、工程师、发明家、解剖学家、雕塑家、建筑师、植物学家、音乐家和作家。因《达·芬奇密码》而广为人知的“维特鲁威人”，其实就是达·芬奇在研究古罗马建筑师维特鲁威的学说之后所留下的完美比例人体图像。此外，他还为纺织业制

① 弗朗西斯科·迪·乔治·马丁尼（1439—1501），意大利文艺复兴时期的工程师，曾提出离心泵的原始模型。——编者注

造纺织机与加热锅炉的火镜，参与了米兰大教堂尖塔的建筑，设计舞台用的天使翅膀与机械鸟。他研究流体力学与机械力学，发明了水闸、起重机、自走车等机械，也曾制作可行走的机械狮子，献给当时新上任的法兰西斯一世。他还以自然为师，观察鸟类、蝙蝠、风与水流，创造出滑翔翼等飞行机器，甚至设计出攻击武器与防御设备，还有能刺探敌方军情的风筝。从达·芬奇留下的温莎头骨素描、《最后的晚餐》《安吉里之战》与建筑设计图中，都可看到他对几何学的精湛演绎。

从达·芬奇的手稿中除了看得到他的发明思路，还可领略到他的压抑与孤独。认为“理解的快乐是至高无上的喜悦(The noblest pleasure is the joy of understanding)”的达·芬奇，穷尽一生追寻艺术之美与自然真理，从中获得极致的满足；但另一方面，他害怕发明遭人窃取，担心自己会得罪当时反对科学的罗马教廷，因此习惯以字形正确但左右完全相反的镜像文字来记录研究心得。达·芬奇手稿上的研究成果开启了后世许多发明的先河，这点着实令人惊叹；而以颠倒方向的文字书写仍能保持思绪顺畅，也让人感叹达·芬奇的天分无人能及。

达·芬奇共留下13 000页左右的笔记和素描，主要可分为《哈默手稿》(Codex Hammer)、《大西洋手稿》(Codex Atlanticus)、《温莎手稿》(Windsor RL)、《阿朗戴尔手稿》(Codex Arundel)、《佛斯特手稿》(Forster Ms)、《马德里手稿》(Madrid Ms)、《巴黎手稿》、《提福兹欧手稿》(Codex Trivulzianus)与《鸟类飞行手稿》(Codexon the Flight Bird)等。其中保存于米兰安布罗西亚纳图书馆的长达1 119页的《大西洋手稿》，于2009年9月在意大利首度公开展览，包括研究领域涵盖飞行、武器、乐器、数学等的研究心得及草图，被视为最具研究价值的达·芬奇手稿。而世界首富、微软总裁比尔·盖茨也极重视达·芬奇手稿——他看到了达·芬奇对于未来世界的影响。基于这个理念，比尔·盖茨在1994年斥资3 080万美元买下了《哈默手稿》(原称《莱斯特律典》)，其内容包括解释化石如何形成的造山运动原理与潜水艇战争等，在特定国家展出，一年仅一次。2007年还与大英图书馆合作，将该馆收藏的《阿朗戴尔手稿》与《哈默手稿》转为电子档并置于网络上，供民众上网浏览这些原来仅少数学者才有幸接触的珍贵手稿。

coreptione

Lacqua p se nonsimovene se la nondisscende . Quellacqua sara piu alta che ffia piu
remota dalcentro della sua spera E quella supfitie dellacq.a che fia pio bassa che
alcentro della sua spera e pio propinqua Nessuna supfitie dacqua che co fi
mo dalaria e ppio bassa chella supfitie della sua spera Lacque de mari
salati son dolci nelle sua gra profondita Ragira si lacque con continuo
moto dalinfime profondita de mari alle altissime somita de monti nonosservando
la natura delle cose gravi e inquesto caso fa come il sangue delli animali che sempre si
move dal mare del core e scorre alla somita della testa e che quivi rotto possi leuene come
si vede una vena rotta nel naso che tutto il sangue da basso si leva alla alteza della rotta ve.
Quando lacqua essce della rotta vena della terra essa osserva la natura dellaltre cose
pio grave chellaria onde sempre cercha lochi bassi Quellacqua sara pio velo
ce che disscende p piu manera obbliqua . E quella acqua sara pio tarda che
simo de ppio obbliquo fondo Moltissime volte il nilo e gli altri fiumi di gra ma
gnitudine anno versato tutto lelemento dellacqua e reso tutto al mare Van
lenene scorrendo con infinita ramifichatione pelcorpo della terra Diverta lac
que diverse varie nature quato son vari i lochi che passano Se possibile fussi affo
re un pozo che passassi la terra dallo pposita parte che p tal pozo disscendessi un fium
la fronte del fiume che prima ventrassi disciendere p tal pozo e passerebbe il cen
tro delli elementi sanza far moto riflesso e poneche tanto di acqua di la dacesso centra qu
esto navessi dallo posita parte E sella lima fussi pio breve dallo posita par
del pozo che lacqua pcausa dun qualche profonda valle allor tale acqua riempierebbe
tal valle p grade che la fussi insino attanto che si ragualgliassi il peso dellacq.a del poz
bene che in qualche parte il centro dellacqua e della terra insieme giunti simoverebbe alqu
del p.o sito pel peso dellacqua che nellopposita parte della terra parebbe mutata pli
de ne prima non era Muovesi il centro dellacqua e terra insieme giunti quato
simo ve il peso del mare partito da venti Lacqua che pcausa di suo moto e pi
di strumento si leva inalto non pesera mai pio chellacqua che causa della sua elevatione
che sempre e ppio potente il motore chella cosa dallui mossa Quanto pio lacqua pra
to riflesso dellacqua sara piu alto chelmoto motore se gia no fussi p salita moto da
percussioni di 2 ondi che infrallaria risaltassi Lacqua infralacqu
no pesa se no simove Quellacqua infralacqua si chmasce terra effara afinita magior
graveza laquale sara di piu veloce moto e cosi da inverso sara pio lieve che sia pio tard
Quanto magior concorso dacque pelotana in medesimo sito tanto pio fia esso sito fra
tale acque consumato Londe intersegate dal moto di se medesime col moto delu
to fanno la lor supfitie globulenti e lfondo ritie della medesima similitudine e in
sime neloci bassi Lacqua essalse pella ymena del sale che regra pa
te dentro no salata Lacqua di fiumi chessi disiunte in meno
poi si ricongiungue lasscia iso scoperto alcuna e qualche volta scoperto porte ar
Quella isola chessara scoperta dalle acque sara di materia pio lieue nella parte
ve le correnti si ricongiungano che dove esse correnti si disiungano E ssella isola che
troua infralle 2 correnti sara coperta dacq.a langolo inferiore sara fa
arena e porta giarra sara scoperta dalla rena

二十五项议题

水如果没有遇到低处，便不会自行流动。从水层逃逸出的水逃得越远，它的位置越高；而靠近水层中心越近的水，其表面越低。但凡是能与空气接触到的水，其水平面不可能低于整个水层的水平面，而只能高于或等于后者。海水最深的地方会出现淡水。水永不停息地从大海最深处向群山的最高峰运动，而没有遵循重物的运动法则。在这种情况下，其运动比较类似于动物的血液循环——总是从大海这个心脏，流向山峰这个脑袋。而当血管破裂，就像我们看到的流鼻血一样，下方所有的血全部直冲而上，到达破裂的高度。 概念

当水流从地球破裂的经脉中喷涌而出，会立即遵循与其他比空气重的物质同样的规则，总是向低处流动。向下流动的坡度越大，水流速度越快；水流经过的底部坡度越小，则水流速度越慢。尼罗河和其他大河滔滔不绝，总是毫不吝啬地付出全部流水，水流最终会回归到大海。

地球内部的暗流不计其数，水流在这些纵横交错的支脉间流动。流经的地方状态不同，水流表现出的特性也多种多样，随着地表状态而各不相同。如果有可能，在地球上钻探一眼井，穿过地球到达地球背面，而使河水穿过这眼井向下流动，先流入的水流会首先穿过这口井，但这并不会引起任何反射运动，且会穿过所有元素的中心，而从地球的对面也会流入和地球这边一样多的水量。

因为一些峡谷比较深，所以某些地下水源的水道，一端会比另一端短，不管峡谷有多大，泉都能充满它，直到两端冒出的水的重量相等。但是在某些地方，水的中心（重力中心）和地球的中心结合在一起，由于水有一定的重量，因此中心可能在某种程度上偏离原来的位置，也可能在地球对面升高，而超过其原来所在的位置。

因为受到海风吹动，当大海的重量有变动，水中心（重力中心）同地球中心的结合点也会被移动。水自身运动把水抬升或通过器具将水抬升的重量，永远不会超过导致水抬升的水的重量，因为发动机总是比发动机所带动的物体更加强劲有力。

一股水流被另一股水流抬升得越高，这股水流就越会比推动它的水流薄。水的反射运动永远不会比入射运动高，除非水流在水浪冲击的情况下，在撞击之间跳出水面。如果水流没有运动，包裹在其他水中的水不会对周围的水产生重力。如果水流运动速度较快，那么包裹在其他水中的水流便会突围而出，表现出自身所具有的较大重力。相反，水流运动速度越慢，重量会变得越轻。

在同一位置，冲击汇聚的水越多，水流对这一点的冲蚀越厉害。在风的吹送下，水波自行运动，相互交织，形成圆形水纹，底部也因同样的波动受到影响，特别是在浅水区表现得尤为明显。水变咸是因为盐矿的原因，矿盐在很大范围内融化到水中。河水在上游分成许多支流，而在下游汇聚，汇聚后在后方形成无数的沙洲，沙洲有的暴露出来，有的被掩盖在小水流下方。

没有被水流覆盖的沙洲，含有很多比较轻的物质，水流很可能会再次在这里汇集，而不会在分开的地方交汇。假如水流漫过两股水流交汇之间的沙洲，下游形成的锐角角度便会很小，而泥沙也会掩盖沙洲上大多数的砾石。

手稿四十二　水流是地球的血脉

BRITISH LIBRARY

大英图书馆说明

这一页抬头名为“概念”，包含了列奥纳多·达·芬奇以哲学问卷形式进行水利研究的思维方法。这些方法包括基本原理“水流位置如果没有降低，便不会自行流动”，以及四大元素层之间的关系，地球本身与动物血液循环系统的类比（宏观和微观的类比）。列奥纳多·达·芬奇在此页手稿中，使用这一关于不同地方水运动的基本公理，在其观察的微观细节及普通水层之间，建立起实体关联。

在这一页上，列奥纳多·达·芬奇提出了一个矛盾问题：关于水向山下流动的原理，同地球内部水的运动相背离。这一矛盾以人体的血液循环进行类比来做出解释，这一循环理论在当时是人们所不能完全理解的。一旦水流恢复在地球表面的自然流动，那么，基本规则便开始生效。“当水流从地球破裂的经脉中喷涌而出，便会立即遵循与其他比空气重的物质同样的规则，总是向低处流动。向下流动的坡度越大，水流速度越快；水流经过的底部坡度越小，则水流速度越慢。”

列奥纳多·达·芬奇在对日常活动范围内特定条件下的水的观察，与他所努力研究的宏观框架下的水的运动之间，架起了一座桥梁。在手稿四十七，他通过几何证明架起了这座桥梁。在建立这座桥梁之后，他可以拓展实际应用并进一步发挥。

水元素的中心和地球重心

受制于四元素学说的影响，达·芬奇认为地球自下到上分别由土元素、水元素、火元素和气元素构成，四元素处在一个同心圆上，拥有着共同的圆心，这就是宇宙中心。尽管是这样，达·芬奇仍然敏锐地观察到，地球上陆地地形的变化、水泊的不对称存在，势必会造成土元素和水元素——尤其是水元素的中心——可能会跟宇宙中心有一定的偏差，这不得不说是在四元素学说上突破了一大步。

但是如果他的水元素的中心偏差学说是尖锐的，那么接下来他所列举的例子便称得上是大胆而且让人吃惊的。他用他匪夷所思的想象力说道：如果在地球的球体上贯穿钻探一口井，那么这个半球上的水就会流入其中，但是绝对不会从另外一个半球上流淌出来；而另外一个半球上的水也会灌入其中，两个半球的水会在中心点相遇、抵消并达到平衡。为了证明他的推测的完美性，他接下来认为，如果一个半球上的水平面偏低，那么相应多余的水会填充在峡谷当中，以达到双方水的完美平衡。

达·芬奇这个大胆并令人吃惊的想法，是为了证明水元素的中心。不过他无论如何也不会想到，自己这个事实上已经找到了地球重力中心的想法有多么伟大——后世最早发现并提出重力中心的牛顿，比他整整晚了200年。

22

carte 29

Come i fiumi si possa regnare, e come la fortuna aversa opprospera di tutti i sua in
cam. Come si togli e l'impeto alli fiumi col fare spesse pescaie e rigorgamenti
ma queste non e utile per li sua vicini perche spesso l'acque coprano le lor possessioni. Segue utile
ono a conuertire un fiume che guasti e passi in molti rami ... Ossi ... utile di molti ra
in farne un sol fiume. Innel moto delle torre l'acque apaguli ... Innel moto
se affane ch'ell'acque no uanno apaguli. Se tale moto dell'acqua ... Innel moto
dell'acqua fussi per se sola nel mezzo dell'aria e ta ... sella sarebbe sperica onne in
... per e che le sue parti meridionali sarebbo bollenti e molte rare ... elle parte set
tentrionali sarebbo ... elle parte infra oriente e ... sarebbe ... forme qualun
Perche il cielo ... e ... Come fa l'acqua ... delle
sue argini e ... il fondo ... intorno ... ch'e ... acqua ... minor
potentia di lei la quale abia ... alle ... impeto Quando l'acqua refressa del
la percussion del fondo ... ostaculo ... la percossi ... essa menera gran ruina
nel primo ostaculo ... sara ... e sempre il suo moto sara ... rerum
noso e consumatore delle materia ... porta nel suo furore materia assa
i come ... rena e giara le quali percotano rasciano e consumano ... ogni loro ostaculo
L'ar e dell'acque ... insieme ... obbietto ... Kel ... ricalterano colle lor
circulatione nell'oposita parte dello ostaculo ... le lor percussione e così seguira tal moto
... vorticoso ... infino alla superfitie dell'acqua ... insieme
col moto ... corrente ... a tunque ... fiumi ... l'acque abino ...
in figura ... insieme ... opra
poghino ... l'una all'altra ... conceptione Dove l'acqua ... minor ... quivi
fia mezzo profondita // conceptione Dove l'acqua fara magior percussione ... fara ma
gior nocimento nel suo obbietto ... grati delle ... ma ... perfetti come
nell'antecedente conclusione fu provato Conceptione Dove l'acqua piu corre piu ... e po
... e piu posa ... conceptione Dove l'acqua e piu tarda quivi a minor potentia
Dove l'acqua e piu veloce ... piu sostiene ... piu grave ... ventro
gittate Dove l'acqua e piu tarda quivi ... piu grave di lei
Dove l'acqua corre con magiore obbliquita quivi sara ... piu remote ... cosa
ta e cosi il suo ... del fondo ... dell'obbliquita ... come quella ch'e ...
infra la superfitie e 'l fondo conceptione Tanto e a spignere l'acqua contro all'aria ferma quanto a
spignere l'aria contro all'acqua ferma L'onda ... contro all'aria ferma ...
... in quella ... il suo ... L'afronte dell'onda che resurge
dalla percussion del fondo ... figura lunare ... della sua ... la qual figura
lunare volgera la sua ... inverso la bassezza del fiume

La magior bassezza
che sia nello intervallo dell'onde de fiumi fia infralle magiori altezze dell'onde La mi
nore bassezza che sia infralli intervalli dell'onde sara nello spatio dove l'onde son piu
basse. Sono l'onde di 2 nature delle quali l'una ... stan
te ... corrente ... al mezzo del fiume Le seconde sono de se
quelle ... de fiumi Le 2ª son quelle che si co
... dell'intersegatione dell'onde ... nel mezzo della corrente Sono l'onde
di 2 nature delle quali l'una ... in
verso il loco ... Le seconde son quelle de fiumi ... ruina le lor somi
altezze inverso il loco ... Ancora son l'onde semplici e onde ... po
site semplici ... moto ... dall'argine de fiumi Composte son quelle che si co
pogha delle semplici nel mezzo della corrente de fiumi le quali son le magior ... delle
... si ...

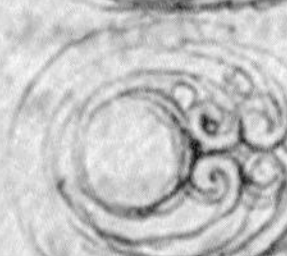

二十九项案例

如何疏通河流以达到对附近的农田有利的目的，或是改善各种不利因素？怎样通过频繁地维护堤坝来遏制河流的冲击？但是维护堤坝对旁边的近邻地并没有什么好处，因为水流会经常漫过堤坝，淹没田地。如果将毁坏田园的河流，疏通成很多小水流，不知是否管用？或者是将许多小溪流合成为一条河流才有用？如何排出沼泽的水，使沼泽变得干涸？如何阻止水流流入沼泽？水元素是否呈完美的球形？

假如水本身存在于空气之间，可以想象水呈现出的球面：球面南端热气腾腾，空气特别稀薄，且轻飘飘的；球面北部冰天雪地，空气稠密；而东西之间则呈现出质量均匀的状态。

为什么尼罗河夏季洪水泛滥，而水源却来自干燥炎热的国度？水流从堤坝降落到底部的过程中是如何运动的？在冲击点周围转向流入水力较小的水流，准备向冲过来的水流妥协。当反射水流从受到冲击的底部反射出来，碰到障碍物，不得不绕道而行；水流再次交汇后，会给上次所冲击的障碍物带来很大的破坏。水流运动总呈现出漩涡状，将漩涡上的物体一点一点地消损。因为在亢奋之中，水流裹挟更多的物质，如泥沙及砾石，这些泥沙、砾石不断被冲击摩擦，流水可以将任何阻碍它们前行的障碍物消磨殆尽。

障碍物将涡流一刀劈开，涡流在障碍物后方重新团聚，然后朝着受到冲击的障碍物回旋。而这一迂回运动继续前进，像旋转的陀螺直达水面，总是顺着水流缓缓而下。这样，在流水落下的地方，河水不再盘踞不前，除非这些地方呈台阶形状，一排排有序地排列在一起，一个台阶紧挨着另一个台阶。概念：水流冲击力越小，水越浅。概念：水流冲击力越大，对物体造成的损坏程度越大；而阶梯状的台阶则是解决这一问题的最好办法。这一点可以在后续的论证中看到。概念：水流流速越快，水流越强，冲击力越大。概念：水流越慢，冲击力越小。

水的流速越快，扔进水流的重物漂浮越久。水流流速越慢，对比水重的物体所形成的阻力就越小。

水流坡度越小，从底部冲击坑到突起之间的距离越大；这既符合横向冲击坑发生的情况，也适合底部冲击坑纵向发生的情况。概念：将水推向静止的空气和将空气推向静止的水效果相同。冲向静止空气的水浪，在冲击空气后降落。水浪的前锋在冲击到河床后，冲上水面，在顶部出现新月形状。新月形状的两角朝向河床的方向，那么，水浪之间的间隔中较深的地方，是在水浪两个最高点的中间位置。水浪之间的间隔中较浅的地方，出现在水浪低点的中部位置。

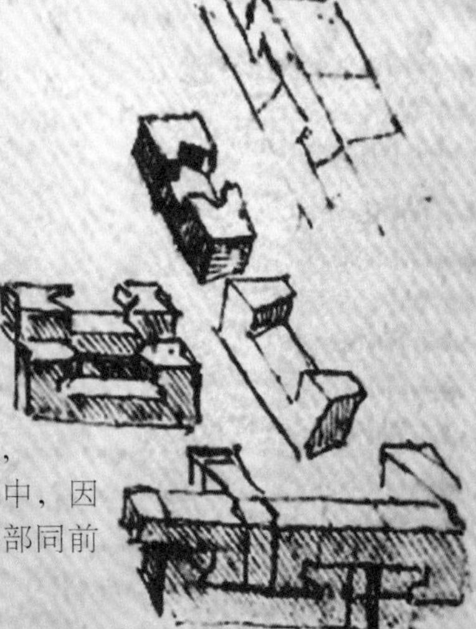

水浪有三种：第一种是水流因碰到河流中间的障碍物而形成的；第二种是从河岸反射出来的水运动中形成的；第三种是河岸反射出来的水流在水流中部同另外一股水流相互碰撞而形成的。水波有两种：一种是因风而形成，这种水波在前行的方向上破碎并从顶部毁灭；第二种包括河流的水波，在向前运动的方向从顶部毁灭。还有单浪和混合浪之分：单浪是在水的运动中，因河岸反射运动而形成的；混合浪由多条单浪形成，后面的浪在河水水流的中部同前面的浪结合，成为水流中最大的浪。

手稿四十三　最完美的水坝形状

BRITISH LIBRARY

大英图书馆说明

这一页描写水的二十九项案例，展示出列奥纳多·达·芬奇在水科学研究上所追求的基本原则。他提醒水坝可能产生的问题：“怎样通过频繁地维护堤坝来遏制河流的冲击？但是维护堤坝对旁边的近邻地并没有什么好处，因为水流会经常漫过堤坝，淹没田地。”

他同时也说明如何缓解不利的结果：“障碍物将涡流一刀劈开，涡流在障碍物后方重新团聚，然后朝着受到冲击的障碍物回旋。而这一迂回运动继续前进，像旋转的陀螺直达水面，总是顺着水流缓缓而下。这样，在流水落下的地方，河水不再盘踞不前，除非这些地方呈台阶形状，一排排有序地排列在一起，一个台阶紧挨着另一个台阶。”

为了科学研究，他观察到漩涡中的对称性，结合自己在水文方面多年积累的经验，达·芬奇随时随地将其运用到美妙绝伦的对称绘画中。

阶梯水坝

在这篇手稿当中，达·芬奇提出“水流冲击力越大，对物体造成的损坏程度越大。而阶梯状的台阶则是解决这一问题的最好办法”。这是从水动力学的角度论述的。水动力学研究液体运动状态下的力学规律及其应用，主要探讨管流、明渠流、堰流、孔口流、射流多孔介质渗流的流动规律，以及流速、流量、水深、压力、水工建筑物结构的计算，以解决给水排水、道路桥涵、农田排灌、水力发电、防洪除涝、河道整治及港口工程中的水力学问题。

但是阶梯水坝的设计不仅仅符合水动力学，而且也符合水静力学的原理。水静力学研究液体静止或相对静止状态下的力学规律及其应用，探讨液体内部压强分布、液体对固体接触面的压力、液体对浮体和潜体的浮力及浮体的稳定性，以解决蓄水容器、输水管渠、挡水构筑物、沉浮于水中的构筑物（如水池、水箱、水管、闸门）等。堤坝、船舶等的静力荷载计算问题，从水深和静力压强上来说，阶梯水坝的横断面成阶梯式的下宽上窄，既能够应对深水水压，又能够节省建筑材料。

达·芬奇的阶梯水坝给予后世的水力学家以无限的启迪，现代的梯形水坝就带有阶梯水坝很大的印痕。达·芬奇在不经意之间，就触及了水利学的静水力学和动水利学两个精髓。这也可以作为达·芬奇的天才身份的证明之一——天才和大师总是在不经意间于任意领域达到别人无法企及的高度。

达·芬奇设计的阶梯水坝

Come colli animali grossi ~~fra~~ si fa pestare i fondi de fiumi e fassi e fassi la fuga all'acque torbide le quali lasciano poi tal terreno con esse situato nello ritorno [illegible] Come si fa canali nello stato ditto modo li canali infra terreni piani Come si fa che portano via i terreni no de canali ripieni di fango con certe cavatrici sopra le quali si movano su pe lo canale Come si debbono rigare li fiumi Come si de riparare che fiumi no portin via l'altrui possessioni Come si debbe mantenere i fondi de fiumi Come si matura largini Come larghi rotte si ripari Come si debbe ordinare li impeti de fiumi per spaventare il nemico e dannare e allagare le valli d'esso fiume Come il fiume possi esser passato dalli eserciti e si debbe convertire in molti e piccoli rami Come si debbe guastare li fiumi sotto li ponti [illegible] sare i fiumi a noto Come le pine di tutti i mari contingenti son tutte d'eguale altezza e sono la più bassa parte della terra che sia fra costoro Del moto del notare de pesci del moto e dello saltare fori delle acque come fan sino e agalfini che par cosa maravigliosa su per figura come anguille de essimili Del modo del notar contro alle correnti e gran che non a lungha stessa non sa notare Del moto come notano li pesci di retto da figura Come li animali no notare avendo li piedi colle dita fesse Come tutti li altri animali naturalmente sanno notare Del modo del riposarsi l'omo sopra delle acque In che modo l'omo debbe imparare dello ribaltamento e di retrosi delle acque Come l'omo si debbe difendere infondo abbia a levare del moto che si fanno infondo Come l'omo si debbe passeggiare colle [illegible] che giugni fori delle profondita Come l'omo si po star sotto l'acque se non quanto si po ritenere lo alitare Come con uno strumento alquanto sotto l'acque Come molti stanno star sotto lacqua quanto si possono star sanza mangiare Come e perché io non scrivo il mio modo di le nature delli omini li quali userebbono li assassinamenti ne fondi de mari col rompere i navili infondo e sommergierli insieme colli omini che vi son dentro e benché io insegni quelli no son pericolo perché di sopra all'acqua apparisce la bocca della canna dove alitano posta sopra bocte o sugero Come l'onde di mari consumano al continuo il lido ovunque sono promontori e scogli Come le rive di mari al continuo crescono inverso il mezzo del mare La ragione perché si cava a i golfi di mari La causa perché i golfi si riempiono di terra antiga La causa perché intorno alle spiagge di mari si trova un grande e alta argine detta tomolo del mare Perché l'onde sono più alte qua toccano il fondo presso a terra che in alto mare Come i retrosi de venti accerchiano bocche i quali corrono sopra delle acque e quelle con esso si muovono cogli acqua e portano lacqua in aria in forma colunnale in color di nugola e il simile si vide in fare sopra una renaio fu d'Arno nel quale fu concavato la rena più d'una statura d'uomo e quella fu remossa la giara e gittata in diverse parti per lungo spazio e parea per l'aria in forma di grandissimo campanile e crescea da lo sommo come un albero e si piegava poi nel contatto del retto vento che passava sopra li monti Come l'onda e la maggiore verso l'onde di mare perché la rima li fa scudo Come l'acqua che s'è tra la infra le percussioni delle onde del mare si converte in nebbia De retrosi langhissimi nella bocca e stretti infondo De retrosi langhissimi infondo e stretti di sopra De retrosi colunnali De retrosi che si cercano infra 2 acque che insieme si confregano

questo in casstro a meno sì va verso ... fiumi ... acque ... canale ... sotto ... in ... forma ... ponti ... il nemico ... il monte ... terra ... insino ... canaleto

nel mezzo ... in 200 ... piedi acque ... fondo ... si fa ... terra ... acque rimane ... quanto il fiume ... mezzano ... in molte ... fiumi ... fastidi

三十九项案例

让大型动物在河底及壕沟内践踏，使水流混浊，混浊的水流排出，当水流速度减慢的时候，泥沙将会沉淀。用上述方式则完全可以疏通水平的水道。在河流上游设置闸口，通过开闸放水，可以将被泥沙堵塞的水道清除干净，如果将河流疏通为直道，那么就不会再看到水流暴涨、人们流离失所。河床应当不断维护，河岸也需要进行保护。

应当经常对毁坏的堤坝进行维修。应当调控河流冲击，从水流的内部来减少水流的冲击力，从而使水流的冲击不会对河流的峡谷造成毁坏。用兵力包抄围攻河流，可以将河流疏通到更多的支流去。应当让骑兵的铁蹄趟过河流，这样才可以保护兵团免受水流冲击。可以使用酒囊漂浮的作用，让军队凫过河流。

所有大海的沙滩一个接着一个，连成一个整体，并且它们的海拔高度也相同，从而形成陆地上最低的地方，从这里开始和空气相遇。鱼类自由自在地在海中遨游，游泳的姿势千姿百态。鱼儿跃出海面，像海豚那样，是那么美妙，从粼粼波光中轻松一跃，然后悄悄滑入水中，消失得无影无踪。身体修长的海鳗及形态类似的动物，优雅地在水中扭动。鱼群逆流而上，摇头摆尾，在河流的瀑布前奋力向前，准备龙门一跃。鱼儿成群结队，在海中画出一个个美妙绝伦的圆圈。

那些没有脚趾的动物是不会游泳的。除人类之外，所有其他脚上有脚趾的动物天性都会游泳。人类以哪种方式学会游泳的？在哪种方式下，人类可以自由自在地在水中休憩？漩涡的力度很大，可以将人吸入水底，人应该如何抵抗漩涡而不被卷走？当被漩涡卷入水底，人应当游到反射流上，反射流可以将人抛出深渊。要双臂努力向前划水推进，尽量采取仰泳方式。

人如何可以在水下屏住呼吸停留更长的时间？很多人通过器械可以在水下停留一段时间。我可以在没有食物的条件下，在水下停留更长的时间，但是我在这里不能描述出来。为什么不在这里写出呢？是因为考虑到人所具有的邪恶本性，所以不能公开，以防人类滥用。否则的话，有人可能会在海洋底部实施杀戮，凿破船底，使得船毁人亡。不过我可以详细说明其他人所使用的方法，因为他们的方法产生的后果不会有太大的危险：将呼吸管的一端透出水面，通过呼吸管来摄入空气。呼吸管可以借助酒囊或者几个软木塞漂浮在水面上。

大海的海浪持续不断地冲蚀着海岬和岩石，将它们逐渐磨损。碎石沙砾不断在海边沉积，海滩不断向大海中心延伸，这就是形成海湾的原因，同时也是海湾中为什么充满泥沙和海藻的原因，还是为什么在海滩周围有又大又高的堤坝的原因。这些堤坝被称为海中高地。

海浪在靠近海岸前碰到海底，此时的海浪比在深海时更加浪涛冲天、迅猛无比！在一些峡谷的出口，狂风阵阵向下冲击水面，将海水奋力掀起，并会在空中画出一个巨大的弧线，呈现出云彩一样的颜色。

在阿诺河的沙岸上，我也有幸欣赏过一次这样的景象：沙地被掏空，形成一人多深的深坑，深坑中的石子被抛了出来，旋转着飞出相当远的距离，在空中形成一个巨大的塔形；塔的顶部好似巨松的枝条，弯曲着，汇聚到吹过山脉的狂风之中。海浪很难扑向迎来的风，因为堤坝像一层屏障，将海浪拦住。大海浪涛汹涌，一浪迎着一浪，浪花冲击之间，水变成雾，在空中飘浮。

有的漩涡上部开口宽敞，底部狭小；有的漩涡正好相反，底部宽，而上部窄。有的漩涡呈柱状，有的漩涡则是两股水流拧在一起，好像彼此在相互抚摸。

如果想清除河口的淤泥，这样的闸门应该朝向河口打开。因为在第一个冲击坑形成后，流失的泥沙会在第一波水浪和第二波水浪的弧线下方沉淀。在上述冲击坑的3/4位置安放闸门，这样水浪便会将泥沙堆积的小山迁移，这种情况会持续不断，直到将泥沙迁完为止。

水

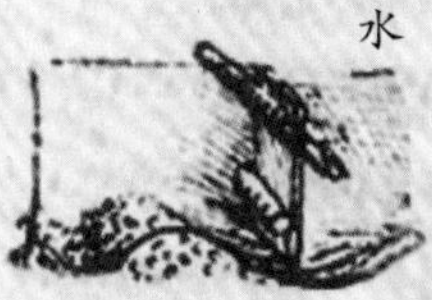

水闸之间的距离应该为每200布拉乔奥一个，因为湍急的水流会使所携带的泥沙沉淀。如果不这么做，河口会充满泥沙，从而使河流堵塞。为防止这种情况的发生，最好是在河水水位只有平时一半的时候开始动工建设，这样河水中不会有木头和其他障碍物来破坏施工。

手稿四十四　在水下停留更长时间的大胆设想

BRITISH LIBRARY

大英图书馆说明

这部手稿很有趣的一面，是列奥纳多·达·芬奇将对周围宇宙万物的观察用实用或不实用的器具尽力展现出来。很多页面记录有他详细的设计及建议，在这一页中，有大篇幅使用简洁明快的评论表达出了他广泛观察和不断反思的结果。

在维护河堤的建议中，列奥纳多·达·芬奇描述了一个人在自然呼吸的情况下，如何在水下延长停留时间。他议题在水下使用简易呼吸管。这一科学发明提出了一个道德问题："我可以在没有食物的条件下，在水下停留更长的时间，但是我在这里不能描述出来。为什么不在这里写出呢？是因为考虑到人所具有的邪恶本性，所以不能公开，以防人类滥用。否则的话，有人可能会在海洋底部实施杀戮，凿破船底，使得船毁人亡。"

这一页另外一部分是关于"应当调控河流冲击，从水流的内部来减少水流的冲击力，从而使水流的冲击不会对河流的峡谷造成毁坏"的。

列奥纳多·达·芬奇提出，有些问题就像人类学习游泳那么简单，他还提出了如何逃脱涡流的建议。他只是简单地给出"应当游到反射水流上，反射水流可以将人抛出深渊"的建议。对处理河道淤泥这一问题，他提出的简单方法是"让大型动物在河底及壕沟内践踏，使水流混浊，混浊的水流排出，当水流速度减慢的时候，泥沙将会沉淀"。

这一页同时记录了一些不同类型的自然现象，它们同时也被列奥纳多·达·芬奇运用到了绘画研究之中。在阿诺河上观察到的小型龙卷风，展示出他在研究中使用的扑朔迷离的喜剧手法，以及原尺寸卡通手法，这体现在他未完成的绘画作品《安吉里之战》中。

列奥纳多·达·芬奇这里对于工程和自然现象作了简单明了的描述，体现出他多年来随时随地将其所观察到的现象记录在随身携带的手册上的习惯。所有这一切都显示出列奥纳多·达·芬奇独具匠心的发明方式，以及系统完整的调查习惯。

达·芬奇的天才发明

达芬奇设计的螺旋桨飞机模型

在这一页手稿中，达·芬奇提到：“我可以在没有食物的条件下，在水下停留更长的时间，但是我在这里不能描述出来，为什么不在这里写出呢？是因为考虑到人所具有的邪恶本性，所以不能公开，以防人类滥用。否则的话，有人可能会在海洋底部实施杀戮，凿破船底，使得船毁人亡。”他在其他手稿当中也曾提到“可以在水下航行的船”，但这种能力向来被视为是“邪恶的”，所以他没有画出设计图——被后世人一致认为是潜水艇的雏形。

事实上，达·芬奇过度地滥用了他的天才，以至于在无数领域当中，他几乎是强行介入，并且远远超过时代的高度，设计和发明只是他其中的一个领域而已。

除了提出潜水艇的设计之外，由于着迷于飞行现象，达·芬奇做了鸟类飞行的详细研究，同时设计了数部飞行机器，包括由 4 个人力运作的直升机（但因机体本身亦会旋转故无法作用）以及轻型滑翔翼。1496 年 1 月 3 日，他曾测试了一部自制飞行机器，但以失败告终。

1502 年，达·芬奇曾为伊斯坦布尔鄂图曼苏丹巴耶塞特二世的土木工程专案制作了单一跨距达 240 米（720 英尺）的桥梁草图。这个设计旨在让桥梁跨越博斯普鲁斯海峡口的金角湾(Golden Horn)。但因巴耶塞特二世认为无法建设而未施行。公元 2001 年，基于达·芬奇的设计，威卜琼·山得达·芬奇专案（Vebjørn Sand Da Vinci Project）让此桥以小桥的形式在挪威付诸实践。而在公元 2006 年 5 月 17 日，土耳其政府决定在实地建设达·芬奇桥跨越金角湾，让该桥最终成形。

1490 年，达·芬奇将无段连续自动变速箱概念绘制成草图。今日，达·芬奇的变速概念以现代化形式实际应用于汽车上。此外，无段连续自动变速箱也已经多年应用于拖拉机、雪上摩托车、速可达摩托等方面。

由于达·芬奇曾任军事工程师，笔记中也包含了数种军事机械的设计：机关枪、人力或以马拉动的武装坦克车、子母弹、军用降落伞、含呼吸软管的以猪皮制成的潜水装，等等。不过，后来他却认为战争是人类最糟的活动。其他的发明包括了潜水艇、被认为是第一个机械计算机的齿轮装置，以及被误解为发条车的第一部可程序化行动机器人。此外，在梵蒂冈的那些年，达·芬奇曾计划应用太阳能而使用凹面镜来烧水。

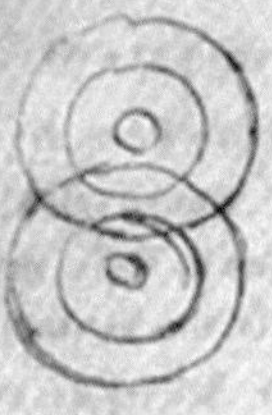

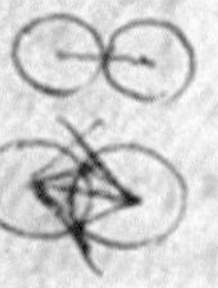

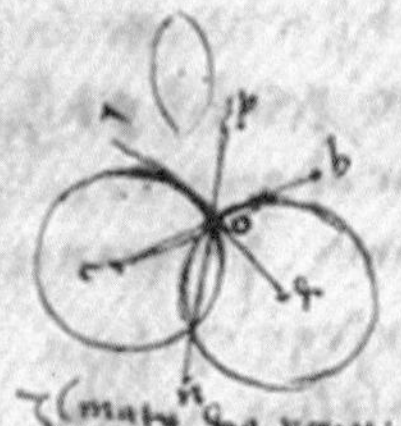

Come l'onde non penetrano luna laltra anzi risaltano indirieto dal loco percosso e ogni moto refresso fugie con angoli equali dal sito della percussione. pero do in co e risalta in ob e fa punto over principio a luna curva e il simile nel fa co in do e risalta in oa e fa ancora lui il principio della lunna curva la qual somiglia il ponte la curvita e della percotendo incidente.

Sempre il moto refresso delle acque infra lacqua sara della medesima figura del suo moto incidente. questo moto refresso nominato e quello che risalta infra lara ma quella che segue per la sua superfitie. Lalunna e quelle stende da punto delle intersegationi perche mai muta sito ma bene cresce lungeza insieme collo acressimento perche. Tutti i moti delle particule che del cerchio della acqua fugge dal centro del cerchio per linia retta. Le percussioni dellonde superfiziali delle acque son piu lunghe assai delle volte anzi sempre le umettelle nemoti refressi che nelli incidenti e questo accade perche s'a gittato un sasso vicino alla riva del pelagho immediate londe che percota la riva con moto incidente risalta indrieto con moto refresso e discorre insino alla opposita riva come se la lunna incidente fussi dieci el pelago fussi un miglio dico che quelonda refressa scorrera insino alla posita riva.

Come londa della rena simovie piu tarda assai che londa dellacqua che la genera cosi londa dellacqua creata dal vento e molto piu tarda che londa del vento che la genera. con onda daria infra lelemento del fuoco. Londa dellaria fatta dimostra essere londa dellacqua infra laria o londa di rena corrente infra lacqua e sono i lor moti in tal proportione quale quelle de loro motori infra loro.

Penetrano londe superfitiali correnti luna nellaltra per non privatione dacqua. e delacque per le onde non si movono dal lor primo sito ma sol penetra la potentia.

Quanto londa grande si scontra collu picchola la picola porta via la grande per tanto quanto ella sua quantita. cioe se londa maggiore e al doppio della minore la minor porta via ella quarta di se percio che della potentia della maggiore. ella minore percotono nellargine danno amplianti e non e impedimento de lor quantita ne potentia. Le acque che risaltano la piu lunga via del moto incidente come si mostra nella figura di sotto. Londa refressa e inversa il mezo del fiume sempre fara il suo moto curvo quanto la corrente piu si separa dalla riva segnato in a e percotendo e cosi segnato in a to. pero e questo accade perche e il corso del fiume piu veloce e potente inver il mezo.

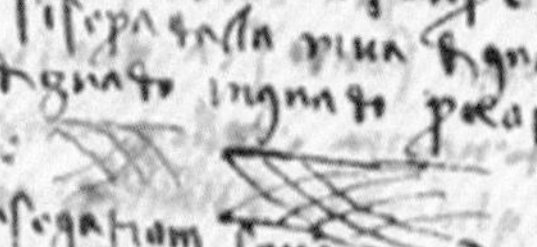

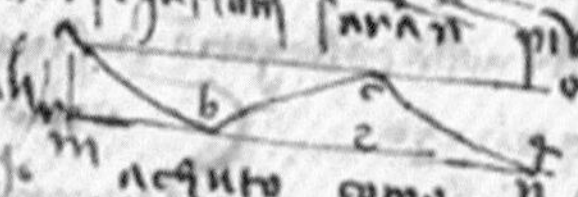

Il moto refresso ello piegu inverso il corso del fiume.

Quanto la corrente si fa piu veloce tanto li angoli delle intersegationi saran piu acuti.

Li angoli incidenti e refressi non sono equali. el refresso e piu acuto come si mostra nellangolo anb della incidentia e forte acuto e l'acuto ellangolo della refressione bez che e piu acuto.

Londa refressa sempre sinalza inverso la corrente.

Londa maggiore pari servanno in se medesime le varie impressioni dalltre onde correnti per quella pra qualunque moto rapido e corrente di ritera la sua potentia e passera per mezo di quella.

Le corpi di equal potentia che insieme si scontrino risaltano indrieto dal sito della loro percussione.

Per tutta la quantita dellacqua cosi laterale come profunda sono innumerabili varieta di moti come dimostra la superfitie delle acque e ogne turbolentia ne le quali alcunne sieno bollori e ne vortigini contrarie sono i movimenti e essere formate della acqua piu turba del fondo che risalta in superfitie.

Come ogni 7 anni la acque delle acque salga e poi 7 s'abassa e fa carestia nella terra.

Come londa minore nella corrente risalta indrieto dopo la sua percussione e ella parte per quella pressa nellonda maggiore e risalta incontrario moto come nefu capo.

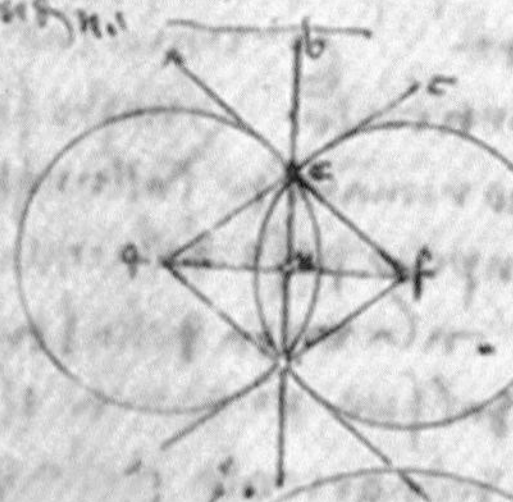

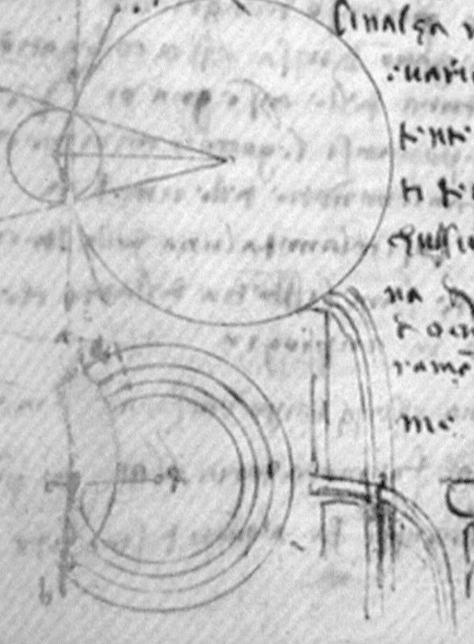

二十项案例

波浪不会相互穿透，但是会从冲击点跳回，而每一条反射运动线均以相等的角度从冲击点逃离：do 线冲击 co 线，弹回后到 ob 线，标记出曲线的起点这一点，同样 co 线冲击 do 线，弹回后到 oa 线，这样也标记出曲线的起点，这样便形成冲击物的完整曲线。

在水的内部，水流的反射运动一般和其入射运动保持相同的形态。这里的反射运动，不是说弹起到空中的运动，而是沿着水面出现的运动。直线 pn，穿过两个圆的交点形成，直线永远不会改变位置随着圆环不断扩大，而只是在长度上不断延伸。

水圈上微粒的所有运动，是从水圈的中心点开始的，沿着直线直达圈上。在水面上水波中的冲击线，多数情况下反射运动中的线路比入射运动长。发生这种情况是因为，如果在距离湖岸较近的地方将一块石头扔入湖中，以入射运动冲击湖岸后的水波，会立即以反射运动返回，一直向湖的对岸延伸。假如入射线为 1 布拉乔奥长，湖宽为 1 英里，我认为反射波会一直冲到湖的对岸。

含有泥沙的水流比起冲击它的水流，运动速度会慢很多，那么风所形成的水浪比冲击水的风波（即空气的气浪）要慢很多。气浪在火元素中和水浪在空气中的功能相同，或者是含有泥沙的水浪，即水中含有土。运动之间根据所处的动力大小，彼此间也呈现出一定的比例。

表面的环形水波会像脉冲一样相互渗透，但不是水体渗透，因为水本身没有随着水浪从原来的位置转移，而仅仅只是脉冲力在传递。当大浪碰到小浪，小浪只是从大浪中减去与自身相等的动力。也就是说，如果大浪为 1 布拉乔奥高，小浪为 1/4 布拉乔奥高，我认为小浪会以 1/4 布拉乔奥的冲击力冲击大浪，使大浪高度减少 1/4 或者稍微多一点，但是双方都不会在数量或冲击力上减少。

冲击到海滩的环形波，虽然波的周长不断放大，但仍保持了入射运动同样的环形曲线，如下图所示。反射波朝向河中心运动，总是保持相同的曲线运动状态。这种现象的发生是因为，当水波离开海滩，逐步获得运动速度及朝向大海中心运动的冲击力。因此会逐步冲击形成这样的反射运动，并会逐渐弯曲，朝水流方向扩散。

因为水流速度变快，水浪的交叉角度也会按照比例变得越来越小。入射角度不等于反射角度，因为入射角度为很小的锐角，而反射角度会比这个还小。如图所示，入射角度为 arb，锐角角度很小；反射角度为 bcs，也呈现出较小的锐角。水浪一般朝向水流方向涌起。一个水浪本身可以包容很多其他冲过来的水浪，而且冲击的方向截然不同，不管这些水浪有什么样的运动方式。

相对强劲有力的水流将弱势水流撕成碎片，并从其中间穿过。力度相同的水流相互搏击，然后从搏击点跳开。一定宽度、深度和高度的水，包含有难以计数的各种各样的运动方式，这可以在温和的流水水面上看到。在这样的水中，总是可以听到流水淙淙，看到从河底上升到水面的湍流形成的各种各样的涡流。阿迪杰河水总是每七年涨一次，每七年落一次，在河水泛滥的时候，造成大片饥荒。

水流中的小浪在冲击后立即跳回，而且大浪受到冲击的部分会向相反方向跃起。

运动线 do 冲击运动线 co，以同样的角度反弹到 ob 线。而且同样 co 线在冲击 do 线后，反弹到 oa 线，这样在从各个角度扩张的时候，不断形成环形周长。这样证明表面水浪并没有相互渗透，而只是通过反射运动，按照自己的形态生成另一个水浪而已。

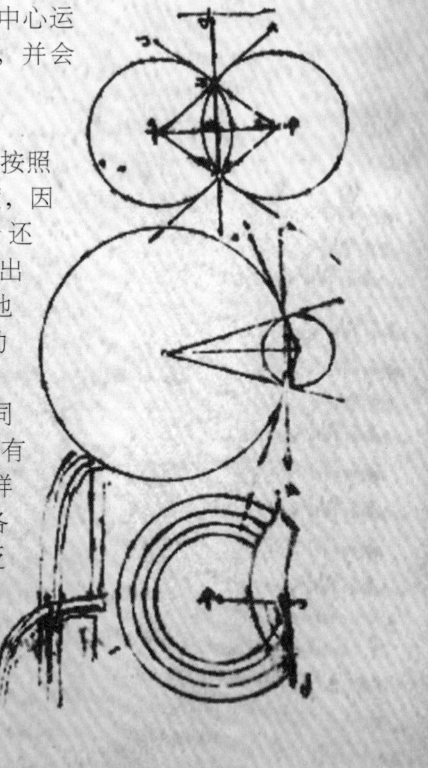

手稿四十五　波浪不会相互穿透

BRITISH LIBRARY

大英图书馆说明

这一页包含有驻波基本原理的明确讨论："波浪不会相互穿透，但是会从冲击点跳回，而每一条反射运动线均以相等的角度从冲击点逃离。"列奥纳多·达·芬奇在水利研究上最具创新的一面，是揭示水流保持驻波的水利分析。这一规律直至 1673 年才被科学家发现——克里斯蒂安·惠更斯用公式推导出同样的理论。

列奥纳多·达·芬奇使用几何学来解释"两个扩散的环形波交汇点呈现出单一一条直线，在波浪扩大的时候也不会偏离这一直线"。这里的图示是基本的圆规结构，仅需初级几何知识便可以理解。

文章的讨论随后回到对波浪的常规运动的探讨上来，但是却从水元素的讨论转移到对"河床上形成的泥沙波痕和空气中形成的气浪如何运动"的思考上来。这一观点使波浪原理在四大元素中的三个元素上确立了其有效性。

列奥纳多·达·芬奇返回来再次讨论开始时讨论的水问题，并标注出基本原理："表面的环形水波会像脉冲一样相互渗透，但不是水体渗透，因为水本身没有随着水浪从原来的位置转移，而仅仅只是脉冲力在传递。"

列奥纳多·达·芬奇拓展原理的能力，是从微观观察上开始的。比如从观察水盆中的表面水波，拓展到宏观方面，再返回微观，同时也做一些中型的类比，这种手法使《哈默手稿》成为一本独一无二的作品。经过仔细阅读你会发现，这些转移实际上包括了列奥纳多·达·芬奇对周围环境在有限制条件下的探索以及他在这些探索过程中的多方面尝试。实验和观察在综合资料和研究基础原理之上，展现出了极大的作用。

达·芬奇的天才发明(一)

飞行器（模型图）1

飞行器（模型图）2

carti 15

Della cosa che penetra infralaria pli spira quel del suo bottino o dove serva
nel penetrar che fa la più potente quella di minor potentia se esse si mescolano
nella coniugatione de lor contatti onisse fusono peso si come stutto della una che penetra he
più potente che l'altra che penetrata così la parte della una è più potente che le parte della
ma ~~che possa essendo~~ potrebbe essere ella più potente potentissima alquanto della me
potente e questo si vede nel vaso dove si raguna 2 acque canali che l'una d'quel
le sia penetratrice della più debole e l'altra passi per sè senplicemente fori della sua canna
e netrassi che prima ha pieno il suo vaso essendo essi vasi di equal capacità   Del

moto del pesare (la potentia) di qualunche caduta d'acqua che cadendo infra angoli equali sopra lo stremo
d'una tavola piana posta in bilancia effettasi il centro del peso oposito e'l centro della percus
sion dell'acqua e qual moto d'essa tanto dal centro della bilancia   Come l'acqua discendente
per canna in maggior grado di discenso acquista gran potentia   Come l'acqua discendente in
fra l'aria in maggior grado di discenso osserva la prima potentia e no più perche si disse
ga nel percoter l'aria la quale aria sotto de lei s'è do densa cresiste e viene a disgregare la
unita dell'acqua   Come l'acqua che d'alcun condotto versa infra l'aria per quanto
spatio nel penetrare l'aria s'è il suo stie in forma piramidale e poi si interseca essi sopra
nelle sue parti   Come l'acqua che cadendo infra l'aria ~~sopra~~ sopra l'altra acqua
cacciaranno dal loco percosso tanto più acqua infra l'aria for del suo sito quanto la potentia
che acquista l'acqua che percote per la ma di discenso   Come nel moto dell'acque essa

senpre si va nagirando dalla superfitie al fondo e massime in quelle che so le prime a dar
principio al corso dei fiumi che senpre la parte dinanti che tocca il terreno si ferma di sotto
come si mostra ma   Come l'otro dell'acqua premuto in alto per qualunche
canna non potrà mandare tal peso d'acqua infra l'aria quanto il peso che preme
tale otro   Come l'otro di luga figura sia il quale abbia la canna simile al
la sua vacuità gitterà tal peso d'acqua infra l'aria quale il peso che lo preme
e tanto più alta quanto la materia dell'acqua è più ~~grave~~ lieve che la materia che
la preme   Tal fia la proportione del peso che preme de l'otro fa salta

acqa premitoro

per canna l'acqua ma via contro il peso che preme esso otro qual a
la bocca della canna contra la superfitie dell'acqua che tocca l'otro
Come la poca acqua corre ~~sotto~~ per fondo del vaso posto sotto sopra
~~...~~ ancora che tal fondo sia quasi al sito della equalità   Come l'ac

piōbo

acqa

qua à in sè tenacità e colleganza infralle sue particule   Questo si
vede nella ~~...~~ ghoccola sua che avanti che essa si separi dal suo rimanente s'allunghi

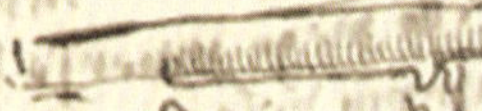

b a gocola

quanto può e resiste nella collegatione in sino che vinta dal superchio peso dell'acqua
che ad esso s'è multiplicata   Come la acqua si fa calamita dell'al[tra]
acqua. Questo si vede nello spiccare della gocciola dal suo rimanente il

quale rimanente si tira di sotto quanto può a pel peso della gocciola che la a
allungato e poi che la gocciola è spiccata collegatione dinfusa ella collegatione
torna in alto in moto contrario alla natura delle cose gravi   De
di sì la magior gocciola dell'acqua subito in corporarsi le gocciole minime che

coller vengano al contatto e il medesimo fan le minutie delle umidità
infuse per l'aria le quali si restringono fanno così la calamita l'una della altra
insino a tanto che dal lor peso multiplicato vince la resistentia dell'aria che
prima le sostenea e poi discendono in pioggia
Mostrasi nel sonaglio della acqua essa acqua essersi tanto d'uniforme ... me

sottiglianza che lla veste d'un mezzo corpo sperico formata d'aria al quale più
densa che l'altra e la ratio ... maestra perche ... fra alquanto ...

十五项案例

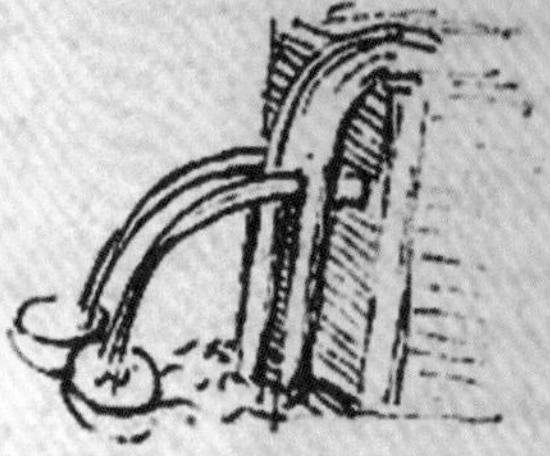

关于从容器或蓄水池的排水孔穿过空气降落的水流，因为冲击力大的水流穿透冲击力小的水流，这两者在接触的时候，是否会相互混合在一起？我认为不会。这是因为，如果冲击水流整体比被冲击的水流力度大，那么冲击水流的部分比受到冲击的部分力度强，而且力度较大的水流在某种程度上可能会将力度较小的水流冲走。这种现象可以通过两个装等量水的容器来观察：冲击力度大的水穿透冲击力度小的水，而冲击力度小的水只是从管子排出，不会产生太大的冲击力；两个容器的容量相等，可以看到冲击力度小的水流先将容器注满。

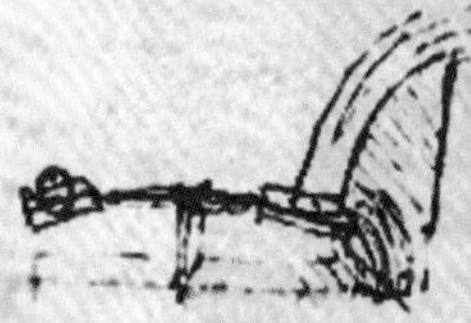

要测试任何瀑布的冲击力，可以水平放置一块直板，使水以相同的角度降落到直板一端。假设反射力的中心和水的冲击中心与平板的中心距离相等，那么通过水管降落的水流在降落的各个角度均获得相同的冲击力度。

水从每一个不同的高度穿过空气降落，均遵循首次冲击的形式而不再变化。冲击力会在同空气的摩擦过程中被削弱，这是由于下方的空气密度因冲击作用而增大，产生阻力，从而影响水的凝聚力。通过管子流出而接触到空气的水会有一定程度的伸展，当水流穿过空气，会凝聚在一起变成金字塔形，然后部分水相互交织并分离。

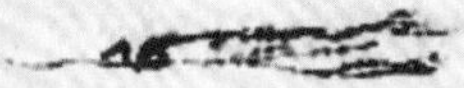

穿越过空气而降落到其他水中的水流，在冲击的过程中，替换了那些通过降落通道降落、冲击水流所获得的冲击水。在其运动过程中，水流一般从水面开始呈圆形到达底部，特别是那些在河流源头生成的水流，当其前部接触到土壤，到下方便会立即停止，如图中 a。

被向下压的袋子

水袋中装满水，用力从水袋上部按压，通过一根水管使水喷出，穿过空气所喷出的水的水压绝不等于水袋上部所承受的压力。在椭圆形的水袋上安装相同尺寸的管子，管子的真空部分排出到空气中的水压等于按压水管的水压。与按压的物体相比，袋中的水越轻，水升起的高度越高。按压水袋使水从水管流出，流出水所产生的压力，同整个袋子所承受的全部压力相比，存在一定的比例，即水与袋子的接触面同细管横截面的比例。

铅

袋子

如果容器底部几乎和地面在同一个水平，少许的水会穿过颠倒放置的容器底部。水本身具有黏性，水的微粒之间具有凝聚力。这可以在水滴中观察到，水滴从水体脱离前，会抓住连接点尽量向下伸展，直到水的重量不断增加，超过黏结的力度，才会掉落。

水滴

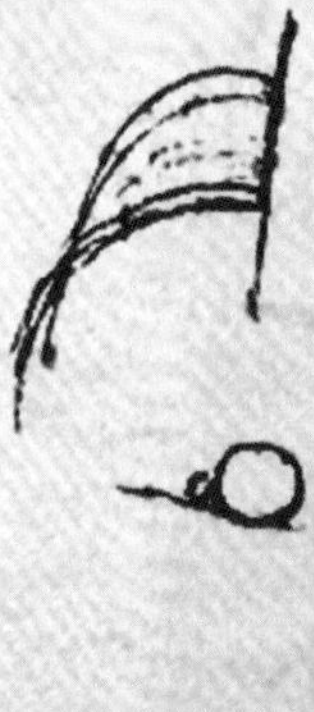

水与水之间，像磁铁一样相互吸引，这可以从水滴中看到。水滴从残余的水中奋力挣脱，残余的水因为水滴的重量被越拉越长，水滴不断增大。一旦水滴从连接点脱离，残余的水便会向上反弹，完全违背重物的自然特性。

可以看到，较大的水滴会立即吞并附近即将接触到的小水滴，在空气中散布的湿气微粒也会发生相同的现象，相互之间像磁铁一样吸引进而结合在一起，直到结合在一起的综合重力超过支撑着的空气阻力，最终导致它们形成雨，降落下来。

通过水泡可以看出，水可以变薄，形成一层均匀的薄膜，将比水轻的空气包裹在其中，几乎形成球体的形状。这么说是有原因的，因为当水泡破裂的时候，会产生某种空气的声音。

手稿四十六　降雨的形成

BRITISH LIBRARY

大英图书馆说明

本页手稿是对水物理特性的研究，是特别考究的一页，其中包括对降落的水流进行流力测试方法的解说。列奥纳多·达·芬奇对水的物理特征、水的阻力及黏结力进行了一些实验："水本身具有黏性，水的微粒之间具有凝聚力。这可以在水滴中观察到，水滴从水体脱离前，会抓住连接点尽量向下伸展，直到水的重量不断增加，超过黏结的力度，才会掉落。"

达·芬奇的天才发明(二)

坦克（模型图）1

坦克（模型图）2

坦克（模型图）3

Possibile che di fare ostaculi li quali manterranno l'argine contro alla confregatione della corrente. Sia adunque fatto posti di ghiaroni di giunchi intrecciati e sieno larghi 8 br. e alti secondo l'altezza dell'argine e grossi 3 br. e questi sieno posti per obliquo inverso la uenimento del fiume. Quanto la obliquità dello ostaculo percosso dalla acqua sarà più inverso il mezzo del obliquo inverso la uenimento delle acque, allora la percussion dell'acque sarà forte ob dinanzi a tale ostaculo e assai terra parrà sopra tale ostaculo.

Quanto lo ostaculo sarà forte di ritto e della acqua lo supi, allora si li farà gran concavità dinanzi e poco terra si li assenterà per sopra di lui. E se lo ostaculo avrà dinanzi a se ostaculi minori il quale s'appoggi al lui, allora nessuna concavità sarà fatta nello minore ostaculo, per quanto tiene l'acqua quantità. E se l'ostaculo avrà un altro ostaculo dopo a se integralmente il colle della terra si farà sì ben tagliato e profondato dinanzi concavità. Ma se tali ostaculo avrà un altro simile allato a se, fra li quali possa passare la corrente, allora gran profondità sarà in fra l'uno e l'altro. E se tre ostaculi saranno integralmente situati e che loro intervalli sieno equali, accanto delli ostaculi e delle acque correnti entrando infra li due primi e poi nel 3°, allor fia la massima profondità in mezzo delli 3 ostaculi perfetti. E se alli 3 ostaculi equidistanti in figura triangulare l'acqua percoterà nel p° e poi passerà fra li 2 seguenti, allora l'intima profondità sarà in mezzo de tre perfetti ostaculi. L'ostaculo di lunga figura in forma d'argine il quale sia percosso per obliquo in faccia dalla corrente, avrà dinanzi a se gran concavità e se la acqua non cade di sopra gran quantità d'erena si poserà di po. E se la acqua percoterà nell'argine in fra angoli equali e per obliquo, allora gran profondità si farà a piè d'esso e dinanzi a tale argine. Come le acque grandi de grandi fiumi fanno le medesime revoluzioni che fanno le acque piccole ne' suoi mezzani piccoli perché l'acqua sopra e di sotto per tal modo move della somita dalla sua onda alla parte inferiore della onda, e quella medesima quantità per quanto nell'onda l'acqua magnitudine si fa gran momento, onde non può osservare come prima qualità l'acqua trasparente massicciamente in forma donnebbia, anzi l'acqua per la gran sua revoluzione. Come le cause delle ruine dell'argine cominciano spesse volte assai remote dal l'argine. Quella acqua con maggiore impeto penetra infra l'altra acqua la quale manco obbliquità discende di maggiore altezza della via. Come i fiumi per gran lunghi loro nel piano tutte le lor massime profondità diventa ossasi fin alcuno luogo dove essa si ristrigne come passando per ponti o per altre strettezze e questo fa perché ... a tale anche percote nella fronte de sua pilastri e si ringorga e s'innalza onde con furia resta la tanta fatta dinanzi al ditto ponte o altro obbietto. Come l'acqua de fiumi più si fa veloce quanto essa passa per minor profondità e larghezza. Ancora l'acque del fiume si farà di più diritto moto. Quanto il fiume per più larga bocca uniformemente versa le correnti acque, come sarebbe d'una chiusa del fiume tendono uniformemente di traboccarsi le sue acque. Come quanto il fiume si riduce in profondo e stretto canale l'acqua corre di sotto e non di sopra e se pur corre e la torna in dirieto in tutta l'acqua refressa dal fondo e poi dopo il suo moto movente. Come nello allargare de fiumi si fa più poca profondità l'acqua corre più di sopra che di sotto. Come le correnti de' fiumi si piegano essendo lateralmente percosse da altre correnti. Come non si piega la corrente del fiume se da altre correnti lateralmente e dopo sieno cursi la percotono e non mal porterie.

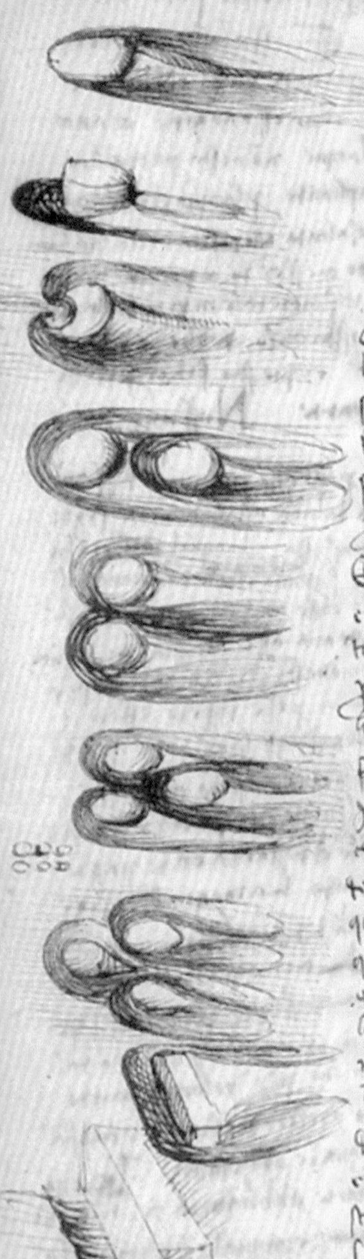

二十项案例

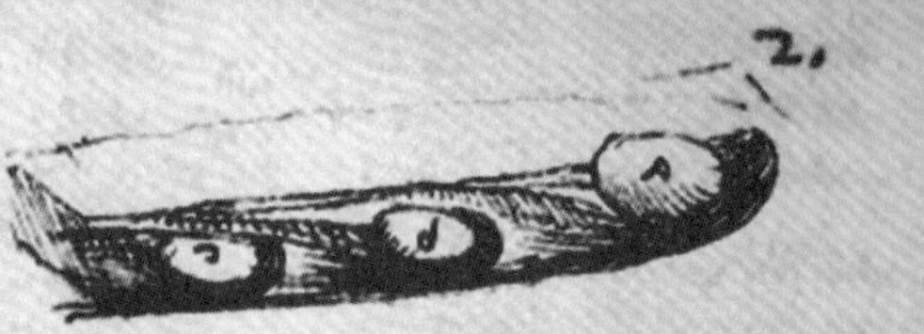

要设计障碍保护河岸免受水流摩擦的影响，可以用厚厚的石块筑起断墙，每 10 布拉乔奥设置一处，墙长 10 布拉乔奥，同河岸一样高度，厚度为 3 布拉乔奥。这些短墙应修建在斜坡位置，迎面朝向水流方向，每一堵墙对水流来说都是一层保护，将冲击过来的水丢回水流中心方向。当水流从斜坡大量冲下来，斜坡朝向水流流下的方向，水流淹过障碍物，水流的冲击力仅仅在障碍物前部冲击出浅浅的冲击坑，而在障碍物后部沉淀出更多的泥沙。

如果障碍物是完全垂直的，水流漫过障碍物，则在障碍物前部形成比较深的冲击坑，而在障碍物的后方仅有少量泥沙沉淀。如果障碍物前面还有一个比较小的障碍物斜倚在大障碍物上，因为斜面扩大，则在小障碍物前不会形成冲击坑。如果在障碍物后紧跟着设置另一个障碍物，泥沙沉积会突然中断，并形成新的冲击坑。如果在障碍物旁边设置一个同样的障碍物，那么水流会从中间穿过，在两者之间形成很深的冲击坑。如果将三个障碍物按照其大小长度等距放置，而水流从前两个之间通过，冲击第三个障碍物，那么最深的冲击坑会出现在三个障碍物的中间位置。

如果水流冲击呈等边三角形形状放置的三个障碍物中的一个，然后穿过另外两个，那么最深的冲击坑会出现在三个障碍物的中间位置。如果水流倾斜冲击细长的障碍物的一面，那么在这一面的前部会形成很大的冲击坑。如果水流没有漫过障碍物降落,则会在障碍物的两肩沉积大量的泥沙。而如果水流以同样的角度或倾斜度冲击河岸，那么在河岸的脚下及前方会形成很深的冲击坑。

大洪水的水浪汹涌澎湃，在洪水暴发的时候，会像小河平时一样，在河道中形成天翻地覆的变化。但是小河中流动的水流特别小，水浪从水面到底部的运动所形成的运动幅度非常小。而在特别大的水浪中，数量不变的水却可产生巨大的运动幅度，这样的水看起来不再清澈，而根据运动幅度的大小，水流变得或是烟瘴弥漫，或是雾气腾腾，或是泡沫翻滚。

造成河岸毁坏的起点,一般在距离河岸相当远的地方。从很高的地方，在坡度极大的斜坡上冲下的水流，冲击力极大，直接冲入其他水中。河水泛滥的时候，水流携带的泥沙、石头会填满河流中所有的大坑——除了一些河流的必经之路，如水流穿过的桥洞或其他狭窄地段。这是因为，在这些桥洞或狭窄地段，水流冲击桥墩的前部，形成湍急的涡流，水流升高，而因为水流过于湍急，便弥补了在桥前或其他障碍物前发生的停顿现象，所以无法形成沉淀。

如果水流所流经的水道浅而窄，水流通过的时候会变得比较湍急。而且如果水流所通过的河口较大，水流会变得较慢，这可以在河流的闸口看到，那里的水流可以平稳流出。当河水到达深而窄的水道，水流就会向下流动而不是在表面流动。即使出现水流在水面流动，也是向后方运动，这是因为水发生入射运动后，水流被河床反射回来。河床越宽，水深越浅，水越会在表面流动，而不向下方流动。当受到其他水流横向冲击，河水水流会弯曲。当两股水流冲击力相等，从相反的方向横向冲击河流，那么河水水流不会弯曲。

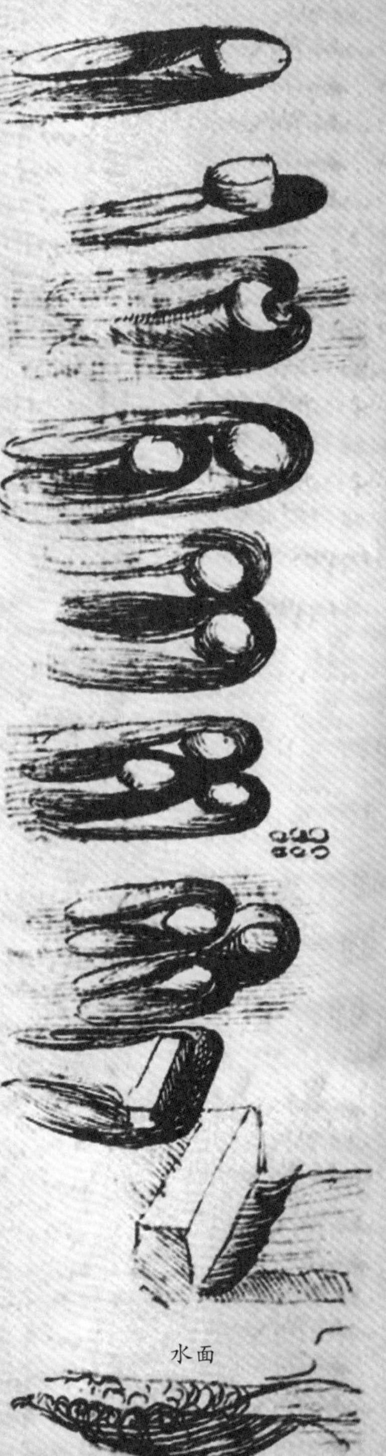

手稿四十七　在水流当中设置障碍物

BRITISH LIBRARY

大英图书馆说明

列奥纳多·达·芬奇对于河流维护及控制作了总结性讨论："可以设计障碍保护河岸免受水流摩擦的影响。"这是这一页中最重要的观点。列奥纳多·达·芬奇在水利工程方面创立了一个实用的分支，致力于创新使用障碍物体来控制河流流水及沉淀物的堆积。

他的计划是将河流的主流导向河道的中间位置，用这种方式来保护河岸。图例的目的是为了表明，如何恰如其分地放置障碍物来影响河水水流，以达到导流的目的。

列奥纳多·达·芬奇经常将同类性质的大小现象对比，并发现其中的不同之处："大洪水的水浪汹涌澎湃，在洪水暴发的时候，会像小河平时一样，在河道中形成天翻地覆的变化。但是小河中流动的水流特别小，水浪从水面到底部的运动所形成的运动幅度非常小。而在特别大的水浪中，数量不变的水，却可产生巨大的运动幅度，这样的水看起来不再清澈，而根据运动幅度的大小，水流变得或是烟瘴弥漫，或是雾气腾腾，或是泡沫翻滚。"

达·芬奇的天才发明(三)

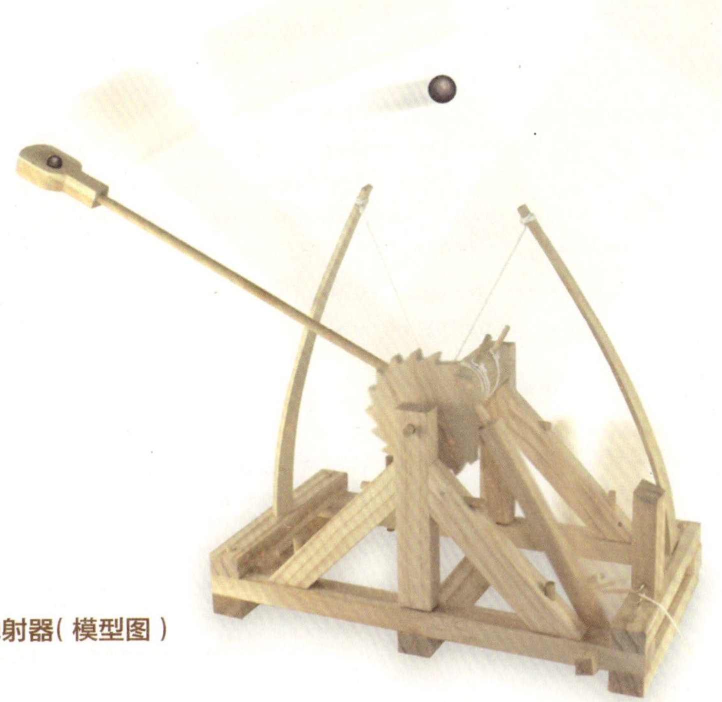

弹射器(模型图)

野战炮(模型图)

Se lli obstaculi delle acque sara permanenti · le profondita de fiumi da essi causate
sarranno ancora loro permanenti · E se lo ostaculo delle acque sara mobi
le profondita da quello causate ancor loro saranno mobile · E sse l'ostaculo mobi
le sara fitto all'argine del fiume esso in mediate fia causa di piegare tutto il fiume e
questo accade che l'acqua che passa infralla ostaculo e l'argine cava essa argine e cava anco
ra quello ostaculo poi cammina sopra lo fondo del fiume diritta al corso delle acque non resta po che ella
gà fatta concavita nell'argine no si vada alcun tondo crescendo e ampliando per l'acqua che termina
dista ragina come per la 4 del 2° si dimostra e che l'acqua di quella risaltata alla oposita riva no far
ci una altra simile concavita nessa riva la quale ancora alcun tondo crescendo e poi torna ri
saltando sotto la prima concavita e così successivamente di sé giunta insino che tale impeto talla via
versale corrente del fiume è consumato · Come nessuno ostaculo debbe avere
parte alcuna di faccia diritta inverso il fondo del fiume e questo si fa perché
qua non abbi tenuto a percuotere e scalzarlo dinanzi e da parte · Nessuno ramo

Quelli fiumi ara porta stabilita sopra il letto loro di quali per larghe pianure discor
rano infralle argine di poca altezza · L'acqua che risalta da luna alla altra riva segui
rebbe infine il moto d'essa riva se non fussi chiamata il loco di magiore bassezza · La qual bassezza fu
causata da quanto il fiume era nella sua inondatione · l'acqua la quale supera il colle della ghiara dal
fallo i concetta dopo la qual supera non fece concavita nel fine d'esso colle m dove poi ch'esse colle
rimane scoperto dall'acqua ristringa la pretta concavita che m attrae a sse l'acqua e di qua
lunche parte essa si movessi più alta di lei · come se l'acqua si movessi di an e cavessi

Cima

e impiessi tutto il fondo · ac nm l'acqua che nel fondo percote l'obbietto a per suo impeto effetto il
colle ab tutto di ghiara gittata fori della corrente abm e l'acqua che lli passa dal loco so se quanto
di mano col impeto di salto e attesi poi discendere e ripigliando nuovo impeto colquale à
cavato il fondo c dove poi che 'l fiume s'abbasso l'acqua qui si ridutta il fiume discorse come loco più
basso · L'acqualita dell'acqua e quello equalita del fondo e argini e d'essa ariva onde passa
l'acqua mai non manca il fiume del suo proprio ordine · Quando la inequalita sige
nera nel sito da cui l'acqua si move allora l'acqua si fa di disequalità paternita essa
del fiume · L'equalita del fondo e argini del fiume · La inequalita dell'onde
del fiume si genera dalla inequalita della paternita dell'acqua che sopra quelle
quelle si movono · La inequalita dell'acqua che prima era nel moto equale si causa dal
la disequalita del vento che la percote o ella percuote · Il moto più veloce o tanto
dell'acque fa il fondo più concavato o piano · Il moto più tardo o veloce del fiume causa
to da' sua movimenti più stretti o più larghi · essendo il fondo di quale obbliqui
tà dell'argine di qual intervallo ce ne si fa causa dalle varie obbliquita del fondo · Come
Dentro alle strettture de essi grandi fiumi l'acqua si stringe e in quello che po quelo
per alquanto spazio restora la sua passata tardità e colla velocita del moto suo · Quell'acqua
si fara più tarda che al fine del suo corso procede per più lungha via · E così
per converso · Quell'acqua si fara più veloce che al fin del suo corso per più retta linea
si movono · Dove ne' canali che trar si debbon de fiumi non si mova al principio gran momento
de il canale fia in breve ripieno di materia · Ogni canale che ssi cava del fiume
si à principiare dove percote la principal corrente del fiume · Non si saltera mai il fiume se
non s'apre tanto di canale nella percussione del suo moto riflesso che sia capace di ricevere tutte
l'acque del predetto fiume · Dove il fiume che corre torbido passera per alcun padule e
esso riempiera e'ndomira il fondo d'al padule lassando a sse stessi sofficiente canale

二十一项案例

如果对水流来说，障碍物是永久性的，那么水流因障碍物所形成的冲击坑也会长久不变。如果对于水流来说，障碍物是可移动的，那么因障碍物所形成的冲击坑的位置也会经常变动。如果可移动障碍物靠近河岸，则障碍物立即成为整个河流改变方向的起因，这是因为从障碍物和河岸之间穿过的水流不断冲蚀，会挖空这河岸。

而且即使障碍物在河水水流的后方，朝向河床方向，水流不会再冲击河岸原有的冲蚀位置，那里已经形成的冲击坑也不会继续扩大或加深。因为水流只是在这个位置回旋一次，然后立即离开，见手稿三第四个议题。从冲击坑跳跃到对岸的水流，在这边的河岸也不会形成类似的新冲击坑；这边的冲击不断增加，然后恢复跳回上次的冲击坑下方；随着时间的推移，冲击不断持续，直到冲击力逐渐消失，水流恢复到河流正常的水流之中。放置障碍物时，绝对不能将前方垂直面朝向河床。这是为了避免河水对这一面的冲击，使障碍物从前部和两边被水流抬起。没有河流的支流……

流经广袤平原地带的、河岸极为低矮的河流，河床很不稳定。如果不将这些水流导入河流深处，从一边河岸反冲回来的水流可能将对面的河岸冲毁。这里最深的地方是河流在洪水期间形成的，因为水流不断冲过以前沉淀下来的沙石堆，越过沙石堆后，可能在后方很远的地方冲击出水坑。

在洪水过后，沙石堆从水中冒出来，沙石堆脚下的水坑将附近较高水位的水吸引过来。那么假如水从 an 流出，流入整个 acnm 底部，底部的水流会遭遇障碍物，从而失去冲击力，形成凸起 ab，为水流 adbm 所携带的沙石所构成。当水流将这些沙石冲击到那里，因为水流缺乏足够的动力，只能将所携带的东西丢在那儿，并且在下降运动前歇个脚，酝酿新的冲击力并挖空底部 C。

由于河水退去，整个河流的水流会流向冲击坑，因为那里是最低点。如果水流平稳，河水水流则永远不会改变方向，河床和两岸都比较平整，平稳的气流也不会对河水产生多大的影响。在水流流过的地方一旦出现不平静，那么水流的冲击力度便立即显得反复无常，从而导致其他部分的河床及河岸也变得不再平整。

当水流上的冲击力不再相同，水流的不稳定就会导致河床不再平整。原本稳定流动的水流因为风速的不稳定而显得不再规则，风冲击水流或者受到水流的阻力。水流运动速度过快或过慢，都会在河床上形成或大或小的冲击坑。如果河床坡度保持不变，水流流过的河床宽窄会导致水流速度加快或减慢。河床坡度的变化，会使对河岸造成的毁坏分布得很有规则，形成的阻力也相等。

在河流变窄或有堤坝拦截的地方，水流变得缓慢。而不管水流是穿过这一段还是越过这一段，它都会因为流速慢而逐渐被快速流动的水流所替代。经过长途跋涉，水流到达终点，变得越来越慢；相反，如果水流经过直线长途旅行，在到达终点的时候，速度反而越来越快。从河流引出的运河源头如果没有过大的运动，那么不久的将来，这些运河将逐渐充满沉淀物。

从河流上引水，每条水道应该从河流主流冲击的地方开始。如果没有开拓水道，河流永远不会弯曲变形，在引水的地方产生水流的反射运动冲击，水道才有能力接纳河流的流水进来。当急速流动的河水穿过沼泽，在流经的地方，水流会将杂质堆满沼泽，而只保留可供水流充分通过的渠道。

手稿四十八　河流对河岸的破坏

BRITISH LIBRARY

大英图书馆说明

在整部手稿中，本页是最具实践意义的手稿页面之一。列奥纳多·达·芬奇从渔翁的角度探究影响水流变化的因素。他以特别普通的文字，从叙述洪水对河床的影响开始，进而谈到一些水流起落变化和地区性沿岸流的影响。

他提供了实际图纸以及笔记，将他的水利理论同治水实践结合在一起。他讨论了如何通过了解水面及水流的变化来理解疏通河道中的泥沙沉淀和深度变化，以及如何远距离判断海面下是否隐藏有暗礁。

达·芬奇的天才发明(四)

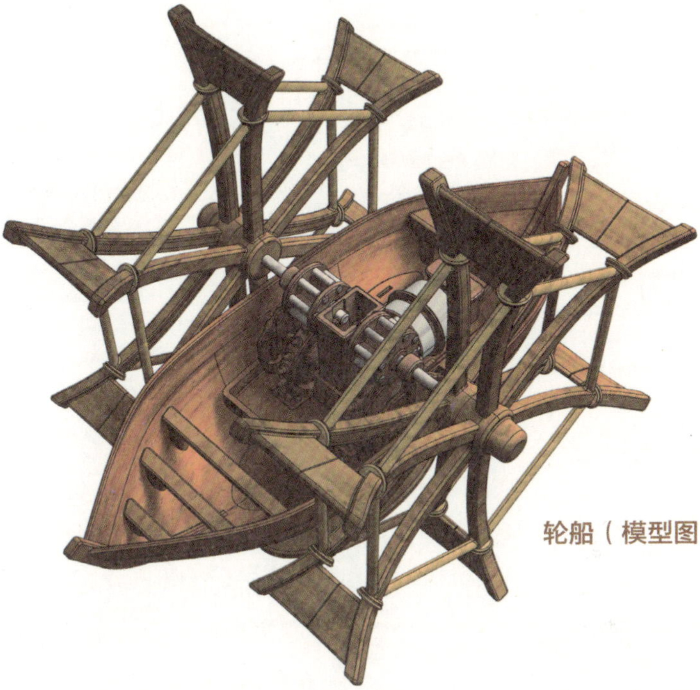

轮船（模型图）1

轮船（模型图）2

L'aria ~~che inpregna l'acqua~~ che si somerse insieme coll'acq. che sopa l'altra acqua percosse ritorna alla sua aria e penetrando l'acqua in moto flessuoso ~~mutandosi in moltissime e varie figure di~~ variando ~~se stessa~~ il suo corpo in moltissime forme. E questo accade perchè il lieve non po stare sotto il grieve, anzi è al continuo premuto ~~da~~ dalla parte del liquido che sopra se li posa, e perchè l'acqua che li sta sopra è più potente che l'altra al suo disscieso essa acqua sempre ~~fugge~~ e scaccia da sè essa parte d'acqua che li sta sopra [illegible] onde si move sempre per la laterale e manco [illegible] l'acqua e per consequenza manco resiste per la [illegible] del 2° e per essa [illegible] fare il suo moto per la via più breve, non si dilata mai ~~fora~~ dal suo cammino se non tanto quanto essa scacia quell'acqua che di sopra la cope. E giunto ~~l'acqua~~ l'aria inclusa nell'acqua alla sua superfitie immediate compone una figura di mezza spera la quale è vestita di sottilissima tenacità d'acqua. E questo accade perchè l'acqua ha sempre in sè collegazione la quale è tanto più potente quant'è l'acqua è più viscosa. E giunta tale aria all'aprimento della superfitie [illegible] più perde [illegible] che di sopra la premeva, si leva insieme la superfitie dell'acqua [illegible] la predetta tenacità [illegible] spera [illegible] l'acqua alla ~~perfetta~~ perfettione [illegible] in forme [illegible] circolo per basa [illegible] aria rinchiusa fussi più che mezza spera [illegible] e sarebbe minore la basa [illegible] la sua maggior larghezza.

Vessica d'aria [illegible] del corpo dell'acqua informa sperica [illegible] sottilissimo [illegible] l'aria [illegible] collegatione della [illegible] colla maggior larghezza [illegible].

Non è l'aria vestita di sottile acqua di perfetta sperica [illegible] superfitie dell'acqua [illegible] più perpendiculare [illegible] alla parte dell'acqua [illegible] al suo firmamento [illegible] e quella cosa più presto [illegible].

Quella parte dell'aria [illegible] l'acqua vestita sarà di più perfetta sperica [illegible] la maggiore sua altezza è più vicina al suo firmamento [illegible].

L'aria che [illegible] pannicolo dell'acqua [illegible].

Risponde la mezza spera dell'aria [illegible] congiunto alla basa della mezza spera [illegible].

Quella parte dell'acqua è più alta [illegible] sfera del fuoco e dell'aria [illegible] elementi.

L'acqua per se non si move se ella non discende [illegible] che 2 [illegible] son bastanti a provare l'acqua [illegible] per se non si move [illegible] superfitie [illegible] sotto l'acqua anzi sempre [illegible] essere 3 elementi e la terra [illegible].

Come mai per se l'aria [illegible] più debol corpo [illegible] come corpo più raro dell'acqua non potendo sostenere [illegible] il più grave [illegible] l'aria [illegible] alla sua somma altezza [illegible].

[illegible] in questa pruova [illegible] quantità d'acqua infra l'aria [illegible]

Questa è [illegible]

这些案例应当放在文章开始

十二项案例

一股水流冲击另一股水流的时候，将空气卷入水中。空气在水中迂回游荡，也可能又会突破水的重围，返回到大气中，空气形态也就在这一过程中经历了无数次变化。而这种现象的发生是因为“轻的物质无法存在于重的物质中”。与此相反，水下的气泡不断受到停留在其上部的液体的挤压；因为水会对自己正下方的气泡产生垂直的压力，这种压力要比气泡在下沉过程中受到的水的压力更大。这一部分空气总是被形成气泡膜的水所驱赶，从而不断向重力较小的两侧运动，结果形成的阻力较小，见手稿二第五项议题；而且又因为“物体总是在其最短的路径上进行运动”，要不是为了尽最大努力躲避压在自己上面的水，气泡是不会轻易离开其运动路线的。

当气泡（以下称水泡——编者注）上浮到水面，立刻呈现出半球形状，而水泡的外部包裹着一层特别薄、特别柔韧的水膜。这种现象的发生是必然的，因为“水本身总是具有凝聚力，而且水的黏性越大，凝聚力越强”；而且，已经好不容易来到水面“露天”处的这些空气，因上部不再承受任何压力而从水面冒了出来，不过依然裹在有重量的水膜里——因为上述的凝聚力，水结成了水膜。水泡停留在水面，呈现出完美的球形，而底部便是这半球的基础。水泡之所以呈现出上述完美的形状，是因为其表面空气的压力均匀，从而水泡表面能均匀地铺开。

但水面上的水泡只能是以半球的形态出现，永远无法超越这个限度成为一个完美的球。我们都知道，球体的直径为球体宽度的上限，假如水面上被水膜包裹着的空气继续上行，那么接下来冒出水面的水泡形状，其底端截面直径显然会小于整个水泡球体的直径。这样一来，这个水泡半球的底端便会因为失去支撑而破裂，理由是，“任何圆拱最脆弱的部分总是在其最宽处”。

水泡从水中冒出，包裹在特别薄的水膜之中，球面受力；而因为水膜受到重力牵引，水泡里的空气无法靠自身的力量逃离到外部（上方）的空气中，只能被有凝聚力的水所聚合成的水膜拉回；再加上水泡里的空气自己本身所受到的重力，于是水泡有可能再次下沉。而在这一过程中，水泡的周长不断增大，因为上述球体中先前的空气量后来减少了一半，所以此时球体要装下这些空气自然是绰绰有余。于是球体继续下沉，越来越扁，这时候你会发现（就像我在上文所描述的），在最初的水泡直径的基础上，其基底的直径越来越宽，直到最终与水面融为一体。

在上述情况下，空气不再有特别完美的球形水膜来包裹——原因在于，假设半球体基底截面有一条中心线，那么水膜上的水越是垂直于这条线，就越会变重，气泡在这一位置就越来越会往下沉，因为“距离基础越远，物体上依赖基础支撑的末梢部分便越脆弱；而支撑点越脆弱，物体降落的速度便越快”。

气泡下沉后，包裹在水膜中的那部分空气，将呈现出极其完美的球形——此刻它的体积是最小的（这一点上文已经可以证明）。球体之所以成了球体，是因为被包裹在厚度均匀的水膜之中，而且：一来，如果当初从水面逃走的空气量不是那么多，那么余下空气需要的水膜就不会那么少，因为它得接着用水膜裹着自己。二来，这部分空气如果离水面远，就意味着离水面上半球形气泡的基底远，离水面近，就意味着离半球形气泡的基底近；而且离水面越近，气泡存在的时间也就越长。被水膜裹挟的这部分空气虽然身不由己，却可以渗出水膜，化作无数个更小的自己。而这些小水泡（正如我在上文所说的），有着与生俱来的黏着与凝聚力，不会轻易离开它们的“母气泡”。因此，那个半球体的“母气泡”沉到哪里，小气泡们就会依靠自身的重量沉到哪里，并且不间断与“母气泡”基底的亲昵。往往的，被水膜包裹的这个空气半球会在其曲线的三分之一处破裂；这一点，跟墙体上的拱形门是同样的道理，所以此处不做赘述，但必要的时候，我会在书中论及这一点。

距离火层、空气层和水层的中心越远，水的高度越高，但此处并非指距离地层的距离，因为地层是数学无法计算的圈层；故，地层的重力中心和其他三个元素层的圈层中心不在同心点上。

水本身不能自行流动，除非是在下降的过程中。当水在水层中，水与水之间不存在高低之分，只要没有外力来推动，水是无法自主流动的。上述两个证据充分证明，水滴呈球形，且水本身不具备运动能力。因此，但凡流动的水，其一端必定要比另一端低，即水面相对存在落差；哪儿缺少支撑，水便向哪儿流动。

空气永远无法靠自身保持停留在水下，它总是希望处在其与水的接触面的上端。为证明这一点，我们假设只有三种元素，排除掉土这个元素，假设让一定量的水穿过空气降落。这些水无法停留在空气之上，因为相对比较软的液体无法支撑比自身重的物体，又因为空气本身比水稀薄，故而它无法支撑住水，于是空气便给水让出位置。这种情况一直继续，直到水到达最低位置——换句话说，即便长时间和空气摩擦，只要没有被蒸发或改变形态进入空气，水便一直降落。但假设大部分水在过程中改变了形态而只有少量的水到达了底部。我认为，在朝向宇宙中心的降落运动和反射运动中，水的冲击力可能会在同整个空气圈层之下等距的这一中心停止，因为各种元素的中心是本身最低的地方。“最低点是距离整个物体最高点最远的地方”，说的就是这个意思。

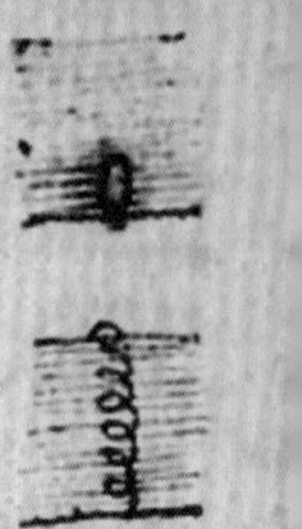

水自身可以在沙质河岸上上升，沙子本身吸收水分，这同重力的特征正好相反。

水一旦相互接触便会相互吸引，这可以通过芦秆吹出的肥皂泡来证明。因为通过芦秆，空气钻进水膜里，气泡不断膨胀，最终闭合并从芦秆脱离。在这一过程中，芦秆中一端顶着压力向另一端运动，当气泡形成的时候，气泡的闭合口像人的双唇一样，闭合连接在一起。

而且小水滴可以融合入另一滴水。

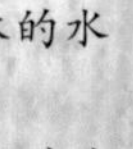

如果你认同水的气泡的实验，认同水具有凝聚力——尽管气泡很小，气泡壁很薄——那么观一斑而见全豹，小部分的水尚且如此，整体的水也应当如此。

我们借芦秆吹出了气泡，而在空气中所形成的气泡，在柔韧的气泡破裂之前，它在下降过程中是不会呈正球形的。因为气泡上多余的水分会向气泡的下方滑动，使得其下方比其他任何地方都重。所以，当水迅速下降，下降的水使得气泡从其上部 1/3 处破裂开来。

手稿四十九　气泡的完美球形

BRITISH LIBRARY

大英图书馆说明

列奥纳多·达·芬奇展现了和手稿四十中类似的对地球水循环的论证，在手稿四十中他强调了水的运动。在手稿四十七所列举的案例,开始讨论空气和水的相互作用,为其后续的理论发展做出介绍。

列奥纳多·达·芬奇返回其地球探秘的中心问题，对水到达山顶的方式做出解释。他不同意那些认为海面高于山顶的辩论:“距离火层、空气层和水层的中心越远，水的高度越高，但它们与地层间的距离并不遵循此规律，因为地层不是数字可以计算出的圈层。”

数学概念的直接引用，如刚刚描述过的地球几何学一样，有助于我们理解列奥纳多·达·芬奇在这里和辩论结束时所使用的独到阐释:“水本身不能自行流动，除非是在下降过程中。当水在水层中，水与水之间不存在高低之分，只要没有外力推动，水是无法自主流动的。上述两个证据充分证明，水滴呈球形，水本身不具备运动能力。因此，所有流动的水，其一端必定要比另一端低，即水面存在相对落差;哪儿缺少支撑，水便向哪儿流动。”

列奥纳多·达·芬奇对这些立体矩阵的几何分析，几乎可以和他的艺术构思相提并论，这是其艺术构思的直接视觉描述。他所使用辩论另一面，就是使用适合用几何证明的一系列相互关联的原理。列奥纳多·达·芬奇采用这种辩论方式，来调查研究作为地球完整系统之一的水的自然特性。

气泡的形态变化

在阅读达·芬奇的手稿的时候，我们常常被一个困难所阻挠，就是达·芬奇的思维太过于活跃，你永远不知道他在叙述一个比如流体力学的问题的时候，下面的思路会跑到哪里去，说不定就是天文、地理、机械的其他问题，或者是一个孩子从他那里拿走了一块蜜饼或者是几个硬币。

毫无疑问，这一页手稿当中他想要阐述四元素水和空气之间的关系。他是从两个方面来进行阐述的：一方面，溶解在空气当中的水会想方设法逃逸，以气泡的形式浮出水面；另一方面被蒸发的水汽不会永远在空气的上空，而是会凝结之后，降落下来。这样，各个元素就会按照自己的重量分布在不同高度。其实归根结底，达·芬奇还是在阐述重力问题。在阐述这个问题的时候，达·芬奇又是发挥了它的奇特的想象力，居然为了论证水和空气的关系，甚至想到把土元素剥离。这样做的好处，就是让水元素在降落和达到平衡之后，形成自己的固定水位高度和中心。

在阐述这些问题的时候，达·芬奇对于细节的观察和把握的能力再一次显示无疑。在水中上升的气泡和浮在水面上的气泡，相信任何一个人都曾经目睹过，但是并不是每一个人能够详尽地观察到，在水中上升的气泡呈现完美的球形，而上升到水面之后，则会变成半圆形，被粘连的水表面所羁绊，而最终，水表面上的半圆形会破裂，将空气释放出来。

后世人一向赞叹达·芬奇天才的想象力——他的想象力似乎只能用“天才”的字样来形容,而任何“丰富”“奇特”“大胆”“不同寻常”都虚弱到不足以描述，但是事实上，达·芬奇的天才的想象力并不奇怪，并不是凭空而来的，而是建立在他的对于世界的细致观察和缜密思维的基础之上的。

水中气泡和水面气泡

Dellacqua che diẽta mẽ motto e ssincurvera alibeco e ricurvera faponente dussorma
di minor potentia del ecẽtro allassima linia maestra essa minor corrẽte sacompagnia chel
la revolutione dellacqua magor Come sia lacqua che mẽ e da tramontana il fiume e laquale
per chuotera p libeco in un d dela maestra equella che sta nelme co della corrente
eper chuoti nel punto d el fiume minore che per chuoti dentro nella maestra pro
cessiua non seguira il corso del fiume ma siuoltera insieme chol remoso e poi si somer
gera sotto il prencipio della corrente insieme col cã del magor retroso che cosi
si proua Dellat acqua ch trona contro nss lacqua ch dequale obbliquita e potentia
alesi fatta a ella trouva e per chuote dentro alla maestra ch della corrente magor
elluna ellalma concorre nellangolo t e npossibile che che tal acqua ch acquisti monimento
contro accorso perfici potecia cie alla maestra et onde si piega o piu facile o meno in
nessuno mo ẽ mo e poco piu che nationo cassenna acqua voluntieri concorre insino ella
parte superiore pero nella magor corrente nessuno c essi viene amalgore mo ente
la petta persussione nella sua maestra egna parte necennalea e passa sopra lamagor currẽte
se qui e si et una certaura momenti per mo va ni si morta li quali retrosi uno sacompa
e seguei il magor retroso ch e nenuare trauolte il il fonte del pelago ella mafrissima qui
ti bisogna sequitare catare tro ce nellinquente improposition ainsi tre a n che e ha si un
parte de assi sansi sansa consusione sene moso Ce cosi Ogni correnti nena a z la
tutta ella sua lacqua col fonte della neurea la 2a fra nel meço della sua profondita e lange
in forma nella supficie ma quella di mezo ella principale che quite tutto il carso
quinti tutti i mo retrosi allenes dobni aspetti La superior limi cennale della care
dellacque della piu alta limi del moto matrito ella piu bassa del moto retresso che den giroso
fanno stare le revolutioni dellacque elistà ca dia meni motto dessoto al sopa inquanto acquista
essentieni e partono sempre dellacqua dermane in supficie cio inquato alle linie ra
h L a linia cennale della supficie della currente sempre sta nella parte cennis
cell lacqua la quale circunda lobbieto deler p casso con il quale abbiena si ciustrera piana dest
cosi linia cennale e solanoia ce popo la pessione dell obbieto di piana fronte ricata sopa so
ssima s
L a linia cennale del fonte della corrente dopo la persussione decessa sa
nello obbieto piano si munea inrorto il cerpo del montoss e tanto si ragira nassi parte il son
fonte della lacqua causa d far concha della pena
pa del suo fonte o ssolonga del fonte condissi conga supfitial dellacqua Diferente
dellante ne gnosseni le profondite le quali sempre fieno tre vnte insfatmoto inasi ne
el moto retresso dellacque Come il minor fonde del pelago dentro allese ne ese
sara trouato nelino del moto retresso Come ancora il minor fonte del fiume sara
trovato nelle lati delle correnti dove conalesti correnti si congugne Come en pri
corrente fa sempre trovato picola profondita Le apiu alte parti della supficie della
cequestobbieto sara nel meso del suo obbieto se para de some parte o venire contrsi de
quale obbliqua alcugere Massellangolo no sara nel meso della fronte dello obbieto
allora lassima altissa dellonta che spessa no sara piu in meço nella fronte ma faa ne
scontro al predetto angolo Sempre se nossa supfitial naturalmente mossa da
vento fimoto tanto piu veloce dellongaidelacq. quanto lõga epiu veloce del moto
turale dellacq e quanto il moto naturale dellacqua epiu veloce che lomga del vena compa
uentre del moto dellama he pui velove dellonga dellana dessa angosi al fiume maprimo
noctore del moto dellania ligia ena tanto piu velove dellonga della ema dessa epossa
pa quella parte di motto desponere trois ein poste della ressistenza della suptine della
Tutti ti fonti dellarena che camiano collacqua sontupi tar to eblonde della rena che
menana colacqu. Quanto il moto dellacq. epiu tardo che none il moto del vento

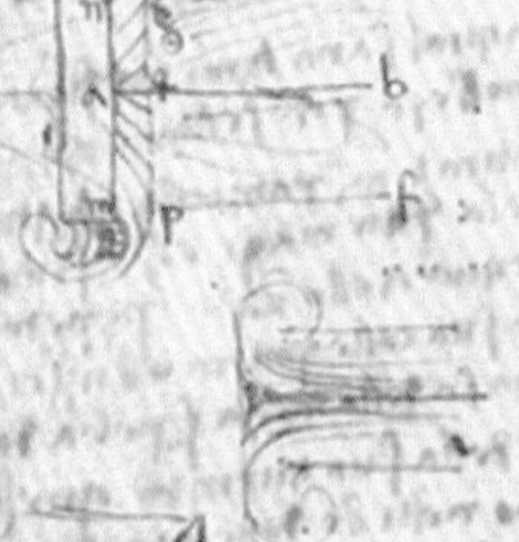

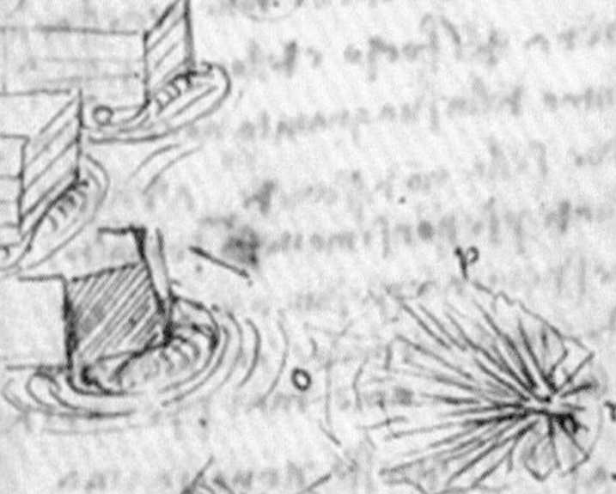

如果水流来自北部的点 a，呈圆弧绕向西南方向，遇到从西部流过来的冲击力较小的河流 cr 汇入其主流 ed，冲击力小的河流便加入了主水流的旋转，在漩涡的下方形成最深的冲击坑，好像从北部过来的水流 a 朝西南方向冲击河岸 mdf 一样。

我认为，主水流在水流的中间，从 d 点冲击（河岸）。冲击主水流的小河流，没有必要追随大河流水，但可以随着涡流旋转，然后随着主漩涡的水，自己浸没到主水流的起点。

我们来证明这一点：假如水流 cr 和水流 er 以同样的角度和冲击力交锋，相互冲击，并如图中 ed 处所示，两者汇合成一股水流流向角 t。水流 cr 不可能受到比较大的冲击后获得运动力，即受到主水流 ed 的冲击。这样水流 cr 便顺顺利利、畅通无阻地从主水流冲击的较高点 d 流下，一直穿过 rtnmo。实际上，所有的水都偏向按照这个涡流方式流动，直到漩涡的上部在 e 点与主水流交锋，于是有水抬升，跃出水流的主体部分，并由此跳过主水流。在这里，漩涡会分离成两个不同的漩涡，因为它获得了相对比较平静的水。这些漩涡，小的追着大的，持续不断地对河床形成冲击，挖空河床……别处的水流漩涡其实也是如此，但话要一句一句讲，议题要一个一个说——也就是说，每个议题需要独立来讨论，研究好了这部分再研究那部分，按顺序推进——如此才不会晕头转向。

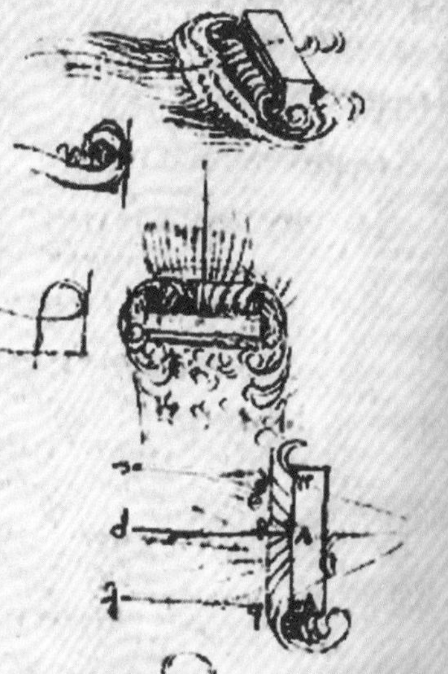

这样说来，每一条水流在水流力度最大的中间位置有三条中心线。第一条是从河床接触到水后的接触点开始；第二条在水深和宽度的中间位置；第三条在水面形成。但是中间的中线最关键，因为这条线领导着整个水流，令所有的反射力分离，并将这些反射出来的力统一到指定方向。

水流中心线的较高部分，也就相当于做落体运动的物体刚开始下行时的轨迹线；而水流中心线的较低部分，则以反射涡流方式呈现。也就是说，低处的水流之所以还能自行旋转、奔腾并继续降落，是仰仗于水此前从高处开始的落体运动。因为这牵扯到很多定义，所以我只讨论表面的水流，即只讨论其中心线的问题。

水流表面的中心线一般在水流最显著的位置，在水流所冲击的障碍物周围。而中心线仅在水流冲击平面物体后回落到水中的位置。底部水流的中心线，在冲击平面物体后，翻转朝向地球中心方向，在剥蚀河床的过程中，多次反复旋转，在河床掏出尽可能大的冲击坑——足以容纳其自身的旋转运动。所有其他的横向线均倾斜指向河床方向，对河床产生冲击。

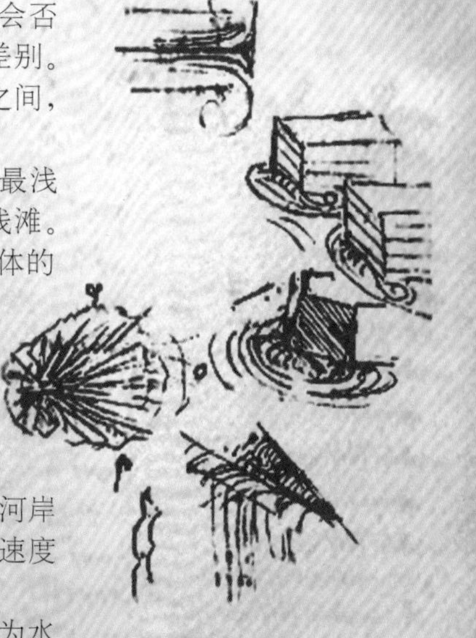

如在 e 点……不管水浪是否在河床上形成沙浪，抑或是河床上的沙浪会否促使水流表面的水浪形成，通过了解浪的高度，可以观察到浪与浪之间的差别。通过观察这些高度上的差别，一般可以发现，在水流的落体运动和反射运动之间，存在着差别。

水漫过河岸，河岸上最浅的地方总是出现于反射运动的末端。而且河流最浅的地方，总是出现在几股水流交汇处的两侧。在两股水流之间总是有一些浅滩。所以如果物体前端平滑，或者两侧坡度相同，长度也相同，那么冲击这一物体的水流，其最高水面在物体前端的中心线上也会造成类似于浅滩的情况。

但是如果水流在冲击物体前端的中心线位置时，没有形成一定的角度，那么它冲击物体时形成的最高水面就不会再处于物体前端的中心线上，而是出现在上述角度的后方。表层的水流受到风的吹拂微波涟涟，一般水浪的运动速度比水流的速度快很多。按照比例，水浪比水的自然运动速度快很多，而且水浪的自然运动比沙浪的自然运动速度快，沙浪的运动速度比形成河岸的泥流运动速度快。但我要说的是，自由空气的运动比冲击水面的气流运动速度快很多，因为冲击水的风受到水面的阻力影响。

所有随着水流移动的沙浪，运动速度比风所吹送的风沙速度慢很多，因为水的运动比风的运动慢很多。

手稿五十　水的运动比风的运动慢得多

BRITISH LIBRARY

大英图书馆说明

这一页的顶部宣称将来要考虑十五项议题，文章大部分在描述水流运动。列奥纳多·达·芬奇这里对复合运动的研究，重点是分析不同方向的水流在交汇点所形成的各种形状及图形。他考虑到水深、冲击力及流速三个因素。

这一页多数在详细观察水中形成的漩涡和涡流，这在其他章节中也讨论过。列奥纳多·达·芬奇这里的图示是本手稿中特别漂亮的一部分。水流形成的漩涡、水浪的旋转运动，以及放置在水流中的障碍物使水流分离，这一切都体现出他对自然所进行的特别细致的观察。

这一页的最后，是以水流冲击空气与沙子运动结果的对比作为结尾。

达·芬奇的天才发明（五）

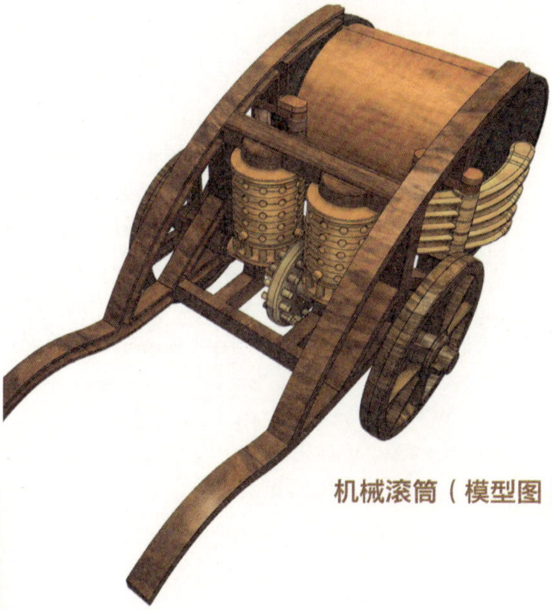

机械滚筒（模型图）

起重机（模型图）

液压具（模型图）

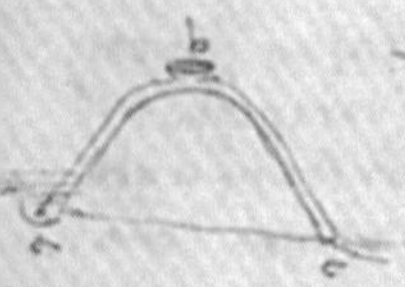

Io voglio votare una patela per una checognola empiendo prima perla bocha superiore .b.
e poi serrare esso .b. e aprire disotto in a c addimando se manco che io serri in b. sellacqua
pesava in c a . pie piu che quando essa fu serrata // dicho di si perche quando essa era
na coperta di sopra ciasscuna acqua pesava sopra il suo fondo perquanto essa era
aperta di sopra e chonfinava chollaria ma quando fu serrata e che essa fu aperta
disotto allora lacqua piu nompeso sopra il suo fondo perche nonnera e lacqua piu
grave sospende chonsecho la piu leve e pequesto lacqua piu grave nonpesa poi nel
la sua parte inferiore senon quella parte che essa eccede la piu leve // in p° de qua
derni Come si debbe fare largine giarosa che non ruini nellacqua che dappiede lepassa
// in p° de quaderni Chome sa affare una acqua che passi sopra unaltra ne cana
nale Come si debbe fare il canale che passi sotto unfiume // in p° de quaderni Come
si debbe fare una acqua dun canale che passi almanverso dunfiume // in p° de qua
derni Come sanno affare leconche over boctini delle acque per alzare lebarche
inguerse altezze // in p° de quaderni Che fforma debbono avere lepile de ponti acco
che lacque che dentro vi percuote nonlabbia affare ruinare Come si debbono fare
li sostegni delle acque ne canali navicabili // in 2 de quaderni Debonsi legare ma nili discos
sto dalle chadute delle acq[ue] acco nonsi empino nel correre nella bassezza dove lacq[ue]
della conca aperta percuote // 2° de q[uaderni] Come anno affare leporte e ssostegni delle conche
navichabili // 3° de qua[derni] Come le cannne delle cicognole di medesima largezza di bocha
e altezza dalla superfitie dellacqua allocho dove debbe discendere sono tutte duna medesi
ma natura e potentia // in 9 de qua[derni] Se uno boctino dacqua fia premuto da pietra dequal
quantita e figura acquella dellacqua . . . lacqua che per qualunche grossezza dicanna di
tale boctino sara premuta montera colla sua altezza tanto piu alto chella somma de
la pietra quanto la pietra e piu grave chella predetta acqua // in 9 de qua[derni] Inpossibi
le che lacqua che per equal chanale in altro monta sia di magor pondo che lacq[ua]
che la chacca // in 10 de q[uaderni] ... lacqua . a . che preme il bottino essa salta lacqua for del bot
tino premuto quanto lacqua b. uscita dal bottino perche sono dequal grossezza e peso .... Et sara possibile che lacqua che per equal ... de equal canato ... ma al ... sia di mag
gior peso chel peso chella caccia ma no mai chel peso che dela sostiene perche sa posa nelle obbliqui
ta dove lacanna si fa piu largha e tutto il resto sagrava perpendichularmente sopra la minor
largezza della canna Quante sono le volte chella bocha della canna entra intutta la
vacuita del bottino dellacqua premuta Tante sono le volte chel peso dellacqua che ssi sponta nella can
na entra in tutto il peso che preme il bottino Sel bottino ella canna sarano infralloro de
qual vacuita e chel peso dunacqua sia quella che pr(e)ma il bottino tanto sara piu lunga
lacqua che monta chellacqua che la preme quanto essa acqua che preme e piu gros
sa chellacqua che monta Se due canne dequal vacquita le quali sieno stabilite in vari
obbliquita e terminate infra linee paralelle ancora chelle lor lungezze sieno mol....
rie il peso dellacque che sopra il fondo delle canne si posa sempre sarano infra loro equali
Quella parte del peso chel vaso preme la quale e causa chella sua acqua surgha ara tal pro
portione col suo rimanente quale la superfitie del foro donde lacqua fugge col rimanente superfitiale della va
cuita del vaso ... come tutto il peso non sadopera apremere lacqua che mo
nta per la canna ma chella parte dello ... peso sadoperera ... premere quale la parte forata
di tutta la vacuita del vaso cioe chessella rottura della vacuita donde fugge lacqua del vaso entra
sopra la canna entra cento volte in tutto ... il termine della vacuita del vaso ancora quel
la parte del peso che a tale ufitio sadopera entrera ancora lei 100 volte nel suo rimanente ette
to pesera lacqua che monta nella canna quato la qua[r]ta del peso della cocca del vaso // in 9 de q[uaderni]

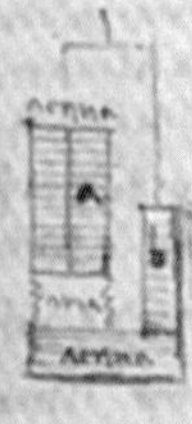

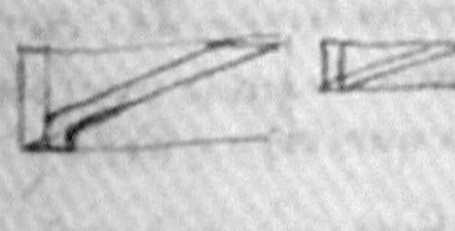

十八项案例

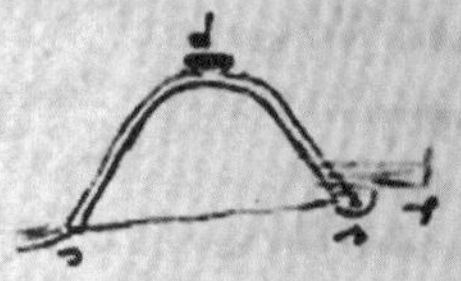

我认为通过虹吸原理可以将沼泽的水排出，首先从水管顶部开口 b 处将水灌入，然后密封住 b，将下方 a 和 c 的密封打开。有人要问，在封闭 b 前，是否 ca 的压力比封闭后的水压高？答案是确定的，因为当打开管子顶部，所有水的重量都压在底部，由于顶部没有压力，直接接触上面的空气。然而，当封闭顶部，底部打开，因为去掉了底部，水管中的水对底部也就不再存在压力，于是受力大的水将受力小的水一起抬升，这样，受力较大的水在到达较低的地方就失去了压力，除非受力小的水所占据的面积过大。

如何用石头建筑河岸，使河岸不会因水流而被冲毁？如何使通过涵洞的一股水流从另一股水流的上部通过？如何在河流下方开挖涵洞？如何通过封闭水道或河流的入海口使船提升到不同的高度？将桥墩建成什么形状，可以避免导致桥墩倒塌的水流从内测冲击桥墩？在航运水道如何设置闸门？

应当将船舶抛锚在远离船行驶水道的出口位置，从而避免使船舶随着水流的自行流动而到达打开的闸口水流冲击的低处。过船水道的两头闸口及底部该如何处理？虹吸管从水面到水流流出的地方，直径应当均匀相等，高度也相同，管子内的水性质相同，力度相同。

如果用同样大小和形状的石头，压住软体水箱中等量的水，从容器中压出的水通过任何管径的水管升高，到达的高度比石头的顶部高，因为石头比水重。水通过管径均匀的管子升高，升高的水的重量不可能比压出水的东西的重量大。

将水 a 压在软体水箱上，使里面的水从水箱喷出，从水箱流出的水 b 等于 a 的重量，因为两者体积相等，密度相等。如果水管直径不均匀，通过水管升高的水的重量可能大于上部放置的水的重量，但是永远不会超过下部支撑的水的重量。因为在水管变宽的地方，水首先要填充水管中宽敞的部分，除管径外所有的重力垂直于管子的直径。那么，当用水袋压在水箱的一面，下端的水被向下推动，进入中空的部分，使中空部分的水也向下推动，将水排入水管，水管中的水位升高，重力增大，其所形成的重力等于水箱上整个压力的总和。

如果水箱和管子的中空部分体积大小相同，而且水管中水的重量等于压在水箱上水的重量，那么水管中水上升的高度会超过压在水箱上水的长度，因为压在水箱上的水比管中升起的水直径大。如果两根管子中空部分体积大小相同，中空在不同高度，水面呈平行线，虽然水管的长度截然不同，但两根管子底部受到水的压力却总是相等。

容器上方压力的一部分使水管的水面升高，水从水管溢出，而剩余的压力被容器中水平面上部剩余的中空部分抵消。这里必须理解，为什么不是全部的压力将水压入水管，使得水位上升？但是，在承压过程中，未产生作用的力被容器中未被填满水的中空部分抵消。也就是说，当容器中的水向下推动，将中空部分打破，下面的水向下移动，传递到水管，将容器中中空部分整体向下推移 100 个刻度，剩余部分的压力也将下部剩余的水向下推动 100 个刻度。水管中水上升的重量，等于从容器中排出水的重量。

手稿五十一　水压理论的实际应用

BRITISH LIBRARY

大英图书馆说明

在手稿四十九中，列奥纳多・达・芬奇描述了水压理论研究的大量实际应用，特别是在沼泽排水的应用上。和其他地方一样，他在此列举了大量“案例”。这一页的十八项案例则可备将来查询。

列奥纳多·达·芬奇在这一页以“虹吸原理”方式指导如何排出沼泽里的水作为开始，用一个描述圆柱形容器内水的压力传递的图形作为结束，在圆柱上标注出刻度——类似我们现代量杯的刻度。

虽然如此，他的概念和我们现在的概念还是有所不同：他假设容器底部的水“比较重”；而我们认为这是由于水上面水柱的压力过大而造成的。

这一页草稿的段落也出现在《大西洋手稿》中。这些实物证据表明，列奥纳多·达·芬奇的手稿保存比较随意，一摞压着一摞，特别凌乱。《哈默手稿》原来可能也是这么保存的。

大西洋手稿

大西洋手稿

达·芬奇生前留下了数十本篇幅不等的笔记，记录了自己在艺术、技术和科学领域半个世纪的沉思，1478 年开始写作的《大西洋手稿》就是其中最重要的一部。《大西洋手稿》共计有 12 卷 1 119 页，包括 1 750 张图纸和 100 多页文字手稿。这些杂乱的手稿汇编在一起，整个看上去更像是一个旧纸盒子，而不是一本图书。

《大西洋手稿》从各个方面证明了艺术家本人在若干领域不拘一格的天才研究和设计，其中包括解剖学、天文学、植物学、化学、地理、数学、力学、机械图纸、飞行和建筑项目的研究，可以让我们了解达·芬奇作为一个科学家在引进现代方法进行科学研究方面取得的成果。

《大西洋手稿》由 16 世纪末的藏书家彭佩欧·莱奥尼整理而成。手稿整理完成之后，一直珍藏于意大利的米兰城内。但是到了 1796 年，手稿被拿破仑带到了法国，直到 1815 年，拿破仑战败，米兰人才再次索回了《大西洋手稿》。现在的《大西洋手稿》馆藏在米兰的安布罗西亚纳图书馆（Biblioteca Ambrosiana）内，每年定期在欧洲的主要城市进行展览。

Quando londa dellacqua in fra mezzo le cose che in quella si sostengano, percosse in b e chessa ritorna pel fondo in a, allora tutte le dette cose no[n] tanto si rilasciano indirieto per l'andare ressa la quale a roversa in essa fondo in ciò [illegible] arriscontro e disotto la parte e rifassa insieme co[n]seco metendo e ripon[endo] novamente la lagaerba marittima che infra essa se[illegible] si[n] la riporta alla riva e così si segue.

Del frusso e refrusso del mare e come la luna no[n] lo move

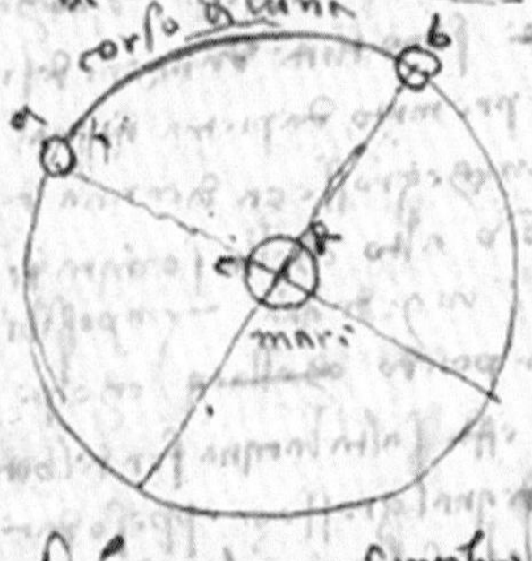

Il motore con semplice moto si tira dirieto il suo mobile ~~esso moto~~ per linea retta, tanto fia il moto del mobile quanto quel del suo motore. Dessi simil fare nel moto circulare essendo equalmente distante dal centro del motore il moto del mobile come quel del motore. Ma s'esserà inequalmente distante come se il motore movessi il regolo della ruota e il mobile fussi posto sopra del polo, allora fia tanto magore il moto del mobile quanto egli è più remoto dal centro che non è la cosa posata insul polo. Ecco adunque la luna che move [1/4] di gonata la acqua del mare miglia 1 916 2/3 con in 6 ore la qual cosa appena la folgore si move ecc. l'acqua del mare [illegible]

Londa perchossa nel lito sforza quanto fa il tomolo mettendo della sua superior parte sul fondo e quel torna indirieto insino allocho dove di novo ripercote nel la succiedente onda e quelle mena di sotto e la roversia indirieto contro di se al tomolo et di novo la fa ripercotere nel predetto lito e così successivamente seguita ora ora col moto superiore torna al lito e ora co[l] lo inferiore si fugge da quello —

Come no[n] si può discernere la natura della acqua se prima no[n] si di frusso e refrusso e che cosa sia gravità e con essa gravità nasca ogni moto. Se nel vaso ~~del~~ pieno di vino s'ìentra tanto d'acqua quanto di sotto v'esce di vino e acqua il detto vaso mai fia privato integralmente di vino. Pruovasi perchè il vino è quantità continua e divisibile in infinito adunque se in un'ora ne versa una quantità nell'altra ora ne verserà una mezza quantità simile alla prima e nell'altra di una 4ª quantità e resto sempre si riempirà d'acqua e così seguirà nella succiedente ora verserà la metà del rimanente e così per essere divisibile in infinito in infinite ore sarà di sè la quantità continua del predetto vino e perchè lo infinito non à termine nel tempo essa divisione di vino no[n] arà termine nelle sue partitioni. Nella percussione che Quando londa percossa nel lito marino e quella torna indirieto percossa dal mare e da possibile tomolo essa s'iscontra collonda succiedente che viene dall'alto mare e in quella si frange e si divide e parte ne salta inverso il cielo e parte inverso il fondo del mare la quale porta seco inverso il mare portate con seco la parte inferiore dellacqua che la percosse il che se ciò no[n] facessi la lagaerba e lla turbolentia delle fortune no[n] si potrebbe partire dal lito o scanciarse all'altro. Dellacqua del mare torna inverso il mare s'ognissuna fondo da sola percussione fatta nel suo lito come si può portare con seco li nicchi lumache, buovoli e chiappe, e altre simili cose senate nel fondo del mare ~~[illegible]~~ e gittarle sopra esso lito. Questo moto delle predette cose inver[so] il lito nascie quando la percussione dell'onde in ver[so] il lito londa refressa mena le tette 2 parti che spesso le cose levate dal fondo saltano nel andare e ritorna al lito e per essere la corrente de[l] sopra sospinta inverso il tomolo il quale per la ritrattione seco inverso il mare e così fa successivamente insino che la fortuna comincia a mancare e di grado in grado gli lascia dove aguale la magior onda che è non ritorna da la succiedente onda al medesimo segno dove essa sovrice la portata preda essa preda rimane dove fu posata da londa e così segue nel suo tirare la diminutione dell'onda ~~[illegible]~~ Restano le cose gittate dal mare infra lo spatio che si trova infra il primo tomolo dell'onda insulito e all'omolo fatto dell'onde che viene dall'alto mare. Se tutto il mare posa e si sostiene sopra il suo fondo la parte del mare si posa sopra la parte del fondo essendo la acqua grave fuori del suo elemento essa si terrebbe agravare e premere le cose posate in su esso onde vediamo il contrario perchè quivi la lagaerba che nasscie in tali fondi non si piega ne cala contra in sul fondo ma quella piuttosto a dirittura come se in fra l'aria nata fussi. Or piglia questa conclusione che Tutti li elementi non pesano nella lor propria spera ma pesa fuori della spera ecc. cioè fori ~~ma~~ in inverso il cielo e non fori inverso il centro del mondo perchè desciendo fori inverso il suo centro essa trova elemento più di lui grave il quale alla più sottile e lieve sua parte al confine dello elemento più di lui lieve e alla parte più grave dello elemento e nel sito dove esso s'amerà allo elemento più grave di lui. Come la resolutione della acqua si vede venire indetto la qual si fa tanto più secca quanto essa è più resoluta. Come per la congelatione della acqua infra l'aria generando vento per l'aria corre dove la mancamento e così fugge dove fu prima. Come l'aria è più grossa dove più vento per l'aria si fa più spessa. Come i venti più son potenti nelli tempi umidi ~~[illegible]~~ e più nelle pioggie che ne' tempi sereni. Come gran venti nassceno delle montagne coperte di neve e questo si manifesta ne li marinai che tutto il giorno lo provano e questo accade per la resolutione della neve in aria la quale è resoluta sottilissima e qui si leva fi[n] dove essere vapori. Sicchè ottiene resti della qual cosa e onde la Come il vento nato dal nugolo non da vapora circularmente per ogni linea fondendo gelo perchè acquista peso più che l'aria e ottiene passo; onde per necessità si piega alla terra e come fanno i lo è più grave che l'aria e per quella discorre lo spirito del succiedente che di rieto li nasscie e fali però chessa acquista dal passato suo moto. Adunque la luna no[n] la move ma bebiti dalla terra

受到风力推动，海水形成滚滚浪涛，冲击到海滩，将翻卷的浪头打回底部，然后再反弹回来；后面的海浪涌上来，形成新一轮冲击，冲向海滩。这部分海水便潜入新浪的下方，使得新浪倒卷过来，再次向海滩发起冲锋……这样持续不断，一浪推着一浪，时而从海浪上部冲击沙滩，时而从海浪下方的沙滩潜回。

如果不首先确定重力的概念，并明确重力是如何产生或消失的，那么便不可能描述出水的运动过程。假如在一个装满酒的葡萄酒桶中，注入和酒等量的水，水从酒桶中溢出，但是酒桶里的酒绝对不会完全溢出。

这是因为，酒是一个连续的数量概念，可以分解为无穷个单位。设想在一定的时间段内，有一半的酒会溢出；再过一段时间，1/4 的酒会溢出，剩余的空间不断由水来填补……这样，在每一个连续的时间段内，酒桶中总是会有剩余的一半酒溢出。因此酒可以被分割为无限个单位，酒的这一连续数量被分割到无限个小时内流出；而且因为无限在时间概念上意味着没有终点，因此酒被分成无休无止的计数单位。水的冲击也是一样。

当海浪拍击海岸，接着又掉头翻滚沿着海滩撤回，碰到后面从深海赶来的后浪，在后浪的作用力下把自己碰撞得支离破碎，一部分仰头冲向天空，然后降落再撤回；另一部分则冲向海底，这部分水流不断向大海撤退，将冲击它的那些所处位置较低的水流一起带回。如果不这么做，暴风雨所携带的海藻和沉船烂木就不可能从这边的海岸冲走而出现在遥远的对岸。在海水冲击沙滩后，如果海水沿着大海底部退回大海，生在海底的贝壳、软体动物、海螺、海蚌以及其他类似的生物又是如何随着海浪被冲上那里的沙滩呢?

当降落的水浪冲击反射波，将反射波劈为上述的两部分，一部分冲向天空，一部分冲向海底，海浪携带的海藻贝壳等物体便开始向海滩运动。从海底升起的物质一般会在浪中跳起并冲上沙滩，固体的会被冲入卷浪，随着卷浪退回大海。这样反复持续，一直到暴风开始减弱，一步一步地将这些东西送到稍大的浪所能冲击的最末端。也就是说，后面的海浪不再能够到达这些被海浪送上沙滩的物体的位置，这些俘虏们被海浪丢弃在沙滩上，当海浪慢慢减小的时候，这些物质被一点一点地丢在了沙滩上。

这些东西被大海丢弃在那里，停留在两者之间——浪涛第一次到达沙滩的地方与从深海过来的浪涛翻卷的地方之间。因为整个海洋水体都安守于海床之上，整体中的各部分也各守其分；又因为水脱离海洋水体时，依然保持自己的重量，那么照理说，海洋水体应该会因自身的重量而对海床上的物体产生压力。但是我们观察到的现象却正好相反，海底深处，生长着海带那样的海草，这些海带没有弯曲或者被压倒在海底。海带穿过海水生长，就像生长在大气中一样舒展，一样风姿绰约。

这样，我们可以得出结论，所有的元素尽管在自己所在的空间没有重量，但一旦离开自己的空间便获得了重力。换句话说，离开自己本身的位置，是朝向天空，而不是离开自身的位置，朝向地球中心的方向。因为假如元素脱离自身的位置，朝向地心，则会遇到比自身重的元素，它们会以自身最薄最轻的部分来接触比自身轻的元素，而以自身最重的部分靠近比自身重的元素。

当水转变形态成为风，水的形态转变越完整，风越是干燥。水汽在空气中凝聚产生风，因为空气会向空气稀薄的地方快速运动，而同时也从空气密度过大的地方逃逸。风越大的地方空气的体积越大，因为那里的空气密度越大。湿润的季节风最强，而且风在雨天比晴天更大。当大雪封山，山中形成的风会特别猛烈。这种现象水手们见证过，因为他们每天都会经历这样的大风。

而这个现象的产生，是因为雪消融于空气中，并会消融成特别细小的微粒。因此哲学家认为，在旱地仍有蒸汽存在，对于这一点确实无法评述。云层产生风的过程，并不是蒸汽由云层蒸发然后再回环那么简单。因为云穿行于空气中时，会获得越来越大的重量，所以它必然会转向地面，因为所有比空气重的物体，通过空气蔓延，都会受到后面形成的风的冲击，或者受到以前运动获得的力的推动。

当水面上漂浮的物体随着水浪一起被冲击到 b 点，然后

沿着底部返回到 a 点，那么反射波会将所有的漂浮物甩回。入射浪波将这些漂浮物打翻，并会从前部和下方冲击漂浮物，

然后和入射浪波混合在一起，并形成另一波入射浪波；然后这些波浪再一次裹挟着这些随着波浪一起运动的海藻，并将海藻冲上沙滩。这样来来去去，循环往复。

大海的潮汐千变万化，但却不是由月球所引起的。

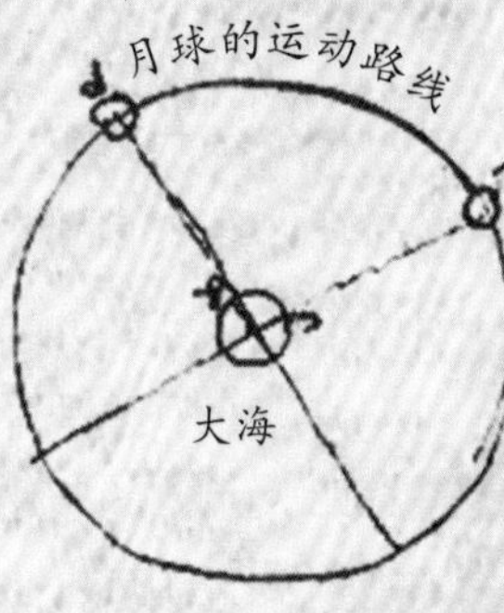

假如发动机通过简单运动，在直线路径上拉动机车，机车的运动速度和发动机的运动速度相同。同圆周运动类似，机车和其发动机距离宇宙中心的距离相等。假如距离不等，如发动机沿着边轴运动，而机车超过车轴位置运动，那么发动机的运动会比机车的运动幅度大，因为机车比位于中轴线上的物体距离中心更远。

假设这里是月球，那么月球在一天的 1/4 时间（即 6 个小时）内将海水移动 9 162/3 英里，雷电也很难超过这样的速度。而在这段时间里也几乎看不到海水运动。因此潮汐不是月球所引发的，而是由于地球吸纳所引起的。

手稿五十二　同热那亚人谈大海

BRITISH LIBRARY

大英图书馆说明

列奥纳多·达·芬奇在这一页顶部标注出："在这八页中有730项关于水的结论。"这一信息提示学者，这几页构成了列奥纳多·达·芬奇关于水的论述的中心。而且毫无疑问，这一页手稿当中有着他最曼妙的文字和由文字描述的运动或者静止图画，水平不在他其他的传世画作之下。

用撞击到海岸的卷浪图例讨论，使列奥纳多·达·芬奇总结出：如果不首先确定重力的概念，则无法描述水的运动是如何产生及消亡的。确实，在牛顿之前的重力概念，是将四大元素的宏、微观类比理论紧密地联系在一起的，这对列奥纳多·达·芬奇来说确实是个难题。

他通过"在装满葡萄酒的容器中注水，但容器中始终保持一定量的酒"的讨论，来描述亚里士多德的连续数量概念，因为"酒可以被分割为无限个单位，酒的这一连续数量被分割到无限个小时内流出；而且因为无限在时间概念上意味着没有终点，因此酒被分成无休无止的计数单位。"这个例子来自希罗，列奥纳多·达·芬奇从他那里汲取了大量的实验和机械方面的知识。

列奥纳多·达·芬奇描述了拍打海岸的水浪的反射运动。海浪在拍打海岸后又被弹回到大海，因此海浪也是另一个连续数量的例子。这比 1673 年克里斯蒂安·惠更斯首次记录这一科学解释还要早。列奥纳多·达·芬奇观察到的水浪和云中的环形运动，继承了古老的分子融合理论。古希腊哲学家柏拉图在《提马亚斯》中曾对圆周运动作过相当卓越的论述，基本上可以代表基本原动力（地球原动力）所形成的宇宙协调性或动态平衡。

在这一页的结尾，列奥纳多·达·芬奇得出一个很矛盾的结论，这个结论又否定了月亮对潮汐的影响："大海的潮汐千变万化，但却不是由月球引起的。……假设这里是月球，那么月球在一天的 1/4 时间（即 6 个小时）内将海水移动 9 162/3 英里……而在这段时间里也几乎看不到海水运动。因此潮汐不是月球所引发的，而是由于地球吸纳所引起的。"

Chellacq̃ abbia tenacita e collegatione insieme assai chiaramente si manifesta nelle picole
quantita d'acq̃ dove la goccola d'aqua nella separatione ch'essa fa dal suo rimanente prima
che caggia si stelunga quanto puo insino che'l peso della gocciola assottiglia in modo la
tenacita ch'ella sospende che essa tenacita vinta dal superchio peso subito che essi separa e spi
za esse pera dalla predetta goccola e contro al natural corso della sua gravezza ritorna
in su donde prima si move insin che di nuovo crisscita in basso dalla risaltata peso. Questa
propositione a in se dua conclusioni delle quali la prima he chella collegatione della goccola
e collegatione e nerbosita coll'acqua con che essa si congiugne. 2a che L'acqua p forza tirata si
rompe per la sua collegatione la qual rottura e tirata in su qual suo rimanente e non altrimenti che 'l
ferro dalla calamita. Vedesi il simile nell'acque passate p filtro che 'l magior peso di fori
dell'acqua che ssi move fori del vaso si tira dirieto il peso minore dell'acqua che 'l medesimo fil
tro piegato ritiene dentro al vaso. Puossi far prova della tenacita dell'acqua e provare
in proportione dicendo se una goccola d'acqua e sostenuta da acqua di grossezza d'una goccola
d'acquato sara sostenuta una altra e cosi si troverra appresso al vero. L'arena pesa piu
che l'acqua dell'arena separata la quale fu del medesimo peso della rena sanza dubio piu tarda
fia il moto della rena che 'l moto dell'acqua e questo accade perche la parte dell'acqua inferiore si ti
ra dirieto l'acqua che di sopra colei si congiugne onde si fa tutto un corpo e tutto insieme pesa so
legato e d'unita e tutto d'essa quantita cade colla medesima velocita che farebbe uno
lo sua grani essendo essi equali in modo che noi possiamo concludere che 'l continuo discienso de
l'acqua che cade infra l'aria discende colla medesima velocita che si richiede al peso suo per
quanto colligata e continua e la rena del medesimo peso che si fa del medesimo sito dell'acq̃
no discende seno perfetta velocita quanto si richiede al peso d'uno di sua mezzagrani e quelli
sopiu grossi discendon piu veloci che 'l mezano e il minore discende piu tardi. Perche l'acqua
a in se vischosita e collegatione l'acqua che versa della cicognola essendo circondata dall'aria
no discende sitira dirieto quella della cicognola e la sperientia ci mostra che sse l'uscita dell'acqua
della cicognola none piu bassa che la sua entrata nella canna che mai da l'acqua che ssi contindra
sotto la sua uscita della canna mai si tirera dirieto quella del vaso. Dove il discienso dell'acq̃
infra l'aria non discendendo acqua di sopra colla medesima velocita o magare la qual la sospigha in basso
quella di sotto si chiudera dalla supriore si fa piu veloce. Come l'acqua che discendendo infra
l'aria si rompe per l'aria donde passa la dimostro. Come l'acqua che ssi disfa nel discender con ti
nua infra l'aria ha collegatione di panniculo il qual assottiglia dall'una quantita divisa dall'altra in
sieme lo ritiene. Come tutta l'aquanta dell'acq̃ che discende infra l'aria in quanto
contrapon he consumata a discendere con equal moto perche tanto essa si facesse piu veloce essa si
spicherebbe della piu tarda e tanto essa si facessi piu tarda sarebbe raddoppiata e multiplicata
dalla piu veloce. Come tanto peso dell'acqua fia gittata fori del suo sito quanto e il
peso della cosa che sopra tale acqua si sostiene. Come nel medesima obliquita l'acqua si
fara tanto piu tarda nel moto quanto essa acqua fia piu sopra esso fondo bassa. Come l'ac
qua con veloce moto ragirata nel vaso colle mani del ragirator in quella la fa forte concava
nel mezzo. Come gran differentia e ragirar l'acqua nel vaso tenendo la mano vicino al
centro d'esso vaso over o attenere la mano vicino al magior cerchio della superfitie della
acqua. Come la mano menata spesso in traverso al vaso ora in qua ora in la fa mutatione
di sua superfitie differentialmente. Come fa l'acqua ragirata nel vaso ovato. Come
fa l'acqua ragirata nel vaso angulato. Quel che fa l'acqua nel vaso percosso di sotto. Quel
che fa l'acq̃ nel vaso percosso dallato. Come fa l'acqua nel vaso quando si percote il sito
dove si posa. Della mistione dell'acqua contenuta nel suo vaso

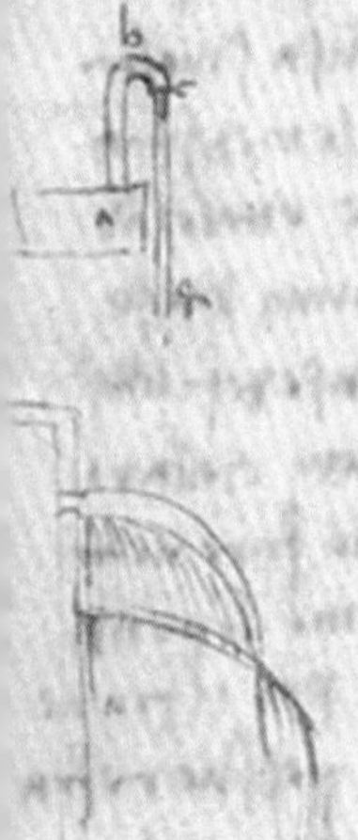

二十三项案例

水具有黏结性及相互之间的凝聚力，这一点从量很少的水中即可清楚地观察到。在水滴从其他的水中自动脱落的过程中，降落以前，水滴会尽可能地拉长，随着水滴的重量不断增加，勉强维系水滴的黏结力逐渐被克服，突然黏结力屈服、分裂，进而与水滴脱离，黏结部分向上缩回，和其重力自然运动的方向正好相反，并且不再从那里移开。直到又一次因为重力原因，形成新的水滴将其拉下。

从这一议题中，可以总结出两个结论：第一，水滴同所连接的水一样，具有黏结力及纹理结构；第二，由于拉力的作用，水的黏结性遭到破坏，延展到分裂处的部分被剩余的水吸上去，就像磁铁吸铁块那样。同样的情况可以通过毛毡吸水观察到，大量的水可以通过毛毡流出容器，而少量的水通过卷起的毛毡被吸回容器，水量大的水将水量小的水吸回去。

有人可能会提出水的黏结性证据，并将其按照比例拓展开，这样：假如一滴水为两个米粒大小，受到另外一滴一个米粒大容积的水支撑，那么多大容积的水可以支撑住一磅水？而以这种方式推断，我们会越来越接近事实。沙子比水重，而假如在空气中等量的水从沙子中分离出来，沙子形成一条连续不断的线，水也形成一条连续不断的直线，无疑沙子的运动速度比水的运动速度慢。这是因为水的较低部分把同其连接的较高部分的水拉下来，而结果，水自身形成一个整体，在空气之上，水的重量凝聚在一起，下方的空气被打开，给水的降落让出一条路来。

然而沙子却没有发生类似的现象。因为沙子本身各自独立，相当松散，整体的数量和单一沙粒是以同一速度降落，而全部沙子重量均相等。那么我们可以得出这样的结论：当水从空气中降落，水的连续降落随着其重量逐步增加，速度会逐渐增加，因为水会逐渐成为一个凝聚而连续的数量。让和水等重的沙子从和水一样的高度降落，其速度却只是中等大小沙粒的那个重量所需要的速度，因为较大沙粒比中等沙粒的速度快，而较小沙粒的速度较慢。

假如水本身具有黏结性且相互之间有联合的趋势，水从虹吸管流出，虹吸管的四周被空气环绕，但水从虹吸管出来后相互之间并没有吸引。而经验告诉我们，除非虹吸管的水出口比管子的入口低，从入口持续流到管子出口的水绝不会将高处容器的水引走。水在空气中降落，上面的水将下面的水向下压，如果上部的水没有以相同的或者是比较快的流速流下，或者如果下面的水流速过快，那么上下的水就会相互脱离。

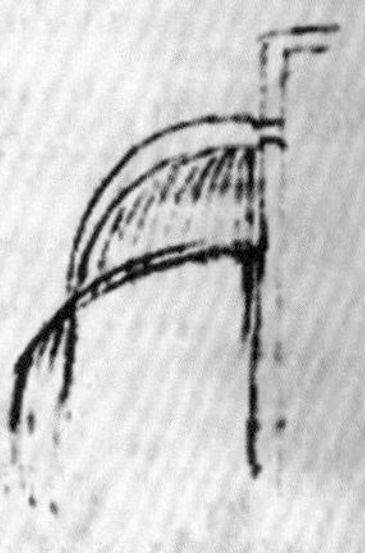

水通过空气降落为什么会相互分离？因为水所通过的空气将水分开。通过空气连续降落过程中被分割开的水，具有水膜的黏结力，黏结力从一个分离的数量延伸到另一个，并将水连接起来。作为连续数量，全部体积的水通过空气降落，在降落的过程中必然是相等的运动速度。一旦有的水运动速度较快，就可能会从较慢的那部分水中脱离；一旦速度较慢，水就会被较快的后来者成倍增加重量。

水所承载的物体的重量等于排出的水的重量。在相同的坡度，水越是靠近底部，水的运动速度越慢。用手按圆周方向搅动容器中的水，水在快速运动中会形成漩涡，漩涡的中部最深。根据手在容器中位置的不同，手靠近容器的中心点或者靠近水面较大的圆圈，所形成的漩涡也截然不同。

如果手在装满水的容器中来回快速运动，所形成的水运动会很奇怪，而且水面高度也毫无规则。在椭圆形的容器中，如果做漩涡运动，水会出现什么情况？如果容器为多边形，水在做漩涡运动时，又会出现什么情况？紧贴在容器底部的水是如何运动的？贴近容器壁的水又是如何运动的？当水被倒入容器，发生音乐般美妙的声音时，水又是如何在容器中某一点“着陆”的？

手稿五十三　水的黏结性决定了水滴的形状

BRITISH LIBRARY

大英图书馆说明

列奥纳多·达·芬奇几乎描述出了水滴在显微镜下降落的情况。水滴给地球的“水层”提供了一个比较恰当的类比概念。

“水具有黏结性及相互之间的凝聚力，这一点从量很少的水中即可清楚地观察到。在水滴从其他的水中自动脱落的过程中，降落以前，水滴会尽可能地拉长，随着水滴的重量不断增加，勉强维系水滴的黏结力逐渐被克服，突然黏结力屈服、分裂，进而与水滴脱离，黏结部分向上缩回，和其重力自然运动的方向正好相反，并且不再从那里移开。直到又一次因为重力原因，形成新的水滴将其拉下。”

这一页延续了手稿六十六开始的议题，在手稿六十六中列奥纳多·达·芬奇描述了在增大过程中露水形态的变化过程。这里通过列举凝聚力的 23 种不同情况，重点描述了水的运动及其黏结性能。这些情况包括水通过毛毡和空气的运动：“同样的情况可以通过毛毡吸水观察到，大量的水可以通过毛毡流出容器，而少量的水通过卷起的毛毡被吸回容器，水量大的水将水量小的水吸回去。”

列奥纳多·达·芬奇的思路考虑到水所能通过的不同材料，囊括了从其他人那里继承过来的连续数量和非连续数量的概念。这一术语源于亚里士多德，他将几何描述为物理现象在本质上的“连续”，而在数理结构上，他使用“非连续”这一概念。列奥纳多·达·芬奇的研究涉及量化物理现象——如何用独立的、非连续的单位衡量物理现象。

对于水所产生的不同的运动条件，他列出了一系列论题。在归类过程中，他的兴趣似乎来源于对不同模型的痴迷研究。

列奥纳多·达·芬奇对于地球本身的问题进行了持之以恒的研究——尤其是在这一部分手稿的最后，在这里他讨论了虹吸管中的水的运动问题。

对亚里士多德的“批判地继承”

几乎没有人比列奥纳多全面的天才更让人惊讶的——除了亚里士多德。这位古希腊的哲学家并不仅仅以哲学著名，他的著作包含许多学科，囊括了物理学、形而上学、诗歌（包括戏剧）、生物学、动物学、逻辑学、政治以及伦理学。因此，他被称为“百科全书式的学者”。

在文艺复兴早期，意大利人非常崇拜古代权威和古典著作，像学习《圣经》一样学习亚里士多德的哲学、自然科学理论。列奥纳多也接受了亚里士多德所完善的四元素说、落体理论、色彩学说、灵魂说以及其他的哲学思想。但是列奥纳多并不仅仅局限在亚里士多德的知识框架当中，他身体力行地向大自然学习，到自然界中寻求知识和真理。他认为，“理论脱离实践是最大的不幸”，“实践应以好的理论为基础”。事实上，正是他提出并掌握了这种先进的科学方法，才得以在自然科学方面作出了巨大的贡献，完成了对于亚里士多德的“批判地继承”。列奥纳多的认知后来得到了伽利略的发展，并由英国哲学家弗兰西斯·培根从理论上加以总结，成为近代自然科学的最基本的方法。

在这一页手稿当中，列奥纳多提到水的降落时认为，水在降落的过程中，因连续受到其他的水的压力，因此降落速度会加快，而同样作为他援引的例子，他说道：“让和水等重的沙子从和水一样的高度降落，其速度却只是中等大小沙粒的那个重量所需要的速度，因为较大沙粒比中等沙粒的速度快，而较小沙粒的速度较慢。”这就是对亚里士多德的落体理论的承袭。

而现在在我们看来，显然亚里士多德的落体学说是错误的。受到当时的实验条件限制，人们不能苛求列奥纳多永远正确。但是科学正是经过这样的传承和发展，才最终达到正确的程度。事实上，100 多年后，伽利略就推翻了亚里士多德的落体学说——通过那个在比萨斜塔上的举世皆知的实验。

Come nessuna cosa vapora senno mediante lumido il quale vaporato si serra in se la natura del canpo e donde era infuso Come il romore fatto dal terremoto e nel canpo della terra nasse delle ruine de luoghi dal vento apti p forza i quali alcuni de dentro sopra di se di delle lungra ti spelonche o llaghi e capi enclusi nella terra

Ma la turbolentia del mare tolta dalli sua liti e porta dalungamente p fra mare tornera in drieto e massime sen fia gra profondita e questo acade perche londa del mare p fortuna non agiugne nelle gra profondita e sse pure essa v agiugne ella ua mo... moto La qual del mare p fortuna fa nel fondo gra moto comunica al moto della sua supfitie

nome dalito

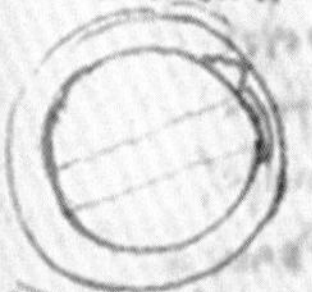

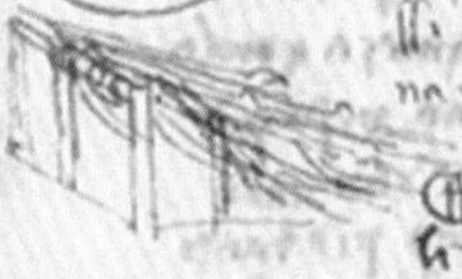

Le chiuse delli fiumi di non troppa largezza si faranno in questo modo ... sia fitto un palo ... tello grosso quanto puoi e ... grosso e meglio ... li quali si fien ... di legname ... fortissimamente ... e poi si togha legnami lunghi ... sopra il predetto trave ... fermino ... del medesimo ramo ... faccino ... ... alternato ... molte ... insieme ... altri abassar

E se il fiume fussi stretto apoggia il tuo piano da luna riva allaltra e ffermalo bene ... li predetti rami fermati ... naturali ... altro ... dell ... rami ... fiume ... lassiano ... dalle ... naturali ... non lassano andare ... predetti ...

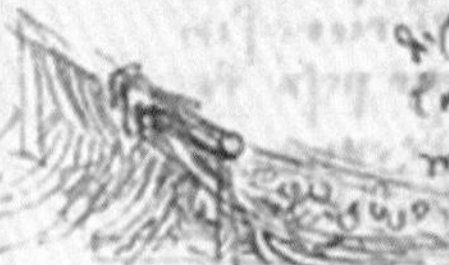

Come il uoltare di fiumi debbe essere fatto done lacqua integralmente apra la furia della sua corrente cor ... essa si mostra stracca Come con poca causa si uolta un fiume colla intorno ... ella mostra uolersi uoltare p se medesima Come con po chi sassi si uolta il fiume ... il filo della sua corrente ... mento fia fatto nel predetto filo dellacqua Come ma le chiuse di fiumi deono esser fatti con pali ne lor luoghi profondi ma ne piu bassi lochi Come le chiuse di fiumi essendo fatte di muro si deono fare ne piu profondi lochi di fiumi acio che llacqua ... minor potentia ... Come le chiuse di fiumi si deono fare ne canpi fori di fiumi e poi drizare ... il predetto fiume Come li ponti ancora a lor si debbo fare ne canpi in quella parte ove si intende drizare poi il fiume Come in ... presso a ... il mare circha ... del suo ref so ... fiume ... cento cinquanta miglia e li ... restano alti sopra ... abassato mare Come sopra tutti e il magior refrusso che facia il mare mediterano che son circha 2 8 e 1/2 ... 2 8 e in tutto il resto del mare mediterano ... Come il fiume del po in brieve tenpo secca il mare ... adriano ne medesimo modo che li asseccio gra parte di lonbardia Come provare il filo dellacqua si debbe torcere la riva ... con pochi sassi ... 1a e 2a dove si prova che il filo delle acque di fiumi ... concorso di moti refressi dellacqua percossa nelle sue rive ... e ssi inalzada e conc... sotto il suo fondo p la qual cosa ... la riva donde il fiume ... sopra alquanto spatio ... piegarsi e poi ... piegamento ... loro seguitando ... alla prima sua voglia con quasi insensibile incurvatura e ... torrenti ... lacqua nella ... della sua potentia ogni tua opra fia vane ... ongni ... Effetto ... ringorghi ... pelagho il suo inpeto questo ... ne effetto ...

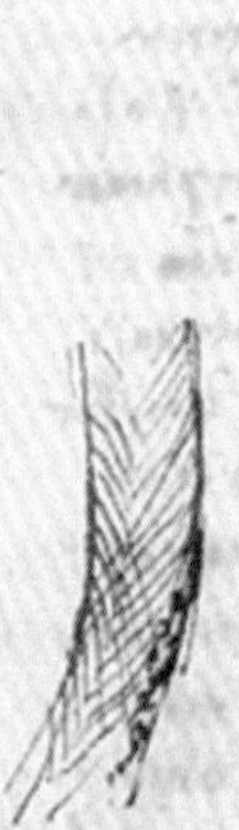

十九

自然状态下，含有水的物体在被烘干之后，只有水蒸发出来，而其他东西却没有蒸发出来。在地球内部由地震产生震颤，地震飓风的力量将地壳某处撕裂，持续不断地冲击地球内部密闭的大地洞和湖泊的底床。

大海汹涌澎湃，激流从沙滩撤回，远远地逃回大海，并绝不再回头，特别是在海水很深的地方。发生这种情况是因为，在惊涛骇浪产生期间，大海的浪涛无法窜入大海深处。而假如浪涛曾经到达大海深处，它就会颠覆底部水流的运动。在暴风期间，大海海水在底部的运动极为剧烈，而方向跟海面的运动方向却截然不同。

这样无效

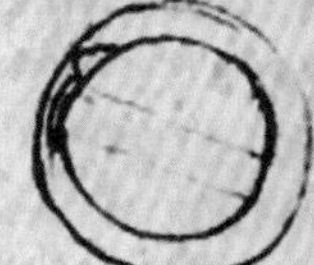

如果河流的堤坝不是特别宽阔，堤坝应这样建设：类似打桩，应该用打桩机每 3 布拉乔奥打一个桩，桩尽量粗大，越大越好。桩的顶部高度应统一。在桩的顶部，应当可以安放一个特别稳固的跟原木一样的横梁，然后选用连带着枝条的长树干，将其摆放在上述横梁之上，把树干上的枝杈固定在横梁上。尽量一层一层地放置，层数越多越好，将枝条朝向迎水的方向，再用石头和沙石压上。经过第一次洪水之后，这些地方会变得和地面一样平整。但是要注意，如果枝条露出，应重新整理，将露出的枝条压在其他枝条下方。

假如河道比较窄，可以将横木横穿河流，架在两岸之间固定好；借助树枝本身的枝杈，倾斜固定在横木上。横木只是为了支撑住原木的顶部，使这些原木不至于滑落。在迎击水流的枝条上，一层层地呈梯形压上石头，石头不要推动横木或使横木的方向转动，因为横木只是用枝杈固定，原木上压下去的枝条使得原木不能移动或从枝杈上脱开。

应当在河水水流彻底不再凶猛的时候，进行河道疏通。也就是说，疏通河道应当在河水显出疲惫时进行。应在河流显示出有转向迹象的地方，使用小型堤坝，来协助或增强河流疏通。

如果有人了解水行线路，使用少许石头便可使河流改道。这些石块应该放在上述河水的水流线上。不应当在水深处打桩建设水坝，而应当在比较浅的地方打桩。而如果使用石材，则应在河水最深的地方建筑水坝，这样这些水坝底部受到的水流冲击会很小。多条河流的堤坝应当在远离水流的地方建设，然后将这些河水导向堤坝方向。同时应当在今后需要引导河水的地方架设桥梁。

在加斯科尼附近的波尔多，落潮前大海升高大约 40 布拉乔奥，海水冲入河流超过 150 英里。退潮后，大海将船舶放置在高山之巅，在又高又干的地方将船掩埋起来。

在突尼斯北部，地中海中形成的最大落潮大约为 2.5 布拉乔奥；在威尼斯，落潮为 2 布拉乔奥；而在地中海的其他部分落潮特别小，有的地方甚至看不到落潮。在很短的时间内，波河将亚得里亚海抽干，类似的现象曾经发生在伦巴第大部分地区。

为了使河道改变线路，应当使用少许石头沿着河岸做一些变动——这是手稿二中的第四项议题。在那里证明了，河流的水行路线是由水流冲击河岸后所形成的反射运动水流交汇而成，那里河水不断堆积涌起，并将水流下方的河床掏空。

当河流上游的某些地段显示出河流要改道，如果有人想使河道弯曲，则可以使用这个方法。也可以停止这种改道过程，只是逐步随着水流，根据水流意向用几乎察觉不到的小小改动，达到改河道的目的。但是不应当在水流强劲的直行线路上修改河道，否则所有的工作将功亏一篑，因为河水会冲垮所有的障碍。

如果建设的水坝像锁头一样，将河水水位抬升得过高，甚至将水坝淹没，水流在形成的流动扩展中失去了冲击力，这样会产生一个好的结果（见手稿一第五个议题），所有的河床会被泥沙填满，但是这样做的结果，会使河水不再沿着河岸流动。

手稿五十四　用少许石头便可使河流改道

BRITISH LIBRARY

大英图书馆说明

这一页的顶部，列奥纳多·达·芬奇对水蒸发的过程进行讨论，直接和第一页所描述的实验有关。这里他同“地球本身”的问题结合起来，进一步讨论：地球内部水循环，是因为在溶洞中的水被蒸发掉造成的。在文中，他考虑到地震所产生的影响：“在地球内部由地震产生震颤，地震飓风（指地震波）的力量将地壳某处撕裂，持续不断地冲击地球内部密闭的大地洞和湖泊的底床。”

第二段开始涉及不同深度的水运动的方向变化。第一眼看来，这个题目和这一页及首页其他部分所讨论的内容毫无关系，但是手稿二十中的继续讨论明确了这一关联性：列奥纳多·达·芬奇关注到岩层的构造，在山顶的岩层中，有海洋化石的存在。列奥纳多·达·芬奇从阅读里斯托罗·阿雷佐的著作及其他历史著作中明白，解决这一特定问题可以对顺利解释宇宙构成作出很重要的贡献：“在……波尔多，落潮前大海升高大约 40 布拉乔奥，海水冲入河流超过 150 英里。退潮后，大海将船舶放置在高山之巅，在又高又干的地方将船掩埋起来。在突尼斯北部，地中海中形成的最大落潮大约为 2.5 布拉乔奥；在威尼斯，落潮为 2 布拉乔奥；而在地中海的其他部分落潮特别小，有的地方甚至看不到落潮。……波河将亚得里亚海抽干，类似的现象曾经发生在伦巴第大部分地区。”

这一页的第三段，涉及控制水运动的多种方式。这里列奥纳多·达·芬奇重点讨论的是水流的扭曲功能。

达·芬奇的运河计划

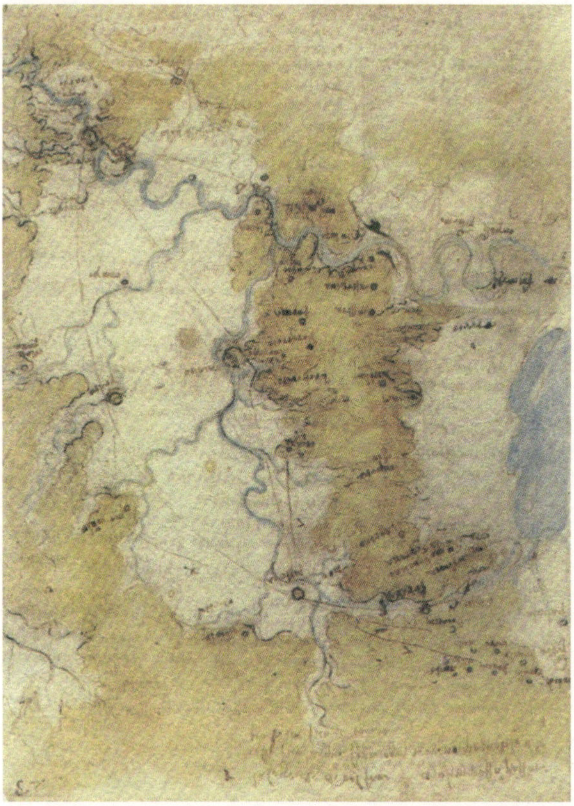

达·芬奇的一个宏伟计划就是完善佛罗伦萨的运河系统。在这个计划当中，他准备修建一系列的渠道，扩大阿诺河的运力和覆盖面积，并且最终通过比萨入海。1502 年，达·芬奇设计出来了阿诺河的河道图纸，并在 1503 年准备动工。他的这个计划得到了好友马基雅维利的支持。而在当时，他们两个人几乎是最受尊敬的。

很快，就有数百名工匠齐聚在佛罗伦萨，在液压工程师的监督下，开始了运河的工作，运河计划是达·芬奇一生最重要的工作实践之一，可他没有更多的时间带领工匠们将运河完成，很快，他不得不返回到佛罗伦萨城继续绘制维奇欧宫（Palazzo Vecchio）的壁画。

但不幸的是，达·芬奇离开的时候，他的接替者提出了几个灾难性的工程变更方案。在这些方案的指导下，阿诺河辅助沟渠被挖掘得过于狭窄——事实上，这也并非完全是这位接替者的责任，他没有足够的人手来做这件事。

根据一些记载可以得知，最终阿诺河在很短的时间内便于一条新的河道当中流动了，但是很快这条新的河道就被淤塞（或者是因为其他的原因），阿诺河又回到了之前的河谷。

这种情况下看似是达·芬奇的计划失败，但是实际上这并非是他的错误，这个计划本来是完全可以实现的——如果能够被严格执行的话——因为达·芬奇对它的设计和设想是那样的完美。

la ramificatione delle vene dell'acqua sono tutte congiunte insieme in questa terra come so quelle del sangue nelli altri animali e
stanno in continua revolutione per la vivificatione d'essa sempre consumando i lochi onde si movano così dentro alla terra come di fori e molto più
acqua universalmente versano li fiumi che li piccoli non solevano per la qual cosa la superfitie del mare alquanto de
clina inverso il centro del mondo [illegible] arienpiere le caverne di tale accrescimento dell'evene per la qual
cosa dirò: il calde del fuoco appresso [illegible] alle scarpe della terra [illegible] riscalda l'acque che sono
in quelle [illegible] nelle gran spelonche [illegible] e questo caldo fa riscaldare e evaporare le
[illegible] acque e levarsi in alto alle [illegible] delle [illegible] e penetrare per le fessure delli monti
insino alle loro somme altezze [illegible] il freddo subito si ritorna in acqua e [illegible]
[illegible] de' principi de' fiumi [illegible] maggiore evaporatione delle antidette
[illegible] inverso il centro del mondo [illegible] non passan con porre le acque come far solea
[illegible] le qual evaporationi riscaldando le caverne [illegible] non passassi per l'acqua fresca la
[illegible] il mancare della evaporatione [illegible] mare si conpenserebbe che rompe
[illegible] evaporatione [illegible] mari [illegible] cosi [illegible] nelle viscere della terra la qual [illegible] nel
[illegible] cosi [illegible] della caverna [illegible] non si compone in acqua come prima facea ma si condensa
[illegible] [illegible] moltiplicato e condotto [illegible] alla [illegible] che si fa più dura e più
[illegible] onde e [illegible] subito esalatione [illegible] la precipita vapore
[illegible] crescimento [illegible] fa la predetta evaporatione dell'acqua e rompe le
[illegible] della terra [illegible] con gran [illegible] al fine [illegible]
alla superfitie della terra la quale [illegible] le regioni [illegible] ruinalmente e profonda locata
[illegible] e congiugnimento [illegible] rotture della terra [illegible] esalatione co'
fumo la potentia [illegible] il vento si crea dell'acqua infra l'aria per la sua esalatione [illegible]
[illegible] nuvole [illegible] quanto [illegible] si risolve essa si converte in aria [illegible] la sua quantità [illegible]
[illegible] la causa di tale resolutione [illegible] il nugolo [illegible] aria [illegible]
la parte [illegible] più presto si risolve [illegible] resolutione [illegible] onde [illegible] del moto del vento
[illegible] difforme moto. E quando il nugolo si crea ancora si genera vento per ogni moto e cavato
[illegible] abondantemente adunque [illegible] nella creation della nuvola essa attrae a sé la circunstante
aria essendo in nugolare per la aria [illegible] tirata dal caldo infra la regione la quale è posta sopra li nugoli
onde [illegible] ogni [illegible] prima di quella era ingrossata [illegible] aria [illegible]
[illegible] del nugolo [illegible] l'aria [illegible] riempiere [illegible] cacciato dell'aria e [illegible]
[illegible] in questo caso il vento [illegible] per l'aria e non [illegible] la caverna [illegible]
nelle cime delli alti monti [illegible] aria [illegible] la caverna el nugolo [illegible] l'aria
[illegible] abondante [illegible] io sono già stato a vedere [illegible] moltiplicatione [illegible]
sopra Milano [illegible] maggiore [illegible] una nuvola [illegible] grandissima montagna piena di scogli [illegible]
[illegible] per le [illegible] del sole [illegible] e questo tal nugolo
attraeva a sé tutti li nugoli piccoli [illegible] e la nugola grande [illegible]
[illegible] nella sua [illegible] del sole [illegible]
[illegible] come sempre [illegible] e questo [illegible] nel ristrignersi
[illegible] essendo [illegible] condensatione del nugolo
[illegible] essendo [illegible] con [illegible] facendo
[illegible] la nave sotto l'acqua della quale l'acqua [illegible] era [illegible]
[illegible] fuggendo [illegible] infra l'altra acqua. Così facea
[illegible] del freddo [illegible] l'aria [illegible] infra l'altra
il nugolo [illegible] ristretto del freddo [illegible]
aria insino al [illegible] col [illegible] del nugolo [illegible] altezza [illegible] a rifuggire
inverso ~~il centro~~ il mezzo del nugolo fuggendo il freddo suo contrario [illegible] inverso il mezzo d'essa
[illegible] esalatione [illegible] evaporate [illegible] e [illegible] furioso il quale
[illegible] moltiplicata evaporatione e così [illegible] della nuvola come
la [illegible] della bombarda [illegible] moltiplica e così [illegible] condensata del nu
golo [illegible] per l'aria [illegible] tanto [illegible] quanto [illegible] più
[illegible] maggiore altezza e questa [illegible] la quale poi ruina e fracassa [illegible]
pone al suo destinato [illegible] Io [illegible] già [illegible] il [illegible] per lo
moto [illegible] anni [illegible]

[illegible]
[illegible]
[illegible]

[illegible]

八

水的静脉分支在地球内部相通，和动物身体上的血脉一样，相互交织，相互贯通。这些支脉一损俱损、一荣俱荣，地下的水脉和地球表面的一样，恒久不断地冲蚀着所经过的地方。通常，河流流出的水比地下水脉流出的水更多。也就是这个原因，使得海面的水在某种程度上向下靠近地球中心，因为海水不得不去填补静脉流出的水所产生的空间。因此我们认为，大海的水面最低。地球内部形成火的热量，将地下溶洞及其他空洞的地方所幽禁的地水加热。这些热量使水沸腾，变成蒸汽，从而蒸发上升到溶洞的顶部，进而穿过大山的裂缝，一直到达所能到达的最高高度。在那里遇到冷空气，这些水蒸气突然变回成水，这一现象可以在一些旅游胜地看到。水重新降落，形成河流的源头，随后可以看到水流从这些源头流下。但当冷风寒霜将热量驱赶回地球中心，这些热量将变得更加猛烈，进而会导致这里的水再一次形成更大的喷发。水蒸气在溶洞中迂回，将溶洞四壁加热，这样也不能像往常一样形成水。这可以在加热的酒精瓶中看到，除非酒精蒸汽穿过淡水，否则不会在加热的过程中变回成酒精，但可能倒转回流，至少使得蒸汽密度变得越来越浓，以至于可以毁掉任何物体。我们可以想象，地球的怀抱中有大量受热蒸发的水，在其通道上无法找到新的地方，因为内部环境相同，因此无法像原来一样靠自身的力量形成水，但是会像迫击炮中的火药一样，密度不断地成倍增加，变得越来越强硬，比起外部包裹的材料，其力量更强。那么如果不是突然释放为烟雾，便会自身飞速冲向前方，并将一切阻挡其前进的物体撕裂摧毁。水在地球内部的溶洞中所形成的蒸汽也一样，蒸汽在地球怀抱中的各种各样的罅隙里窜来窜去，到处游荡，大肆喧腾，直至到达地面。伴随着强烈的地震，使整个地区震颤，经常使大山砰然塌陷，使各个地方的城市和土地毁于一旦，强劲的地震飓风从地裂中突然冲出，就这样逃得无影无踪,消耗掉自身的能量。空气中的水在分解及形成云彩的过程中,产生了风。也就是说，当云彩逐渐消散的时候，便改变形态进入空气，因为消散的过程并不均匀，体积不断根据要求无规则地膨胀。因为云层本身厚度和密度千差万别，结果云层最薄的地方快速消散，而厚度大的地方，对消散却形成极大的阻力，因此导致风的运动也无法均匀形成。因为每一种运动都是由于力量过多或过少造成，在形成云的时候，同时也生成了风。在形成云的过程中，云将周围的空气吸引过来，密度不断增大，因为云层不断将潮湿的空气从热处吸引到云层高处寒冷的地方，结果云层必须将先前吸入的空气变成水，这样一来必然有大量的空气急剧凝结在一起，使云层不断增厚。因为云层中不能形成真空状态，前面的空气首先凝结，随后转变为厚度很大的云层，后面的空气迅速填补前面失去空气的空缺，这样就形成了风。在这种情况下，风迅速掠过空气，却没有到达地面，只是掠过高山的顶部。这样风不能将地面的空气吸收过来，否则地面会形成真空。而在地面和云层之间的空间确有空气存在，只是特别稀薄。云层从四周吸收空气，并通过每一条路线尽量充分地吸收。以前我有幸观察到过这个过程：偶然有次去米兰高山，在马焦雷湖附近，我观察到像巨山一样的云块，因为落日下的天空红彤彤一片，这云看起来仿佛由一堆堆闪闪发光的石头搭建而成，太阳的光线只是为这些云彩涂上了一层自己本身所具有的颜色的淡妆。而这块云层不断将周围的小块云雾吸引过去，自身却稳如泰山。事实上，云块体积是那么巨大，在日落前云顶的日照达一个半小时。而大约两个小时之后，在夜幕中，这块云所形成的暴风确实特别壮观，前所未见。当云块越来越集中，云层密度不断增大，导致云中幽禁的空气不断受到云层的挤压，空气努力拨开云层最脆弱的部分，想方设法从云层中逃逸。云层在快速穿过空气的时候会在空气中不断引起阵阵骚动，就像在水下用手挤压海绵的效果一样，海绵吸收的水从挤压的指缝间溜出，随后匆匆忙忙地穿过其他的水溜走。就是这一块云，周围的冷空气将云层驱赶回来，并不断压缩，冷空气以自身的冲击力将空气驱赶开来，猛烈地冲击并穿过另一股空气，直到混合在云中含有热量的水汽中；然后快速将空气拉升向云层中间很高的位置，脱离和其运动相反的冷空气，朝云层中心运动，变得越来越有力，结果开始燃烧，周围潮湿的水汽仿佛被突然点着，形成剧烈的风，风推动着火花，从而被水汽不断增强的压力甩出。这样，就像从迫击炮出来的火焰一样，火被后面越来越强的风从云层中驱赶出来。这样被云层压制的火苗喷发了，穿过空气展开来，在火形成的过程中云彩凝聚得越是紧密，热量越大，按照比例，形成的辐射面就越大——这就是雷电。随后将其命中注定的线路上所有设障的物体毫不留情地破坏，并撕裂成碎片。有一次，我看到过擦枪器的下射轮运动（指用水流作动力的抛光机的转动情况），在水下产生火光。在水的任一深处，都会发生类似的情况，只是大小不同而已。

在地震剧变中，河流流向会发生改变，不再向前流动，而是投入大地的怀抱，就像幼发拉底河那样。假如博洛尼亚人了解这种情况，就不会为他们消失的河流而悲伤。

制陶旋盘

一股风每小时可以行进多少英里？我们可能观察到水驱动磨坊的水车转了多少圈——大约1小时行进5布拉乔奥。可以从遥远的大海验证这一规律：大海可能在1个小时内，将水车推行了一圈、两圈，然后第三圈……通过这种方式，可以精确得出运动规律，这样的结果既真实又准确。

手稿五十五　水蒸气、风的运动以及电火的形成

BRITISH LIBRARY

大英图书馆说明

尽管这一页只有一个图示，但这一图示却是整个手稿中最为生动的。列奥纳多・达・芬奇从地球和动物的脉络循环系统开始，然后描述水的凝结和蒸发及其形成云彩和飓风的天气现象。用特别清晰的细节描写，列奥纳多・达・芬奇描述了他所观察到的雷雨云砧的形成，并记录了使用水车来测量风速和水速的想法。

这一页同时也体现出了一种列奥纳多・达・芬奇根据四大元素的特征进行宏观综合治理最为有效的方法。事实上，特别是水的运动，形成了整个论著的缩影。在前面的一页（手稿十八）上，他提出地球内部水循环的理论；而这里他提出另外一种替代理论，即：海水流入溶洞，在这一过程中流水所形成的冲蚀和水对河岸的冲蚀一样。这一冲蚀比起以前，会使更多的水从地球中流出，大海和以前相比也会显得更低。

对水的这一讨论逐渐转移到对火元素的讨论上：以热的形式存在的火是如何成为地球本身系统的一部分的。接下来，列奥纳多・达・芬奇开始考虑空气是如何形成风的。

对地震的研究

从公元前 7 世纪开始，由于地中海地区的地震非常活跃，希腊人对于地震研究充满了浓厚的兴趣。哲学家泰勒斯认为，地震是由于强大的海浪摧毁了海岸引起的，但是这个理论却无法解释发生在内陆的地震。还有一些希腊人认为，地震是由于天气过分炎热和干燥，引起地下溶洞的滑坡。倒塌在地球深处的土石，高度压缩空气，从而将地震释放出来。和第二个观点相接近的是亚里士多德的看法，他也认为是高温下的地下溶洞的气压导致了地震。和其他的自然科学一样，亚里士多德的地震理论影响了后世欧洲人达几百年之久。

直到 15 世纪，列奥纳多·达·芬奇成为对地震研究的突破者。列奥纳多在他的手稿当中写道："地球的怀抱中有大量受热蒸发的水，在其通道上无法找到新的地方，因为内部环境相同，因此无法像原来一样靠自身的力量形成水，但是会像迫击炮中的火药一样，密度不断地成倍增加，变得越来越强硬，比起外部包裹的材料，其力量更强。那么如果不是突然释放为烟雾，便会自身飞速冲向前方，并将一切阻挡其前进的物体撕裂摧毁。水在地球内部的溶洞中所形成的蒸汽也一样，蒸汽在地球怀抱中的各种各样的罅隙里窜来窜去，到处游荡，大肆喧腾，直至到达地面。伴随着强烈的地震，使整个地区震颤，经常使大山砰然塌陷，使各个地方的城市和土地毁于一旦，强劲的地震飓风从地裂中突然冲出，就这样逃得无影无踪，消耗掉自身的能量。"

他明确地提出，是地球内部的热能冲突导致了地震的最终爆发。他所提到的"地震飓风"，就是现代地震科学所谓的"地震波"，列奥纳多第一次明确地阐述了震波的传播，为后来的地震研究提供了全新的方向。

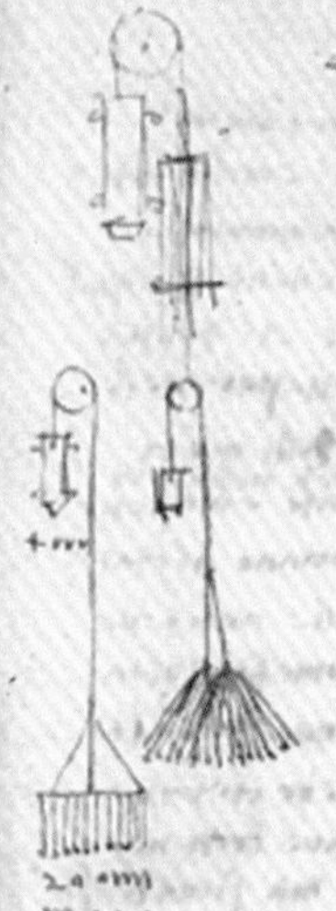

Il moto della prima valitudine sopra dell'ficha i pali a quastello e che l'omo luminato di peso di percussore quanto è il peso di se medesimo il quale sia fatto in tanto tempo quanto esso omo dato di peso pò montare per compassa sopra d'una scala a pioli ecc. e ora in questo omo in mezzo metterà il pie nella staffa e disciorrà con tanto tempo quanto elle ricrescere esso ara sopra del percussore e la sua vettura sarà si lega la qual pò portare cinque che indare alla minuta di poi l'omo il pie del capo della scala esso disciorrà il percussore sicchè sarà in alto e poi rimontare con una cordella sì stesserà il percussore che si se fora con furia so molo omo che andò fare il simile. E sì studiano più omini tutti più corti che rispondino in d'una sola corda e piusale per il numero delli omini in un tempo salgha alla sommità della scala e nd' poso fia nel tempo del lasciare e porta fatica ne agli monta per scala abbracciando e pie ammessi... e colle mani e tutto il peso dell'omo che si carica sopra le mani mancha sopra li piedi. E sette pronto sta sempre uno che facci la salama. Come l'uomo di destra abbraccia il percussore de pali non e di troppa valitudine perchè l'omo non può levare peso quanto se medesimo se lui non si posa tutto sopra le sue gambe la qual cosa far non si può sulla corda donde lui si sostiene non è perpendiculare alcuno della sua gravità la qual cosa accade che non può una gran moltitudine che tirino dal peso di percussore senon a un solo homo.

Sempre quanti alle chiuse di fiumi fatte di traforati e rari pali si debbe fare una arginetta bassa poco più alta che la pelle dell'acqua acciochè l'acqua per le piene che viene di quella venne a cavare il fondo e nessuno balzare porta con seco. E ciò che dal fondo cava ello poso dinanzi alla chiusa magiore e falle scudo con tal materia portata dall'acqua che di tale profondità surge per cioè la sommità della chiusa di sotto in su più se muso onde ne fa ripercussione ne danno. Nasce la chiusa sta alla lunga con doue l'acqua che dentro di pietra si spargie in su ogni sicchè in acqua e la e quella parte che si volta in giù cava il terreno dietro alli pali e poi si move e ruina insieme collo impeto dell'acqua. Sempre apresso lo obbietto che fa piegare il fiume fia gran profondità e a riscontro poca. I pettini delle pescaie debbono essere la striciati di grosse lastre delle quali alcune per piano e alcune per taglio sincatenino e sieno fermamente dalle altre. Dove sono legnami che dà l'acqua quivi sempre e la cava grossissima per che l'acqua in tal loco sia ponderosa essa in fonda per la circunstante aria. Quella acqua che posa sopra la sua chiusa sarà più vicina alla predetta chiusa tanto ara la sua pelle più retta e piana questo accade per il moto veloce della acqua che bisogna che sia restaurato dall'acqua che succede sono manchrebbe di sua altezza. Quell'acqua si leverà colla sua onda più alto... della convenzione di precipitazione del pelago la qual fia più vicina allo loco donde caderà nel pelagho. Quando l'acque di diversi lochi concorrono a una buca che sia nel fondo del fiume allora tale acqua fia forata insino a certi modi l'asse ta di tal buca e questa tal perforatura fia piena d'aria insino al fondo dell'acqua. Non poseghime il moto revertiginoso stretta mete sotto l'acqua se essa ragiramento d'acqua non ala ria in mezzo di se. Quell'acqua farà subita congiunzione nella sua argine di terra l'acqua la quale percote infra angoli equali in qualunche obbietto esse della argine. La pioggia che si parte del nugolo non è tutta intera questo accade per la confreganone che essa acqua ha a la penetrata... in tal confreganone si consuma e vagha e tutta è ognia parte essi infonde colla pretta aria essi posso fine e in dubbio desciettere infero sotterra e in mi schiante... ne fa tenebroso crescere invisibile e si confonde nel vento. L'acqua che spira pel piccolo spiraculo del vaso o della bale soffia con furia e tutta si converte in vento con questa si volta la rossa in aria 95. Nasce il vento da umidità vaporata...

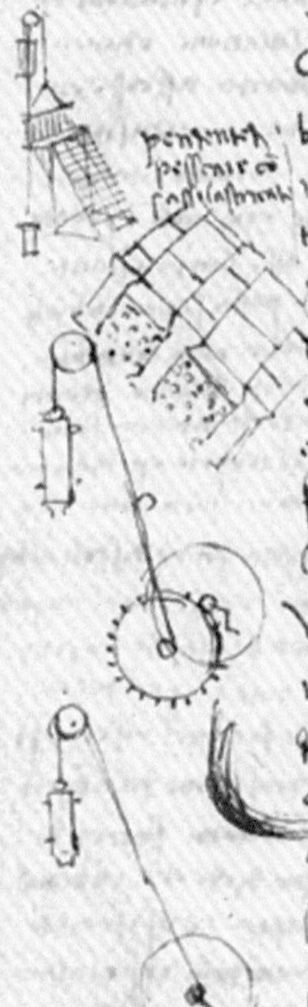

十五

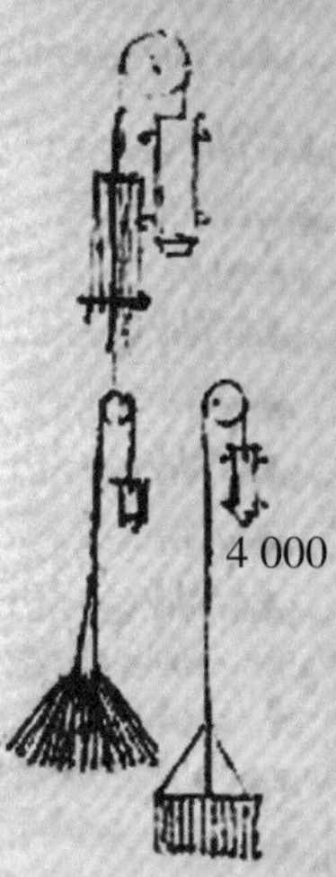

20 个人，20 副踏板；将踏板安置在移动板上。

进行打桩的最好办法，是通过安装有滑轮的脚手架装置，使一个人可以拉升相当于其自身重量的撞锤。对于这个人来说，不费吹灰之力就可以轻松地爬上脚手架。这个人的脚一踏上脚蹬子，便会降落，而其受到的重力足以拉起撞锤。而如果这个人扛着石头爬上脚手架，则只可能携带仅仅 1 磅重的物体。而现在他将可能提升起相当于自身重量的东西，这可以准确地测算出来。在他离开脚手架顶端的那一刻，人便降落下来，而同时撞锤会上升，固定在顶部，一直保持在那里。直到这个人松开踏板，并再次爬上脚手架的梯子，拉开系在撞锤上的绳子，使撞锤可以迅速砸向他所要打桩的桩顶。而同样的速度，踏板再次升到这个人的脚下。这样不断重复同样的动作，便可以不费吹灰之力将基桩打入地下。

如果想多人操作比较大的撞锤，可以将多根绳子拧成一股，使用几个脚手架支撑，几个人可以同时登到梯子顶部，在班长的指挥下一起踏上踏板，同时松开脚手架，一起降落，将撞锤拉上去，然后同时拉开绳子，撞锤降落下来。然后还得再次爬上梯子……

撞锤降落后，这些工人可以休息，而且爬梯子也不累，因为只用手和脚工作。人的所有力气只是用在双手上，脚并不累，而且必须由单独一人作指挥。如果仅仅用手提起撞锤，打桩效果就不是很好，因为一个人即使用尽全力，也无法一直提起和自己体重一样的重量。而且如果绳子与拉绳子的人的体重中心不垂直的话，人是拉不起相当于自己体重的东西的；即便是一群人一起去拉起一个撞锤，垂直的情况也只可能落在其中一个人的身上。

石板拼接的堤坝斜坡

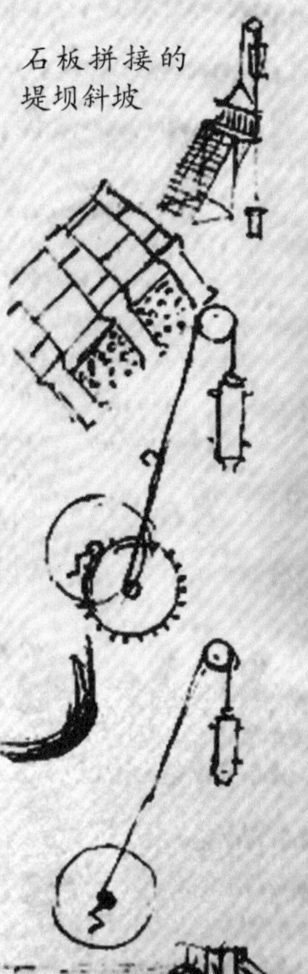

如果河流堤坝的前方是由中空且东倒西歪的基桩构成，一般应当在稍微高于水位的地方，建设一个较低的堤坝。这样，在洪水暴发的时候水流从较低的堤坝落下，冲蚀堤坝的底部，反弹回来的过程中将水流原来沉淀下的物质带起，并使其沉淀在较高水坝的前方，用这些冲来的物质为较高的堤坝构成一道屏障。而水流从底部升起，沿着斜坡到达堤坝的顶部，这样水流便不会再对堤坝造成冲击或破坏。

但是如果按照常规方法建筑堤坝，水流将从堤坝内部来冲击堤坝，并会向上部和下部及两边蔓延。而部分水流向下流动，从基桩的后面冲掉泥沙，使基桩松动，基桩会随着水流的冲击方向而倒塌。障碍物可以引起水流流向发生改变，一般在障碍物的下方形成比较深的冲击坑，而在越过障碍物之后会将冲击坑填上。

水坝的斜坡应该用紧密连接的厚石板，一些平放，一些直立，相互之间确保牢固连接。在大水冲下的地方，空气密度一般很大，因为水从这些地方蒸发，周围空气中的水分含量不断增加。

从堤坝上冲下的水流，越是靠近其降落点，水面越显得平整舒展。这是因为当水流快速冲下，必须有后续的水流来补充，否则水面就会降低。当水流流入湖泊，越是靠近流入点，水面因为波浪的作用比湖水正常的水面升得越高。

从不同地方汇集而来的水流，在河道底部的洞穴汇合。这股水流在洞穴中不安分地窜来窜去，直到找到洞穴的出口，这样形成的冲击坑里会充满到达河道底部的空气。水下完全无法形成漩涡，因为水流中间不得不保留空气。当水流以相同的角度冲击河岸上突出的物体，会突然在河岸的泥土中形成类似的冲击坑。

从云层降落的雨水不是全部都降落到地面。这是因为雨水穿过空气，会受到空气的摩擦，由于摩擦的作用，雨水要么全部、要么大部分消散在空气中。人们经常可以看到云层滑向地面，因为云层改变了形态，变成了风，云层会突然变短而呈现出马尾形状，而且依然保持着可以观察到的状态。沸腾容器中的开水，通过狭小的出口喷出，显得急躁而猛烈，其所形成的水雾会全部消散到空气中。这个现象就像烤肉一样。湿气蒸发形成风。

手稿五十六　进行打桩的最好办法

BRITISH LIBRARY

大英图书馆说明

这一页上的图例讨论主要是针对水力学的实际应用。列奥纳多·达·芬奇描述了如何使用人体重量作为平衡力来提升撞锤，进行打桩；然后描述如何建造水坝坡度，使水坝免受冲蚀。

谈到水坝建设，列奥纳多·达·芬奇认为："如果河流堤坝的前方，是由中空且东倒西歪的基桩构成，一般应当在稍微高于水位的地方，建设一个较低的堤坝。这样在洪水暴发的时候水流从较低的堤坝落下，冲蚀堤坝的底部，反弹回来的过程中将水流原来沉淀下的物质带起，并使其沉淀在较高水坝的前方，用这些冲来的物质为较高的堤坝构成一道屏障。而水流从底部升起，沿着斜坡到达堤坝的顶部，这样水流便不会再对堤坝造成冲击或破坏。"

达·芬奇设计的打桩机

打桩机模型

达·芬奇设计的打桩机，可以用来加固河岸，或者为建筑物的修建夯定地基。它是由桩锤、桩架及附属设备等组成的。桩锤依附在桩架前部两根平行的竖直导杆之间，用提升吊钩吊升。桩架前面有两根导杆组成导向架，用以控制打桩方向，使桩按照设计方位准确地被惯入地层。塔架和导向架可以一起偏斜，用以打斜桩。导向架还能沿塔架向下延伸，用以沿堤岸或码头打水下桩。桩架能转动，也能移行。这个简单的机械可以迅速地重复一遍又一遍，直到将河桩击打到我们所需要的深度。

Dove l'arenamento nel discorso dell'acq(ua) sarà impedita · quivi nascerà subita profondità
qui di sotto assegnate perché quando il corso dell'acqua è impedito esso fa percussione nello stacchulo e quello
impedisce e perché (nessun mobile non po immediate ~~consumare~~ terminare e consumare il suo impeto)
se già non fussi ritenuto dal corpo da llui penetrato · e ancora in questo non termina immediate do
po la percussione · concosia che ~~b~~ (ogni percussione effetta nelle superfitie de' corpi desprecuono adunque la penetratione
de' mobili dentro alli loro obbietti è conseguenza nata dopo la sua percussione nella quale si consuma l'im
peto del moto) ~~onde per le assegnate ragion si pruova che l'acqua percossa~~ La penetratione delli ~~et~~ mobi
li dentro alli loro obbietti · sarà di tanto più breve ~~or~~ lungeza che'l suo moto refresso ~~in~~ fatto nel medesimo
spatio del suo moto incidente quanto la cosa penetrata fia più densa che'l mezzo dove si sarà fatto tal
per moto refresso · hora l'acqua alla quale è impedito il suo retto moto per lo obbietto che la impedisse e i
mediate nol potendo penetrarlo si refrette infra angoli quasi equali dopo la qual percussione si di
vide e si ~~mo~~ fuge per diverse linee dallo suo percosso delle quali quella che ssi leva infra l'aria acquista po
so e ricade e penetra l'altra acqua che come cosa grave dopo la quale percossa consuma il fondo del
ime ma nella sua penetratione è percossa dall'acqua che corre sotto la sua superfitie e ingrata ingrato e ricar
cato con moti implicati in verso il loco che prima percosse (Tre sono li aspetti del moto che fa l'acqua
refressa dalla sua percussione ~~sopra qui~~ dentro all'acqua da llei penetrata) el p° moto è in verso il fondo
il 2° è in verso il loco dove l'acqua ~~corre~~ si move · il 3° è moto revertiginoso [dell'acqua] che
sempre l'argine e'l fondo dove confregha e sempre ripigliando le forze dalla successione dell'acqua refressa dalla
gine che dalla massa sopra di lei discende e la risommergie con se e di novo al fondo · E cci una percus
sione che'l mobile poi che a percosso lo obbietto esso mobile resta nel sito dove e fatta la percussione e lo obbietto p
cosso seguita la medesima linea e quantità di corso del qual fu privato il percussore · questo accade per
che in questo caso e pesi sono equali in figura e in peso e materia ~~e~~ al peso del mobile s'era congiunto la po
tentia dell'impeto del quale lo obbietto era privato e sol si posava col suo peso naturale ora perché nessun
impeto immediate si consuma e perché il corpo che percote sol fare il moto refresso quanto trova obbietto re
sistente · ma qui non si è causa moto refresso perché lo obbietto immediate si fugge portando con seco la poten
tia e l'impeto del suo percussore · e perché sempre il mobile che non si ficha nel suo obbietto sole ~~re~~ finire il moto
nente del suo destinato moto nel moto refresso il qual nasse immediate che finita la percussione quinon si fa
perché son di corpo ssperico ed una materia equale · no procede di più innanzi perché a consumato l'impeto nella percussione
sua e lla dato allo obbietto percosso · non risalta indirieto perché non a dove fermare il salto suo · assimilitudine
di quel che vol saltare delle asse la quale è posta ~~in~~ nel pavimento sopra piu pesi tunasti risegata · che nel
pigliare l'impeto del salto e tale e spirito penetra e ssi congiugne colle asse la qual fugge sopra i ruchi e'l saltato
re privato dell'impeto del salto resta nel medesimo sito donde aveva disegnato voler saltare · sir
per questo concluderemo che · L'impeto immediate si po separare dal corpo ove nasse e infondersi
nel ~~corpo percosso~~ [obbietto suo] percosso ~~ma~~ · Ma sse'l corpo percosso sarà più leve del suo percussore ~~e~~ la lungez
za del moto [destinato a] ~~dello~~ percussore e sistera tanto più breve per quanto l'impeto che da llui si dimite apiccandosi al corp
percosso · ~~lo~~ sia diminuito · cioè se sse'l corpo percosso fu i libra el percussore fu 2 libre dico che la percussi
one levarà la metà dell'impeto e del moto al suo percussore e'l corpo percosso per essere di mezana po
tentia d'impeto sarà mediocre. [e minore ari e resistenti] ~~...~~ mancando più che non fa il percussor che lo segue quanto e
più leve da lui · e quanto ne la potentia della resistentia dell'aria la qual si misura ~~in~~ col trarre con
potentie 2 le in medesimo mobile e'ssel il moto non son di doppia lungeza coe che la macha li è stato rec
to dalla resistentia dell'aria la qual si dura resister per tanto quanto manca del moto al mobile
quando fu creato da doppia potentia e p° · E sse'l percosso fussi ~~tan~~ molto più leve che'l percussore a
la l'aria molto contrafaribbe al moto del corpo percosso · E sse'l corpo percosso sarà doppio al corpo che lo p
cuote esso moto sarà subdupulo al moto refresso del suo percussore · E sse li corpi che ssi percuotono
sono equali e ssimili e d'equal moto e potentia allora i lor moti refressi saranno equali in lungeza e ripercuo
Ma sse'l moto de' corpi simili è equali sarà disequale allora ~~il moto refre~~ il lor moto refresso sarà in ne

十三

当直线水流受到阻挡，会突然形成冲击坑。这种现象的发生是因为，当水流受到阻拦，水流对阻拦的障碍物形成冲击，因为“运动的物体不可能立即终止运动并消耗掉其冲击力”，所以冲击力必然传递到其冲击的物体上。而冲击力在冲击后也不能在被冲击物体上立即停止，可以观察到被冲击物“所受到的每一个冲击均在被冲击物的表面发生”。因此，“在目标物体之间，运动的传递是冲击后产生的结果，在冲击过程中，运动力被消耗掉”。

在目标物体之间，运动的渗透，比起在同一点上落体运动所形成的反射运动，距离大大缩短，这是因为被渗透的物质比造成反射运动的介质厚度大。当直行水流受到阻碍，水流冲击着阻碍水流的物体，水流无法穿透障碍物，且立即以几乎相等的角度被反射回来。冲击后，水流从冲击点开始分散，呈不同的线路逃逸。反射出来的水流，有的水流自身升高到空气中，获得重力降落，像重物一样砸向其他水流，这样的冲击使河床受到冲蚀。但是在冲击过程中，受到水面以下水流的冲击，而且一步一步地，在三重运动中，这股水流逐渐被驱赶回第一次受到冲击的位置。

“在水下，水流受到冲击，从冲击点受到反射所形成的水流，呈现出三种运动状态。”第一种运动方向指向水底；第二种运动方向指向水流移动的位置；第三种运动方式为漩涡运动，不断在河岸及河水摩擦的河床形成，呈现出螺旋状态，并不断从后续流入的水流中重新获得能量。河水被从河岸丢回，从空中砸向河岸，然后重新潜入水底。

有一种冲击情况，冲击物碰到被冲击物后停止运动，被冲击物沿着同一线路继续按照冲击物被剥夺的运动方向前进。发生这种情况是因为，两者的重力在大小、重量和物质构成方面上均等同，被冲击物所受的重力参与到并作用于冲击物的冲击力中来，再加上冲击物受到自身重量的作用，它最终停止了运动。冲击力之所以不会立即被消耗掉，是因为冲击物体在遇到提供阻力的物体后，由于惯性会产生反射运动。然而这里却没有形成反射运动，立即飞走的物体承接了冲击物的冲击力和冲击方向。由于运动的物体不是固定在目标上，一般在反射运动中习惯性完成其预定运动未结束的部分，在完成冲击后，反射运动立即开始。这里两者不会固定在一起，因为两者均呈圆形而且直径相同。冲击物不再向前移动，是因为在冲击过程中，冲击物完全消耗掉其冲击力，将冲击力传递到被冲击物上。冲击物没有被反弹回来，是因为没有任何力可以作为反弹运动形成的基础。

通过观察人的行为再看这种效果：将一根横梁锯成几段，放在地面上，上面放一根横板，人想从横板上跳起。当这个人集中力量跳起，这种力量传递到横板，和横板融为一体，而横板想在轮子上逃跑。这个特别想跳起的人却被剥夺了弹跳能力，当他集中精力跳跃的时候，却发现自己仍然停留在原处。从这一现象中，我们可以得出结论，动力可以在其形成的物体上立即分离出来，并传递到受冲击的物体上。但当受到冲击的物体比冲击物轻，这一冲击物既定的运动长度，比被冲击物的运动长度要短很多，冲击力从冲击物分离出来，传递到被冲击物上，形成被冲击物的运动，随着运动距离的加长，冲击力逐步递减。

换而言之，假如受到冲击的物体为 1 磅重，而冲击物为 2 磅重，可以认为冲击的作用使冲击物消耗掉一半的冲击力并减少一半的运动距离；而被冲击物因为只接收到一半的冲击力，所以只能按照居中的方式运动。但是运动距离却远远超过后面跟随的冲击物的运动距离，因为其本身比冲击物轻，其所受到的空气阻力也相对小。如果不考虑其他阻力因素，而只考虑空气的阻力，可以用两次相同的力拉动同一运动物体来测量。如果受到空气阻力后，两次运动缩短的距离不同，则说明其受到的空气阻力不同。上述运动的物体，首先受到两次相同的力的驱使，在运动中顶风运动，阻力的大小以相同的比例施加在运动物体上。如果受到冲击的物体比冲击物轻很多，空气对被冲击物的运动会产生更大的阻力。

如果受到冲击的物体比冲击物大一倍，则其运动力为冲击物反射运动力的平方根系数。如果相互碰撞的物体大小相等或相似，且在运动和力度上一致，那么它们所形成的反射运动在长度和力度上也相等。

但是假如类似或相同的物体运动速度不相等，那么它们的反射运动速度也不相等。

手稿五十七　物体的冲击运动

BRITISH LIBRARY

大英图书馆说明

列奥纳多·达·芬奇在这里分析了直线运动，即在直线上的运动。他使用了其在光的直线运动中所使用的相同词汇和几何原理。在这两种情况下，动力学将比较低级的物理科学以模型展示的形式提高到更高的层次，进而成为纯科学。

“‘在水下，水流受到冲击，从冲击点受到反射所形成的水流，呈现出三种运动状态。’第一种运动方向指向水底；第二种运动方向指向水流移动的位置；第三种运动方式为旋涡运动，不断在河岸及河水摩擦的河床形成，呈现出螺旋状态，并不断从后续流入的水流中重新获得能量。河水被从河岸丢回，从空中砸向河岸，然后重新潜入水底。”

在这些情况下，通过与列奥纳多·达·芬奇对基础理论的处理进行对比，所显出的差别相当有趣：入射角（运动力冲击表面形成的角度）等于反射角。光既没有涉及量上的变化，也没有涉及摩擦力。但是水的物理性能影响了光传播路线的几何角度——水这个介质使得列奥纳多·达·芬奇观察到光在水中的运动路线。如他在几个段落中所提到的：水流被反射后的力（但不是光）总是比撞击前的力要小很多。

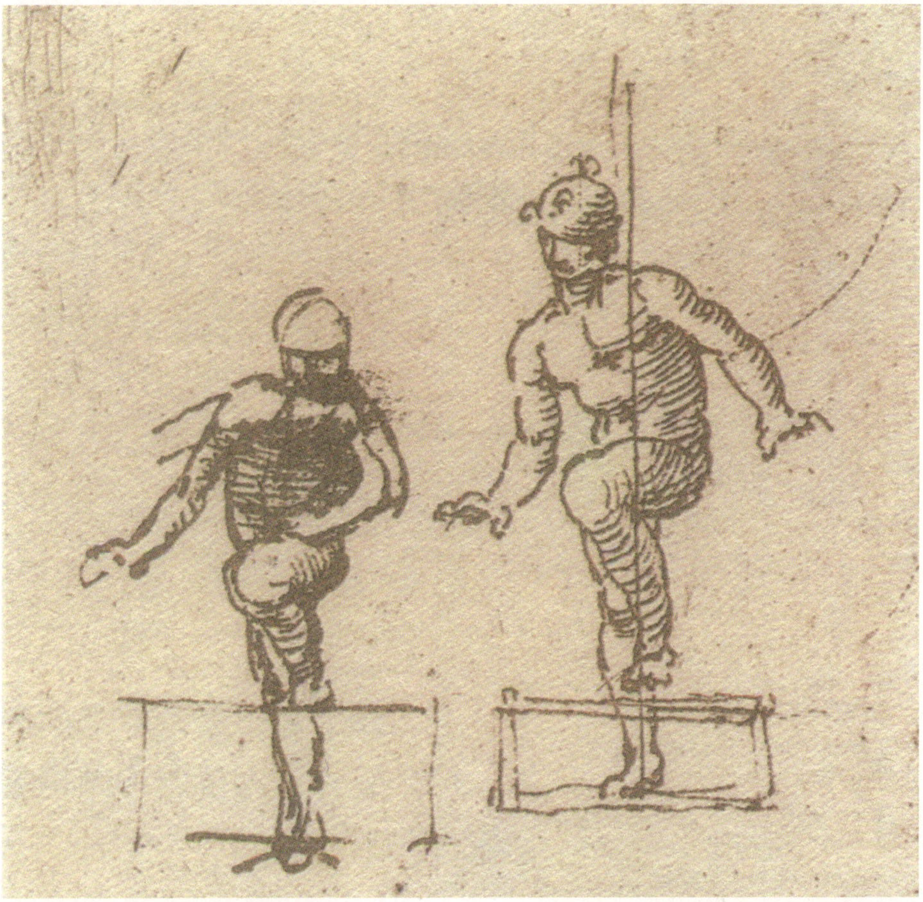

pro va si come laria non esspignie il mobile
per esso spirato dalla potentia dessuo motore

Del mobile che si si separa dal suo motore fussi dato lossernatione del moto dellaria che dirieto lo sospingessi egli acha
derebbe che la pallotta dello scopietto nel penetrare la otro pieno dacqua essa inmediate perderebbe il moto
nel principio della sua penetratione perche subito lacqua richiuderebbe lentrata e la sepprirebbe dallaria che la cac
pe la qual cosa la sperientia mostra in contrario concosia che tal pallotta de pala ditta penetrato dal acq. lungamente sim
Effetto dessi che la furia del moto dellaria o della acqua donde tal palotta passa che torna a riempiere il vacuo de
de la palotta di punto in punto si pare esser quella che fa come infra la dirieto della pallotta e il rimanente dellaria e
nella parte opposita perche essa parte oposita e aria refressa della percussione della pallotta e sempre la refressione
lieve che cosa sempre e di minor potentia che la materia nasua effetto mi conviene dire a questo collo allegare che tal
potentia non po essere infusa nel corpo che si move perche nessun mobile per se si move sello sua membra non fa
forza in altri corpi fori di lui come l'omo che stando nel mezo della barcha che tira la corta legata nella pop
(aquesta)
pa per tal modo al navilio la qual opa e vana perche la corta non e ferma alla riva onde diffiere moversi o
dreta nellacqua ella stringa nel fondo nemissi pigne Adunque la potentia non e essendo nellaria la quale sp
gne la ditta pallotta egli necessario che essa sia inella pallotta infusa esselle infusa onde resulta quel che
per esemplo. oltre a di questo. essa potentia infusa sarebbe dequal forza primi i sua la
pche equalmente con equal quantita per tutta quella pallotta sarebbe sparsa Adunque questa non e equell
tra nom concie che cerchiano adunque duna forza laqual non abbia occupatione La virtu del mot
re si separa integralmente da lui essa per tal. al corpo da esso messo essi va contempo consumando nella p
nemation dellaria che dinanti al mobile sempre si condensa E questo accade perche ogni impressione
si riserva lungamente nello obbietto ove simpreme come si vede ne circuli che fan ntra alla superfitie del
lacqua si cercano per la percussione daquela che per lunghe spatio infra lacqua si movano e ancora cosi conte
cinan non lacho e pel tempo dellacqua portati no nalmo sanza distinte di quelli el medesimo fa lo spre tir
nellocchio ella voce nellorecchio Ma effetto voi dire ancora che laria riserva la potentia del motore co
acompagna e spignie il suo mobile come acomodiremo noi a questo la rota che dentro una furia
di vento volgie lungamente poi che il suo motore da lei si diparte questa non e laria che la move perche esse
che se favorisse la moto dellarata che da lei si fugie esso disfavorisse e contrasta alla altra meta della
ta che contra lui si move. per questo il vento che tanto non quanto e giova al moto per no fa ness
rota alcuna utilita o nocimento Adunque la virtu del motore fu lassata impressa alli termini della
ta e no dentro alei infusa ne nellaria di quella circundatrice Se voli vedere che moto fa
laria che e penetrata dal mobile piglia lesemplo nellacqua coe sotto la sua superfitie laqu
le sia mista con raro panicho o altra semenza minuta che si sostengha in ogni grado dallegeza de
qua e di poi modi dentro a quella un bot mobile che si sostenga infra lacqua e vedrai che lacqua d
lumone della acqua laquale debbe essere nom vaso quadro quanto ancho dentro essa come il sarebbe
(della naturale nellaria)
atto naturale effatto nel piu breve tempo (possibile diffusione)
Ogni aria percossa e conden

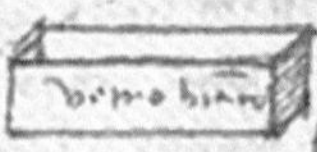

sata dal mobile che dentro a quella si move non a dunque a esser quella che risstori il vacho
(si fa da esso dal quel si fugge)
successiva mente il mobile ma e quella che piu vicina alle parti opposite del mobile cor
rendo si lassa il vacuo la qual continuamente si rarefa la gia fatta condensatione e con tal rare
fatione si ristora il predetto vacuo Ma nun medesimo tempo la magior potentia
sara superata dalla potentia minore Adunque il moto veloce dellaria rarefatta a rie
piere il locho vacuo del mobile che di quel si parti e molto piu debole che quella che dina
ti al mobile al continuo si condensa della qual condensatione no sara mai causo aria piu de
bei rara Adunque abian concluso che il mobile non si move per causa del moto dellaria ma dallo
impeto del motore E effetto volessi dire che la condensatione dellaria che dinanti al mobile si fug
ge e quella che separa il moto al mobile insieme collaria che dirieto a quella corre per restaura
re la rarefatione dellaria a quella parte si rispondo che qui tale aria e mossa dal mobile e no per se
medesima Et impossibile che in uno medesimo tempo il motore move il mobile e il mobile move
il suo motore Adunque la tua ragione non e vera perche sella prima tua ragione fussi quella
che avessi a tirarsi dirieto la causa del suo moto egli e impossibile che nessuna cosa per se sola possa
essere causa della sua creatione e quelle che per se sono sono eterne

在物体脱离其原动力的作用后，如何证明空气不能推动移动的物体？

十三

“如果当运动物体脱离其原动力的作用后，感觉到后方的空气仍在推动其前进，那么可能会发生：离开枪膛的子弹在穿过装满水的皮囊的过程中，在子弹接触到皮囊开始钻入的那一刻，可能会立即停止运动，因为水立即密封了入口，将推动子弹的空气隔离起来。”对于这一说法，事实却正好相反，人们可以观察到：子弹在穿入水中后还会运动很长一段时间。

假如有人认为，在子弹穿行的空气或者水中，水或空气的剧烈运动会掉头来填补子弹离开后所留下的那一点点空缺部分。这一空缺呈楔形，存在于子弹的背后和后方追随子弹的空气之间。这里的答案是，在子弹前方的空气比子弹后方的空气更强劲有力，受到的挤压更大，因为受到子弹冲击反射后的空气位于子弹后方。

“任何物体的反射总是比入射的力度小。”也许有人会不认同这一点，说这种力不能传递到其所推动的物体上，因为“任何运动的物体不能自行运动，除非运动物体的部分对外部的其他物体发力”。因为，当一个人站在船中央，用力拉起系在船尾的绳子，试图使船移动，这样的力是毫无用处的，除非将绳子系在这个人所希望移动过去的河岸上，或者，除非他努力在水中划桨或用竹竿撑船。因此，如果不是因为空气中的力使子弹前行，那么必然是力已经输入到子弹中。如果力已经在子弹中，上面所提到的情况就是实际的结果了。不但如此，这样输入进来的力，可能是从子弹四周，以同样的力度进入子弹，因为力可能在整个子弹中等量均衡地扩展开。然而，实际的情况可能不是如此，也不存在其他的假设前提。这样我们不得不寻找第三种途径——一种没有例外的途径：“原动力的能量完全从原动力上消失，并转移到其推动的物体上，在穿过空气的过程中，不断将自身的能量消耗，空气总是在运动物体前部受到挤压。”

这种情况的发生是因为“每一股力量在受到冲击的物体上均会保留一定的时间”，这一点可以在水面受到冲击后所产生的环形波中看到。环形波在水中运动很长一段距离，水波涟涟，波光荡漾，在一点形成后，水的冲击力使力从一个地方传递到另一个地方，毫无间断。而用眼睛看射线也会产生同样的效果，用耳朵听声音也一样。

但是如果有人认为，伴随着原动力的空气储藏了原动力的能量，促进运动物体前行，那么如何解释“强风中的车轮可以自行前进一段距离”这一现象呢？尽管原动力已经脱离了车轮。

这不是因为风吹动车轮运动，而是因为风力只是从轮子的一侧吹送，力已经均匀传递到车轴的四周。这好像轮子的轮廓，如果风力使车轮的一半受力前行，而对另一半形成阻碍摩擦，则那一半会向后运动，结果风力阻碍运动和辅助运动作用相同，没有对车轮产生任何效能或阻碍。因此，原动力的能量深深保留在车轮的四周，既不在车轮之上，也不在周围的空气中。

如果想观察运动物体穿过空气产生的运动，可以在水中实验。也就是说，在水面以下，应当使用一个像盒子一样的正方形玻璃容器，容器中装满水，在水中拌入小米或其他的小小种子——这些东西在水中分布比较均匀——随后将某些运动物体放置到水中，在水中漂浮，这样可以观察到水的运动。

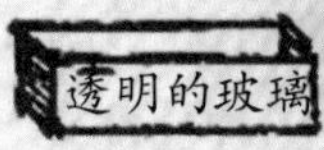

“每种运动的自然特征是从力源在最短的时间内传递到运动物体。”运动物体在空气中运动，空气会受到冲击挤压，因此受到冲击挤压的空气，没有必要去填补空缺。因为运动的物体在空气中飞行的时候不断制造出空缺，但是在运动物体另一端附近，也就是说通过运动物体撤离开所经过的地方，不断使原本密度大的空气变得稀薄。通过这一使空气不断稀薄的运动，上述空缺得到补充。

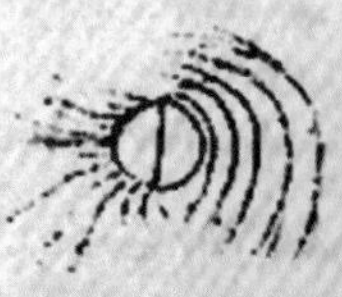

“在同一时间，较小的力绝不可能战胜较大的力。”因此，为填补运动物体离开后所造成的真空，稀薄的空气快速运动，比起运动物体前部不断受到挤压的空气运动来说，力度要小很多。后方的空气比前方稀薄，空气的挤压绝对不会成为运动的动力来源。

因此可以得出结论，运动物体不是依赖原动力造成的空气波而运动的。但也许有人会说，运动物体前方之所以不断有迅速躲避的空气，是为运动物体的运动做出准备，带动运动物体后流动的空气，以使得空气恢复原来的密度。对于这一点，反方的回答是，这里的空气运动是因运动物体而起，非空气本身造成，而且“不可能在一个物体上，在相同的时间，原动力既推动运动物体，且运动物体也推动原动力前进”。因此，正方的观点不成立，因为假如上述空气的增加是物体运动之后所造成的空气凝聚，“任何事物不可能成为自身生成之因；不然，它便是永恒之存在”。

手稿五十八　空气不能推动物体的运动

BRITISH LIBRARY

大英图书馆说明

在这一页，有关运动的分析继续讨论了古希腊人从物理上总结出的经典问题。

这也延续了列奥纳多·达·芬奇关于“物体穿过空气的运动方式”的讨论。在前面手稿十七中，这个问题是：紧随抛出物体后面形成的真空，空气会立即填补上去，那么这些填补的空气是否沿着抛物线推动了抛物体？这一力的概念出现在亚里士多德的物理理论中。列奥纳多·达·芬奇意图推翻亚里士多德的理论——运动的起因是因为介质之间的原因：“在物体脱离其原动力的作用后，如何证明空气不能推动移动的物体？”

他的第一个证据确立了这种情况下障碍物消除的条件，如从假设的源头获得力的子弹。射入皮革水囊中的子弹，不会立即失去其运动状态，但如果空气是其唯一动力源，子弹则会失去运动状态。然而，子弹在穿过水囊后还会运行相当一段距离。因此，不是空气给子弹提供了能量。

第二个论据反驳“子弹受到后方填补空缺的空气或水的推动”。列奥纳多·达·芬奇写道，子弹前的空气实际上比子弹后的空气受到的压力更大。

随后他提出第三个也是最后一个解释：“一种没有例外的途径：‘原动力的能量完全从原动力上消失，并转移到其推动的物体上，在穿过空气的过程中，不断将自身的能量消耗，空气总是在运动物体前部受到挤压。’”对列奥纳多·达·芬奇来说，促进抛体运动的动作发生在物体飞行开始的瞬间，物体在飞行的过程中动力逐渐减弱。列奥纳多·达·芬奇这一次不再修正其反对方的观点，而是将问题直接提出来。通过类似条件下对水运动的直接观察，类推出“风的运动是没有必要由其他的力来推动的”。

子弹迫使空气离开自己的路径，将空气挤开。子弹后方不断形成真空，飞行过程中不是由离后方最近的空气来填补空间，也不是前部挤开的空气来填补：“为填补运动物体离开后所造成的真空，稀薄的空气快速运动，比起运动物体前部不断受到挤压的空气运动来说，力度要小很多。”这个分析是正确的。列奥纳多·达·芬奇强调：“运动物体的运动，不是依赖原动力造成的空气波而运动。”

然后他首先提出反方的辩论："在运动物体前部逃逸的空气不断增加，这部分逃逸的空气跟运动物体后方那部分为恢复稀薄空气而紧紧相随的空气一起，为运动物体的运动提供动力支持。"意思是说，空气的运动，只是使抛射物体向前运动。但是列奥纳多·达·芬奇已经说明空气的运动是因为子弹的推动，而不是其自身的运动，将这一最后的讨论降低为逻辑上的困惑。他指出："不可能在同一时间点，原动力推动运动物体前进，运动物体也推动原动力前进。"

列奥纳多·达·芬奇用少量几个简洁的词语，对抛物体运动做出的正确解释，相对于他花费于对长期存在的传统观点的辩论之精力而言，还是次要的。

达·芬奇的空气动力学研究

1490 年，列奥纳多在个人手稿中开始记录他的空气动力学理论和思想。作为一个狂热的鸟类与自然观察员，他相信鸟儿扇动自己的翅膀飞翔，并认为同样的原理可以运用在人造飞行器上。后来，他正确地得出了结论：扇动的翅膀创造了向前运动，使空气通过鸟的翅膀产生升力。基于研究结果，他设计了几个由人工提供肌肉力量的、目的是要复制鸟的翅膀的飞行器。但是，这些设计最终都未能离开绘图板。此外，他还设计了第一架直升机和降落伞。

列奥纳多注意到的另一个现象，被证明是空气动力学的有用研究。他注意到，在河流当中，同样的径流量，在流速更快的时候，可以搬运更大重量的物体。为了达到这个目的，可以通过收缩河流的河道来实现。一条河流的运载能力的数值计算，是将河流的面积和水流速度相乘（面积 × 速度 = 常数）。这也是现代空气动力学的一个基本原则。

列奥纳多还指出，空气动力学的结果，同物体在水流中按照固定的速度运动的结果相同，或者同水流按照相同速度穿过物体的结果相同。这个原理来源于风道原理。例如，在静止的空气中，物体以每小时 10 英里的速度前进，同风以每小时 10 英里的风速吹动静止的物体所形成的空气动力学效果相同。同时他得出结论，直接拖拉物体的拉力同物体的面积成正比。物体的面积越大，拉力越大。另外，列奥纳多指出，流线型化设计的好处，在于可以减少物体的拉力。

然而，列奥纳多的手稿直到几个世纪后才被发现。他的思想一直不为人知，直到 19 世纪。

Della luna

Dicho che non avendo la luna lume da sse e essendo luminosa e gli è necessario che tale lume sie chausato da altri essendo così ch'ella di natura di specchio sperico e ssel essperico ella piglia il lume piramidale la qual piramide si fa basa del sole e il suo angolo termina nel centro ~~della luna~~ del corpo della luna e tagliasi nella superfitie d'esso ~~luna~~ corpo e non piglia se non quanto è il taglio d'tal piramide nella sua superfitie e questo ~~fareb~~ luna solo aparirebbe alli ochi de ~~tra~~ mortali della grandeza d'al taglio di piramide onde seguirebbe del lume della luna contrario effetto a quel che mostra la sperienza nel tornare della luna da essa luna

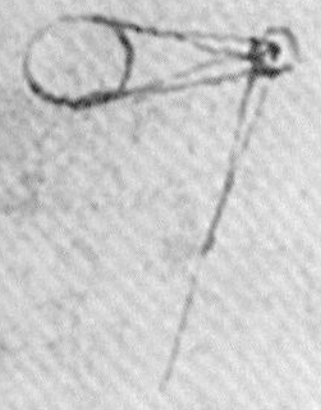

sotto intero cerchio luminoso e per lei ci si dimostra la qual cosa chiaro si mostra tal corpo lunare essere alluminato più che la sua mezza spera il che non achaderebbe s'e fussi corpo polito che nelli specchi onde per questo siamo costretti a confessare ~~che~~ per la 3ª di questo che la superfitie della luna è rugosa la qual rugosità non po' achadere se non ne' corpi liquidi mossi da' venti come si à visto nel mare il sole essere specchiato da' specchi onde vengono allochio che mai non rimano s'allargha tale onde alluminate più di 40 miglia

Onde si conclude che la parte luminosa della luna si è acqua la qual se non si movesse non s'aluminerebbe in tanta quantità ma per il moto se essa acqua essere talmente essa sempre d'onde e ogni onda piglia il lume del sole ella grandità delle innumerabili onde si specchiano innumerabili volte il corpo solare il quale sol specchiato sarebbe chiaro come il sole come si vede delle lacune non si movono che rende allochio il sole del propio splendore come il naturale i quali allonbre

acurasano insieme colle onde innumerabili le quali s'interpogano infra una e l'altra che le loro spetie s'infrontano colle spetie de simulacri solari che son sepa da l'onde essi confondano luna le spetie o cosa colla luminosa e viene assomare il vago lumino so effetto del sole come manifestamente si vede nel lume della luna ci si dimostra il quale è il mare della luna che spesso delle non ~~senza~~ ... l'ondi sono magiori e lli lumi perdino ... che fanno più ~~...~~ lunari simulacri del sole dopo questo la luna si fa macho luminosa ... la luna ... e nel suo tondo ... o posta circola almeno del nostro emisperio ... si specchia il sole così nel mezo delle valli interposte infralonde come si facia nel colmo d'esse onde per la qual cosa la luna ci si mostra più luminosa ... più ... luna più ... sia ... più luminosa ... da ... vicino d'esse ... il sole ... perché le onde ... colmi e sono essi colmi vicini ... no lli nella altra ... onde interposte infralonde ... allochio loro spetie ... spettaluminose ... questo il lume della luna più potente ... tutto il resto

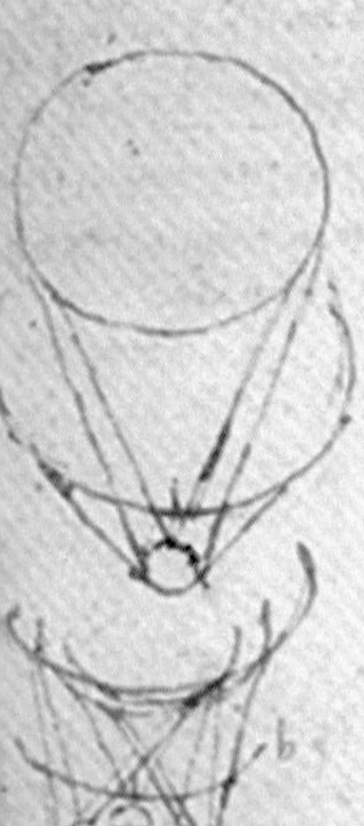

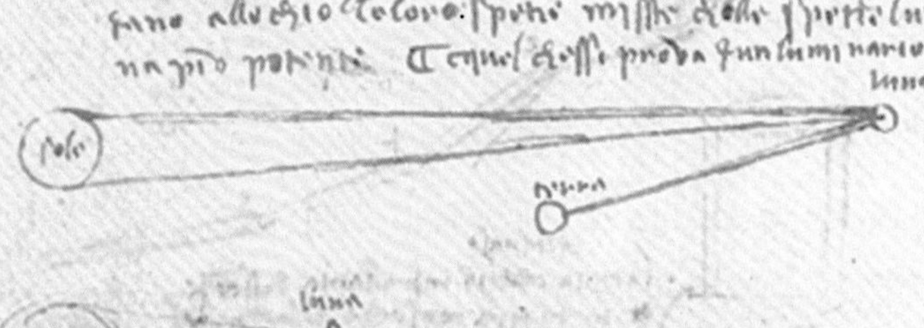

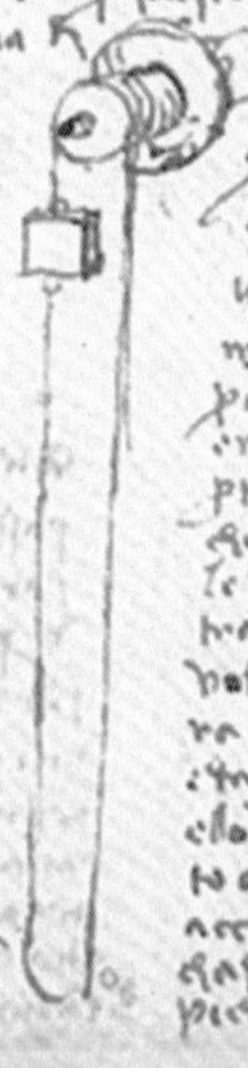

per fare quanti ... gli apora ... fa ... mente ... ...

fra l'ochio che vede tutti li simulacri del sole sopra le onde ...
l'ampiezza ab il quale a ... quale li lumi ochi delli antipodi ... del cierchio che divide il giorno dalla notte sulla superfitie della terra

关于月球

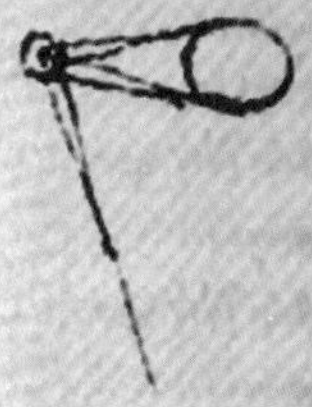

我认为，月亮自身不会发光，但却发亮，必然需要其他星球产生的光来照亮。假如是这样，月亮则具有球面镜的性质；而且如果月亮是球形，发出的光应为锥形。如果这个圆锥以太阳为基础，圆锥的顶角在月球的中心，圆锥被月球表面切断，只呈现出这个圆锥在月球表面的那一部分。

通过肉眼观察，月球看起来似乎只是露在圆锥外部的那部分大小。我们顺着月光观察，经验表明，眼睛所观察到的正好是相反的效果。出现这种情况是因为，在月球转动的时候，通过转动给我们显示出来整个月球在发光。这种情况明确向我们展示出，月球球体有超过一半的球面被照亮。

但是假如月球像一个反光的镜子，这种情况便不会发生。因此，由于这个原因，通过本章第五个议题，我们不得不承认，月球的表面沟壑纵横。而这种粗糙的表面仅仅存在于风所吹动的液体表面，如我们在大海中观察到的状况一样，用肉眼观察细浪反射出来的阳光，并一步一步向远处移动，当超过40英里以后，这些发亮的光波会变得越来越大，呈现出一片光波。

因此，我们可以得出结论，月球发亮的部分是水，如果月球上的水没有运动，则亮度不可能达到同样的程度。但是风将水面吹得波浪翻滚，通过这些水的运动，水面会布满波浪。而每一条波浪都会接收到阳光，无穷无尽、难以计数的波浪将太阳光线无数次地反射出来。这样反射出的太阳光线会像太阳一样明亮，通过观察可以看到，当水面平静的时候，水面反射到观察者眼睛中的光线和太阳本身的光线一样熠熠生辉。

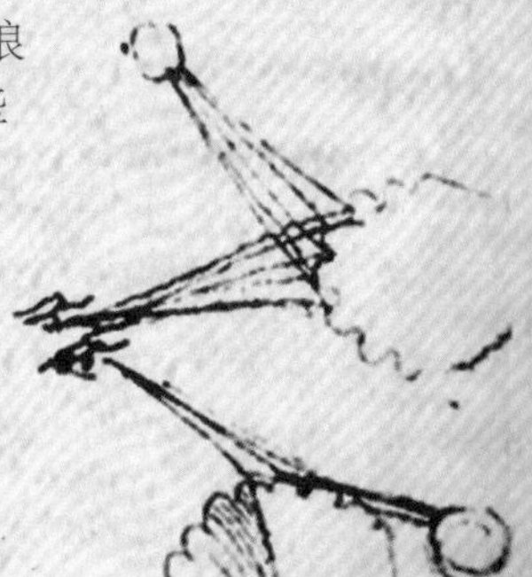

但是阴影也同波浪一样无穷无尽，这些阴影分散在波浪之间。阴影的影像和波浪上面太阳的投影混杂在一起。而且每一条阴影都会掺杂着一个发光的投影，这样这些阴影便遮掩了发光光线，使得光线变弱，正如我们可以通过月光清楚看到的情况一样。当月球上的大海被大风激荡，形成滔天巨浪，波浪越高，光线的变化频率越小，扩大的阴影部分同波浪上稀疏的太阳影像越是混合在一起。因此，月亮变得光线暗淡。

但是当月球在其运动圆周中运动到大约在我们半球中心的位置，月球水面上的每一条波浪不但在波浪之间的暗槽中间反射出阳光，也在波浪的波峰上反射出阳光。因此月光显得比任何时候都明亮，因为光线的发光部分增加了一倍。同时，当月球转动，短时间内月球显得特别明亮，因为远离月球的太阳，将阳光洒在波浪的波峰之上，当这些波峰相互距离很近、看起来似乎一个碰着一个的时候，观察者的眼睛仅从一边看，就无法看到波浪之间的暗槽部分，暗槽部分所混合着的发光投影是传递不到观察者眼睛中的。因此，月亮的光线显得更加强烈。而且这也被证明过，发光的物体可以掩盖住其他所有部分的真实面目。

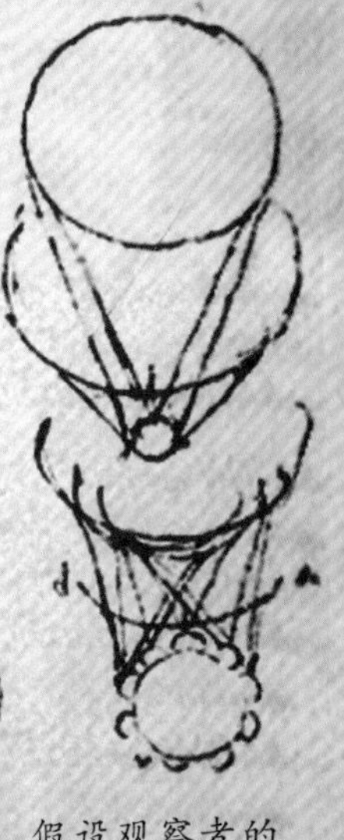

通过这种方式，就可以观察到并能够确切识别出尘土落下的精确高度，因为尘土在落下时也不会改变其位置。

为测量出船每个小时能航行多少英里，可以做一个这样的装置：装置在水平轮上同这个轮子一起运动，调整推动轮子运动的平衡器，可以使轮子运转一个小时。这样可以观察到在一个小时之内这个轮子转动了多少圈。轮子转动1圈可能是5布拉乔奥，而1英里转了600圈。而且，玻璃内部必须打上油或肥皂，这样漏斗上落下的尘土才不会粘到轮子上，尘土落下的位置将成为一个标记。

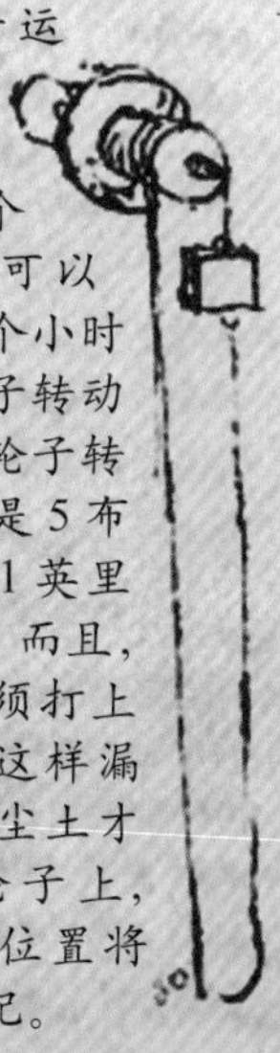

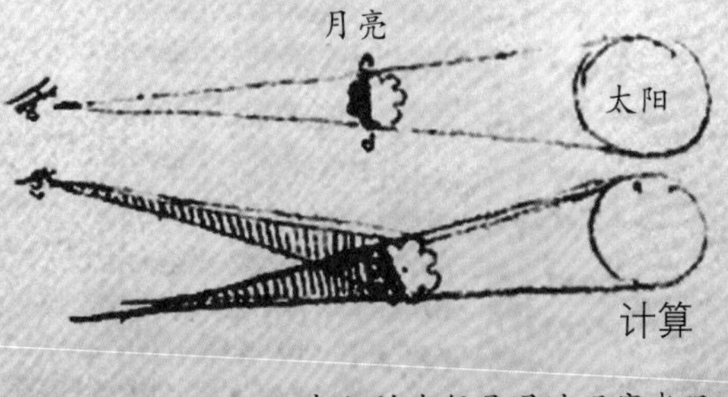

计算

假设观察者的眼睛看到太阳在水浪上的所有影像为ab，太阳的直径是通过观察者眼睛在地球表面区分日夜的环形上各个极点的位置来确定的。

手稿五十九　关于月球

BRITISH LIBRARY

大英图书馆说明

这一页关于月球的讨论，标题为“关于月球”，按照逻辑顺序总结了列奥纳多·达·芬奇在本手稿其他页中的许多观点。他对于“月球光线柔弱是由月球水层的质地原因造成的”进行了主要论证，并进一步做了补充解释——当风暴发生的时候，月亮显得惨淡无光。

“当月球上的大海被大风激荡，形成滔天巨浪，波浪越高，光线的变化频率越小，扩大的阴影部分同波浪上稀疏的太阳影像越是混合在一起。因此，月亮变得光线暗淡。”

月球的表面

列奥纳多·达·芬奇在《哈默手稿》当中用了大量文字来证明：月球上存在水和海洋，月球上的水和海洋是反射太阳光线的主要介质。从猜想和立论方面，达·芬奇几乎做得无懈可击，但是事实上并不正确。

事实上，月球上不但没有海，连水也几乎被证明是不存在的。它的表面覆盖有岩石和灰尘，有高大的山脉和平坦的平原，平原上几乎布满陨坑和火山口，一些陨坑达到数百千米宽。人们在满月时候看到的光区和暗区，光区就是高山，而暗区则是平原。

或许就是因为月球上光线分布的这种不均匀，才会导致达·芬奇误以为月球上存在海洋——毕竟他更多的科学探索在当时只能通过肉眼完成。但是不管有水无水，有一点却是非常相似的：月球上地理上的坑洼不平，看上去确实如同海洋上的风暴频发、波涛汹涌。

月球表面

ancora ch'el vento ... aria ... pressione ... sopra ... pianure ...

Delle revertigini e ventosità che fa l'aria e l'acqua

Molte volte il vento che si scontra con un altro vento ~~angularmente~~ con angulo ottuso, fa che essi venti insieme si raggirano e si stringono insieme in forma di grandissima colonna, e l'aria condensata acquista peso e già vidi fare con tale ruina di una torre sopra della riva di mare ... in fra loro si raggiravano e con sassi di bona grossezza, e tale con rabbia e portare l'arena e alga in fra l'aria per lo spazio d'un miglio, e con essa moltissima di correre in fra l'acqua, e quella raggirare e sospinare in forma di spessa colonna, la quale nel suo superiore estremo componeva ossecuri e folti nuvoli, e quivi sparti e rotti le rami de' monti si spargevano, e seguitavano il retto corso del vento non più avendo impedimento delle cime de' monti.

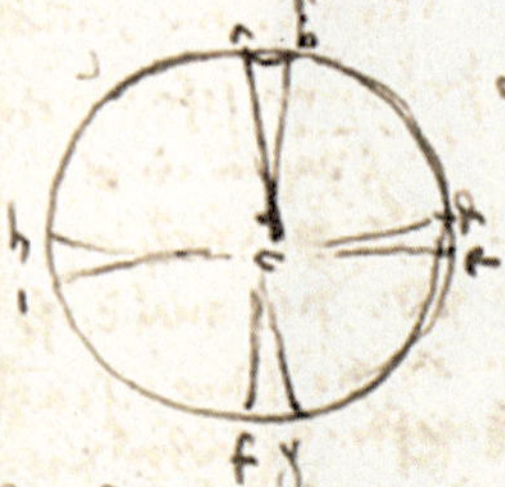

Adunque l'acqua che per sé si move a uno de' sua stremi più bassi che l'altri, e quella che non si move ~~esser~~ sua stremi in eguale altezza.

Seguita ancora il contrario che della acqua per sé non si move della non discende.

[Quella cosa ~~fia~~ è più bassa che più ~~vicina~~ al centro del mondo si fa più vicina; quella sarà più alta che da esso centro ~~fia~~ sia più remota.

[~~Quella~~ Ogni quantità d'acqua si moverà inverso il suo più basso stremo; e dove ~~essi~~ tali stremi sarà d'equale altezza, essa acqua per sé non arà moto alcuno.

E ho provato per queste due proposizioni che l'acque de' mari che son continuate per sé mai aranno moto, e questo mi prova che esse sono di superfizie spericha.

contro alli maliziosi ... che vogliano essere ... alcuno nella largezza

l'acqua che esce d'una ~~...~~ tale altezza, della quale altezza sempre metti una terminata quantità d'acqua, essa quantità non acquista mai di suo ordine per nessuno ostaculo che essa si ponessi più bassa che la prima cadutta dell'acqua. Nessuno ostaculo o ringorgazione fa che essa si ponessi in qualunche loco; così nessuna ringorgazione potrà mai il sito mare ~~...~~ ~~acqua del~~ la tanta quantità d'acqua che esse di tuba tanta caduta, se essa caduta sarà fermata.

l'acqua ab non si move dirittissima, sì che sopra essi una terminata di eguale altezza del centro del mondo a ... essi simile sono de dell'acqua de, hi, fg, hi, h.

Quella cosa che c

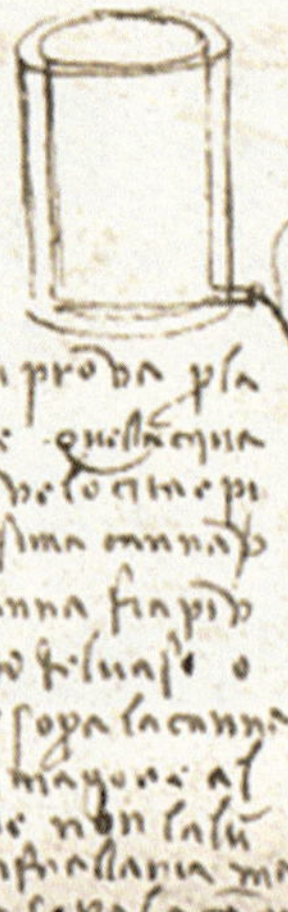

Quel che detto si prova per la passata che dice: quell'acqua sarà di magior veloce al moto per la medesima canna dove la qual canna fia più vicina al fondo del vaso, o vero meno che sopra la canna sarà l'acqua di magiore altezza. Adunque non salirà già che alcun infra l'aria ma la lunga altezza sopra la canna.

[del vaso
l'acqua ~~che~~ si infra l'aria ~~d'essa~~ ... ma tira con sé ... d'acqua del vaso onde si versa, essendo lunghissima quanto se ella fussi lunga quanto l'agro sega del vacuo della channa onde si versa.

Ma se l'acqua che esce dirente del vaso ~~...~~ sarà circundata dal condotto della canna onde passa, sappi che non ogni grado di lunghezza di canna el vaso acquista grado di velocità di tempo a versare le sue acque.

[l'acqua che per la via ... per canna ... in ogni

grado di moto ... una medesima velocità di fugha

因为空气运动速度比水快，而且相对稀薄，即使在空气转换位置的时候，空气所形成的漩涡也要比水中所形成的漩涡更为明显。

牵扯到风的盘旋和水的漩涡

经常会发生这样的情况：当一股风同另一股风呈钝角相遇，这两股风相互盘绕在一起，越盘旋越高，进而形成一个巨大的柱子形状的龙卷风，这样的风越旋越紧，密度不断增大，空气重量也越来越大。偶然有一次我观察到这样的风，狂风猛烈盘旋，在海滩的沙地上旋出一人深的大坑，将相当大的石块也旋出来，狂风卷着沙子和海藻从空中飞过，运行 1 英里后，将沙子和海藻丢在水中。风带着这些东西不断旋转，将这些东西转变成密度很大的柱状物，柱状物最上端形成黑乎乎的凝重云层。这些云越过群山山顶，不再受到山脉的阻拦，随风消散。

距离宇宙中心越近的物体，位置越低，因此，距离宇宙中心越远，位置越高。

任何流量的水流均会向较低的一端流动。如果水的各端高度相同，则水本身不会产生任何流动。

因此，自行流动的水必然有一端比其他各处低；而没有运动的水，是因为其各端均在同一高度。

以上两个议题在这里证明过，紧密连接在一起的海水水体绝不会有任何的自行流动。然而海水为什么必然会形成球形表面？

可以得出推论，水如果不是在降低的过程中，不可能自身流动。

流入圣·尼科尔磨坊的水流，水道上不能有任何障碍物存在。

从一定高度流下的水流，在一定的时间内，流量总是很稳定，即使在首次降落的下方的任何地点设置任何性质的障碍物，水量也不会减少。没有任何障碍物，即水坝可以在任何水流下降的地点减少水量。如果水流没有被堵上，没有任何水坝可以使降落的水流变小。

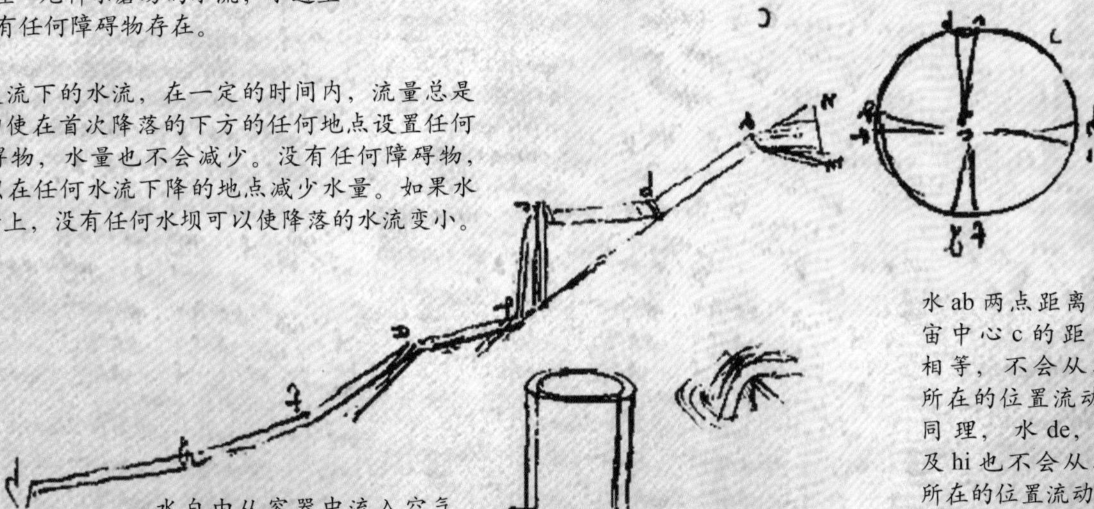

水 ab 两点距离宇宙中心 c 的距离相等，不会从其所在的位置流动，同理，水 de，fg 及 hi 也不会从其所在的位置流动。

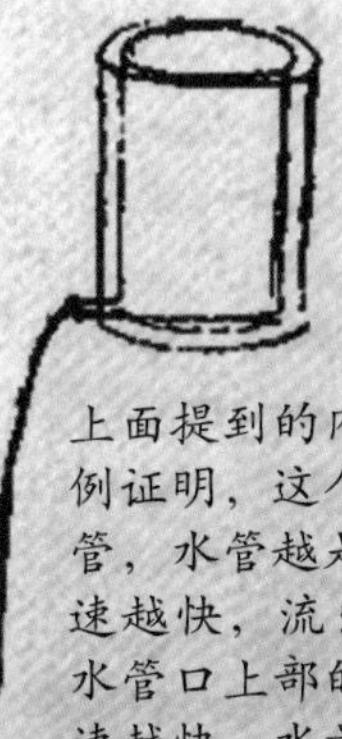

水通过空气或者管子降落到地面，在水运动的每一个高度都保持绝对相同的流速。

水自由从容器中流入空气中，不管水流是特别长还是和出口的宽度一样短，从容器流出的水量都相同。

但是如果降落的水从（插入容器的）水管流出，根据水管长度上水深高度不同的情况，容器在排水过程中，随着时间推移，流速也不同。

上面提到的内容可以用以前的一个案例证明，这个案例是：通过同一根水管，水管越是靠近容器底部，水流流速越快，流出的水越多。换句话说，水管口上部的水越深，水管内的水流速越快，水量越大。这么说来，不是水穿过空气降落的长度问题，而是水管之上水深的高度问题。

手稿六十　牵扯到风的盘旋和水的漩涡

BRITISH LIBRARY

大英图书馆说明

这里的螺旋结构或盘旋上升结构是列奥纳多·达·芬奇的兴趣所在。这一结构在传统上与火的运动有关：火盘旋上升，寻找自身的自然高度，这种蛇形盘旋结构从艺术上也被评为最优雅的象形运动。列奥纳多·达·芬奇制作的图形和他优美的制图技艺，在其同辈人中，因优雅的蛇形盘旋运动而闻名遐迩。根据当时广为流传的新柏拉图派传统，为追求完美，这种图形总是同人类灵魂的向上运动关联在一起。

是科学需要而非新柏拉图式的寓言抓住了列奥纳多·达·芬奇的眼球，而现代的读者却感到无能为力，只能尽量联想达·芬奇这位画家可能是在利用这些寓言来创作，并将他那些最令人难以忘怀的艺术作品做到尽善尽美。考虑到列奥纳多·达·芬奇的绘画，他这一部分用简单明了的语言做了文章抬头——“牵扯到风的盘旋和水的漩涡”：

“经常会发生这样的情况：当一股风同另一股风呈钝角相遇，这两股风相互盘绕在一起，越盘旋越高，进而形成一个巨大的柱子形状的龙卷风，这样的风越旋越紧，密度不断增大，空气重量也越来越大。偶然有一次我观察到这样的风，狂风猛烈盘旋，在海滩的沙地上旋出一人深的大坑，将相当大的石块也旋出来，狂风卷着沙子和海藻从空中飞过，运行 1 英里后，将沙子和海藻丢在水中。”

列奥纳多·达·芬奇以绘图讨论人类疏导水流的运动，使人想起他 1483—1484 年在米兰灾害后所规划的城市（1487—1490 年的手稿中记录了他的观点和绘图）。其中包括如何进行健康城市的自然循环系统说明：“可以用快速流动的水来清除死水造成的污浊空气，这对定期清洁城市也很有效，必要时可以开闸泄水。”

列奥纳多·达·芬奇继承了维特鲁威的建筑理论。很多艺术家都吸收了这一理论，包括列奥纳多·达·芬奇的朋友弗朗西斯科·迪·乔治·马丁尼，他对宏观及微观的类比也饶有兴趣。

建筑结构和人体的类比，依然深深烙在现代城市规划者的脑海中。比如，将道路比喻为城市的动脉，或将城市交通堵塞比喻为死亡。

Rinchiudesi il mare infralle gran valli della terra la quale terra fa offitio di vaso al mare [illegible] sono [illegible] delle mari le quali [illegible] il mare [illegible] tutta la terra ma perchè ogni parte di terra scoperta è più alta che la magiore altezza del mare il mare non po' scorrere di sopra [illegible] ma sol si contenta di coprire quella terra che gli fa fondo. Benchè molti ignoranti di tal cosa anno presunto essa mor[illegible] come la superfitie della acqua marina è più alta che le magior monti che sien nel mondo, la qual cosa ancora [illegible] più alta che la acqua [illegible] lacqua alta in mezo del pelago più che la marina [illegible] promontori [illegible] della falacia entrata per che costoro immaginano una linia retta infinita protratta sopra [illegible] della superfitie [illegible] e quanto piu [illegible] tal suo mezo più [illegible] della retta linia e questo abassarsi [illegible] disspositione [illegible] ingannati [illegible] sta tal ragione sara provata dallo aversario

che tale [illegible] del mondo è più remota — Quella parte della [illegible] sara più alta [illegible] bg [illegible] ab [illegible] bn [illegible] la qual cosa si conferma [illegible]

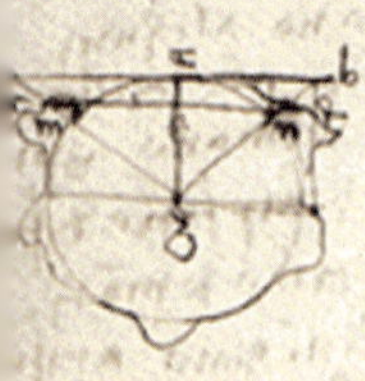

Sono li mari più alti tanto sopra il mare quanto le magiori profondità del mare son sotto la [illegible]

Verso la acqua mediterrana [illegible] mare rosso [illegible] tutto pieno di [illegible] consumato [illegible] il mare mediterrano [illegible] tutti li fiumi [illegible] mare [illegible] per essendo tagliato nel ponente [illegible] miglia remoto [illegible] il mare [illegible] [illegible] il mare [illegible] nelle pianure [illegible] [illegible] fiume [illegible] Ercole [illegible] il mare nel ponente [illegible] rosso rimase più alto [illegible] lacque [illegible] le lacque per lo stretto di Spagna

Truovasi nelle rive del mare mediterrano [illegible] fiumi 200 [illegible] il mare [illegible] miglia 3000 [illegible] [illegible] il mare [illegible] tutti li fiumi [illegible] [illegible] Europa [illegible] [illegible] Africa [illegible] Europa [illegible] [illegible] il mare [illegible] [illegible] infra [illegible] [illegible] [illegible] il mare [illegible] [illegible] Persia [illegible] il mare [illegible] [illegible] il mare mediterrano [illegible] mare [illegible]

Questa immagina[illegible] la terra [illegible] il mare [illegible] profondità del mare della terra [illegible] terra [illegible] ritornano al mare [illegible]

per molte [illegible] più antichi [illegible] [illegible] le lingue [illegible] li mari [illegible]

九

这里，可以想象穿过地球中心将其劈开，可以看到大海的深度和地球的厚度；可以看到水脉如何从海底开始，一路蜿蜒穿过地球，到达高山之巅，然后再通过河流流下，回归到大海。

大海被地球上的大峡谷包围着；地球像是一个巨碗，里面装着整个大海；碗沿儿便是大海的沙滩，如果将沙滩去掉，海水会在地球上四处蔓延。但是，因为地球上海水未能覆盖到的地方都比大海最高处还高，所以大海才不会到处蔓延。大海只是以大地为床和被子，将自身包裹起来。

然而，很多人对这些视而不见，肆意发表言论，他们认为大海的海面比任何所能见到的最高的高山还高。尽管他们可以看到海岸高于水面，但对这一点却熟视无睹，认为大海像一面镜子，大海的中部要比大海海岸或者深入大海的海岬高很多。这一谬论是因为他们想象出一条无限延伸的直线，一直到达大海中部，这样无疑在视觉直线上大海中心比海滩高，因为地球是球体，而且表面呈弧形，距离地球中心越远，同上述直线的差别越大。事实上，在这种情况下，大海变得越来越低，正好和视觉效果相反。这就是反方所要提出的观点。

"水距离宇宙中心越远，位置越高。"反方认为无法形成无限伸展的直线 ab，因为 bg 超过了最长线 eg（地球半径），超出部分为 bn。通过这个方法，可以确定大海连续不断的海面同地球中心的距离相等："最高的高山在海面之上，和大海在空气以下的最深处一样的遥远。"

红海的水一直流入地中海，红海有 100 英里宽、1 500 英里长，到处都是礁石险滩。海水将西奈山的四周冲刷得干干净净，印度洋的大浪冲击不到这里的海滩，但是附近所有河流的大水将沙滩淹没，无数条大河围绕着地中海，大海退潮后这些沙滩将会暴露出来。

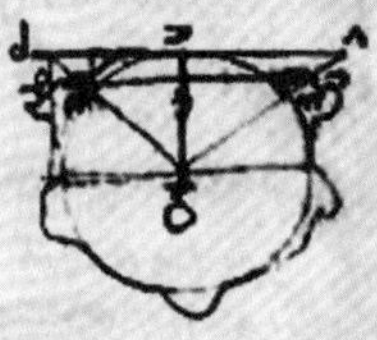

因为物体远比纸张容易长期保存，这也就不难解释为什么我们现今没有关于上述海洋如何穿过那么多国家的记录了。而且假如这些记录曾经被保存过，战争、火灾、语言习惯的变换、河流泛滥等，也已将这些远古的遗迹消灭殆尽。然而，海水中生长的物证对我们来说就足够了，而且现在我们又在高山上找到了这些证据——高山距离大海是那么遥远。

随后卡尔佩山在西部被拦腰斩断，卡尔佩山距离这里有 3 000 英里，从阿比拉山分开。分界线在阿比拉山和大海之间的广阔平原的最低处，大山脚下，那是一些河流的必经之路，河流推波助澜，将一些峡谷掏空。赫拉克勒斯从西方打开大海之门，海水开始流入西方的海洋。随着海水急剧下降，红海变得越来越高，因此，水不再流向那个方向，从此以后，这些水通过西班牙海峡倾泻而出。

在地中海的海岸线上，300 条河流一起不断将水注入大海，40 200 个港口在这里依次排列，地中海的长度达 3 000 英里。多少次，大海汹涌的浪涛受到大海回潮的影响而波浪翻滚，西来的狂风漫卷，尼罗河河水泛滥，流入黑海的河流也使得地中海洪流涌现。

这些河流流经很多国家，引发了无数次洪水，大海也因此高涨。由于阳光的照射，埃塞俄比亚高山上的积雪逐渐融化，随后洪水暴发，太阳也慢慢向寒冷地带移动。当太阳到达欧亚分界的萨尔马提亚高山附近时，同样引发了融雪形成的洪流。上述三种原因——大海的退潮、西来的大风及积雪融化，这些偶然因素累积在一起，就会形成最大的洪水。

在西奈和黎巴嫩之间的叙利亚、撒玛利亚和朱迪亚，洪流的旋涡摧毁了这里所有的一切；在黎巴嫩和托鲁斯山之间的叙利亚，在亚美尼亚山脉中的西里西亚，在庞菲里亚及塞利妮安山脉的利西亚；在埃及，直到阿特拉斯山脉……洪流到达所有能到达的地方，摧毁了所遇到的一切。波斯湾，这个原本出海口朝向印度洋的、位于底格里斯河西部的湖泊，现在其河岸的群山已经被流水冲蚀掉，它已经和印度洋处于同一水平线了。不仅如此，假如地中海继续通过阿拉伯海湾寻找出海口，可能会造成同样的结果——也就是说，它也会变得和印度洋一样高。

手稿六十一　地球表面呈弧形，海水不可能比高山更高

BRITISH LIBRARY

大英图书馆说明

列奥纳多·达·芬奇继续讨论地球内部水循环的问题。他手中的河流方面的传统资料，来源于普林尼这位长者及赫拉克勒斯的传说（赫拉克勒斯从西方打开大海之门，海水开始流入西方的海洋）。但是他也吸收了里斯托罗·阿雷佐在水科学上的观点。

在这书写得密密麻麻的一页上，列奥纳多·达·芬奇针对阿雷佐宣传的传统观点“大海高于最高的高山”展开辩论。进而他解释，从技术的角度看，地球至多是一个球体，并得出结论：“然而，很多人……对这一点却熟视无睹，认为大海像一面镜子，大海的中部要比大海海岸……要高很多。这一谬论是因为他们想象出一条无限延伸的直线，一直到达大海中部，这样无疑在视觉直线上大海中心比海滩高，因为地球是球体，而且表面呈弧形……”

列奥纳多·达·芬奇考虑到大海与高山离地球中心的距离千差万别。他在手稿六十六讨论了这一理论，这里只重点讨论其观察到的大海和河流的运动。

在页边备注中，列奥纳多·达·芬奇最有趣的评论是用图示绘出地球的形状。右上角的图形显示地球中水循环及水通过河流回归海洋。下面的图显示出海洋的水面低于地面。

la parte del frusso ... altezza alla infima bassezza

(Quel frusso e refrusso del mare sarà di magior varietà dalla sua somma ~~infima altezza~~
la quale fia più vicina alla sua mossa del mare

Variasi forte il frusso e refrusso vicino a quelli lochi donde le vene delle acque si parta
di fondi de mari per dare le contrarie acque alli fiumi e alli alti monti poi discendano —
queste vene sono di due nature delle quali l'una è di quelle ~~vene~~ che sono [illegible] dolce versa-
mento ne fiumi. Altre sono che riversano in mare e surgono sopra le altre acque
basse la qual cosa nasciere per esser loro nate da pellaghi ~~[illegible]~~ scoperti all'aria i quali so-
no più ~~remoti~~ alti che le acque marine, altrementi tal surgimento non arebbe loco ma
bene si potrebbe dire che sì come le vene delli monti versano alli lor piedi che tali vene
potrebbono ancora versare sotto il mare. Vedesi una vena surgere in Sicilia la
quale a certi tempi dell'anno versa foglie di castagno in molta quantità e in Sicilia non na-
sce castagne, adunque è necessario che tal vena esca da alcun pellagho della Italia e da-
poi sotto il mare e sbochi poi in Sicilia. Nello stretto di Spagna il mare ~~[illegible]~~ di so-
to sempre versa nel mare egeo e mai l'egeo in lui. E questo dimostra che il mare [illegible] è più alto, che
fiumi che in lui versano sempre verso ponente sotterranei in esso mar e però e simile fa il Tanai
[illegible] in modo che sempre esse acque ponenti sono sempre più alte che quelle dello egeo ~~[illegible]~~
egeo le più alte sempre discendano nelle basse e non mai le basse nelle alte. Dicano alcuni
che l'acque che surga nelle cime delli alti monti sono dell'acque del mare la quale è più alta che le
cime de maggior monti che sieno, la qual cosa abbia provato come la superfitie del mare è più
bassa che qualunche parte si trovi di terra scoperta dalle acque, e che alcuna parte di superfitie di
vene che in esso mare versi. Altri dissono che l'acque che versan sopra la cime de monti
sono discese dalli maggiori monti dell'universo le quali essendo coperte di neve si liquefanno al
tempo della state, la quale opemone si riprova falsa imperò che se così fussi
~~[illegible]~~ che d'istate la resoluzione delle nevi entra in parte sotterrane [illegible]
ancor si amanterebbe l'acque nelle cime de monti più basse [illegible] e noi aremo da
tal vene più acqua di state che di verno e la sperienza dimostra in contrario —

Tutte le ssassa delle acque dal monte nel mare porto con seco ~~la ghiaia~~ le sassi del monte in
so mare e per la moltitudine dell'acque marine contro alle sua ~~angule~~ monti esse pietre eran rebut-
te in verso il monte, e nel ritornare in dirieto delle acque al mare le pietre insieme con que-
la tornavano e nel ritornare li angoli loro ~~a~~ insieme si percuotevano e come parte men
resistente alle percosse si consumavano e facevan le pietre sanza angoli ~~[illegible]~~ in figu-
ra ritonda, come [illegible] si mostra e quelle rimane più grosse ~~[illegible]~~ che manco s'eran mosse
dal lor nascimento e così quella si facea minore che più si rimoveva dal primi-
tivo loco in modo che ~~[illegible]~~ nel procedere in siconvertì in ghiaia minuta e poi mino-
re e in ultimo in fangho. E poi che il mare si discostò dalli predetti monti la salsedine lasciata
da del mare con altro omore della terra a fatto una collegazione a essa ghiaia e rena che la
ghiaia ~~[illegible]~~ in sasso e la rena in tufo si convertiva. E di questo si vede l'esempio
in Adda all'uscire de monti di Como e in Ticino [illegible] [illegible]
nel d'Arno del monte Albano intorno a monte Lupo e Capraia dove li sassi grandissimi sono tutti
di ghiaia congelata di diversi pietre e colori. Quella cosa che sarà più ~~grave~~ lieve
più remota fia portata dalli fiumi dallo loco onde le sue acque la tolsono e così la più grave
fia in più minore spatio remossa dal loco onde si partisse. Quella percussione della acqua
più lieva dell'argine de fiumi la quale perchote essa argine infra angoli più equali e così
[illegible] verso [illegible] tutti li angoli sarà più difformi

大海潮起潮落，从最高点到最低处落差很大，越是接近其形成的地点，这种变化就越大。

当水从高山流下，为了给河流持续不断地供水，海水会从大海深处的水脉流失，在这些地方附近形成比较大的浪潮，大海的潮起和潮落出现很大差别。

这些水脉具有两种特征：其中一种持续不断地流入河流；另一种直接流入大海，从其他海水中涌出淡水。这些淡水实际上来自直接和空气接触的湖泊，位置远远高于海面，否则不会出现喷涌。

然而，有人可能认为，山脉通过水脉使水流到山下，那么这些水脉也可能在海底流出。西西里岛有股泉水，每年有几次会喷出大量的栗树叶子。既然西西里岛没有栗树生长，这股泉水必然来自意大利的某个湖泊，然后穿过大海底部，最后在西西里岛找到出口。在博斯普鲁斯，黑海的水总是流入爱琴海，而爱琴海的水绝不会流入黑海。

这是因为东部 500 英里的里海和附近的河流，总是通过地下的水道，一起流入黑海，而且顿河和多瑙河也一样。结果黑海水面总是高于爱琴海各处的海面。这符合“高处的水向低处流动，而低处的水绝不会向高处流动”的规律。

有人认为，从高山顶上流出来的水也是海水的一部分，本来就比最高的高山山顶还要高。关于这一点，我们证明过，大海海面低于海面外的任何土地，或者比任何流入此处大海的河流水面要低。还有人认为，群山高峰上流动的水，是从世界比较高的高山上，因夏天积雪融化流下来的。

但是这种观点显然不正确。因为，假如是这样，夏天的融雪进入地下涵洞，通过地下的水脉，将水送到那些比泉水出口低的山顶，那么这些泉水的流量夏天应该比冬天大，但是事实却正好相反。

从群山流下的水到达大海的时候，经过所有的出水口，都会有流水从山中携带来的石头流入大海。大海的浪涛冲击着群山，这些石头又被丢回大山；因为水流入大海，又从大海流回，这些石头也随着水流流回。而且因为经过海水中的翻滚，石头的棱角相互碰撞摩擦，棱角部分在拍打过程中遇到小小的阻力，这些棱角便慢慢地被打磨掉，整个石头变成无棱无角、圆圆的形状，就如在厄尔巴岛沙滩上看到的那样。

流水把那些仍然较大的石头从原来的地方移动很短的一段距离后就丢弃不顾了，而对于那些较小的石头，流水可以把它们从原来的地方搬移到比较远的地方。在搬移的过程中，石块变成小砾石，然后变成沙，最后变成泥。当海水从山中撤离时，会留下海盐沉淀物及其他地面流出的含水混合物，进而会形成砾石、泥沙的混合物，这样砾石变成石头，泥沙变成石灰石。

这些东西可以在阿达河看到，源自科莫山区；在提契诺河、阿迪杰河、奥格里欧河及奥地利阿尔卑斯山流出的阿德里阿诺河均可以看到。阿诺河从阿尔巴诺山环绕蒙特路波及卡普拉亚一直都是这种情况，那里巨大的石头全部是由各种各样、各种颜色的砾石固化而成。这些石块中，较轻的可以被流水从原来的地方携带到比较远的地方；较重的石块则会从原来的地方被挪动较小的一段距离后停留下来。水流越是以比较均衡的角度冲击河岸，它从河岸冲走的东西越多；相反，如果水流冲击河岸的角度比较乱，那么它冲击走的东西就会相对较少。

手稿六十二　地下河流的来源

BRITISH LIBRARY

大英图书馆说明

这一页只有上面几行牵扯到海水，但是足以体现出列奥纳多·达·芬奇对地球本身的关注。关于地下河流的来源，列奥纳多·达·芬奇问道：什么原因使得大海的潮汐发生最大的变化?

列奥纳多·达·芬奇对地球内部水循环的一些想法进行了总结，包括本手稿的其他部分曾经讨论过的一些地方："西西里岛有股泉水，每年有几次会喷出大量的栗树叶子。既然西西里岛没有栗树生长，这股泉水必然来自意大利的某个湖泊，然后穿过大海底部，最后在西西里岛找到出口。"

他继续反驳有关水从山顶流下的两个传统理论：一是大海高于山脉；二是山上高处发现的水源于积雪融化。

在最后一段，列奥纳多·达·芬奇描述了他 1503 年 7 月在厄尔巴岛时看到的石头（在《马德里手稿》中有记录）。他总结出"河流在流动的过程中磨损石头，并将流水侵蚀后的石头搬运不同距离"的理论，论述石头如何到达大海，并如何从大海搬出："从群山流下的水到达大海的时候，经过所有的出水口，都会有流水从山中携带来的石头流入大海。大海的浪涛冲击着群山，这些石头又被丢回大山……"

芬奇镇城镇布局设计图

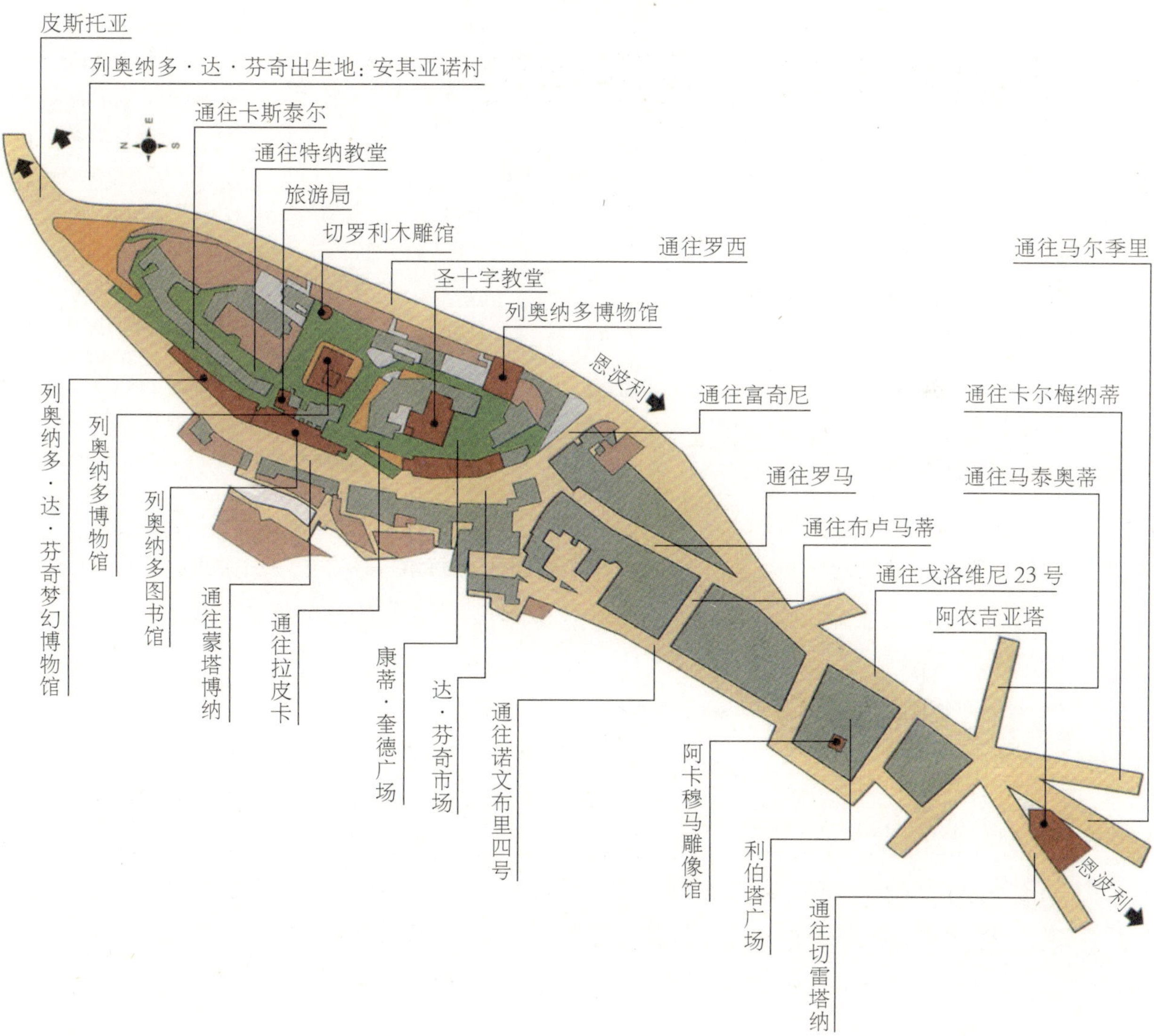

皮斯托亚
列奥纳多·达·芬奇出生地：安其亚诺村
通往卡斯泰尔
通往特纳教堂
旅游局
切罗利木雕馆
通往罗西
圣十字教堂
列奥纳多博物馆
恩波利
通往富奇尼
通往马尔季里
通往卡尔梅纳蒂
通往罗马
通往马泰奥蒂
通往布卢马蒂
通往戈洛维尼 23 号
阿农吉亚塔
列奥纳多·达·芬奇梦幻博物馆
列奥纳多博物馆
列奥纳多图书馆
通往蒙塔博纳
通往拉皮卡
康蒂·奎德广场
达·芬奇市场
通往诺文布里四号
阿卡穆马雕像馆
利伯塔广场
通往切雷塔纳
恩波利

Io ho una chasa sopra la riva del fiume e l'acqua mi si toglie il terreno di sotto e sta per ruinare
onde io voglio fare in modo che 'l fiume m'empia per la già fatta concavità e mi afortifichi
la predetta chasa ~~...~~ in questo chaso ~~...~~ noi ci governeremo cholla 4a del 2o
che pruova che l'impito d'ogni mobile segue suo chorso per la linea donde fu creato ~~chacciato~~ per
la qual chosa noi faremo una chiusa per la obbliquità nm ~~e faremo~~ ma meglio sarebbe
pigliarla più alta . m . op perchè tutta la materia levata tuo del gobbo si scaricherebbe nel
la concavità della tua chasa e simile farebbe poi la materia del globbo K che sarebbe il bisso
nella medesima invernata. E se 'l fiume fussi grande e potente allora la predetta argine
debbe essere fatta in 3 o in 4 riprese delle quali la prima diverso l'avenimento dell'acqua
debbe essere fori della sua riva il 4o della larghezza del fiume. poi sotto queste se ne fara
un'altra distante quanto po essere il culmine del balzo che fa l'acqua che chade da
la prima argine perchè in tal culmo di balzo si lassa dalla sé il cholmo del cholle fatto da
la giara che fu chavata dalla prima percussione che fe l'acqua chaduta ~~sopra del fondo~~
della 1a argine sopra il suo fondo e questa 2a per chiusa s'astenda insino alla metà
della larghezza del fiume. La terza f debbe seguire sotto di questa partendosi dalla
medesima riva e colla distanzia condizionata dalla 2a qual fu la distanzia dalla 2a alla 1a e
segua sua lunghezza insino alli $\frac{3}{4}$ della larghezza del fiume. E così procederai colla
quarta argine la qual chiuderà tutto el fiume attraverso e queste 4 pescaie overo argine
ne seghue molto maggiore potenza ~~che se~~ che se ~~tutta~~ tal materia ne fussi fatto una sola
argine che a ciascuna continuata grossezza avessi chiuso ~~...~~ la lungheza del fiume. E questo ac
chade per la 5a del 2o dove si pruova che ~~el dono~~ la materia ... sima sostenta cinque quadruplicata
lungheza non sostiene il 4o di quel che prima sostener solea ma molto meno. Se.

Io truovo che l'acqua che chade appiedi delle chiuse de' fiumi pone materia diverso la
venimento delle acque e leva appiedi d'essa chiusa tutta la materia donde essa chade
do perquote. Hora io vorrei che donde essa chade che ella ponessi materia e rincha
zassi e afforzifichassi essa chiusa la qual cosa faremo in questa forma

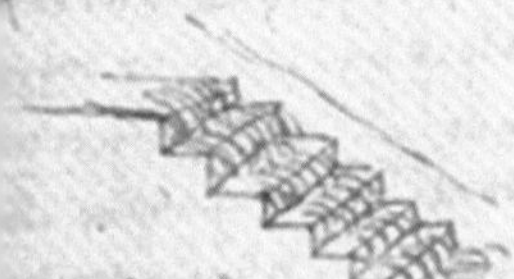

Schala di ruine
sotto la afforzata di gio
sonnghom alti $\frac{1}{4}$ e lar
ghi $\frac{1}{2}$ b. per la qual
chade l'acqua e non
consuma niente nella sua
percussione e per
tale scala e d'essa è
tenuto terreno che
seccho un pantano co
è rienpiuto e s'è ne fat
to prateria di prati
e di gran profondità

在河岸上有栋房子，河水将房下的泥土冲掉很多，差点使房子倒塌。后来，我想利用河水将这个大坑填上，让河水自动来加固房子。这个方法我在手稿二的第四个议题中描述过，证明“每一个运动物体的力，随着其原有的运动路线运动”。因此，可以在 nm 的斜坡上设置障碍，然而最好在 op 设置较高的障碍，水流带来的所有物质都可以沉淀到房子附近的坑中；而且土堆 K 也会这样，这样两个方向同时将水坑填满。

但是假如河流水流较大且冲击力较强，则可以设置三到四道防线：第一道防线设在水流流过来的方向，在河岸宽度 1/4 的外部建设。然后在这道防线的下方，承建第二道防线，距离等于第一道防线水面到底部的距离，因为在这一道防线的顶部，可以将第一次冲击淘出的沙砾堆积起来，在第一道防线前，河水冲击堤坝从底部将泥沙淘起。

第二道堤坝超过河流跨度的一半。第三道堤坝随着第二道堤坝，从同一边河岸开始，间距和第一道同第二道之间的距离相等，长度为河宽的 3/4。然后是第四道堤坝，将河流整个封起。四道堤坝或防线比起在整个河道修建一道同一材质的单条宽度相同的堤坝更为有力。这是手稿二的第五项议题。那里证明了“如果以同样的材料，承建 4 倍长度的单一水坝，是无法和四道同样材质的水坝相比的，所承受的冲击力只会更小”。如果……

我发现，水流降落到河流堤坝的底部，将携带的物质朝水流过来的方向沉淀。当水流从堤坝降落的时候，流水从堤坝底部将所有受到冲击的物体冲走。我倒是希望在水流降落的地方可以将物质沉淀，从而堆积起来物质以加固堤坝，这样便可以通过上述方式展开工作。

扎斯卡南部的维杰瓦诺，有 130 级台阶，每级台阶 1 布拉乔奥高，0.5 布拉乔奥宽。从台阶上落下的水，在整个流下的过程中没有冲毁任何物体。通过这些台阶，泥沙逐渐沉淀下来，可以使沼泽干涸——换句话说，沼泽中充满了泥沙，水较深的沼泽地变成了草原。

手稿六十三　在河岸上修建房子

BRITISH LIBRARY

大英图书馆说明

这里讨论业主在河岸上建筑房屋的问题。列奥纳多·达·芬奇展示出他如何将手稿的其他部分研究的水利观点进行了综合利用。他设计出一系列的障碍物和水坝，将流水左右引导，最后在“建造房屋的坑中”使物质沉淀。

使用水流相互交织的同一原理，他在他的赞助人米兰公爵的乡村豪华别墅——维杰瓦诺的斯福尔扎斯卡创造出台阶式的水道。

这些现在仍然发挥着作用的台阶式水道，是列奥纳多·达·芬奇匠心独具的杰作。这些台阶将潜在的流水破坏作用美观而有效地转变为赏心悦目的景观。

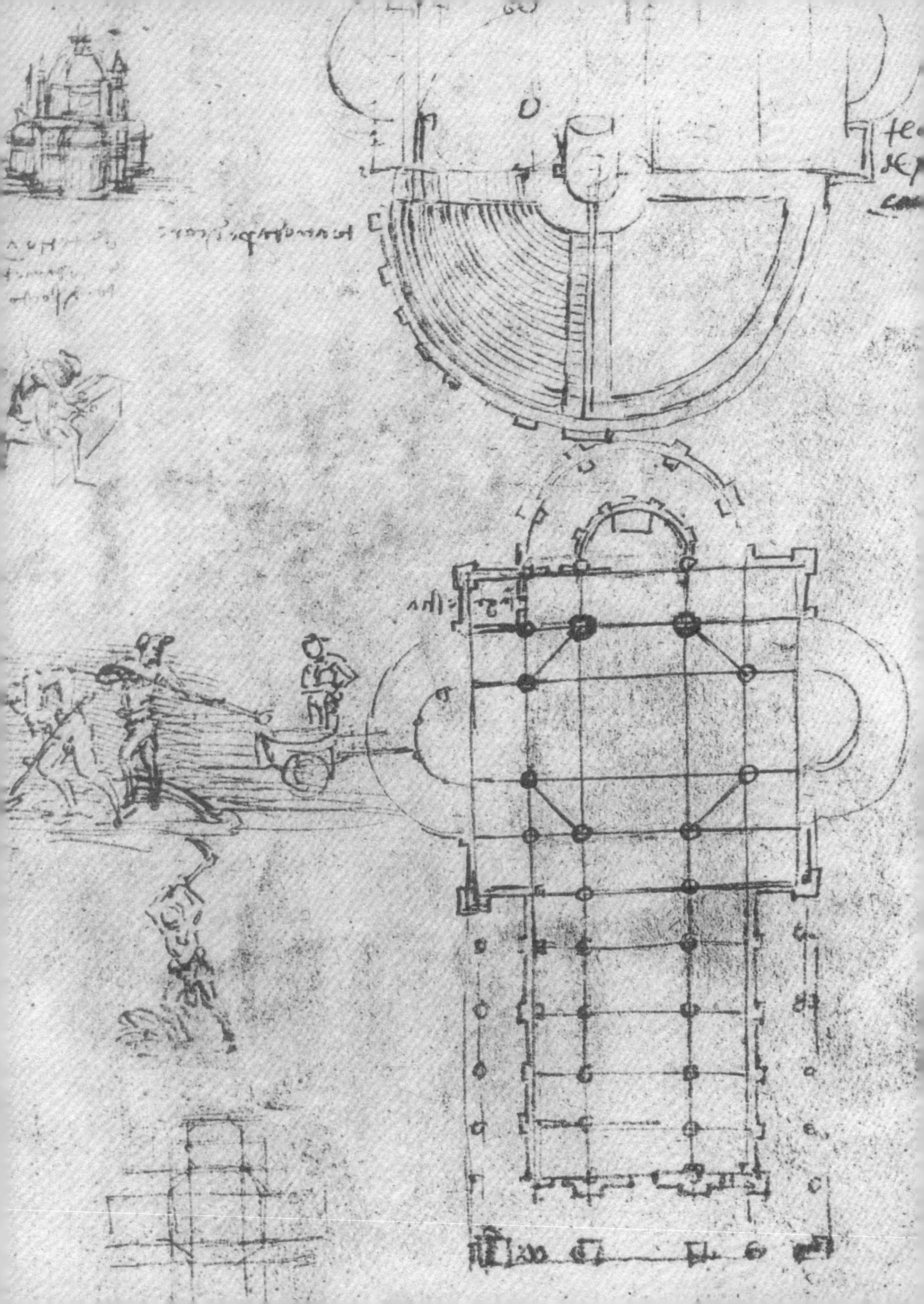

tanto s andera consumando che s alçera sotto aquello essendo qual sia quella della sua altezza oltre detta

Se due fiumi di pari ~~profondità~~ entrata in acqua le loro uscite saranno equali, e di equal quantità d'acqua con equal tempo, ancora che i fiumi si variassino in lunghezza e larghezza, in obliquità, in profondità, e che l'un sia tortuoso e l'altro retto, e se l'uno e l'altro sarà tortuoso, e che le loro tortuosità sieno difformi, e che l'uno sia d'equale lunghezza e l'altro di lunghezze variabili, e se tutti 2 son variabili e che le lor variazioni sie difformi, e che l'un sia d'equal e l'altro di profondità variata, e se l'una e l'altra profondità ~~varia~~ è in sé variata, e che le lor varietà non abbino in alcun caso similitudine, e che tutto l'uno sia d'uniforme veloce e l'altro d'uniforme moto tardo, o che la tardità e velocità dell'uno sia mista con loci corsi e loci [illegible] dove l'acque per ribotto si ringorghino, e così accadendo infra essi 2 fiumi infinite varietà di corsi, di latitudine, di longitudine, d'obliquità e di profondità, non potrà però che le equale entrata dell'uno non sia equale alla sua uscita, e che le entrate equale dell'uno e dell'altro non sieno equali nelle loro uscite.

Del mediterraneo mare si parte del suo sito e s'inalza la spera dell'acqua ~~[illegible]~~ e occupa [illegible] onde il centro della gravità del detto accrescimento si accosta alli antipodi, e così di là cresce peso e di qua manca tutta la quantità del peso della detta acqua si parti. E benchè tal sito sia riempiuto di quella terra che da fiumi fu in esso mediterraneo portata, e il centro della gravità sua sia opposito a quel della spera [illegible] mare, perchè tal terra resta nel nostro emisperio, col suo centro della sua gravità, ma bene vero che di tal [illegible] il peso delle acque. Adunque il centro del mondo si farà più vicino alli antipodi nostri, e li nostri [illegible] così di qua il peso dell'acqua che si parti, e le cime de' monti più s'inalzeranno dal suo centro, e insino a tanto che li fiumi, per che s'accompagneranno col moto ~~[illegible]~~ dopo molto discorso per la grande pianura donde il [illegible] s'ammise portare per lo stretto di Gibilterra tutta la parte del terreno che l'intorbida, e col tempo porteranno dentro ~~[illegible]~~ nell'oceano dopo lo stretto di Gibilterra quanto si trova infra la Libia e il mare e la predetto mare. E così non il centro del mondo ~~[illegible]~~ si farà più vicino al centro del peso accresciuto all'oceano e le parti alleggerite si faranno più remote da esso centro. E ciò adunque con ciò sia che quanto il terreno ~~[illegible]~~ più s'alleggerisce [illegible] e più si rimova dal centro del mondo e le acque più lo consumano e più [illegible] ~~[illegible]~~ e così seguirà insino a tanto che tutta la terra scoperta sarà portata al mare dal moto de' fiumi che dentro vi versano. E così la terra ~~[illegible]~~ che si ~~[illegible]~~ infra li fiumi che versano ~~[illegible]~~ al presente nel mediterraneo sarà del mare ~~[illegible]~~ insieme ~~[illegible]~~ coll'acque, che si rimena al oceano [illegible] e ciò che il mare ritornerà a ricoprire li siti de' ghiacci, le radici e base de' monti e coprirà la terra.

La neve ~~[illegible]~~ si trova ne' più alti monti non è perchè si sia intrata dal sole, perchè tal caldo passa poche inghi come si [illegible] sotto la terra, il sol non avria potuto dissolvere il ghiaccio nel maggior caldo della state, ~~[illegible]~~ al fine della vernata, e nelle parti settentrionali delle alpi dove non può il sole, il ghiaccio [illegible] il ghiaccio resta ne' sole e non po col suo caldo penetrare la piccola grossezza delle montagne. Adunque per mancò [illegible] si risolve perchè il sole per non po col suo caldo penetrare la piccola grossezza delle montagne. Adunque [illegible] ~~[illegible]~~ che sotto le base de' monti ~~[illegible]~~ passare. E se tu dicessi che la terra faccia assimilitudine della spugna che messone una parte nell'acqua essa acqua la penetra e passa insino alla sommità di tale spugna che essa non po per versare alcuna parte di sé per di tal sommità ~~[illegible]~~ delle somme de' monti ~~[illegible]~~ senza essere dal centro piovuta, forse ~~[illegible]~~ che l'acqua non si tiene sempre ~~[illegible]~~ della superficie del mare e più alta che le cime delle più alte montagne. A questo si risponde essere tutto il contrario. E se la superficie del mare perchè l'acqua per sé non ~~[illegible]~~ si muove se non da [illegible] adunque li fiumi che discendono dalle cime de' monti al mare si fermano e stagnano il lor moto, onde concluso essersi fermi nel più basso sito de' fiumi. E si mostra quella cosa essere più alta che più remota dal centro del mondo. E se le elemento dell'acqua è sperica e la sua superficie equalmente distante dal suo centro, adunque che tanto è alto la cima del mare quanto il suo mezzo, e se così fosse sopra alla terra e più alta che alcuna parte del mare, e la distanza che tanto è alle cime delle alte montagne ~~[illegible]~~ al centro del mondo è maggiore che la distanza che da esso centro alla riva del mare, e così abbia concluso.

[Left margin, beside the second paragraph:]

non si niega che 'l mare la al centro non è intorbidato nel mare d'Egitto e che tal turbolenza non si a che fatta del terreno ch'esso fiume le a al centro, e ch'ei onde passa per quel terreno si ritorna in drieto nel mare e lo riceve ~~[illegible]~~ e nodo rebutta al [illegible] di bec il mare a reno se drieto al monte a talanti toni già fu coperta d'acqua salsa.

[Left margin, beside the third paragraph:]

E se tu dirai che sse le come detto sarebbe nel gola l'acque dalle radici de' monti alle sue cime, adunque il centro terrestre assolumente il centro più potente arebbe a mare assai maggiore soma d'acqua che il monte potente onde lassata ne' detti sarebbe vene delle acque, arebbono a surgere nelle cime de' monti più distante che ritorno e non vi usciria il contrario con ciò sia che li fiumi medesimi in gran parte discendono.

水下之水，相互扶持，相互照应，冷热变化千差万别，水所形成的摩擦状况也同样变化多端。

“假如两条河流在入口处水量相等，那么在出口处水量也会相等”，即，假如在相同的时间内，流出相同数量的水，即使河流在长度、宽度、坡度、深度上变化很大——一条河流弯来绕去，一条河流是直流；或者，尽管两条河流都是弯弯曲曲，但是弯曲弧度形状不同；或者，一条河流宽度均匀，而另一条河流宽度却变化无常；或者，两条河流都变化无常，但变化幅度不同；或者，一条河流深度均匀，而另一条河流深度变化多端；或者，两条河流深度都是变化多端，但变化幅度却没有任何相似之处；或者，两者都流速均匀，但是一条快，而另一条慢；或者一条河流中流速可能或快或慢交替变化——也就是说，有的地方河流流淌得较为顺畅，而有的地方水流的阻力较大，有的地方垂流而下，而有的地方旋转而起……实际上，两条河流的流水在宽度、长度、坡度、深度上即使变化多端，也不会影响入口处和出口处的相等流量。同样数量的水流入入口，便有同样数量的水从出口流出。

假如地中海的海水离开地中海，使水面抬升，占据新的峡谷阵地，那么这一侧升起的重力中心会在四极附近，进而使地球对面的重力增加，而这一侧这些水的整体数量从这里撤离——尽管这个位置可能会被流入地中海的河流所携带的泥沙填平，这一侧的地球重力中心与四极被升起的水层中心相对——那么这一侧不会因埃及海排出去填充大海的泥沙而使重量中心升高，因为这里的土仍然在这个半球上。但是虽然如此，水的整体重量确实从这里消失了。

因此，宇宙的中心便距离我们的四极越来越近，因为本身减去了已经排出的地中海海水的重量；且群山的山峰也显得比这一中心高出了许多，千百条河流伴随着尼罗河河水穿过大平原缓缓流淌，携带着的泥沙使流水变得湍急，这湍急的流水一直到达地中海被区分开的地方，穿越过直布罗陀海峡。随着时间的流逝，海水将更多的泥土沉淀在直布罗陀海峡外的大海中，就像在利比亚和大海之间、阿尔卑斯山脉和地中海之间那样。于是，由于宇宙中心与向海洋慢慢移动的重力中心靠近，重量减轻的那部分就变得离重力中心越来越远。

那么，可以总结出，泥土从我们这里流失得越多，我们所处的地方重量就变得越轻。结果，从地球中心流失的水土越多，水的侵蚀越厉害，土地也变得越来越轻。这种情况会一直持续，直到裸露在地表的泥土被尼罗河带入海中，或者被其他注入地中海的河流所携带。河流中的泥沙冲入地中海，随着尼罗河湍急的流水到达海洋。然后大海又反过来淹没群山的根部及下方，进而淹没掉那里的土地。

最高的山脉上的水原本不在那里，是由于太阳的热能将水蒸发到山上，而这些热能很小的水有一部分向下流动——这种情况可以在拉维尔尼亚观察到。那里夏天最热的时候，阳光的热量也不足以使冰雪消融，但是那里的涵洞在冬季末却仍有热量散发出来。

在阿尔卑斯山的北坡，阳光不是那么强烈，冰雪从来不会消融，因为阳光的热量无法或者极少穿透山脉薄薄的厚度，更何况是大山山峰之间的空地和水层的深处这些地方！要照到阳光就更难了！

有人认为，地球的作用就像海绵一样，当把一部分海绵放入水中，海绵吸水，水便被传递到海绵上部。但事实上答案却是，尽管水可以自行上升到海绵顶部，但是如果不用其他东西挤压，升上去的那部分水不可能自己从海绵顶部流下来。然而从山顶我们观察到相反的情况，那儿不需要任何物体挤压，但水总是可以按照自己的意愿向下流动。或许有人认为，水所能上达的距离，仅仅有其下降的距离那么高，而且大海的海面比最高的群山顶峰还要高。

答案却是，事实恰恰相反。从空中看，最低的地方是海面，而且水不遇到比它低的地方是不会自行流动的，水在流动的过程中会流向更低的地方。因此，河流从山顶到达大海，无处不在运动，而且无处不是在向下流动。当河流到达大海，河流停息下来，结束了其运动。因此，必然有人说，河水在其最低目的地是静止不动的。

也许有人认为，距离海岸越远，大海位置越高，甚至和高山处于一样的高度。可以看出，物体位置越高，距离地球中心的距离越远，而且如果水元素呈球状，球体的定义是表面上的任意一点到中心的距离相等。

因此大海的海滩和大海的中心一样高，从海滩观察到的任何地方均比大海海面的任何部分高。从高山顶部到地球中心的距离，远远大于地球中心到海滩的距离。那么，这就是我们的结论。

诚然，当尼罗河水流入埃及海域的时候，尼罗河总是湍急无比，这种湍急的情况是因为河水在流经的地方不断冲走泥沙。这些泥沙从来没有返回过，也没有在大海中沉淀，只是被海浪冲回到沙滩上，停留了下来。阿特拉斯山外部是沙子的海洋，一望无垠，而这里曾经被海水覆盖。

像前面所述，有人认为太阳从山麓吸干水分，将水分吸到山顶，因为热量使水分蒸发，热量越是强大，热量相对少的时候，吸收的水分就越大。因此，夏季烈日炎炎，温度极高，地下水脉中的水应当比冬天到达山顶的位置更高。然而，我们观察到的情况却相反：我们可以观察到，夏天的时候，河水却比原来少。

手稿六十四　热能将水蒸发到山上

BRITISH LIBRARY

大英图书馆说明

列奥纳多·达·芬奇再次使用其专业知识解释地球本身的问题。他讨论了地球重力中心不断改变位置是因为地球的密度不均匀。这个分析主要是基于琼·比里亚的问题——“世界是否总是停息在宇宙的中心？”亚里士多德也已经认可了这一观点。列奥纳多·达·芬奇的思路发展很别致，他总结出，土地的自然升高或降低只是像几何图形转换那样，由一个形状转换为另一个体积相等的形状。

关于对地球构造传统理论的反驳：在手稿十九上，因为流水的侵蚀作用，地球的中心不断改变；在手稿六上，有太阳热量在大山内部构造上的效果及通过海绵效应将水提升到高山上的理论；在手稿二十二上，谈及泉水的含盐浓度。

列奥纳多·达·芬奇在这一页展示了从水的自然行为研究中获得的综合性知识。他描述了河流交汇时所发生的多种多样的条件，借此说明他所遵循的研究顺序。

对河流上不同类型的水流的讨论，使得列奥纳多·达·芬奇追问：假如地中海的水高于海岸，会发生什么事情？流入大山脚下的水，以什么方式可以上升到山顶？

在这一页的第二部分，他从结果转移到原因——在可能发生全球洪水大泛滥的情况下，进行水的总量转换的几何分析。

这两部分一起构成列奥纳多·达·芬奇在亚里士多德科学上的基础——从自然结果的观察到了解这些结果的成因。基础假设在列奥纳多·达·芬奇那个时代从来没有公开提出过，这是欧几里得时代才敢描述出来的宇宙顺序。通过用几何学来解释观察到的现象，使科学知识找到了永恒的法则。

La uarieta di siti e ~~della~~ velocita dellacque dentro alli sua fiumi e chausata dalla
varieta dellobbliquita ~~della fa~~ del fondo ~~e della fessione~~ // La uarita dellobbli
quita di fondi di fiumi e fatta dalla varieta della velocita del corso delle acq^e
Laqua per se non si move se dellobbliquita del fondo nolla attirae a se adunque che fu chausa
di tale obbliquita di fondo diuersa dalla comune sua prima obbliquita perche io mi
fanno admentire chelli moti piu ~~...~~ e me ueloci ~~...~~ dellacque ne fiumi no fussin
chausati se no dalle magori e minori obbliquita delli sua fondi come di sopa proposi
e sse el primo ~~letto~~ del fiume fu fatto di equale largheza e obbliquita e retitudine qual
fu la causa di uariare ^le prefondita ~~del~~ fondo perche qui si manifesta che lacqua che sopra di lì si mo
ve avere per neciessita a essere di equal corso La materia che intorbida lac
qua di fiumi e quella che dopo alquanto corso si posa sopra li loro fondi e chunnal
za e uaria ~~...~~ la obbliquita del fondo e per questo si e chausa la uarieta de corsi del
le acque e per questo si conclude chellacqua e chausa di uariare il fondo e che il
fondo poi per neciessita varia li corsi delle acque in magore e minore velocita la
qual uarieta di corsi e potissima chagone di uariare poi tutto il fondo del suo fiume
e cosi e concluso che il fondo ^de fiumi e uariato dalla ~~...~~ materia che il corso del
lacqua vi lassa e lla uarieta del corso dellacque e uariato dalla inequalita del
fondo del fiume La gocola dellacqua che chade il locho di equal densita e
piana saltera chon ... del suo uessigio con equal distantia fori della sua
circhunferentia e cosi di converso no chadendo in locho equale

gocola dellacqua

河床坡度变化多端，导致河流中水流所在的位置千差万别，流速也极不稳定。水流速度快慢变化悬殊极大，导致河床坡度形态各异。

假如没有河床坡度的倾斜，水是不会自己流动的。那么，是什么原因导致河床相比最初的统一坡度而发生倾斜变化的？为什么我不得不相信，河流中水流的流速快慢，仅仅是由上面提到的河床坡度或大或小的变化造成的？

假如河床的宽度、坡度和曲直度最初的时候是相同的，那么是什么原因导致河床不断变化呢？因为宽度、坡度和曲直度相同的河床，流水在流经河床时就显得特别均匀。流水中的杂质使河水变得湍急，杂质漂浮一段距离后在河床上沉淀下来，在杂质沉淀处河床将被抬升，从而影响到河床的高度。而且正是这种方式，导致了水流产生各种各样的变化。

从这一点出发，可以得出结论：水流使河床产生变化，然后是变化了的河床必然改变水流的速度，使水流变得或快或慢；水流的变化随后强劲有力地改变着全部河道，从而使河底变得高低不平。这就是结论。河床因流水中携带的杂质沉淀而改变，河床凹凸不平导致河水水流千变万化。一滴水降落到密度均匀的水平面，溅出的水在落点四周散开，四周散开的水到中点的距离相等；假如降落地点不是水平的，那么效果正好相反。

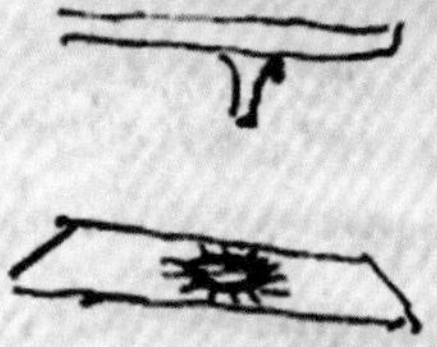
水滴降落

手稿六十五　水在落点四周散开

BRITISH LIBRARY

大英图书馆说明

列奥纳多·达·芬奇阐述了河流流过河床及其产生的影响。他这样开始阐述：“河床坡度变化多端，导致河流中水流所在的位置千差万别，流速也极不稳定。水流速度快慢变化悬殊极大，导致河床坡度形态各异。”

“河床因流水中携带的杂质沉淀而改变，河床凹凸不平导致河水水流千变万化。一滴水降落到密度均匀的水平面，溅出的水在落点四周散开，四周散开的水到中点的距离相等；假如降落地点不是水平的，那么效果正好相反。”

在四个半世纪后，哈罗德·艾格顿的经典照片拍出了一滴牛奶爆炸式的皇冠形状，这和列奥纳多·达·芬奇对水滴降落到水平表面的绘图完全一致！

水滴降落图　达·芬奇

牛奶降落图　哈罗德·艾格顿

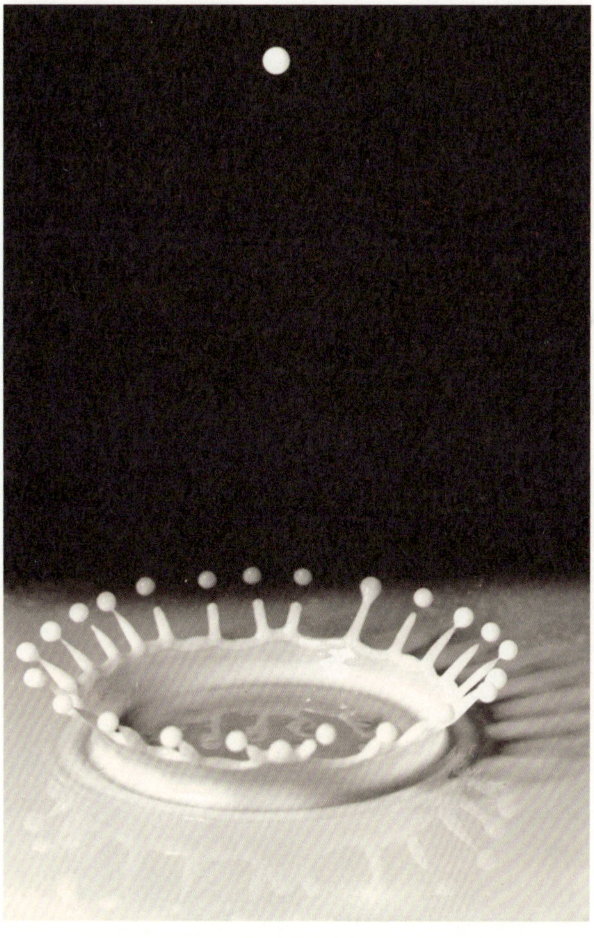

Delle ruinationi de fiumi

Il corpo della terra a similitudine de corpi delli animali è tessuto di ramificazione di vene le quali son tutte insieme congiunte
e son constituite a nutrimento e vivificatione della terra e de sua creati e si partono dalle profondità del mare e a quelle dopo molta revolutio-
ne anno a ritornare per li fiumi creati dalle alte rotture d'esse vene ~~e allegassi questo~~ e se tu volessi dire le pi-
ove il verno o la resolutione della neve la state essere chausa del nascimento de fiumi e si potrebbe allegare
li fiumi che anno origine ne paesi focosi della Africa nella quale non piove e meno vi nevica perchè il super-
chio caldo sempre risolve l'aria tutti li nuvoli che da venti la son sospinti e se tu dicessi che tali fiumi che cre-
scano grossi il luglio e l'agosto son delle nevi che si risolvono il maggio e giugno per la pressimità del sole alle
nevi delle montagne di Scitia e che tali resolutioni si riducano in certe valli e formino laghi dove poi entrano per
vene sotterrane le quali riescono poi all'origine del Nilo questo è falso impero che l'è più bassa la Sc-
itia che l'origine del Nilo con ciò sia che la Scitia è presso al mare di Ponto a 400 miglia e l'origine del Nilo è
remote 3000 miglia dal mare d'Egitto ove versa le sue acque

关于河流的源头

地球的内部，像动物的身体一样，脉络相互交织、相互连接，从而形成地球及其生物的营养链和生命链。它们源于海洋深处，经过无数次革命，通过脉络高处破裂形成的河流回归到起点。假如有人想说，冬天的雨水或夏天的融雪是这些河流的来源，便有人以非洲炎热地区形成的河流为例进行反驳——非洲炎热的地区几乎不下雨，也很少下雪，过高的温度常常将风吹到那里的云朵也融化到空气中。

假如有人认为，这些河流七八月份流量增大，是因为五六月份太阳靠近塞西亚的群山雪原促使积雪融化而形成，而这些融化的雪水在某些峡谷积存，进而形成湖泊，水流通过泉水或地下溶洞流入湖泊，然后显露出来形成尼罗河的源头。这一说法也不正确，因为塞西亚的位置在尼罗河的源头下方，而且塞西亚距黑海有 400 英里远；然而尼罗河从源头开始，漫漫旅行 3 000 英里，缓缓流入埃及海域。

手稿六十六　关于河流的源头

BRITISH LIBRARY

大英图书馆说明

这一个 12 行的段落将地球和动物的身体做了个类比。这种从宏观到微观的类比源于古老的哲学书籍。但是，列奥纳多·达·芬奇以严格的科学方式记述着他的思想。

这一页多数地方描述地球上的河流。和《哈默手稿》其他的部分一样，他不但在思想上描述视觉来源，也带有文学来源："地球的内部，像动物的身体一样，脉络相互交织、相互连接，从而形成地球及其生物的营养链和生命链。他们源于海洋深处，经过无数次革命，通过脉络高处破裂形成的河流回归起点。"

1883 年，让·保罗·里奇及其他学者提出，列奥纳多·达·芬奇曾经到达过东方及别的地方。这种猜想是基于这页手稿的内容和列奥纳多·达·芬奇有名的《东方通信》。我们现在了解到，列奥纳多·达·芬奇的世界观主要还是足不出户、通过阅读书本知识启发而来，出版技术是当时的新兴技术。

《东方通信》当中，列奥纳多详细描述了幼发拉底河和金牛宫山的景色以及这个地区的其他人文景观，可以使人相信列奥纳多可能去过近东旅行，并且曾经到达过亚美尼亚，作为埃及苏丹凯特贝伊的特使。不过有的学者由此推断，这里是列奥纳多母亲的出生地，并且证明列奥纳多的母亲就是曾经和他一起居住过很长时间的卡特琳娜——显然，这是无稽之谈。

东方通信（一）

列奥纳多·达·芬奇

致巴比伦神圣苏丹麾下上尉、叙利亚的德弗特达的信件。

我深信最近发生在我们北方的灾难不仅会让你感到震惊，事实上还会震撼着整个世界。在这里我先向你说明情况，之后我会比较详尽地说明一下原因。

我为了实现自己的崇高信仰，同样也为了不辜负你的使命，来到了亚美尼亚，在边境城市卡琳德拉开始了工作。这座城市位于金牛宫山的脚下。世界上没有任何地方能够比这座山峰更加宏伟高大，它在黎明前的4个小时就能够受到太阳光的照射。白色山岩闪闪发光，以至于当地的人们把它叫做“黑暗夜色中的美丽月光”。由于这座山非常高，比最高的云团还要高出4布拉乔奥，所以在入夜之后的很长时间也还泛着阳光的照耀，那时候可以清晰地看见它的山巅。以前在寒冷的天气里，人们误以为这是彗星的闪光，因为这亮光变化多端、长短不一，有时候会分成两三部分。这是由太阳和山巅之间的云团引起的。云团遮断了阳光，山巅反射的光线也被云团所截断，才会使得这些变化发生。

尊敬的德弗特达阁下，请原谅我没有及时回复你的急切询问。因为要想说清楚你想要了解的问题的性质，是需要一点时间来调查它的起因的，尤其是还要准确地描述这里的自然特点。这样，你才能更加容易理解。

我不想对小亚细亚的地形及其濒临的大海和附近的陆地做详尽描述，因为由于你以往的勤勉和仔细，我甚至已经对这样的知识掌握无遗。为了预想的目的，我在这里着重描写金牛宫山的形状，这就是产生如此惊人的灾害奇迹的真正原因。正如人们所说，金牛宫山是高加索山脉的一条山脊。不过我要向里海沿岸的居民解释一下，这里的高加索山和那里的高加索山虽然同名，但是无疑这里的要高大一些，因为“高加索”在赛西语里的意思就是“最高”。而且事实上，我们也从来不知道周围有更高的山脉。最显然的证据就是，在山峰西边的居民甚至能够看到阳光照射在山峰之上达到1/4个夜晚之久，当然，山峰东面的居民也能够看到这个景观。

nessuna cosa nasscie in locho dove non sia vita sensitiva vegetativa e rationale; nasscie le penne sopra li uccielli e si mutano ogni anno, nasscie li peli sopra li animali e ogni anno si mutano, salvo alcuna parte come li peli delle barbe de lioni e gatti e simili; nasscie l'erbe sopra li prati e le foglie sopra li alberi e ogni anno in gran parte si rinnovano; adunque potren dire la terra avere anima vegitativa e che la sua carne sia la terra, li sua ossi sieno li ordini delle collegationi de sassi di che si compongano le montagne, il suo tenerume sono li tufi, il suo sangue sono le vene delle acque; il lago del sangue che sta dintorno al core è il mare oceano, il suo alitare è il cresscere e discresscere del sangue pelli polsi e così nella terra è il flusso e refrusso del mare; e 'l caldo dell'anima del mondo è il foco ch'è infuso per la terra, e la resedentia dell'anima vegitativa sono li fochi che per diversi lochi della terra spirano in bagni e in miniere di solfi e in Vulcano e Mongibello di Cicilia e altri lochi assai

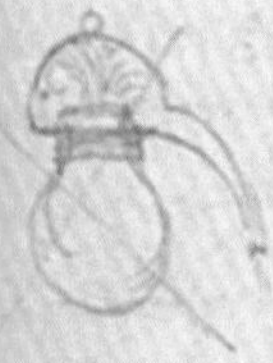

fonte o discrementiculo dell'acqua è quella parte del vaso che s'interpone per la linia retta che s'asseta infra la superfitie dell'acqua e 'l centro del mondo

Se tutta l'acqua del vaso si posa sopra il suo fonte, la parte dell'acqua si posa sopra la parte del fonte del vaso; quella parte dell'acqua del vaso sola acquista peso alla quale fia levato il suo fonte, perché tutta per l'aria che non la possiede [illegible] l'acqua che nel vaso si truova sanza fonte non si partirà del suo sito se 'l vaso non è [illegible] del [illegible] corpo qual fia quel dell'acqua

Per altre 10 braccia d'acqua [illegible] nel vaso 100 [illegible] alcuni [illegible] che la cicognola non gitti l'acqua s'el suo lato di fori del vaso non è più basso che la superfitie dell'acqua non è più alto che 'l fine della cicognola di fori che questo [illegible] che essendo più peso l'acqua messa parte della cicognola di fori del vaso che in quella che è dentro [illegible] sia causa di tirarsi dirieto l'acqua che sta nel lato più [illegible] la canna che sta dentro al vaso e [illegible] delle cose [illegible] d'igual [illegible] grado posta nelli [illegible] della bilancia e così ancora [illegible] l'acqua infra l'acqua non pesa per nessuna parte del suo [illegible] nel suo elemento; adunque è da [illegible] l'acqua che sta nella parte della cicognola che sopra alla superfitie dell'acqua e non quella che [illegible] sopra la superfitie perché non pesa infra l'altra acqua e così [illegible] quella acqua che nella parte della cicognola che pende fori del vaso, la quale essendo più lunga viene a esser maggior peso d'acqua [illegible] principio e fine al moto dell'acqua del vaso [illegible] alla [illegible] della superfitie [illegible] sono equali [illegible] cose equali infra loro non si superano [illegible] moto

如果没有意识，没有植物，没有合理的生活，任何东西都无法生存。鸟儿身披羽衣，而每年都要换羽。动物身长毛发，除却狮子、小猫等动物的胡须外，每年必须换毛。田野里小草茂盛，大树枝叶繁茂，每年这些小草、枝叶大部分都是绿了又枯，枯了再绿。那么我们认为，地球上有生长精灵存在：地球的肉体是泥土，骨骼是形成群山连续不断的岩层，软骨为石灰化石，血液为地球上交叉纵横的支脉水流，大海则是心脏周围湖泊里的血液。心脏的呼吸是通过脉络中血液的起伏来完成的，而对地球来说，则是通过大海的潮汐。世界的生命之火遍布地球。生长精灵在火中重生，地球上不同的地方冒出喷泉或硫矿，在佛卡奴斯，在西西里岛的蒙吉拜罗，以及其他很多地方。

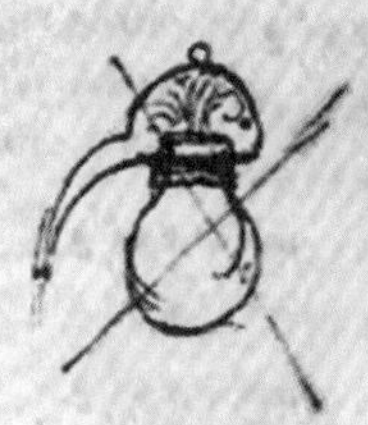

反方的器具

底部作为容器的一部分，是用来支撑水的，在容器内部直线连接，代表容器中的水面及世界的中心。

如果容器中全部水的重量都在整个容器底部之上，那么容器的底部也受到其上部水的压力。

“假如将某一部分水的底部抽掉，则只有这部分水在容器中获得了重力。”因为这部分水暴露在空气中，而空气无法支撑住水。如果没有其他部分的水流过来补充，容器中失去底部的那部分水是不会离开容器的。pn 中有 10 磅水，而 pm 中有 100 磅水：有人断言，如果虹吸管在容器外部的水面没有容器内部水面低，虹吸管是无法使水从容器流出的，而且外部水面不能高于虹吸管外部的最低点。必须保持这样：当虹吸管外部的水压比内部大，容器中在狭窄管中的水通过虹吸作用才会被提升起来，就像在磅秤的两头放置重量不等的物体一样。辩论如下：水在水中是没有重量的，因为任何元素在本身内部不会产生轻重的对比。因此必须考虑到，虹吸管中的水是高于水面的，而不是低于水面。因为如果是低于水面，则在其他水中不会形成重力。而且必须考虑虹吸管外部的水面，虹吸管越长，从管中传来的水压越大，这样才开始从容器中导水，完成水的运动。如果虹吸管外部在水面位置，两边的水压相等，等量的物体无法产生优势对比，因此不会产生运动。

手稿六十七　没有合理的生活，任何东西都无法生存

BRITISH LIBRARY

大英图书馆说明

这一页，列奥纳多·达·芬奇写出了诗一般纯粹的个人观察。我们居住的地球被比拟为活生生的人体："如果没有意识，没有植物，没有合理的生活，任何东西都无法生存。鸟儿身披羽衣，而每年都要换羽。动物身长毛发，除却狮子、小猫等动物的胡须外，每年必须换毛。田野小草茂盛，大树枝叶繁茂，每年这些小草、枝叶大部分绿了又枯，枯了再绿。那么我们认为，地球上有生长精灵存在：地球的肉体是泥土，骨骼是形成群山连续不断的岩层，软骨为石灰化石，血液为地球上交叉纵横的支脉水流，大海则是心脏周围湖泊里的血液。心脏的呼吸是通过脉络中血液的起伏来完成的，而对地球来说，则是通过大海的潮汐。"

同时，他提供了几幅水循环观察结果的图示，这个实验牵扯到里斯托罗·阿雷佐的地球构成概念，描述在球形基础上土地和大海之间的关系。

在列奥纳多·达·芬奇的绘图中，半圆的周长代表地球表面的一半；两点之间的连线形成弧线部分；两点则代表地面上两点，两点之间圆周上的部分代表大海。阿雷佐辩称，大海是高于地面的，因为大海从地面膨胀起来。列奥纳多·达·芬奇对此几何模型提出质疑，将地球类比为一碗水，并得出结论：任何高于此表面的物体，如山脉，必然高于任何海面。

东方通信（二）

列奥纳多·达·芬奇

金牛宫山山脊的阴影在6月份中旬的正午时分，甚至可以到达赛马迪亚边界，足足有12天的旅程那么远。而到了12月份中旬的时候，阴影则可以伸展到极北处的山峰那里，足足有1个月的旅程那么远。金牛宫山的迎风坡上常常云雾密布，狂风将云雾劈开，云雾则在山岩的另一边重新聚集。云雾密集的地方就会雷电交加，雷电甚至将山岩都击碎了，岩屑遍布。

在山脚下，则有着最美丽的泉水和河流，生活着富足的人民。这里土地肥沃、物产丰富，尤其是山阳地方富饶无比。我们向上攀登了3布拉乔奥之后，就来到了长满杉树、松树、山毛榉树以及其他绿树的森林。在另外一边则是草原和牧场。在此之上，就是直通金牛宫山山巅的从不融化的皑皑冰雪了，冰雪延绵有14布拉乔奥之高。在金牛山山巅1布拉乔奥高的地方，没有任何云团能够抵达。这样计算，我们总共走了15布拉乔奥的路程，垂直上升高度达到5布拉乔奥，这个高度大约和金牛宫山的高度相等。当我们走了一半路程时，开始觉得天气寒冷，虽然没有风，但是任何生物照样不能在这个高度上生存。鸟类在金牛宫山的岩隙中是找不到食物的，它们只能在云层下面的树林当中觅食。这里只有光秃秃的岩石，岩石是纯白色的，连接着云层。山路崎岖，非常难攀登，登上绝顶几乎是不可能的一件事。你曾多次因为我信件中描述的繁荣盛况而万分欣喜，当然现在，我想你也能够为我分忧，为我的困境而焦急万分。当我前些时候发现自己与这里的苦命居民彼此失散时，我甚至感觉到了死亡的恐惧。当然我不相信，世界上的各种元素从分离的混沌状态转变为有序状态时会产生这么大的力量，会给人类带来这样猛烈的破坏——就像我体验的那样。我很难相信，还有其他人会遭受比我这十天来经历的更大的灾难和不幸。起初，我们受到了暴风的猛烈袭击，接着就陷入到雪崩之中，塌下来的积雪填满了山谷，我们的城镇遭到了破坏。但是这还没有结束，暴风又突然携带着爆发的洪水淹没了城市的低洼地带，还有骤雨。准确地说，是毁灭性的暴风雨携带着泥石流和树枝、树根以及各式各样的东西掠过天空，向我们兜头浇灌下来。随后是一场大火，风助火威，就像有三万恶魔一般，完全毁灭了城镇，到现在还没有停止。我们当中仅存的几个人面面相觑，只好停止手头上的工作，聚集在教堂的废墟上，无论男女老幼，都如驯顺的羔羊。附近的居民出于怜悯给我们送了食物，尽管他们之前曾经敌视我们。没有这些人的救济，我们恐怕就会全部饿死。

现在，你会看到我完好无恙。这里虽然也发生了不幸，但是和之前威胁我们的恶魔相比，还是微乎其微的。你跟我交往甚密，定会为我的不幸黯然神伤；同样，我也会为你的顺利而感到欢欣。

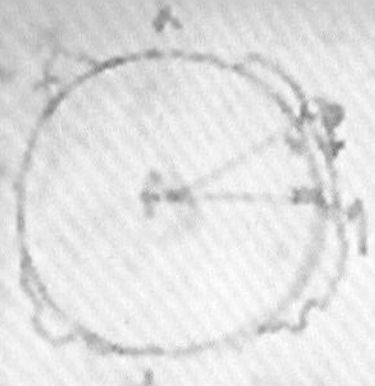

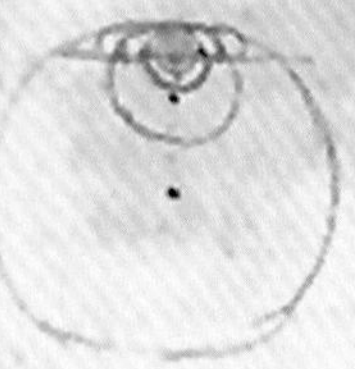

Li centri della sperichità dell'acque sono due: l'uno della universale acqua, l'altro è particulare.

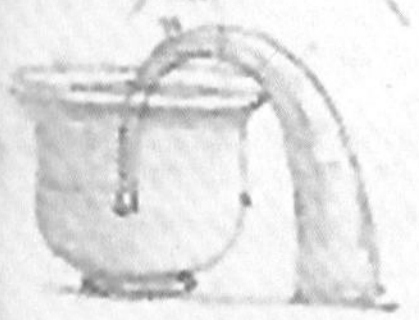

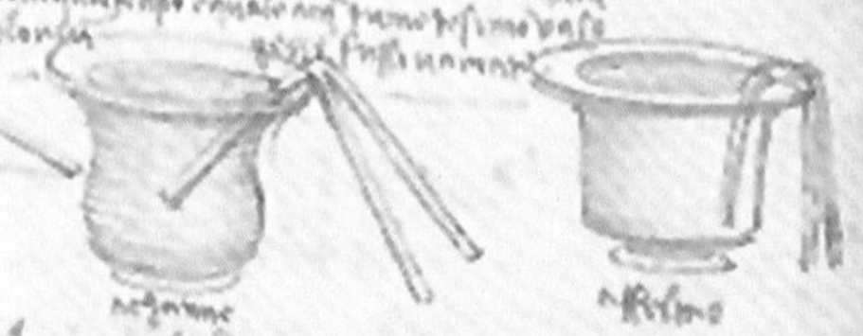

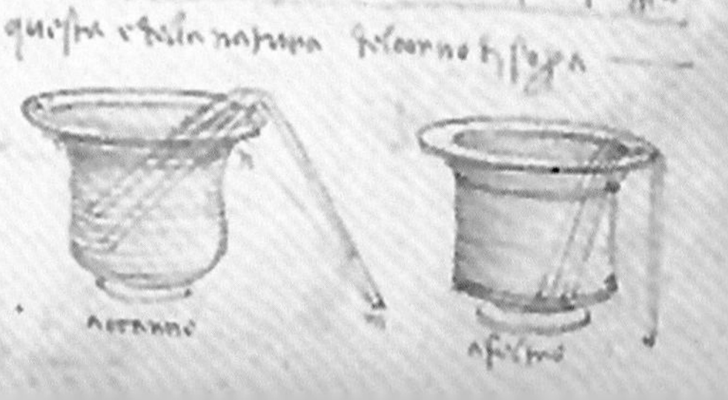

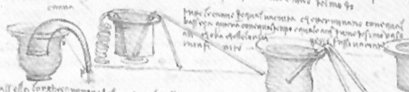

水的球形中心有两个：一个是普遍的水球中心，一个是特定的水球中心。普遍的水球中心指的是本身数量巨大而无运动的水的中心，如隧道、沟渠、池塘、喷泉、水井、宁静的河流及湖泊、沼泽、湿地与大海。对于这些地方来说，尽管其本身深度各有不同，它们的表面界点距离宇宙中心的距离相等。如高山顶上的湖泊，像皮耶特拉·帕纳山及诺尔恰山的希贝尔湖；以及所有大河的源头湖泊，如提契诺河上游的马焦雷湖、阿达河上游的科莫湖、明乔河上的加尔达湖、莱茵河上的康士坦茨湖及库尔湖，还有卢塞恩湖。特里岗河穿越了非洲次大陆，流过三个不同高度的沼泽，一个连着一个，最高的是姆囡斯沼泽，中间是帕拉斯沼泽，最低处是特里同沼泽。

而且，尼罗河水来自埃塞俄比亚境内的 3 个高山湖泊：尼罗河向北方流淌，经过漫漫 4 000 英里的旅程，最终河水泄入埃及海域，而最短的直线距离通过测量仅为 3 000 英里。尼罗河的源头山脉千姿百态、神秘莫测，从海拔大约 4 000 布拉乔奥水层高处的高山湖泊开始，也就是 12/3 英里的高度，这样尼罗河可以以每 1 英里下降 1 布拉乔奥的速率流下。罗纳河源于日内瓦湖，首先向西流淌，然后向南，流过 400 英里，最后将水注入地中海。

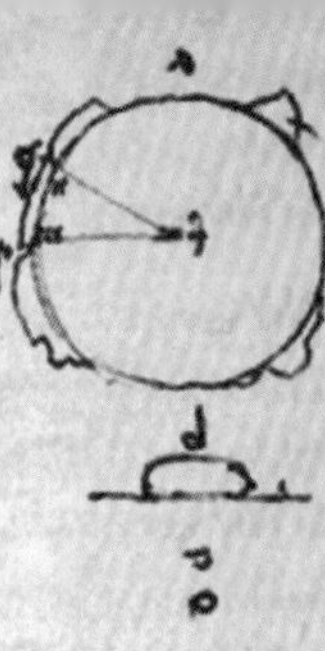

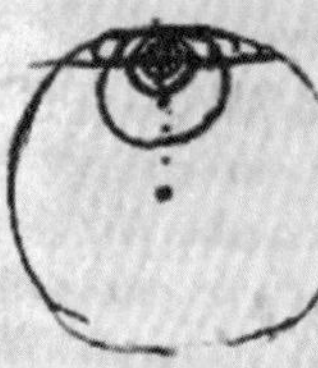

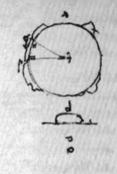

我们把从植物的叶子上落下的水滴看作是一个“水球”，它的中心点处于露珠极微小的粒子当中。这颗完美无缺、晶莹剔透的水球是那么轻盈，在停息的地方甚至无法伸展，似乎裹在它周围的空气足以将它撑起，这样本身不会形成任何压力，也没有形成任何根基。正因为这个原因，水滴表面的各个角度受力均相等；这样每一点同另一点来说，均具有相等的力，且彼此之间像磁铁一样相互吸引，使得每一滴水必然形成完美无缺的球形。因此，水滴所形成的中心在其正中，即中心距离露珠表面各点的距离相等，且以中心为中点彼此相对应的两端，张力总是相等。

但随着这滴水的重量不断增加，弯曲表面的中心立即从水的中心位置显露出来，朝普通水层的中心移动。水滴的重量越是增加，上述曲线的中心越是接近地球中心。

管子

如果将喇叭形虹吸管的小口放入容器中，管子的宽度各处不等，水便不会持续从容器中流出。因为随着虹吸管的宽度增加，空气需要填补的空缺也随之增大。那么水从虹吸管的最高点返回容器，随后空气填补空缺部分。

水管内径相同，深入到相同的容器底部，在一定的时间内，从同一个容器中抽出的水量相等，即使管子长度可能差别极大。

管子

借由毛毡　　借由管子

如果虹吸管由三段相同直径的水管构成，较短的部分放入容器的水中，两根长管在容器的外部，两管顶端均低于容器内的水面高度，两根管子只能抽出管中的水，之后水便不再运动。发生这种现象是因为，容器中及管中全部的水，必须分成两部分，只占据了悬浮在外部的两根管子一半的空间，而剩余的另一半空间则充满了空气。而这些空气随着水通过容器的管子回到容器中，随后便停止运动。

这里是上面显示的喇叭口的性质。

借由毛毡

借由管子

但是如果此虹吸管的小口放在容器外部，管中注满水，而且小口所在的位置比容器中的水面低，必然虹吸管中的水会通过窄口流出，因为……

毛毡

如果把毛毡较窄的一段放在容器外部，外部一端的位置比容器中的水面低，那么容器中的水便以不同的速度通过毛毡流出容器，流速随着毛毡的宽度比例变化而变化。水的流速比例与毛毡的宽度比例相反：宽度越窄，流速越快；宽度越宽，流速越慢。

毛毡

毛毡的宽度从容器中到外部呈梯形，经毛毡流下的水，根据毛毡宽度的不同，在每个部分所获得的运动速度也不同。也就是说，水的运动速度同毛毡宽度的减小幅度呈一定比例。这是因为，沿着毛毡不断增加的宽度而流出的水，跟从容器内毛毡窄处上升的水量等同。随着毛毡宽度的增加，水不断扩散，这样必然使水的速度降低。

手稿六十八　水的球形中心

BRITISH LIBRARY

大英图书馆说明

通过一系列的容器绘图及虹吸实验，这一页展示出列奥纳多·达·芬奇将构想的实验在实验室中进行了实践。

这一页的主体部分，列奥纳多·达·芬奇对比了两种计算地球水层中心的方法。在文章上下文中，他区别了“普通水层”和“特定水层”的概念。

列奥纳多·达·芬奇对普通情况和特定情况的区分，是整个手稿中在概念组织上最重要的基本原理。总体来说，普通情况表示永久存在、无任何变化，如几何图形那样，例如，潜在的正圆球形很普遍，而特定情况显示出个例特征，即物体的物理外观。

列奥纳多·达·芬奇指出关于普通水层的两个条件：普通的水在整体上是没有运动的，水层表面界点距离宇宙中心的距离相等。他列举的普通“球形中心”的例子包括：隧道、沟渠、池塘、喷泉、水井、宁静的河流及湖泊、沼泽、湿地及大海。

至于特定水层，“特定水层的中心体现在极其微小的水粒之中，可以从植物叶子上落下的水滴中观察到完美无缺、晶莹剔透的水球。它是那么轻盈，在停息的地方甚至无法伸展，似乎周围包裹它的空气也可以将它撑起——这样本身不会形成任何压力，也没有形成任何根基。”

为解释水滴的中心位置，列奥纳多·达·芬奇以独具风格的语言，准确地描述出随着外形增大和形态变化的水滴的运动。随着表面张力上内部压力不断增大，球形的水滴变得越来越扁。文字和绘图相得益彰，揭示了水滴的圆顶在这些条件下慢慢变平，水滴的表面越来越接近宇宙水层完美的圆形。

这一辩论有信念上的基础，即几何形式从性质上来说最具有决定性。最具说服力的因素是，从引人入胜的水滴曲线开始，然后引申到普通水层的曲线。通过这种引申能力来说明：一旦数量巨大，便可以克服这种表面张力。

列奥纳多·达·芬奇的这一辩论，从其他人中脱颖而出，直接指向普林尼这位长者所信奉的“大海的高度高于群山的高度”，这是地球本身水循环的整个理论的中心所在。

Nelle parti occidentali appresso alla Fiandra il mare cresce e scema ogni 6 ore circa 20 braccia
e 22 quando la luna è in suo favore, ma le 20 braccia è il suo ordinario, il quale ordinario manifestamente si vede
non essere per cagione della luna. Questa varietà del crescere e discrescere del mare ogni 6 ore po'
accadere per le ringorgazioni delle acque le quali son condotte nel mare Mediterraneo da quelli fiu
mi dell'Africa, Asia ed Europa che in esso mare versano colle loro acque, le quali per lo stretto di Gibilterra infra Abila e Calpe
promontori rendono all'oceano le acque che da essi fiumi li son date. Il quale oceano astendendosi
infra le isole d'Inghilterra e l'altre più settentrionali, si viene a ringorgare e venire in collo per diversi golfi,
li quali per essere tali mari discostansi colla lor superficie dal centro del mondo, ànno acquistato peso, il quale
poi che supera la potenzia dello avvenimento delle acque che lo causavano, essa acqua ripiglia e
più in contrario al suo avvenimento e fa impito contro alli stretti che li davano l'acque, e massime for
talmente contra lo stretto di Gibilterra, il quale per alquanto spazio di tempo rima ringorgato e viene a riservarsi tut
te l'acque che di nuovo in tal tempo li son date da tali predetti fiumi. E questa mi pare una delle ragion che
si potrebbe assegnare della causa d'esso flusso e reflusso, come nella 21 della 4a delle [illegible]
chiaro è provato. E questo accaderebbe quando l'acque delle vene de' fiumi si causassi dalle pro
[illegible] differenti. Ma se tali vene avessino l'origine dalli fondi de' mari, questa ragione non arebbe luo
go, perché tanto quanto li fiumi dessino d'acqua al mare, co' tali fondi delle lor vene riavessino, tanto il ma
re renderebbe per li principi d'esse vene alle vene, e così il mare per tal causa non crescerebbe né mancherebbe.

Io ho veduto in 2 piccoli canaletti di larghezza di 2 braccia l'uno, che stava per divisione infra la strada e le possessio
ni, i quali si scontravano colle loro acque insieme con le quali potenze, e poi s'univano e passava sotto un piccol pon
ticello di [illegible] e seguitava suo corso. Ma quel che io voglio riferire è che qui si causava flusso e reflus
so d'altezza di 1/4 di braccio, il quale si causava ora dall'uno ora dall'altro canale, come si dirà. Il primo canale
più potente, vincendo lo avvenimento dell'acqua dello opposito canale, che molto più scarsa veniva, e ella ringorgava e lo
acqua che sopra veniva si inalzava in moto tale che dall'acqua più debole s'acquistava tanto di peso che alla supe
rava l'impeto dell'acqua che prima era più potente, onde la cacciava indirieto con gran furia, e così multipli
cando l'impito del moto di tal vincitrice, entrava col contrario ne' principio di 100 piedi dentro al più poten
te canale, il quale in quel tempo ritardava e fermava le sue acque che davano al termine della onda vincitrice,
e di tale onda in su il fiume ragunava tante d'acque che dopo il fine dello gagliardo impeto della onda, que
ste acque si facevano vincitrice e ricacciavano indirieto le prime acque, e così successivamente seg
guivano. Non restando mai il moto del 2o canale, donde esse s'univano sotto il gradetto ponte, il quale ca
le aveva 4 moti, delli quali il 1o e 2o era di maggiore e minor correnti, l'altro era di variare la corrente da
la destra alla sinistra argine. Il variare dalla maggiore alla minore corrente accadeva quando l'una
dell'acque si faceva vincitrice dell'altra, che tornando l'altra indirieto insieme con quella che la cacciava, s
erano una abondanza d'acqua sotto al ponte. Il calare dell'acqua sotto tal ponte era quando l'acqua,
l'una acqua vincitrice dell'altra aveva già quasi consumato l'impito e l'avversaria si fera
messe nel leggier per tal forze, allora l'acqua era bassissima sotto esso ponte. Il variare la corrente dalla de
stra alla sinistra argine accadeva quando la destra o sinistra acqua era vincitrice, cioè che quando l'acqua
destra era vincitrice, la corrente percotea nella sinistra argine, e quando la corrente era
vincitrice nel sinistro canale, allora la corrente percotea nella argine destra sotto il predetto ponte.

E se questo flusso e reflusso creato in sì piccola quantità d'acqua varia 1/4 di braccio, che farà ne' grandis
simi canali di mari rinchiusi infra l'isole e terra ferma? Farà tanto più quanto esse acque sono ma
giori.

Creasi li sassi falsati nelle gran profondità de' mari per il fango che le fortune spiccano
dalli liti marini, e se ne li portano in alto mare, che lo condurre fresse dopo le qual fortune si fermano
sopra li fondi de' mari, dove non accade mai fortuna il mare per la gran distanzia che v'è dalla
superfizie; si ferma e si petrifica, e alcuna volta resta in esso terra bianca da far bocali, e co
n gran diverse obbliquità si compone con soli di tante varie grossezze quanto sono state le
rivolte delle fortune maggiori e minori.

靠近佛兰德斯西部，大海每6个小时潮汐落差大约为20布拉乔奥。当月圆的时候，潮汐落差大约为22布拉乔奥。但一般情况下，潮汐落差为20布拉乔奥。这明显显示出，潮汐不是由月球引起的。大海每6个小时的潮汐涨落变化，可能是因为亚非欧三洲的河流涨水流入地中海、海面升高所致。河流通过阿比拉和卡尔佩之间的海岬，穿过直布罗陀海峡将水送入大海。这些河流全部都流入地中海。

这片大海，向北延伸到英格兰岛及北方其他更远的岛屿。海水涨起来时，在一些海湾的入口形成惊涛骇浪并不断侵蚀陆地，好似钻孔一般。海水的表面脱离开地球中心体的表面，获得了重力。这样，当这股水偶然与迎头过来的水流相遇，且前者的冲击力大于后者，那么前者会对后者进行二次冲击；由此形成的冲击浪与已“投降”让出海峡的水流流动针锋相对，且扑向直布罗陀海峡。只要这一状态不被改变，直布罗陀海峡便永远躲不掉这打着旋儿的大水，于是上述河流前阵子刚送入大海的水又被送了回来。这或许就是潮起潮落的原因之一，这一点我在手稿四第二十一个议题中证明过。

当雨水或融雪造成的暗流形成河流后，也可能发生潮汐起落。但是如果这些暗流的源头在大海深处，便不会发生这种情况。因为在其源头的地方，大海流出的水可能和河流流入大海的水一样多，即暗流两端的水量相等。这样一来，就导致海水既不会增加也不会减少。

我曾经观察到两条2布拉乔奥宽的小水沟，将道路和房子分开。两条水流以不同的冲击力度相互冲击，然后汇合，汇合之后呈直角流出，穿过道路下的小桥，继续向前流动。但是，我注意到在水流中也形成了涨水和落水，时而这边高出1/4布拉乔奥，时而那边高出1/4布拉乔奥，说明如下。

第一条水沟冲击力度较大，压倒了对面冲来的水流，从相反的方向使对面的水量增加，造成水面升高。然后水流越过升高的水面，并会从这些较慢的水流中获得更大的冲击力，这股冲击力将胜过原来比较强劲的水流的冲击力度，将水流奋力推回。结果，战胜的一方在其运动中冲击力成倍地增加，进而波涛汹涌的水流流入比较强劲的水沟长达100多英尺，这时候水流慢慢停滞，在远征的波浪边上水面升高。

随着这边的水浪升高，水流在上述水浪冲击后，一起吞并掉这些水，这边的水流获得胜利，将上一股水流赶出去。水流以这种方式继续前进，几乎对桥下汇合的第三股水流没有产生任何影响。而这股水流受到四种不同的运动影响：前两种是水流或大或小，后两种是在当水从右岸到左岸变动的时候依次发生。

当一股水流战胜另一股水流的时候，水流从大到小变化。因为当第二股水流被第一股水流驱赶撤退后，在桥下涌起大量的水。当战胜的水流几乎耗尽其冲击力、对方的水流也精疲力竭的时候，桥下的水面降低，这时候桥下的水面变得特别低。

当右边或左边的水流获胜，水流在左岸和右岸之间横着来回变动。也就是说，当右边的水流占领上风，水流冲击桥下左边的水岸；当左边的水流占领上风，水流冲击桥下右边的水岸。

如果说这么小的水流中也产生了1/4布拉乔奥的起落幅度变化，那么在大海上，在岛屿和大陆之间的宽阔水道上，会发生何种壮观的景象呢？当水道中的水越大，按照比例浪潮起落的幅度越大。

海浪翻卷退回大海，将风暴从海岸剥离的泥土卷入深海，深海中形成一层一层的岩石。暴风雨后，泥土沉淀到大海底部，因为海底距离海面很远，风暴无法穿透大海，泥沙在海中一动不动，慢慢地变成了石头，有时候变成可以作为制陶材料的高岭土。因为层层厚度不同，一层一层地沉淀下来，呈现出不同的坡度，正如风暴的强烈变化，有强也有弱。

手稿六十九　潮汐及相互对冲的水流影响

BRITISH LIBRARY

大英图书馆说明

这里列奥纳多·达·芬奇在水运动的研究中，考虑到潮汐及相互对冲的水流影响。他断定，佛兰德斯的潮汐不是由月球引力引起的，而是由流入地中海的河水水量变化造成的："靠近佛兰德斯西部，大海每 4 个小时潮汐落差大约 20 布拉乔奥，……这明显显示出，潮汐不是由月球引起的。大海每 4 个小时的潮汐涨落变化，可能是因为亚非欧三洲的河流涨水流入地中海、海面升高所致。"

列奥纳多·达·芬奇对小水沟中的细流交汇进行了细致观察，进而想到地球上的水循环问题："我曾经观察到两条 2 布拉乔奥宽的小水沟，……两条水流以不同的冲击力度相互冲击，然后汇合，……在水流中也形成了涨水和落水。"

这一页以对淤泥在海中沉淀所产生的一层层平滑的岩石观察作为结束。列奥纳多·达·芬奇再一次分享了他的推理方法，"在观察的时候"收集实例及示范。

[illegible] il centro della gravità ... sospesa sarà

Della terra e non dell'acqua

[illegible]

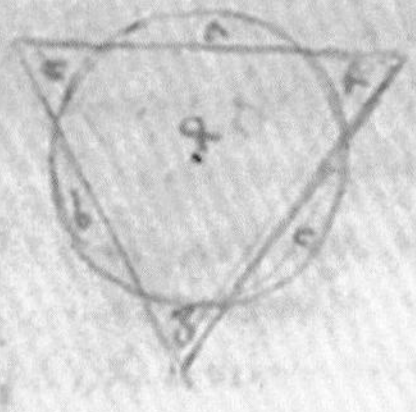

[illegible]

a sia piombo b sia acqua c sia il centro del mondo

a sia piombo b sia argento vivo

[illegible]

Necessità fa la vera cima della terra [illegible] e piena d'acqua [illegible]

Questo si conferma per la proporzione decupla che hanno li 4 elementi infra loro, la quale si mostra essere l'aria colla terra essere proporzione decupla per che la grossezza dell'aria è stata misurata infralla cometa che nella superiore parte dell'aria e colla superfitie della spera della [illegible] parte della [illegible] dell'aria. Ora l'acqua si potrà [illegible] la superfitie della spera dell'acqua [illegible] dalla superfitie dell'acqua [illegible] del mondo [illegible] quanto quella che [illegible] montagna che infra la terra sia tanto sopra la pelle della spera dell'acqua quanto la maggiore profondità del mare è sotto essa pelle del mare. Seguita che [illegible] col superfitio della terra che essa terra resterebbe sperica e tutta coperta dalla spera dell'acqua. Ma per quel che si po' [illegible] dalle sperate [illegible] elemento non sarebbe in proporzione decupla colla spera della terra [illegible] spera dell'acqua non alzerebbe un miglio sopra la spera della terra [illegible] l'altezza della maggior montagna [illegible] come essa maggiore montagna [illegible]

在地球上是陆地占的面积大还是水占的面积大

有人断言，水未覆盖的地面比水所覆盖的地面要小很多。但是既然地球的直径长度为 7 000 英里，或许可以得出结论：水几乎无处不在，但是很浅，水的重量和土地的重量是无法比拟的。对于这些说法的答案是，水进入空气，同空气结合，上升到大气层的寒冷地段，重量会变得很重，会形成倾盆而下的大暴雨或发生水灾。我们是否准确知晓地球中数不清的溶洞中储存着大量的水？这些数不清的暗流不断将水流入河流，正如我们所看到的一样，如浩瀚的里海那样。

因为水层在地面分布的厚度不均匀，水层的中心——并不是其重力中心——总是同宇宙的中心在同心圆上。这个中心，可以视为地球重力中心和水层中心的结合点，但这并不是水的重力中心，也不是水的长度中心。假如地球本身是球体，同时地球内部没有水，那么水可能会按照统一的厚度和重量均匀分布在地球的表面；那么宇宙的中心可能与球形中心、水的长度中心和水的重量中心保持一致。因此，因地球本身错综复杂，地球内部充满了交叉纵横的水脉，有的地方舒散，有的地方密密实实，有的在土壤中，有的在岩石中，所以地球本身没有球形中心，也没有重力中心。而且特别是在水层之上，地面还有水流和泥土，这也使得地球的重量增加，好像这些重量就是地球的重量。

因此，有人得出结论，地球重力和水层中心结合在一起，相互交织，且它们的中心和宇宙的中心为同一点。如上所述，这一中心也是球面水层的中心，但不是水的重力中心。水层的表面被暴露在空气中的土地所瓜分和肢解。

如果地面全部被水所覆盖，尽管形态各异，但亦无规则可言。地球的自然重力中心可能会跟宇宙中心在同一点，也可能跟水层表面中心在同一点。但是跟水的自然重力中心不在同一点，或者不跟水的随机重力中心在同一点。

地球没有被水覆盖的部分要比被水覆盖的部分重得多。

重物有三个中心，这些中心位置截然不同，这可以通过观察看到。有时候三个中心结合在一起，那么随机重力中心消失；有时候其中两个在一起，而第三个偏离这一中心，那么随机重力中心升高；有时候三个中心分散在三个位置，一个距离另一个有一定的距离，第一个是长度中心，第二个是自然重力中心，第三个是随机重力中心。

长度中心距离物体两端相等，将物体从中间等分，不管物体是否均匀，只要这一点在物体两端的中间位置就足够了，就像任何球状的物体一样。如果物体是正球形，质量和密度均匀，那么这几个中心在同一点上，因为这里只有两个中心，两个中心形成同心圆。

有必要假设地球这台机器没有了土壤，而只是充满水，则如充满水的容器一样。

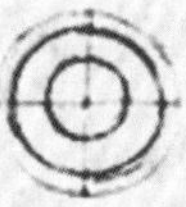

假如四种元素中的两种混合在一起——水元素同土元素混合在一起，那么地球会是目前的 10 倍大。假如考虑彗星之间的空气厚度（这部分是空气层的最高部分）与水层表面之间的空气（这是空气层的最低部分），那么地球将是目前的 100 倍大。

那么有人可能会说，地球上很多地方没有被水覆盖，这些地面突出在水层之外，其高度和水面以下朝向宇宙中心的水深长度相等。换句话说，我认为地球上海拔最高的山的高度等于海面以下最深海的深度。假如有人将地面上多余的土填入大海中缺少土的地方，那么地球会呈现出球形，并完全为水层所覆盖。

但是就我们目前所理解，这个水层（或者说是水元素）可能不止土层的 10 倍大，可能远远超过 10 倍，在数量上可能不成等比。因为我们可以明显注意到，水层不会再增高 1 英里以上，也就是说，水流不会自动升高到最高山的海拔高度。虽然如此，如果将水铺开到所有没有被水覆盖的土地，水面可能会升高到最高山的高度。因此，可以得出结论，地球内部及地球暗流中的水，假如从原来的地方展开到整个地球表面，当离开原来位置的时候，会使那里的土地重量减轻，如对面的 b 所代表的那样。

如我们所观察到的，水流入不同的河流。以里海为例，里海浩瀚无边。

将物体悬挂在一根线上，物体的随机重力中心为……

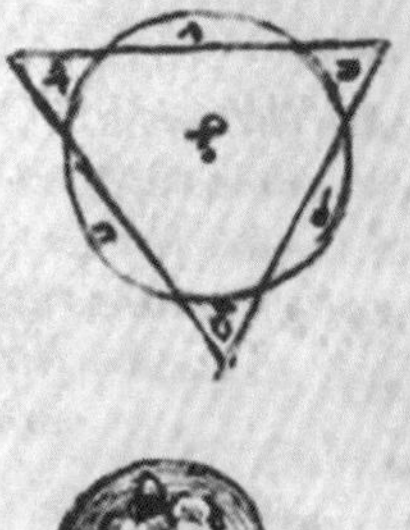

地球的重力中心可以以两种方式同宇宙中心在同一点上，即要么地球全部被水覆盖，要么地球上任意相对的两侧的陆地部分等重。

假如地球是正球形，水的重力中心和土地的重力中心可能和宇宙中心在同一点。那么宇宙中心可能既是地球土层的中心，也是水层的中心。可是这样一来就没有任何陆地动物存在了。但是……

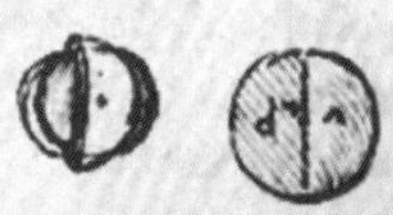

假设 o 为铅，b 为水，中点 c 为宇宙中心。

假设 a 为铅，b 为水银。

按照自然潜在的顺序，全部土地可能按照自己的形态，从整个水层表面凸显出来。

因为多数情况下，各种重力中心有时在其中间位置，有时不在其中间位置，有时甚至在重物的外部。

手稿七十　在地球上是陆地占的面积大还是水所占的面积大

BRITISH LIBRARY

大英图书馆说明

这一页的开始是一个提问：在地球上是陆地占的面积大还是水所占的面积大？列奥纳多・达・芬奇假设两者的总量相同。刻在圆形上简单的三角图形，显示出构成地球实际材料的差别。这一差别使得列奥纳多・达・芬奇进一步推测地球的重力如何在动态平衡上保持一致。

列奥纳多・达・芬奇从人类的角度，思考了千差万别的条件下的重力情况。他特别关注的重力问题是按照他的思维顺序来进行记录的，使我们可以身临其境地想象到他在工作中的整个思维过程。他问道，假如地球上不同密度的岩层和不同密度的水混合在一起，我们如何解释重力中心的问题？

使用中世纪学者探讨出的分类方式，列奥纳多・达・芬奇区分出重力的三种情况，或者说重力中心的三种情况。最简单的一个——他并没有浪费很长时间，因为这个中心是毫无疑问的：地球的几何中心。这个“长度中心”他定义为“不管物体是均匀还是不均匀，距离物体两端相等，将物体从中间等分”，如“任何球状的物质一样”。这种重力中心只是通过宇宙几何中心所在的位置来确定。

第二种是自然重力中心。假如“地球这台机器”是完美的球形，具有等量的水和土地物质，自然重力中心将同几何中心一致。（按照现代的说法，这种重力符合物体的质量中心。）如果地球对面所突出的数量相等，或者地面外部全部被水覆盖，因为引力作用，水会填补所有的间隙，并形成光滑的外表面。在这些条件下，重力的几个中心会在同一点上。按照列奥纳多·达·芬奇的说法，自然重力中心和几何中心在同一点。（我们可以认为两者一致。）在这种情况下，列奥纳多·达·芬奇调侃道：这些中心当然一致，“可是这样一来就没有任何陆地动物存在了”。

达·芬奇水域面积图和元素中心的手绘图

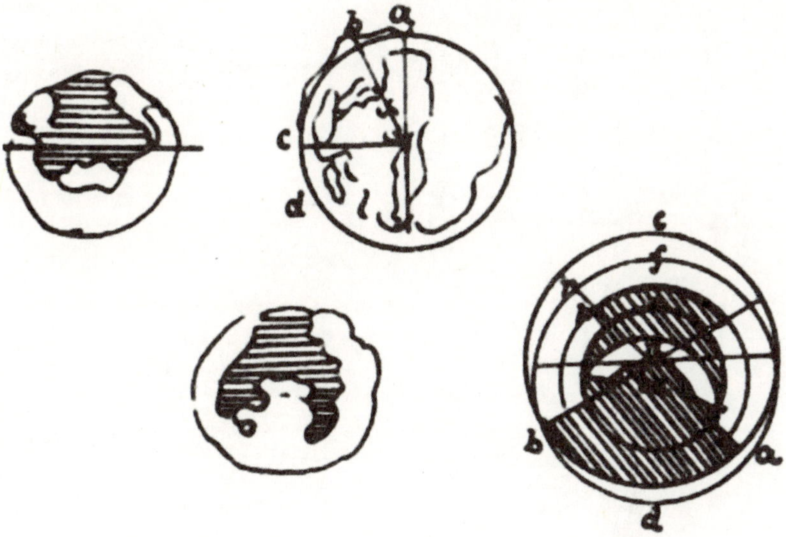

随机重力中心最难界定。列奥纳多·达·芬奇的观点得益于尼科尔·奥雷姆——这个中世纪时最富有经验的人曾说：物体密度越大，物体越重，引力将最重的物体吸引向宇宙中心。从列奥纳多·达·芬奇对这个说明的使用看，随机重力中心从属于运动中的物体。例如，当旋转陀螺保持平衡的时候，其随机重力中心为陀螺的中轴线。这一原理也适用于任何形状不规则的物体：当物体在平衡中旋转，物体的随机重力中心在中间。因为同样的原因，停放的物体则没有随机重力中心。

归根结底，列奥纳多·达·芬奇对于地球的观点还是继承了传统的说法，没能突破前人的观点。

Della terra in sé

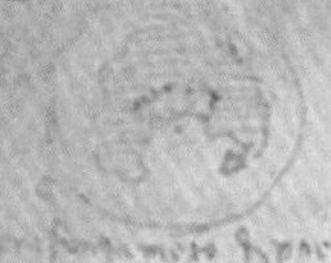

Lalzarsi il centro de monti sopra la spera dell'acqua po esser causato per le lochi grandissimi della terra i quali eran pieni d'acqua con la grandissima caverna [illegible] quelle caverne assai della sua volta inverso il centro del monte trovandosi isspiegata mediante i corsi de le vene che al continuo consumano il loco donde passano [illegible] l'acqua e l'aria [illegible] [illegible] [illegible] il fondo) hora questa gran massa per cadere essendo il centro del mondo in fra l'acqua e essa si fermò con equal pesi opposti intorno al centro del mondo [illegible] e allegeri la terra e essa si stese la qual si rimosse in mezzo dal centro del mondo e s'alzò alla altezza che si vede [illegible] fatte coll'ertine della terra alle cime delli alti monti

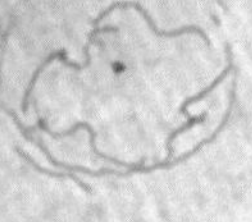

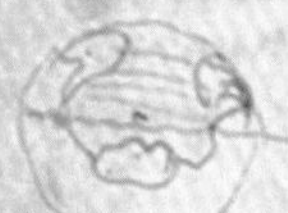

E necessario che la terra sia più che la terra che la parte scoperta del mare non lo dimostra onde bisogna che molta acqua sia dentro alla terra sanza quella che infusa nella bassa aria [illegible] che scorre per fiumi e vene

E non è necessario che el centro del mondo sia situato più nella terra che nell'acqua per le gravità della terra che la terra insieme [illegible] e equalmente [illegible] si pone con pesi equali gravità oppositamente situati intorno al centro del mondo. E la terra [illegible] parte di sé equalmente distanti dal centro mappresi equalmente gravi oppositamente situati e la terra in questo caso essendo in questa contraria [illegible] insieme colla terra non po dare di sé pesi equalmente distanti dal suo centro [illegible] dara superficie equidistante a detto centro

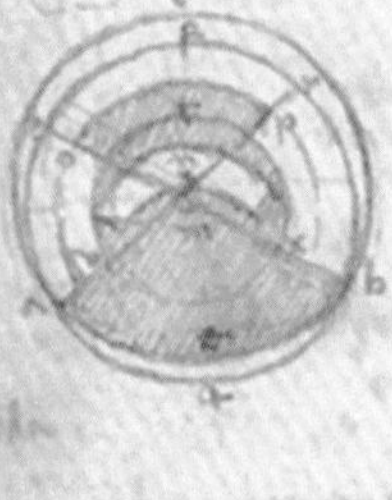

Hora [illegible] come detto e gli è possibile che essendo il centro del mondo situato nell'acqua che alcuna volta continua consequenza che all'acqua per le vene onde passa che ella abbia allargato in modo tale vene che de per la terra che s'interpone in fra esse vene e essendo consumata la [illegible] la sua gravità che esse acquistato per essere sopra dell'acqua [illegible] rimane che la terra inverso il centro nello suo contrario che el centro della sua gravità. E questo il rimanente della terra essendosi fatto più lieve da quella parte donde che la terra gravità [illegible] dal centro del mondo ch'è terra la terra e li monti fora della spera dell'acqua dalla parte allegerita [illegible] più lieve pel peso dell'acqua [illegible] [illegible] più s'inserra al centro inverso il cielo e la spera dell'acqua in questo caso non [illegible] per la sua [illegible] riempie il loco donde la gravità di quella parte della terra [illegible] distesse e così resta il mare [illegible] [illegible] e questo ancora potrebbe essere causa [illegible] [illegible] le qual si vegiano per li alti monti essendo già stati sotto le acque salse [illegible] insieme colle pietre [illegible] già composte di [illegible] dei fanghi portati dalli fiumi nelli laghi stagni e mari e in questo non è nessuna cosa che repugni alla ragione

Per lo piano [illegible] [illegible] [illegible] sopra [illegible] una superficie [illegible] l'acqua subito si [illegible] la quale [illegible] spera dell'acqua

Le salse del mondo [illegible] quando le suoli [illegible] delle pietre non passano troppo [illegible] e che [illegible] sono dentro [illegible] e ancora [illegible] queste danno poco [illegible] come si vede nessuno che [illegible] la marina [illegible] [illegible] delli monti [illegible]

E sperienza che mostra come l'aria a dopo se tenebre e po pare azzurro.

Sia fatto fumo di legni secchi in poca quantità sopra i qual fumo percota li razzi solari e dopo questo fumo poni una pezza [illegible] nero [illegible] che non sia visto dal sole e vedrai tutto quel fumo che s'oppone infra l'occhio e la oscurità del velluto mostrarsi in colore di bellissimo azzurro e se [illegible] del velluto [illegible] [illegible] [illegible] il fumo

(margin:) E [illegible] [illegible] [illegible] [illegible] [illegible] [illegible] [illegible] [illegible] [illegible] [illegible] forma bello azzurro

come l'acqua soffiata [illegible] [illegible] loco [illegible] dove passi la spera del sole fa esso nasce [illegible] e massime essendo tale acqua distillata el fumo sottile fa azzurro questo detto pruova che l'azzurro dell'aria è causato da oscurità che sopra lei è [illegible] [illegible] [illegible] a chi ne conferma la esperienza di [illegible]

Tu hai ora a provare come li nuvoli non nascono se non macchie salse [illegible] [illegible] che [illegible] [illegible] di Lombardia [illegible] 4 [illegible] e così [illegible] [illegible] li quali sono fatti [illegible] [illegible] sono [illegible] [illegible] [illegible] [illegible]

关于地球本身的特征

山峰高高地耸立在水层之上，可能是因为地球广阔的地域中充满了水的缘故。也就是说，因为地球中的巨大溶洞有相当大一部分朝宇宙中心下陷，地下水流穿过这些地方的时候不断冲刷，使这些地方穿透了地下水而暴露出来。在某种程度上，溶洞上部的一些水直接暴露在空气之中，“因为，如果水浪没有越过水面，不会产生重力，而且仅仅越过水面的水浪才具有重力降落，将底部磨损”。宇宙的中心处在水的下方，那么这一大区域的水可能向下降落：水停息下来，在宇宙中心的周围形成对应的力，使得塌陷的地方所在的地球变轻。那么地球的中心也随之移动，从而形成高高的山峰，正如我们可以从岩层中所能观察到的，岩层中有一层层流水冲过的痕迹。

如叙利亚境内的死海一样的地面沉陷——即在索多玛和蛾摩拉。

那么必然是水的面积超过了大地的面积，而没有被大海覆盖的土地则显示不出这一点。因此，除了弥漫在大气底部的水及江河与暗流中流动的水以外，地球内部必然有大量的水存在。

我认为，宇宙中心没必要在土地之中的可能性，要比在水中的可能性大。因为土地的重力和水的重力不管以什么方式，都是结合在一起的，在宇宙中心周围相对的位置上重力相等。某些地面部分距离这一中心的距离却不见得相等，但是两端的地球引力相同。在此情况下，通过各种暗流支脉混合在大地中的水，不会获得离这一中心等距的地球引力，但是水面会同这一中心距离相等。

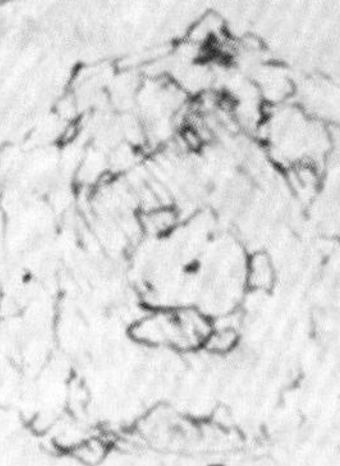

那么，假如如上所述，那么宇宙中心有可能在水中。在某些情况下，通过水流的不断摩擦，水穿过所经过的缝隙，使得缝隙之间的泥土松动，水流通道得以扩大。水流所流经的附近一些未松动的泥土部分的柔韧性将消失，从而使高出水面部分的土地获得了重力，从未松动的部分脱落，掉向中心，致使土地的重力中心和水的重力中心向同一点靠拢。

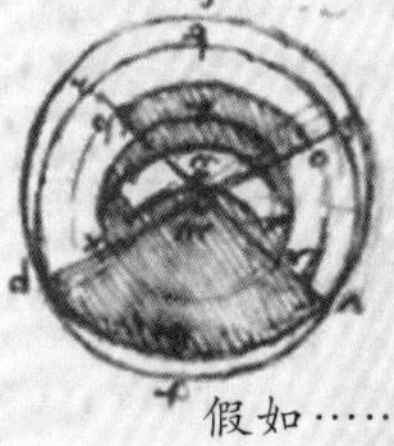

假如……

而通过这个过程，未松动的土层，因为上述的部分脱落而变轻，必然远离了宇宙中心。因为这部分泥土脱落，土地和山脉冒出水层，同时因为上部不再承担水的重量，这部分土地也变得比较轻，因此朝向天空的部分将不断增高。

在这种情况下，水层不会改变位置，而仅仅是被分开，因为水的重量填补了那些脱离土层而掉落的部分泥土的重量。大海仍保持原状，高度没有被改变。这也可能是在高山上看到海贝和牡蛎的原因，这些生物原本生长在海水下面，但现在却在那么高的山上存在，还有层层岩化的石头，这些石头原本是河流带入湖泊、沼泽、大海的泥土层层沉淀而成。这个过程是无可辩驳的。

假如表面特别水平，水无法在其上停留；如果表面呈球形，水会立即停留在那里，那么这个球形便是水层。

这样的岩层不会向山下延伸很长距离，因为这些石头是由可以用来制陶的泥土构成，里面充满了贝类。这些岩层只是向下延伸了很短的一段距离，因为有人在下方看到了普通的泥土。正如在穿过马尔凯和罗马涅的河流中所看到的一样，这些河流源自亚平宁山脉，而且……

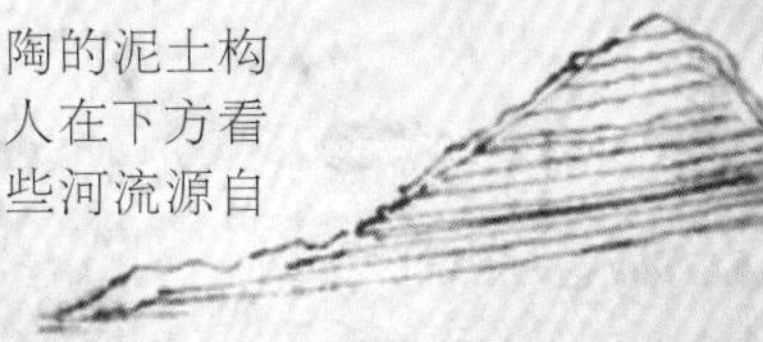

实验显示天空背景为黑色，而看起来却是蓝色。

多余的烟雾像一张屏幕。烟雾过少则不能很好地显现出蓝色的效果。因此，如果烟雾浓度较为适中，那么显示出的蓝色会很漂亮。

使用少量木材燃烧生起烟雾，使太阳光线可以照射到烟雾，并在太阳照不到的后方挂一块黑色的天鹅绒布。如此便可以观察到，在眼睛和绒布的黑色之间，烟雾呈现出一种特别漂亮的蓝色。如果撤掉黑色的绒布取而代之以白布，烟雾则呈现出灰色。

将水喷入有一缕阳光透过的暗室，水呈现出蓝色，特别是在使用蒸馏水的时候这一情况尤为明显。淡淡的烟雾呈现出蓝色，这说明空气中的蓝色是因为其上面的黑色所造成。对于那些没有看到过蒙博索山出现的现象的人来说，上述例子可以是最好的证明。

这里不得不承认，这些贝类除了海水以外别无产处，几乎所有的贝类都是同一性质。伦巴第的贝类分散在四层不同的位置，那么各层的贝类生活在不同的时代。而且这种情况可以在所有流入大海的峡谷中观察到。

手稿七十一　关于地球本身的特征

BRITISH LIBRARY

大英图书馆说明

“关于地球本身的特征”是列奥纳多·达·芬奇对地球本身及大地如何突出水面进行研讨的题目。他的绘图所描绘出的概念以这一地球理论为基础：地球的中心是一个充满水的溶洞，水通过地下暗流系统到达地表。从这一观点出发，他假设出山脉的来源。

得益于他的朋友、大数学家卢卡·帕乔利，列奥纳多·达·芬奇创立了宇宙元素同几何形状对应的体系：正方形的土地、二十面体的水、八面体的空气，及锥形的火。但是列奥纳多·达·芬奇是否从文学的角度接受了柏拉图的观点？为得到这一问题的答案，我们应当联想到他对宏观世界传统理论的认同，即定义为四个同心圆的四种宇宙元素：最外层是火，然后是空气、水，隐藏在最中心的是土。

从简单的柏拉图式图表开始，列奥纳多·达·芬奇解释了地震或者类似现象如何将泥土从球心搬移，形成条纹状的岩层。然后返回来讨论地球内部地下水侵蚀的议题：是地下水的作用使溶洞塌陷。因为溶洞塌陷，水注满溶洞，所以可以解释为什么大海海面为液面恒定，而土地又是怎样来保持这一平衡的。这一观点类似列奥纳多·达·芬奇从里斯托罗·阿雷佐那里吸收的观点，这是整个手稿中关于宇宙动态平衡的最新颖的视觉模型。横断面图形显示出：土层和水层是如何一层层叠加在一起的，受到地球引力作用朝向地球中心，因为整体减轻而向外围不断发展。

这一页以海水贝类化石资料研究做结束，这些资料是列奥纳多·达·芬奇在伦巴第进行古生物及地质探险时在不同海拔高度发现的。他推理出，因为地球向内部塌陷，海洋填补了塌陷的空间。“在高山上可以看到海洋贝类及牡蛎的残骸。”这些证据似乎证实了他的水和山脉之间的理论，进而得出结论：“这些情况可以在所有流入大海的峡谷中观察到。”

在最后的总结中，列奥纳多·达·芬奇综合分析了两种不同类别的情况，即普通情况和特定情况。

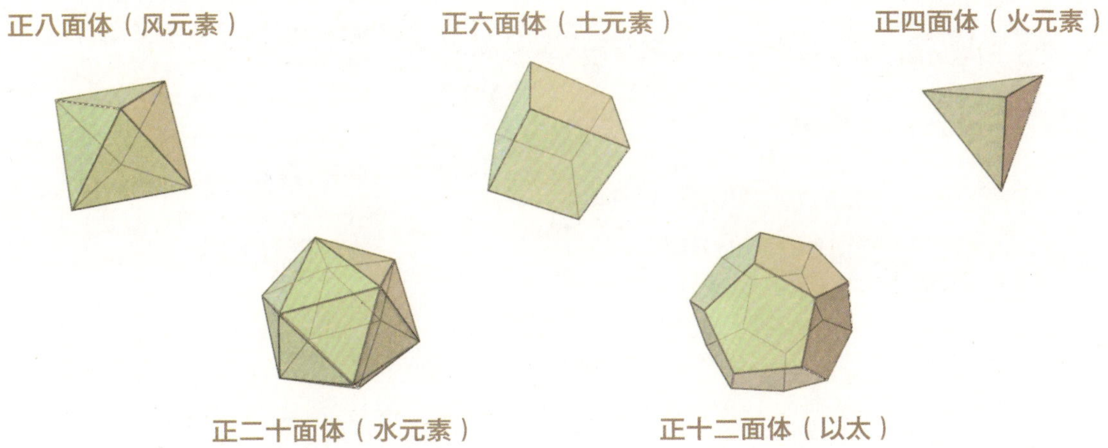

四元素说

列奥纳多·达·芬奇的若干假设，都是建立在四元素说的基础之上。

恩培多克勒是系统提出四元素说的第一个人，他认为万物由土、气、水、火四种物质组成。

柏拉图完成了四元素的形象化，他用几何观点看待，认为组成四元素的原子形状分别是体现其性质的一种正多面体：火原子是最为锐利的正四面体，气原子是几乎让人感觉不到的正八面体，水是圆球状的正二十面体，而土则是能够堆砌起来的立方体。因为正多面体共有5种，还剩下一种正十二面体没有元素可与之对应，柏拉图就认为它是神用来排列天空的星座的。

到了柏拉图的学生亚里士多德，他认为组成天体的元素与地球上的元素不同，是纯粹的“以太”，也就是第五元素，对应正十二面体。他在柏拉图将四元素几何化的基础上，将四元素说发展成为一种体系：土最重，组成了地球的核心；水较轻，覆盖在地球的表面；气和火更轻，笼罩在地球之上飘扬；以太则最轻，位于地球外的宇宙之中，围绕着地球运行。

四元素说的思想体系支撑了地心说。

della luce ... [illegible] ... nella luna ...

(Ogni corpo più denso che l'aria e più grave dell'aria [che l'aria] sta sopra quella sença el suo ... che la causa sostenere) e quanto più ... adunque se l'acqua fussi nella luna ella spargerebbe di sé la luna ... [illegible] la nostra terra ... che in tutta la luna l'acqua sarà sopra la sua ... Qui si risponde che se l'acqua nella luna ... come della terra sopra la quale l'acqua si sostiene e per conseguenza li altri elementi ... se la sfera dell'acqua in fra li 2 altri elementi come ... la nostra acqua in fra li elementi ... sua conseguenti ... per la necessario ... l'acqua della luna più basso arebbe a cadere la luna come corpo più grave che l'acqua, onde ... che li ... come la nostra terra si sostiene ... elementi ... gravi ... si sostengano in mezzo più de' levi ...

Dico la universale ... che la luce della luna esser non vista in parte ... ch'ella si mostra più o meno alluminata secondo che ... più ... della sua parte ... Qui in questa parte si risponde che ella ...

Delle onde dell'acqua

L'onda del mare dell'acqua creata dal vento è più tarda che 'l vento che la move e più debole che 'l corso dell'acqua che genera l'onda de' fiumi. Lo esemplo dell'onde de' prati.

L'onda dell'acqua creata dal ~~[illegible]~~ discenso delli fiumi è più tarda che 'l corso dell'acqua che la genera, e questo accade perché l'onda per insino li fiumi creata dal fondo de' fiumi ... o talati è sta tanto ferma quanto la fermezza dello obbietto che la genera, e l'acqua che nel contrario si compone ... mota ... si fugge da essa onda.

Molte ~~[illegible]~~ son le volte che l'onda dell'acqua e 'l vento son di contrario corso e molte volte s'incontrano intersegandosi con angoli retti e spesso con angoli acuti.

Il moto dell'onda ... penetra nel moto della reflessa. L'onda dell'acqua del vaso circulare corre dal cerchio al centro e poi si fugge dal centro al cerchio ... L'onda del vaso triangulare o laterale non ha sua concorsa ... ai lati e li angoli equalmente distanti dal centro del vaso.

Il cerchio dell'onda fatto dall'obbietto sopra l'acqua corrente sarà di figura ovale.

关于月球：反方认为“月球上没有水”的所有矛盾点

矛盾点：“任何密度和重量超过空气的物质，如果没有别的介质，便不能保持独立状态”；而密度和质量越大，其所受到的介质阻力就越小。因此，假如月球上有水，水会淹没月球并进而覆盖我们地球，因为在这样的月球上，水会在其空气之上。这就回答了“如果月球上有水，那么月球上也应该有土壤”这一问题。水将自身附着在土壤之上，然后是其他元素。月球上的水和其他三个元素共生共长、息息相关，就像地球上的水一样，和其他元素共存。然而，反方却坚持“月球上没水”是正确的，认为如果有水的话，水会从月球落下。要知道月球自身质量大于水，应该是月球落下来，而不是水！然而月球并没有落下，这就很明显能证明：和地球上的情况完全一样，月球上的水和土壤同自身的其他元素一起存在，轻重元素都会生存在比自身轻的元素的空间里。

反方认为月球自身发光，即便不是全部，至少在部分地方也是发光的。用肉眼观察月球的阴暗部分，多多少少可以看到月球在发光。换句话说，西方不亮东方亮。

在这问题上，有人这么回答……

关于波浪

因风吹所产生的浪花，比推进浪花的风慢，但比生成浪花的水流快。我们可以观察大风中草地上的草此起彼伏的景象。

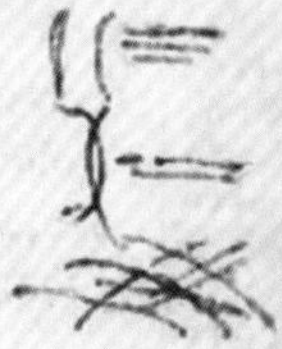

河水向下流动时产生的浪花，比生成浪花的水流慢。这一现象的发生，是因为这些河流中的浪花，是由河床或者河岸的作用产生的。而且，浪花和生成浪花的物体一样，平稳、悠然。流动的河水持续不断地产生浪花，浪花也持续不断地与形成浪花的流水渐渐远离。

很多时候，水的浪花和推进浪花的风向同一个方向运动。但是也有很多时候，它们运动的方向是相反的，这时候，它们之间相互交叉成直角，不过多数情况下也有成锐角的情况。

冲击波浪的运动渗透到被冲击波浪的运动中。圆形容器中，水波从外到内运动，然后由内向外冲击，再从外到内，这样循环往复。

三角形或者多边形容器中，水波没有时间按照既定形状规则运动，因为容器的边和角到容器中心的距离不等。

掉入运动的水中的物体形成的圆形水波，会逐渐变成椭圆形。

手稿七十二　关于月球：反方认为“月球上没有水”的所有矛盾点

BRITISH LIBRARY

大英图书馆说明

在列奥纳多·达·芬奇时代，人们认为自然界是由四种物质构成的：土、水、空气（风）和火。这四种宇宙元素，按照各自相关的密度，形成同心圆。土最重，在中心；接着是水；然后是空气；最外层——大气上层，是火的位置。

这些观念建立在几个世纪以来人们关于宇宙的科学思考的基础之上。包括列奥纳多·达·芬奇在内的科学家们，都接受了托勒密对亚里士多德的宇宙由55个同心空间组成的观念。根据亚里士多德的观念，每个星球都有自己的居住空间，这些空间以宇宙的中心——地球为中心，在同心圆上运动。宇宙本身为球形。

在其第二个关于星球的世纪性论文假设中，托勒密提出，星球的同心圆中存在偏心轨道，这才可能允许每个星球有自己的引力中心，这些中心被各自的水、空气和火组成的同心空间所围绕。

根据这些理论，列奥纳多·达·芬奇假设，围绕地球的月球可能也遵循同样的理论，因此他才得出“月球的表面有水存在”的结论。他著名的“反方”的角色辩称，月球上只要有水，那么因为重力作用，水自然会降落到地球上。但列奥纳多·达·芬奇反驳说，如果月球上的水会因重力作用而降落到地球，那么月球本身也会因重力作用降落到地球上，他进而补充说：“然而月球并没有落下，这就明显能证明：和地球上的情况完全一样，月球上的水和土壤同自身的其他元素一起存在，轻重元素都会生存在比自身轻的元素的空间里。”结果，他推断出月球有自己的引力中心。

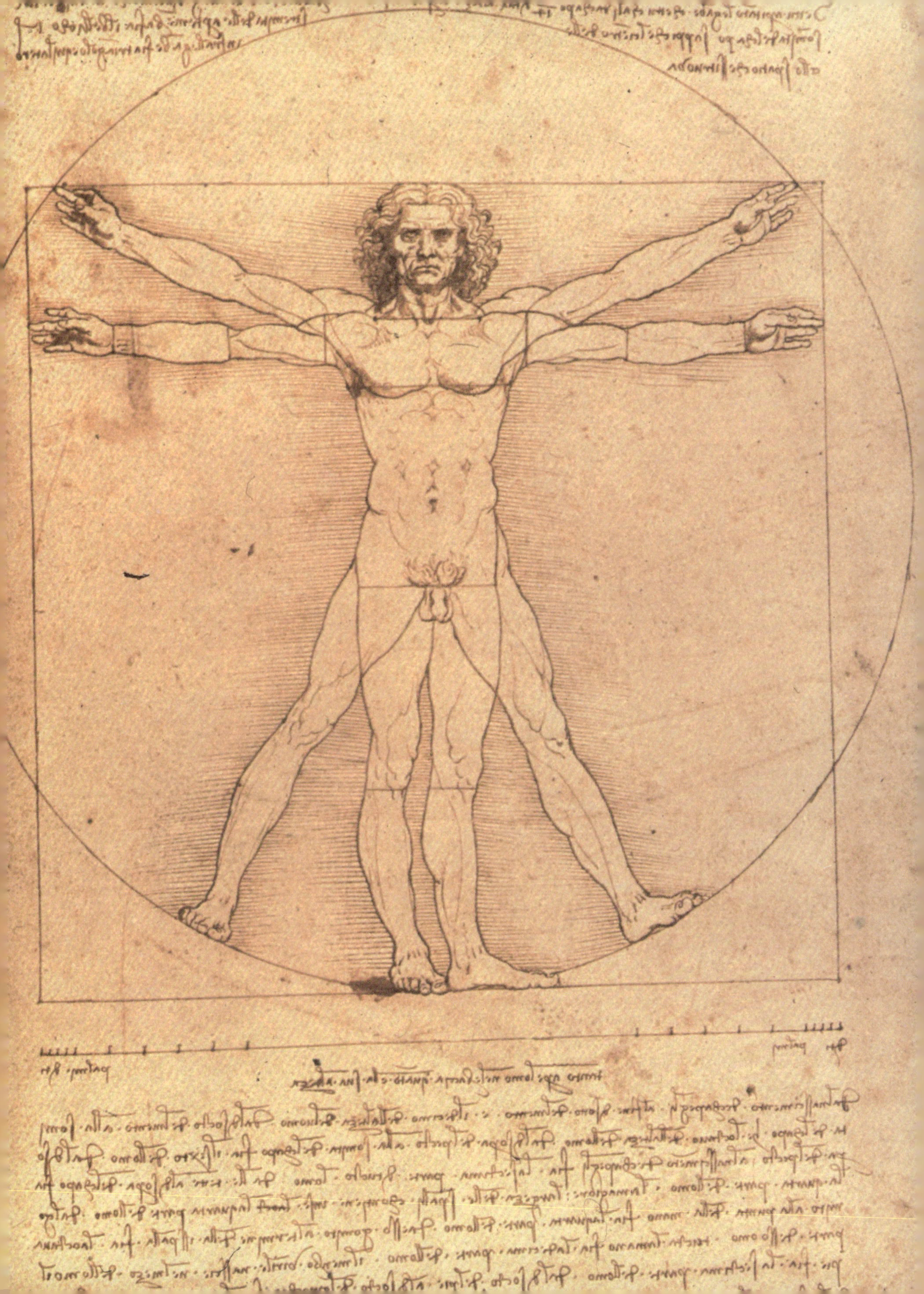